閱讀經典，成為更好的自己。

愛經典

鐘樓怪人

Notre-Dame de Paris

維克多・雨果——著　山颯——譯

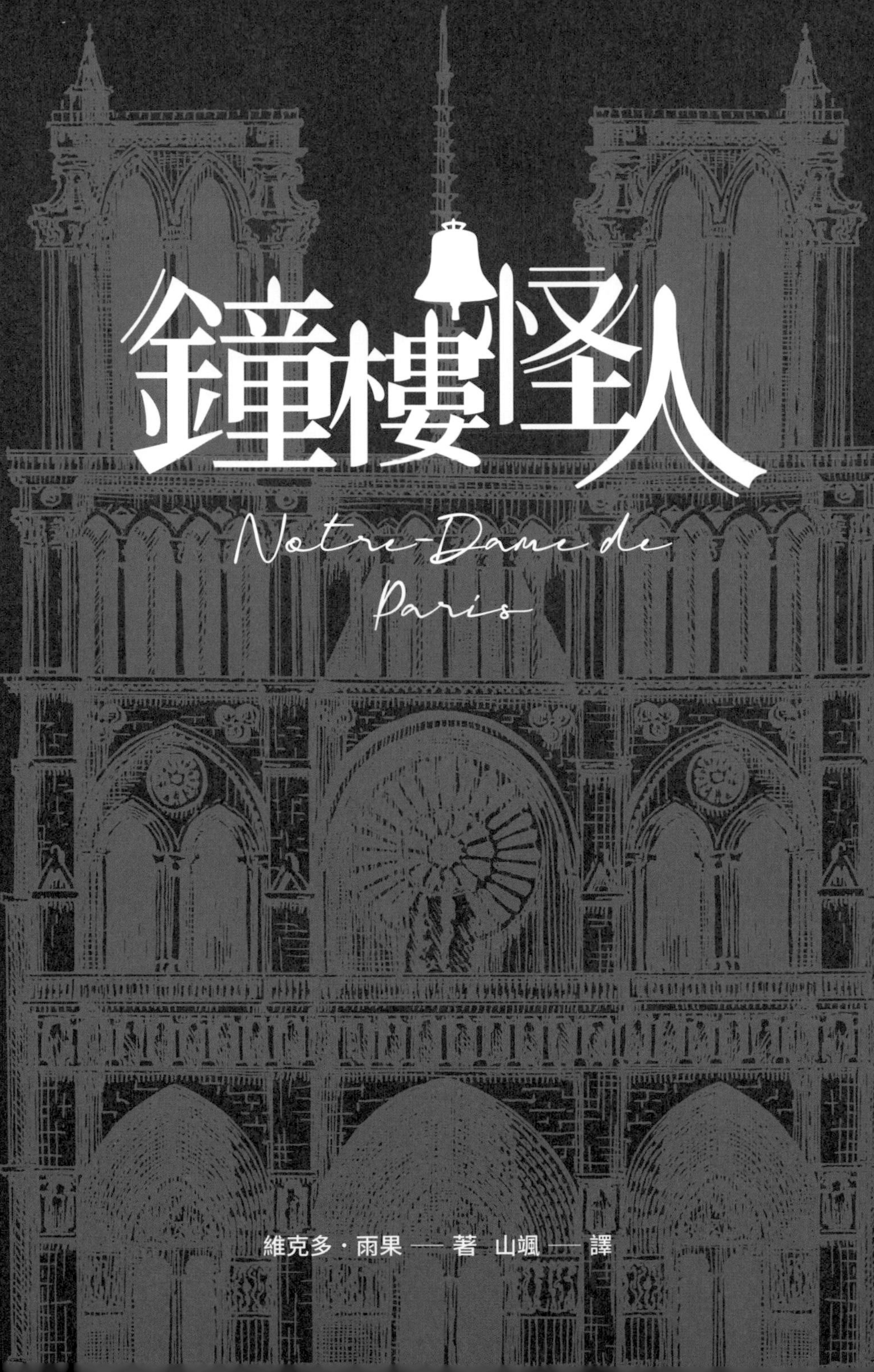

這是一場悲慘的遊戲。

這是一個讓人煩躁、心急、無聊、自由，可以無恥瘋狂的一天。

微笑和歎息在他的唇邊匯合，
然而他的微笑比歎息更加痛苦。

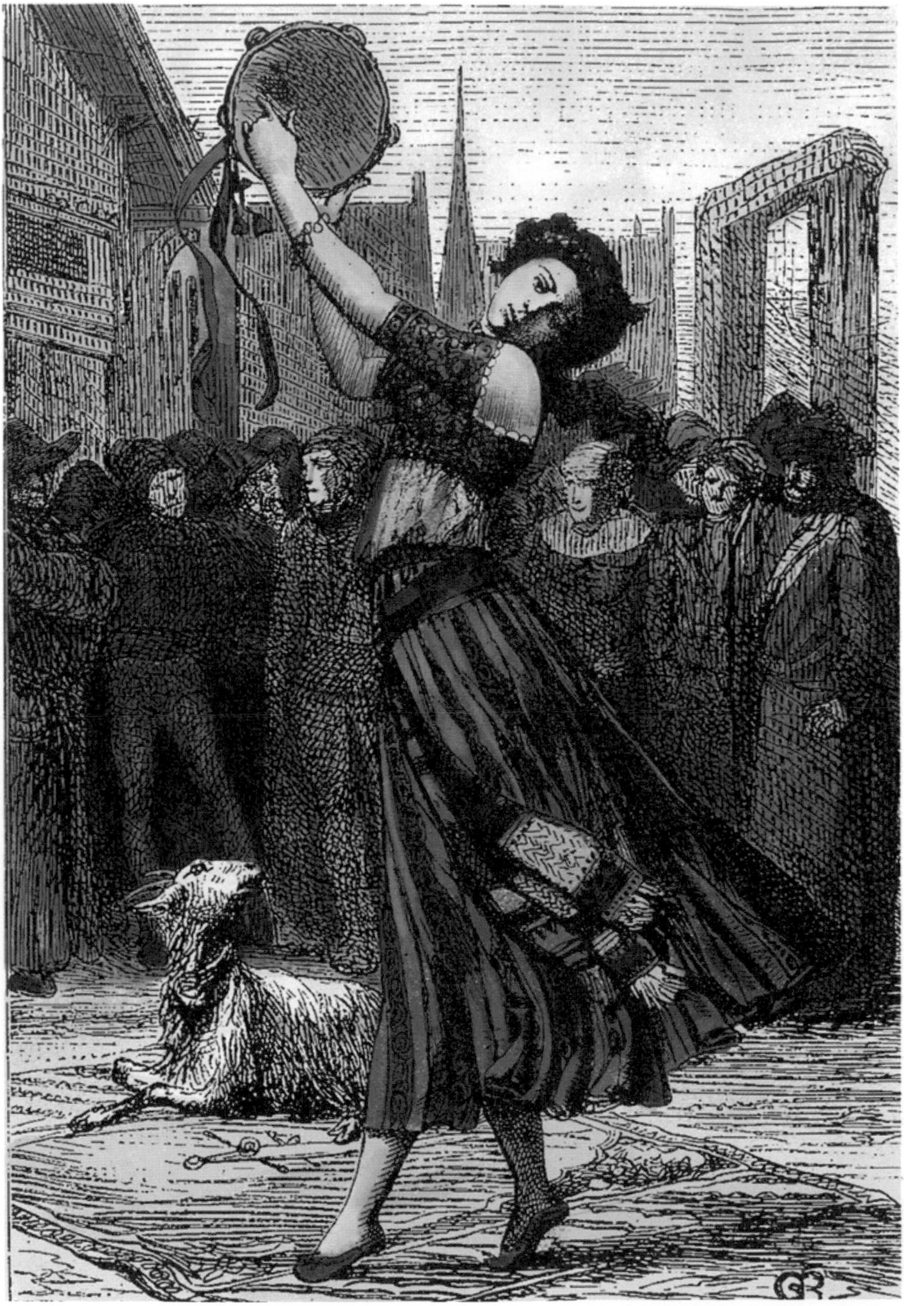

在人群與火焰之間寬闊的空地上，
一個年輕的姑娘在翩翩起舞。

受刑者的等待是極為可怕的漫長。

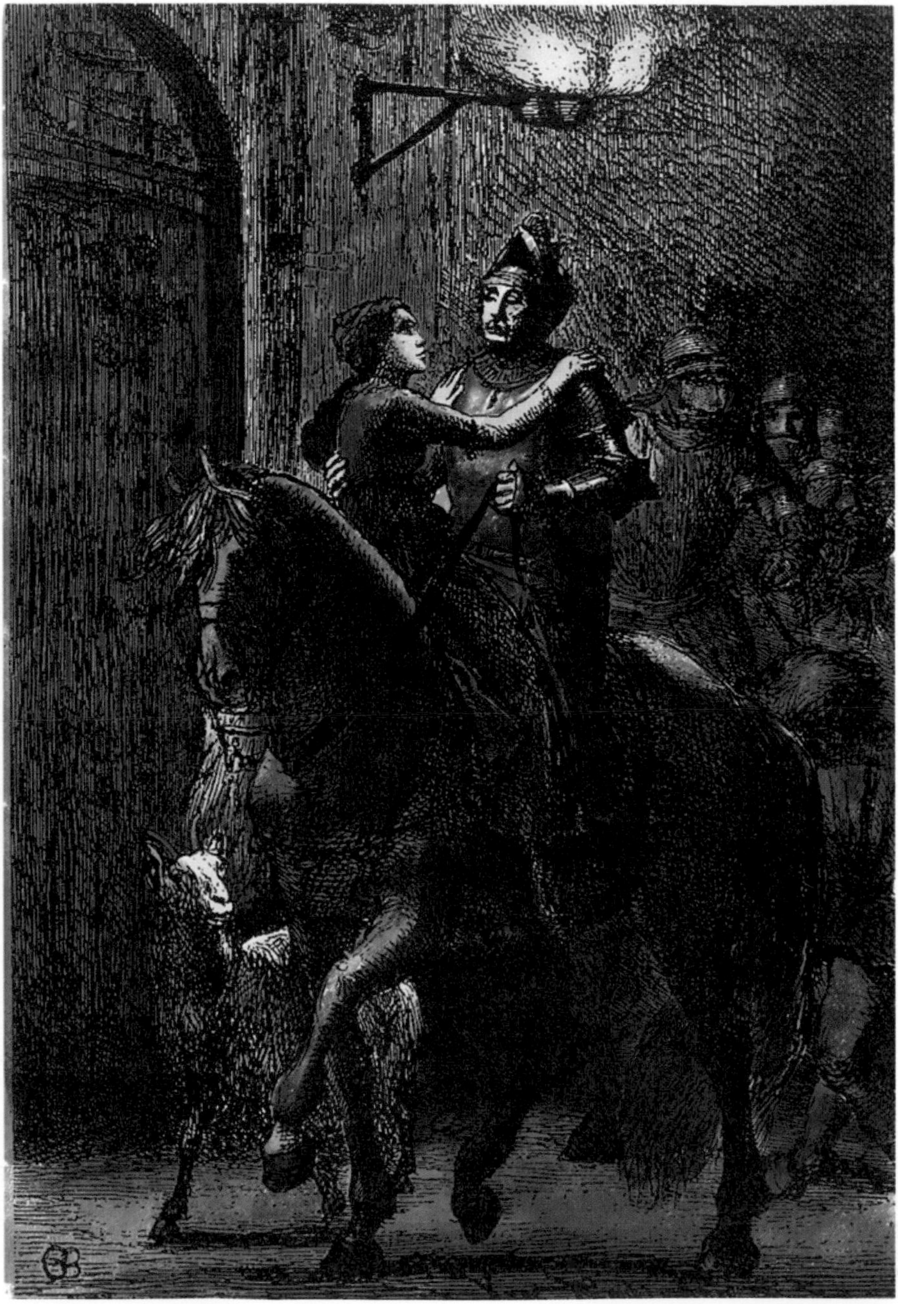

「愛情的愛嗎？」
——「愛情的愛。」

原本上天為他敞開的大門，
突然永遠地關閉了。

這是他唯一聽到的話，
唯一能打破宇宙沉寂的聲音。

「呵！愛情，」她的聲音在顫抖，她的眼睛在閃亮，「就是兩個人會合成一個人。一個男人和一個女人化為一個天使。就是天空！」

人家試圖將他和懷中擁抱的骨骸分離的時候，
他化為塵土。

在此之前，他的獨眼只掉過一滴眼淚，
此時的淚水卻流成河。

他的一聲哽咽鼓起了凹陷的胸脯：
「噢！我唯一愛過的！」

緣起

愛經典

卡爾維諾說：「『經典』即是具影響力的作品，在我們的想像中留下痕跡，並藏在潛意識中。正因『經典』有這種影響力，我們更要撥時間閱讀，接受『經典』為我們帶來的改變。」因為經典作品具有這樣無窮的魅力，時報出版公司特別引進大星文化公司的「作家榜經典文庫」，期能為臺灣的經典閱讀提供另一選擇。

作家榜經典文庫從二〇一七年起至今，已出版超過一百本，迅速累積良好口碑，不斷榮登各大暢銷榜，總銷量突破一千萬冊。本書系的作者都經過時代淬鍊，其作品雋永，意義深遠；所選擇的譯者，多為優秀的詩人、作家，因此譯文流暢，讀來如同原創作品般通順，沒有隔閡；而且時報在臺推出時，每部作品皆以精裝裝幀，質感更佳，是讀者想要閱讀與收藏經典時的首選。

現在開始讀經典，成為更好的自己。

目錄

CONTENTS

第五卷

第六卷

第七卷

第八卷

第九卷

第十卷

第十一卷

〈導讀〉
教堂頂上，星空之下

歲月的蹉跎贈予這座教堂的，遠比奪取的要多。時間在主教堂的正面塗上了一層深暗的世紀色調，將建築物的滄桑變成一種魅力。

——維克多．雨果，《鐘樓怪人》

當我走向宏偉的目標時

一八二八年，年僅二十六歲的維克多．雨果已經是知名作家，還是法國浪漫主義運動的領袖。自一八二二年成家後，妻子阿黛爾已經為他生下四個孩子。身為一家之主，他需要養家餬口。基於經濟考量，他和出版商恭斯蘭（Charles Gosselin）簽下了一份合約，承諾創作一部史考特（Walter Scott）式的小說，第二年的四月交稿。

然而，作家的激情和靈感總能讓雨果分心。他心中醞釀的小說其實是《悲慘世界》，不過這部著作要等到三十年後才能和讀者見面。

一八二九年，他分別創作了兩部話劇。其中一部名為《埃爾納尼》（*Hernani*），於一八三〇年二月二十五日在法蘭西劇院公演。據說這天，《埃爾納尼》的票房是五千一百三十四法郎，而前一天，拉辛的《菲德爾》只贏得了四百五十法郎。還據說，雨果當場賣出了《埃爾納尼》的版權，價格為六千法郎。

賺了錢又出了名，雨果越發懶得書寫那本承諾給出版人恭斯蘭的暢銷小說，更偉大的作品等著他。然而有商業頭腦的出版人恭斯蘭當然不會輕易放棄一個出版良機、一部出自天才作家之手的通俗小說。一八三〇年五月，他威脅要控告雨果，要求他遵守合約並加以執行。經過幾次調解，雨果終於同意於一八三〇年十二月一日交稿，否則需要支付給出版人一萬法郎的補償金。

一八三〇年六月，雨果收集了資料，寫下第一個大綱。七月末，雨果正準備動筆創作，法國七月革命就在他的窗下轟轟烈烈開始了。九月，雨果重新開始寫作。他把自己的衣服全部脫光，交給夫人阿黛爾，並要求她把自己鎖起來，這樣，他就不會被街上爆發的各種運動所吸引。

《鐘樓怪人》這部浩瀚的作品就這樣匆匆忙忙、狼狽不堪地在五個月裡寫完了，於一八三一年三月十六日出版。世界最浪漫的文學作品、一部多次被搬上舞臺和銀幕的小說就這樣誕生了。

這是黃昏的太陽，我們卻把它當做黎明的曙光

也許，因為時間短暫，再加上巨額罰款的壓力，雨果的靈感、文采、力度像火山一樣噴發。這是一部關於厄運和死刑的小說，也是一部出色的百科全書。

小說縱向剖開法國社會，從最高層到最底層，都有他塑造的「傑出」代表。

雨果像個電影導演，從不同的角度，用不同的鏡頭，層層剝露當權者的蠻橫、疑心、幼稚、恐慌，生動地揭露了暴君的嘴臉：外交是征服他人的手段，節儉是壟斷人心的方式，鎮壓是安定神經的良藥。

處於金字塔頂尖的是國王，被稱為法蘭西之子、法蘭西雄獅。如此光輝、尊貴的人物在雨果的筆下卻是個猥瑣狡猾的守財奴。他假扮成鄉下來的教士，拜訪巴黎聖母院副主教克洛德，向他學習煉金術；在巴士底城堡中現身，像小販一樣斤斤計較，試圖減少宮廷開支，卻不惜重金打造全新的牢籠，用來囚禁自己的敵人。

小說的主角之一、克洛德，是個宗教人物。雨果用冷靜、尖銳的文筆描寫他的狂熱、殘忍、可笑的情欲，反覆地刻畫他和同僚對煉金術的迷戀。克洛德既有教士的跋扈和自負，也有宗教人物不可告人的祕密：他扭曲的人性、對信仰的懷疑，和對愛的渴望。

貴族的代表是貢德洛里耶夫人和她的女兒百合花。她們舉止高雅，衣著漂亮，也願意施捨，骨子裡為人刻薄、勢利、善妒，慈善是用來裝飾自己的光環，好比脖子上的項鍊。

小說中軍人的代表是菲比斯隊長。他出身貴族，頭腦簡單，放蕩不羈。他用愛的誓言騙取愛絲梅拉達的肉體，用同樣的誓言騙取有錢人百合花的婚姻，當愛絲梅拉達為了他走向絞刑架時，他是漠不關心的旁觀者、喜氣洋洋的未婚夫。

愚蠢、自私、殘忍，是《鐘樓怪人》諸多人物的共同特性。從巴黎總督、法庭預審法官，到路過的修女，還有副主教克洛德的弟弟、永遠翹課泡酒館的學生若讓，人人都會漠視他人的痛苦和悲哀。

越往下層，雨果筆下的人物反而越具有人性的光彩。

怎能不提多嘴多舌、膽小怕事、自我感覺良好的詩人劇作家格蘭古瓦？他既是愛絲梅拉達摔罐成親的丈夫、是教士克洛德昔日的學生，也是貫穿小說的一條線索。從古希臘詩人荷馬時期起，在歐洲，詩人、作家就被視為歷史的見證人。雖然格蘭古瓦是個逗角，一名蹩腳的詩人、失敗的作者、令人憐憫的小人物，卻依然被雨果定調為事件的目擊者。透過他，雨果嘲笑自己的同類：知識分子、文學家、思想家，傲視群雄，自視清高，他們見死不救，隨遇而安，得過且過，在任何環境下都能得到自我安慰和滿足。一百年後，受法國文學影響的魯迅先生塑造的阿Q就是格蘭古瓦式的社會寄生蟲、在失敗中擁有勝利感的中國「哲學家」。

即便面對一貧如洗的人，雨果也沒有原諒他們的冷酷，而是真實地揭發他們人性的弱點和靈魂的畸形。

隱修女古杜樂就是一個瘋瘋癲癲、自私殘忍、充滿偏見和憎恨的女人。她終日詛咒一個素不相識的波希米亞少女，祈禱她有一天會被人送上絞刑架，不料這位少女正是自己思念多年的女兒，戲劇性的諷刺是，她的兩個心願同時被滿足：女兒找到了，並被送上了絞刑架。

奇蹟宮的塑造堪稱一絕。這裡是折疊後法國社會的最底層，都是無家可歸、被社會排擠的流浪漢和乞丐。上流社會的人物衣著光鮮亮麗、儀表堂堂、滿口拉丁語，而奇蹟宮的流浪漢卻是醜陋、齷齪、凶狠、骯髒的一個群體。為了生存，他們組織了自己的王國，擁有自己的規矩。他們以營救愛絲梅拉達為名，攻打巴黎聖母院，其實是要洗劫巴黎主教堂中純金銀的宗教器皿，準備發筆橫財。

敲鐘人凱西莫多和波希米亞少女愛絲梅拉達，好像是生活在世界最深的馬里亞納海溝中，頂著巨大的壓力依然能夠存活的生物，他們沒有父母、沒有朋友，不知道自己從哪裡來，被社會唾棄、被路人嘲笑詛咒。他們的生活一片黑暗，而他們卻是黑暗中唯一的光明，擁有其他人物缺少的美德．純真、同情，和感恩。

《鐘樓怪人》是一部古希臘式的悲劇，是美麗被醜惡誣陷，純潔被汙濁毀滅，黑暗最終戰勝光明的過程。少女愛絲梅拉達被命運之網無情地拖向地獄般的深淵，每一次掙扎只換來更悲慘的墜落，雖然凱西莫多竭盡所能營救她，但他不是一匹戰狼，而是社會最底層的一粒塵埃。

他們的滅亡是不可避免的必然。

看，一個男人如何為愛所苦

維克多．雨果，作為文壇巨人，他的作家生涯是光輝燦爛的，而他的個人生活卻充滿戲劇性的浪漫、痛苦和悲傷。

就在他全心投入寫作和文學活動時，他的夫人阿黛爾漸漸與他疏遠。《鐘樓怪人》是一部愛情小說，可是現實生活中，將自己裸體關在房中瘋狂寫作的雨果，肯定不是家人期待的好丈夫、好父親。乘虛而入的是雨果的好友、著名文學評論家聖伯夫。無論雨果怎麼認錯請求，阿黛爾都不回心轉意。

感情上備受折磨的雨果在漂亮的女演員茱麗葉處找到安慰和靈感。雨果夫人得知此事，立刻與聖伯夫分手，回歸家庭。茱麗葉並不因此放棄愛情，她情願默默地成為他的祕書和流放伴侶。茱麗葉每天給雨果寫一封信，直到七十七歲去世，一共寫了兩萬多封信。

隨著時間流逝，步入中年的文學泰斗雨果又有了新的情人。當年，巴黎女人迷戀這位帶著書香氣息的詩人。不但雨果收到無數情書，就連茱麗葉也遭到情敵的攻擊：她收到的是雨果寫給別的女性的情書。雨果夫人更藉機與第四者聯盟，企圖利用她們的出現，趕走第三者茱麗葉。

聖伯夫敘述了四十一歲的雨果與二十三歲的麗葉妮一見鍾情的故事。漂亮的麗葉妮是作家、世界上第一位去北極探險的女性。她的丈夫是頗有名氣的畫家，比雨果還大三歲。雨果既是詩人、作家，也一直愛好繪畫，可想而知，他和麗葉妮有說不完的情話。這對情人在一家飯店裡幽會，嫉妒的丈夫帶著巡警捉姦，麗葉妮先是被送入監獄，然後被關進修道院，前來營救她的是雨果太太阿黛爾。這個醜聞讓雨果不得不在家中隱居一段時間。心中沉甸甸的，裝滿相思和焦慮，為了排解苦悶，他開始創作心中牽掛的巨著《悲慘世界》。

直到晚年，白髮蒼蒼的夫人阿黛爾才和滿臉皺紋的情人茱麗葉和好，請她到家中做客。耶誕節時，兩人一起合影，環繞著老年雨果，照了一張流傳至今的全家福。

白天是屬於所有人的，為什麼只給我黑暗？

作為父親，雨果幾次經歷了無法自拔的悲劇。

他的長子雷歐保羅出生一年後就夭折了。

二女兒雷歐保羅蒂娜是他的掌上明珠。女兒結婚後的九月，雷歐保羅蒂娜與家人乘船出行，突然一陣風將船打翻，她墜入水中。她的丈夫水性很好。遠遠地，有農民看到他六次潛入水中，以為他在戲水。其實他正試圖將年輕妻子從水底打撈出來。

然而，不會游泳的雷歐保羅蒂娜緊緊地抓著漸漸沉入水中的小船，怎麼也不肯放手。絕望的丈夫決定最後一次潛入水中，抱住妻子的腰，再也沒有鬆手。當別人將他們的屍體打撈出來時，驚訝地看到，就像《鐘樓怪人》中的凱西莫多和愛絲梅拉達，丈夫擁抱著愛妻，死亡也沒能將兩人分離。

他們將年輕的夫妻合葬在一個墓穴中。這年，雷歐保羅蒂娜才十九歲。雨果得知這個消息後，幾年沒有寫作。

當時，小女兒阿黛爾（Adèle Hugo）才十三歲，被發生的家庭悲劇震撼，從此心中留下陰影。長大成人後，阿黛爾陪伴父親流亡，住在英吉利海峽中的英屬小島上，結識了駐紮當地的英國軍官班松。她自認為找到真愛，也認定被班松上尉所愛，追隨他到加拿大哈利法克斯。上尉出身貴族，風度翩翩，喜歡四處拈花惹草，需要錢的時候才會出現在阿黛爾面前，極似小說《鐘樓怪人》中的菲比斯隊長。

十一年後，當阿黛爾孤身一人被送回父親身邊時，她已經是嚴重的精神病患者，被送入精神病院，從此再也沒有出來。

就國籍而言我是巴黎人，就言論而言我是自由人

路易·波拿巴發動政變、恢復帝制時，為共和思想奮戰的雨果開始了長達二十年的流浪生活。遠離家鄉，遠離朋友、讀者、巴黎的天空和法棍麵包，雨果需要自己種菜，還要向英國女王每年進貢兩隻雞，他的處境可想而知。在流放期間，他完成了《悲慘世界》等三部小說和多部詩集。

偉大的作家首先必須歷經磨練。雨果雖然被災禍苦難不斷糾纏，並沒有因此憤世嫉俗，變得孤獨閉塞，或是頹廢沉淪。個人的痛苦反而開闊了雨果的胸懷和視野，悲傷中的沉思令他的思想更加敏銳。他為弱者奔走呼喚，為正義、平等、自由而戰。

波希米亞民族也稱吉普賽人。他們源於羅馬尼亞，四處遊蕩，沒有家也沒有住所，他們露宿巴黎街頭，以乞討為生，尤其喜歡住在繁華狹窄的街道上，這樣，行人不可能不注意到他們。男人往往以偷竊為業，巴黎市區百分之五十以上的行竊都是他們做的案。年輕漂亮的女人，會帶著三、四個小孩（也不知是不是她的孩子），在街上行乞，如果是十來歲獨立的少女，就會站在街頭賣花，但連花也是偷來的。

這樣的民族，即便在現代的社會大家都避之唯恐不及，何況在中世紀？他們那時的社會地位可想而知。而雨果將他們其中的一員塑造成小說的主角，為他們說話、給他們以同情，這樣的胸懷十分可敬。

八國聯軍攻入北京，火燒圓明園後，英法社會一片漠然，只有雨果發出憤怒而強烈的喊聲：

「在世界的某個角落，有一個世界奇蹟。這個奇蹟叫圓明園。藝術有兩個來源——理想和幻想。歐洲藝術萌生於理想，幻想造就了東方藝術。圓明園在幻想藝術中的地位就如同帕德嫩神廟在理想藝術中的地位。一個幾乎是超人的民族的想像力所能產生的成就盡在於此。……要是說，大家沒有看見過它，但大家夢見過它。這是某種令人驚駭而不知名的傑作，在不可名狀的晨曦中依稀可見。宛如在歐洲文明的地平線上瞥見的亞洲文明的剪影……

「……有一天，兩個歐洲強盜闖進了圓明園。一個強盜洗劫財物，另一個強盜放火。似乎得勝之後，便可以動手行竊了。他們大肆搜刮圓明園，贓物由兩個勝利者均分……他們手挽手，笑嘻嘻地回到歐洲。這就是這兩個強盜的故事……

「……法蘭西帝國吞下了這次勝利的一半贓物，今天，帝國居然還天真地以為自己就是真正的物主，把圓明園富麗堂皇的破爛拿來展出。我希望有朝一日，解放了的乾乾淨淨的法蘭西會把這份戰利品歸還給被掠奪的中國，那才是真正的物主……」

作為一個法國人，寄居英國，公開控訴英法政府和軍隊在國外犯下的罪行，這是怎樣的清醒和勇氣？

我現在且躺在地上去入夢

一八八五年五月二十二日，八十三歲的雨果在巴黎去世。他留下一份遺囑：「我捐給窮人五萬法郎。我要乘坐窮人的靈車去墳地。我拒絕任何教堂為我做悼詞，我請求那些教堂為天下人祈禱。我信上帝。」

一八三〇年，五十五年前，維克多．雨果創作了《鐘樓怪人》。小說的第一幕就是描繪早起的巴黎人摩肩接踵地從大街小巷湧向司法宮，準備觀看愚人節上演的聖蹟劇。二十八歲的他怎能想到若干年後，自己的葬禮比《鐘樓怪人》中描寫的愚人節還要擁擠熱鬧、轟轟烈烈！小說中若讓和他的同學，為了占得一個看熱鬧的好位置，從清晨等到中午，而在作者的葬禮上，上千人提前一天等在安放在凱旋門下他的靈柩旁為他守靈，直到第二天葬禮正式開始。

雨果的遺體在凱旋門下陳列了一夜後，第二天，他的靈車緩緩穿過香榭麗舍大道、協和廣場、聖傑曼大街、聖米歇爾大街，最後入葬於堆滿花束和花圈的先賢祠。

作為法蘭西最偉大的作家之一，他像一顆耀眼的流星，劃過十九世紀的天際，留下光輝燦爛的文字和波希米亞少女愛絲梅拉達的美麗形象。她的一顰一笑、婀娜的舞步、甜美的聲音、充滿同情心的言語，讓拜訪巴黎主教堂的人都情不自禁地在聖母院廣場上尋找她的身影。

沒有那些一代宗師描寫人間苦難的作品，人權和民權怎能成為今天的人類共識的價值觀？

政治家，透過革命，用血腥殘暴的手段改變社會；而作家的文字，是無聲無息的滲透，雕塑了無數人的良知和愛心。

於二〇一八年一月

一八三一年初版前言

幾年前，本書作者在參觀——更確切地說，在探祕——巴黎聖母院時，在其中一座塔樓陰暗的角落裡，發現一行手刻在牆上的字母：

ΑΝΑΓΚΗ[1]

這幾個大寫的希臘字母深深地刻在石頭上。因為年代已久，已經黯淡發黑。文字的形狀和筆觸帶有哥德式字體的特徵，好像在告訴世人，這是中世紀時的某人所書寫的。它們意味著淒慘宿命，這個含義觸動了作者。

他自問，這是個怎樣飽受折磨的靈魂，需要在這座古老教堂的牆上留下犯罪或受難的紀錄之後，才離開人世。

1 希臘文，意思是「命運」。

後來，有人對牆加以打磨或粉刷（我也不清楚是哪一種），字跡消失了。兩百年來，大家都是這麼處理美麗的中世紀教堂，從外部一直毀容到內部。教士塗粉、建築師打磨，最後由百姓將教堂徹底拆毀。

因此，除了本書作者為它撰寫了一部微薄的回憶錄外，這段刻在聖母院陰暗鐘樓裡的神祕字母已經灰飛煙滅，它們悲切訴說的命運也無人所知。幾個世紀、幾代人後，撰寫這個字的人早已化為塵土，他的字從教堂牆上消逝，也許不久的將來，教堂也會被夷為平地。

這本書源於這組字母。

一八三一年二月

雨果 Victor Hugo

一八三二年定本附言

有人曾宣稱附有新章節的新版本即將面世，這是錯誤的說法。正確的說法是本書中添加了「未經出版」的章節。因為新版的定義是加進了新的創作，而此版增添的不是新的內容，而是與原書同時寫成的部分。和本書其他部分一樣，這些章節都來自於同一時期、源於同一思想，是小說《鐘樓怪人——一四八二》手稿的一部分。何況，作者不認為這類作品還能增添什麼新的內容，或是隨心所欲地加以修改。

作者以為，一部小說的誕生不是偶然的，各個章節不多不少，很像場次搭配完整後產生的一部戲劇。您不會覺得在這部被您稱作悲劇或是小說的微縮世界中，組成部分的總數目是任意決定的吧？這類作品一氣呵成，應當保持原狀，而不是再添枝加葉，或是加以焊接。作品完成後，您不能改變初衷、不能修改。作品出版後，作品的性別就已明擺在大眾眼前，就像哭出第一聲的新生嬰兒，不管是男是女，他就是出生了、存在了，他是這樣的形體容貌，父親或母親都不能改變，他屬於空氣、屬於太陽，只能任他生存或是死亡。

您的作品不成功？沒有關係。不要給不成功的作品畫蛇添足。它不全面？只有創作的時候才能加以補充。您種出來的樹曲折盤陀？您不要拉直它。您的作品得了癆病？您無法給它補充所需要的靈氣。您的劇情缺手少腿？相信我，不要給它裝上木頭做的義肢。

作者非常希望公眾瞭解，增添的章節不是因為再版而創作的。這些章節之所以沒有被先前的幾版收錄，原因非常簡單。

當《鐘樓怪人——一四八二》第一次出版的時候，保存這三章的卷宗遺失了。要嘛重寫這些部分，要嘛捨棄。作者認為其中兩章，是關於藝術和歷史的，由於它們篇幅的長度和內容，雖然是作品的重要部分，卻對劇情發展沒有關鍵影響，讀者不會發現它們留下的空白，只有作者才知道這殘缺的祕密。所以他決定不加以理會。何況，說實話，重寫三章的任務讓他頓生懈怠之心。他認為重寫一部小說也比這樣迅速。

如今，這些篇章找到了，作者立即抓住機會，將它們插回原位。

現在您即將讀到一部完整的作品。它是作者的夢想，也是他播種的果實。它是好書還是爛書，是一部經久不衰的作品還是曇花一現的小說，反正這都是作者要承擔的。

找回的這幾章對很多人來說可能毫無價值，他們沒錯，如果他們在《鐘樓怪人——一四八二》書中尋找的是劇情、小說。但是，也許其他讀者並不覺得研究一下本書隱藏的美學觀點和哲學觀點根本無用。當他們閱讀《鐘樓怪人——一四八二》的時候，會津津有味地在小說中尋找其他元素，並且會追隨詩人的原創——請讀者諒解這個狂妄的用詞——融入歷史學家的體系，和認同藝術家的理想。

也就是為了這類讀者，找回的幾章豐富了《鐘樓怪人——一四八二》。當然，首先要認定《鐘樓怪人——一四八二》值得充實。

在其中的一章裡，作者表達並詳細闡述了他對建築、藝術之王的衰落以及消亡的看法。經過深思熟慮，他依然堅信這是不可避免的過程。但是在此處需要說明，他希望未來將證明他的判斷是錯誤的。他知道，藝術及其多種多樣的表現方式，都可以寄望於未來的一代，明天的天才會在今天的工作室中萌生。種子已經播入犁溝，肯定會是大豐收。他只是擔心——讀者會在第二卷讀到其中的原因——幾百年來建築曾經是孕育藝術最肥沃的土地，而生命力卻在這片古老的土壤中從此枯竭。

不過，今日的青年藝術家充滿了活力、野心和自信。此時此刻，尤其是在我們的建築學院，老師固然可惡，卻不知不覺中，甚至違背初衷地培養出一批優秀的學生。這與賀拉斯所講到的陶罐工匠正好相反，此人想塑造一個盛酒的尖底雙耳甕卻捏出了一口平底飯鍋。

無論怎樣，也無論建築藝術有何未來、年輕建築師如何解答藝術對他們的挑戰，在新式紀念性建築物誕生之前，我們需要保留過去。如果可能，我們應該共同呼籲國家對國內文物建築加以愛護。作者的宣言就是他創作本書的主要目的之一，也是他人生的奮鬥目標之一。

《鐘樓怪人——一四八二》是中世紀藝術的一個真實切面。直到今天，這段時期的輝煌不被重視，甚至無人知曉；或許本書會引起世人對中世紀藝術的重視。但是作者並不認為已經完成了他自告奮勇擔當的任務。不止一次，他曾經為我們古老過時的建築物奔走呼籲，很多次他高聲譴責胡亂修復、破壞、毀滅的行為。他永遠不會放棄！他決定經常地、一而再再而三地強調他的觀點。他會堅持不懈地捍衛遭到學院和大學內所謂精英猛烈抨擊的歷史遺跡。當中世紀建築物淪落到這些人的手中，他們會在偉大的藝術品上浪費石灰，實在是慘不忍睹。而其他知識分子，只會觀望他們反覆作案，並在一旁喝倒彩，真是可恥。且不說在外省都發生了什麼，看看就在巴黎、我們的門前窗下，在一座文化大都市，新聞、言論、思想的中心，發生的悲劇。

就在要結束這篇附言之前，我們忍不住要揭發每天都發生在我們面前、在具有藝術修養的巴黎人的眼皮下，策畫、商談、啟動、進行，直至平平穩穩竣工的幾個野蠻工程。面對輿論譴責，他們依然大膽妄為，這種作風令他人目瞪口呆。他們剛剛拆除了大主教城堡，此建築原本風格粗糙，沒有什麼太多可惜的；但是他們乾脆將主教官邸也一同拔掉，這可是稀世罕見的十四世紀遺址，負責拆除的總工程師不作區分，把稻穀錯當雜草統統除掉。

另外，大家又在討論拆除凡塞納小教堂，用它的石頭來修築某防禦工事，而多美尼爾[1]當年並不需要這些。政府一邊投入重資修復波旁宮這座茅廬，一邊任由聖禮拜堂燦爛的花窗被春分時節的狂風吹爛。幾天前，屠宰場聖雅克教堂的塔樓被鷹架包圍，大概過不了多久的一天早晨，就會有十字鎬刨牆。一名泥瓦匠居然在司法宮尊貴無比的塔樓間蓋起一座白色的小房子。還有人居然被任命負責縮小聖傑曼德佩——這座帶有三座鐘樓、領主制度時期的修道院。毫無疑問，他們還能找到另一位敢將聖傑曼婁塞華教堂夷為平地的工匠。所有這些泥瓦工自稱建築師，拿著市政府等機構的月薪，身穿綠色禮服[2]，以粗俗當作風雅賣弄、假學問當作真本事炫耀，什麼都幹得出來。

就在我寫這篇文章的時候，他們其中一位控制了杜樂麗宮，正在給菲利浦·德洛慕的傑作破相，多麼可悲的一幕！在典雅細膩的文藝復興建築正面，毫無羞恥地豎起一座剽悍笨重的建築，難道這不是一樁卑劣的醜聞嗎？

雨果於巴黎

一八三二年十月二十日

1 多美尼爾（一七七七—一八三二），曾出任萬森納要塞總督。

2 這裡雨果暗示他們都是法蘭西學院院士，因為只有院士才有資格穿綠色禮服。

鐘樓怪人

Notre-Dame de Paris

第一卷

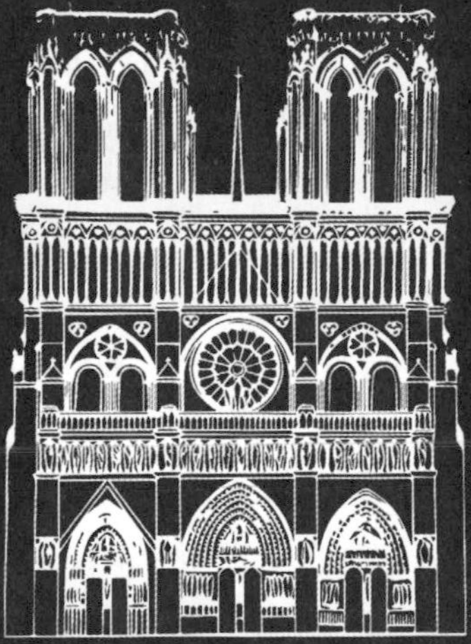

I

大禮廳

故事發生在距離今天三百四十八年六個月及十九天前，這天清晨，老城、大學城、新城三重城郭內的大鐘齊聲轟鳴，激昂地喚醒了巴黎市民。

然而，一四八二年一月六日這天並沒有被載入史冊。清晨剛至，能讓巴黎市鐘群轟響並且驚動巴黎市民的理由卻不特殊。這既不是皮卡第人或者勃艮第人大舉入侵，也不是教會組織的聖骨遊行，或者是拉斯葡萄園裡學生造反，更不是「令人肅然的國王陛下」入城儀式，也不是被巴黎司法判處死罪的男女盜竊犯的精彩絞刑，也不是十五世紀常見的，精緻錦衣披身、彩色羽毛綴帽的外國使節來訪。前兩天就有弗蘭德使節組成的隊伍出現在巴黎，目的是為法國王儲和弗蘭德公主瑪格麗特兩人締結婚約。他們的到來讓紅衣主教波旁大人著實煩躁不寧。為了討國王的歡心，主教大人不得不笑臉迎接這群來自弗蘭德的鄉土官員，不顧當夜大雨滂沱，邀請他們在自己的波旁宮中熱熱鬧鬧地看了場富有道德寓意的滑稽劇。結果雨水飄入敞開的大門中，打溼了家中華美的掛毯。

一月六日，正如史學家讓・德圖阿所說，是一個「讓巴黎平民百姓沸騰」的日子，因為從上古開始，這一天就既是主顯節又是愚人節，是個雙重慶祝日。

這天，在河灘廣場上會點起篝火，在布拉克小教堂內種植五月樹，在司法宮內上演聖蹟劇。前一天，市政差官，身著紫紅色駝毛氈短衣，胸首碼著白色大十字架，已經吹著喇叭在各大十字路口通知市民了。

清晨開始，諸位先生女士陸陸續續關上家門或是鎖上店門，從四面八方湧入三個指定地點。當然，每人愛好不同，有的選擇看篝火，有的喜歡看五月樹，有的執意看聖蹟劇。不過自古以來，巴黎閒人就懂得生活常理，大多數人都跑去看篝火——這個季節正合適，還有人去觀看聖蹟劇——因為在封頂關窗的司法宮大禮廳中上演。喜歡熱鬧的人都冷落了五月樹，任由它在布拉克小教堂所屬的陵園中、一月的天空下，孤零零地簌簌發抖。

人群熙熙攘攘地簇擁在司法宮周邊大街上。因為大家知道，前兩天來訪的弗蘭德使節要求觀看聖蹟劇和參加愚人王的選舉，這兩個節目都要在大禮廳中進行。

雖然司法宮大禮廳被譽為世上最大的封閉式禮廳（當然索瓦爾[1]還沒有丈量過蒙塔爾古堡的大禮廳），這天，能夠跨入此處是很不容易。站在自家窗口看熱鬧的人能看到司法宮廣場上一片人海，而周邊的五六條街道，彷彿是與海洋對接的江口，每一刻都推送一撥人頭攢動的大浪。人流的餘波，不斷地壯大並且撞擊周邊的牆角，就連房屋都變成崎嶇蜿蜒的海灣中聳立的海岬。司法宮雄偉的哥德式[2]建築中央有座寬大的階梯。人群不停地分成兩股暗流在這裡上下，他們在中間的平臺上突然散

1 亨利．索瓦爾，著有《巴黎古物通史》，一七二四年出版。

2 哥德式這一詞彙，並不適合眾人所指的風格，但是已經被眾人所接受，在這裡我們只能採用它描繪中世紀晚期，以拱頂為主的建築風格。早期時以圓頂為主。（作者註）

開，沿著兩側斜坡像巨浪一樣飛瀉。這個大臺階，就是人流組成的瀑布，不斷地噴灑向廣場的大湖中。叫喊聲、說笑聲、上千人的踏腳聲，組合成洪亮無比的喧嘩。時不時地，喧嘩變成嘈雜的噪音，因為擠上大階梯的人你推我擠地又退了下來，人流頓時打著轉，亂成一片。這是因為市政府的弓箭手或是騎兵衝出來維持秩序；這個差事，後來由市政府交給警衛隊，再後來，警衛隊傳給了武裝警察隊，再後來，武裝警察隊傳給了巴黎憲兵隊，至今猶存，可謂是讓人歎為觀止的老傳統了。門口、窗口、天窗、房頂上，擠著成百上千個市民整潔的面孔，一看就是安分守己的人。他們遙觀司法宮以及下面喧鬧的人群，沒什麼別的要求。因為很多人能夠當觀眾就心滿意足了，好比無論牆外發生了什麼，一樣都能滿足好奇心。

如果我們這些生活在一八三〇年的人，能夠用思想穿越時間，和十五世紀的巴黎人一起，被人拉扯著、推擠著、用手肘撞著，走入這個在一四八二年一月六日顯得窄小的司法宮大禮廳，所見到的人和事又是如此的古老，那麼我們會覺得這一切都是新鮮時尚的。

如果讀者同意，我們就一起試想和那些穿著中世紀上衣、短衣和緊身襖的雜民一起擠入大禮廳吧。一片嘈雜灌入耳中後，場面混亂令人眼花撩亂。我們抬頭能望到兩個尖形拱頂，天藍色木雕貼面，還鑲嵌著金粉百合花邊，低頭能看到腳下黑白相間的大理石地面。距離我們幾步之處，有一根、兩根、三根，一共七根大柱子，從禮廳中縱穿而過，支撐著兩個尖形拱頂的落腳線。前四根柱子旁有商鋪，亮閃閃地陳列著小玩意。後三根柱子之間放著幾張橡木長椅，被訴訟人的短褲和檢察官的長袍磨得發亮。禮廳的四周，沿著高牆看去，門、窗、柱子之間，聳立著從法拉孟開始的法蘭西國王雕像群。懶惰昏庸類的國王垂著兩手，俯視地面；勇敢善戰類的國王雙手高舉，昂首看著天空。然後就是尖拱長窗，鑲著五光十色的彩繪玻璃；另外，禮廳的每個出口都有一扇精雕細刻的豪華木門。所有看到的，拱頂、柱子、牆壁、窗框、門框、鑲板、高門、塑像，都塗有閃閃奪目的金粉和藍漆。今天看去色澤黯淡，其實，在西元一五四九年，它們就已經被灰塵和蜘蛛網湮沒，只有杜．波爾依然按照傳統的方式為之讚美。

現在，各位設想一下一個寬大無比的長方形禮廳，被一月蒼白的日光照明，被穿著花稍、吵吵鬧鬧的人群占領，他們沿著牆分散，繞著七根柱子打轉，大家就能有個模糊的畫面。接下來我們就可以介紹一些稀奇古怪的細節了。

如果拉瓦萊克沒有刺殺亨利四世，那麼此案就不會成立，就沒有相關卷宗放在司法宮的書記處，也就不會有他的同謀為了自身的利益，策畫銷毀這些證據，因此也就不會有縱火犯為了燒毀證據而要燒毀書記處，為了燒毀書記處而要火燒司法宮，所以一六一八年的火災也就不成立。那麼舊司法宮和它原來的大禮廳就會風貌依舊。我也就可以對讀者說，去看看吧，這樣我就不用在這裡描述，您也不用費心思閱讀。——這也是一個新挖掘到的真理，所有的歷史大事都有不可預測的後續。

當然，很可能拉瓦萊克並沒有同夥，或者即便有同謀助手，他們也和一六一八年的那場火災無關。如果是這樣，也許起火的原因歸根於其他兩種因素。第一，大家知道，三月七日深夜，一顆直徑為一法尺[3]半的火球從天上掉下來，正好落在巴黎城中的司法宮。第二，特爾菲主教曾經寫過這首四

3　一法尺為三二五公分。

言詩：

這是一場悲傷的遊戲，
巴黎主持公道的女士[4]，
因為收下太多的賄賂，
縱火毀滅了自家殿堂。

光一六一八年司法宮的一場火災，就有政治、物理現象和詩意的三種解釋。無論大家怎麼猜測，這場火災確確實實已經發生。天災人禍加上接二連三的修繕，把沒有燒完的遺跡也徹底消滅乾淨了。這座比羅浮宮還古老的宮殿，曾是法蘭西王朝第一幢皇家住宅，到今天遺留下太少的原跡。早在美面國王菲利浦年代，大家就在那裡尋找歷史學家海爾加度斯描述的羅貝爾國王樹立的輝煌，但那些今天基本上都銷毀了。聖路易曾在宮裡舉行婚禮，身為國王，他履行夫君任務的洞房又在哪裡？他曾經在花園中鋪上地毯，穿著羽紗短襖、粗呢背心和長及草帶鞋的長衣，和如安維勒半躺著執法辦公，這御苑又在何處？皇帝西紀斯蒙的寢宮在哪裡？查理四世的呢？「沒有領土的」國王約翰的呢？查理六世發布特赦詔書的大階梯在哪裡呢？馬塞爾當著太子的面，用刀割斷羅貝爾·德·克雷爾蒙和香巴涅大帥的喉管時的地面呢？假教皇貝內迪克特的諭旨被刀割爛的窗口又在哪裡？他的幾個傳諭者當即被人披上斗篷、戴上主教冠，拉到巴黎城中示眾，祈求大眾原諒。當年鍍金塗藍的大禮廳，還有它的尖拱窗戶、塑像、柱子，以及堆砌著各種雕像的拱頂又在何方呢？那幢金色的房間在哪裡？它的門前曾設置一隻石獅，低著頭，尾巴夾在兩腿中，與蹲在所羅門寶座前的獅子一樣謙卑的形象，象徵著被正義馴服的力量。那些漂亮的門、美麗的彩繪玻璃，以及能讓比斯高爾奈特感到無能的鑄鐵，還有杜．行西製作的細膩而優美的木工活呢？時間和後人對這些輝煌都做了些什麼？我們對高盧歷史和哥德式藝術是否有所付出呢？笨拙的建築師德．勃爾斯設計的聖日爾偉教堂大門上沉重壓抑的半圓拱頂，這就是藝術遺產。至於歷史遺產，如果那根大柱子能開口，它一定會喋喋不休地講述，尤其是關於詭辯家巴萃斯的流言蜚語。

這些都無所謂，我們還是回到原先的古司法宮和原版的大禮廳吧。

這所巨大無比的長方形大廳的兩頭都有擺設，一頭是那張著名的大理石桌，它的長度、寬度、厚度從未有過，正像土地登記簿上，用特有的能讓《巨人傳》中貪吃的卡岡都瓦都提起興趣的筆法描述的那樣，「一塊世界無雙的大理石」。大廳的另一端則是小禮拜廳，路易十一曾經讓人打製了自己的塑像，讓它虔誠地跪倒在聖母腳下，另外也不顧在國王塑像的行列中留下兩個空洞，而把查理曼大帝與聖路易國王的塑像也搬過來作陪，因為他認為這兩位當過法蘭西國君的聖人一定是上天堂的嚮導。這座小禮拜堂，剛剛竣工六年，嶄新、典雅、傳神的雕塑加上深刻又細膩的筆觸，既具有典型的哥德式藝術晚期的魅力，又隱藏著十六世紀中葉文藝復興時迷幻仙境開始的格調。尤其是正門上方鏤空的玫瑰花窗，可譽為輕盈雅致的建築傑作，好像一顆鑲著花邊的星星。

大廳中央，正對著大門，靠牆搭起了金絲織錦披掛的看臺，走廊中一扇通往金色房間的窗戶成了看臺的貴賓入口，這是為弗蘭德使節和其他觀看聖蹟劇的達官貴族設置安裝的。

按照傳統，聖蹟劇要在大理石桌子上演出，大清早它就被收拾出來。還留有司法宮書記們鞋印刮痕的桌面上，豎起了一個很高的大木架，作為舞臺，它的最上層能被整個大廳裡的人看到。它的四周掛上壁毯，裡面就是演員的更衣間，外面簡單地靠著一架梯子，這便是從後臺到前臺的路徑。演員入場和出場都要爬過這架粗糙的梯子。任何一個驚豔的角色、揪心的情節和出乎意料的轉折，都要經過這架梯子才得以實現。早期戲劇藝術及其道具器械是多麼的天真可愛！

無論是節日還是行刑之日，都有四位司法宮的執棒巡佐負責監督前來取樂的市民。他們已經筆直地站在大理石桌子的四角。

居然要等到司法宮的大鐘敲響十二下後，演出才能正式開始。延遲開場的原因是因為要等待使節隊伍的到來。

然而大禮廳裡熙熙攘攘的人群已經等了一個早晨。他們其中大部分人老老實實地從清晨開始就在司法宮的大臺階前發抖，還有人聲稱為了能第一個進入大禮廳，已經在司法宮的大門處守了一夜。人越匯越多，好像超出正常水位的河流，開始沿著牆壁猛漲，在柱子的四周蔓延，占領了所有的桌臺、蓋頂、窗臺，所有凸出的建築物和雕塑的曲線中都塞滿了人。這是一個讓人煩躁、心急、無聊、自由，可以無恥瘋狂的一天。遠在使節隊伍到來之前，只要有手臂碰撞，或是誰的鐵鞋跟踩了誰，激烈的爭吵就會爆發，等待的疲倦讓擁擠不堪、喘不過氣來的人群發出苦澀刺耳的埋怨。到處都可以聽到對弗蘭德使者、城管總監、波旁紅衣主教、司法官、奧地利瑪格麗特公主、執棒巡佐，以及對天冷、悶熱、惡劣的氣候、巴黎主教、愚人王、廳內石柱、雕塑、緊閉的門還有敞開的窗戶，加以喋喋不休的抱怨。只有成群結隊的學生和散在人群中的傭人嘻嘻哈哈，覺得好玩，故意嘲諷、挑逗、附和，煽動眾人的惡劣情緒。

還有另一批會取樂的調皮鬼，將一扇彩繪玻璃窗打破後，大膽地爬到柱子頂端的平臺上坐著，居高臨下地議論大廳裡的人群、同時也嘲弄大廳外推擠的大眾。他們模仿別人的動作，哈哈大笑，還在空中和坐在另一盡頭的同伴打招呼、聊天，能看出來這些年輕的學生和其他正在無奈和煩躁的觀眾不同，為了能給自己解悶，他們在一部戲正式開場之前就上演了一齣喜劇小品。

「我就知道這是您，若讓．弗洛羅．德．莫郎迪諾。」一個金頭髮的搗蛋鬼對著掛在柱子頂端的雕飾上的一人喊道。此人長著一張漂亮機靈的臉蛋。

金頭髮又說：「您就改名為磨坊風車吧。看您的雙手雙腿張開得像風車葉，您掛在那裡有多久了呢？」

「魔鬼慈悲，」若讓．弗洛羅答道，「已經四個多小時了，但願這四個小時將來能從我下地獄淨罪的時間裡扣除。西西里國王唱詩班的八個唱詩人，在聖禮拜堂裡七點鐘開始唱大彌撒，我居然趕上了第一章。」

「不錯的唱詩人，嗓音比他們頭上戴的尖帽還高！」對方接道，「在給聖人若讓獻上彌撒之前，國王應該問若讓先生是不是更喜歡用普羅旺斯口音唱的拉丁文讚美詩。」

「就是為了給皇家唱詩班找點事做！」窗下一個老太婆酸溜溜地說，「大家怎麼想？花上一千個巴黎里弗爾弄一場彌撒，還是從巴黎菜市場海產攤位繳的稅中掏出來的。」

「閉嘴，老太婆！」一個胖嘟嘟、滿臉嚴肅的人站在女魚販的身邊，用手捂著鼻子，「不能不舉行彌撒，難道還要國王再生一場病？」

「說得好！吉爾‧勒高尼先生，國王御袍指定的皮貨供應商！」高居在柱頂雕飾上的年輕學生喊道。

一聽到御用皮貨供應商滑稽的名字，學生都哈哈大笑。

「勒高尼！吉爾‧勒高尼！」有人喊道。

「有角又有毛！[5]」有人接道。

「嗨！」柱頂上的搗蛋鬼還說，「大家都笑什麼？尊敬的吉爾‧勒高尼是王宮總管讓‧勒高尼的親弟、萬森納森林首席門房馬耶‧勒高尼先生的公子，他們全家都是體面的資產階級，父親和兒子都結了婚。」

眾人更笑得不亦樂乎。肥胖的皮貨供應商一句都沒回嘴，只是忙著躲避別人投向他的目光。但是他白忙一場，就像一只嵌入木頭裡的楔子，他越是努力躲避，他的大腦袋就在兩側人的肩膀中夾得越牢固。他氣急敗壞，臉也越發通紅。

幸虧周圍有人出來給他解圍，此人也是又胖又矮。

「可恨！一群學生居然敢對有產者如此放肆。要在我年輕的時候，你們就會被人用木柴痛打一頓，再被活活燒死。」

學生都爆發了。

「喂喂喂，誰在胡說？這隻煩人的貓頭鷹是誰呀？」

「咦，我認識他。」一個學生發言說，「這是安德里．繆斯聶先生。」

「他開的書店是大學指定的四家書店之一。」另一名學生接道。

「這家店裡到處用『四』來計算，」第三名學生喊道，「四個國家，四個學系，四個節日，四個學政，四個選舉代表，四個書店老闆。」

「那就讓『四』見鬼去吧！」若讓．弗洛羅接道。

「繆斯聶，我們會燒了你的書。」

「繆斯聶，我們會揍你的跟班。」

「繆斯聶，我們會調戲你的女人，弄亂她的裙子。」

「就是那個胖胖肉肉的烏達德太太。」

「她成天快快樂樂、精神抖擻，好像已經當了寡婦。」

「都見鬼去吧！」安德里．繆斯聶嘟嘟囔囔地罵。

若讓還掛在柱頂上，聽了便接著說：「安德里先生，閉上你的嘴巴，不然我掉下來砸你的頭！」

安德里先生抬頭，彷彿在用眼睛丈量柱子的高度以及搗蛋鬼的體重，再用體重乘以下跌的速度，心算推出結果後，一聲不吭了。

5 原文為拉丁文，用勒高尼這個姓氏玩的文字遊戲：「勒高尼」的法文原文為：Lecornu，「有角的」拉丁文為：Cornutus。

若讓贏了這場舌戰仍不甘心，得意地繼續追擊：「我哥哥是副主教，但我還是敢這麼做！」

「非凡的先生們，大學區的人應該在今天這樣的日子裡享有我們應有的特權。市區裡有五月樹和篝火，老城區裡有聖蹟劇、愚人王和弗蘭德使者，然而大學區裡什麼也沒有！」

「不過莫貝廣場夠大了！」爬在高窗窗臺上的學生中有一人接口道。

「打倒校長，打倒選舉代表和學政！」若讓大聲嚷嚷。

「今晚到加亞田野用安德里先生的書點上一堆篝火。」又有一人接口。

「還有學錄的辦公桌！」他身邊的人說。

「再加上監堂的棍子！」

「還有學院院長的痰盂！」

「學政的長桌！」

「選舉箱！」

「校長的板凳！」

「統統打倒！」若讓大喊著接應，「打倒安德里先生，打倒監堂和學錄！打倒神學家、醫生和經學家！打倒學政、選舉代表和校長！」

「簡直就是世界末日！」安德里先生堵住耳朵低聲自語。

「太巧了，校長從廣場上經過。」一名學生從窗戶上大聲嚷嚷。

眾人都向廣場上望去。

「這真是我們敬愛的校長大人提博先生嗎？」磨坊風車若讓・弗洛羅問道。他抱在大廳內的一根柱子上，看不到外面。

「是啊，是的，」別人回道，「就是他，沒錯就是他，校長提博先生[6]。」

校長和大學官員正按照禮儀列隊穿過廣場，前去迎接外國使節。學生擠在窗戶上，向他們投去嘲笑的謾罵並致以諷刺的掌聲。第一波襲擊的就是走在隊伍最前方的校長。

「校長先生，您好啊，喂喂喂，您好嗎！」

「老賭徒怎麼跑到這裡來了呢？難道不玩骰子了嗎？」

「他騎著騾子一路小跑，這騾子耳朵還沒他耳朵長呢。」

「喂，您好，校長提博先生！骰子專家！老混蛋！老賭徒！」

「上帝保佑您，昨晚是不是拿了幾次雙六？」

「看，您這張虛偽疲憊又沮喪的臉，已經被賭骰子熬得鐵青啦！」

「擲骰專家提博[7]，您匆匆忙忙離開學區向市區奔去，這是要去哪裡啊？」

「是去擲骰提博街開個房吧。」磨坊風車若讓喊道。

這幫人瘋狂地拍手，一起大聲重複若讓巧妙的嘲諷。

「是去擲骰提博街開個房吧？校長先生大人，是和魔鬼玩一把嗎？」

然後，他們就開始嘲弄其餘的要員。

6、7 原文為拉丁文。

「打倒監堂！打倒持權杖的人！」

「咦，霍班・普斯潘，那個傢伙是何人？」

「他是吉百合・德・蘇利，拉丁文名就是吉百合距死・德・蘇利亞狗，他是奥屯學院的訓導長。」

「給你，我的鞋，你的位置比我好，丟到他臉上去！」

「快收下農神節的核桃吧！[8]」

「打倒六個穿白袍的神學家！」

「他們居然是神學家？我還以為是聖女熱納維耶芙為了胡尼封地，送給市民的六隻大白鵝呢！」

「打倒醫生！」

「打倒爭論和嘲諷！」

「我向你脫帽致意，聖女熱納維耶芙學院的訓導長官！你給了我特殊的禮遇，把我在諾曼第學區的位置讓給了臭小子阿卡紐・法司巴答，那人來自布爾日省，是個義大利人。」

「太不公平啦！」所有的學生大喊，「打倒聖女熱納維耶芙學院的訓導長！」

「哎，若香・德・拉德奧先生！哎，路易・達育樂，哎，郎貝・奧特芒！」

「讓鬼悶死德意志學區的學政吧！」

「也帶上披著灰袍的聖禮拜堂的神父！[9]」

「那可是鑲著灰裘皮的教袍。[10]」

「哎呦呦，藝術家啊，看看這漂亮的黑斗篷，還有這漂亮的紅斗篷！」

「校長拖著一條漂亮的長尾巴。」

「像不像參加海上婚禮的威尼斯大公？」

「快看，若讓，聖女熱納維耶芙教堂的修道士也來了。」

「修道士都去見鬼吧！」

「克洛德．紹阿院長、克洛德．紹阿博士，您是在找瑪麗．拉．吉發德吧？」

「她在格拉提尼街上呢。」

「她在給流浪漢大王鋪床呢。」

「她交了四個但尼爾。」

「或者一個香屁。[11]」

「您要不要她當面給您？」

「同學們，看，西蒙．桑干先生、畢卡第選舉代表，他老婆坐在馬屁股上。」

「騎士的身後是黑色的煩惱。[12]」

「有膽識啊，西蒙先生。」

「早安啊，選舉代表大人。」

8 原文為拉丁文，出自馬提亞爾的《諷刺詩集》，VII，九一，二。

9、10、11 原文為拉丁文。

12 原文為拉丁文，出自賀拉斯的《頌歌》，III，一，四〇。

「晚安啊，選舉代表夫人。」

若讓．弗洛羅不由得歎氣：「他們能看到這些真是開心。」他依然掛在柱頂端的花枝雕塑中。

大學指定的書店老闆安德里．繆斯聶對御用皮貨供應商吉爾．勒高尼低聲耳語說：「先生，我說，這就是世界末日，從來沒見過如此放肆的學生。就是本世紀那些令人詛咒的新發明毀了一切。什麼大炮、蛇炮、轟炸炮，尤其是從德國傳過來的印刷術更是一大瘟疫。再也沒有手抄書，還能有什麼書？印刷讓書店走向滅亡。世界末日就要到了。」

「是啊，我從天鵝絨織法的進步上也能體會到。」皮貨供應商說。

中午十二點的鐘聲響起。

「哎呀！」大禮廳中的人同聲歎道。學生也不出聲了。接下來，人群一陣騷動，搖頭的、移腳的，還有很多人齊聲咳嗽、擤鼻涕，每個人都調整姿態，重新聚在一起，找到一個位置，踮起腳，然後就是一片寂靜；所有脖子都伸得直直的，所有嘴巴都張得大大的，所有目光都投向大理石桌子。桌面上還是什麼都沒有，司法宮的四名差官還是挺直腰板，紋絲不動地站著，像四尊彩色雕塑。大家的目光又轉向留給弗蘭德使者專用的貴賓席。門是緊閉的，看臺空空如也。大家從清晨就開始期待三件事：中午的到來、弗蘭德使者出場和聖蹟劇上演。看來只有中午到來了。

太令人氣憤了。

大家強忍著又等了一分鐘、兩分鐘、三分鐘、五分鐘，一刻鐘過去了，什麼都沒有發生。貴賓席空空蕩蕩，舞臺上一片沉寂。此時等待的焦慮已經變為憤怒。怨聲低沉地在人群中迴響：「聖蹟劇！聖蹟劇！」好像是一場暴風雨在醞釀中，先是轟隆隆地在人群的頭頂上打雷，然後磨坊風車若讓點燃了第一朵火星。

他像蛇一樣在柱頂扭曲，使出全身的力氣大喊：「聖蹟劇！弗蘭德人都去見鬼吧！」

大家鼓掌，也跟著大喊：「聖蹟劇！弗蘭德地區都去見鬼吧！」

「必須立即上演聖蹟劇，」學生若讓又喊道，「不然把司法差官都吊死，這就是即將上演的喜劇和道德劇。」

「說得好，」眾人高聲贊同，「把這幾個差官吊死再說。」

歡呼之聲四處響起。四個差官面面相覷，臉都嚇白了。群眾紛紛衝向他們。在差官和人群之間只有一道不結實的木欄杆，已經被擠壓得開始彎曲變形，馬上就要被推倒了。

情況十分危急。

「都砸了！都砸了！」四處都有人在喊。

此時此刻，前面提過的更衣室的掛毯被掀起，有個人走出來，群眾看到他，突然停止喧鬧，好像著了魔，滿腔的氣憤化作好奇心。

「大家肅靜！大家肅靜！」

此人提心吊膽，戰戰兢兢，充滿敬畏地走向大理石桌，好像要下跪並在胸前畫十字。

大廳中漸漸安靜下來，靜得能聽到人群簌簌的聲音。

他開口說：「各位尊敬的先生、各位尊敬的女士，我們即將榮幸地在至尊紅衣主教面前朗誦演出一部非常精彩的道德劇，名為——《聖母馬利亞的明斷》。我扮演朱比特。此時此刻，至尊大人陪伴奧地利大公遣派的使團，正在博岱門傾聽大學校長的演說，稍微有些耽擱。至尊主教大人一到，我們就馬上開演。」

當然，如果不是朱比特這等級的天神出現的話，那四位倒楣的司法宮差官也就不會被救下來。如果說能夠編出這樣的真實情節是我們的榮幸，而且在司職批評的聖母面前我們敢於承擔，大家就不能用「神不干涉人間事物」[13]的古訓來反對我們。朱比特上身的服裝非常華麗，一下子吸引了大家的注意，讓他們安靜下來。此位朱比特身穿鎧甲，披著鑲飾金色釘子的黑天鵝絨，頭上一頂縫滿銀色鍍金邊扣子的頭盔。他的上半臉和下半臉分別是紅色的胭脂和紅色的大鬍子。如果他手中沒有拿一支金紙捲，上面掛有彩色飾品和閃閃的細長條，讓人一看就知道是代表閃電的話，如果他沒有光著腳，像古希臘人一樣腳纏彩帶，他這身威嚴的裝束會讓人誤會，以為他是貝利親王的不列塔尼弓箭手呢。

13 原文為拉丁文，出自賀拉斯的《論詩歌》，一九一。

II

皮埃爾・格蘭古瓦

然而，在他向觀眾喊話時，他一身戲裝引起的轟動和崇拜卻在漸漸消失。當他最後說到「至尊主教大人一到，我們就馬上開演」時，他的聲音被雷鳴般的倒彩淹沒。

「趕快上演聖蹟劇！趕快上演聖蹟劇！」在眾人的喧鬧之上，好像尼姆的逗鬧劇中飄出的笛聲，大學生若讓・德・莫郎迪諾在高聲叫喊：「馬上開始！」

「打倒朱比特和波旁紅衣主教！」霍班・普斯潘和蹲在窗戶上的學生一起喊道。

「立即上演道德劇。」眾人反覆叫喊，「馬上，立刻，不然砸爛劇場，吊死演員和紅衣主教！」

可憐的朱比特驚慌失措，嚇得塗著紅粉的臉變得蒼白，丟下閃電，摘下頭盔，拿在手中，然後向眾人戰戰兢兢地行禮，結結巴巴地解釋：「至尊大人……諸位使節……弗蘭德的瑪格麗特夫人……」居然找不出理由來。看來就是害怕被吊死。

讓市民等得過久就會被他們吊死，如果不等紅衣主教也會被吊死，看來無論怎樣，只有死路一條。

幸虧此時出現了一個人，把他從困境中解救出的同時，將責任攬到自己身上。

此人站在欄杆後，大理石桌旁的空隙間，誰也沒有看見，他細長的身影靠在一根擋住眾人視線的粗圓柱上。怎麼說呢？此人又瘦又高，蒼白的臉色，金頭髮，雖然年輕，前額和雙頰已經攀上皺紋，他目光炯炯，嘴上帶著笑意，身穿黑色嗶嘰[1]，已經磨得發亮，他走到大理石臺前，向可憐的受難者做了個手勢。可是那傢伙傻愣愣地，沒看見。

剛出現的人又向前一步，說：「朱比特，親愛的朱比特！」

那傢伙居然沒聽見。

高大的金髮人失去了耐心，對著他大喊一聲：「米歇爾．季寶樂！」

「誰在叫我？」朱比特如夢方醒。

「我。」黑衣人答道。

「啊！」朱比特說。

「馬上開演！」那人說，「滿足眾人的期待。我會和司法官協調，讓他向紅衣主教解釋。」

朱比特鬆了口氣。

「諸位市民先生，我們馬上就要開始了。」他用盡全身的力量大喊，因為眾人還繼續噓他。

「好啊，朱比特，市民鼓掌吧！[2]」學生齊喊道。

「好啊！好啊！」眾人一起喊。

朱比特已經走入掛毯後，鼓掌的聲音依然震耳欲聾，讓大廳都顫抖。

像戲劇家老高乃依所說，神奇地將「暴風雨化為平安」[3]的那個匿名人謙遜地退回圓柱的陰影中，如果不是站在觀眾席最前面的兩個年輕女子注意到他和米歇爾．季寶樂—朱比特的對話後，堅持要招呼他，他可能像原先一樣無聲無息地變成紋絲不動的透明人。

「大師。」她倆其中一人示意他走過來……

「快住嘴，親愛的麗艾娜特。」她的女伴說。女伴長得俏美，一身節日的打扮更讓她顯得嬌豔水靈。「他不是教士，而是普通人，不能叫大師，要稱先生。」

「先生。」麗艾娜特招呼道。

匿名人走近欄杆。

「兩位小姐有什麼事嗎？」他殷勤地問道。

麗艾娜特不好意思地說：「呃，沒事，是我的女伴吉絲蓋特．拉讓仙想要和您說話。」

「不是的，」吉絲蓋特紅著臉解釋，「是麗艾娜特稱呼您大師，我說應該叫先生。」

兩個姑娘垂下眼睛。那人當然想和她們聊天，微笑著看著她們：「兩位小姐，你們真的沒有什麼話要跟我說嗎？」

「是啊！沒話呀。」吉絲蓋特回道。

「沒有。」麗艾娜特說。

金髮年輕高個男退一步準備離開，兩個好奇的姑娘又不想這麼放他走。

1 嗶嘰，是密度比較小的斜紋毛織品。

2 原文為拉丁文，這句話是古羅馬人每場演出結束時喊的。

3 出自老高乃依的《謊言者》，II，六。

「先生！」吉絲蓋特的語氣有些激動和唐突，好像開閘放出的水，更像終於下決心發言的女人，「難道您認識即將在聖蹟劇中扮演聖母的士兵嗎？」

「您指朱比特嗎？」匿名人回道。

「哎，就是。」麗艾娜特說，「她真是笨！您認識朱比特？」

「米歇爾．季寶樂？」無名氏回答，「對，女士，我認識他。」

「他的鬍子很神氣！」麗艾娜特說。

「他們等下在臺上的表演會很精彩嗎？」吉絲蓋特羞澀地問。

「小姐，非常精彩。」無名氏毫不猶豫地答道。

「哪一齣戲呢？」麗艾娜特問。

「《聖母的明斷》，道德戲，希望您喜歡，小姐。」

「啊！那就和以前不一樣。」麗艾娜特說。

短暫的沉寂之後，無名氏打破沉默，說：「這部道德劇是新創作的，還沒有公演過。」

吉絲蓋特說：「真是不一樣。兩年前教皇特使到來時上演的那部戲裡有三個漂亮的姑娘……」

「美人魚……」麗艾娜特補充道。

「而且一絲不掛。」年輕男子補了一句。

麗艾娜特害羞地垂下眼睛。吉絲蓋特看了她一眼，也低下頭。他微笑地接著說道：「今天這部很好看，是專門為弗蘭德公主創作的道德劇。」

「會唱牧歌嗎？」

「呸，道德劇中怎能唱牧歌呢？」陌生人說，「怎麼可能混淆戲種呢？如果是滑稽劇的話還可以。」

「好可惜。」吉絲蓋特說，「上次表演中有野男人和野女人在蓬索噴泉中打架，而且還有好幾段讚美曲和牧歌。」

陌生人冷冷地駁道：「給教皇使者上演的戲並不適合公主。」

麗艾娜特接著道：「記得在他們身邊有好幾件低音樂器，奏出優美動聽的旋律。」

吉絲蓋特補充道：「為了能讓路人涼快，噴泉的三個噴口都流出紅酒、牛奶和開胃酒，大家隨便喝。」

麗艾娜特叨叨說：「記得蓬索噴泉再往下走就是三一教堂，有活人演出耶穌受難記，是一部默劇。」

「我記得可清楚啦！」吉絲蓋特叫起來，「耶穌釘在十字架上，左右是兩個盜賊！」

說到這裡，兩個多嘴的姑娘想起教皇特使入城的情形，愈發興奮，你一言我一語，輪流說起來了。

「畫家門周邊還有很多花裡胡哨的人。」

「聖嬰泉處，有獵手捕殺母鹿，到處是獵狗的吠聲和號角聲！」

「巴黎的屠宰場上搭起了攻克第厄普城的高臺！」

「吉絲蓋特，你還記得吧，教皇特使經過的時候就開演進攻，把英國人都給宰了！」

「小堡門前，還有許多服裝豔麗的演員！」

「還有，兌換橋上的人緊張得不得了！」

「教皇特使經過時，橋上放了兩百多種鳥，好看極了，麗艾娜特！」

陪她們聊天的人聽得不耐煩了，說：「今天還會更好看！」

「您向我們保證今天的聖蹟劇非常好看？」吉絲蓋特說。

「當然。」他答道，接著又激動地補充了一句：「兩位小姐，我就是劇作者。」

「真的啊？」兩個姑娘齊聲說，驚異得嘴都合不攏。

「當然！」詩人有點洋洋得意地答道，「也就是說，我們是兩個人，讓．馬爾尚，由他來鋸地板、搭戲臺，所有的木工活歸他，我負責編劇。我叫皮埃爾．格蘭古瓦。」

就連《熙德》的作者，也不會比他更自豪地報上名字，說自己叫皮埃爾．高乃依。

讀者可能已經發現，從朱比特退回掛毯後，到新道德劇的作者突然向吉絲蓋特和麗艾娜特暴露自己的身分，贏得她們天真的讚歎，這中間已經過了一段時間。更值得讚賞的是：這一堆人，幾分鐘前還在吵吵鬧鬧，此時此刻卻相信演員的承諾，寬容地等待著。這一現象再次證明了這個每日都在劇院中發生的永恆真理：讓觀眾耐心等待的最佳方法，就是向他們聲明馬上開演。

學生若讓並沒有被矇騙。

他的叫聲，打破了嘈雜後等待開演的寂靜：「喂喂，朱比特、聖母，耍什麼花樣！你們玩弄誰哪？馬上開演，馬上開演！不然，我們可就要開演了！」他這一聲喊立即產生效應。

從搭起的戲臺裡傳出高低音樂器的響聲。掛毯被挑起，四個身著彩裝、臉上塗粉的人走出來，從陡峭的梯子爬上戲臺，面對觀眾站成一排，深深鞠躬。交響曲戛然而止，聖蹟劇開演了。

四位演員的行禮，贏得了觀眾熱烈的掌聲，然後，他們在端莊肅穆的寂靜中，開始朗誦開場詩，我們就此略去，不讓讀者勞神。何況，和現代的觀眾一樣，那時的人更關注演員的服裝，而不是角色的臺詞；其實，這麼做是有道理的。四個人都穿著半身黃半身白的袍子，只是料子不同。第一件是金銀線的錦緞，第二件是綢，第三件是羊毛，第四件是棉布。第一個角色右手執劍，第二個人拿著兩把金鑰匙，第三個人一杆天平，第四個人拎著一把鍬。那些懶惰的大腦，如果認不出這些顯而易見的標示，還可以在袍子上讀到大黑繡字：錦緞袍子下襬有「我是貴族」，絲綢袍下襬有「我是教士」，羊毛袍有「我是商人」，布袍有「我是農民」。任何一位頭腦清醒的觀眾都能認出男性角色，他們的袍子略短，頭戴披風帽；袍子稍長的是女性角色，頭上戴著兜帽。

只有不想聽懂的人才會不明白開場詩的含義：農民和商人成親，教士和貴族成親；兩對幸福夫妻共有一隻金海豚，這隻金海豚隱喻他們的子嗣，他們認定要給他娶個美女。於是踏破鐵鞋，尋尋覓覓，既沒有看中戈爾恭德女王，也沒有相中特雷比宗德公主，否定了韃靼大可汗的女兒等。農民和教士、貴族和商人，來到司法宮大理石桌子上休息，面對誠懇的聽眾開始演講，他們的言詞，字字珠玉、句句警言。如果是在藝術學院考試時運用出來，這種詭辯、這種決斷、修辭和人物故事一定能讓口才大師獲得學士學位。

這部戲的確非常好看。

當四個寓意人物向觀眾滔滔不絕地灌輸大量隱喻時，觀眾席中有一個人豎著耳朵，伸長脖子，心跳加速，目光散亂。沒人比他更為陶醉。他就是詩人皮埃爾．格蘭古瓦，剛才興高采烈、情不自禁地自我介紹給兩位漂亮姑娘的人。他已經回到老地方，距離兩個姑娘幾步外，躲在柱子後傾聽、觀望、品味。開場詩博得的歡迎掌聲迴蕩在他的五臟六腑中。演員一字一字地將他的思想投入觀眾的肅靜中，這種場面讓他沉醉著迷。啊，不負眾望的皮埃爾．格蘭古瓦！

雖然讓人心痛，但還是要告訴讀者，這最初的陶然之情很快就消散了。格蘭古瓦剛把嘴唇伸向盛滿歡樂和勝利的奬盃，就有一滴苦水混入其中。

一名衣服襤褸的乞丐，夾在人群中，既討不到錢，也沒能從鄰人的口袋中掏出足夠的好處。他動起腦筋，認定爬到顯眼的位置就能吸引眾人的注意和施捨。於是，開場詩剛開始，他就沿著貴賓看臺的柱子爬到看臺下方的簷板上席地而坐，故意展示破衣和一道横行在右臂上的醜陋傷疤，以引起觀眾的觀看和同情。除此以外，他一句話都不說。

如果不是學生若讓從柱頂上看到了乞丐搔首弄姿的模樣，開場詩可以在他的沉默中進行到底。搗蛋鬼忍不住哈哈大笑，擾亂全場鄭重的肅靜，也不管會不會打斷演出，開心地大叫：「哎呦，這病懨懨的傢伙在要飯呀！」

他的叫喊好比向浮滿青蛙的水塘中投去一塊石頭，或是向一群飛鳥開了一槍，可以想像全神貫注的觀眾聽到這不相稱的話會有什麼反應。像觸了電，格蘭古瓦渾身發抖。開場詩戛然而止，觀眾沸沸揚揚地轉向乞丐，此人並不覺得難堪，反而抓住這個賺錢的良機，眼睛半合半開，裝出一副淒慘的樣子喊道：「發發慈悲吧！行行好吧！」

「啊？我發誓，你不是克洛潘．圖耶福嗎！」若讓又發聲了，「嘿嘿！朋友，你的傷疤本來長在腿上，怎麼跑到手上去了呢？」

看到乞丐用帶傷的手臂舉著一頂油膩膩的氈帽，若讓一邊說，一邊身手敏捷地向氈帽扔過去一個錢幣，乞丐毫不在乎地接住施捨，接著呻吟：「發發慈悲吧！行行好吧！」

若讓興奮的叫喊、乞丐不折不撓的哼哼組成了一曲即興的二重唱，插在開場詩中上演，讓人十分開心，以霍班・普斯潘等學生為首的觀眾，對這一幕報以熱烈的掌聲。

格蘭古瓦非常不高興。等他從驚愕中回過神來，並不看令他鄙視的兩個搗亂者，而對著臺上四個演員喊：「繼續演！見鬼，演下去！」

這時，他發現有人在揪他大衣的下襬，他怒氣沖沖地轉過頭，勉強擠出笑容。他當然要這麼做，因為拉著他的是吉絲蓋特・拉讓仙穿過欄杆的美麗手臂。她用這種方式引起他的注意。

「先生，還要演下去嗎？」

「當然！」格蘭古瓦相當驚訝她會提出這個問題。

「那好，先生，您是否可以解釋一下……」

「他們接著要說什麼嗎？」格蘭古瓦打斷她。「好的，您聽下去就行了！」

吉絲蓋特說：「不是的，我想知道他們都說了些什麼？」

格蘭古瓦一怔，他的傷口又被人狠狠地剜了一下。

「真是個又聾又笨的姑娘。」他咬牙切齒地對自己說。

從這時起，他不再對吉絲蓋特抱有好感。

與此同時，臺上的演員聽從了他的命令並加以執行，觀眾發現演員又開始張嘴，也重新傾聽。只是戲被砍成兩段，現在又焊接在一起，似乎失去了某種程度的魅力。想到此處，格蘭古瓦不由得深感遺憾。劇場恢復了平靜，學生不再開口，乞丐數著氈帽裡的幾個錢，戲劇終於占領了戲場。

其實，這是一部很不錯的劇作，如果略加調整，即使在今天也可以上演。雖然展開的部分，遵循當時的規矩，有些冗長和空洞，但倒是通俗易懂，難怪天真純潔的格蘭古瓦在心中暗暗讚賞此戲的簡明。正如大家所猜測的，四個寓意人物走過世界的四分之三，有些疲勞，卻依然沒有能將他們的子嗣金海豚送出去。所以，劇中運用了許多微妙的影射，讚頌這條高貴美麗的魚，讓人一聽就明白他是弗蘭德瑪格麗特公主的未婚夫。此時的他正憂傷地隱居在昂布瓦茲城中，完全想不到農民與教士、貴族與商人，為尋找他跑遍了世界。以上描述的金海豚是法蘭西雄獅之子，年輕、帥氣、健壯。我承認這是一部令人欽佩的戲劇自然史，在一個寓意深長、舉國歡慶的皇家婚典日公演，並不畏懼將獅子的兒子指定為海豚。這種稀奇古怪的組合恰恰證實了作者的創作充滿靈感。不過如果考慮到劇評的話，詩人應該可以用將近兩百行詩把他的奇思異想解釋清楚。別忘了市政命令聖蹟劇必須從正午演到下午四點鐘，臺詞是不能少說的。何況觀眾還在耐心地看戲。

商人小姐和貴族夫人正在吵得不可開交之時，農民大人朗朗念出一警世佳句：

「叢林中從未見過如此所向無敵的猛獸。」

此時此刻，貴賓看臺緊閉的門猛然打開了——原來不應該關著，此時更不應該打開。掌門官一聲喊如青天霹靂：「波旁紅衣主教大人駕到！」

III 主教大人

可憐的格蘭古瓦！此時此刻，就是聖約翰節那天的巨大雙響爆竹一齊炸響，或是二十柄火繩槍同時轟鳴，或是比利炮臺蛇形炮再顯雄威——一四六五年九月二十九日那個週日，巴黎被圍攻，此神器一彈炸死了七個勃艮第人——，或是位於聖殿門的火藥庫發生大爆炸，也比不上掌門官嘴中吐出的這幾個字——波旁紅衣主教大人——，更能讓格蘭古瓦在這莊嚴而激情的時刻覺得如雷轟頂。

皮埃爾．格蘭古瓦並非畏懼或輕視紅衣主教大人。他既不懦弱也不傲慢。正如這時代的人所說，他是個真正的兼收並蓄主義者。這類人可以立足於任何社會，他們人品高尚，性格堅定、柔和、文靜，既理智又信奉自由主義，也能接受主教之流的存在。這是源遠流長，未曾中斷的哲學血脈，他們世代承傳的智慧好比阿麗亞娜的毛線球，指引他們從文明之初起步，穿越人間的風雨和世紀的變遷，永遠不會迷途。每個世代都有一群這樣的人，雖然世事變遷卻堅守不變。換而言之，他們適應所有的時代。在這裡我們應當承認皮埃爾．格蘭古瓦就是十五世紀時哲人的榮耀代表之一，在他們的精神指引下，十六世紀的德．布勒爾神父寫出以下天真而絕妙的詞句，流芳千古：「按國籍來說，我是巴黎人；就言論而言，我是Parrhisia——自由巴黎人，因為在古希臘文，『Parrhisia』意味著言論自由，甚至在貢蒂親王的叔叔及弟弟兩位紅衣主教面前，我也會隨心所欲。當然，我既尊重他們的權貴，也不蔑視他們的侍從，這已經相當不錯了。」[1]

因此，皮埃爾．格蘭古瓦對紅衣主教大人的駕到既不憎恨，也不藐視，只是因為被干擾而心中不爽。恰恰相反，這位詩人不但明理，而且不忘自己的貧窮，當然希望他所寫的開場詩，特別是將王儲比喻為海豚、法蘭西國王比喻為雄獅等等的頌揚，能夠落入尊貴無比的主教耳中。不過，小小的私心並不能主宰詩人的崇高天性。假定詩人的品質總分為十，然後像拉伯雷所言，讓化學家對其分析和測量，當然會發現其中私心占一分，自尊心占九分。就在大門為紅衣主教敞開的一瞬間，格蘭古瓦的九分自尊心，被崇拜的群眾所吹捧，一下子膨脹起來，並且不斷地擴張，詩人本質中原含有的微量私心被窒息後，自然就消失了。可是這私心卻是人間至寶、人性的壓艙物，沒有它，人就飄飄然，失去對現實的認識。格蘭古瓦正在滋滋有味地感受、傾聽、觸摸被他所創作的婚慶讚歌迷倒的全場觀眾，雖然他們都是賤民，但是能夠被作者的長句驚呆、迷魂、窒息，又有何妨？他如此陶醉於觀眾的沉醉，恰恰與拉封丹背道而馳。拉封丹觀看自己的喜劇《佛羅倫斯人》時，問道：「哪個低劣的作者寫出這堆爛詩？」然而格蘭古瓦倒會問身旁的人：「何人創作了這部傑作？」因而，紅衣主教突然到來，大殺風景，給格蘭古瓦帶來如何的心理壓力，我們可想而知。

他所擔心的情景不但發生，而且比想像還要嚴重。主教的進場擾亂了民眾。人人都轉頭向貴賓臺，同聲齊喊：「紅衣主教！紅衣主教！」別的都聽不見了。開場詩再次不幸地中斷。

紅衣主教在貴賓臺的入口止步，冷漠地環視眾人，使全場越發喧鬧。為了能夠看到他，觀眾爭先恐後地將自己的腦袋架到鄰人的肩膀上。

他的確是個尊貴的人物，比任何喜劇都值得觀賞。他，查理．波旁的紅衣主教，里昂伯爵兼大主教，高盧人首席主教，弟弟皮埃爾是博熱的領主，娶了國王的長女，因此紅衣主教大人與國王路易十一是親戚，他的母親是勃艮第的阿妮思郡主，因此他與造反的莽漢查理公爵也是親戚。然而，高盧人首席主教的人格中最重要突出的部分就是：作為一個完美的朝臣，他只忠心於權勢。可以想像，與生俱來的雙重血緣關係讓他虔誠的靈魂在人間的風浪中歷經飄搖，需要避開宛如傳說中的沙西德和西拉這兩隻魔獸，既不能得罪當權的路易也不能衝撞造反的查理，如果不用些邪門歪道，怎能避免像當年耐穆公爵和聖波爾大帥一樣粉身碎骨？在上帝的保佑下，他總能穿越驚濤駭浪，順利抵達聖城羅馬。雖然他已經靠岸，也找到了避風港，但他回顧自己危險辛苦的政治生涯時依然心有餘悸。因而，他常常說，一四七六年是既黑又白的一年，也就是說這一年裡他失去了母親波旁公爵夫人和表兄弟勃艮第公爵，公爵的死帶來的解脫抹去了母親逝去留下的悲傷。

不過，他是一個不錯的人，享受著紅衣主教輕鬆愉快的日常生活，熱衷皇家沙呂奧葡萄園的美酒，既不仇恨麗莎德．拉卡穆斯也不厭煩托瑪斯．拉薩雅德這類風流女子，只肯布施於美麗姑娘，拒絕施捨給老太婆。何況恰恰是這種行為，讓他贏得巴黎小市民的好感。他出門的時候，如同眾星捧月，身邊環繞著主教和修道院院長。他們個個出身名門，風流放蕩，吃喝玩樂，從心所欲。不止一次，聖傑曼．奧塞爾教堂虔誠的信女，在夜晚時分走過波旁宮燈火輝煌的窗下，氣憤地聽到白日給她們禱經的那些人，正在交杯碰盞的響聲中朗讀教皇波努瓦十二世的酒神頌句——此人曾經給自己三次

1 出自德．布勒爾的《巴黎古典戲劇》，致讀者篇，其中的Parisian（巴黎人）與Parrhisia（自由派）諧音。

加冕：「像教皇一樣暢飲吧！[2]」

儘管剛才市民非常不滿，而且選舉教皇的日子即將到來，他們對紅衣主教更沒有什麼敬意。但因為以上因素，紅衣主教深受大眾喜愛，所以入場時，觀眾沒有對他惡意相迎。一來，巴黎人不太記仇，再說，紅衣主教沒到之前戲已經被迫開演，市民占了紅衣主教的上風，對他們取得的勝利十分滿意。何況，波旁紅衣主教大人是個美男子，身披漂亮的大紅袍，十分合宜。所以他一舉贏得在場全體女士的青睞，也就是說觀眾席中一半人的愛戴。一位相貌出眾的紅衣主教，又穿著極美的紅袍，如果因為他延遲了演出而遭全場噓聲，這麼做既有失公道，也不得體。

於是，他帶著大人物世代相傳的、對付平民百姓的微笑，踱步入場，若有所思地走向屬於他的大紅天鵝絨座椅。他的隨行人員，今天可稱為主教和院長組成的參謀部，出現在他身後，一齊湧入貴賓席。好奇的觀眾不由得沸騰起來。大家指指點點，七嘴八舌，輕蔑地指名道姓，比賽看誰起碼能認出其中一個人來。假如我沒記錯的話，那是馬賽主教阿洛丹大人；那一位是聖德尼教堂的教務會總領；誰是聖傑曼德佩修道院院長羅貝爾·德·列賓納斯，風流的他有個妹妹是國王路易十一的情婦。至於那些學生，當然毒舌齊發，罵不絕口。本來今天就是屬於法院書記員和大學生的日子、他們的狂人節，在這一年一度的狂歡中各種類型的尋歡作樂都可以發生。所有調皮搗蛋的行為在這一天裡都是合法的、神聖的。何況人群中還有幾個瘋瘋癲癲、愛叨叨閒話的煙花女子，諸如外號為「四個錢」的西蒙娜、拉卡丁來的阿妮絲、喜歡站街的羅比娜等。在一個有聖徒和娼妓陪伴、可以為所欲為的日子裡，怎能管住自己的嘴巴不去罵人、詛咒神靈呢？沒有人會坐失良機的。所以，這喧嘩聲中就夾著各式各樣褻瀆神明、詆毀罵人的髒話。因為害怕聖路易的火烙，學生終年把舌頭看得緊緊的，難得今天能動嘴。可憐的聖路易，年輕人在他的司法宮裡盡情地嘲弄他！他們各自從來賓中挑選一人加以攻擊，或是穿黑教袍、或是灰教袍的、或是白教袍、或是紫教袍。至於若讓・弗洛羅・德・莫郎迪諾，因為是副主教的弟弟，便勇敢地向紅教袍發起攻擊。他放肆地盯著紅衣主教，放開嗓子高唱：「美酒滿衣袍！[3]」

我們毫無顧忌地敘述這些細節，是為了讓讀者有身臨其境的感覺。其實當時全場亂哄哄的一片嘈雜，學生的叫罵聲還沒有傳到貴賓席就被淹沒了。況且即便紅衣主教聽到了也不會動怒——言論自由是這天的習俗。從他心事重重的神情上可以看出他另有麻煩，它緊隨著他，在他步入貴賓席時，它也尾隨而至。這麻煩就是弗蘭德使節團。

其實他不是深思熟慮的政治家，不在乎他的表妹勃艮第的瑪格麗特公主和他的表弟維也納的儲君查理王子的婚事會有怎樣的影響。紅衣主教大人也不在乎奧地利大公與法蘭西國王虛偽的友情能維持多久，或者英格蘭國王看到自己的女兒被拒絕會做出什麼舉動。他每晚暢飲皇家沙呂奧葡萄園的美酒，不料正是這款美酒，經高易可節醫生調製後，被路易十一世熱情友好地贈送給愛德華四世，居然在某天早晨令路易十一世永遠地擺脫了愛德華四世。「奧地利大公萬分尊貴的使團」沒有給紅衣主教帶來任何麻煩，而是從另一方面使他煩惱。我們在本書前面說過，這都是些令查理・波旁為難的事情：國王要求他熱情款待一隊他看不上的市民；身為紅衣主教，卻要接待鄉鎮官吏；而且作為享受紅

2、3 原文為拉丁文。

酒的法蘭西人卻在大庭廣眾下歡迎只喝啤酒的弗蘭德人！要不是為了討好國王，他怎能如此違背心願地粉墨登場？

當掌門官響亮地報出奧地利大公特使先生諸公駕到時，紅衣主教轉身向入口，擺出了優雅的揣摩練習出來的姿態。當然，全場觀眾也都轉向那扇門。

於是，奧地利大公馬克西米連的四十八位特使一對一對地出現了，為首的是聖貝丹爾修道院的神父院長、金羊毛騎士團的訓導長讓，和根特城的首席執法官雅克・德・古瓦，封號為都皮領主先生。他們一本正經的神情恰好與查理・德・波旁身邊生龍活虎的教士形成鮮明的對比。大禮廳裡一片寂靜，偶爾聽到有人在竊笑，因為特使都嚴肅認真地將自己奇怪的名字和職稱向掌門官報上，也不在乎掌門官將這些名稱簡略後胡亂地拋向觀眾。他們是：盧文市的市政委員洛易・華路夫先生；布魯塞爾市的市政委員克萊・德・艾路埃德先生；弗蘭德地區的議會主席保羅・德・巴歐斯特先生，封號為瓦迷再爾領主先生；安特衛普市市長讓・克爾根先生；根特市首席市法院判官喬治・德・拉莫艾先生，還有該市首席檢察官蓋道爾夫・樊・德・哈克先生，以及艾貝克領主先生，以及讓・比諾克，還有讓・迪馬則爾，等等，等等，等等；都是市政委員、執法官、市長；市長、執法官、執政委員；他們個個僵硬、筆直、凝重，身披絲絨和錦緞，頭戴綴有賽普勒斯金線球的黑天鵝絨禮帽。總而言之，都是典型的弗蘭德人，威嚴認真，彷彿是從林布蘭名畫〈夜巡〉的黑色背景裡走出來的一隊人，彷彿每個人的前額上都刻著奧地利大公馬克西米連在詔書中的宣言：「完全信任他們的判斷、勇氣、經驗、忠心和才智。」

可是，其中一人卻是例外。此人面目清秀，一副猴子狡詐的嘴臉和外交官聰明圓滑的神情。紅衣主教趕緊上前三步，深鞠一躬。事實上，此人只不過是根特市的參議員，享俸祿者吉約姆．漢姆。

當時很少人知道此人是誰。他可是稀世天才，如果身處大革命的時代，他就會浮出水面，叱吒風雲。但是在十五世紀，他只能玩弄些雕蟲小技，如聖西蒙公爵所云，以破壞為生計。另外，他得到歐洲頭號破壞家的賞識，幫助路易十一世策畫陰謀，為國王的利益祕密運作。所有這一切，在場的觀眾當然不知曉，看到紅衣主教對這個弱不禁風的弗蘭德小官行禮，又是驚訝又是讚美。

IV 雅克·科勃諾爾先生

正當根特城享俸祿者與紅衣主教大人彎腰鞠躬、低聲耳語時，出現了個大餅臉、寬肩膀的高個子，他跟著吉約姆·漢姆走進來，好像走在狐狸身後的一隻猛犬。他頭戴尖頂氈帽，身穿皮外套，像是一塊汙泥落到綾羅綢緞之中。掌門官以為這是誰家迷路的馬夫，即刻攔住他：「喂，朋友！止步！」

穿皮外套的人用肩膀撞開掌門官。

「你這個傢伙想把我怎樣？沒看見我跟誰一起嗎？」他大喝一聲，驚動全場群眾，大家趕快側耳傾聽。

「姓名？」掌門官問道。

「雅克·科勃諾爾。」

「職位？」

「根特城，襪店老闆，店名為三根鏈子。」

掌門官很後悔。如若通報市政委員和市長來了倒還可以，可是介紹賣襪子的，這就為難了。紅衣主教如坐針氈，市民在觀望和傾聽。兩天來，主教大人費盡心機地恭維吹捧從弗蘭德來的野熊，好讓他們能夠在大庭廣眾下稍微表現得得體些，現在出現這樣的惡劇真是麻煩。吉約姆·漢姆帶著狡黠的笑容，湊近掌門官，悄悄耳語道：「通報雅克．科勃諾爾先生，根特市市政委員。」

紅衣主教高聲接道：「掌門官，通報雅克．科勃諾爾先生，根特市市政委員。」

這可犯下錯誤。如果只有吉約姆．漢姆，此難題可能迎刃而解，但是科勃諾爾聽到紅衣主教的話後，如打雷一般大喊：「以十字架為證，錯啦！雅克．科勃諾爾，我是襪商。聽到了嗎，掌門官？不高不低，聖十字架，賣襪子的，就很好！大公殿下不止一次到我襪店買手套呢。」

全場爆發出笑聲和掌聲。在巴黎，調侃打趣的話總能有人聽懂、喝彩。

何況科勃諾爾和四周的觀眾都是平民，他們之間的溝通如過電般迅速。弗蘭德襪商當眾讓宮廷貴族出醜，這驕傲的出擊點燃了平民百姓心中難以言明的自豪感。雖然這種感覺在十五世紀還是模糊不清的。襪商敢頂撞紅衣主教，這不是和主教平起平坐嗎？給紅衣主教抬教袍下襬的聖女熱納維耶芙修道院院長手下的差官的僕人都能在百姓面前飛揚跋扈，看到此景，很多百姓心中有說不出的舒服。

科勃諾爾驕傲地向主教大人鞠躬，主教大人忙向這位令路易十一恐懼的超級市民還禮。被菲利浦．德．果敏稱為滑頭賢士的吉約姆．漢姆，面帶優越的嘲笑，注視這兩人各自入席。主教大人手足無措，憂心忡忡，科勃諾爾泰然自若，桀驁不馴，或許還在想，其實襪商的頭銜並不比其他頭銜遜色，就連今日科勃諾爾前來參加其婚禮的瑪格麗特公主的母親瑪麗．德．勃艮第，都不怕主教反而敬畏襪商，因為能夠煽動根特人起來反對莽漢查理的公主的那些寵臣，並不是紅衣主教；當弗蘭德公主跑到眾寵臣的斷頭臺下哀求民眾寬饒他們時，鼓勵群眾意志、不讓大家被她懇求的淚水感動的，更不是紅衣主教；襪商只要揮起以皮外套包裹的手，就可以叫兩個人人頭落地：他們就是最著名的貴人，吉．德．安貝庫爾和吉約姆．于果奈兩位大臣！

然而，倒楣的紅衣主教和一群粗俗人士推杯換盞，暢飲聖酒的噩夢才剛剛開始。

讀者或許還沒忘記那個厚顏無恥的乞丐吧？他在開場詩一開始，就爬到紅衣主教看席邊緣，即使名人顯貴駕到，他也沒有放棄戰場，當高層教士和使臣紛紛在看臺上的高靠背椅上坐下，密密麻麻地排列著，彷彿一隻隻弗蘭德鯡魚時，乞丐怡然自得地蹺起兩條腿，盤住柱頂托。這種無禮的行為極端惡劣，起初並沒有人發現，因為大家的注意力聚集在別處。乞丐對禮廳裡發生的事情也全然不知。他晃著頭，像無憂無慮的那不勒斯人，時不時地在喧鬧聲中習慣性地喊兩聲：「發發慈悲吧！行行好吧！」全場觀眾中，他是唯一不屑轉頭觀看科勃諾爾和掌門官爭執的人。然而，非常湊巧的是，贏得觀眾的好感和關注的根特城襪商，走過來坐在第一排，正好是乞丐的頭頂。大家無不驚訝地看到弗蘭德使節，仔細地打量了眼前的這個傢伙，居然親切地拍了拍他被破衣遮蓋的肩膀。乞丐回過頭來，四目相對，心領神會，兩張臉上流露出驚訝喜悅的神情。隨後，他們完全不在乎全場人都在觀望，襪商和病鬼握手低聲交談。克洛潘．圖耶福的破爛衣衫堆在鋪著金線毯子的臺階上，好像毛毛蟲爬在一個橘子上。

這新奇特別的一幕，在大廳中掀起喜悅的喧嘩聲，引起紅衣主教的注意；他略微起身張望，但從他的位置只能隱約看到圖耶福齷齪骯髒的衣角。他當然以為乞丐在行乞，如此膽大的行為讓紅衣主教怒不可遏，叫道：「司法宮差官先生，快把這個傢伙扔到河裡去！」

科勃諾爾依然緊握著克洛潘的手，說：「上帝的十字架為證！紅衣主教大人，這是我的朋友。」

「太棒了！太棒了！」群眾在亂喊。從此，科勃諾爾像在根特城一樣，深受巴黎民眾的尊愛，如同菲利浦．德．果敏所說：「如此氣概的人必能贏得無法無天的民心。」

紅衣主教側身，咬牙切齒地對身旁的聖女熱納維耶芙修道院院長低聲說：「大公殿下居然派來如此可笑的使節團給瑪格麗特公主提婚！」

院長回答說：「至尊閣下和弗蘭德豬玀講禮節，真是無奈。豈不是瑪格麗特珍珠送給豬？[1]」

紅衣主教微笑著接道：「還不如說，瑪格麗特的豬。[2]」

所有身披教袍的隨從對這個文字遊戲讚美不絕，紅衣主教頓時心情轉好。他總算和科勃諾爾扯平了，因為他的諧趣也得到了稱讚。

現在，用當下流行的說法，請讀者將概念和圖像綜合一下，請問是否能夠清楚地設想出司法宮長方形的大廳，以及，就在我們招呼讀者注意的此刻，廳中的景象。大廳中間，一座鋪著金毯的貴賓臺靠著西牆而建，華麗而寬大。隨著掌門官的通報叫喊，深沉嚴肅的人物從一道尖拱形小門中一個接一個地踱步入座。前幾排已坐滿貴賓，到處浮動白鼬皮毛、天鵝絨，還有大紅錦緞。肅穆莊重的貴賓席被蠢蠢欲動、沸沸嚷嚷的人群包圍。千百雙眼睛打量著臺上的每一張臉孔，千百張嘴議論著看臺上每個人的名字。貴賓就是值得觀眾注目的一臺好戲。然而大廳的盡頭，臺上站著四個穿紅戴綠、呆若木雞的人。臺下也有四名木偶般的人，還算是戲臺嗎？臺子旁邊，身穿黑褂子，滿臉蒼白的人是誰呢？唉！親愛的讀者，那是皮埃爾．格蘭古瓦還有他的開場詩。

1 原文為拉丁文，出自《馬修》，VII，六。
2 原文為拉丁文。

都被大家忘得一乾二淨。

他所擔心的事終於發生了。

紅衣主教一入場，格蘭古瓦就千方百計地想挽救他的開場詩。先是提高嗓門，動員住嘴的演員繼續演下去，然後看到沒有人傾聽，索性讓他們停演。已經停演了一刻鐘，他不耐煩地用腳尖敲打地面，不斷地招呼吉絲蓋特和麗艾娜特，煽動周圍的人要求繼續上演開場詩。但是白費心思。沒有人能將視線從紅衣主教、特使團身上移開，貴賓看臺吸引了全場的矚目！何況，令人遺憾的是，當紅衣主教大人精彩上場的時候，反倒是開場詩讓觀眾厭煩。其實，無論貴賓臺還是戲臺，上演的是同一臺戲：農民和教士的衝突，貴族和商人的爭執。與其觀看塗脂抹粉、穿著半身黃半身白戲衣、張口就是詩句、為格蘭古瓦當木偶的演員，還不如欣賞在呼吸、行走、擁擠摩擦，穿著紅衣主教的紅袍，披著科勃諾爾的皮衣，當著弗蘭德使節，混在主教隨從中，有血有肉、活靈活現的人。

詩人看到全場觀眾開始恢復平靜，心生一計，想要乘機挽回演出。

他扭頭對身邊一個看起來很有耐心的胖子說：「先生，我們從頭開始怎樣？」

胖子問：「什麼怎樣？」

格蘭古瓦答道：「啊，就是聖蹟劇。」

胖子說：「您高興怎樣就怎樣。」

這模稜兩可的認同給予格蘭古瓦足夠的信心，自己的事情自己辦，他盡量混入群眾中，高喊：

「重新演！從頭演！」

若讓．莫郎迪諾說：「見鬼！那裡面，他們在叫喚什麼？（因為格蘭古瓦的聲音堪比四個人的嗓門。）各位同學，劇不是演完了嗎？他們還要從頭演，怎麼行呢？」

全體學生爆開了：「不行！不行！打倒聖蹟劇！打倒聖蹟劇！」

格蘭古瓦使出渾身的力氣，喊聲更加響亮：「從頭演！從頭演！」

叫嚷聲引起紅衣主教的注意，他朝著幾步外一個黑衣高個子說：「差官先生，難道這些傢伙掉到聖水池了嗎，為何像下地獄般吵鬧？」

身兼二職的司法宮差官是司法部門的蝙蝠，既是老鼠，又是鳥類，既為法官，又是士兵。差官走近主教，擔心大人不悅，結結巴巴地解釋民眾失禮的緣由：正午已過，主教尚未入場，演員為觀眾所迫，沒等尊駕便開演了。

紅衣主教哈哈大笑。

「說句實話，剛才大學校長也應該這麼做。您說呢，吉約姆．漢姆先生？」

吉約姆．漢姆回答道：「大人在上，我們躲過半齣喜戲，非常滿足。」

差官問：「讓這些傢伙把他們的玩笑演下去嗎？」

紅衣主教回道：「讓他們繼續，繼續，我無所謂，這時間正好可以念我的日課經。」

差官走到貴賓臺邊，揮手讓大家安靜，高聲道：「各位市民、各位村民、各位百姓，有人要求重新開始、有人要求立刻結束，為了滿足大家的要求，主教大人命令從剛才終止的地方繼續。」

這兩批人都得讓步。於是作者和觀眾都開始怨恨紅衣主教。

臺上演員又開啟了冗長的朗誦，格蘭古瓦期待觀眾至少能好好聽完劇作剩餘的部分。但是這個期待，如同其他夢想，很快就破滅了。觀眾席倒是勉強安靜下來。當紅衣主教下令演出繼續時，格蘭古瓦沒有注意到貴賓臺遠遠沒有坐滿，在弗蘭德特使團駕到後，還有其他隨行人員。這邊正在朗誦劇中對白，那邊就有掌門官報上他們的名字和職稱，破壞了氣氛。大家試著想像，始終貫穿著全劇，夾在兩個韻腳之間甚至是一句詩的正中，掌門官的叫聲如同給戲文添加了內容，譬如：

「雅克．沙爾莫呂先生，皇家宗教法庭檢察官！」

「讓．德．阿萊，皇家馬廄總管，巴黎城夜巡騎士軍團侍衛！」

「加里奧．德．熱諾雅克大人，騎士，布魯沙克爵士，皇家炮團總領！」

「德爾-拉葉先生，法蘭西皇家駐香巴涅省、布里省森林水利資源調查官！」

「路易．德．格拉維爾先生，騎士，國王參事及內侍，法國海軍大帥，萬森納森林物業總管！」

「德尼．勒．梅西耶先生，巴黎市盲人院的總管！」

等等，等等。

令人難以忍受。

稀奇古怪的伴奏使得戲劇難以進行。讓格蘭古瓦格外憤怒的是，他不能不承認，群眾深深地被他的戲所吸引，卻無人能聽得清楚。事實也是，很難找到比這部戲更結構巧妙、情節跌宕的作品了。正當開場的四個人哀歎人間的苦惱時，維納斯女神身披繡有巴黎城徽中央戰艦的長袍，帶著特有的輕盈姿態[3]，出現在他們面前，並說金海豚王子只能娶天下第一美人。此時，舞臺下的更衣室傳出雷鳴電閃，朱比特表示支持這門婚事。眼看女神勝利在望，要嫁給王子為妻，不料一個穿著白色錦緞，手持一朵瑪格麗特雛菊（弗蘭德瑪格麗特公主的象徵）的女孩出現，要與維納斯一爭高低。事件突發，劇情急轉，經過一番論證，維納斯、瑪格麗特和全體劇中人一致同意由聖母來判決此事。劇中還有一個精彩的角色，美索不達米亞國王唐・佩德爾。但是由於演出被屢屢打斷，這個角色到底起什麼作用，誰也不清楚。所有演員出場時都是從梯子爬上舞臺的。

然而，悲劇已經發生。劇中諸多美妙無人意會，無人神領。紅衣主教一入場，彷彿有一根看不見的魔線，突然將觀眾的視線從大禮廳最南邊的大理石臺牽到西頭的貴賓臺。沒有任何招數能使觀眾擺脫魔法的咒語。後來的賓客源源不斷，他們該死的名字、臉、服裝，讓觀眾分心。除了吉絲蓋特和麗艾娜特，當格蘭古瓦拉她們的袖子時，她們會轉過頭，還有旁邊那個耐心的大胖子，其餘的目光都死死盯著入口。雖然面前上演著道德劇，觀眾卻不聽一句、不看一眼。格蘭古瓦見到的只有觀眾的側臉。真叫人失望！

他用詩歌搭起的輝煌，就這樣在他眼前一塊塊坍塌，這是何等苦悶！剛才觀眾還迫不及待地要求傾聽他的大作，差點造反，與司法宮差官對抗！但就是這同一齣戲，開場時受到全場一致的歡呼，戲上演了卻無人理睬。民眾喜怒，變化無常！剛才他們還要求吊死差官！如果和觀眾轉瞬即逝的默契能重新開始，格蘭古瓦願意付出一切代價！

掌門官粗暴的獨白居然中止，人都到齊了，格蘭古瓦也鬆口氣。演員勇敢地繼續。此時此刻，襪商科勃諾爾先生霍然起立，於是格蘭古瓦和全體聚精會神看戲的觀眾聽到他令人討厭的演說：

「各位巴黎的市紳和鄉紳先生，以上帝十字架發誓，我不知道我們大家坐在這裡幹什麼！我看得

3　原文為拉丁文，出自維吉爾的《埃涅阿斯紀》，I，四〇五。

見那邊角落裡、臺子上，有幾個人好像在打架。我不知道這是不是你們所稱的聖蹟劇，真是無聊啊！他們只動嘴皮子，什麼都沒有。我等他們動拳頭，已經有一刻鐘了，什麼也沒有。都是膽小鬼，只會侮辱叫罵。應該早點弄來些倫敦或鹿特丹的搏擊！你們就可以看到拳頭飛舞，響聲連廣場上都能聽見。臺上這幾個好生可憐！他們至少也應該給大家跳一支阿拉伯舞，或者做點別的滑稽表演！原來可不是這麼告訴我的。人家向我保證這將是個狂歡的愚人節，還能選個愚人教皇。我們根特也有愚人教皇，在這件事上我們不比其他人落後，以上帝十字架發誓！看我們是怎麼玩的。像這裡一樣，亂哄哄的一群人聚集到一處，然後輪流把頭塞到一個大洞裡，向其他人做鬼臉。哪一個鬼臉最醜，能贏得大家的喝彩，就當選為愚人教皇。就這麼簡單，好玩得很吶！你們要不要用我們家鄉的方式選舉你們的教皇？總比聽這些人嘮嘮叨叨好得多。想參加遊戲的人，可以從洞窗伸頭做鬼臉。各位市民先生，你們覺得如何？在場的男男女女長什麼樣的都有，我們可以用弗蘭德人的方式開場玩笑。這麼多人一個比一個醜，肯定能挑出一個精彩的鬼臉。」

格蘭古瓦真想反駁他。但是驚訝、憤怒讓他說不出話來。何況，被吹捧為紳士的市民非常開心，襪商的提議深得人心，任何人反對都是徒勞。格蘭古瓦因為不像第芒特所畫的阿加曼儂可以用披風遮面，只好用雙手蒙住臉。

V　凱西莫多

一會兒工夫，大家就依照科勃諾爾的示意準備妥當。市民、學生和法院書記一齊動手。大理石桌子對面的小教堂被選定為表演鬼臉的舞臺。

正好小門上有塊漂亮的玫瑰花窗，玻璃碎了，石框的圓洞恰好可以讓每個參賽者從中探出腦袋。也不知大家從哪裡弄來兩個酒桶，勉強堆高起來，只要爬上桶便能搆到圓洞。為了鬼臉能閃亮登場，讓人過目不忘，還規定每個參賽者直到正式露面前，無論男女（因為可能選出一個女教皇呢），都要先蒙著頭藏在小教堂裡面。頃刻間，擠滿參賽者的小教堂關上了門。

科勃諾爾從他的座位上發號施令，指揮安排。喧鬧聲中，紅衣主教的尷尬不亞於格蘭古瓦。他藉口有很多事，還要去晚禱，帶著全部隨從提前退場了。他的駕到令全場觀眾興奮激動，他的離去卻讓人無動於衷。只有吉約姆·漢姆一人發現主教大人撤退了。群眾的興趣，如太陽運行一般，始於大禮廳的一端，在中央稍做停留，現在抵達另一端。大理石桌子和錦緞貴賓臺曾經大出風頭，現在輪到路易十一小教堂引人注目了。此時此刻，大家可以肆無忌憚地瘋狂，全場只剩下弗蘭德人和一群烏合之眾。

鬼臉大賽正式開始。第一張臉顯露在窗洞，眼皮上翻呈現紅色，張著血盆大口，額頭皺得像我們腳上穿的帝國騎兵靴，引出一陣狂笑，如果詩人荷馬在場，就會把這群鄉夫當成眾神。其實這大禮廳不正是奧林匹斯山嗎？沒有人比格蘭古瓦戲中可憐的朱比特更清楚這點了。第二張、第三張鬼臉接踵而來，然後又來一個，還有一個，歡笑聲和快樂的跺腳聲有增無減。這場景令人眩暈、令人震撼、令人飄飄然，很難用言語向我們今天的讀者和沙龍人士描述。大家想像一下，全部的幾何形狀接力般地露面，從三角形到梯形，從錐體到多面體；形形色色的人間表情，從氣憤到淫蕩。

各個年齡階段，從初生嬰兒的皺紋到垂死老太婆的皺紋；宗教中的各類鬼怪妖魔，從牧神到地獄王子別西卜；動物的各類剪影，從獸口到鳥喙，從面頰至鼻頭。大家再想像，巴黎新橋上的一個個石雕夢魘，日爾曼．皮龍所雕刻的石頭怪面飾，變成活物，輪流走到您面前，窮凶惡極地盯著您；或者是威尼斯狂歡節的各種面具，輪流出現在您的望遠鏡之中。總而言之，這窗洞就是人臉萬花筒！

這是場愈來愈接近弗蘭德式的狂歡。如果請畫家但尼爾作畫，也不能完整地繪出場景。大家設想薩爾瓦多．羅莎所繪的酒神節般的戰場。學生、特使、市民、男人、女人，還有克洛潘．圖耶福、吉爾．勒高尼、「四個錢」的瑪麗、霍班．普斯潘，統統淹沒在全場的群魔亂舞中。整個大廳變成一座熔煉無恥和歡樂的大火爐，其中每張嘴都在叫喊，每隻眼都在閃亮，每張臉都是鬼臉，每個人都是醜態百出。每當各種奇怪的臉在玫瑰花窗上出現時，好像烈焰中又投進木柴，從沸騰的人群中，如同鍋爐的蒸汽般，升起一陣窮酸、刺耳、尖銳，像蠅子振翅吱吱作響的回聲。

「看吶！他被詛咒了吧！」

「再看這張臉孔！」

「這算什麼！」

「下一個！」

「吉爾麥特．莫日皮，看那個公牛頭，就差犄角了，是不是你那被戴綠帽子的老公呀？」

「又來了！」

「教皇的肚皮！這是什麼鬼臉？」

「喂，這算作假！只能露臉不能露別的！」

「該死的貝海特．加爾波特！這她也能做得出來！」

「棒！棒呀！」

「笑得我喘不過氣！」

「這一個耳朵被卡住了！」

等等，等等。

現在要給我們的朋友若讓討個公道了。在這場狂歡中，還能見到他掛在柱子頂端，像一個實習水手待在桅杆上。他渾身亂擺，像小妖一樣張嘴大喊。但是大家聽不到他的聲音，並不是因為被嘈雜所掩蓋，而是他的聲音大概達到高音的極限，也就是物理學家索伏所說的一萬兩千次振動，或者是比奧說的八千次。

至於格蘭古瓦，沮喪了一陣之後挺直腰杆，與挫折對抗。他第三次對演員——幾個會說話的機器說：「繼續演！」接著，他大義凜然地在大理石臺子前地踱步，甚至心生一計，打算到小教堂的窗洞露面，這樣就可以向這群忘恩負義的觀眾做個鬼臉。他反覆對自己說：「還是不行，這樣太失尊嚴，沒必要復仇！繼續奮戰！詩歌的力量一定會超越一切，一定會吸引大眾。我會讓他們屈服。等著瞧吧，勝利最後屬於誰，鬼臉還是文學？」

唉，他是唯一的觀眾！

情況比剛才還糟糕。現在他看到的是觀眾的後背。

作者差點寫錯了。頗有耐心、曾經接受他的提問的胖子，依然面對戲臺。至於吉絲蓋特和麗艾娜特，早就消失得無影無蹤。

格蘭古瓦被唯一忠心的觀眾所感動，走上前去，輕輕地推了推他的手臂和他搭話，因為這位好人正靠在欄杆上打瞌睡。

格蘭古瓦說：「先生，我想謝謝您。」

胖子打著呵欠說：「先生，謝什麼？」

詩人接道：「我看得出來，這些喧鬧聲使您無法聽戲。不過，沒關係，您的大名會流芳百世！請問尊姓大名？」

「雷諾．沙多，巴黎小城堡的掌印官，為您效勞。」

「先生，您是詩神繆斯在此處的唯一代表。」

「您太客氣了，先生。」小城堡的掌印官回道。

「只有您差不多看完了這部戲，您覺得怎樣？」

胖官員半睡半醒，回答道：「呃，呃，還滿歡樂的。」

格蘭古瓦只能接受這個讚美，因為他們的對話被雷鳴般的掌聲和狂風暴雨般的歡呼聲打斷了。愚人教皇被選出來了。

好啊！棒啊！讚啊！四面八方的觀眾在叫喊。

此時從玫瑰花窗的洞口綻放出一張鬼臉，果然是美妙無比。原來狂歡的大眾心中早有一副理想的鬼臉，在五角形、六角形、不規則形等等面孔出現後，需要一張驚世的怪相才能一舉奪魁。科勃諾爾先生帶頭鼓掌喝彩；克洛潘．圖耶福也參加了比賽，雖然他醜得「無與倫比」，居然甘拜下風。誰會不選此人呢？我們不用細細向讀者描述那隻四面體的鼻子，馬蹄形的大嘴，茅草似的棕色亂眉毛遮住了豆大的左眼，一枚巨大無比的扁平疣遮住了右眼，兩排牙齒殘破無比、參差不齊，宛如城堡的城垛子，還有一雙粗糙不堪的嘴唇，從其中伸出一顆象牙般的大門牙，還有開叉一般的下巴，再渲染以狡猾、驚愕、悲傷的表情。大家做夢才能想像出來。

全場齊聲歡呼。大家向小教堂衝去，將幸運的愚人教皇高舉出來。這時，驚訝和讚歎才達到高潮：鬼臉居然是他的真面目！

或者更確切地說，他從頭到腳都是鬼臉。大頭上豎著紅棕色頭髮；兩肩中聳著駝背，與雞胸前後呼應；大腿與小腿扭曲著連接，兩腿之間只能在膝蓋部位勉強併攏，從正面看去，就像兩把刀柄合攏的鐮刀；寬大的腳板，魔鬼般的手掌；如此畸形的人卻擁有難以描述的體力、敏捷和勇氣。永恆的法則規定，和諧才能創造力量和美麗，然而這裡卻發生了意外，就是這位剛剛被眾愚人選出的教皇。

一個被打碎又胡亂拼接到一起的巨人。

獨眼巨人出現在小教堂的門檻上，他不敢亂動，弓腰聳背，體寬和身高同一個尺寸，如某一偉人言，「底面為正方形」。尤其當大家看到他身上半紅半紫、飾著銀色鐘形花紋的大氅，還有他「無與倫比」的醜相時，一下子認出他，齊聲叫喊：

「凱西莫多，敲鐘人！凱西莫多，聖母院的駝子！獨眼龍凱西莫多！瘸子凱西莫多！好啊！真棒啊！」

可憐人的綽號多得可以隨便挑選。

「懷孕的小心啦！」學生叫道。

「想懷孕的也得當心！」若讓接道。

果然，女人都遮掩了臉孔。

「哎，醜猴子！」一個女人說。

「又壞又醜！」另一個女人念叨。

「就是魔鬼。」第三個補充。

「我就住在聖母院附近，整夜都聽他在簷槽上走動，真倒楣！」

「還和魔鬼化身的貓在一起。」

「他總是待在我們的屋頂上。」

「還從煙囪口詛咒我們。」

「那天晚上，他趴在我家天窗上做鬼臉，我還以為是個男人，差點沒嚇死！」

「我覺得他肯定參加過群魔狂歡。有一次，他把魔鬼的掃帚丟在我家屋簷上。」

「嘿，噁心的駝子！」

「哼，醜陋的靈魂！」

「呸！」

然而男人卻正好相反，他們喜出望外，拚命鼓掌。

凱西莫多，作為眾矢之的，神情沉重而莊嚴地站在小教堂門檻上，讓眾人讚賞。有個學生，大概是霍班・普斯潘，湊到他面前取笑，有點太近了。凱西莫多一言不發，抓住他的腰帶，把他從人群頂上扔出十步開外。

科勃諾爾先生，驚歎讚美著也湊上前去。

「十字架起誓，聖父在上，你是我這輩子見過，最壯麗的醜陋！不但在巴黎，就是在羅馬，你也能當選為愚人教皇。」

他一邊說，一邊把手搭在凱西莫多的肩上。凱西莫多紋絲不動，他又接著說：「你這傢伙讓我心裡發癢，想帶你去吃喝玩樂，哪怕破費我一打嶄新的圖爾幣也值了。你覺得怎樣？」

凱西莫多並不回答。

襪商說：「上帝的十字架，難道你聾了嗎？」

他就是個聾子。

他對科勃諾爾的親暱有些厭煩，突然轉身，齜牙咧嘴，把弗蘭德壯漢嚇得倒退，像一隻被貓嚇住的鬥牛犬。

科勃諾爾只好心懷敬意和懼怕，圍著怪人轉了一圈，離他起碼有十五步。一個老婦向科勃諾爾先生解釋說凱西莫多是個聾子。

「聾子！」襪商發出弗蘭德人特有的爽朗笑聲，說：「天哪，他是十全十美的教皇！」

若讓大叫：「嘿！我認識他。他是我副主教哥哥的敲鐘人。」

為了近看凱西莫多，若讓終於從柱頂爬下來：「你好，凱西莫多！」

「見鬼！」霍班．普斯潘嘟囔著，他被甩出去，渾身酸痛。「他出場的時候是駝子，走起路來是瘸子，盯著您的時候是獨眼龍，您和他聊天的時候，他是聾子。還有，他用不用舌頭呢，這個波呂斐摩斯[1]？」

「他想說話的時候就能說話。」老婦人說，「他因為敲鐘變聾的。他不是啞巴。」

若讓評論道：「他就缺這個。」

霍班．普斯潘補充道：「而且還多了隻眼睛。」

若讓若有其事地評論：「不對！獨眼龍比瞎子還慘，因為他知道自己缺了什麼。」

與此同時，全場的乞丐、僕人、扒手與學生匯合，組成儀仗隊，前往法院書記室，從大箱裡拿出愚人教皇的紙皇冠和滑稽的假皇袍。凱西莫多，高傲又順從，任由他們披掛，並不抱怨。大家讓他坐上一副花裡胡哨的擔架。愚人團的十二名騎士軍官將他扛在肩上；當獨眼巨人看到他腳下簇擁著一個個漂亮、端正、挺拔的人，一縷輕蔑而苦澀的笑容在他抑鬱的臉上綻開。隨即，依照慣例，這支衣衫襤褸、大呼小叫的儀仗隊伍在司法宮內各條長廊轉了一遍後，湧向大街和十字路口。

1 希臘神話中的獨眼巨神。

VI 愛絲梅拉達

我們很高興地告知讀者，以上這幕發生的期間，格蘭古瓦的劇居然還在上演。在他的督促下，演員都滔滔不絕地吐出臺詞，而他也一字不漏地傾聽。全場的喧鬧也有他的一份貢獻，因為他堅持奮戰，毫不灰心，認為群眾的注意力能再次被吸引回來。當他看到凱西莫多、科勃諾爾和沸沸揚揚的愚人教皇隨從大聲喧嘩著走出大禮廳時，心中燃起了希望的火花。然後，迫不及待的群眾跟著跑出去了。他心想：「好啊，搗亂的都走了！」不幸的是，搗亂者就是觀眾。瞬間大廳中就空場了。

其實，大廳裡零零星星還留了些觀眾，圍在柱子四周，都是厭倦吵鬧推擠的老幼婦孺。幾個學生仍然騎在窗戶上，向廣場眺望。

格蘭古瓦想：「總算還剩下這些人，足以聽完我的聖蹟劇。他們雖然人數不多，卻是有文學修養的精英。」

不一會兒，聖母登場，原應同時奏曲，帶來驚天動地的戲劇效果的樂團卻寂靜無聲。格蘭古瓦才發現他的音樂被愚人教皇的遊行隊伍捲走了。他只好英勇地認命：「那就沒音樂！」

一小群市民像是在聊他的戲，他便湊上前去。以下就是他捕捉到的隻言片語：

「史納澤先生，您認得德．納穆老爺的納瓦爾公府吧？」

「當然，就在布拉克小教堂的對面。」

「嗯，稅務局剛剛把它租給插畫師吉約姆．亞歷山大，租金每年六個里弗爾八個巴黎索爾。」

「房租又在漲！」

「算了！還有其他人聽戲。」格蘭古瓦歎口氣想。

「各位同學！」一個騎在窗戶上的年輕人突然喊起來，「愛絲梅拉達！愛絲梅拉達在廣場上！」

此話居然有奇特的魔力，留守大禮廳的全部人馬都衝到窗口，有的爬上牆頭，向外張望，反覆叫喊：「愛絲梅拉達！愛絲梅拉達！」

同時，外面傳來轟轟烈烈的鼓掌聲。

「愛絲梅拉達，是什麼意思？」格蘭古瓦嘟囔著，傷心地雙手合十，「唉！我的上帝！現在輪到窗戶出風頭了。」

他轉頭向大理石桌子望去，發現演出擅自中止了。此時正該朱比特手持閃電上場，可是朱比特卻呆呆地站在臺下。

「米歇爾．季寶樂！」詩人憤憤不平，「你幹什麼呢？該你發呆了嗎？快爬上去！」

「呃，梯子剛被一個學生拿走了。」朱比特回答道。

格蘭古瓦看去，果然，通向結局的道路被切斷了。

「混帳小子！」他低聲說，「他拿梯子幹什麼？」

朱比特可憐巴巴地回答：「去看愛絲梅拉達。他說：『咦，這個梯子沒人用！』然後就搬走了。」

這是致命一擊，格蘭古瓦只好屈服了。

「都見鬼去吧！」他對演員說，「還有，要是他們付錢給我，也有你們一份。」

隨後他低垂著頭也撤退了，不過，他像一位浴血奮戰後的將軍，最後一個離開。

他走下司法宮曲折的樓梯，咬牙切齒地自言自語道：「巴黎人都是笨驢和蠢豬！他們是來看聖蹟劇的，卻什麼也不聽！什麼人都能引起他們的關注，什麼克洛潘·圖耶福、紅衣主教、科勃諾爾、凱西莫多，見鬼了！但是對聖母馬利亞女士卻毫不感興趣，早知如此，就給你們弄一群處女瑪麗看個夠，賤民一群！我是來看觀眾的臉，結果看到的只有後背！一個詩人的影響力居然和藥劑師差不多！當然荷馬還流落希臘各村鎮，以乞討為生！義大利詩人納松被流放，死在莫斯科！他們叫喊的這個愛絲梅拉達究竟什麼意思，被鬼剮了我也甘心，只要能弄明白！這到底是個什麼詞？破爛埃及語吧！」

第二卷

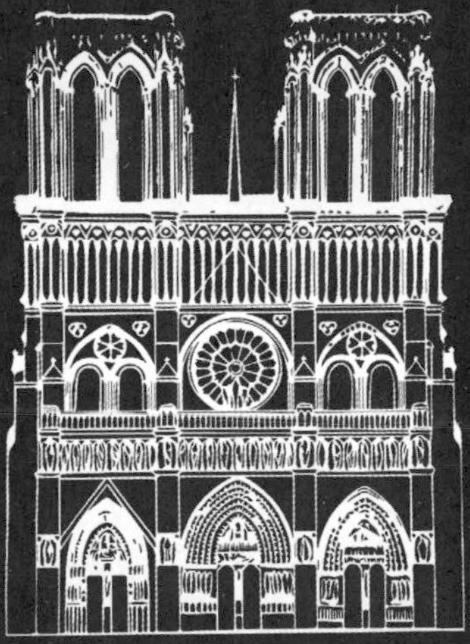

I 從沙西德到西拉

一月分，天黑得早。格蘭古瓦從司法宮出來的時候，街道已經一片昏暗。夜幕沉落，讓他深感愜意；他需要鑽入黑暗寂靜的小街，無邊無際地冥想，讓他哲人的靈魂包紮詩人受傷的心靈，況且哲學是他唯一的棲身之地。他沒有住處。戲初次公演就如此失敗，他不敢回到草料港對面的水上穀倉街的小屋去。他從巴黎屠宰稅部承包商吉約姆．杜克斯-西和手中租來的房子，已經拖欠了六個月的房租，一共十二巴黎索爾，價值相當於他全部家當的十二倍，短褲、襯衫和鐵頭盔算在內。原來期待市政大人付給他婚慶贊詩的稿費也泡湯了。他躲在聖禮拜堂司庫監牢門房的小門洞裡，面對巴黎大大小小的馬路石塊，思考在哪裡過夜。他想起上星期在鞋鋪街，最高法院某參事的家門口，看到一塊騎驢用的踏腳石，當時想這塊石頭倒是可以給乞丐或詩人做個不錯的枕頭。感謝上帝給他這個好主意！正當他準備穿過司法宮廣場，沉淪到老城區的迷宮中，徘徊於箍桶街、老呢布街、鞋鋪街、猶太街等歷經歲月蹉跎的姊妹街道時（直到今天，那些十層樓房依然佇立路邊），他看到愚人教皇的遊行隊伍吵吵嚷嚷、火把通明地從司法宮湧出，穿過小廣場。高奏音樂的正是他格蘭古瓦的樂隊。看到此景，他受創的自尊心又疼痛起來，他只能逃走。經過悲劇的浩劫，凡是能讓他回想起節日這天的一切，都讓他備受煎熬。

他想從聖米歇爾橋走，不料成群的孩子拿著火筒和煙花在那裡跑來跑去。

「該死的煙花！」格蘭古瓦自語，只能轉到兌換橋。橋頭幾棟小樓的屋頂鋪掛著三面大旗，上面分別畫著國王、太子和弗蘭德的瑪格麗特公主，還有六面小旗，上面畫有奧地利大公、波旁紅衣主教、德．博熱親王、法蘭西讓娜公主，以及波旁私生子親王等諸多肖像，都被火把照亮。一群亂民正在圍觀讚歎。

「畫匠讓．富爾勃很幸運！」格蘭古瓦長歎一聲，轉過身背對大小旗子。一條街道正好展現在他面前。他覺得小街漆黑冷清，肯定能躲避節日的熱鬧、輝煌的燈火，就一頭鑽進去。過了一會兒，腳被一個障礙物絆住，他跌倒在地。原來是一把五月花束。早晨時分，司法宮的書記便將它放在最高法院院長家門口，表示對節日隆重的慶祝。格蘭古瓦忍受了這場新磨難，爬起來走到塞納河邊。背對著民事法庭小塔和刑事法庭大塔，沿著國王花園的高牆向前走去，在沒有鋪路磚的河灘上，踏著齊腳踝的爛泥走了一段，就來到老城的最西端，眺望了一會兒牛渡小島（這座小島今天已經在銅馬和新橋下面消失不見了）。慘白狹窄的水面那邊，小洲黑黑地聳起，一星微弱的燈光映出一座蜂房似的茅廬，給牛擺渡的船夫想必在此宿夜。

「幸運的擺渡人！」格蘭古瓦想，「你不需要榮華，更不必要寫什麼慶婚詩！王室如何聯姻，勃艮第公爵的幾個夫人怎樣，與你無關！除了四月分草場上的瑪格麗特雛菊能餵飽你的乳牛，你不知道世上還有什麼其他的瑪格麗特！我是個被喝倒彩、凍得發抖，還欠債十二個索爾的詩人。我的鞋底已經磨得透亮，可以拿去給你做燈罩。謝謝！乳牛擺渡人！你的小茅屋讓我疲乏的目光得以休息，讓我忘記巴黎！」

從茅屋處爆出一個聖約翰節巨大的雙響炮仗，將他從抒情的美夢中驚醒。原來船夫放了一個煙花，表明他也在歡度佳節。

這個炮仗讓格蘭古瓦渾身汗毛倒立。

「該詛咒的節日！」他大喊，「你追著我不放嗎？天哪，上帝！直追到乳牛擺渡人的家中！」

他低頭望著腳下的塞納河，產生了一個可怕的念頭：「唉，河水要不是這麼冰冷，我就去投河自盡！」

絕望的他終於做出決定。既然他無法擺脫愚人教皇、讓・富爾勃的旗幟、五月花束、火筒，還有炮仗，還不如大膽地奔向節日中心，到河灘廣場去。

他想：「那邊起碼有點篝火可以暖身，還有三大架皇家甜點放在市政辦公廳的救濟自助餐站上，剩下的點心屑屑想必夠我塞牙縫的。」

II 河灘廣場

昔日的河灘廣場，今日只留下依稀難辨的殘痕。今日所見到的是廣場北角一座頗有風姿的小鐘塔，幾經簡陋的粉刷，上面浮雕鮮明生動的稜角已經被掩蓋。當巴黎所有老房子被蓋起的新房漲潮般吞噬後，大概它就會被完全淹沒了。

任何人經過河灘廣場，都會像我們一樣向它投去同情和憐惜的目光，小鐘塔夾在路易十五時代建成的兩幢破樓中，可以輕而易舉地想像當年的建築物，它只是其中一部分，然後進一步想像十五世紀時它所在的哥德式廣場。

像今天一樣，那時的廣場是不規則的梯形，一面臨塞納河，其餘三面排列著高大、狹窄、陰暗的樓房。白天，大家可以欣賞廣場周圍多式多樣的建築物，由石頭或木頭雕刻而成。中世紀的各種建築風格在這裡都有代表：從十五世紀追溯到十一世紀，從開始取代尖拱窗的格子窗，到尖拱窗取代的羅馬半圓拱窗。今天在鞣皮坊街和廣場靠近塞納河的一角處，老羅蘭塔樓的二樓還保留當年的形狀。夜晚，可以看到建築頂端鋸齒形的黑影如同凹凸不平的鏈條環繞著廣場。今日和當時的城市最根本的差異在於，今日的房屋的門窗面朝廣場和街道，而過去卻是鄰屋的山牆。兩個世紀來，房屋改變了朝向。

廣場中央的東邊，聳立著一座由三套住宅壘成、笨拙而複雜的建築物。它有三個名字，可以說明它的歷史、用途、建築風格：「太子殿」，因為查理五世當太子時住過；「商鋪」，因為曾經是市政廳；「柱子樓」，因為粗大的柱子支撐著這四層樓。像巴黎，這座完美的城市所需要的都在這裡面：一座向上帝祈禱的小教堂；一間辯事廳，供群眾上訴，抨擊國王的官員，和他們舌戰；閣樓是儲備槍炮的兵器庫。因為巴黎市民知道，在任何情況下，光憑祈禱和訴訟是無法保障巴黎人的權益的，所以市政廳的閣樓都會貯蓄一些雖然威力無比，但是年久生鏽的火槍。

從那個時代起，河灘廣場就被陰森森的氣氛籠罩。直到今天，多明尼克．勃卡多爾建造的市政廳取代了柱子樓，它還是一個令人厭惡的地方。不要忘了，鋪著石塊的廣場中央，長年聳立著一座絞刑架和一根恥辱柱，當時被稱為「正義臺」和「梯子」，曾經讓多少健康的生命慘死於此處，也讓路人轉頭，目光避開這個死亡廣場；也是這裡，五十年後爆發了所謂的「聖瓦里埃熱症」，也就是斷頭臺恐懼症、最恐怖的一種疾病，因為它不是上帝賜予的，而是人類製造的。

順便補充一句，三百年前執行死刑需要的鐵輪、石絞架，以及其他各類刑具，常年被封在石塊路面，比比皆是，隨時可用，散在河灘廣場、菜市口、太子廣場、特拉瓦十字架教堂、豬市集、醜陋的鷹山、警察哨站、貓廣場、聖德尼門、尚波市場、博岱門、聖雅克門處，這還不包括多如牛毛的市長、主教、教士、修道院院長等執行市規、教規所用的絞刑梯子，以及塞納河的法定溺刑。今天，令人欣慰的是，如同冑甲般一片片脫落，那些豪華的酷刑、異想天開的懲罰，以及在大堡每五年重換一張皮的拷打皮革床，都消失不見了。酷刑，這個封建社會的霸王，已經被我們從法典和都市中驅逐出境。經過一條又一條的法令修改、一個廣場又一個廣場的清理，今天廣闊的巴黎城只剩下河灘廣場上一個可恥的角落裡有一架小小的斷頭臺。它羞愧地，鬼鬼祟祟地，提心吊膽地行刑，好像生怕幹壞事時被當場抓到，砍了頭就立即收攤。

III

以親吻回報拳頭[1]

皮埃爾．格蘭古瓦走到河灘廣場的時候，已經凍僵了。為了避開兌換橋上的擁擠，以及讓．富爾勃畫過像的旗幟，他繞道磨坊橋；可是屬於主教管轄的水磨風車甩了他一身水，澆透了他的破衣服。經歷了砸臺演出，他越發覺得人間寒冷，於是急忙向廣場中央熊熊燃燒的篝火走去，然而焰火被人群圍得水泄不通。

「該死的巴黎人！」他自言自語地嘟囔。作為一名合格的戲劇詩人，他善於用獨白抒發感情。「他們擋住了篝火！可是本人急需壁爐的一角。腳上的鞋倒是喝飽了，那群該死的水磨風車將淚水灑了我一身！巴黎主教玩風車，見鬼了！當磨坊主教有什麼好處？如果他需要，我馬上將詛咒送給他的大教堂和他那些風車！看看這幫混混，會不會讓個位？請問他們在那兒幹什麼？取暖，好吧！他們在欣賞百來根柴火燃燒，這是個什麼好景觀！」

他上前定睛一看，發現大家圍圈的直徑比取暖所需要的大得多，這群密密麻麻圍觀的人不是只被柴火的豔麗所吸引。

在人群與火焰之間寬闊的空地上，一個年輕的姑娘在翩翩起舞。

被這迷人的景象所吸引，作為總是質疑的哲人和諷刺的詩人，格蘭古瓦一時搞不清楚她是仙女還是天使。

她並不高，然而身材苗條挺直，顯得個子高眺。她的膚色淺棕，讓人聯想到，如果白天看去，她的皮膚就會有安達盧西亞姑娘或羅馬姑娘般美麗的金色光澤。她的小腳也是安達盧西亞人的樣子，自在地穿著尖窄優雅的鞋。一張舊波斯毯隨隨便便地鋪在地上，她就在上面舞蹈，如風一樣旋轉。每轉一圈，她光彩四射的臉就會一閃而過，而她烏黑的大眼睛投來閃電般的目光。

她的周圍，圍觀者兩眼發直，張著嘴巴，看呆了。她敲擊著一面巴斯克手鼓，兩隻滾圓純潔的手臂高舉過頭，踩著鼓點舞蹈，窈窕、纖弱、靈敏，好像一隻黃蜂。她的金線背心筆直無褶，而彩裙卻膨脹散開。她裸露雙肩，裙子時不時地飛揚，暴露出纖細的腿。她頭髮漆黑，目光如烈焰，真是一個超自然的生靈。

「這絕對是一位火精靈、一位水仙女、一位女神、一位梅納倫山酒神的女祭司。」格蘭古瓦想。此時此刻，火精靈的一根髮辮散開，一片銅飾品從她的頭上掉下來。

「哎！不對！她是個波希米亞少女。」格蘭古瓦說。美好的幻覺便消失得無影無蹤。

她又開始跳舞。她從地上拿起兩把劍，將劍尖立在前額，讓劍旋轉，而自己則向相反方向轉去。真的，她不過是個波希米亞少女而已。雖然格蘭古瓦非常失望，可是整個畫面仍然不失令人震撼的魔

1 原文為西班牙文，西班牙諺語，「以德報怨」之意。

力。照耀她的篝火是鮮血的顏色。火光在圍觀群眾的臉上、在波希米亞少女淺棕的額頭上顫抖跳躍，還將觀眾恍惚不定的影子投向廣場深處，一側映出漆黑古老皺皺巴巴的柱子樓，另一側則是絞刑架的兩隻石臂。

千百張被火光映得紅通通的面孔中，有一張臉似乎比別人更聚精會神地注視著跳舞的女孩。這是張男人嚴峻、冷靜、憂鬱的面孔。因為四周的觀眾擋著，看不出來他的服飾。他的年齡不超過三十五歲，但是已經禿頭，兩鬢只有幾撮稀疏的灰白頭髮。他的額頭豐滿開闊，卻開始刻有皺紋。他的雙眼深陷，卻迸發著青春的火花、生命的狂熱、深沉的眷戀。他寄情於波希米亞少女，然而十六歲的年輕姑娘在觀眾面前瘋狂地舞蹈迴旋，讓他的夢想愈發地沉淪無奈。微笑和歎息在他的唇邊匯合，然而他的微笑比歎息更加痛苦。

女孩跳得上氣不接下氣，終於停下來，觀眾充滿愛意，為她熱烈鼓掌。

「嘉莉！」波希米亞少女喊了一聲。

格蘭古瓦看到跑來一隻漂亮的小羊，機警、敏銳，閃亮的皮毛，金犄角，金蹄子，脖子上還掛著一個金色的項圈。牠一直趴在地毯一角，看著主人跳舞，格蘭古瓦剛才沒有注意到。

跳舞的女孩說：「嘉莉，輪到您出場了。」

她坐在地上，優美地將手鼓遞到小羊面前。

她說：「嘉莉，現在是幾月了？」

小母羊抬起一隻前腳，在手鼓上敲了一下。現在果然是一月分，大家鼓掌。

女孩翻轉手鼓，繼續問道：「嘉莉，今天是幾號？」

嘉莉抬起金色的小蹄子，在手鼓上敲了六下。

埃及少女又換個拿鼓手勢，接著問：「嘉莉，現在是幾點？」

嘉莉敲了七下。與此同時，柱子樓的大鐘敲了七下。

眾人覺得絕妙無比。

「肯定藏著巫術！」人群中一個陰森森的聲音說，是那個緊盯著波希米亞少女不放的禿頭男子。

她打了個寒噤，扭頭看去；可是掌聲響起，掩蓋了陰鬱的聲音。

聽到掌聲她就忘了那句惡語，繼續朝小母羊提問：「嘉莉，在聖燭節的儀式隊伍中，市政手槍隊隊長吉沙爾・大雷米先生怎麼走路？」

嘉莉一邊蹬著後腿走，一邊咩咩叫，姿勢乖巧嚴肅，一圈人一眼就看出了唯利是圖、假做虔誠的手槍隊隊長，放聲大笑。

年輕姑娘看到表演越來越受歡迎，便斗膽說：「嘉莉，國王宗教法庭檢察官雅克・沙爾莫呂大人，是怎麼宣教呢？」

小母羊一屁股坐下，怪模怪樣地揮舞著兩隻前蹄，除了不能模仿教士蹩腳的法語和拉丁語外，牠的舉止、聲調、神態都活靈活現，彷彿就是雅克・沙爾莫呂。

群眾更加熱烈地鼓掌。

「褻瀆上帝！玷汙神靈！」禿頭男人的聲音響起。

波希米亞少女又轉過頭來看他。

「哎！還是這個壞人！」她說。她將下唇伸長，包住上唇，看來她習慣這樣噘嘴，隨即一轉腳跟，回過身，伸著手鼓，收集群眾的賞錢。

白花花的大銀幣、小銀幣、盾幣、鷹銅錢，雨點似地紛紛落下。忽然她經過格蘭古瓦的面前。格蘭古瓦昏頭昏腦地伸手進口袋一摸，她隨即止步。「見鬼！」詩人嘟囔，他在口袋深處找回窮光蛋的自己。可是漂亮的年輕姑娘一動不動，大眼睛盯著他，伸著手鼓等待。格蘭古瓦出了一身冷汗。如果他口袋裡裝著祕魯國，他也會掏出來賞給這位女舞者。格蘭古瓦並沒有祕魯，況且當時的人還沒有發現美洲大陸。

幸好發生了一樁意外事件，幫他解了圍。

「埃及蝗蟲，還不滾開？」從廣場最陰暗角落發出一聲尖叫。

少女嚇得連忙轉身看去。這回不是禿頭在說話，而是女人的聲音，又虔誠又凶狠的女聲。

叫聲驚到了波希米亞少女，卻讓一群亂跑的孩子歡天喜地。

「羅蘭塔的隱修女。」孩子一邊高叫一邊亂哄哄地取笑，「麻袋婆婆發脾氣啦！是不是她還沒有吃晚飯？我們拿點救濟站的剩飯給她吧。」

大家向柱子樓奔去。

格蘭古瓦趁著波希米亞少女惶恐失措之時趕緊溜走。聽到孩子的喊聲，想起自己也沒吃晚飯，立即奔向救濟站。但是小淘氣鬼的手腳比他俐落，等他跑到時，殘羹剩飯已經被孩子一掃而光，連五個索爾一磅的乾麵包也沒剩下，只留著牆上夾雜著玫瑰的幾支百合花。這是馬爵爾·比臺於一四三四年畫在牆上的，作為食糧未免太單薄了。

空著肚子睡覺令人煩惱，然而空著肚子還沒有地方睡覺，就更讓人笑不出來。格蘭古瓦偏偏如此狼狽，沒有麵包也沒有屋頂。他急需生活必需品，然而恰恰生活透過必需品對他施以暴力。他早就發現這條真理：因為朱比特天神憎恨人類，才創造了人，所以，智者會發現自己的信仰不斷地被命運圍殲。這一次，格蘭古瓦頭一次遇到如此嚴酷的封鎖斷糧。他聽得見自己的肚子嘰哩咕嚕地敲著戰鼓，厄運用飢餓來剿滅他的哲學思想，太過分了！

他深深地沉浸在悲傷的冥想中。突然，一陣柔情而又古怪的歌聲，將他喚醒。原來年輕的埃及姑娘在歌唱。

清純、響亮、高昂、輕盈，她的歌喉像她的舞蹈、像她的容貌，有著無法言語的魅力。她的音調婉轉，節奏變換，如同朵朵鮮花不停地開放。歌詞簡短，伴有尖聲和噓聲的音符，她極速跨越音階，然而歌聲依然柔和，連夜鶯也要甘拜下風，她的高音迴旋，低音跌蕩，軟綿綿地上下起伏，好像她時起時落的胸部。她美麗的面孔，隨著變幻莫測的曲調，也從最奔放的激情變成最聖潔的平靜。她時而是瘋女，時而是女王。

她的歌詞是格蘭古瓦沒有聽過的語言，好像她自己也不懂得，因為她唱歌時的表情與歌詞大意似乎沒有什麼關聯。因而以下這首四行詩，在她的嘴裡顯得歡樂異常：

一個貴重的箱子，
在柱子旁被發現，
裡面裝著新彩旗，
畫著嚇人的頭像。[2]

一會兒，她又唱：

阿拉伯騎兵，
一動也不動，
佩劍在身，弓弩
放在脖頸上。[3]

雖然她的歌聲歡樂，格蘭古瓦的眼中卻充滿淚水。波希米亞少女好比一隻小鳥，安逸、無憂無慮地放聲歌唱。她的歌聲擾亂了格蘭古瓦的冥想，好像一隻天鵝優美地擾亂了水面。他側耳傾聽，心曠神怡，忘記一切。幾個鐘頭來，這是他頭一次忘記傷痛。

這種愜意卻是短暫的。

剛才打斷波希米亞少女跳舞的女人又高聲打斷她的歌唱。

「地獄裡的蟬，還不閉嘴？」聲音還是從廣場那個陰暗的角落飄來。

可憐的蟬不出聲了。格蘭古瓦堵住耳朵。

他喊道：「啊，遭詛咒的爛鋸竟然破壞了豎琴！」

與此同時，圍觀的人也像他一樣念叨：「麻袋婆見鬼去吧！」這個不露真面目、叫人掃興的老太婆，險些因為打擊波希米亞少女而後悔。此時此刻，如果不是愚人教皇的遊行隊伍引起了大家的注意，她就要遭殃了。這支隊伍，火把通明，走過許多街巷和十字路口，在喧鬧聲中進入河灘廣場。

這堆遊街人群，讀者已經看到他們從司法宮出發，一路上收編了巴黎街頭的各類賤民、遊手好閒的小偷、無所事事的流浪漢，逐漸擴大，等他們到達河灘時，已經是頗為正規的一支隊伍了。

領頭的是「埃及國」。「埃及大公」騎著馬走在最前面。他手下是徒步而行的眾伯爵，替他牽轠執鐙，後面是混雜在一起的「埃及」男人和「埃及」女人，肩頭趴著他們吵吵嚷嚷的孩子。所有的人，大公、伯爵、百姓，都是破衣爛衫的。其後走來「隱話國」，這裡聚集了全法國的小偷，按等級高低排列，等級最低的當先，四人為一排，各自佩戴標誌，表明他們在這獨特的團體中所屬的等級。他們當中大多數有殘缺，瘸腿的、斷手的、冬天不能開工的，還有掛著扇貝假裝朝聖的騙子、拿著假醫療證明說明自己是狂犬病治癒者的乞丐、賭杯球騙錢的、擦皮鞋的、街上渾水摸魚的、要飯的、假裝癲癇討錢看病的、混在人多的地方給小偷當眼線的叫花子、假裝癱瘓的、假裝生病的、假裝遭到雷劈的、假裝破產的商人、假扮在戰爭中受過重傷的士兵、無論冬夏都光著屁股當街發抖的「孤兒」，以及大護衛們、小舵主們等等，即便詩人荷馬再世也講不清道不明。在副舵主、掌門人的簇擁下，大家勉強能辨認出「隱話國」大王、當家的，他蹲在由兩條大狗拉著的一輛小車裡。「隱話國」後面走來「伽利略帝國」，吉約姆．盧梭是帝國的「皇帝」，穿著沾滿葡萄酒的大紅袍，威風凜凜地踱步，前面由撲打跳舞的江湖藝人開路，前後左右是「執杖官」、「護衛」和「審計院的會計們」。最後走

2、3 原文為西班牙文。

來的是司法宮小書記們，身披黑袍，舉著飾滿紙花的五月樹和粗大的黃色蜜蠟，踏著群魔亂舞的音樂。人群的中央，愚人會的大騎士們抬著一副擔架，上面點的蠟燭比瘟疫流行時聖女熱納維耶芙教堂的聖駕上還要多。就在這個擔架上，手持圭杖，頂著皇冠，披著皇袍，精神抖擻地端坐著新當選的愚人教皇、聖母院的敲鐘人，駝子凱西莫多！

這支低俗不堪的遊行隊伍中，每個部分都有自己的音樂。「埃及」人敲著木琴和非洲手鼓，「隱話」人不諳音律，也拉起弦琴，吹起牛角號，彈起十二世紀的哥德式三弦提琴。「伽利略帝國」也並不比他們水準更高，大家只能馬虎地分辨出處於音樂童年時期簡單的三弦提琴——其音樂禁錮在「來」「拉」「咪」三個音中。當然，最熱鬧的地方還是愚人教皇的身邊。他的樂隊，亂哄哄地將當時流行的樂曲都演奏一遍。樂器也不過是最高音三弦提琴、次高音三弦提琴、高音三弦提琴，還有笛子和銅管樂器。唉！讀者當然記得，這是格蘭古瓦的樂隊。

很難描述，從司法宮到河灘廣場，一路上，凱西莫多醜惡、憂傷的面孔是怎樣得意洋洋地光芒四射。這是他的自尊心生平第一次得到滿足。在此以前，他因為地位低下而遭受侮辱，因為相貌而被別人厭惡。此時此刻，儘管耳聾，成為教皇的他盡情享受著憎恨他也被他憎恨的群眾的擁戴和歡呼。雖然他的子民是一堆瘋子、癱子、小偷、乞丐，他也無所謂。他們終歸是民眾，而他是教皇。所以他認真地接受了大家譏諷的掌聲、嘲笑的敬意，當然，再補充一句，這裡真的也混雜著群眾對他的畏懼。因為這個駝子身體強壯、這個瘸子靈活機敏，還因為這個聾子心狠手毒，這三個定義也就足以減少他的滑稽之處了。

新選的愚人教皇有怎樣的內心感受，看到別人的情感被他激發後又有什麼想法，這是我們無法知道的。

居住在一個破殘軀體中的靈魂，必然有不完善和愚鈍之處。所以他當下的感受應當是混沌、恍惚、朦朧的。只能說他又是高興，又是自豪，憂鬱而不幸的面孔居然在發光。

當凱西莫多陶醉地、驕傲地路過柱子樓時，突然人群中衝出一個人，怒氣沖沖地上前奪下他手中作為愚人教皇象徵的金色木圭杖，在場的人又是驚訝又是擔心。

這個膽大妄為的人正是剛才在人群中，看波希米亞少女跳舞並對她惡意中傷的那個禿頭。他身穿教士衣裳。格蘭古瓦原本沒有注意他，在他從人群中衝出的瞬間，才認出他來，便驚訝地叫：「喂，這不正是我那個像赫爾墨斯一樣的老師、唐．克洛德．弗洛羅副主教嗎？他招惹這個醜陋的獨眼龍幹什麼？會被他一口吞下去的。」

果然，一聲驚叫後，剽悍的凱西莫多急忙跳下擔架，把婦女嚇得連忙扭頭，不忍心看著他把副主教撕成碎片。

凱西莫多一步跳到教士面前，看著他，跪倒在地。

教士一把扯去他頭上的皇冠，折斷他的權杖，把他身上閃亮的皇袍撕碎。

凱西莫多卻跪著，低下頭，雙掌合十。

然後，兩個人沒有開口，用奇特的暗號和手語在交談。教士站著，惱羞成怒，張牙舞爪，咄咄逼人；凱西莫多跪著，低三下四，卑微地哀求。當然，凱西莫多用大拇指就可以將教士碾碎。

最後，副主教粗暴地推著凱西莫多強壯的肩膀，做手勢讓他站起來，跟著他走。

凱西莫多站起來。

驚愕過後，愚人團決定保護突然被拉下皇位的教皇。「埃及」人、「隱話」者和所有書記都跑上前去圍著教士吵鬧。

凱西莫多站到教士前，緊握兩隻拳頭，青筋暴露，咬牙切齒，像一隻發怒的猛虎。教士又恢復了陰鬱而嚴肅的模樣，給凱西莫多做個手勢，默默地走了。凱西莫多走在他前面，將大家推開。

當他們穿過了人群和廣場時，身後跟著一大群好奇而無聊的人。凱西莫多成了後衛，倒退著跟隨副主教。他駝著背，滿臉仇恨和凶惡的表情，如同毛髮倒豎的怪獸，全身繃緊，舔著野豬般的長牙，發出猛獸般的咆哮。每當他抬眼舉手，大家就被嚇得東藏西躲。

大家只能看著他們鑽入一條漆黑的小街，誰也不敢冒險尾隨。許久後，凱西莫多咬牙切齒的幻影還飄蕩在小街的入口。

格蘭古瓦說：「真是精彩的一幕，但我到什麼鬼地方去混一頓晚飯呢？」

IV 夜間街頭尾隨美女的煩惱

格蘭古瓦，不知何去何從，選擇尾隨波希米亞少女。他曾經看到她牽著小母羊走上了刀剪街，自己也朝那條街走去。

「為什麼不呢？」他自言自語道。

格蘭古瓦有一套實用哲學，適於在巴黎街頭使用。他早就知道，尾隨一個漂亮的姑娘而並不知道她要去哪裡，沒有比這個更愜意的夢遊了。心甘情願地放棄自主意識，讓自己的異想天開追隨別人的任性，既有奇特的獨立性又有盲目的服從性，這種奴性與自由的畸形混合，正是格蘭古瓦所喜愛的，因為他自己就是這樣的混合體，優柔寡斷又錯綜複雜，懷有各種極端思想，周旋於人性各類傾向之間，彼此中和抵消。他願意把自己比作穆罕默德的陵墓，被兩個磁石的相反力量所吸引，在高和低、天空和地面、墮落和昇華、天頂和天底之間永恆地徘徊不定。

格蘭古瓦如果活在今天，他會精彩地立身於古典派和浪漫派的正中間！

但是他想得太多，不能活上三百歲，真是遺憾！他的消失在今日留下不可彌補的空白。

這樣在街上跟著人走，尤其是女人，是格蘭古瓦非常樂意的事，而且他不知道何處可留宿，因此沒有比這麼做更好的選擇。

於是他跟在女孩身後，一邊走一邊思索。看到市民紛紛回家，節日中特許開業的小酒館在關門，她便加快腳步，漂亮的小母羊也跟著一路小跑。

「反正她有個住處吧。」他想，「也許波希米亞人很善良，誰知道呢……」

這組欲言又止的省略號象徵著他心中某種雅致的打算。

當他走過最後一群正在關門的市民家門前時，斷斷續續地傳來的隻言片語，打亂了他甜美的憧憬。兩個老頭子在聊天。

「底博．費尼克勒先生，您知道天冷吧？」

（這個，格蘭古瓦從一入冬就知道了。）

「當然知道，波尼法斯．迪左姆先生！今年會不會又像三年前，一四八〇年的那場嚴冬，每捆木柴賣到八個索爾？」

「嗯！那不算什麼，底博先生，能比得上一四〇七年的冬天，那年從聖馬丁節一直冰凍到聖燭節！冷得連法院坐在大廳裡的書記官，每寫三個字，鵝毛筆就凍一次！審訊紀錄都因此而打斷！」

再往前是兩個街坊女人在窗口聊天，她們的蠟燭在迷霧中劈啪作響。

「布德拉克小姐，您丈夫跟您講了那樁不幸的事了嗎？」

「沒有呢。什麼事呢？居爾康小姐？」

「小堡的公證人吉爾．戈丹先生騎的馬，被弗蘭德使臣和他們的隨行人員驚到，撞了天賜派的修士菲利波．阿弗里奧先生。」

「真的嗎？」

「可不是。」

「一匹市民的馬！這很嚇人！如果是騎兵團的馬，那就慘了！」

窗戶關上了，但還是打斷了格蘭古瓦剛才的思路。

值得慶幸的是，他很快找回了思緒，因為波希米亞少女和嘉莉一直在他前面走。她們兩人一樣細腰、嬌柔、楚楚動人，他尤其讚賞兩人小巧玲瓏的腳、婀娜的身段、翩翩的姿態。在他的冥想中，他幾乎分不清她倆了：如果依據機靈、友善來分類，兩人皆屬小姑娘；如果依據輕盈、靈巧、步履敏捷分類，兩人都是母山羊。

街道越走越黑，越來越冷清。宵禁的鐘聲已經敲過多時，過了許久，街上才會碰到一個行人，窗戶上露出一點燈光。緊隨埃及少女，格蘭古瓦走進了古老的聖嬰墓地周邊環繞的小街。這裡如同迷宮，到處是岔路和死巷，彷彿是被貓咪抓亂的線團。「這些街道的排列，一點也沒有邏輯！」格蘭古瓦自語說。他在千迴百轉的小街中迷失了方向，然而少女卻彷彿熟悉道路，毫不猶豫地越走越快。至於格蘭古瓦，如果不是在一條街的拐角處，看到菜市場八角形恥辱柱的尖頂——它的剪影醒目地投在韋德萊街還亮著燈的一扇窗上，他肯定分辨不清自己置身於何處。

他剛剛被波希米亞少女發現。好幾次，她不安地轉頭望他，甚至有一次她索性停步，借著一家門窗半掩的麵包店裡露出的光上下打量他，格蘭古瓦看見她又像上次那樣噘了下嘴，隨後接著趕路。

她的噘嘴引起格蘭古瓦的思考。毋庸置疑，這嬌媚的鬼臉中表達了她的輕蔑和嘲諷。於是他低下頭，放慢腳步，數著街上的石塊，和女孩拉開距離。此時此刻，她拐過街角，正好在他的視線中消失。突然，他聽到她一聲尖叫。

他加快步伐。

街上黑漆漆的。街角的聖母塑像下的鐵籠裡燃燒著一盞小油燈，格蘭古瓦借著燈光，看到波希米亞少女正在拚命和兩個抱住她的人搏鬥，他們試圖堵住她的嘴，不讓她出聲。可憐的小母羊嚇得低頭拱起犄角，咩咩地叫。

「快來救我們，巡邏隊先生們！」格蘭古瓦大喊著勇敢地衝上前。抱住女孩的兩個男人中有一個扭頭看他，原來是凱西莫多那張「威風凜凜」的醜面。

格蘭古瓦沒有逃跑，也沒敢再向前一步。

凱西莫多湊過來，一揮手就把他推開四步之外，讓他跌在地上。接著凱西莫多衝向黑暗，一隻手挾著波希米亞少女，好像手上搭著一條絲巾。他的同夥跟隨著，可憐的小母羊緊跟著他們，害怕地咩叫。

「殺人啦！救命呀！」不幸的波希米亞少女喊道。

「站住，混帳！放下這個小蕩婦！」忽然一聲大吼，如霹靂般迴蕩，一名騎手從旁邊的路口上衝來。

這是國王近衛弓箭隊隊長，他全副武裝，手拿一支長劍。

他從驚呆的凱西莫多的臂膀中一把搶下波希米亞少女，將她橫放在馬鞍上。等到蠻橫的駝子回過神來，撲上去要奪回獵物時，緊跟在隊長後面的十五六名弓手，手執長劍，橫在前面。這是一組國王近衛隊，奉巴黎府總督羅貝爾・德・埃斯杜特維爾大人命令，巡邏城市街道。

凱西莫多被他們包圍，遭到逮捕後，五花大綁地捆起來。他咆哮著，口吐白沫，見人就咬。可以肯定，如果是白天，就憑他那張被怒氣扭曲、越發顯得猙獰的臉，就足以將小分隊嚇跑。但是，黑夜使他繳械最有威脅性的武器：他的醜陋。

在搏鬥的時候，他的同夥早已逃之夭夭。

波希米亞少女從軍官的馬鞍上優美地坐起來，兩手扶在年輕軍官的雙肩上，使勁盯了他幾秒鐘，好像被他氣宇軒昂的容貌所吸引，也對他剛才的營救充滿感激。接著，她打破沉默，用越發醉人的甜嗓子說：「憲兵先生，請問尊姓大名？」

「菲比斯．德．沙托佩斯隊長，為您效勞，美人！」軍官挺直腰板回答道。

「謝謝。」她說。

菲比斯隊長得意地撚一下他的勃艮第式小鬍子，她藉機溜下馬背，像落地之箭，逃走了。

她消失得比閃電還快。

「教皇的肚臍眼！」隊長讓人將捆綁凱西莫多的皮韁繩勒得更緊，「我倒是想扣下那個小賤人！」

一個憲兵說：「有什麼辦法呢，隊長？黃鶯飛走了，抓到一隻蝙蝠！」

V 狼狽不堪

格蘭古瓦被摔昏後，就一直躺在小街拐角處聖母像腳下不動彈。他慢慢地甦醒過來。他先是似睡非睡地滯留在恬謐的夢境中，在波希米亞少女和小母羊輕盈的形象與凱西莫多沉重的拳頭中輕飄飄地飄蕩。然後，這種感覺就消失了。冷氣從他身體接觸到街面的部位鑽入，他猛地清醒過來，定神一想：「哪裡來的這股涼氣？」才發現自己幾乎橫躺在陰溝正中央。

「見鬼了，駝子獨眼龍！」他咬牙嘟噥著，想要爬起來。可是頭暈眼花，渾身疼痛，可見摔得很重，只能躺著不動。好在還能伸手，便捂住鼻子，自認倒楣。

「巴黎的爛泥！」他覺得這陰溝就是他暫時的家了，在家裡能幹什麼，除了胡思亂想？[1] 他想道：「巴黎的爛泥特別臭！一定含有大量的揮發性碳酸鹽和硝酸鹽。何況這是大師尼古拉．弗拉梅爾以及其他煉金師的看法。」

煉金師這個詞使他突然聯想起克洛德．弗洛羅副主教。他記起剛才目擊的暴力場面，波希米亞少女與兩個男人對抗，凱西莫多有個同夥。格蘭古瓦眼前模糊地浮現出副主教那張陰鬱和傲慢的面孔。他想：「真是奇怪！」他利用這個資料，以此為根據，開始勾畫各種假設，搭一座哲學家的紙牌城堡。然後又被拉回現實中來：「哎呀！凍死我了！」他喊起來。

這地方確實讓人越來越難受。溝水分子一點點帶走格蘭古瓦腰間的熱量分子，他的體溫和陰溝的水溫之間達到一種令人痛苦的平衡。

突然，新的煩惱開始向他進攻。

一群孩子出現了，就是無論颳風下雨，都光著腳跑在巴黎街頭，從古至今被叫作流浪兒的那類孩子。我們小時候晚上放學，他們看到我們的褲子整整齊齊沒有破洞，還會用石塊打我們。此時，也不管街坊鄰居還在睡覺，他們一窩蜂地，喊著笑著，向格蘭古瓦躺著的路口奔來。他們身後拖著一個不成形狀的袋子，腳上木屐的響聲都能吵醒死人。既然格蘭古瓦還沒完全死，就撐起了身子。

「喂！安訥甘·當岱施！喂！讓·潘斯布德！」他們拚命大叫著，「街上賣鐵器的老傢伙厄斯塔舍·慕蓬剛剛斷氣。我們拿他的稻草墊子去燒把火。今天要歡迎弗蘭德人！」

他們走到格蘭古瓦身處之地，並沒有看到他，恰好把草墊子扔到他身上。一個小孩抓起一把稻草，就要去聖母像座下燃燒的油撚上點火。

「該死的基督！難道現在又要熱死我嗎！」格蘭古瓦嘟囔道。

他將被水火夾攻，情況危急！就像造假幣者眼看要被投入燒開的熱水，想要拚命逃脫一樣。他使盡吃奶的力氣，爬起來，將草墊子擲向流浪兒，拔腿就逃。

「聖母呀！」孩子都驚叫起來，「賣鐵器的還魂啦！」

1 出自拉封丹的寓言詩，II，十四，《野兔和青蛙》。

他們也被嚇跑了。

只有草墊子留在空蕩蕩的戰場上。今天，宗教判官貝樂弗雷神父，還有柯洛澤教士都可以告訴我們。次日，社區的教士舉行了極為隆重的儀式，將草墊子撿起並送入聖福運教堂的寶庫。從那天起一直到一七八九年，聖寶管理員賺了一筆可觀的收入，就是因為莫貢塞耶街角的聖母像在一四八二年一月六日至七日那個值得紀念的夜晚顯靈，為已故的厄斯塔舍·慕蓬驅魔——此人死時將陰魂寄存在自己睡過的草墊子裡，為了能給魔鬼留一個藏身之處。

VI 摔破的陶罐

詩人玩命地跑了一段時間，也不知向何方跑，多少次在街角碰壁，跨過多少陰溝，鑽過多少小街、死巷和岔路口。他在菜市場上盤根錯節的古街上四處逃竄，慌亂中選擇像優美的拉丁文所說的「一切途徑，大小道路」[1]，然後戛然止步。他大口喘氣，想到一個自相矛盾的疑難問題。他用手指點著前額，自言自語：「皮埃爾．格蘭古瓦大師，您怎麼沒頭沒腦地亂跑？那些頑童好像比您怕他們更怕您。您聽我說，我覺得剛才您往北邊逃的時候，聽到了他們向南邊跑的木屐聲。其實兩者皆是機遇：或是他們溜走了，他們在慌亂害怕中一定會留下草墊子，這可是您從早上起來一直尋找的舒適床鋪，是聖母女士顯靈，獎勵您寫了一齣滑稽的道德劇，贏得觀眾喝彩，送您一個草墊子；或是孩子並沒有逃跑，如果這樣，他們就會點燃草墊子，這正是您所需要的火焰，您可以用它烘乾衣裳、暖和自己、休息放鬆。有這兩種可能：救命火或是救命床——反正這張草墊子是天賜的禮物。也許由於這個因果關係，莫貢塞耶街角善良的聖母馬利亞才讓厄斯塔舍．慕蓬死去。您這樣把腸子都跑斷了，好像

1 原文為拉丁文。

皮卡第人在法國人面前狂逃，把找到的東西抛到身後，您難道不是傻瓜嗎！」

於是他轉身走回頭路，摸著方向，東張西望，用鼻子聞著，用耳朵聽著，費盡心思尋找那張幸福的草墊子。他白費力氣！只見房子、死胡同、岔路口比比皆是，錯綜複雜，他猶豫不決，在亂糟糟黑漆漆的街道中徘徊跌撞，就算是陷入小塔宮的花園迷宮也不會像在這裡一樣摸不到方向。他最終失去耐心，鄭重其事地大喊：「該詛咒的岔路！是魔鬼模仿他手中的鐵叉打造的！」

叫喊之後，他心中略微好受一些。這時，他看到一條狹長的小街盡頭閃耀著紅光，振作了精神，說：「讚美上帝！在那裡，我的草墊子在燃燒！」他把自己比作黑暗中的舵手，又虔誠地補充：「向你致敬，向你致敬，海航星！[2]」

這幾句禱告是念給聖母還是給草墊子呢，我們就不得而知了。

這條小街是個斜坡，沒有鋪街石。他剛走了幾步，就發現越走越泥濘、越傾斜，而且還有一種奇怪的現象。小街並不荒涼。恍恍惚惚的，可以看到形狀怪異的物體在一路匍匐，都朝著街頭搖曳的光亮爬去，好像夜間笨重的蟲子，從一根草伏行到另一根草，都奔向牧童的篝火去。

知道自己身上沒有錢包，一個人才會去冒險。格蘭古瓦繼續前行，不一會兒就趕上一隻懶洋洋爬在隊尾的蟲子。靠近了才發現是個悲慘的無腿人用雙手撐地，起伏前行，好像一隻受傷的蜘蛛，只剩兩條長腿。當他走過這個人面蜘蛛時，此人仰面向他苦苦哀求：「行行好吧，老爺，行行好吧！[3]」

格蘭古瓦回道：「見鬼去吧！我要是知道你在說什麼，就讓魔鬼把我和你一起帶走！」

他理也不理，繼續前行。

他又趕上一個蠕動的物件，仔細研究後，發現此人斷手斷腿，殘廢不堪，以至於整個人被一套結構複雜的拐杖和木腿支撐著，好像是泥瓦工的鷹架在向前移動。格蘭古瓦腦子裡裝的都是高貴典雅的比喻，在心裡將他喻為火神伏爾甘的三足人肉鼎。

這個三足人肉鼎看他路過，向他致敬，可是帽子只舉到格蘭古瓦的下巴，好像刮鬍子時用的托盤，同時對他大叫：「騎士老爺，請給點買麵包的錢吧！」

格蘭古瓦說：「好像這一隻也會說話。但這語言聽起來好粗野，如果他明白自己在說什麼，他比我幸運！」

忽然他轉念一想，拍了一下腦袋，說：「對了，早上他們喊的『愛絲梅拉達』是什麼鬼意思？」

他想加快步伐，但是又有個玩意擋住他的路，這是第三次了。這個玩意，也可以說這個人，原來是個盲人，矮個子，猶太人的臉，大鬍子，被一隻大狗拖著，手中的棍子劃過空中，他用濃重的鼻音和匈牙利的口音說：「行行善吧！[4]」

「太好啦！」格蘭古瓦道，「總算有人說基督教徒的語言了。肯定是我看起來慷慨慈悲，所以雖然我的錢包平扁，人家還是求我施捨。」

他轉向盲人，道：「這位朋友，上星期我賣了最後一件襯衫，既然你只會懂西塞羅的語言，也就

2 原文為拉丁文。
3 原文為義大利語。
4 原文為拉丁文。

是說：『賣了上星期不久我的最後一件襯衫。[5]』」

說完，他轉身趕路，將盲人拋在背後。但這盲人也開始加大步伐，癱子、無腿人也趕快跟上，缽子和拐棍一路叮噹亂響。這三個人，跌跌撞撞，緊跟著可憐的格蘭古瓦，合唱般地哼哼唉唉。

「行善吧！」盲人唱道。

「行行好！」癱子唱道。

無腿人接著音樂旋律，反覆哼著：「買點麵包！」

格蘭古瓦堵住耳朵，喊：「啊，這是巴別塔！」

他拔腿就跑，盲人跑起來。瘸子跑起來。無腿人也跑起來。

他越深入街道，缺腿的、瞎眼的、瘸子，密密麻麻地圍上他；還有許多斷臂的、獨眼的、滿身潰瘍的麻瘋患者，都從房子裡、旁邊的小巷裡、地窖氣窗裡鑽出來，鬼哭狼嚎地叫喊，一瘸一拐，磕磕碰碰，像雨後鑽在爛泥裡的鼻涕蟲，向光亮處連滾帶爬地湧去，格蘭古瓦無法擺脫那三個人的緊追，也不知道會發生什麼，嚇得在其他人中亂走，繞過瘸子、跨過無腿的，他的雙腳被蜂擁而至的畸形人纏絆，猶如英國船長被一大群螃蟹圍困。

他盤算著不如轉過身走回頭路。可是太遲了。大隊人馬堵住了他的退路，三個乞丐偏偏要跟著他。他只能向前，被身後不可阻擋的人浪推動著，又是驚駭又是暈眩，彷彿做了一場惡夢。

他總算走到街的盡頭，前面是個寬闊的廣場，成百上千的光亮在朦朧的夜霧中閃爍搖曳。格蘭古瓦飛快地一頭衝進去，想用自己雙腿的速度甩掉三個殘疾的鬼魂。

「朋友，你往哪跑[6]！」斷手斷腿的癱子大叫，丟下拐杖，邁出兩條健康完美的腿，跨著巴黎城從未見過的均勻步伐，追趕他。

此時，無腿人站起來，將沉甸甸的鐵皮缽子扣在格蘭古瓦的腦袋上，而瞎子則瞪著目光炯炯的眼睛正視他。

被恐嚇的詩人問：「我在哪裡？」

「在奇蹟宮。」與他們匯合的第四個幽靈答道。

「我發誓，我看到瞎子能看見，瘸子能奔跑，但是救世主在哪裡？」格蘭古瓦回道。

陰森森的笑聲就是他們的回答。

可憐的詩人環視四周，他真的來到了可怕的奇蹟宮，從來就沒有好人敢在此時辰來到這裡。這裡是魔界，小堡的軍官和總督的巡佐如果敢進來，就會被撕成碎片。這裡是盜賊聚集的城中之城，巴黎臉上的膿疣。這是陰溝的中心，罪惡、乞丐、流浪者，每天清早從這裡淌出，流入首都的大街小巷，每天夜晚又淌回來停滯。這裡是龐大的蜂窩，每晚，擾亂社會治安的黃蜂都帶著採集到的戰利品飛回巢穴。這裡是騙子療養院，集中著波希米亞人、還俗的教士、失足的學生，西班牙人、義大利人、德國人，各個國家的無賴惡棍，信仰著各類宗教，諸如猶太教、基督教、伊斯蘭教、拜偶像，等等。他們滿身粉飾的瘡疤，白天是乞丐，晚上搖身變為強盜。巴黎街頭世世代代都在上演的偷竊、賣淫和凶

5 原文為拉丁文。
6 原文為西班牙語。

殺劇的演員，在那個年代，就在這個地方穿脫戲衣。這裡是他們寬敞的更衣室。

這是一個開闊而形狀不規則的廣場，簡陋地鋪著石塊，跟昔日巴黎所有廣場一樣。廣場四處閃耀著火堆，周旁聚集著奇怪的人。他們走來走去，吵吵鬧鬧，可以聽到人的尖笑聲、孩子的啼哭聲、女人的說話聲。人的手和頭，在火光中是黑色的剪影，呈現出千奇百怪的動作。時不時地，地面上亮堂的火光與巨大模糊的黑影交映，可以看到走過一隻像人的狗，或是一個像狗的人。種族的界限、物種的分類，似乎都在這個烏煙瘴氣的魔窟中消失。男人、女人、禽獸、年齡、性別、健康、疾病，在這個地方混為一體，一切都是熔合、雜交、重疊的，而每人都是整體的一部分。

格蘭古瓦雖然慌亂，但是借著搖曳微弱的火光，他依然能辨認出寬闊的廣場邊鑲嵌著一圈醜陋的舊屋。它們的牆面，被蟲蛀過，乾癟萎縮，每堵牆還被開了一到兩個亮光的天窗，在黑暗中好像一群老婦人的大頭，圍成一個圓圈，怪異而慍怒地眨著眼睛，注視群魔的狂歡。

這是一個未知的、未聽說的、畸形的、擠滿爬行動物的奇幻世界。

格蘭古瓦越來越害怕，然而三個乞丐像三把鉗子夾著他，四周到處都是面孔和叫喊，身不由己的格蘭古瓦想知道自己是不是還清醒，就努力回想今天是不是星期六。可是白費力氣。他的記憶力和思考力都消失了。他在視覺和感覺的幻象中飄蕩，充滿懷疑，向自己提出這個難以回答的問題：「如果我存在，這一切是否存在？如果這一切存在，我是否存在？」

正在這時，亂哄哄的人群中傳來清晰的一聲喊：「帶他見大王！帶他見大王！」

「聖母呀！這裡的大王肯定是一頭粗魯的公羊！」格蘭古瓦自言自語道。

所有的聲音都在重複：「見大王！見大王！」

大家搶著來拖他，看誰的爪子能抓住他。但是那三個乞丐不鬆手，從其他人的手中將他奪下，大喊道：「他是我們的！」

爭奪的過程中，詩人身上本來就殘破的上衣也就咽了氣。

穿過恐怖的廣場，他發現不太頭暈了。再走幾步，他又找回現實。他逐漸適應了這個環境。開始的時候，從他詩人的頭腦裡，或者簡單直接地說，從他空蕩蕩的胃裡，升起一道煙霧，也可以說是一股水氣，擴散於他和外界物體之間，因而透過噩夢般的迷霧、夢境般的黑暗，他只能隱隱約約地看見各種形狀，還有聚集成龐然大物的輪廓。這些組合讓物體膨脹成夢中怪物，將人放大為幽靈鬼影。漸漸地，幻覺消失，視覺也就不再模糊誇張。真實世界顯露出來，刺激他的眼睛，撞擊他的腳，將他所構思的恐怖詩一句句摧毀。他這才發現自己並沒有在冥河中行走，而是處身於爛泥中；他不是被魔鬼推擠，而是小偷用手肘頂他；並不是他的靈魂受到了威脅，而是他的生命（因為他缺乏搶匪和規矩人之間重要的調解因素：錢包）。最後，他更仔細、更冷靜地觀察了這場狂歡後，發現自己不是孤身陷入魔鬼的巢穴，而是栽進了一間小酒館。

奇蹟宮其實是個小酒館、強人的酒館，被鮮血和葡萄酒染成紅色。

等到達目的地時，衣衫襤褸的護送兵才鬆開手。此時，他看到情形不再有任何的詩情畫意，哪怕是描述地獄的詩！現實中的酒館，比任何時候都更顯得粗魯低級。如果我們不是在描述十五世紀，可以這麼說：格蘭古瓦從米開朗基羅的藝術，一下子降到擅長描繪巴黎下層社會的卡羅的作品。

一塊寬大的圓形石板上，一把烈火在燃燒。火焰舔噬著空置著的三腳架。四周亂放著幾張被蟲子蛀壞的木桌。對幾何一竅不通的員工，根本不顧及是否桌子要排成平行的行列，或者不讓桌角線胡亂交切。桌上，裝滿葡萄酒和麥芽酒的酒罐在閃亮，周圍聚集著眾多被酒灌醉、被火焰薰染的大紅臉。一個挺著大肚的男人，開心地摟著一個結實肥胖的妓女，正在大聲地親嘴。還有一個假兵，用行話說，就是「假扮在戰爭中受過重傷的士兵」，邊吹著口哨邊解下包紮傷口的綳帶——他健壯的膝蓋從早晨開始就被布條緊綁，現在才得以舒展。對面是一個「假病鬼」，正在用白屈菜汁和牛血給第二天需要的「上帝賜腿」上色。隔兩張桌子，有一個「掛著扇貝假裝朝聖的騙子」，從頭到腳一身朝聖者的服裝，正在嘀嘀咕咕念「聖后的哀歎」，還沒有忘記唱聖詩時該用帶鼻音的調子。在遠處，一個「假裝癲癇的叫花子」正在向一個老「假病人」請教如何抽羊角風，那人傳授他如何咀嚼肥皂就能口吐白沫。他們的旁邊，一個「患水腫病」的人正在給自己消腫，同桌的四五個女騙子捂住鼻子，爭搶晚上偷來的一個小孩。種種情景，如同兩百年後索瓦爾所說：「（奇蹟宮）讓宮廷覺得滑稽有趣，便借來供國王消遣，還改編為四幕芭蕾舞劇《夜晚》的開場劇，由皇家芭蕾舞團在小波旁宮舞臺上演出。」[7]一六五三年，一位看過這場演出的人補充道：「奇蹟宮裡諸多奇形怪狀的表演，從來沒像今天一樣被表演得如此淋漓盡致。宮廷詩人本斯拉德還為我們配上優雅的詩句。」

四處都是粗野的笑聲和肉麻的小調。每個人都只顧自己的感覺，又笑又罵，不聽別人的訴說。大家不斷地舉罐碰杯，響聲一起就是一陣對罵，結果是破裂的酒罐把破衣服劃得更爛。

一隻大狗坐在兩條後腿上，望著火。幾個小孩也夾雜在狂亂中。被偷來的孩子又哭又鬧。還有一個四歲的小胖孩，坐在一張高板凳上，蕩著雙腿，下巴貼著桌邊，一言不發。第三個用手指頭沾著流下來的蠟燭油在桌上塗塗抹抹。最後一個，年紀尚小，蹲在泥裡，幾乎將自己的全身都塞入一口大甕，正在用瓦片刮著甕壁，製造出的聲音可以讓斫琴大師斯特拉迪瓦里當場暈死過去。

火旁豎立著一個大酒桶，桶頂坐著一個乞丐。這就是坐在王位上的大王。

緊抓著格蘭古瓦不放的三個人把他押至酒桶前，暢飲的酒客一時不作聲了，只有裝著小孩的大甕依然嗡嗡作響。

格蘭古瓦嚇得屏住呼吸，不敢抬頭。

抓住他的三個傢伙中，其中一個說：「這個男人，摘掉你的帽子！[8]」格蘭古瓦正想弄明白他的語言，另一個人就搶走他的帽子。帽子雖然慘不忍睹，但是晴天雨天的時候，都能用上。格蘭古瓦歎口氣。

這時候，高高在上的王對他發話：「這個混蛋是什麼東西？」

格蘭古瓦打了個寒噤。這個聲音，雖然帶著威脅的口氣，卻讓他記起另一個聲音，就是今天早上第一個打斷他的聖蹟劇，摻雜在觀眾中用濃重的鼻音高喊「行行好吧」的人。他抬頭看去，果然是克洛潘．圖耶福。

克洛潘．圖耶福戴著王者的標誌，衣服依然是破破爛爛的，一件不多，一件不少。手臂上的傷疤已經不見了。他手中拿著用白皮條編成的鞭子，就是巡佐用來讓群眾聚攏的，叫作「布萊伊」的趕人鞭。他頭上戴著一種圍著框圈、頂上收攏的帽子，但很難區別是兒童的瓜皮帽還是王冠，兩者都差

7 索瓦爾，I，五一二。

8 原文為西班牙文。

不多。

當格蘭古瓦發現奇蹟宮的大王原來就是大禮廳裡討厭的乞丐之後，不知為什麼，心中升起了希望。

「閣下、殿下、陛下，我該如何稱呼您呢？」格蘭古瓦結結巴巴，將奉承之言一字字提升到無與倫比的高度，都不知如何收尾。

「殿下、陛下或者當家的，你想怎麼稱呼我都行。不過，你快點，趕緊為自己辯護！」

「為自己辯護？」格蘭古瓦思忖，「我可不喜歡。」

他結結巴巴地接道：「我是今天早上……」

「魔鬼的爪子！」克洛潘打斷他，「你的名字，混蛋，別的不要！聽著！你面前的是三個至高無上的君王：我，克洛潘．圖耶福，攬錢王、大幫主的繼承人、隱話國最高統領；頭上裹著破布的黃臉老頭叫馬蒂亞斯．漢加迪．斯皮卡底，是埃及和波希米亞大公；還有那個胖子，不聽我們講話，正在摸一個騷女人的，是吉約姆．盧梭、伽利略帝國的皇帝。我們現在要審判你。你不是隱話人而潛入隱話國，你侵犯了巴黎城給予我們的特權。你應該受到懲罰，除非你是『咖崩』、『法蘭咪獨』，或者是『理富特』，用所謂正派良民的隱話講，就是小偷、乞丐、流浪漢。你是不是這種人，你是幹什麼的？」

格蘭古瓦回道：「唉！我沒有這種榮幸。我是作家……」

沒讓他講完，圖耶福就接道：「夠了！你將被吊死！正派的市民先生，道理很簡單。你們那裡怎麼處置我們，我們這裡也會怎麼處置你們。你們用來管教叫花子的法律，我們用來管教你們。如果法規太嚴厲，是你們犯下的錯誤。怎麼也得時不時地看到所謂正派良民在麻繩圈裡掙扎的鬼臉吧，這才是公道。來吧，朋友，高高興興地把你這身破衣服分給這幾位小姐吧。我要叫人吊死你，這樣能讓流浪漢都開開心，你再把錢給他們當小費喝酒去。如果你想要什麼花樣，那邊石臼裡有個聖父上帝的石像，我們從牛市聖彼得教堂偷的。你還有四分鐘，趕緊把你的靈魂扔給他吧。」

這是段很精彩的發言。

伽利略皇帝敲破酒罐，用碎片墊起桌子腳，大聲喝彩：「說得太棒了，我用靈魂發誓！克洛潘·圖耶福傳教就像聖父教皇一樣。」

格蘭古瓦平靜地說（我也不知道他怎麼恢復了堅強的本性，他的話音非常堅定）：「皇帝和大王在上，你們不會想到，我叫皮埃爾·格蘭古瓦，我是詩人，我寫的聖蹟劇今天早晨在司法宮大禮廳上演。」

克洛潘說：「啊！是你呀，大師！用上帝的腦袋發誓，我也在那裡！好吧，小兄弟，難道因為上午你讓我們無聊，晚上你就能不被吊死嗎？」

「我要想逃脫很困難。」格蘭古瓦心想。但他還是最後試一把。

他說：「我不明白為什麼詩人不能算作無賴。伊索曾是流浪漢，荷馬是乞丐，羅馬神話中的墨利是小偷……」

克洛潘打斷他：「我覺得你想用魔咒跟我們兜圈子。上帝！趕緊吊死你就解決了，別這麼扭扭捏捏！」

格蘭古瓦反駁道：「對不起，攢錢國王陛下，這值得花點工夫……和時間……請等一下……您不至於不聽我為自己辯護就判刑吧！」

其實，四周的喧嘩掩蓋了他不幸的吶喊。小男孩更用力地刮大甕。更可怕的是，一個老太婆在燒得通紅的三腳架上放了一口盛著油脂的鍋，大火一燒就吱吱作響，好像是一群孩子叫喊著追趕一個戴面具的人。

克洛潘．圖耶福好像在和埃及大公以及伽利略皇帝討論，這個皇帝已經酩酊大醉了。然後他酸溜溜地喊道：「還不靜一靜！」然而，大甕和大鍋並不聽從他，繼續它們的二重唱。他從大桶上跳下來，踹了大甕一腳，甕帶著孩子滾了十步開外，又一腳踢向大鍋，油脂全倒在火上了。他神情沉重地登上王位，全然不理會孩子悶在甕裡的哭聲，以及老太婆低聲叫罵——她的晚飯變成了熊熊的白焰。

圖耶福一揮手，大公、皇帝、大護衛，還有小嘍囉都走了過來，在他身邊排成馬蹄形。一直被人牢牢抓住的格蘭古瓦，便站在馬蹄形的中心。這半圓形是由破爛衣衫、明晃晃的假首飾、草叉、斧頭、醉酒的腿、肥胖的大手臂、晦暗迷糊癡呆的面孔組成。在這場乞丐圓桌會議中，克洛潘．圖耶福如同元老院的院長、貴族院的王室、紅衣主教會選出的教皇，從高高的酒桶上君臨天下，用一種難以言述的傲慢、凶狠、驚人、閃亮的眼神統治眾生。他粗野的外表更強化了流浪漢特有的禽獸外觀。他堪稱野豬群中的豬王。

他用長滿瘡繭的手撫摸著變形的下巴，對格蘭古瓦說：「聽著，我還真想不出來為什麼不把你吊死。你好像討厭這麼做，倒是真的。其實很簡單，你們這些市民，把吊死這事太當回事。事實上，我們並不想害你，有個辦法可以讓你暫時脫身，你願意入夥嗎？」

格蘭古瓦以為性命難保，開始放棄一切希望的時候，突然聽到這個提議，他的心情可想而知。他積極地回應：「我願意，當然，非常願意！」

「你同意加入小火苗黨嗎？」克洛潘接著問道。
「當然，非小火苗黨不可！」格蘭古瓦答道。
「你是不是自由市民中的成員？」攬錢王再問。
「我是自由市民的一員。」
「隱話國的子民？」
「我是隱話國的子民。」
「無業遊民？」
「是無業遊民。」
「用靈魂保證？」
「用靈魂保證。」
大王接著說：「我告訴你，即便如此，你也要被吊死。」
「見鬼！」詩人道。
克洛潘不動聲色，繼續說：「不過，我們會延後吊死你的時間，過程會更加隆重，讓善良的巴黎市掏錢，讓正派人士將你吊在漂亮的石頭絞架上。這也是對你的安慰。」
「如您所說。」格蘭古瓦答道。
「還有很多其他好處。作為自由市民的成員，你用不著交稅，什麼清泥費、濟民費、燈籠費，一般巴黎市民都逃不了的。」
「好，可以。」詩人說道，「我同意。我是無業遊民、隱話人、自由市民、小火苗黨員，您希望我是什麼我就是什麼。其實我早就是其中一員，攬錢王先生，因為我是哲學家。如您所知，萬事盡在哲學中，哲學者集萬人於一身[9]。」

攬錢王皺起眉頭。

「朋友，你當我是誰！你吆喝什麼匈牙利猶太人的隱話吧！我可不是希伯來人。做強盜，用不著猶太人。我不偷東西，我是罪惡之首，我殺人不眨眼。割喉嚨，我幹；割錢袋，我不幹。」

他怒火沖天，短短的一席話說得鏗鏘有力，格蘭古瓦好不容易才插空表達他的歉意：「請寬恕，殿下。這不是希伯來語，是拉丁語。」

克洛潘越發生氣地說：「我跟你說，我不是猶太人，我讓人把你吊死，猶太廟肚皮！還有你旁邊那個賣假貨的猶太商人，我等著有一天看到他像偽幣一樣釘在櫃檯上示眾，什麼假惺惺的玩意！」

他說罷，伸手指著匈牙利猶太人，就是那個小個子，滿臉鬍子，剛才對格蘭古瓦說「行行善吧」[10]的。此人不懂外語，驚訝地看著攬錢王把滿肚子怒氣都發在他身上。

克洛潘殿下終於恢復平靜。

他對我們的詩人說：「混蛋！你不是願意當流浪漢嗎？」

詩人回答：「毫不猶豫。」

克洛潘粗暴地說：「只有願意還不算。願望雖好，也不能給湯裡添片洋蔥，只能用來進天堂。但是天堂不是隱話國。想要入國，你能幹什麼才行，所以要你去掏假人。」

格蘭古瓦說：「掏就掏，您開心就行。」

克洛潘一揮手，幾個隱話人便離開了圓圈，一會兒又回來了。他們搬來兩根木樁，每根下面綁著兩把木拔子，使木樁輕而易舉地站在地上。他們又在兩根木樁的頂部架上一根橫樑。格蘭古瓦有幸看到，轉眼間，一個漂亮可愛的移動式絞刑架出現在他面前。什麼都不缺，連繩套也在橫樑下優美地搖擺。

「他們到底要幹什麼？」格蘭古瓦擔憂，心中暗自嘀咕。一陣鈴聲平復了他的焦慮。幾個流浪漢將一個假人用繩索套上吊起來，其實就是一個田間嚇唬小鳥的稻草人，被穿上一身紅，還掛著各種鈴鐺，數量之多，足夠給三十匹卡斯蒂利亞騾子披掛。隨著繩索的擺動，這一千個鈴鐺輕輕抖動。隨後，按照代替了滴漏計和沙漏計的鐘擺運動規律，假人慢慢停止不動，鈴鐺陸續地不作聲，最後全無聲息了。

克洛潘指著假人腳下一張搖搖欲墜的破凳子，對格蘭古瓦說：「上去！」

格蘭古瓦反對：「鬼去死吧！我會把脖子給摔斷。您的板凳腿就像馬爾西雅的二行詩一樣瘸腿，一行是六韻腳、另一行是八韻腳。」

「上去！」克洛潘說。

格蘭古瓦爬上板凳，腦袋和手臂搖搖晃晃比畫半天才找到重心。

攬錢王接著說：「現在，用右腳勾住左腿，然後踮起左腳！」

「殿下，難道您是想讓我摔斷手腳嗎？」格蘭古瓦叫道。

9、10 原文為拉丁文。

克洛潘擺擺頭。

「聽著，朋友，你怎麼這麼多話？我告訴你這是什麼。你按照我的話，踮腳站直，這樣你正好搆到假人的口袋，你去掏，就可以偷出藏在其中的錢包。如果你辦了事而且沒有讓鈴響，那就好，你就可以成為叫花子，然後只要挨揍八天就完了。」

「上帝的肚皮！要是不小心，碰響了鈴鐺怎麼辦？」格蘭古瓦問道。

「你就得被吊死。明白嗎？」

格蘭古瓦答道：「我什麼都不明白。」

「再聽一遍。你要在假人的口袋裡掏出他的錢包；只要有一個鈴鐺作響，你就得被吊死。明白了嗎？」

格蘭古瓦答道：「明白了，然後呢？」

「如果你能拿走錢包，大家也沒有聽到鈴聲，那你就是叫花子，但你會連續挨打八天。現在，聽懂了沒有？」

「不，殿下，我又不懂了。我的好處在哪裡？要嘛被吊死，要嘛被打死……」

「流浪漢？流浪漢是那麼容易當的嗎？我們揍扁你，是為你好，讓你變成硬漢子。」克洛潘答道。

「感激不盡。」詩人回答。

「好了，快點。」大王說，他用腳把酒桶踢得像鼓一樣響。「快掏假人，趕緊辦事。我最後一次警告你，要是我聽見一個鈴鐺響，你就和假人換個位置。」

克洛潘話音剛落，隱話幫的嘍囉大聲喝彩，上前圍著絞架站成一圈，殘忍地笑著。格蘭古瓦發現自己能讓他們如此開心，看來他們對自己什麼都幹得出來。除了能夠幸運地通過艱難的測試外，他不能抱有任何希望。他下定決心接受挑戰，先向他要摸的假人獻上他的祈禱，總之，它比這班乞丐更有可能被他感動。成百上千的小鈴鐺吐著小銅舌，在他眼中是無數毒蛇，張著大口，準備咬他或是嘶嘶地作響。

他低聲自語道：「啊！難道這些鈴鐺最輕微的顫抖真能決定我的生死嗎？」

他雙手合十補充道：「呵！響鈴啊響鈴，請不要響，請不要鬧，請千萬不要動。」

他試圖再勸說圖耶福改變主意。

他提問說：「要是刮來一陣風怎麼辦？」

「你會被吊死。」克洛潘毫不猶豫地回答。

格蘭古瓦看到既不能逃脫，也不能拖延，更不能繼續狡辯，只能勇敢面對。他用右腳攀住左腳，踮起左腳，伸出手臂。正當他摸到假人時，他被一隻腳支撐的身體，在三條腿的板凳上搖晃了一下。他不由自主地按了下假人，失去了平衡，重重地栽倒在地，目瞪口呆地聽到被他推開的假人，先是旋轉一圈，然後莊嚴地在兩根絞刑柱中間搖擺，身上千百個鈴鐺同時敲起了他的喪鐘。

「厄運吶！」他大叫一聲，撲向地面，像死人一樣一動不動了。

可是他聽得見頭上嚇人的鐘聲，還有乞丐狂魔般的笑聲，再加上圖耶福的話音：「把這個傢伙拉起來，狠狠地吊死！」

格蘭古瓦站起來。大家已經摘下假人，給他騰出個位置。

幾個隱話人讓他站到板凳上。克洛潘走來將繩索套在他的脖子上，拍拍他的肩：「永別了，朋友！就算你有教皇的手段，現在也逃不掉了。」

「饒命」這兩個字到了格蘭古瓦的唇邊卻銷聲匿跡了。他環視四周，看不到一絲希望：眾人都在笑。

「星形廣場的貝爾維尼！」攬錢王對一個大個頭的流浪漢喊，讓他站出來，「你爬到橫樑上去。」

貝爾維尼敏捷地爬上橫樑。一秒鐘後，格蘭古瓦就驚恐地抬頭看到他蹲在自己的頭頂上。

克洛潘．圖耶福接著說：「現在，等我拍手，紅臉安德里，你用膝蓋把板凳推倒；酒狂弗朗索瓦，你抱著這混蛋的腳往下墜；還有你，貝爾維尼，你撲到他肩上；你們三個人同時行動，聽清楚了嗎？」

格蘭古瓦不寒而慄。

「各就各位了嗎？」克洛潘．圖耶福質問三個隱話人。這三人準備向格蘭古瓦下手，如同三隻蜘蛛即將撲向一隻蒼蠅。

受刑者的等待是極為可怕的漫長。

克洛潘平靜地用腳尖將沒有燒著的葡萄枝蔓踢入火堆。

「各就各位了嗎？」他又問一句，張開雙手就要擊掌。一秒之後，一切就將成為過去。

克洛潘突然想到什麼，停下來，說：「等等！我忘了！……還有個習俗，我們這裡絞死一個男人，需要先問問有沒有女人要他。小兄弟，這可是你最後的機會。要不你娶個女流浪漢，要不就上繩套。」

波希米亞人的這條法律，雖然讓讀者覺得非常奇特，今天依然寫在古老的英國宗教法典裡。大家可以參閱《伯靈頓觀察家》一書。

格蘭古瓦鬆了口氣。半小時以來，居然第二次死裡逃生，真不敢相信是時來運轉了。

「喂！」克洛潘登上寶座，大喊起來，「哎！女人們、女漢子們，你們當中，不管是巫婆還是巫婆的母貓，有沒有蕩婦要這個蕩子的？吃腐屍的柯萊特！扒手伊莉莎白！溫柔的西蒙娜！站街的瑪麗！長腿托娜！情欲天使貝拉德！小面魚米歇勒！咬耳朵的克洛德！馬居琳・吉羅胡！喂！伊莎博・拉傑麗！來看呀！白送一個大男人！誰要啊？」

格蘭古瓦正在煎熬中，模樣大概是不夠令人垂涎。這些女叫花子並不稀罕此門親事。可憐的人聽到她們回答：「不了！不了！吊死他！讓大家都開開心！」

居然人群中走出三個人，過來打量他。第一個是個四方臉的胖妞，仔細地研究了哲學家破爛的上衣。這件衣服百孔千瘡，比炒栗子鍋的破洞還多。姑娘拉長了臉，說：「破布一堆！」

接著對格蘭古瓦說：「看一下你的斗篷。」

「丟了。」格蘭古瓦答道。

「你的帽子？」

「被人偷走了。」

「你的鞋呢？」

「鞋底快磨光了。」

「你的錢包呢？」

格蘭古瓦結結巴巴地說：「我沒有一分錢。」

「趕緊讓人把你吊死，別忘了說聲謝謝！」女流浪漢答道。她轉身走了。

第二個老太婆，黑皮膚，滿臉皺紋，極為醜陋，可被稱為奇蹟宮裡行走的汙點。她圍著格蘭古瓦轉。他怕被她要去，嚇得直發抖。不過，她咬牙切齒地說：「他太瘦。」說完就走遠了。

第三位是個少女，還年輕，不是太難看。「救救我吧！」可憐鬼低聲請求她。她憐憫地注視他片刻，垂下眼皮，撥弄著裙子，猶豫不決。他緊盯她的一舉一動。這是最後的希望之光。少女終於說：「不要，不要！長臉吉約姆會揍我的。」她回到人群中。

「夥伴，你運氣真背！」克洛潘評論道。

他隨即站在大桶上，模仿著拍賣執行官的腔調吆喝：「有沒有人拍下？有沒有人拍下？一遍、兩遍、三遍！」眾人哄堂大笑。

他轉向絞架，點頭說：「一錘定音！」

星形廣場的貝爾維尼、紅臉安德里、酒狂弗朗索瓦，一齊逼近格蘭古瓦。

突然，隱話人群中有人在喊：「愛絲梅拉達！愛絲梅拉達！」

格蘭古瓦一陣抖，向傳來喧嘩的方向看去。人群閃開一條通路，從中間走出一個純潔無瑕、光彩耀人的女子。

正是波希米亞少女。

「愛絲梅拉達！」格蘭古瓦驚歎道。這一整天連續發生的種種遭遇被這魔幻般的詞語啟動，重現他眼前。

這是一件造物主少有的成功作品，連奇蹟宮也被她的美麗所迷惑。她所到之處，隱話國男男女女都為她讓路；她的目光所及之處，一張張粗暴的臉居然露出笑容。

她輕盈地走向受刑人，身後跟著漂亮的嘉莉。格蘭古瓦激動得快暈過去了。她靜靜地打量著他。

「您要吊死這個人嗎？」她鄭重地問克洛潘。

「是啊，小妹。」攬錢王答道，「除非你要他做丈夫。」

她伸出下唇，習慣性地噘起嘴。

「我要他。」她說。

格蘭古瓦相信他從早上起就開始做夢，現在是夢的延續。

這夢雖然美妙，未免太暴力，太戲劇性了。

繩套上的活結被解開，詩人從板凳上被拖下來。他一屁股坐下，激動得站不起來。

埃及大公，一言不發，拿來一個陶罐，波希米亞少女遞給格蘭古瓦，對他說：「把它摔在地上。」

陶罐碎成四片。

埃及大公這才將兩隻手分別按住他倆的前額，開口說話：「兄弟，她是你的妻子，妹子，他是你的丈夫。為期四年。去吧！」

VII 洞房之夜

不一會兒的工夫，我們的詩人就處身於一個尖拱頂、門窗緊閉、暖洋洋的小房間裡。他坐在一張緊靠著廚櫃的桌旁，巴不得馬上從櫃中借些吃的，對面房間擺著一張舒適的床，而身旁與他廝守的是一位漂亮的姑娘。這奇遇彷彿是有人向他施了魔法，他開始把自己當作童話中的人物了。他時不時打量四周，看看兩隻長著翅膀、獅頭羊身龍尾的怪獸拉的火焰車是不是還在。因為只有這些物什才能極速將他從韃靼人的黑暗王國送上天堂。有時候他用力盯著衣服上的破洞，為了能夠抓住現實，免得忘乎所以。他的理智，在想像的空間中飄來飄去，只剩下這根線還牽著它。

姑娘一點也不理會他。她走過來走過去，搬動幾張小矮凳，和她的羊說幾句話，還時不時地噘噘嘴。她終於走過來坐在桌旁，格蘭古瓦才能好好地打量她。

您曾經是孩子，讀者朋友，也許幸福的您現在還是孩子。可能不止一回（至於我自己，我就是這樣度過了自己最美好的童年時光），陽光下，湍急的水邊，從一個草叢到另一個草叢，您追逐幾隻精緻的綠蜻蜓或藍蜻蜓。牠們直角急轉彎，輕吻枝梢。您滿懷好奇的愛意，眺望這些小小的、簌簌作響的旋風，在絳紅和天藍的翅膀構成的急速漩渦中，牠們因為速度而模糊的小身體在飄蕩。對您來說，飛翔的身體抖動的翅膀，這就是夢幻和想像中的仙子，摸也摸不到，看也看不清。當蜻蜓終於駐足於蘆葦尖上，您屏住呼吸，觀察牠薄紗般的長翅膀、琺瑯的外衣、水晶的眼球，您怎能不驚歎！怎能不擔心這形狀重新變為一縷清影，化為虛無縹緲的幻覺。如果您能回想起這些感受，您就能輕鬆地體會到，此時的格蘭古瓦，面對一位看得清楚、摸得到的愛絲梅拉達的感受了。而在此之前，他只是透過她的舞蹈、歌聲和忙個不停的身姿來遐想。

他用目光默默注視著她，浮想聯翩：「這就是『愛絲梅拉達』？天上的仙女！街道的舞女！多麼高貴，又是多麼卑微！今早終止了我的聖蹟劇的是她！今晚救我命的也是她！她是我的霉運星！也是我的善良小天使！我的天，一位漂亮的姑娘！而且一定是瘋狂地愛上了我，才會把我要來。」

想到這裡，以真誠作為性格和哲學理論奠基石的他，突然站起來，自語道：「對了！雖然還不清楚究竟發生了什麼，但我是她的丈夫！」

腦子裡滿滿都是這個念頭、目光裡閃爍著這個想法，他雄赳赳、氣昂昂地湊近她，準備大獻殷勤，嚇得她退了一步。

「您要幹什麼？」她叫道。

「您還要問我嗎，親愛的愛絲梅拉達？」格蘭古瓦回答道。他的語調充滿愛的激情，連他自己也暗暗吃驚。

埃及少女瞪著大眼睛說：「我不明白您的意思。」

「啊，怎麼了！」格蘭古瓦越發激動，心想畢竟他所面對的只是混在奇蹟宮中的一位貞潔女子，他接著說：「難道我不是屬於你嗎，可心的愛人？你不是也屬於我嗎？」

然後，他一片天真爛漫，把她攔腰抱住。

波希米亞少女的緊身背心像鰻魚皮一樣從他手中滑脫。她一步跳到房間另一頭，彎下腰，隨即又挺起身，一把匕首已經拿在手中，格蘭古瓦還沒來得及看清楚匕首從哪裡取出來。她一副憤怒又驕傲的神情，噘著嘴唇，扇動鼻翼，腮幫通紅得像兩顆紅蘋果，眼珠裡電光四射。同時，小白羊跑來站到她前面，抵著兩隻尖尖的漂亮金犄角。一切都在瞬間發生了。

蜻蜓變成了馬蜂，惡狠狠地要螫人。

我們的哲學家愣住了，用癡呆的目光看看小羊，看看少女。

驚訝過後，他終於開口說道：「聖母在上！原來是兩個辣妹子！」

波希米亞少女不再沉默，開口說：「原來你是個膽大包天的傢伙！」

「很抱歉，小姐！」格蘭古瓦微笑著說，「既然如此，您為什麼要選我做丈夫呢？」

「難道看著你被他們吊死嗎？」

「原來您嫁給我只是為了救我，沒有別的想法？」詩人充滿愛意的期待破碎了。

「我還會有什麼別的想法？」

格蘭古瓦咬牙說：「好吧，我還沒有像丘比特一樣成功。但是為何摔破那個可憐的陶罐呢？」

愛絲梅拉達手中的匕首和小母羊的犄角一直保持著警惕。

詩人說：「愛絲梅拉達小姐，我們還是不要對峙了吧！我不是小堡法庭的文書，不會計較您違背巴黎總督的禁令，佩戴匕首。您一定知道，八天前，諾埃樂·雷克萬就因為佩戴一把短劍，被罰了十個巴黎索爾。不過，這些和我沒什麼關係，咱們還是就事論事。我用我在天堂上的一席之地向您發誓：如果沒有您的同意和許可，我絕對不會靠近您。還是給我口晚飯吃吧。」

其實，格蘭古瓦與諷刺作家德斯普奧先生一樣，並不貪女色。他不是那種見到年輕姑娘就衝上前去的騎士和火槍手。對於愛情以及其他事物，他更主張等待和折衷。他覺得一頓很好的晚餐、一個可愛的兩人世界，尤其是在饑腸轆轆的時候，就好比一部講述愛情奇遇的戲中，插在序曲和結尾之間的、精彩的幕間休息。

埃及少女沒有回答。她滿臉輕蔑地噘起嘴，像小鳥一樣把頭一昂，歡笑起來。精緻的匕首，像剛才出現時一樣突然又消失。格蘭古瓦沒來得及看清蜂刺被蜜蜂藏到哪裡。

一會兒，桌上就出現一塊黑麵包、一片豬油、幾顆皺巴巴的蘋果、一碗麥芽酒。格蘭古瓦激動地大吃起來。鐵餐叉和瓷餐盤碰得叮噹亂響，可以說他的愛意全部化作食欲了。

少女坐在他對面，默默地看著他狼吞虎嚥，顯然在思索別的事，時不時地在微笑，聰明的小羊將頭懶洋洋地偎依在她的雙膝之間，她用輕柔的小手撫摸著。

一支黃色的蜜蠟照亮凶猛的飢餓和甜蜜的凝想。

格蘭古瓦的腸肚一陣亂叫之後，終於恢復平靜，他這才慚愧地發現桌上只剩下一顆蘋果，他假裝關心地問道：「您不吃嗎，愛絲梅拉達小姐？」

她用搖頭回答了他，盯著小房間的圓頂在沉思。

「見鬼，她能有心事？」格蘭古瓦想道，隨著她的視線看去，「吸引她的，不會是拱頂中心，石頭雕成的、做鬼臉的小矮人吧？見鬼！我總比他長得好看吧！」

他提高了嗓門：「小姐！」

她好像沒有聽見。

他更大聲地叫：「愛絲梅拉達小姐！」白費力氣。女孩子的心思寄掛在別處，格蘭古瓦的聲音沒有將它召喚回來的魔力。幸好小母羊決定參與，輕拽女主人的袖子。埃及少女彷彿突然從夢中驚醒，急忙問：「什麼事，嘉莉？」

「牠餓了。」格蘭古瓦說，高興地找出聊天的話題。

愛絲梅拉達把麵包掰碎，放在手心裡，嘉莉優雅地吃起來。

格蘭古瓦擔心她又開始做白日夢，決定試試這句微妙的提問：「您真的不要我做您的丈夫嗎？」

女孩盯著他道：「不要。」

「做您的情人呢？」格蘭古瓦又問。

她噘了噘嘴說：「不要。」

「做您的好朋友呢？」格蘭古瓦接著問。

她又盯著他，想了一會兒，說：「也許吧。」

哲學家向來都讚賞「也許」這個詞，格蘭古瓦壯起膽。

「您知道友誼是什麼嗎？」他問道。

埃及少女回答道：「知道。就是兄妹兩人的靈魂相聚而不融為一體，好像手上的兩根手指頭。」

「那麼愛情呢？」格蘭古瓦接著問道。

「呵！愛情，」她的聲音在顫抖，她的眼睛在閃亮，「就是兩個人會合成一個人。一個男人和一個女人化為一個天使。就是天空！」

說此話的同時，街頭的跳舞女孩舉手投足散發出來的美麗震撼了格蘭古瓦，讓他覺得她的絢麗和她言語中東方格調的抒情十分相配。她純潔的嘴唇呈玫瑰色，微笑著半開半合；她的前額，純真平和，在思考的時候會變得凝重，宛如被呵了氣的鏡子；她的睫毛又長又黑，在低垂的時候，從她眼中流露出不可言語的光輝，賦予她的剪影溫柔的曲線，也就是後來拉斐爾在貞潔、母性和神性這三者神聖的交點處尋找到的聖母，以及她柔情的輪廓。

格蘭古瓦並沒有因此停止追問。

「怎樣才能取得您的歡心？」

「必須是個男子漢。」

他問道：「我呢，我是什麼呢？」

「男子漢頭戴盔，手執劍，靴跟上有金色的馬刺。」

格蘭古瓦說：「好吧，沒有馬就不是男子漢。您愛上了什麼人吧？」

「愛情的愛嗎？」

「愛情的愛。」

她沉思了一下，然後帶著奇怪的表情說：「我很快就知道了。」

「為什麼不是今晚？」詩人柔情地提問，「怎麼不是我呢？」

她鄭重地瞥了他一眼。

「我只能愛一個能夠保護我的男人。」

格蘭古瓦聽到指責，臉紅了。顯然，少女影射兩個鐘頭以前當她陷入危急時，他沒有用力援救她。這一情節，因為今晚的遭遇太多，被他忘記了，現在又回想起來。他拍一下額頭，說：「對啦，小姐，我應該從那說起。很抱歉我的疏忽，說了一堆廢話。您怎麼逃脫凱西莫多的魔掌的呢？」

波希米亞少女聽了此話，打了個寒噤。

「喔！可怕的駝子！」她捂住臉，渾身打冷顫。

「真的，非常可怕！」格蘭古瓦並不罷休，接著問，「可是您究竟是怎麼逃離他的？」

愛絲梅拉達先是微笑，然後歎氣，最後不說話了。

「他為什麼跟蹤您呢？」格蘭古瓦兜了個圈子，再回到他先前的提問上。

「我不知道。」少女答道，接著又大聲說，「您也跟蹤我，您為什麼要跟著？」

格蘭古瓦說：「向您起誓，我也不知道為什麼。」

沉默突然降臨，格蘭古瓦用餐刀劃著桌子。年輕的姑娘微笑著，彷彿在眺望著牆那邊的遠方。忽然，她含糊不清地唱起來：

當色彩繽紛的小鳥，
停止歌唱，而大地……[1]

她突然停止了，並撫摸起嘉莉來。

「您這隻羊很漂亮。」格蘭古瓦說。

「這是我妹妹。」她回答。

「您為什麼被人稱作愛絲梅拉達呢？」詩人問道。

「我不知道。」

「真的？」

她從胸衣裡取出一個橢圓形的小香囊，此物綴在一串念珠樹果子穿成的項鍊下端，掛在她的脖子上。小香囊散發出一股濃烈的樟腦味。外面裹著綠綢子，正中間鑲有一大顆綠玻璃珠，仿綠寶石。

「也許是因為它。」她說。

格蘭古瓦要拿這個小香囊，她連忙後退，「別碰！這是護身符。你會破壞它的法力，或被它的法力傷害。」

詩人越來越好奇。

「誰給您的？」

她把一隻手指按在嘴唇上，把護身符再藏回胸衣裡。格蘭古瓦嘗試了別的問題，可是她不怎麼回答了。

「愛絲梅拉達意味著什麼呢？」

「不知道。」她回答。

「哪種語言呢？」

「我覺得是埃及語。」

1 出自阿爾柏樂·雨果編輯的《傳統情歌》，一八二二年出版於巴黎。

「我早就猜想到了。」格蘭古瓦說，「您不是法國人？」

「我不知道。」

「您父母健在嗎？」

她唱起一首古老的歌：

我的父親是公鳥，
我的母親是母鳥，
我過河不用搖籃，
我過河不用大船，
我的母親是母鳥，
我的父親是公鳥。

「好吧。」格蘭古瓦說，「您到法國時是幾歲？」

「那時很小。」

「巴黎呢？」

「去年。當我們從教皇門進城時，我看見蘆葦叢中黃鶯飛上天空，那時是八月底。我就說了：『今年冬天會很冷』。」

「真的是個冷冬。」格蘭古瓦說，非常得意他們終於開始聊天，「我整天不停地往手指上哈氣。

這麼說，您有預知未來的本領？」

她又愛理不理的。

「被你們稱為埃及大公的人，是你們部落的首領吧？」

「沒有。」

「是。」

詩人羞澀地說：「就是他幫我們主持婚禮的呢。」

她下意識地噘了噘嘴，還是那麼俏皮，她說：「我連您的名字都不知道！」

「我的名字？如果您想知道，就是：皮埃爾·格蘭古瓦。」

「我知道一個更美麗的名字。」她說。

「小壞蛋！」詩人說，「沒關係，您不會讓我生氣的。對了，您也許會愛上我，如果您更瞭解我。既然您非常信任地把您的故事告訴我，我也要向您說點我的。您知道我叫皮埃爾·格蘭古瓦，貢乃斯公證處佃農的兒子。二十年前巴黎被圍困時，我父親被勃艮第人吊死了，母親被皮卡第人剖腹了。我六歲時就成了孤兒，巴黎的鋪路石就是我的鞋底。我不知道怎麼從六歲長到十六歲。賣水果的女人塞給我一個李子，賣糕點的男人扔給我一塊麵包乾；晚上我主動被巡捕抓進監獄，在那裡才能找到一捆可以睡個好覺的麥秸。這一切都沒能阻止我長大，雖然很瘦，像您看到的這樣。冬天，我在桑斯府邸的大門口曬太陽取暖。那時，我覺得非常可笑的是，非要等到伏天的時候才放聖約翰節的焰火！十六歲時，我下決心找個工作，接連嘗試了所有的行業。我當了兵，可是不夠勇敢；我當了修道士，卻又不夠虔誠，而且，我的酒量也不夠。灰心喪氣的我到負責屋架和地板的木工團當了學徒，卻又沒有力氣。我更願意當小學教師，不過當然，那時我還不識字，何況這不是個理由。過了一段時間，我發現無論做什麼我都有缺陷。看到自己一無是處，我就自告奮勇當了詩人和韻文家。一個流浪漢，隨時隨地都可以做這個職業，總比偷東西強，我真有幾個當強盜的小朋友叫我一起幹。有一天，我幸運地碰到聖母院的副主教唐．克洛德．弗洛羅大人。在他的關照下，今天的我成為了一個真正有知識的人，可以駕馭拉丁文，從西塞羅的彌撒到天賜派神父的悼亡文，經院哲學、詩學、韻律學、煉金術士的隱喻我都通曉。今天在司法宮大禮廳上演的聖蹟劇博得了無數觀眾的喝彩和驚歎，便是我的作品。我還寫了一本六百頁的書，關於一四六五年出現的那顆壯觀的彗星，有人因為目睹這個現象而發了瘋。我還有其他的功績。因為我也略略通曉製炮木工，所以參加了讓．莫格設計的大炮製造，您知道這件事吧，試放的那天，它在沙朗通橋上爆炸了，炸死了二十四個看熱鬧的觀眾。您看，和我結婚一點也不差。我會許多好玩的戲法，可以傳授給您的小羊。比如說，模仿巴黎主教，那個令人髮指的偽君子，從磨坊橋經過的人，都會被他的水磨風車濺一身水。還有，我的聖蹟劇會讓我賺一大筆錢，如果人家付錢給我。最後，我本人，還有我的靈魂、我的學識、我的文才，願意和您一起生活，聽從您的指令，小姐，如果您喜歡，快快樂樂地做夫妻；或是，純純淨淨地做兄妹，如果您覺得更合適。一切隨您的心意。」

格蘭古瓦閉上嘴，等待這番話對少女產生的效應。她目不轉睛地盯著地面。

「菲比斯。」她低聲自語，又轉向詩人，問道，「菲比斯是什麼意思？」

格蘭古瓦不明白這個問題與他的發言之間有什麼關聯，但是很高興能炫耀一下自己的博學。他精神抖擻地回答：「這是拉丁語，意思是太陽。」

「太陽！」她重複說。

「這個神是個非常英俊的弓箭手，這就是他的名字。」格蘭古瓦補充道。

「神！」埃及少女重複道，語調裡帶著思索和激情。

正在這時，她的一隻手鐲鬆開，脫落在地，格蘭古瓦誇張地彎腰撿起。當他直起腰來，女孩和母羊都不見了。他聽見鎖門的聲音，那是一扇通向鄰室的小門，可以從外面反鎖。

「她至少給我留下一張床吧？」我們的哲學家說。

他在房間裡轉了一圈，除了一個很長的木箱外，沒有迎接睡眠的家具。箱蓋到處是凹凸不平的雕刻，格蘭古瓦睡在上面，感覺就像巨人米克梅加斯在阿爾卑斯山脈上平躺。

「沒關係！」他調整著自己的睡姿，「還是認命吧。這是一個奇特的洞房之夜。很遺憾！摔罐成親的婚禮具有上古民風的樸實，滿讓我欣賞的。」

第三卷

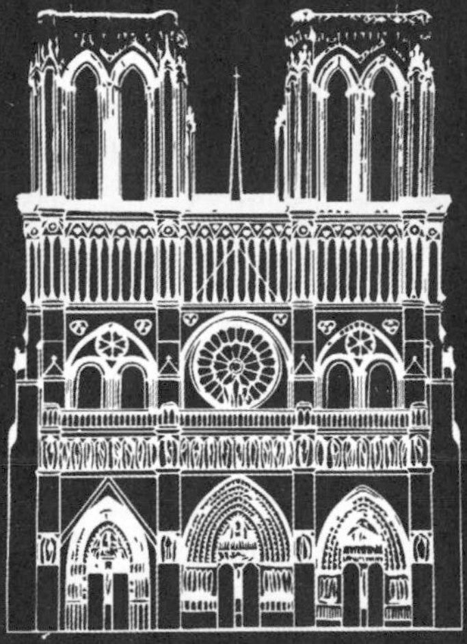

I 聖母院

毫無疑問，今日的巴黎聖母院仍然是一座雄偉輝煌的建築。隨著時光的流逝，它雖然蒼老卻風采依舊。但是歲月無情，人更無情，當您面對這座被摧殘的歷史遺產時，想到世人對放下第一塊基石的查理大帝和放下最後一個石塊的菲利浦-奧古斯都國王沒有任何的尊重，您只能長歎不已。

她被推崇為所有法國大教堂的女王，然而在她的臉上，每道皺紋旁邊都有一道傷痕。時間在吞噬，世人在破壞[1]，我更願意將這句話譯為：時間是盲目地破壞，世人是愚昧地毀壞。

如果您靜下心來和我們一起察看這座古老教堂所受的摧殘，您會發現時間的損壞比人為的破壞少得多，尤其是來自藝術家的。我為什麼專指藝術家，因為近兩百年來他們有不少人搖身變成建築師。

如果舉幾個最顯著的例子，當然首推聖母院的正面，建築史上最美麗的篇章之一。三道尖頂拱門的上面，鋸齒狀的束帶層中雕刻著二十八座列代國王神龕，正中是雄偉的玫瑰花窗，兩側的側窗宛如牧師助手和副牧師站在牧師兩旁。再向上看去，高大而輕盈的三葉草拱廊由纖細精美的圓柱和厚重的平臺組成。最上層屹立著兩座黑漆漆的鐘樓，青石板的前簷，上下五層，和諧地混入壯麗的整體中。無數的塑像、雕刻、浮雕都肅穆地排列、伸展，構成一個輝煌而井井有條的群體，可以說，是一部用石頭譜寫的交響樂；是一個人和一個民族的偉大傑作，既紛繁複雜又渾然一體，與《伊里亞德》和

《羅曼斯羅》堪稱為姊妹篇章，是融匯了一個時代的全部力量的創作，每塊石頭都是天才在藝術家的指導下，工匠鬼斧神工的雕鑄。總而言之，巍峨、豐滿，她彷彿出於上帝之手，並且竊取了上帝造物的雙重特徵：多樣性和永恆性。

我們對教堂正面的形容，也適用於整座教堂；我們對巴黎主教堂的概括，也適用於中世紀所有的基督教堂。這種藝術自成一體，邏輯嚴謹，比例適當。量一下巨人的腳趾，就可以推測巨人的身高。

咱們再回到聖母院的正門，當我們虔誠地去欣賞這座厚重雄偉的主教堂時，正如它的編年史學家所說：她龐大的外觀，令觀者恐懼[2]。今天的她又是怎樣的呈現呢？

如今教堂正面缺少了三樣重要的東西。首先是從地面升出的十一級臺階；其次是三座拱門內側神龕中的系列雕像；然後就是上方的拱廊中歷代二十八位法蘭西國王的塑像，從希德貝爾起直到菲利浦-奧古斯都，他手執象徵霸主王權的圓地球。

歲月流逝讓臺階逐漸消失，因為老城的地面在緩慢而無法抗拒地上升。雖然巴黎石頭地面如漲潮般地擡高，淹沒十一級襯托建築物高大的臺階，歲月的蹉跎贈予這座教堂的，遠比奪取的要多。時間在主教堂的正面塗上了一層深暗的世紀色調，將建築物的滄桑變成一種魅力。

但是，何人拆毀了兩排塑像？何人掏空了神龕？何人在中央大門的上方開鑿了一面不倫不類的新

1 原文為拉丁文，出自奧維德的《變形記》，XV，二三四和《黑海零簡》，IV，十，七。

2 出自雅克·德·布勒爾的《巴黎古典戲劇》。

尖拱?又是何人竟敢在畢斯科內特的蔓藤花飾邊，添上寬厚平淡的、路易十五時代風格的雕刻木門?是人、是建築師，是當今的藝術家!

如果我們走進教堂就會質問，何人推倒了聖克利斯朵夫的巨型塑像?在一切塑像中這座巨像最為著名，就像一切大禮廳中首推司法宮大禮廳，一切鐘樓中首推斯特拉斯堡的尖塔一樣。還有教堂中殿以及唱詩堂各個圓柱之間樹立的無數雕像，跪著、站著、騎著馬，男人、女人、兒童、國王、主教、衛兵，石雕的、大理石的、金的、銀的、銅的，甚至有蠟製的，何人又將這一切粗暴地清空了呢?當然不是時間。

堆滿聖骨盒和聖物盒的哥德式祭壇曾經一度華麗奢侈，又是何人將它換成了刻著天使腦袋和雲彩的笨重大理石棺材，彷彿是從聖恩谷教堂或者榮軍院擡來的不成套的展覽品?何人愚蠢地把風格不同的石頭笨拙地砌入埃爾康杜斯的加洛林王朝的石板地中的呢?是路易十四為了實現路易十三的遺願嗎?

色澤鮮豔的彩繪玻璃窗曾讓我們的祖先歎為觀止，目光流連於大拱門上的玫瑰花窗和後殿尖拱窗之間，又是何人將它們換成冷涼的白玻璃?如果十六世紀的一個唱詩班少年，看到今日專門破壞文物的諸位大主教在各自的教堂牆上胡亂塗抹黃灰泥，他會有何感想呢?他會想到，那是劊子手刷在惡人住宅牆上的顏色，因為他還沒有忘記，由於陸軍統帥叛變，小波旁宮牆被全部塗成黃色。索瓦爾說:「畢竟黃色鮮豔結實，受到歡迎，塗後上百年都不褪色。」唱詩班少年會認為聖殿已經變成罪惡之地，他會被嚇跑的。

如果我們不為成百上千的野蠻破壞而止步，登上主教堂，看看迷人的小鐘樓又得到何等待遇吧。

它聳立在交叉甬道的中心上方，輕巧而大膽，不遜於對面聖禮拜堂的尖塔（也已經被毀），比其他塔樓更挺拔，更纖細，更玲瓏地在藍天的襯托下伸向天空，撒下一片洪亮的鐘聲。一七八七年，一位自負的建築師截去了它的尖頂，並且用鍋蓋似的鉛皮像貼膏藥一樣遮掩了傷疤。

所有國家，尤其是法國，就如此對待中世紀美妙的藝術。這座廢墟就記錄著三種不同深度的創傷。首先是歲月，在不知不覺中侵蝕了她的外表，四處留下了鏽跡。其次是政治、宗教革命。盲目憤怒的群眾衝向她，扯掉了由雕塑和雕鏤裝飾的華麗外衣，拆毀了她的玫瑰花窗，打碎了她的蔓藤花紋項鍊和小人像掛串，推倒了塑像——因為有些人痛恨教士，還有些人憎惡王冠，索性全部打掉，一個不留。最後是時尚，從文藝復興時期打破陳規的華麗盛世開始，越來越低俗、越來越醜陋，伴隨著建築藝術的衰落。時尚比革命更具有破壞力。它們像利刃般切割、腐蝕了藝術的骨架以及她象徵的邏輯和美學，又砍，又削，加上拆散，整座建築物被支解、毀滅。然後，還有改建的風尚，至少歲月和革命從未有過如此的奢求。大家自認為品位高雅，無恥地在哥德建築的傷口上覆蓋了時髦一時的各種廉價東西，大理石飾帶、金屬流蘇。如同麻瘋病瘡口一樣，卵形的、渦形的、螺旋形、帷幔式、花環式、流蘇式、火焰般的石雕、銅製雲彩、肥胖的小愛神、臃腫的小天使！醜陋先是吞噬凱薩琳・德・梅迪奇美麗的小祈禱室，兩百年後，又在杜巴利夫人的小客廳裡肆虐，最終毀滅了藝術的面孔。

綜上所述，三種災難扭曲了哥德建築藝術。表面的皺紋和疣子，是歲月的痕跡；暴虐、挫傷、砸碎，是從德國的宗教改革家路德到法國的政治家米拉博歷次革命的作品；支解、截肢、肢體脫臼，是維特魯維烏斯和維尼奧爾學派教授依據古希臘、古羅馬、古蠻族風格施行修復。汪達爾人的輝煌藝術就這樣被幾個學院扼殺了。歲月流逝和革命風雲造成的損壞無法避免、無法選擇，也有其壯烈之處。

然而接下來是一堆學院建築師，他們宣過誓、許過願、領到執照，但選擇和判斷卻低俗不堪，竟用路易十五時期的菊苣紋飾去代替哥德式的花邊，就是為了展示帕德嫩神廟的光輝。可謂驢子對垂死的雄獅踢上一腳，或是長出樹冠的老橡樹還要被毛毛蟲蛀咬、撕裂。

時過境遷。當年，羅貝爾．塞納里曾將巴黎聖母院和希臘艾菲斯著名的戴安娜神廟相提並論。因為古代異教徒信奉戴安娜神廟，就連縱火將它燒毀的艾羅斯特拉圖也能留名千古。羅貝爾．塞納里認為聖母院這座高盧人大主教堂在長度、寬度、高度和結構上都勝過戴安娜神廟。

其實巴黎聖母院並不是構造完整、類型明確的建築。它既不是羅曼風格，也不完全是哥德風格。她不屬於任何類型。巴黎聖母院沒有圖爾努斯修道院肅穆沉重的構架，開闊渾圓的拱頂，冰冷的外表，威嚴簡約的氣概，沿著圓拱的對稱。聖母院也不像布爾日大教堂，擁有華麗的布局，輕盈的造型，多姿多樣，像刺蝟一樣背著尖塔鐘樓，四處還有如鮮花開放的尖形拱頂。也不能把聖母院列入幽暗、神祕、低矮，似乎快被圓形拱頂壓垮的古老教堂之列。這類教堂，除了天花頂，幾乎都是埃及式的，如象形文字一樣難以理解，具有強烈的象徵性和祭祀性。這類建築的裝飾圖案更多的是菱形和曲折形，而不是花卉，雖然花卉多於動物圖案，動物又多於人物；它們的形成源起於主教的意願，而不是建築師的設計。它們代表建築藝術最初的迸發，烙著神權和軍威，從羅馬帝國後期開始到征服者吉約姆時期結束。也不能把我們的大主教堂列入高大、騰空、飾滿彩繪玻璃和雕塑，形態尖峭、造型大膽的教堂類；作為政權的象徵，它們代表市政和市民自由的權益，作為藝術品，它們帶有任性和瘋狂的特徵。它們是建築藝術第二次飛躍，不再有象形文字式的深奧，不再是永恆不變的神權和祭祀的符號，而是藝術家個人的作品，代表社會的進步、民眾的權利，從十字軍東征歸來開始至路易十一時代結束。巴黎聖母院既不屬於第一類純羅馬血統，也不屬於第二類純阿拉伯血統。

她是過渡時期的建築物。當撒克遜建築師剛剛在教堂中殿豎起大柱子，十字軍帶回來的尖拱式樣，便以征服者的姿態盤踞在原來只用於支撐圓拱的羅馬柱頭上。從此尖拱決定了這座主教堂的主要構架。然而，能夠看出初期運用尖拱，手法略微不自信，所以顯得有時放大、有時加寬、有時收窄，還不敢像後來許多主教堂那樣敢於像鏢和箭一般刺向天空，讓人覺得是因為尊重旁邊粗笨的羅馬柱子。

不過，從羅曼式到哥德式的過渡類建築物也值得研究，不亞於純粹建築類型。它們記錄著藝術歷程上最細微的轉變，如果它們沒有被保留，一切也就蕩然無存。聖母院就記錄著尖拱式嫁接於圓頂式的過程。

巴黎聖母院尤其是這種實驗的標本。這座建築物的每個平面或每塊石頭，不僅是法國歷史的一頁，而且是科學史和藝術史的一頁。因此，不妨在此略舉主要幾點：那扇小紅門體現了十五世紀哥德藝術接近完美的精緻特點，而中殿的幾根柱子，由於笨重粗壯，可以說倒退到加洛林時代的聖傑曼德佩教堂風格去了。世人會以為小紅門和中殿柱子之間相距六百年。甚至煉金師也能從大拱門上的種種符號中，找出令他們滿意的煉金概要，當然，煉金術最完整的象形符號隱藏在屠宰場聖雅克教堂。因此，羅曼式修道院、煉金術教堂、哥德藝術、撒克遜藝術、笨重圓柱，令人想起格列葛里七世時的風格，還有貫穿了從煉金師尼古拉．弗拉梅爾到路德、從教皇帝國到教派分裂、從聖傑曼德佩教堂到屠宰場聖雅克教堂的神祕符號象徵主義，所有的這一切都在巴黎聖母院中融化、組合、搭配。在巴黎所有古老教堂中，這座主教堂可以算是中心、乳母、神話中的怪獸，它的頭部是這個教堂的，四肢是另一個教堂的，臀部又是另一座的。她是所有教堂的組合。

我們再重複一遍，這座驢唇不對馬嘴的建築物對於藝術家、考古學家和歷史學家都非常珍貴。世人可以領悟到建築藝術是何等的原始。如同希臘石頭建築、埃及金字塔、印度寶塔群一般，這座混合建築物證實了這點：最偉大的建築絕非個人的創作，而是社會的作品；與其說是天才靈感的迸放，不如說是人民勞動的產物；它是一個國家的沉澱物，是形成歷史的堆積物，是不斷消失的社會遺留下來的結晶。總而言之，它好比地質生成層。每個時代的洪流都會添加一層沖積土，每個種族都在此留下自己的沉澱層，每個人都會添上一塊石頭。海狸、蜜蜂就是這樣壘築，人也是這樣。建築藝術偉大的代表作巴別塔，就是蜂窩般地建成的。

偉大的建築物，如同高聳的山峰，是世紀的作品。藝術風格轉變，建築物仍存：**停頓就是中斷**[3]；建築隨著轉變的藝術而平靜地延續。新型藝術遇到建築物，便設法控制它、依附它、同化它、擴展它、終結它。這一過程既不混亂，也不費力，是自然的，心平氣和的。這是移植，是循環的元氣，是一種重生。當然，不同時期的藝術焊接在某一建築物不同的層面上，可以為之編寫一部巨著，甚至人類的通史。這些沒有署名的大型建築超越了人、藝術家，它們只是人類智慧的概括和總結。時間是它們的建築師，民眾是工匠。

在這裡，我們只分析歐洲基督教建築藝術——東方偉大的建造藝術的妹妹。它就像一個深廣的地質層，由三個鮮明層帶重疊在一起：羅曼層[4]；哥德層；文藝復興層，也被稱為希臘羅馬層。羅曼層為最古老的沉澱，都是半圓拱頂，而這種半圓拱頂配上希臘式圓柱後，在現代層即文藝復興階段中重新出現。尖拱頂介於兩者之間。屬於這三個階段的建築群都有各自系統的特色，互不混淆，比如說朱米埃日修道院、蘭斯大教堂、奧爾良聖十字教堂。然而，這三個階段又相互混合滲透，就像太陽光譜中展示的顏色。因此會有複合式建築物，帶著微妙過渡細節的建構，底部是羅曼式，中部是哥德式，頂部是希臘羅馬式的。因為要用六百年才建成，這種變體十分罕見。埃唐普城堡的主塔是一個典範。但是由兩種時期生成的建築物更為常見。那就是巴黎聖母院，雖然是尖拱狀建築物，但是因為早期豎起柱子，扎根於羅曼式，正如聖德尼大教堂的正門和聖傑曼德佩教堂的中殿，還包括布舍維爾可愛的半哥德式的教務會議廳，半腰以下是羅曼式樣；還有盧昂大主教堂，如果中央尖塔的頂端不是浸滿文藝復興風格的話，就完全算是哥德式的了。

不過，一切微妙變化、一切的差異，只涉及建築物的表層，藝術只改變了外觀，基督教教堂的構架並沒有受損。內部的骨架結構，布局邏輯沒有變化。不論外觀如何雕琢裝潢，一座主教堂在外殼下面，永遠是羅曼式長方形小教堂，除非處於非常簡陋的萌發狀態。這種羅曼式長方形始終遵循一種規律在地面擴展。中堂永遠是兩個殿堂交叉成十字形，十字的一頭是圓頂後殿，也是唱詩班所在之處；對面一頭的兩側供教堂內部舉行儀式，設有小禮拜堂，可以遊行、漫步，而柱廊將中堂和可以漫步的兩側相連。在這個邏輯基礎上，小禮拜堂、門拱、鐘樓、尖塔的數目可以無限制地改變，取決於不同時代、民族和藝術的想像力。只要敬拜儀式能夠舉行，建築藝術就可以自由發揮。塑像、彩繪玻璃窗、玫瑰花窗、蔓藤花飾、齒形裝飾、斗拱、浮雕之類，建築藝術依照它選擇的對數，盡情發揮

3 原文為拉丁文，出自維吉爾《埃涅阿斯紀》，IV，八十八。

4 按照不同的地區及其氣候和分類，也可以命名為倫巴底、撒克遜或者拜占庭。這四種姊妹建築風格，平行發展，各有特色，但是都源於同一元素：半圓頂。（作者註）

想像力。雖然外觀變化無窮，然而建築物的內部結構卻是嚴謹一致的。雖然枝葉千變萬化，樹幹始終不變。

II 鳥瞰巴黎

我們試圖在上一章為讀者恢復巴黎聖母院這座令人敬仰的教堂的原貌，簡略地描繪了她在十五世紀時還存在，而今天已經消失的景觀。不過我們忘記了最重要的一個景點，就是從聖母院鐘樓頂眺望巴黎全城。

螺旋形的樓梯垂直開鑿在鐘樓的厚牆中。從這幽暗的樓梯摸索著爬上去，就會走到兩個高臺的其中一個。陽光下、清風裡，您可以全方位地欣賞一幅美圖。如果我們的讀者有幸曾經看到過一座完整而純粹的哥德式城市，比如至今尚存的巴伐利亞的紐倫堡、西班牙的維多利亞，或者體積小些的不列塔尼的維特雷城、普魯士的諾豪森城，便可以想像當年的陶醉。

三百五十年前的巴黎、十五世紀的巴黎城，已經是一座大都市。我們這些巴黎人，對巴黎的面積擴展普遍抱有錯誤的想法。其實，從路易十一以來，巴黎的擴大不超過三分之一。巴黎城失去的美景遠遠超過它增加的面積。

大家都知道巴黎誕生於老城那座古老的，形狀像搖籃的小島上。小島的河灘是它最早的城牆，塞納河是它最早的護城河。幾個世紀過去，巴黎依然是個島，設有兩座橋，一南一北，橋頭堡既是它的城門又是堡壘。右岸的稱為大堡，左岸的叫作小堡。後來，自從開啟了第一代王朝，由於地方過於狹窄，沒有迴旋的餘地，巴黎跨過了河。於是，大堡和小堡之外，最早的帶塔樓的城牆開始吞噬塞納河兩岸的田野。直至上世紀還能看到這堵古牆的殘跡，今天則屬於回憶。還有流傳下來的一些稱呼法，比如說博岱門，又稱博都瓦耶門，或者巴格達門。漸漸地，房屋如同巨浪，從城市中心向外延伸、氾濫、咬噬、損壞和吞沒城牆。菲利浦-奧古斯都建起一道堤壩，高大堅固的塔樓城牆像鎖鏈似地把巴黎捆住。以後一個多世紀，房屋就在此盆地中互相推壓、累疊、加高，如同憋在水庫裡不斷上漲的水。它們越蓋越深，加了一層又一層，新樓蓋在舊樓上，它們如同向天空噴發的汁液，誰最高就能多呼吸一口空氣。街道越來越深，越來越窄，廣場被填滿後消失了。住宅最終還是漫過了菲利浦-奧古斯都城牆，越獄後的房屋歡樂地在平原散開，不講究什麼分布和走向。居民舒適地安頓下來，在田野上開闢花園，過起自在的日子。從一三六七年起，城市向郊區擴展過於迅速，以至於需要再建一堵城牆，尤其是在塞納河右岸。查理五世豎起這堵高牆。巴黎這樣一個大都市像持續不斷地漲水一樣發展。只有這樣的城市才能成為首都。這類城市像大漏斗，一個國家的地理、政治、道德、知識都流向這裡。民族在這裡彙集，文明在這裡交匯。它們也可被稱為陰溝，商業、工業、文化、居民，一個國家的精華、生命力、靈魂，一個世紀又一個世紀地，一滴又一滴地在此過濾、沉澱。查理五世城牆遭受了與菲利浦-奧古斯都城牆同等的命運，十五世紀末，它就被跨過、超越，城郊變得更遠。十六世紀時，查理五世城牆好像在後退，越來越深陷於老城中，是因為城牆外已經出現了一座雄偉的新城。如果我們就以十五世紀來說，三道圓圈形的城牆已經關不住當時的巴黎城，而早在叛教者朱利安時代，大堡和小堡就是胚胎了。強大的城市連續撐破了四道圍欄，像一個長大的孩子，撐破了童年的衣裳。路易十一的時代，在房屋組成的海洋中能夠看到舊城牆坍塌的塔樓，彷彿是發大水後探出水面的小山頭，也彷彿是星散在新巴黎海洋中的老巴黎島嶼。

此後，巴黎還在變遷，只有讓我們更傷心。後來的它僅僅又跨過路易十五興建的一道城牆。這堵用汙泥和口水築成的城牆，可憐得只配得上這位國王和詩人的歌唱：

「用牆包圍巴黎，令巴黎更加躁動。」

十五世紀的時候，巴黎分成三個獨立的小城：老城、大學城、新城，其各有風情、特點、風俗、傳統、特權和歷史。老城設在島上，是最古老的、體積最小的城區，也是另兩座城區的母親，被它們夾著，如果比喻的話，就像是一個矮小老太婆夾在兩名高個子的美女中間。大學城占據著塞納河左岸，從小塔一直延伸到納斯爾塔，這兩個地方相當於今天巴黎城的酒市場和鑄幣所。大學城的城牆深處曾是朱利安溫泉浴場的田野，包圍著聖女熱納維耶芙山坡。這道弧形城牆的頂點是教皇門，相當於現在的先賢祠的位置。新城是巴黎三大塊中最大的版塊，占據塞納河的右岸。它的堤岸，雖然總是被沖垮，或者有些地方中斷了，但它依然沿著塞納河蜿蜒向前，從比利塔一直延伸到樹林塔，也就是說，從今日大穀倉所在地直至杜樂麗宮所在地。塞納河將都城的城牆四次切破，這四個切面分別是：左岸的小塔和納斯爾塔，右岸的比利塔和樹林塔，它們被譽為巴黎四塔，當之無愧。新城伸展到原野的面積遠超過大學城，城牆（查理五世修的）的最高處在聖德尼門和聖馬丁門，這兩座城門至今還在。

正如上述，巴黎這三大區域，每個都是一座小城，但是因為有自己的特殊性，反而不是個功能齊全的城市，任何一座都依賴著另外兩座。這三個區域風情也截然不同。老城中林立的是教堂，新城布滿宮殿，大學城中到處是學院。如果暫且不介紹老巴黎城種種次要特徵，也不提起隨心所欲的過路稅，從混亂的整體來看市政管轄範圍的話，大體來說，小島由主教管轄，河右岸屬於商務總督，河左岸屬於大學校長。巴黎總督是皇家欽差而不是地方官吏，統管三區。老城有聖母院，新城有羅浮宮和市政廳，大學城有索邦大學。新城有菜市場，老城有主宮醫院，大學城有學生草坪。學生在河左岸犯事，得在小島上的司法宮受審，卻要到河右岸的鷹山受刑。除非大學校長認為大學的校規強大而王權軟弱，出面干預，因為學生在校園內被絞死，被視為至高無上的榮耀。

順便提一下，大部分這種類型的特權，還有其他更優越的特權，都是藉造反和叛亂的機會從國王手中奪取的。自古以來的權利，都是因為人民去爭奪，國王才會放棄。一份古老的宣言就這樣純樸直言地解釋效忠二字：國民效忠國王，雖然他們有時會叛亂，但還是因此取得民權。[1]

十五世紀時期，塞納河流經巴黎城中的五座小島：盧維耶島，那時有茂盛的樹林，今天只剩下幾棵樹了；母牛島和聖母島都是荒島，只有間茅廬，兩洲均屬於主教（十七世紀的時候，當時人將這兩座島連起來，建起了聖路易島）；最後便是老城島，它的尖端是牛渡小島，如今已經沉陷在新橋的土堤下了。老城島當年有五座橋，右邊三座，即聖母橋，兌換橋是石橋，磨坊橋是木頭的；左邊有兩座，即小橋，石頭建的，以及聖米歇爾橋，木頭的，橋上都搭著房屋。大學城有菲利浦-奧古斯都建的六座大門，從小塔數起，有聖維克多門、波代爾門、教皇門、聖雅克門、聖米歇爾門、聖傑曼門。新城有查理五世興建的六座門，從比利塔起，便是聖安東門、聖殿門、聖馬丁門、聖德尼門、蒙馬特門、聖奧諾雷門。這些門堅固又美觀，美觀並不影響堅固。一條又寬又深的護城河，圍著巴黎的城牆腳流淌，冬天漲水的時候，水速湍急。水來自塞納河。夜晚時分，城門緊閉，城端兩處用幾根粗大鐵鍊攔住河面，巴黎便可安然酣睡。

鳥瞰巴黎，老城、大學城、新城這三個區域展現出縱橫交錯的街道彷彿是一件被拆亂的毛衣。然而第一眼便可發現這三個部分組成的是一個整體。兩條平行的，接近筆直的大街，沒有阻礙地延伸，從南向北，貫穿三城，與塞納河垂直，將三個城區連接、混合，將一個城牆後的人潮不停地疏通、注入、稀釋到另一城牆內，將三座城合為一體。第一條大街從聖雅克門至聖馬丁門，在大學城的一段叫聖雅克街，在老城被稱為猶太街，在新城則被稱為聖馬丁街。這條大街兩次跨越塞納河，分別名為小橋和聖母橋。第二條大街在左岸的一段名為豎琴街，在老城島上叫作箍桶街，到了右岸改名為聖德尼街，在塞納河的兩道河汊上分別叫作聖米歇爾橋和兌換橋。這條大街起自大學城的聖米歇爾門，終止於新城的聖德尼門。其實，儘管名稱有所變動，大街只有兩條，是兩位多產的母親、巴黎的兩條大動脈，它們繁衍出無數小街，在三座城區內輸送血液或回收血液。

除了這兩條橫穿巴黎環城的主幹道外，新城和大學城都各自有一條特殊的大街，縱穿城區，與塞納河平行地伸展，直角地穿過動脈大街。在新城中，從聖安東門一路直達到聖奧諾雷門；在大學城，從聖維克多門至聖傑曼門。這兩條大道與兩條上面的大街交叉匯合，形成框架，在此之上織成了巴黎迷宮似的、盤繞結節的路網。然而，只要仔細觀看，就可以在這張令人眼花撩亂的蜘蛛網中辨別出兩束向外散發的街道，一束在大學城，一束在新城，從各座橋到各個城門，形狀由窄變寬。

這個幾何平面圖今天還依稀能辨認。

一四八二年，在巴黎聖母院鐘樓頂俯瞰全城，又是怎樣的風景呢？這就是我們要描述的。

1 原文為拉丁文。

觀景者氣喘吁吁地爬上了鐘樓頂尖，首先看到的是令人眼花撩亂的屋頂、煙囪、街道、橋樑、廣場、尖塔和鐘樓。石砌的山牆，尖聳的屋頂，牆角懸空的小塔、十一世紀壘成的石頭金字塔、十五世紀石岩的方尖碑、城堡光禿禿的圓塔、教堂頂精緻的方形塔，大的、小的、厚重的、輕巧的，紛紛躍入觀者眼中。這座深廣的迷宮令人眩暈，無處不是獨具匠心，鬼斧天工。從最普通的房子帶有雕花繪彩的屋簷、露天的樑柱、低矮的門、懸空在外的頂樓，到當時建有一排塔樓的皇家羅浮宮，無一不是藝術品。當我們的眼睛漸漸適應這種紛繁時，就可以辨別出主要的建築群。

首先是老城。索瓦爾稱之為城島，他瑣碎的文筆有時也能寫出一些優雅的詞句：「城島好像一艘擱淺的船，被流水漸漸推入塞納河中央的泥沙。[2]」我們剛才介紹了，十五世紀的時候，這艘大船被五座橋拴到塞納河兩岸。它的形狀曾經震驚紋章學家，據法萬和巴斯基耶考證，巴黎古城徽以船為紋章由此而來，而不是源於諾曼第人圍攻巴黎城。對於會破譯的人來說，紋章是一種數學、一種語言。中世紀後半期的歷史都記錄在紋章中，而前半期的歷史刻在羅曼教堂的象徵符號上。紋章是神權象形文字之後興起的封建象形文字。

老城首先呈現的是它的船尾對著朝陽，船頭向著落日。順著船頭方向看去，一片無邊無際的古老屋頂中，凸出的是聖禮拜堂的鉛皮圓屋頂，彷彿一隻大象的臀部馱著教堂的鐘樓。這鐘樓的尖頂造型大膽，做工精心，玲瓏剔透，天下無雙。它的塔錐撕裂天空，石頭花邊中裝的是天的碎片。近處，聖母院前，三條街像三條河注入教堂廣場，這是個鑲著古老房屋的美麗廣場。廣場南側，歪立著主宮醫院滿是皺紋和陰鬱的正面，它的屋頂上，彷彿長滿膿皰和疣子。右邊、左邊、東邊、西邊，在老城狹窄的城區內，居然聳立著二十一座教堂的鐘樓，從聖德尼杜巴低矮腐蛀的羅曼式風鈴花形的塔樓「格魯散監獄」，到牛市聖彼得教堂和聖朗德里教堂尖細如針的鐘塔，它們的年代、形狀不同，大小不一。聖母院後方的北面是哥德式修道院的長廊，南邊是半羅曼式的主教宮，東邊的島尖稱為荒地。在這片密密麻麻的屋頂和高聳的主教帽式石煙囪中，可以分辨出查理六世時巴黎市贈送給朱韋納·德·烏爾森的宮殿以及其高大無比的窗戶。稍遠處，是帕呂市場塗了瀝青的陋棚；再過去，老聖傑曼教堂嶄新的半圓形後殿，因為一四五八年時的擴建，把豌豆街的一段也占領了。隨著目光的轉動，隨處都能看到熙攘的十字路口；街道轉角會閃出一根恥辱柱；菲利浦-奧古斯都時代的精緻的石板路還留下一段，路中央為跑馬劃出的槽紋，到了十六世紀就改修為寒酸的碎石塊路了，稱為同盟路；還有些荒蕪的後庭院，樓梯上聳立著十五世紀常見的，如今在布林多內街還可看到的玲瓏鏤空的角樓。最後，聖禮拜堂右邊，能看到面朝夕陽，攜帶塔群，依水而坐的司法宮。皇家花園的樹林位於老城島的西尖頭，遮擋了牛渡小島。至於塞納河，從聖母院鐘樓頂望去，只能看見老城兩側的流水。塞納河隱身於諸多的橋樑下，而橋樑又被房屋遮蓋了。

放眼眺望，橋上的屋頂呈青綠——塞納河的霧氣使屋頂過早發霉變色。如果向左邊的大學城望去，第一眼就能看到小堡帶有花束的粗矮塔群，張開的大門吞沒小橋的一端。如果從東向西望去，從小塔直到納斯爾塔，長長的一串房屋，雕塑樑柱、彩繪窗戶，一層比一層凸出在曲折的石路上方，還有民宅的山牆，如果不是常被街口切斷，或是撞到一幢石牆公館的正面或側面，就會隨著石路無限地

2 出自索瓦爾，I，九十四。

蜿蜒。配有庭院和花園、廂房和主樓的公館雄踞於緊緊相依的狹窄民舍中，好像一個貴族老爺立身於一堆小市民中。沿河大街上有五、六座這樣的公館，從與貝爾納丹學院和小塔共用院牆的洛林公館，到納斯爾公館。後者的塔是巴黎城的界標，它的屋頂成尖形，一年當中有三個月，會在傍晚時辰，黑漆漆地頂著血紅的夕陽。

塞納河的這一邊遠不如那一邊生意興隆，學生比對面的工匠更喧鬧、更擁擠。其實沿河大街只是從聖米歇爾橋到納斯爾塔這一段。河邊剩餘的段落，比如說貝爾納丹學院之外是荒蕪的河灘，或者在兩座橋之間擠著民宅，牆腳都泡在水中。洗衣婦女大聲喧嘩，從早到晚一邊呼叫、聊天、唱歌，一邊狠狠地捶衣服，和今天差不多。這算是巴黎城中的一種娛樂吧。

一眼看去，大學城是一個整體。從這一頭到那一頭，整齊配套。千百個屋頂密密麻麻地排列，稜角分明，幾乎是按照一個幾何圖形建成，從高處看，宛如同一物質的結晶。街道雖然任性分布，卻沒有把這片房屋切得過於參差不齊。四十二所學院相當均勻地四處分布著；這些美麗的建築物的屋頂，造型豐富有趣，和它們下方的普通屋頂出自同一藝術手筆，其實就是某一幾何圖形的平方或立方的乘積解密，因此，使整體更複雜而不突兀，更完整而不是畫蛇添足。幾何就是和諧的藝術。若干精緻的公館，光彩奪人地凸起在左岸風情萬種的頂樓中，比如已不存在的內維爾公館、羅馬公館、蘭斯公館，只有克呂尼公府，至今還可以看到，是藝術家的欣慰，不過幾年前居然有人愚蠢地將它的塔樓打掉了。克呂尼附近，一座羅馬宮殿，半圓拱頂，曾是朱利安的溫泉浴場。還有許多修道院，跟公府相比，更有宗教之美，肅穆的氣魄，其高度和精緻不亞於公府。首先引人注目的是帶有三座鐘樓的貝爾納丹學院，還有聖女熱納維耶芙學院，它的方塔猶存，已經摧毀的部分讓人遺憾。索邦大學，一半是學校一半是修道院，倖存下來的是令人讚歎的中殿，和聖馬居漢教派四邊形的美麗修道院；這修道院的旁邊是聖伯努瓦修道院，在本書第七版出版後、第八版見世前，有人草率地在修道院的牆上造了一個戲臺；還有三道高大的山牆並列的結繩派修道院，以及奧古斯都教派修道院，它的尖塔優雅無比，從西邊起一直到河這邊，它的石雕花邊的精緻程度僅僅次於納斯爾塔。各個學院是修道院與塵世之間的通道，建築風格介於大型建築公館和修道院類之間，肅穆而又優美，雕琢不如公館宮殿那麼瘋狂，格局不像修道院那樣嚴肅。它們是既華麗又簡約的哥德藝術品，可惜今天幾乎已經蕩然無存。大學城裡教堂眾多，無比的輝煌，從聖朱利安教堂的圓拱頂到聖塞維蘭的尖拱頂，展示了各個時期的建築風格。在這裡，教堂至高無上，彷彿是加入大合唱中的一組和聲。帶著尖閣的山牆、針狀的鐘樓、傾斜的房頂，將天空剪出一條美麗的花邊，頻繁地被一座座教堂戳破。

大學城的地面高低不平。在東南邊，聖女熱納維耶芙山像磨出的水泡，值得從聖母院頂上觀看的是許多狹窄曲折的街道（如今被稱為拉丁區），還有如同串串葡萄的房屋，在高處鋪展，然後在混亂中幾乎垂直俯衝下山坡直到河邊，有的好像要跌倒，有的像要爬回上面，相互依賴，相互扶持。還可以看到熙熙攘攘的千百隻黑點在街道中上下運動，令人眼花撩亂。那就是從高遠處看到的老百姓。

屋頂和尖塔的空隙將大學城的外廓線折疊、扭曲，撕破成奇特的鋸齒狀。一段爬滿青苔的牆、一座厚實的圓塔、一扇帶有雉堞的城牆門，那就是一塊一塊地露出的菲利浦-奧古斯都老城牆。牆外是茵茵青草，消失在遠方的道路，沿路有一些郊區房屋，越遠房子越稀少。有些郊區是有規模的。首先是在小塔之外的聖維克多小鎮，一座單拱橋跨在比埃弗爾河上，一座修道院，存有國王胖子路易的墓誌銘，還有帶八角形尖塔的教堂，圍著四座十一世紀的小鐘樓（大家可以在埃唐普見到，這類教堂還沒有被推倒）。再遠處是聖瑪索小鎮，擁有三間教堂和一間修道院。在哥白林磨坊及其四面白牆的右邊是聖雅克小鎮，路口插著美麗的石雕十字架，可以看到聖高步雅克教堂，那時候還是迷人的尖頂哥德式建築，聖瑪格羅阿修道院，拿破崙曾經將它漂亮的十四世紀中殿改為裝乾草的糧倉；還有草場聖母院，裝飾著拜占庭式的鑲嵌畫。目光掃過田野中的沙特爾修道院，是座和司法宮同時期的建築，還有它分成小格子的花園，以及被乞丐和小偷占據的沃維爾廢墟。再向西，就能看到聖傑曼德佩修道院的三座羅曼式尖頂。聖傑曼鎮，已經擁有十五到二十條街道大區。聖敘爾皮斯教堂的尖頂塔樓標誌著鎮子的一端邊角，旁邊是被四堵牆圍住的聖傑曼集市，現在還是市場；然後是修道院院長設立的恥辱柱，是個可愛的小圓塔，戴著鉛皮的錐頂。更遠的地方有磚瓦場，通往公用窯爐的窯爐街、土丘上的磨坊，和孤孤零零、讓人繞道而行的痲瘋病院。然而最能讓人注目，百看不厭的是聖傑曼德佩修道院本身。這座修道院，頗有氣魄，既像教堂又像一座領主公府，堪稱宮殿式修道院，巴黎主教都喜歡在此地留宿。它的食堂擁有建築師設計的精美輝煌的玫瑰花窗、非凡的構圖和主教堂般的美麗；它的聖母小教堂優美動人；它的宿舍宏偉寬敞；它還有幾個大花園、狼牙閘門、吊橋，像是把周邊的綠草場整齊地剪成缺口的牆垛子，在它的各個內庭中，武士的盔甲與主教的金色披風相映生輝。這一切烘托出哥德式後殿上三座半圓拱頂高尖塔，它們壯麗地聳立在天邊。

長久地眺望大學城之後，您終於決定向右岸看去，觀覽新城，景色又是另一種風情。其實，新城比大學城大得多，不像大學城是一個整體。第一眼便可以看到，新城分成幾大塊，風情各異。先是東邊，新城的這部分仍然沿用高盧人卡繆羅熱納引誘凱撒人馬陷入泥濘為名的沼澤地，十五世紀時期，宮殿密集，一直簇擁到河邊。如意宮、桑斯宮、巴爾博宮和王后行宮四座建築幾乎緊貼著，它們的石板樓頂和纖細角樓倒映在塞納河中。這四座建築占據了諾南第埃爾街和天賜派修道院之間的空地，修道院的尖頂優雅地刺破了四座公府的山牆和雉堞的輪廓線。河岸上幾幢暗綠色的破房向水面歪去，卻遮不住豪華宮殿的美麗棱角、寬大的石框方形格子窗、塑像林立的尖拱門廊、棱角分明的牆垣。每座建築各有奇特的魅力，哥德藝術是永不重複的組合。這組宮殿後面就是鬼斧神工的聖波爾行宮。它的圍牆連綿無邊，有時斷開，有時圍著欄杆，有時加以雉堞，猶如城堡，有時被樹蔭遮掩，像是戴著面紗的修女。聖波爾行宮面積龐大，結構複雜多姿，法蘭西國王在這裡可以堂皇地招待二十二位諸如王太子或勃艮第公爵這樣高貴身分的王子，以及他們的僕役和侍從，更不用說大領主，以及來巴黎觀光聖羅馬帝國的皇帝，就連獅子在行宮中也有牠們的別墅。怎麼說呢，一位王子的套間起碼不少於十一個房間，從客廳到祈禱室，應有盡有，更別說眾多的走廊、浴室、烤爐，以及其他「空閒的地方」。另外，國王的每位嘉賓都有私密的花園，以及諸多廚房、酒窖、配餐室和食堂；另外在飼養場設置了二十二個實驗室，進行從燒烤到配酒的研究；還有千種娛樂，如曲棍球、手網球、鐵環球；還設有大鳥籠、養魚池、馴馬場、馬廄、牛羊圈、圖書室、兵器庫和鑄鐵坊。這就是那個年代的一座宮殿、一座羅浮宮、一座聖波爾行宮，一座城中之城。

從我們所在的鐘樓上遠望聖波爾行宮，它雖然被四座宮殿遮住了一半，但看起來依然宏偉美麗，也可以辨認出國王查理五世將三座公館納入他的行宮，用彩繪玻璃窗和小圓柱長廊將它們與主殿緊密連結在一起。這三座分別是小繆斯公館，屋簷上優雅地裝飾著花邊欄杆；聖摩爾修道院院長公館，它有城堡的曲線，一座粗大的塔，向下的堞眼、槍眼、鐵雀，撒克遜式寬闊大門上端，神父的紋章刻在吊橋的槽口之間；埃唐普伯爵府的圓形主塔頂層已經坍塌，殘破得好似一個雞冠，院落中老橡樹三四棵聚集為一組，遠看好似花菜，幾隻天鵝在清澈的池水中撲打遊戲，光影漣漪；還有許多庭院，可以瞥見風情萬種的一角。接著是獅子公館，撒克遜式粗短的圓柱托著低矮的尖拱，從狼牙閘門處傳來寵臣的喧嘩。穿過這一切，可以看見聖母馬利亞修女院色彩斑駁的尖塔；左邊是巴黎總督府，被四座鏤空的小塔簇擁。正中深處才是真正的聖波爾宮主體，以及紛繁華美的正牆，從查理五世起就被頻繁地翻修裝潢。兩個世紀以來，建築師在此實現自己的奇想，或是在各座小教堂增添半圓後殿，或是在長廊上砌起山牆，或是在樓頂上豎起無數隨風轉動的風信標，還建了兩座圓錐形頂蓋的高塔，底部圍著堞垛，好像捲起邊的尖帽。

如果我們的目光繼續追蹤遠方延伸的階梯劇場似的層層行宮，跨越新城聖安東街在鱗次櫛比的屋頂中劃出的壕溝，就可以看到——我們在此只列出主要的歷史建築：安古萊姆王府，一座經歷了幾個時期才建成的龐然大物。其中有些部分是全新的一片雪白，在整體中顯得格格不入，好像藍色短外套上補了一塊紅補丁。這座現代造型的宮殿，屋頂又尖又高，四處豎著鏤花的滴水槽，覆蓋屋頂的鉛皮片上用光亮的銅絲鑲嵌著花藤裝飾。這裝潢奇妙的屋頂，從這座古老建築物暗褐色的廢墟中優雅地升出，而周圍則是肥大的塔樓，因為年久失修，中間凸起，就像腐爛塌瀉的酒桶，從上裂到下，好像扣子綳開後袒露在外的大肚皮。再遠處是塔樓林立的小塔宮。不論是香波爾城堡，還是阿爾罕布拉宮，世上的任何地方都比不上這片尖塔的神奇、輕盈、優越。小鐘樓、煙囪、風信標、螺旋梯、螺栓，像是一個模子做出來的鏤空燈籠、樓臺亭閣、紡錘形的小塔，形狀各異，高低大小有致。整個王府好像一個巨大的石頭棋盤。

小塔宮右邊聳立著一束黝黑的高大塔樓，環繞的溝塹像是捆紮它們的一根繩子。主城塔上鑿出的槍眼比窗戶多，吊橋總是吊起，狼牙閘門永遠關著，這就是巴士底城堡。黑色的鳥嘴從城垛間探出，遠遠望去以為是滴水槽，其實都是大炮。

在這咄咄逼人的炮樓腳下，炮彈的射程內，便是隱藏在兩座塔樓之間的聖安東門，從小塔宮直到查理五世興建的城牆，一塊塊田地、一片片林苑，拼成一張開滿鮮花的綠地毯，可以在其中辨認出一片組成迷宮的林蔭道路，那就是國王路易十一賜給寵臣高易可節的著名的迷宮花園。這位醫生的觀象臺高於迷宮之上，彷彿是一根大圓柱頂著一間小屋。他就在這間小屋裡進行他惡毒的星象占卜。

今天這裡是王宮廣場。

宮殿區占據著查理五世城牆與塞納河右岸東頭之間的夾角，如上所述，我們只選擇了幾處代表性的建築物加以描寫，目的是讓讀者對此區域有個瞭解。新城的中心堆積著百姓民宅。其實，新城通往右岸的三座橋樑是從這裡發源的，也就是說有了橋再有民宅，然後才有宮殿。這一大片居民區，好像蜂窩裡的巢房般擁擠，也有美感。壯觀之處是首都的屋頂大都在此，組成波浪浩瀚的大海。首先是縱橫交錯的大街小巷，在整塊版圖中刻畫出有趣的圖案。菜市場猶如發出萬道光芒的一顆恆星，將街道向四方輻射。聖德尼大街和聖馬丁大街中分出無數小道，如同兩棵枝丫交錯的大樹，並肩向上伸展。另外，石膏坊街、玻璃坊街、織布坊街等，是在其中蜿蜒盤旋的曲線。還有些美麗的建築物，拔地而起，打亂起伏動盪中石化的樓海。小堡屹立在兌換橋頭，塞納河在橋下流過後，翻滾地推動磨坊橋的水輪，泛出一片水沫。當時的小堡已不是叛教者朱利安時代羅馬式塔樓，而是十三世紀封建式炮樓，石頭堅硬異常，用鐵鎬刨三個鐘頭也砸不出拳頭大的一塊。還有屠宰場聖雅克教堂華美的方形鐘樓，各個牆角都立著雕像，儘管十五世紀時尚未竣工，卻已經讓人歎為觀止。那時還沒有至今仍然蹲在屋頂四角的四隻怪獸，像是四個獅身人面像，向新巴黎提問關於舊巴黎的謎題。一五二六年雕刻家羅爾才把它們放上去，他的心血換得二十法郎。然後就是面對河灘廣場的柱子樓，我們已向讀者稍作介紹。還有聖日爾韋教堂，後來加了一座「時尚高雅」的大門，外觀被糟蹋了；還有聖梅里教堂，古老的尖拱幾乎還是半圓形的，以及聖約翰教堂和它舉世聞名的尖頂；還有其他二十來座建築物，將其精美的外形湮沒在狹窄陰暗的街道混亂中。再加上十字街頭，石雕的十字架多過絞刑架。目光越過屋頂，遠望到聖嬰公墓高大的圍牆。透過鳴響街上的兩座煙囪中間可以看到菜市場恥辱柱的頂端；特拉瓦十字教堂的梯道總是擠滿人；小麥市場環形的陋房；還能見到菲利浦-奧古斯都古老城牆散落在房屋之間：它的塔樓被常春藤纏繞，城門破殘，變形的城牆搖搖欲墜；沿岸街上排滿店鋪和鮮血淋漓的屠宰作坊；從草料港到主教碼頭，塞納河上船舶穿梭不息。想必您對新城的梯形中心在一四八二年的情形大概有個印象了吧。

除了宮殿區和民宅區，新城還有第三個特色，那就是從東到西，一條修道院地帶沿著新城的輪廓，幾乎環繞全城。這個地帶位於圍住巴黎城的軍事城郭後面，是由修道院和小教堂構成的內城牆。緊挨著小塔的園區，在聖安東街和聖殿老街之間，有聖卡特琳娜修道院及其一望無際的菜園，一直延伸到巴黎城牆。在聖殿老街和聖殿新街之間，高聳著聖殿教堂的一簇塔樓，淒慘孤單地屹立在築有雉堞的圍牆中。在聖殿新街和聖馬丁街之間夾著被花園環繞的聖馬丁修道院，及其威風凜凜的城堡式教堂，遠看其鐘塔和鐘樓形如教皇王冠，雄偉壯麗不亞於聖傑曼德佩修道院。在聖馬丁和聖德尼兩條街之間展開的是三一教堂的高牆。最後，在聖德尼街和蒙道格伊街之間是天主之女修道院，旁邊就能認出奇蹟宮的殘垣斷壁，這是唯一能混入由修道院組成的虔誠鏈條中的世俗環節。

最後，右岸第四塊區域在巴黎屋頂的拼圖中展現，那是擠在羅浮宮旁，由宮殿和公府組成的鏈環，占據著城牆西角和塞納河下游的河岸。菲利浦-奧古斯都所建的老羅浮宮規模龐大，其主塔被二十三座次塔眾星捧月，還沒算上其他小塔。遠遠望去，宮殿鑲嵌在阿郎松王府和小波旁王府哥德式的尖頂之間。這些塔樓怪物，彷彿是希臘神話中的多頭巨蛇，昂著二十四個頭，鉛皮或是石板為鱗的醜陋後脊閃爍著金屬的光芒，這個巴黎城的守護神，神奇地收攏了新城的西線輪廓。

可以想像，放眼望去，在一片古羅馬人稱為島嶼的居民區，左右兩側是兩大塊的宮殿群體，一處是羅浮宮，一處是小塔宮，北方的遠處是帶有花果園子的修道院和田莊。在這千百座樓房上，瓦頂和石板頂相互切割成奇詭的線條，直至天空的是右岸四十四座教堂上的繪彩並雕刻著凹凸不平、格狀花紋的鐘樓，密密麻麻的街道一側是帶著方形塔的高大城牆（大學城的城塔是圓形的），另一側是架著橋樑和漂著船隻的塞納河。這便是十五世紀的新城。

城牆之外，緊挨著城門有幾個城鎮，但數量少於大學城，也比那邊顯得稀疏。巴士底城堡的背後，二十來所破舊房屋圍繞著有奇特雕塑的福班十字教堂的和有飛拱的草場聖安東修道院；然後是幾乎消失在麥海裡的博潘庫爾小鎮；接著是庫爾第耶小村——到處都是酒館的歡樂去處。遠望聖洛朗鎮，教堂的鐘樓好像和聖馬丁門的幾座尖塔排成一列。接著是聖德尼鎮及聖拉德爾廣闊的田莊。過了蒙馬特門，是白牆環繞的穀倉艄公莊園，修道院後面，便是蒙馬特鎮，石膏山坡上的教堂和磨坊一樣多，現在只剩下磨坊了，因為當今的社會只需要填飽肚子的麵包。最後，在羅浮宮之外，在草叢中伸展著聖奧諾雷鎮，當時的規模已經可觀，還有青翠的小不列塔尼森林，然後就是豬市，中心立著一口令人毛骨悚然的圓形火爐，專門用來煮那班製造假幣的人。在庫爾第耶和聖洛朗之間，您可能已經發現，荒蕪的平原上聳立著一個土丘，上面有座建築物，遠遠望去，好像是裸露的屋基上一座坍塌的柱廊。這並非帕德嫩神廟，也不是奧林匹斯山朱比特神廟。這是鷹山！

如果我們對諸多建築物的列舉還有簡單的介紹，沒能在讀者心目中打破舊巴黎的形象，建立一個新的想像，我們再三言兩語地概括一次。中央是老城島，形狀就像一隻大烏龜，灰色屋頂連綿，猶如龜殼，覆蓋著瓦片屋頂的橋樑像龜腳一樣從龜殼下伸出來。左邊是梯形巨石般的大學城，堅固、密集、擁擠，插滿尖塔。右邊是新城寬闊的半圓形街區，被花園和卓越的建築所覆蓋。老城、大學城、新城中的街道，像大理石上交織的條紋，被塞納河貫穿。德．普勒爾神父稱之為塞納乳母河，被小島、橋樑、船舶堵塞。巴黎城周邊是一望無垠的田野，穿插著千百種耕地，點綴著許多美麗的村莊。左邊有伊西、旺福何、沃吉拉何、蒙特魯日，以及有座圓塔和一座方塔的讓提伊等小鎮。右邊有二十來個小鎮，從孔佛蘭到主教城。地平線上，山嶺伸展成環狀，好像一個臉盆的邊緣。最後，遠處的東邊是萬森納城堡及其七座四角塔樓；南邊有比塞特及其尖頂小塔；北邊是聖德尼大教堂及其尖頂，西邊是聖克魯及其圓塔。這就是生活在一四八二年的烏鴉，從聖母院鐘樓頂望去的巴黎城。

然而，像這樣一座都市，伏爾泰卻說在路易十四前只有四座漂亮的建築[3]，即索邦大學的大圓頂、聖恩谷教堂、現代的羅浮宮和第四座我不清楚，也許是盧森堡宮吧。幸運的是，伏爾泰沒有依據這些景象寫下《老實人》，他仍然是空前絕後的諷刺家。不過這也證明：一個偉大的天才，會對自己缺乏天賦的藝術一竅不通。當莫里哀把拉斐爾和米開朗基羅稱為「他們那個時代的小大師」，難道不是很恭維他們嗎？

還是回到巴黎城和十五世紀吧。

當時巴黎不僅僅是一座美麗的城市，而且建築風格的統一整齊，是中世紀建築藝術和歷史的產物、是一部寫在大石頭的編年史。這是只有兩層結構的城市，羅馬層和哥德層，因為除了還露出來的部分以外，羅馬層早已消失，只留下朱利安的溫泉浴場穿過中世紀的堅硬表皮。至於凱爾特層，無論挖多少深井，也無法找到遺跡了。

五十年後，文藝復興在巴黎嚴肅而多彩多姿的統一中，注入了奢華的表現力和瘋狂的想像力，各種藝術風格突然綻放，是羅馬式半圓拱頂、希臘式圓柱和哥德式扁圓拱的胡亂搭配，這個時期的塑像充滿柔情和理想，對蔓藤花飾和莨菪葉飾有特別愛好，還有鍾情於路德的現代建築藝術的異教情調。巴黎更加絢麗了，儘管看起來再想一想，不如過去那麼和諧。然而，這光輝的時代並沒有持續。文藝復興並不是無私的，它不僅要建造，也要拆毀。事實上它需要空間，所以哥德藝術風格的巴黎只完整地存在了一分鐘而已。屠宰場聖雅克教堂剛竣工，就開始打爛古老的羅浮宮了。

從此以後，這座宏偉的城市一日日變得面目全非。羅曼式樣的巴黎被哥德式樣的巴黎覆蓋後，哥德式樣的巴黎也消失了。誰能說明白代替它的又是怎樣的巴黎？

杜樂麗宮代表了凱薩琳·德·梅迪奇的巴黎[4]；市政廳代表了亨利二世的巴黎，兩座樓房還很高雅；王宮廣場是亨利四世的巴黎，三色的房屋是磚砌的正面、石頭的牆角、石板的屋頂；聖恩谷教堂是路易十三的巴黎，這是一種擠壓矮壯的建築，拱頂像花籃的提手，柱子圓得像肚皮，圓頂像駝背；

3　出自伏爾泰的《路易十四的世紀》，序言：「巴黎只有四十萬人，以及四座漂亮的建築物。」

榮軍院是路易十四的巴黎，雄偉、富貴、金色、冰冷；聖敘爾皮斯修道院中，有路易十五的巴黎，石雕的渦形、蝴蝶結、雲朵、粉絲、菊苣葉；先賢祠是路易十六的巴黎，羅馬聖彼得教堂低劣的複製品（建築物笨拙地蜷縮著，毀了線條）；醫學院是共和國的巴黎，劣質地摹仿希臘的帕德嫩神廟和羅馬的大競技場風格，彷彿是共和三年憲法摹仿米諾斯法典，稱為穫月風格；芳登廣場上有拿破崙的巴黎，這個巴黎倒是精彩至極，用幾臺大炮鑄成一根銅柱；證交所是復辟時期的巴黎，雪白的廊柱支撐著相當光滑的中楣，整體呈正方形，造價兩千萬。

每座具有時代風格的歷史建築都會有相應的民宅，雖然分散在不同的街區，品位、造型、姿態依然相同，行家一眼便可認出它們，確認年代。如果懂得鑒別，就能從一把門槌中辨認出一個時代的精神和當時的國王。

所以說，今日的巴黎沒有整體的面貌，只是幾個世紀收藏樣品的集錦，最美的已經消逝。首都只是擴建房屋，但那是什麼房屋？依照現代巴黎的發展速度來看，每五十年城市會更新一次。隨著歷史古蹟日益減少，巴黎城建築藝術的歷史意義天天在消失，被房屋的海洋淹沒。我們的祖先建造的是一座石頭巴黎城，而我們的子孫就會有一座石膏巴黎城了。

至於嶄新的巴黎現代建築物，我們更樂意避而不談。這並非因為我們不願意對其加以欣賞，蘇弗洛先生建造的聖女熱納維耶芙教堂，可以說是有史以來薩瓦省用石頭建造的最漂亮的蛋糕。榮譽軍團宮也像一塊非常雅致的甜點。小麥市場的圓頂是一頂放大的英國賽馬騎手鴨舌帽。聖敘爾皮斯修道院的塔樓是兩大根單簧管，而且式樣平庸，上面還裝有扭曲的電報天線，不斷地做著鬼臉，算是個可愛的瑕疵吧。只有聖托馬斯·阿奎那教堂的大門才能追趕上聖羅克教堂大門的壯麗，後者的地窖裡還有耶穌受難像的浮雕和一個鍍金的木頭太陽，這都是美妙的藝術品。植物園的迷宮燈也設計得巧妙。至於證交所宮，柱廊是古希臘風格，門窗的半圓拱是羅馬風格，扁圓的大拱頂是文藝復興風格。無可爭辯，這是一座體面、純粹的建築物。證據是：宮頂上還加上一層阿提喀頂層，在雅典也未曾見過，這美麗的線條，優雅地被火爐的煙囪切斷！補充一句，建築慣例要求一座建築物的設計必須展現其用途，然而見到這座證交所宮，大家驚訝地發現猜不到它到底是王宮，還是最高法院，或是市政廳、學院、馴馬場、科學院、倉庫、法庭、博物館、軍營、陵墓、新教教堂、劇場。只不過是一座交易所罷了。此外，建築物還應配合當地氣候條件。顯然，這座交易所是特意為我們寒冷多雨的天空而設置的。它的屋頂幾乎是平的，接近近東風格，冬天下雪的時候，就可以在屋頂掃雪，屋頂就為了便於打掃而設計的。至於以上提到的用途，它都有了，在法國是交易所，在希臘，也能作為神廟！誠然，大鐘的鐘面差點破壞建築物的優美線條，建築師費盡心機將它藏起來。但我們還是贏得了圍繞整座建築的柱廊，每逢重大的宗教節日，證券經紀人和交易仲介便可以在柱廊上高談闊論。

毫無疑問，上述都是宏偉的建築，還配有許多漂亮、有趣、各式各樣的街道，里沃利街便是一

4　居然有人在策畫擴大、改造、重構，也就是說，破壞這座壯麗的宮殿，這消息真令人義憤填膺。今日建築師下手狠辣，完全不考慮文藝復興時期作品的細膩生動。我們只能希望他們最終不敢膽大妄為。如果今天的人決定銷毀杜樂麗宮，這種行為堪能讓一名醉酒的野蠻人臉紅，更是一種背叛。杜樂麗宮不僅僅是十六世紀的藝術傑作，也是十九世紀歷史的一頁。這座宮殿也不再屬於國王，它屬於人民。請讓它保持原狀。我們革命的烽火曾經兩次在它的前額上留下烙印：它的一側正面被八月十日的炮彈擊中；另一側則被七月二十九日的炮彈擊中。它是聖物。——雨果，於巴黎，一八三一年四月七日。（第五版註釋）

例。所以我相信，如果從氣球上俯瞰巴黎，它會呈現出豐盛的線條、豐富的細節、多姿的風貌，如同國際象棋棋盤般，具有宏偉的簡樸、出奇的美麗。

然而，不論您覺得今天的巴黎如何令人驚歎，請您在腦袋中復原十五世紀時的巴黎。透過那好似樹籬的尖頂、圓塔、鐘樓看太陽，將那綠黃相間的、比蛇皮更斑斕的塞納河水，潑向寬闊的城市，在島嶼尖頭將其撕裂，在橋拱處將它折疊；老巴黎哥德式的剪影清晰地勾畫在藍天下，讓其輪廓飄浮在冬霧中，無數煙囪時隱時現；想像巴黎沉沉的夜幕，在這迷宮般的建築群中，光與影撲朔迷離地追逐；灑下一縷月光將城市略加勾勒，讓重重塔樓從迷霧中伸出大腦袋；或者，回到剛才黑色的剪影，將尖塔和山牆無數尖角的陰影塗重，讓這宛如鯊魚大嘴的齒形邊緣咬住夕陽下的古銅色天空。然後請您比較吧。

既然現代巴黎無法為您提供古巴黎的印象，您不妨在一個節日的清晨，復活節或聖靈降臨節太陽升起的時候，登上都城的一個制高點，俯瞰全城，傾聽巴黎晨鐘的甦醒。等天空中的太陽一發出信號，就可以看見千座教堂同時開始顫抖。先是零散的叮噹聲，從一座教堂到另一座教堂，好像是樂師相互示意演出就要開始。然後，突然間，您能看見——耳朵有時也有視覺，您看到從各個鐘樓同時升起一根聲音之柱、一縷和聲之煙。首先，每座鐘發出的轟鳴清澈、單純、互不混淆，升入燦爛的晨空。隨後漸漸地，鐘聲在擴大、混合、交融，交織成一支壯麗的交響樂。最後是整體的共振，從無數鐘樓不斷地發出，在城市上空飄蕩、起伏、跳躍、旋轉，這震耳欲聾的轟響一直迴蕩到天外。然而，這和聲的海洋絕不嘈雜混亂，雖然海面寬闊又深沉，仍然清澈透亮。您可以看到一串串音符脫離鐘鳴，獨自爬行；您可以識別木鈴和巨鐘時而低沉、時而高昂的對話；您可以看到八度音從一座鐘樓跳到另一座鐘樓，銀鐘在展翅騰飛，輕柔而尖銳，木鐘在嘶啞著墜落破碎；您可以在這群八度音中，辨別出聖厄斯塔舍教堂七口大鐘敲響的音符在升起降落，還可以看見它們風馳電掣般地穿過清脆而短促的音符。那邊是聖馬丁修道院，鐘聲刺耳而破啞；這邊是巴士底，陰鬱而粗魯。最頂端是羅浮宮巨塔的男低音，伴隨著聖母院鐘樓沉重而有節奏的敲鐘聲，皇家大鐘不斷地向四周拋撒華麗的顫音，彷彿鐵砧被鐵錘敲打，火花四濺。時不時地，還會掠過聖傑曼德佩教堂三重高低起伏的鐘聲。時不時地，這組雄偉的和聲會戛然停止，讓聖母馬利亞鐘曲，如同一簇簇星光騰空飛散。在這交響樂的最悠深之處，可以模糊地分辨出教堂中的頌歌，從各個拱頂每個震動的毛孔裡發散出來。這是一部值得傾聽的歌劇。一般來說，白天的巴黎一片嘈雜，那是城市的說話聲；夜間，便是城市的呼吸聲；此時此刻，這是城市的歌唱聲。請您傾聽鐘樓的轟鳴，並且想像漂浮其中的還有五十萬人的竊竊私語、塞納河無休止的歎息、無邊無際的風聲。天邊山坡上四大森林宛如龐大的管風琴，遠處傳來它們的四重奏；再讓中央大鐘過於沙啞過於尖銳的響聲慢慢消逝在中央音中。您說，世上還有什麼比這鐘聲、比這音樂大熔爐、比這萬種鐘聲在高於三百尺的石笛中同時作響、比這都市的合奏、比這暴風般的交響樂，更豐富、更歡悅、更燦爛、更絢麗的嗎？

第四卷

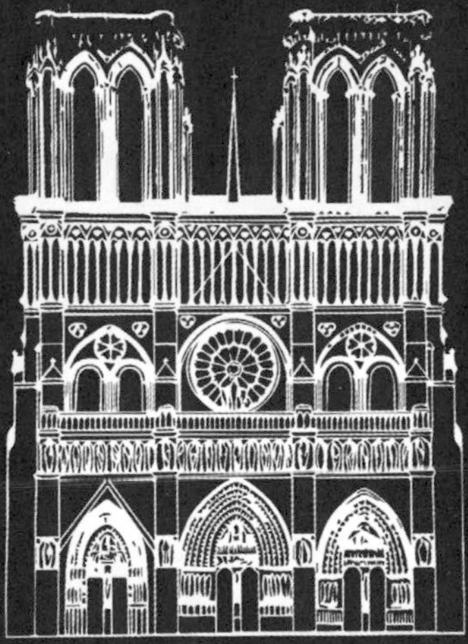

I 好人

這個故事的序曲發生在十六年前。復活節後的第一個週日——凱西莫多日是個晴天，在聖母院彌撒後，正對著偉大的聖克利斯朵夫塑像，教堂廣場左側砌在地面石塊上的小木床裡，有人放下一個活生生的嬰兒。從一四一三年起，騎士安東尼．德．艾薩爾老爺的石像就一直跪著仰望著聖像。現在，聖者和信徒的石像都被推倒了。當時的習俗是慈善團體將撿到的棄嬰都放在這張木床上，想收養的就可以把孩子抱走。木床上放了個銅盆，收集布施。

西元一四六七年凱西莫多日早晨，躺在木床上的這個生命，看來激起大家極大的好奇心。他們密密麻麻地擠在木床周圍，大多數是女人，而且幾乎都是老女人。

四個老婦人站在最前，穿著某個教會組織的灰色長袍，俯身面對木床。我不明白為什麼歷史不能將這四位可敬、低調的老小姐的名字介紹給後世？她們是阿妮思．拉艾爾姆，讓娜．德．拉塔爾姆，昂里埃特．拉．戈吉埃爾，戈曬爾．拉維奧萊特。四人都是寡婦，都是埃吉納．奧德里小教堂的修女，根據皮埃爾．德．埃伊的院規，得到院長的允許，她們走出修道院來聽宣教。

雖然四位正派的奧德里修女守著皮埃爾．德．埃伊訂下的規矩，她們卻興高采烈地違反了米歇爾．德．布拉舍和比薩紅衣主教極不人道的法則：不許開口說話。

「這是什麼，修女？」阿妮思·拉艾爾姆問道，一邊打量著那個小活物。他看見那麼多人看他，嚇得在木床上扭動大哭。

「要是現在大家都這麼生孩子，這世界還有什麼未來？」讓娜說。

「我不懂孩子那些事，不過，這個看起來就是罪孽。」阿妮思接道。

「這不是個孩子，阿妮思！」

「這是隻不成形狀的猴子。」戈曬爾說。

「這是個神諭！」昂里埃特·拉·戈吉埃爾又說。

阿妮思說：「那麼從拉塔爾日到現在，這是第三個神諭了。八天以前，咱們看到奧貝維利耶聖母顯靈，懲罰嘲弄朝聖者的狂人，那次算是本月第二個。」

「這個被人撿到的棄嬰，其實是個駭人的魔鬼。」讓娜又說。

戈曬爾又說：「他這樣嚎啕大哭，能把唱詩班少年的耳朵吵聾。快住嘴！吼個沒完的小畜生！」

戈吉埃爾雙手合十，補充道：「這隻怪物是蘭斯的主教特地送給巴黎主教的！」

阿妮思·拉艾爾姆說：「我認為這是一隻畜生、一隻野獸、猶太男人和母豬生的仔。總之，是基督教的敵人，應該扔到河裡淹死，或是火裡燒死！」

「我希望沒有人認領他。」戈吉埃爾接著說。

阿妮思尖叫：「啊，主啊！順著河的那條下坡路的盡頭，主教府的旁邊有座育嬰堂，如果把這隻小魔鬼送給那些可憐的奶媽餵奶！我情願給吸血鬼餵奶。」

讓娜說：「可憐的拉艾爾姆，你是不是白癡呢？難道你沒有發現，修女，這隻小魔鬼有四歲了，對你的乳頭不會像對烤肉叉那麼有胃口。」

這隻小魔鬼的確不是初生的嬰兒（我們很難找出別的詞來形容他）。這是一小團稜角分明、蠕動有力的肉，裝在印有出任巴黎主教的吉約姆．夏蒂埃大人姓名縮寫的粗布麻袋裡，腦袋露在外面。這個腦袋奇形怪狀，一頭亂草般的紅髮，一隻眼睛，嘴巴裡有牙齒。眼睛流淚，嘴巴狂叫，看起來牙齒只想咬人。整個人在麻袋裡拚命掙扎。四周的人群不斷擴大，不斷更新，大家看得目瞪口呆。

艾洛伊絲．德．貢德洛里耶夫人既是貴族又十分富有，從金色的帽尖拖下一條長長的軟紗，牽著一個六歲左右的漂亮女孩，路過這裡，就停了下來，端詳著可憐的小東西。她可愛的小女兒百合花．德．貢德洛里耶，一身綢緞和天鵝絨，用漂亮的小手指頭指點著木床上常年掛著的木牌，拼讀著上面寫的字母：「棄嬰」。

貴夫人厭惡地扭過頭說：「我還以為這裡只陳設小孩子呢！」

她往銅盆裡扔下一枚弗洛林銀幣，轉身走了。銀幣撞擊銅板，發出一響聲。埃吉納．奧德里小教堂的可憐虔誠的修女都瞪大了眼睛。

過了一會兒，皇家公證官、嚴肅而博學的羅貝爾．米斯特高樂路過這裡，他一側挾著厚厚的彌撒書，另一側挽著他的太太吉勒梅特．拉．梅蕾斯夫人。這樣他給自己左右各安排了一個主人：一個是主宰靈魂的，另一個是主宰肉體的。

他察看了小東西後說：「棄嬰！看來是被遺棄在冥河邊的！」

吉勒梅特夫人觀察說：「只能看見一隻眼睛，另一隻眼睛上長了隻扁平疣。」

羅貝爾．米斯特高樂接道：「那不是疣子，而是一隻卵，裡面裝著一隻相同的魔鬼，肚子裡又裝著一隻小卵，卵裡又有一隻魔鬼，依此類推等等。」

吉勒梅特．拉．梅蕾斯問：「您怎麼知道呢？」

皇家公證官回答說：「我當然知道。」

戈吉埃爾問：「皇家公證官大人，您看這個所謂的棄嬰會帶來什麼兆頭？」

米斯特高樂說：「天災人禍。」

聽眾中有個老太婆說：「啊！我的上帝！去年是一場瘟疫，聽說英國軍隊就要在阿爾弗勒登陸了。」

另一個老太婆接著說：「這樣到九月分王后可能也來不了。買賣生意已經很差了。」

讓娜．德．拉塔爾姆喊道：「我的意見是，為了巴黎的百姓，最好讓這個小巫師躺在柴火上，而不是木板上。」

老太婆補充說：「一堆熊熊燃燒的柴火。」

米斯特高樂說：「這樣做才穩妥。」

一個年輕神父站在旁邊，聽著奧德里修女的推斷和米斯特高樂的判決。他的額頭寬闊，目光深邃，顯得十分嚴厲。他一言不發地撥開人群，仔細看了看「小巫師」，向他伸出手。他出現得正是時候。所有虔誠的老太婆都期待著熊熊的柴火。

「這孩子我收養了。」神父說。

他把孩子塞入教袍，抱走了。觀眾目送他遠去，目瞪口呆。不一會兒，他消失在那扇從教堂通往修道院的紅門後。

最初的驚愕過去後，讓娜・德・拉塔爾姆對戈吉埃爾耳語說：「修女，我早就跟您說過，這個年輕的教士克洛德・弗洛羅先生是個巫師。」

II 克洛德·弗洛羅

克洛德·弗洛羅確實不是泛泛之輩。

他出身於中產家庭。在上個世紀，無論是小市民還是高等市民，都被稱為中產。他的家族從巴克雷兄弟手中繼承了原屬於巴黎主教所有的蒂爾夏普領地。在十三世紀的時候，領地上的二十一幢房屋曾是教會法庭上幾次爭訟的原因。如今作為該領地的擁有者，克洛德·弗洛羅是巴黎及各城鎮享有年貢的一百四十七位領主之一，因此長期以來他的這種身分在弗朗索瓦·勒雷茲先生的唐加維爾公府和圖爾學院之間、田園聖馬丁教堂的檔案冊中都有登記。

早在童年時代，克洛德·弗洛羅就被父母決定獻身神職。有人教他用拉丁文閱讀。他也學會了垂著眼睛，輕聲說話。他還很小，父親便把他關入大學城的道合希學院幽居。他就是在那裡抱著彌撒文和辭典長大的。

這是一個憂鬱、深沉、嚴肅的孩子，對學習頗為狂熱，領悟力極強。課間休息時從不吵鬧，幾乎不參加福阿爾街的酒徒狂歡，不知道什麼是打耳光和揪頭髮[1]，一四六三年，在編年史學家曾鄭重地稱為「大學城第六次動亂」的暴動中，他沒有露面。他很少說笑，很少嘲弄別人，無論是對蒙田居學院穿著叫卡佩特斗篷的貧窮的「卡佩特」學生，還是道爾蒙學院的獎學金學生，他們的頭髮都剃成短短的一圈，身披藍綠、蔚藍、紫三色——四聖冠紅衣主教的公約中稱之為天藍色和褐色——的粗呢大氅。

相反，他頻繁地出入讓·德·博維街大小學堂。每次，瓦爾聖彼得修道院的院長開始講經時，總會看到那個最先入場的學生坐在他講壇的對面，靠著聖旺德勒日齊爾學校的一根柱子，他就是克洛德·弗洛羅。他用嘴潤溼鵝毛筆，將牛角寫字臺墊在磨破的褲子膝蓋上，在上面塗塗寫寫，冬天裡還對著手指頭不斷地哈氣。每個週一早晨，歇夫·聖德尼學院開門的時候，米爾·德·伊斯耶教規博士就會看見一個旁聽生氣喘吁吁地第一個跑來，這就是克洛德·弗洛羅。才十六歲，這名年輕的神學生就可以和教堂神父辯論玄奧神學，和教會最高法庭神父研討教會法規，和索邦大學博士談論經院哲學。

學完神學，他立即鑽研起教諭，從《法規大全》讀到《查理曼敕令》。他對學術充滿飢渴，一部接一部地吞讀，諸如伊斯博爾主教泰奧多爾的教令集、伏爾姆主教布夏爾教令集、夏特爾主教伊夫教令集，然後是查理曼敕令之後的克拉田敕令，隨後是格列葛里九世書集以及奧諾里烏斯三世的書信詩文《冥想論》[2]。從六一八年泰奧多爾主教登場，到一二二七年格列葛里教皇謝幕，那是戰亂動盪的中世紀。教權與民權相互鬥爭，相互提升。他不但精通其中的演變，也對其發展瞭若指掌。

教諭學習和消化完畢，他一頭撲向醫學和自由藝術。他學習草藥、膏藥，成為發燒、挫傷、跌打和膿腫專家。雅克·德·艾斯帕爾肯定會接收他為內科醫生。里夏爾·艾蘭若也會承認他是外科醫生。在藝術研究上，他拿到學士、碩士和博士學位。他學習了古希臘語、拉丁語、希伯來語，這三重聖殿極少有人涉足。他瘋狂地學習和收納科學知識。十八歲的時候，他已經讀完四大學科。對於這個年輕人來說，求知是人生的唯一目標。

大約就在這個時期，一四六六年那個酷熱的夏天爆發了鼠疫，僅在巴黎這個子爵封地就死了四萬多人。據讓・德圖阿記載，其中還包括國王的星象師阿何努先生這樣優秀、睿智而有趣的人[3]。大學城中流傳說蒂爾夏普街被傳染的病情非常嚴重，而克洛德的父母就住在這條街上他們的領地裡。年輕的學生驚慌失措地跑回家。進門的時候就發現父母在頭一天晚上已經過世。一個裹在襁褓中的小弟弟還活著，被遺棄在搖籃裡，哇哇哭叫。這是克洛德的唯一親人了。年輕人抱起嬰兒，沉思著走出門。在此之前，他一直沉浸在學問中，這時才開始投入生活。

這場災難是發生在克洛德生命的一場危機。孤兒、兄長，十九歲便是一家之主，他被粗暴地從校園夢想中喚醒，回到了人世的現實中。滿懷慈悲和同情，他瘋狂地寵愛小弟弟，這種人性中的愛和溫柔，過去的他只獻給他的書本。

這種感情變得越來越獨特。他的靈魂初入社會，這彷彿是他的初戀。克洛德從小遠離他的父母，和他們並不親近，被幽禁在書本中隱修，如飢似渴地學習知識，一心一意關注理解科學的智慧、駕馭文學的想像力，並沒有思考過愛心是什麼。一個無父無母的小弟弟、一個突然從天上掉入他懷中的嬰兒，給了他對人生的新看法。他發現，除了索邦大學的論辯以及荷馬史詩之外，世上還存在別的東西：人需要感情生活。沒有溫情、沒有愛的日子像乾澀的齒輪在轉動，發出刺耳的尖叫。可是在他那

1、2 原文為拉丁文。

3 出自讓・德圖阿，《醜聞記》，一七〇六—一七一四。

個年紀，一種幻覺只會被另一種幻覺所代替，因此他認為骨肉手足之情是世間唯一的愛，一個需要他呵護的弟弟應該是他生命的全部。

他在小若讓的身上投入了深沉、專注、帶有激情的愛。可憐的孩子，雖然身子單薄，但是有一頭金色的髮髮，臉蛋粉紅，非常可愛，他無依無靠，只能依賴另一個孤兒，想到這裡，克洛德就會感動不已。他是深沉的思想家，用無限的慈悲之心思索如何撫養若讓。他憂慮細心地照顧著弟弟，好像弟弟是非常脆弱珍貴的寶物。對於這個孩子來說，他不僅是哥哥，還是母親。

小若讓還在吃奶時就失去了母親，克洛德找到個奶媽餵養他。除了蒂爾夏普領地外，他還從父親處繼承了磨坊領地，附屬於讓蒂伊方形塔。這磨坊位於山崗上，臨近溫歇斯特城堡（比塞特）。磨坊佃農的妻子正在給一個可愛的孩子餵奶，而且離大學城不遠，克洛德便親自送若讓到她那裡餵養。

從此以後，肩負重任的他，便開始嚴肅自律的生活。有個無助的小弟弟，這不但讓他喜悅，也成為他學習的目的。他決心把自己的未來託付給上帝，一輩子不娶妻生子，只專注在弟弟的幸福和幸運。所以他比以前更專心於宗教職務。因為他的才能、他的博學，以及直接附屬於巴黎主教的身分，打開了所有教堂的大門。二十歲時，他獲得教皇的特批，成為神父，並作為巴黎聖母院最年輕的神父，侍奉著因為過晚舉行彌撒而被稱作「懶人祭壇」[4]的聖壇。

他比以往更深埋在心愛的書海裡，偶爾放下時，只是為了跑去磨坊領地待一個小時。這種嚴謹求知和嚴謹做人的態度，在他這樣的年紀非常少見，因此他博得了修道院上下的尊重和稱讚。他博學的美名從修道院傳到民間，被人稍加篡改——這在當時是常有的事——，變成了巫師的稱號。

復活節後的第一個週日，即凱西莫多日，他去懶人祭壇幫人做彌撒。這個祭壇位於大堂唱詩門的右側，離聖母像不遠。幾個老太婆圍著棄嬰床議論紛紛，引起了他的注意。

他向那個被憎恨、被威脅的小可憐走去。孩子的絕望、畸形、被遺棄的身分，讓他頓時聯想到如果他死了，心愛的小若讓也會被悲慘地丟在棄嬰木床上，陷入同樣的苦難。這種想法湧上心頭，讓他心中頓生憐憫，便把孩子抱走了。

當他把孩子從口袋裡拉出來，發現他真的非常畸形。可憐的小魔鬼左眼皮上長著疣子，腦袋縮在雙肩中，脊椎彎拱，胸骨突出，雙腿扭曲，但看起來很有活力。儘管無法知道他結結巴巴說什麼，他的叫聲證明他不但健康而且還有力氣。他的醜陋更激發了克洛德的慈悲之心。他在心中發誓：出於對若讓的愛，他要把這孩子撫養大，這樣將來無論若讓犯了什麼錯，都會被這件提前做到的善事補償。這是他為弟弟投資的功德、為弟弟預先積存的善幣，因為也許孩子有一天會缺少這種錢幣，然而通往天堂的道路上只收取這一種入境費。

他給養子洗禮，取名凱西莫多[5]，一來是為了紀念撿到他的日子，二來這個名字說明可憐的小東西發育不全，就是一個簡單的人形而已。凱西莫多獨眼、駝背、羅圈腿，是一個「不齊全」的人。

4 原文為拉丁文。

5 法語是「差不多」、「不齊全」的意思。

III 怪獸的看守比怪獸還要凶猛[1]

一四八二年，凱西莫多長大了。由於養父克洛德．弗洛羅的關係，幾年前當上了聖母院的敲鐘人，而養父經他的保護人，路易．德．博蒙大人的推薦，成為若札副主教。一四七二年，在吉約姆．夏蒂埃去世後，感謝上帝，博蒙大人就升為巴黎主教，因為他的後臺關係是奧利維埃．勒丹，國王路易十一的理髮師。

凱西莫多是聖母院的鳴鐘演奏者。

隨著時光流逝，敲鐘人和主教堂結下了無法言語的親密。身世不明、面貌醜陋，這雙重苦難使他被世人唾棄，他從小就是這雙重詛咒的囚犯，可憐的不幸者在收容他的教堂的陰影下成長，對高牆外的塵世不感興趣。隨著年齡的增長，聖母院不僅成了孕育他的卵、餵養他的巢，還是他的故鄉、他的宇宙。

的確，他和這座建築物之間彷彿存在著前生註定的和諧。小時候，當他歪歪扭扭、連蹦帶爬地走在教堂穹窿的陰影中時，雖然有一副人的面孔，肢體卻是野獸形狀，讓人聯想到他是在潮溼陰暗的石板地面生成的爬行動物，穿梭於羅曼式斗拱投下的稀奇古怪的陰影中。

後來，當他第一次無意間抓住鐘樓垂下的鐘繩，將身體吊在上面，敲響大鐘的時候，對他的養父克洛德來說，就是這孩子第一次張開嘴說話。

就這樣，他適應著主教堂，生活在其中，睡在其中，幾乎從來不出門一步，每時每刻都被主教堂的神祕氣氛潛移默化感染著，他終於長得像主教堂，把自己鑲嵌在教堂中，變成教堂的一部分。他身上的每個突出稜角——請原諒我們用這樣的比喻——，正好嵌入建築物中凹進去的地方。他似乎不僅僅是主教堂的住客，而是它的天然內容。可以這麼說，他的形狀，好像蝸牛隨著蝸牛殼成長一般，主教堂就是他的住宅、他的洞穴、他的軀殼。他和這古老教堂深深地相互吸引，在形狀上、氣場上，如此地相近，可以說他依附於主教堂，猶如烏龜依附於自己的玳瑁。粗獷的聖母院便是他的龜殼。

我們告訴讀者不必從字面上去理解這些比喻，形容一個人和一座建築物之間奇特的對稱、直接的結合。也不必再次強調，在如此長期、如此親密的共居中，整個主教堂就是屬於他的。沒有一個幽暗的角落凱西莫多沒有進入過，沒有一處高點沒有攀登過。好幾次他抓著雕像的稜角就能爬過主教堂正面的幾層高度。人家經常看到他像一隻壁虎爬行在兩座鐘樓陡峭的牆壁上。這兩座巨大鐘塔，宛如孿生姊妹，高大、凶惡，讓人望而生畏，然而他既不暈眩，也不恐懼，更不眼花。可是這兩座鐘塔卻在他的手下顯得格外柔情，容易爬上跳下，可以說他已經把它們馴服了。他跳躍、攀援，在龐大主教堂的萬丈深淵中遊戲，他好像已經變成了猴子或者是羚羊。又像是卡拉布里亞的孩子，從小就在大海中戲水，還沒走路就先學會游泳。

1 原文為拉丁文，是雨果模仿維吉爾的《田園詩》，V，四十四："Formosi pecoris custos formosior ipse"。

其實，不僅他的身體被主教堂塑造成它的樣子，他的靈魂也是如此。這個靈魂到底是怎樣的？緊鎖在軀殼中，習慣於粗糙野蠻的生活方式，它到底折疊成怎樣的皺褶、長成什麼樣的形狀，一言難盡。凱西莫多天生獨眼，駝背，瘸腿。克洛德．弗洛羅費盡全力，付予天大的耐心，教會他說話。但是苦難卻始終糾纏著這可憐的棄嬰。他十四歲成為聖母院的敲鐘人之後，又得了新病，成為完美的廢人。鐘聲震破了他的耳膜，他成了聾子。原本上天為他敞開的大門，突然永遠地關閉了。

緊閉的大門切斷了唯一照耀到凱西莫多內心的一絲歡樂和一線光明。他的靈魂墜入深淵。他的苦悶和憂傷如同他畸形的身體，根本無法治癒。何況，耳聾讓他在某種程度上變成啞巴。為了不被人嘲笑，當他發現自己成了聾子，他就決定，除非獨自一人，在他人面前從此沉默不語。他閉上了克洛德．弗洛羅費盡心思才撬開的嘴巴。所以當他迫不得已一定要說話時，他的舌頭麻痺笨拙，好像大門上生鏽的合頁。

如果我們穿透這粗糙堅硬的外殼，摸索到凱西莫多的靈魂；如果我們能進入他畸形結構的深處，用一支火把照亮他渾濁的器官，探索這個幽深生命的內部、探明每個陰暗的角落和荒唐的死路、用強光照亮鎖在獸穴深處的心靈，我們就可以發現不幸的靈魂所處的狀態：扭曲、佝僂，如同威尼斯大獄，人稱鉛礦中的囚徒，在石匣般低矮的水牢裡，永遠彎著腰直到死去。

如果身體殘缺，精神肯定也隨之萎縮。凱西莫多模糊地感覺到在裡面有個和他相似的靈魂。外界事物的印象經過周折才到達他的內心。他的大腦比較特殊，進入後又出來的想法都被扭曲了。經過折射後的思維是散亂歪曲的。

由此會產生千萬次視覺幻影、判斷錯亂、思想偏差，時而他是個瘋子，時而他就是個傻子。

這樣悲劇的思維結構註定的結果，首先就是他看事物時會受到干擾。他幾乎接受不到任何直接的感知。世界對他來說好像比對我們要遙遠得多。

這種不幸的第二結果，就是把他變成壞人。

他確實凶狠，因為他野蠻，而野蠻是因為長得醜陋。他的天性如同我們，也有一定的邏輯。

他的力氣驚人，也是凶狠的原因。英國哲學家霍布斯曾說，**強壯的孩子都凶狠**[2]。

但是，說句公道話，也許他的本性並不凶惡。自從他在社會上走出第一步，他便感覺到——後來就能看到——自己處處受他人唾棄、侮辱、排斥。在他看來，人類的語言是用來嘲笑或是詛咒他的。在成長的過程中，他發現身邊只有仇恨。他便收下了這份仇恨，將它化為己用。他撿起了別人傷害他的武器。

到頭來，他只有不得已時才會扭頭看人。主教堂就是他的伴侶和安慰。主教堂到處有大理石雕像，國王、聖人、主教，至少不會見到他就笑，總是用安詳親切的目光望著他。其他的雕像，無論是怪獸還是魔鬼，對凱西莫多並不憎恨。因為他和它們如此相像，它們只會嘲笑他人。聖人是他的朋友，在保佑他；鬼怪也是他的朋友，在保護他。所以，經常一連幾個小時，他會蹲在一座雕塑前，和它孤獨地對話。一旦有人出現，他就會逃走，好像一個正在唱情歌的求愛者突然被人撞見。

對他而言，主教堂不僅是社會，還是世界，也是整個大自然。看著永遠百花盛開的彩繪玻璃窗，

2 原文為拉丁文。

撒克遜式拱柱上的枝葉和鳥雀、教堂兩座巨大的鐘樓，以及鐘樓腳下如潮水般的巴黎城，他不會憧憬牆邊的果樹、牆外的樹蔭、高山和大海。

在這座慈母般的建築中，他最愛兩座鐘樓。它們喚醒他的靈魂，會讓他展開曲捲在鐘樓洞穴中的翅膀。最能給予他幸福的是鐘樓上的那些大鐘。他愛它們，撫摸它們，對它們說話，懂得它們的心事。從大堂十字窗上尖塔內的排鐘到大門上的巨鐘，他對它們深深眷戀。十字窗上的鐘樓、兩座鐘塔，好像是三個大鳥籠，而他餵養的鳥兒只為他一個人歌唱。雖然這些鐘將他震聾，然而他像所有的母親一樣，最疼愛讓她最為痛苦的孩子。

鐘聲是他唯一能聽到的聲音。他鍾情於那口最大的鐘。節日來臨的時候，在圍著他吵吵嚷嚷、賣弄風姿的姑娘中，他最喜歡的還是這口大鐘。她名叫瑪麗，獨自和妹妹雅克麗娜待在南鐘塔裡。後者比她小，並肩掛在一座比她的架子小一點的架子上。雅克麗娜的取名源於將這口鐘贈送給聖母院的讓·德·蒙田居的妻子，儘管如此虔誠，蒙田居後來還是上了鷹山當了無頭鬼。第二座鐘樓裡有六口鐘，然後，還有六口更小的鐘和一口木鐘掛在十字窗上的尖塔內，那口木鐘一年只響一次，復活節前的星期四晚飯後，直至復活節瞻禮前一日的清晨才能敲響。凱西莫多一共有十五位妃嬪，其中最得寵的妃子就是胖瑪麗。

很難想像，鐘聲齊鳴的日子裡，凱西莫多是何等快樂。當副主教讓他開始，說聲「去吧」，他便急忙爬上鐘樓的螺旋形梯子，快過任何下樓梯的人。他氣喘吁吁地鑽進四面臨風的大鐘室，尊敬而又愛慕地端詳它一會兒，然後柔情地對它說話，鼓勵地用手拍拍它，好像它是即將長途奔馳的駿馬。他心疼它將要承受的疲勞。這樣撫摸後，他便呼叫站在鐘樓下一層的助手啟動。他們趕緊將身體吊在鐘繩上，絞車軋軋作響，帽狀的巨鐘便緩慢地晃動。凱西莫多的心在怦怦地跳，兩眼緊盯著大鐘。鐘舌與青銅鐘壁相撞時，他爬上去的木樑也隨著顫動。凱西莫多在與大鐘共鳴。「哈哈！」他瘋狂地笑出來。低沉的鐘聲越來越快，隨著大鐘擺動的角度張開，凱西莫多的眼睛也越睜越亮，他的目光像在燃燒。終於鐘聲轟鳴，整座鐘塔在顫動，木樑、鉛頂、石塊，從地基的木樁到塔尖的三葉草雕飾，都在咆哮。這時候，凱西莫多熱血沸騰，從頭到腳都隨著鐘塔顫動。大鐘，瘋狂地、激憤地，向鐘塔的左右側壁來回甩動它的青銅大口，噴出風暴般的呼氣，遠方都能聽到。凱西莫多站在血盆大口前，隨著大鐘的運動，時而蹲下，時而站起，呼吸著那讓人無法承受的聲響，一會兒向腳下兩百步處人群密集的廣場望去，一會兒打量在他耳邊分分秒秒轟鳴的巨大銅舌。這是他唯一聽到的話，唯一能打破宇宙沉寂的聲音。他放鬆自在如同鳥雀在愜意地曬著太陽。突然，大鐘的癲狂感染了他，他的眼睛炯炯發光，好像蜘蛛等待撲食蒼蠅，待到低音鐘蕩過來，他突然跳上去。於是，他懸在深淵之上，被大鐘驚人的擺動甩來甩去，抓住青銅巨大怪異的耳朵，雙膝緊夾，腳後跟猛踢，被他的衝擊力和身體的重量所推動，轟響更瘋狂了。鐘塔在擺動，他在咬牙狂呼，紅色的頭髮倒豎，胸膛裡發出風箱般的聲音，眼睛在噴火，怪獸般的大鐘在他的駕馭下打著響鼻狂嘶。此時此刻，聖母院的低音鐘還有凱西莫多本人，都變成夢幻、旋風、騎著音響飛奔的眩暈，策馬狂奔的幽靈，半人半鐘的魔怪，可怕的阿斯托夫，騎著鷹翅馬身的青銅怪獸在飛奔。

這個神奇的生靈讓整座主教堂充滿了某種難以描述的生機。至少越來越多的民眾迷信這個說法，好像他身上散發著某種神祕，讓聖母院中所有的石頭都有了活力，古老教堂的五臟六腑都運作起來。只要他在其中，大家就會覺得走廊中和大門上方千百座雕像活了過來。這大教堂確實宛如一個服從他的活物，只等他的命令才會敞開粗獷的嗓門。凱西莫多如同一個精靈，控制占領了聖母院，也可以說，他能給這座宏偉的建築物帶來呼吸。的確，到處都能看到他，他彷彿能分身到教堂各處。有時，有人驚恐地望到一個侏儒在塔的頂端攀援、蛇行、四腳匍匐，探身向深淵跳去，從一個突角躍到另一個突角，掏某個蛇髮魔女雕像的肚子：那是凱西莫多在清除烏鴉窩。有時，有人會在教堂某個陰暗角落撞見活怪物，抑鬱地蹲著：那是沉思的凱西莫多。有時，有人會發現鐘塔裡一個龐大的腦袋和四隻畸形的手腳，吊在一根鐘繩的末梢拚命搖盪：那是凱西莫多在敲晚禱鐘或禱告三鐘。夜晚時分，大家經常可以看見一個醜陋的身影飄遊在塔頂和後廊處如同鏤空花邊的圍欄上：那還是聖母院的駝子。於是，周邊的居民都說，整座教堂變得陰森古怪、神出鬼沒。這裡、那裡有睜開的眼睛和張開的嘴。大家能聽到那些伸著頸、咧著嘴，日夜守護著恐怖教堂的石犬、石龍、石蟒在嚎叫。每當聖誕之夜，大鐘咆哮著，召喚信徒參加午夜燭光彌撒，教堂畸形的正門就彌漫著一種氣氛，好像高大的門廊在吞吃眾人，而那玫瑰花窗都瞪著眼睛在觀看。這一切恰恰源出凱西莫多。古埃及會把他當作神廟中的神、中世紀認為他是魔鬼，而其實，他是教堂的靈魂。

因此所有知道凱西莫多故事的人都會覺得今天的聖母院一片荒蕪，毫無生氣。世人能感覺到凱西莫多消逝後的空白。這尊龐大的軀體空空如也，像一具骨骸；靈魂離它而去，還能看到靈魂的遺址，好比目光消失後，骷髏頭上的兩隻眼窩。

IV 狗與主人

只有一個人，凱西莫多對他既不憎恨也不捉弄，愛他甚於聖母院。此人就是克洛德·弗洛羅。

道理很簡單。克洛德·弗洛羅抱養了他，餵養了他，將他帶大。小時候，每當狗和孩子追著他狂吠，他會逃到克洛德·弗洛羅的兩腿之間。克洛德·弗洛羅教他說話、認字、寫字。是克洛德·弗洛羅使他成為敲鐘人。把大胖鐘嫁給凱西莫多，把茱麗葉許配給羅密歐。

所以凱西莫多的感激之情深厚，熾熱，沒有界限。雖然養父嚴厲的面孔經常是陰沉沉的，雖然他說的話是簡短、生硬的命令，凱西莫多的感激之情卻從未停止。凱西莫多是副主教最馴良的奴隸，最溫順的僕人，最警覺的猛犬。當可憐的敲鐘人耳聾後，他和克洛德·弗洛羅之間開始使用一種只有他們兩人才明白的手語。副主教是唯一還能和凱西莫多交流的人。人世間，凱西莫多只在乎兩樣東西：聖母院和克洛德·弗洛羅。

沒有什麼能夠比得上副主教對敲鐘人的影響力，也沒有什麼能夠比得上敲鐘人對副主教的依賴。只要克洛德一打手勢，凱西莫多想到能讓副主教高興，就可以從聖母院鐘塔上跳下來。凱西莫多擁有如此強大的力量，卻能夠心甘情願地為另一個人服務，非常不可思議。這無疑是孝順的親情、奴性的服從，也是一個精神境界對另一個精神境界的迷戀。這是一個貧瘠、愚蠢、笨拙的肉體，低著頭、滿眼哀求地臣服於一個高級、深邃、強大而有智慧的思想。當然，最終還是因為感恩之心，沒有底線也無可比擬。這種美德已經不為世間所承認。所以說凱西莫多對副主教的愛，超越狗、馬、大象對其主人的忠心。

V 克洛德・弗洛羅（續）

一四八二年，凱西莫多大概有二十歲，克洛德・弗洛羅三十六歲：一個長大了，另一個衰老了。

克洛德・弗洛羅已不再是道合希學院的普通學生、小孩子的保護者，浮想聯翩、喜歡做白日夢、知識淵博又稚嫩無知的年輕哲學家了。如今他變成一個嚴峻、莊嚴、陰鬱的教士，是百姓靈魂的監管，是若札副主教大人、巴黎主教的左膀右臂，領導著蒙列奇和夏託福兩個教區、一百七十四位鄉村神父。他是威嚴而陰森森的大人物。當他沉思著交叉雙臂，威風凜凜地將頭搭在胸前，大家看不到他的臉，只見他的禿頭。他慢慢地從唱詩班所在尖拱頂下走過，身穿白長袍和禮服的唱詩孩子、聖奧古斯丁教堂的修道士、聖母院的教士，都誠惶誠恐地顫抖。

誠然，唐・克洛德・弗洛羅並沒有放棄研究，也沒有忽略對弟弟的教育，這是他人生的兩大任務。然而，隨著時光的流逝，兩件甜蜜的事情也有了幾分苦澀。正如倫巴底歷史學家保羅・第亞克所言：日子一久，最好的豬油也會發霉。小若讓・弗洛羅頂著「磨坊」的外號，因為在磨坊中被帶大，並沒有按照哥哥克洛德為他策畫的方向發展。哥哥期待他成為一個有信仰、有紀律、有學問、有品德的學生。弟弟卻像那些辜負了園丁辛苦勞動的小樹，非要朝著空氣和陽光生長。弟弟越長越壯，枝幹越來越濃密，披了一身漂亮懶惰、無知、放蕩的枝葉。他是名副其實的魔頭、無條理無紀律，讓唐・

弗洛羅皺眉頭，然而他機靈幽默，也能讓哥哥微笑。克洛德把他送入自己最早學習和幽居過的道合希神學院，讓克洛德心痛的是，這個曾塑造了弗洛羅的神殿，現在卻被另一個弗洛羅玷汙。幾次為此事他嚴厲而良久地痛斥若讓，若讓勇敢接受。其實他雖然無賴卻很善良，很多喜劇人物就是這樣設定的。然而，訓斥完畢，他依然我行我素，繼續折騰造反。一會兒他將新入學的「雛鳥」狠揍一番，這個歡迎新生的傳統一直保留到今天；一會兒，他煽動衝入小酒館喝酒的學生，他們像「聽到號角般」[1]，用棍子進攻，痛打老闆，然後不但將酒館洗劫一空，還推翻了酒窖裡的酒桶。道合希學院的副學監用拉丁文寫了一份漂亮的報告，無奈地送給唐．弗洛羅審閱，還痛心地加上這個注釋：「鬥毆起源於美酒」[2]。另外，人家還議論說，若讓才十六歲，就已經常出入到處是賭場的格拉提斯街那裡胡鬧了。

因為這些事，克洛德心灰意冷對人情絕望，越發狂熱地投入到自然科學鑽研中——至少科學不會嘲笑你，總是和付出成正比，儘管也許賺不到什麼錢。所以，他的知識越來越豐富，同時，自然而然的，作為教士他越來越苛刻，人也越來越憂鬱。對我們每一個人來說，智慧、品德和性格會平行地持續發展，只有生活中受到嚴重的挫折時才會中斷。

早在青年時期，克洛德．弗洛羅就幾乎涉獵了一切實證的、外在的、合法的自然科學。除了原地轉圈式[3]的鑽研會讓他止步外，他不斷地尋找糧食以滿足他永遠如飢似渴的大腦。用「自食其尾的蛇」這個古代符號來象徵知識非常貼切。聽說克洛德．弗洛羅對此有所體會。幾個正經的人確認說克洛德在學盡了正面的人類知識後，竟大膽地進入了魔鬼的屆域。據說，把智慧樹上結的蘋果嘗遍後，因為還是飢餓，或者是厭煩，他終於咬了禁果。正如讀者所見，克洛德參加過索邦大學神學家的講座、仿效聖伊萊爾的思想家集會、教諭學家效仿聖馬丁的辯論，或是醫學家在聖母院聖水盤前的聚會。凡是這四大學科能為一個人的大腦設計和提供的菜肴，他都一口吞下，雖然吃飽了卻依然感到飢餓。因此，他繼續向前挖掘，直到鑽到具體而有限制的自然科學的國界之下。不惜拿自己的靈魂冒險，到地窖裡的星象家、煉金師、方士們的神祕桌前坐下。這種桌子的另一端曾是中世紀的阿維羅埃斯、巴黎的吉約姆和尼古拉·弗拉梅爾。在七枝杈大燭臺的照耀下，桌子一直延伸到東方的所羅門、畢達哥拉斯和瑣羅亞斯德。

無論真假，至少大家是這麼想的。

副主教經常去聖嬰公墓，這倒是真的。他的父母和一四六六年死於瘟疫的人都葬在那裡。確實，一四六六年那場瘟疫的死難者都埋葬在那裡。然而，他對父母墳上的十字架並不顯得非常虔誠，卻對旁邊尼古拉·弗拉梅爾及其妻子克洛德·百合奈爾的墓上奇怪的塑像頂禮膜拜。

人家經常會看到副主教走在倫巴底人街邊，悄悄溜進一幢位於作家街和馬里沃街夾角的小房裡，此事千真萬確。這是尼古拉·弗拉梅爾蓋的房子，他大概於一四一七年死在其中，然後就荒置著，慢慢地變成廢墟。國內外的方士和煉金師都到這裡來參觀，在牆上刻名留念，把牆都破壞了。有鄰居肯定地說有一次從小天窗上看見克洛德副主教在兩個地窖裡挖地掘土，這地窖的拱壁被尼古拉·弗拉梅

1、2 原文為拉丁文。

3 原文為拉丁文，出自奧維德的《變形記》，V，四六三。

爾塗遍詩詞和象形文字。兩百年來，大家認為這兩個地窖裡埋著弗拉梅爾的點金石，從馬吉斯特里到太平神父，所有煉金師都去刨土，將地面殘忍地翻個底朝天。在他們的蹂躪下，房子漸漸地成為灰土。

另一件事也確鑿無疑：副主教對聖母院飾滿象徵符號的大門異常地熱愛。這座大門，是巴黎主教吉約姆用石頭書寫的一部魔法書。建築物的其餘部分是一部永恆的神詩，然而他卻給這部詩篇加了一個邪惡的扉頁，僅僅因為此事，他就會下地獄。大家還說，克洛德副主教還仔細研究過聖克利斯朵夫巨像，這尊巨像神祕地屹立在主教堂廣場的入口處，群眾稱它為灰先生。然而大家能夠看到的，是克洛德久久地坐在廣場護牆上，不厭其煩地觀望著教堂大門上的雕像，時而打量著那群倒著舉燈的瘋傻處女，或正著舉燈的智慧處女，時而隨著左門上烏鴉的視角，尋找牠的視線落到教堂中的神祕點。如果煉金石不在尼古拉·弗拉梅爾的地窖裡，就是藏在烏鴉所指的地方。在這裡補充一句，這座教堂可以說命運奇特。克洛德和凱西莫多兩個人截然不同，從兩個不同的層次上喜愛聖母院。人性殘缺的凱西莫多，愛聖母院的美麗、雄偉、和諧；想像力豐富而博學的克洛德，愛聖母院的象徵符號和神話傳說，以及它所隱藏的內涵，比如大門上的雕塑映射的真理，好像隱跡羊皮書中的原稿藏於後來稿的文字下。總之，克洛德鍾情於聖母院神祕持久地向智慧提出的挑戰。

在俯瞰河灘廣場的兩個鐘塔的鐘籠側面，他給自己設置了一間密室，任何人包括主教在內，沒經他同意不許進入，此事已經為人認證。這間密室最初是貝桑松的雨果主教[4]為了施魔法而建的，幾乎位於鐘塔頂端，與烏鴉巢為伴。密室藏著什麼，無人知曉。大家在夜晚時分，經常能從河灘廣場上眺望到鐘塔背面的小窗洞透出的紅光。紅光時隱時現、斷斷續續，彷彿隨著風箱的扇動而喘氣，更確

唉，
他是唯一的觀眾！

每個世代都有一群這樣的人，
雖然世事變遷卻堅守不變。

永恆的法則規定，

和諧才能創造力量和美麗，

然而這裡卻發生了意外。

獨眼龍比瞎子還慘，
因為他知道自己缺了什麼。

她時而是瘋女，
時而是女王。

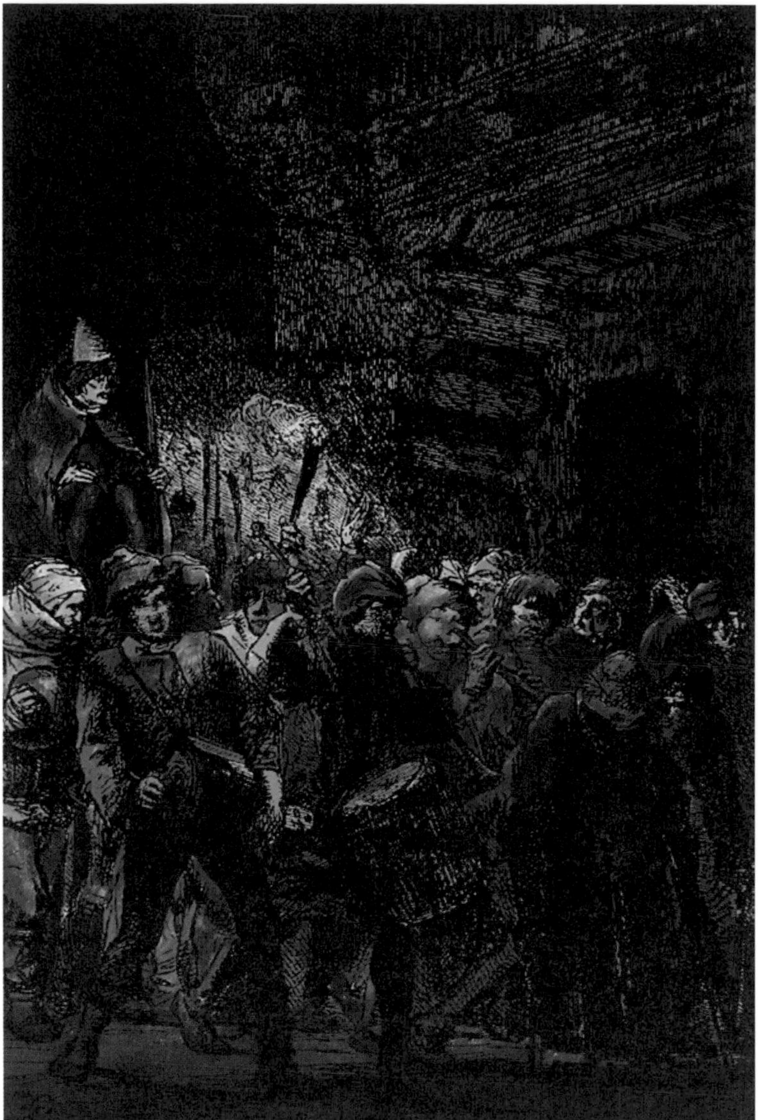

他們終歸是民眾，
而他是教皇。

這是一個未知的、未聽說的、畸形的、擠滿爬行動物的奇幻世界。

黑夜使他繳械最有威脅性的武器：
他的醜陋。

如果我存在，這一切是否存在？
如果這一切存在，我是否存在？

自古以來的權利，
都是因為人民去爭奪，
國王才會放棄。

你的小茅屋讓我疲乏的目光得以休息，
讓我忘記巴黎！

「怎樣才能取得您的歡心？」
——「必須是個男子漢。」

我只能愛一個能夠保護我的男人。

強大的城市連續撐破了四道圍欄，
像一個長大的孩子，
撐破了童年的衣裳。

世界對他來說好像比對我們要遙遠得多。

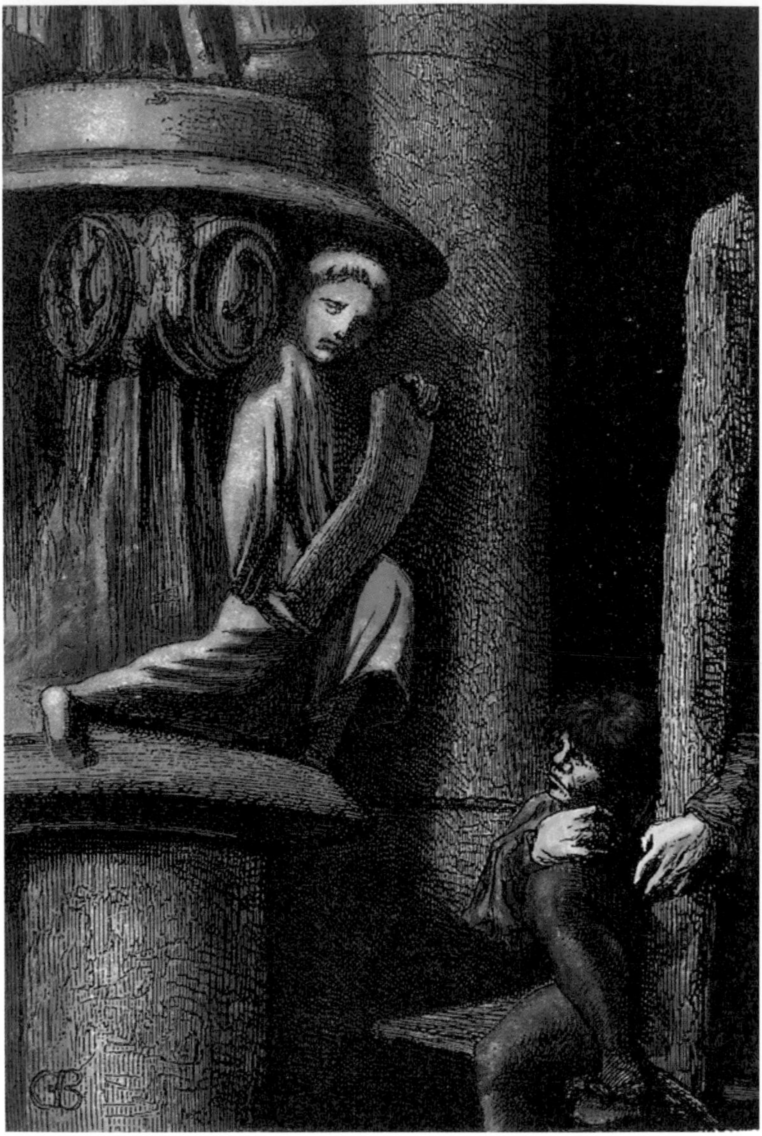

聾子就是荒謬。

切地說是火焰在閃爍，間隔短暫卻也均勻。黑暗中，如此的高處，這是一種特殊的氣氛，女人就說：「副主教在吹氣呢，那可是地獄的煉火！」

這一切還不足以證明副主教的巫術。不過，像俗語所說，如果起了煙，就會有人說有火，所以副主教的名聲駭人。我們只能說，埃及人的方術、招魂術，還有魔術，即使是白道的、完全無辜的，在聖母院宗教審判團面前，副主教就是巫術的敵人、揭發者，沒有人比他更為凶狠、更為無情。不管他是真心的憎惡，還是做賊喊捉賊，在聖母院的博學的眾教士看來，副主教是個敢於在地獄門廊中探險、在猶太祕教中迷失、在邪術的黑暗中鑽研的人。群眾也沒有誤認他。有洞察力的人都認為，毫無疑問，凱西莫多是魔鬼，克洛德·弗洛羅是巫師，敲鐘人服侍副主教一段時間後，日期一到，就會把他的靈魂作為報酬帶走。雖然副主教生活清苦刻板，對善良普通人來說，他的名聲卻很臭。任何一個虔誠的信徒，有一點生活經驗，就能嗅出他是個巫師。

隨著年齡的增長，如果說他的學識中出現了大裂縫，他的心靈深處其實也處於同樣狀態。只要觀察他的臉，就會發現他的靈魂被黑雲繚繞著，不然為何他禿了頂，總是低垂著腦袋，胸膛發出歎息呢？是怎樣祕密的思想使他的嘴角上浮現出辛酸的微笑，讓他的雙眉緊鎖，如同兩頭要搏擊的公牛？為什麼他剩下的那點頭髮也變白了呢？偶爾，他的眼中突然迸發出火焰，使他的眼睛看起來像火爐內壁的坑洞，這是什麼樣的火在煎熬他的內心呢？

4　一三二六—一三三二年為主教。

故事發生的時候，他的內心衝突異常激烈。不止一次，唱詩班的孩子發現他在教堂裡獨自一人，目光怪異、炯炯發亮，嚇得他們撒腿就跑。很多次做禮拜的時候，鄰座的教士聽見他在唱「讚美雷霆萬鈞之力」時，插入了令人難以理解的歌詞。更有很多次，負責給神父洗衣的河灘洗衣婦驚恐地發現：若札副主教大人的白色教衣上有指甲撕過、手指掐過的痕跡。

他越來越嚴肅，比任何時候表現得更為突出，是眾人的典範。因為他的職業，也由於他的個性決定他從來都遠離女性；好像現在比以往更加憎恨她們。女人絲綢長裙的簌簌聲，都能讓他拉下風帽遮住眼睛。在這一點上，他是如此苦修和嚴厲，以至於一四八一年十二月博熱公主、國王的女兒，前來參觀聖母院修道院時，他竭力阻止她入內，提醒主教一三三四年聖巴泰勒瞻禮日前一天頒布的黑皮書中的規定，禁止「女人，無論老幼貴賤，進入修道院」。為此，主教不得不引用教皇使節奧多的命令回答他：「某些婦女高貴崇高，如遭到拒絕，將被公眾視為醜聞。[5]」然而副主教依然反駁說教皇使節的命令是一二〇七年頒發的，比黑皮書早一百二十七年，所以算是被黑皮書廢除了。他拒絕在公主面前露面。

另外，大家也發現，近來他更加憎惡埃及女人和茨岡女人。他要求主教下令，嚴禁波希米亞女人在教堂廣場上跳舞和敲手鼓。他還翻閱宗教審判所發霉的檔案，搜集有關男女巫師利用公羊、母豬或母羊行使巫術而被判處火刑或絞刑的案子。

5 原文為拉丁文。

VI 被眾人唾棄

上面已經講到，聖母院周邊大大小小的居民對副主教和敲鐘人甚為厭惡。每當克洛德和凱西莫多一同外出——這已經發生過很多次了，只要人家看到他倆結伴而行，僕人跟隨著主人，穿過聖母院旁狹窄、潮溼、陰暗的小街，就會用詛咒、諷刺、辱罵騷擾他們，除非克洛德·弗洛羅昂首而行，露出嚴厲甚至威嚴的前額，讓那些嘲弄的人嚇得閉上嘴。

在他們居住的街區，兩人就像詩人雷尼埃所說的詩人：

各式各樣的人追隨著詩人，
如同黃鳥尖叫著追隨貓頭鷹。[1]

一下是個尋開心的淘氣毛孩子，冒著被分肢的危險，拿一支別針扎進凱西莫多的駝背裡；一下是

1 雷尼埃，《諷刺詩歌》，XII，四九—五〇，形形色色的人。

個漂亮的姑娘，厚著臉皮，嘻嘻哈哈，與黑袍教士擦身而過，對他唱起嘲弄的歌曲：「往哪裡躲，往哪裡躲，抓住魔鬼啦。」有時，一群尖牙利嘴的老太婆，高高低低地坐在陰暗門廊下的臺階上，看到副主教和敲鐘人路過，就大聲抱怨，用叫罵歡迎他們：「哼！這個人的靈魂和另一個人的身體長得一樣！」然後還有一幫學生和玩扔石子跳房子的孩子，齊身起立，古典地用拉丁語向他們致敬：「哎！克洛德與瘸子[2]。」

其實，很多時候，神父和敲鐘人根本聽不到叫罵聲。凱西莫多是聾子，而克洛德則想著自己的事。

2 原文為拉丁文。

第五卷

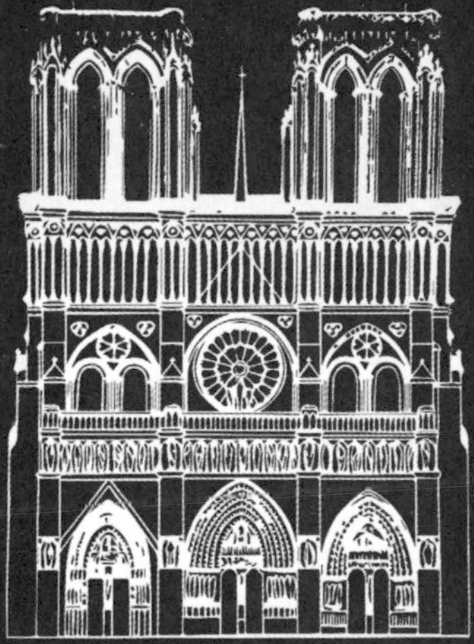

I 幸運的聖馬丁修道院院長[1]

唐·克洛德的名聲眾人皆知。大概就在他拒絕與博熱公主會面的那個時期，有人慕名來訪，令他久久難忘。

那是一個晚上。他誦完晚經，剛回到聖母院修道院自己的單人小室中。這間小屋，除了丟在角落裡幾個盛滿像火藥類可疑粉末的小瓶子外，絲毫沒有什麼奇怪和神祕之處。牆上書寫著種種文字，是些名家的科學言論或是祈禱箴句。一盞三個燈嘴的銅燈在閃爍，副主教面對著一座堆滿手稿的桌櫃坐下來，手肘撐在攤開的奧諾里烏斯·德·奧頓的著作《論命定與自由意志》[2]上，若有所思地翻開剛剛拿來的一本對開印刷書，它是房間中僅有的出版物。正當他浮想聯翩，有人敲他的門。

「何人？」他大聲問，聲音是學者的儒雅，而語氣猶如一隻啃骨頭的餓狗被人打斷。

室外有人回答：「您的朋友雅克·高易可節。」

他打開門。

果然是國王的醫生。此人五十歲左右，一臉凶相，只有狡黠的目光讓他略微顯得柔和。另有一人陪著他。兩人都裹著深灰色內鑲灰鼠皮的大衣，緊紮著腰帶，頭戴同樣料子和顏色的帽子。他們的手被袖子遮著，腳被大衣下襬遮著，眼被帽子遮著。

「兩位先生，上帝保佑！真沒想到這麼晚還有貴客光臨！」副主教邊說邊請他們入室。他雖然滿嘴堂皇之詞，卻用不安的眼光打量醫生和他的同伴。

「拜訪蒂爾夏普的克洛德·弗洛羅這樣偉大的學者，永遠不會太晚。」高易可節醫生回答。他的弗朗什-孔泰的口音，將每句話都拉了長音，如拖地晚禮服一樣莊嚴。

於是醫生和副主教就開始你一言我一語地相互恭維祝賀，這在當時是學者交談之前客套的開場白，並不影響他們在熱烈的氣氛中互相憎恨。不過，今日依然如此，所有的學者，當他恭維另一位學者時，他的話是加了蜜糖的苦膽汁。

克洛德·弗洛羅主要是祝賀雅克·高易可節這位尊貴的醫生能夠撈取許多物質收益。在他令人嫉妒的職業生涯中，每次國王生病都是他點石為金的機會，比尋找點金石的成功率更高。

「說真的，高易可節大夫先生，得知您的侄子、尊敬的皮埃爾·維爾塞大人升了主教，我欣喜萬分。他不是當了亞眠地區的主教嗎？」

「是的，副主教大人，感謝上帝恩典和慈悲。」

「您可知道，耶誕節那天，您走在審計院同僚的最前面，氣色好極了，主席大人？」

「是副主席，唐·克洛德。不過如此而已。」

「在聖安德列·德·阿爾赫街您的漂亮府邸蓋完了吧？就是一座羅浮宮！我很喜歡雕刻在大門上

1、2 原文為拉丁文。

象徵著高易可節家族的杏樹。」

「唉！克洛德大師，房子裝修太花錢了。等房子蓋成的時候，我也要破產了。」

「呃，您不是有監獄和司法宮典吏的薪水，還有克洛菊領地上全部的房屋、攤位、木棚、店鋪的租金嗎？那是一頭可以擠奶的好牛！」

「今年，我在博西的領地可沒帶來什麼收入。」

「但您在特里埃勒、聖詹姆斯、聖傑曼昂萊的過路稅，一直非常豐厚。」

「才一百二十里弗爾，還不是巴黎幣。」

「您是國王的顧問，這可是個固定的收入。」

「是啊，克洛德教友，可是該死的博利尼領地，被大家炒作得沸沸揚揚，其實一年好一年壞，平均下來，收入還不到六十埃居金幣。」

唐．克洛德對雅克．高易可節的頌揚帶著譏諷、刻薄和揶揄的口吻。他的微笑，憂鬱而冷酷，如同一個高等而不幸的人，為了開心，取笑一個大俗人的富裕。對方居然沒有發覺。

最後，克洛德握著雅克的手說：「用靈魂起誓，看到您身體如此健康，我真是高興。」

「謝謝，克洛德大師。」

唐．克洛德突然喊：「對啦，您那位皇家病人身體情況如何？」

醫生看了他的同伴一眼，回答說：「他不好好酬謝他的醫生。」

「您這麼認為嗎？高易可節教友？」這位同伴說。

他驚訝又責備地說出這句話，不由得引起副主教對這位陌生人的注意。其實，自從陌生人跨入門檻起，副主教就一直都沒有忽略他。雖然，他有充分的理由善待國王路易十一的這位有權有勢的雅克・高易可節醫生，並且准許他帶個人進門，但當他聽到雅克・高易可節說以下話時，他的臉色並沒有因此熱情起來。

「對了，唐・克洛德，我帶來一位教友，他慕名而來。」

「先生也是學術界的？」副主教問，他犀利的目光盯著雅克的同伴，發現陌生人雙眉下的目光和自己的一樣犀利和警惕。

在微弱的燈光照耀下，可以看出這是個六十歲左右的老頭，中等身材，一副被病魔折磨後摧枯拉朽的模樣。他的側面剪影，儘管是市民的線條，但具有某種威嚴和嚴厲，隆起的眉弓下，眼睛閃閃發光，好像從獸穴深處射出的光；帽子拉到鼻子上方，讓人感到帽子遮擋著一位天才的前額和他的宏偉計畫。

他親自回答副主教的疑問，聲音低沉地說：「尊敬的大師，您的大名一直傳到我的耳中。我想向您求教。我是一個卑微的外省鄉紳，脫了鞋才敢走進那些學者的家中。您應該知道我的名字，我是杜朗夠教友。」

「一位貴族有這樣的姓氏，很奇怪！」副主教思索著。然而他覺得自己面對著一個強有力的大腦。他的聰明才智讓他本能地猜測杜朗夠教友皮帽下腦袋裡裝的智慧並不在自己之下。他打量著這張嚴肅的面孔。當副主教見到雅克・高易可節上門拜訪，滿面愁容的他一直嘲諷地咧嘴，現在，他的嘲笑消失了，好像夕陽漸漸消失在黑暗的地平線上。他坐在扶手椅上，滿面陰鬱，一聲不吭。他的手肘支撐在桌面習慣的點上，手掌托著前額。他沉思片刻之後，做手勢請兩位客人坐下，向杜朗夠教友問道：「大師，不知您想諮詢哪方面的學問？」

杜朗夠回答道：「尊敬的教長，我身染重病。聽說您是偉大的醫藥神阿斯克勒庇俄斯再世，我想向您請教一個醫學問題。」

「醫學！」副主教搖頭說。他看起來冥想了一會兒，又說：「杜朗夠教友，既然這是您的名字，請轉過頭去。您看我的答案寫在牆上。」

杜朗夠服從他的建議，讀到頭頂上方刻在牆上的一句話：「醫學是夢幻的女兒──讓普利克。」雅克．高易可節被他同伴的問題氣壞了，又聽到唐．克洛德的回答更加怒火沖天。為了不讓副主教聽到，他對著杜朗夠的耳朵低聲說：「我早就提醒過您，他是個瘋子。您非要來看他！」

「因為這個瘋子很可能很有道理，雅克醫師！」教友苦笑著，用同樣的聲調回答。

「隨您的便吧！」高易可節生硬地反駁。然後他轉向副主教說：「唐．克洛德，您的醫術高明，神醫希波克拉提斯難不倒您，好像一粒榛子難不倒一隻猴子。醫學是夢！如果藥物學家和醫學大師在場的話，他們一定會用石頭砸死您。因此您否認湯藥對血液的影響、膏藥對皮肉的作用！您否認上帝為了醫治被稱為『人類』的永恆患病者，而創造了由花草和礦物所組成的被稱為『世界』的永恆藥房！」

唐．克洛德冷冷地說：「我既不否認藥房，也不否認患者，我否認的是醫生。」

「聽您這麼說，痛風是體內的皮疹、傷口敷上烤鼠可以治傷、老血管適當注入新生的血液可以恢復青春，這些都是荒唐！二加二等於四，角弓反張後是前弓反張，這些也是假的了！」高易可節火氣很大地說。

副主教面無表情地回答：「有些事我另有看法。」

高易可節氣得紅了臉。

杜朗夠教友說：「算了，我的好高易可節，別生氣！副主教大人是咱們的朋友。」

高易可節安靜下來，輕聲嘟囔說：「反正他是個瘋子！」

杜朗夠教友沉默一會兒說：「天啊，克洛德大師，您讓我真不好意思。我是來向您求教兩件事的：一件是我的健康，另一件是我的星象。」

副主教回答說：「先生，如果這就是您的意圖，您不應該氣喘吁吁地爬樓梯到我這裡。我不相信醫學，不相信星象學。」

教友驚訝地說：「真的？」

高易可節勉強地一笑，悄聲對杜朗夠教友說：「明擺著他是瘋子。他不相信星象學！」

唐·克洛德接著說：「只是想像每道星光是拴在每個人頭上的一根線罷了。」

「那您信什麼呢？」杜朗夠教友高聲說。

副主教猶豫了一會兒，臉上浮現出一絲陰沉的微笑，好像在否定自己的回答：「**相信上帝。**[3]」

杜朗夠教友畫了個十字，補充道：「**我們的主。**[4]」

「阿門。」高易可節說。

3、4 原文為拉丁文。

教友接著說：「尊敬的神父大師，您的虔誠之心照亮了我的靈魂。但您是位大學者，您因此而不相信科學嗎？」

「不是的。」副主教回答道。他抓住杜朗夠教友的手臂，陰鬱的目光中迸發出炙熱的光芒：「我並不否認科學。多年來，我在地上匍匐前行，指甲插在土裡，爬過洞穴中無數的分叉，並不是沒有看到在前方遠處、黑暗的盡頭，有一點光、一道火焰，等等，大概就是中央實驗室奪目的反光，就是病人和智者都驚訝地看到的只屬於上帝的實驗室。」

杜朗夠教友打斷他問：「那麼您發現了什麼是真實和實在的呢？」

「煉金術。」

高易可節高聲說：「老天！唐・克洛德，毫無疑問煉金術有其道理，但為什麼咒罵醫學和星象學呢？」

「你們對人的研究是虛無的！你們對天的研究也是虛無的！」副主教武斷地說。

「這是對醫學聖地埃比道須思和天文學聖地迦勒底的不敬。」醫生冷笑著反駁。

「請聽我說，雅克大人，我真心地告訴您。我不是國王的醫生，國王也沒有將迷宮花園賞給我來觀測星空，您別生氣，聽我說。您發現了什麼真理——我不是指醫學方面，因為太荒唐——，而是指星象學。請您講講古希臘縱行牛耕式方式的特性、齊羅弗數字與齊弗羅德數字的發現吧。」

高易可節說：「難道您否認鎖骨的感應力？而神通術就是從其中產生的。」

「這是錯誤的，雅克大人！您的那些配方沒有一個可以實現。然而煉金術卻有所發現。您能否定這些成果嗎：冰埋在地下一千年就變成水晶；鉛是各種金屬的鼻祖（黃金不是金屬而是光），鉛只需經過兩百年為週期的四個階段，就從鉛變為紅砷、從紅砷變為錫，再從錫變為白銀。難道這不是事實嗎？但是，相信鎖骨、滿線、星宿，如同古代大中國的居民相信黃鸝會變成鼹鼠、麥種會變成鯉魚一樣滑稽可笑。」

高易可節喊道：「我研究過煉金術，我肯定……」

慷慨激昂的副主教，不許他說完就打斷說：「而我研究過醫學、星象學和煉金術。真理就在這裡（說著他就把一個我們在前面講過的裝滿粉末的小瓶放在桌櫃上），光明就在這裡！希波克拉提斯，是夢幻；掌管天文學和幾何學的烏拉尼亞，也是夢幻；神的使者赫爾墨斯，是一種想像。黃金，是太陽；創造黃金，就是上帝。這才是唯一的學問！告訴您，我研究過醫學和星象學，全是虛無，虛無！人體是一片黑暗，星宿也是一片黑暗！」

他坐回椅子，充滿力量和激情。杜朗夠教友默默地注視著他，高易可節強作冷笑，微微聳肩，輕聲重複道：「就是個瘋子。」

杜朗夠教友突然說：「奇幻的目標，您實現了嗎？您造出金子了嗎？」

「如果我造出來，」副主教一字一句地慢慢說，一邊說一邊思考，「法蘭西國王就該叫克洛德，而不是路易了！」

杜朗夠教友皺起眉頭。

唐．克洛德帶著輕蔑的微笑又說：「我說，假如我能重建東羅馬帝國，法蘭西寶座又算什麼？」

教友說：「是啊！」

高易可節低聲說：「啊，可憐的瘋子！」

看來副主教只順著自己的思想回答自己，繼續說：「可是不然，我仍在爬行；地洞裡的石子擦破了我的臉和雙膝。我不是在思考，而是能隱約地看到！我讀不清楚，只能一個字母一個字母地拼讀！」

教友問：「您讀出來後，就能造出金子嗎？」

「毫無疑問！」副主教回答。

教友問：「既然如此，聖母知道我現在需要錢，我很想跟您學習解讀。尊敬的大師，請告訴我，聖母會不會厭惡您這門學問並加以反對呢？」

唐·克洛德傲慢冷靜地回答這個提問：「我是誰的副主教？」

「是啊，大師。好吧，您能教我入門嗎？讓我和您一起拼讀。」

克洛德擺出教皇的威嚴，宛如帶領以色列人打敗非立士人的撒母耳，說：「老人家，在神祕的國土探險的時間會超過您的有生之年。您的頭髮已經灰白了！人家走出地穴時已經白髮蒼蒼，然而走入時滿頭黑髮。這門學科會讓人雙頰深陷，容顏枯竭；科學並不需要老年人皺紋叢生的臉。但是，在您這樣的年紀，您真的想學習破譯古代智者創造的令人生畏的字母表，來找我吧，我可以試試。我不會讓您這樣可憐的老頭去參觀希羅多德描述的金字塔墓室，或是巴比倫的磚塔，或是印度埃克林加寺白色大理石築成的宏偉神殿。和您一樣，我也沒有見過迦勒底人按照西克拉神聖形狀建造的建築，也沒見過已經銷毀的所羅門神廟，更沒有見過以色列諸王陵已經被打碎的石門。我們只能讀讀赫爾墨斯著作的片段。我會向您解疑聖克利斯朵夫雕像、播種者的象徵，及聖禮拜堂門上兩個天使的含義——一個把手插在水瓶裡，另一個把手插入雲端。」

雅克・高易可節剛才還被副主教駁斥得啞口無言，現在又打起精神，像學者對另一個學者那樣飛揚跋扈地打斷副主教：「克洛德，您錯了，朋友。[5] 象徵符號不是數字。您誤認俄爾甫斯為赫爾墨斯了。」

副主教嚴肅地反駁：「是您誤解了！代達洛斯是地基，俄爾甫斯是高牆，赫爾墨斯是房屋。這是一個整體。」

他轉身對杜朗夠說：「您什麼時候來都行。我會拿給您看尼古拉・弗拉梅爾坩鍋中找到的幾塊金子，您可以和巴黎吉約姆黃金作比較。我會教給您希臘字 Peristera[6] 的神祕功效。但是，我先要教您怎麼閱讀大理石字母表、刻在花崗岩上的作品。我們從吉約姆主教的大門和圓形聖約翰教堂的大門出發到聖禮拜堂，而後再到馬里沃街尼古拉・弗拉梅爾的舊宅，隨即參觀他在聖嬰公墓裡的墳墓，最後拜訪他在蒙莫朗錫街設立的兩所醫院。我會教您解讀聖日爾韋醫院和鐵坊街門廊上，刻在四個大鐵架上的象形文字。我們可以一起拼讀聖科默教堂、聖馬丁教堂、火刑者聖女熱納維耶芙教堂、屠宰場聖雅克教堂等大門上雕刻的祕密……」

杜朗夠雖然目光中透著智慧，但好像一直沒有聽明白克洛德在說什麼，於是打斷他：「天啊！您說的書到底是什麼？」

5 原文為拉丁文。

6 古希臘文，原意為「鴿子」。

「就是這一本！」副主教回答。

推開單人室的窗戶，他指著宏偉的聖母院。星空下，可以看到聖母院兩座鐘樓黑色的石頭邊緣和猛獸般的後臀，就像一隻雙頭的獅身斯芬克斯蹲坐在城中央。

副主教無聲息地凝視片刻這座雄偉的建築物，輕歎口氣，伸出右手指著桌上攤開的印刷書，左手指著聖母院，憂鬱地看看書又向教堂望去，說：「這個將毀滅那個。」

高易可節急忙湊到書前，情不自禁地叫起來：「哎唷，就是這個！這有什麼令人可畏的？不過是一四七四年安東尼于斯．科布林歇在紐倫堡印行[7]的《聖保羅書信集注》。這不是新書，而是格言大師皮埃爾．隆巴爾的一本舊作。難道因為它是印刷品嗎？」

「您說對了！」克洛德回答，他站著，彷彿深深地沉浸於冥想中，食指撐在著名的紐倫堡印刷廠印出的那本對開書頁上，接著又說了一句難以解悟的話：「唉！唉！小的能吃掉大的；一顆牙齒能戰勝一個大東西。尼羅河的老鼠咬死鱷魚，劍魚戳死鯨魚，書籍將毀滅建築！」

雅克醫生對同伴低聲叨叨說他是瘋子，此時修道院的熄燈鐘敲響了。這次，他的同伴回答說：「我也覺得是。」

鐘敲響後，外人不能在修道院中逗留。兩個客人告辭。杜朗狗教友說：「大師，我推崇學者和智者，尤其是您。明天，請您到小塔宮求見圖爾聖馬丁修道院院長。」

驚魂未定的副主教回到房間，他終於明白這位杜朗狗教友的真實身分。他想起圖爾聖馬丁修道院記事彙編裡有這麼一段文字：「幸運的聖馬丁修道院院長，也就是法蘭西國王，依照教會慣例，享有與聖沃南相同的小額度教士薪俸，並主管教堂的金庫。[8]」

大家肯定地認為從此時起，只要國王殿下路易十一回到巴黎，就會召副主教議事。國王對唐・克洛德的信任甚至超過奧利維埃・勒丹和雅克・高易可節。高易可節因此心懷不滿，經常粗魯地頂撞國王。

7、8 原文為拉丁文。

II 這個將毀滅那個

請閱讀本書的女士原諒我們在此略做停頓，以此探索副主教謎語般的話語藏有什麼深刻的思想：「這個將毀滅那個。書籍將毀滅建築。」

我們認為這句話包含兩重意思。首先它反映了教士的內心思想：神職人員因為印刷術這一新鮮事物的出現而恐慌，這是神殿侍者看到古騰堡閃亮的印刷機時所感受到的驚恐和眩暈；這是講壇和抄寫稿、口語和書寫語，看到語言被印刷而產生的焦慮；這是一隻燕雀看見萊吉翁天使伸展六百萬隻翅膀時的驚訝。預言家在驚呼：他聽見被解放的人類歡慶的呼聲，看到不久的將來，智慧將戰勝宗教、輿論將推翻信仰、世界將顛覆羅馬。然而哲學家卻定義說：因為印刷機的誕生，人類思想像蒸汽一樣從神權理論的容器中揮發並消散。這是士兵看到羊頭青銅撞錘的時候說：「炮臺會被撞倒。」這意味著一種權力將取代另一種權力，也就是說：印刷機將毀滅教堂。

然而，這最基本和最簡單的想法無疑還隱藏著另一種新想法，在我們看來，它比較不易覺察，更容易引起爭議。它是純粹的哲學觀點，不局限於教士的看法，更像是學者、藝術家的觀點。它是一種預感：隨著人類的思想發展，思想也在改變其表達方式；每一代人會將其重要思想用不同的材料和方式記錄。石刻書，雖然堅固持久，還是讓位給更加持久、更堅固的紙書。因此，副主教含糊的表達還有更深一層的境界，就是一種藝術將取代另一種藝術：印刷術將毀滅建築藝術。

從歷史的源頭一直到基督教的西元十五世紀，建築藝術是人類最宏偉的書籍，是不同時期，人類力量和智慧發展的主要表達方式。

當早期人類感到被集體記憶的積累所壓迫、當人類記憶的包袱變得過於複雜沉重、當赤裸飄蕩的語言在傳遞過程中被遺忘的時候，自然而然，人類就用最持久、最明顯的方式把它們刻下來。人類將每種傳統都封印在紀念性建築物中。

最早的紀念性建築是大石塊，像摩西所說，「尚未被鐵觸動過」[1]。建築藝術的開始和文字一樣，它先是字母：豎起一塊石頭就是一個字母；每個字母是個象形文；每個象形文都被賦予意念，好像圓柱需要承受柱頭。因此在世界各地，都能見到早期人類這樣的活動痕跡。亞洲的西伯利亞、美洲的潘帕斯草原，都可見到凱爾特人式的立石。

然後，人類就開始「造詞」，將石頭加以堆疊，將花崗岩當作音節加以連結，好像在嘗試單詞的組合。凱爾特人的平石墳和大石臺、伊特魯里亞人的立塚、希伯來人的墓穴，都是單詞。其中很多是專有名詞，尤其是古墓。有時候有人會發現很多石頭和一片寬闊的地域，他們就會寫出一個句子。卡爾納克的石堆群，就是一句完整的話。

最後人類才開始「造書」。傳統孕育了圖騰，然後就被圖騰所覆蓋，好像樹幹被樹葉漸漸遮住。

1 出自《出埃及記》，XX，二十五。

所有被人類所崇奉的圖騰，不斷增多，不斷衍變，相互結合，越來越紛繁複雜。當早期紀念性建築物無法容納時，只能任由它們氾濫。早期的紀念性建築物表達的是原始祭祀，因為原始祭祀和其一樣純樸、赤裸、匍匐在地面。圖騰需要在建築物上盛開。建築藝術隨著人類思想的發展而發展，變成千首千臂的巨人，把飄忽不定的圖騰符號用看得見摸得著的形式永恆地固定下來。當象徵力量的代達洛斯在測量的時候、代表智慧的俄爾甫斯在歌唱的時候，柱子作為字母、拱廊作為音節、金字塔作為單詞，在幾何與詩歌的規範和影響下聚集、組合、交叉、升降，在地面上累積，重疊插入高空，直到在時代主流思想的授意下，寫出令人歎為觀止的一部部奇書，也就是一座座雄偉的建築物：埃克林加塔、埃及的朗塞伊翁陵墓、所羅門神廟。

最根本的概念、聖語，不僅是建築物的內涵，而且是其外部形體。比如所羅門神廟，不僅是聖書的裝幀，其實就是聖書本身。在殿宇的每道圓形圍牆上，祭師可以閱讀出展現在他們眼前的聖語，從一個祭壇到另一個祭壇，他們追隨聖語的衍變，直至最核心的聖壇，聖語的真諦被具體形式所表現，也就是聖約櫃。因此說，聖語附身於建築物，其形象表現在外，正如死者的肖像畫在木乃伊的棺木上。

不僅是建築物的外表，而且包括建築物的選址，都反映了人類所要傳達的思想。根據所要傳達的象徵符號或是優雅的或是陰暗的，希臘人將以和諧為基調的神廟建在山頂，而印度人則劈開山嶺，在地下雕琢起形狀怪異的塔群，由成行的巨型花崗岩大象馱著。

因而，文明在最初六千年間，從印度斯坦最古老的寶塔到科隆的大教堂，建築藝術一直是人類大手筆書寫下的文字。毫無疑問，不僅僅是所有的宗教符號，包括一切人類思想，都有對應的建築並在建築史這部巨作中有其燦爛的一頁。

所有文明源於神權，終究進化為民主。自由最終取代統一這一規律，也寫在建築藝術中。必須強調一點，認為建造業的工匠只限於建築神廟、傳達神話和宗教象徵，或用象形文字在石頭書頁上記錄神祕法誡，這種看法是錯誤的。因為在任何人類社會中，神聖的權威都會在自由思想的衝擊下淡化，世人將逃脫教士的統治，不斷發展並豐富的哲學體系，將如同贅疣一樣侵蝕宗教的面孔，那麼建築藝術就不可能展現人類的新思想，它的正面布滿字跡，反面卻是一片空白，它的作品就會殘缺不全，建築史這部書就會不完整。然而事實不是這樣。

以距離我們較近的中世紀為例，我們看得清楚一些。中世紀早期，神權政治著力締造一個歐洲，梵諦岡將朱比特神廟廢墟周圍的古羅馬殘跡整合成一個新羅馬，基督教將昔日文明中各個階層翻新，用其殘跡組建了以神職人士為拱頂石的新等級制度的社會。我們先是聽到社會大熔煉的聲音，接著，在基督教的領導下，經過北方蠻族的打造，我們看到從衰亡的古希臘、古羅馬建築的廢墟中，萌生了神祕的羅曼建築藝術，它是埃及和印度神權築造術的靈魂姊妹、是純正的天主教永恆不滅的標記、是教皇大一統的象形文字。那個時期的思想都標註在陰暗的羅曼風格中，權威、統一、神祕、至尊，以及格列葛里七世，無處不在；這是教士的天地而沒有世人的位置；這是種姓等級的世界而沒有人民的地位。但是，十字軍東征改變了一切。這是一場大規模的群眾運動，而任何大規模的群眾運動，無論起因和目的，最後總能極速產生自由的精神。新的秩序來臨了。風起雲湧，從此拉開了雅克團、布拉格派及聯盟派動亂的年代。教權搖搖欲墜，統一分崩離析。封建領主要求與神權政治平分權力，隨之而來的是百姓，要求在這場瓜分中占有獅子的那份。因為我名為獅子[2]。所以，領主制度衝破了神職制度，而領主制度下的公社制度也蠢蠢欲動。歐洲的面貌因此巨變，而建築藝術的面貌也隨之改變。

如同文明，建築藝術也翻開了新的一頁，準備為新時代撰寫新的文字。十字軍東征帶回了自由的精神，也帶來了尖拱風格。東羅馬帝國逐漸解體，羅曼建築藝術也日漸衰敗。象形文字遠離了大教堂，作為徽誌裝飾城堡的主塔，成為封建領主威望的表現。往昔的大教堂是堂皇僵化的建築物，從此落到市民、村社、自由精神的手中，擺脫了教士的控制，任由藝術家塑造。藝術家可以隨心所欲，教堂與神祕、神話、法規告別，成為任性和奇思異想的作品。教士負責大堂和祭臺，不能再有別的要求。教堂的四牆屬於藝術家。建築藝術這本書不再是教士、教會和羅馬的專享，它屬於想像力、屬於詩歌、屬於人民。在羅曼建築藝術長達六、七百年歷史的停滯之後，這種藝術，只用三百年就迅速的發展和變化，真是讓人驚訝！藝術大步向前躍進。人民可以將他們的天才和獨創性用於過去專屬主教的領域。每個種族，作為歷史的過客，都在這本書上寫下他們特有的一行文字，塗改大教堂正面的羅曼象形文字。在新的象徵符號下面，原來教條的痕跡依稀可辨。被人民智慧覆蓋的建築物，讓人很難猜到原來宗教的骨架。當時建築師放肆地對教堂為所欲為。這是裝飾著修道士和修女可恥交歡的雕塑柱頭，比如在巴黎司法宮壁爐廳中就有，再比如布爾日大教堂正門上雕刻著諾亞的傳奇；還有波舍維爾修道院洗手池牆上畫著一個長著驢耳的酒醉修士，他手執酒杯，彷彿在嘲笑所有的教士。那個時期，用石頭書寫思想是一種特權，可以和我們現在的出版自由相提並論，這就是建築藝術的自由。

這種自由被運用到極致。有時是一道門廊、一堵門面，有時是整座教堂隱喻某種象徵符號，和教會完全沒有關係，甚至是反教會的。十三世紀時的巴黎吉約姆、十五世紀的尼古拉．弗拉梅爾，都寫下叛逆的篇章。屠宰場聖雅克教堂就是一座反宗教的教堂。

當時的思想只有這樣表達才是自由的，所以它只能書寫在建築物上。如果不是透過建築物傳達，而是冒失地寫成手稿，它就會被劊子手在廣場上焚毀。當時人目睹了書籍所蒙受的苦難，於是將思想刻畫在教堂門廊上。因為只有透過建築，思想才能被傳播。於是思想就從四面八方急速與建造術結合，大量的教堂覆蓋了整個歐洲，數目之驚人，就是經過確認，依然令人難以置信。社會的全部物質力量和一切精神力量都彙聚到同一點：建築藝術。以給上帝建造教堂為藉口，建築藝術得以蓬勃地發展。

那個時期，天生為詩人的人都成為建築師。淹沒在民眾中的天才，在如同龜形陣[3]般的封建制度制約下，唯有透過建築藝術可以找到出頭之日，於是他們的《伊里亞德》就是蓋建大教堂。其他藝術也屬從建築藝術，作為分支所受其管轄。他們是偉大工程的工人。他們身兼數職，建築師、詩人，用塑像為大門鐫刻門面，為大教堂繪畫玻璃，用音樂讓大鐘和管風琴轟鳴。就連執意在手稿中苟且殘生的詩歌，也必須以聖歌或散文的形式進入教堂。總之，詩歌在希臘祭神節日演出的埃斯庫羅斯悲劇，還有所羅門寺廟演出《創世記》一樣，擔任著同樣的角色。

在古騰堡印刷術發明之前，建築藝術是文字的表達形式、世人同享的文字形式。這部花崗岩巨著，起始於東方，傳承於古希臘和古羅馬，在中世紀寫下了最後的篇章。正如我們能在中世紀看到的，民眾建築藝術取代了種姓制度建築，這類現象在歷史上其他偉大的時代，隨著人類智力的發展也

2 原文為拉丁文。

3 原文為拉丁文。羅馬人部隊的龜形陣，士兵用盾牌遮住頭部上方。

曾出現過。我們只能簡單地敘述其軌跡，不然，需要幾部巨卷才能闡述清楚。原始時代，上古東方為文明搖籃；印度建築之後，體態豐滿的腓尼基建築是阿拉伯建築之母；古代時期，埃及建築發展的變體有伊特魯里亞風格建築和巨石建築，古希臘建築的延伸是古羅馬風格加上迦太基圓頂；在近代，繼羅曼建築之後崛起的是哥德式建築。如果我們將歷史分解成三個體系兩個家族，便可以在印度建築、埃及建築、羅曼建築這三姊妹身上發現相同的特徵：神權政治、等級、統一、教條、神話、上帝；而腓尼基建築、古希臘建築和哥德式建築這三姊妹，不論它們的形式在根本上如何千變萬化，它們的定義卻是相同的：民主、自由、人性。

印度建築、埃及建築或羅曼建築是圍繞宗教祭祀而建，除了神職性，別無其他，無論此教士叫作所羅門、麥琪，還是教皇。民眾建築卻不然。這類建築更為豐富華麗，並不追求神聖效果。腓尼基建築有商人的氣息；古希臘建築代表共和社會；哥德式建築代表市民。

任何神權建築的主要特徵都是一成不變，墨守成規，信奉傳統的線條，推崇原始的式樣，歪曲人和自然的特徵，將其用奇異古怪的象徵符號來代替。這是一部部隱喻晦澀的書，只有接受洗禮的入教者才能讀懂。任何形式、任何畸形，都含有深義，因此神聖不可侵犯。不能要求埃及、印度、羅曼的工程建造改造其設計圖形或者改良其雕塑。對這些作品來說，任何改善都違反教規。在這些建築藝術中，石頭就是石化的教條。相反，民眾建築的主要特徵是多元、進化、獨創、豐滿、恆動。擺脫宗教的束縛後，設計者就能考慮到美感，不斷提高並且美化雕像或阿拉伯式花紋圖案的裝飾。這類建築是世紀的產物，是人性與神權象徵的結合，依然透過神的符號和象徵物呈現。因此，這類建築物，雖然還具有象徵性，卻能被任何人接受，無論人的智商高低、想像力豐富或貧瘠，都能理解，像認識大自然一樣。在神權建築與民眾建築之間，存在著神聖語言與凡人語言、象形文字與藝術、所羅門與希臘雕刻家菲狄亞斯的區別。

總之，如果概括我們以上的論證、忽略諸多證據和千百種瑣碎的辨證，便能得到如下結論：直到十五世紀，建築藝術都是人類活動的主要記載；在這個時期，沒有一個稍微複雜些的想法不是以建築物的形式在世界上出現的。人民的意念、宗教的法規都有對等的宏偉的紀念碑。人類全部的重要思想觀點都撰寫在石頭上。為什麼呢？因為任何思想，無論是宗教的還是哲學的，都期待流傳千古，不但能震撼一代人，還能改造後代，在歷史上留下痕跡。更何況，書稿的不朽是不可相信的！建築物才是一本結實、持久、堅固的書！一把火或者一個土耳其人，就可以把著書的詞語銷毀；然而銷毀建築的詞語，需要一場人間的社會大革命。古羅馬競技場就被野蠻部族踐踏，古埃及金字塔或許會被大洪水淹沒。

十五世紀是個轉捩點。

人類發現了另一種可以將其思想活動傳世的方法，比建築更堅固耐久，而且更簡單易行，將建築藝術從寶座上趕了下來。古騰堡的鉛字將取代俄爾甫斯的石頭文字。

書籍將毀滅建築。

印刷術的發明是歷史上最偉大的事件，是一切革命的源泉，是人類表達方式的更新，是人類思想拋棄一種外形採用另一種外形，是從亞當以來，象徵智慧的那條蛇徹底的蛻變。

被印刷後的思想比以往任何時期更難以毀滅。它可以飛翔，抓不住，無法消滅。它融入時代的氣息中。建築藝術統治的時期，思想是一座座雄偉的大山，輝煌地占領一個世紀、一塊土地。現在，思想變成一群自由飛翔的鳥，占據了時間和空間。

我們還是再次強調，如此發展的思想，更是不可磨滅。從固體變成活潑的氣息，從有期限變成無期限。一個龐然大物可以被摧毀，然而怎能摧毀無處不在的氣息？大山會被大洪水吞沒，而鳥兒卻依然飛翔；只要有一葉方舟隨著洪水漂流，鳥兒便會停在方舟上，和方舟一同等待洪水退去。從混沌中誕生的新世界，睜開眼睛就能看見：舊世界被淹沒，而它的思想卻在天空翱翔，生機盎然地撲打著翅膀。

大家發現這種傳達方式不但容易保存，而且簡單、便捷、大眾化。這種方式不需要行李，以及沉重的工具。大家可以比較以下兩種情況：如果將思想變為建築，需要涉及其他四、五種藝術、成噸的黃金、成山的石頭、密如森林的木架、無數的工人；而思想變成書，只需要幾張紙、幾滴墨和一支鵝毛筆。智慧的人類將捨棄建築而發展印刷術，這有什麼不對呢？在河床水位下挖出一條管道，截斷原來的河床，河床就會乾枯、河水就會改道。

自從印刷術出現，建築藝術日益乾枯、衰敗和簡單化，大家能夠感覺到建築藝術在喪失元氣，時代和民族的思想都離它而去。十五世紀時幾乎覺察不出來這種冷淡，當時的印刷機功能薄弱，只能從強大的建築藝術中汲取過剩的生命力。然而，從十六世紀起，建築藝術的弊病開始明顯暴露，基本上不能反映社會思想。它蛻變成可憐的古典藝術，從高盧風格、歐洲風格、本地風格搖身變為希臘和羅馬風格，真實的現代風退化為假冒的仿古風。這種衰敗被稱作文藝復興。這是一種壯麗的衰敗，因為古老哥德式天才、這輪在美因茲巨大印刷機背後墜落的夕陽，仍將餘暉投射在拉丁式拱廊和科林斯式柱廊混合雜交的建築物行列上。

我們卻將夕陽當作黎明的曙光。

當建築藝術變為普通的、像任何其他藝術般的藝術時，當它不再是全方位、全民族、承上啟下的藝術時，它就失去阻止其他藝術發展的能力。其他藝術因此得以解放，打破建築師的枷鎖，各自尋找出路。每種藝術都在這場離婚中得到益處，獨立壯大了整體。雕刻變成了雕塑藝術，彩畫變成了繪畫藝術，卡農變成了音樂。正如亞歷山大死後，他的帝國分崩離析一樣，每個省分成為獨立的王國。然後出現了拉斐爾、米開朗基羅、讓・古戎、帕列斯特里納等，這些在燦爛的十六世紀一舉輝煌的藝術家。

在藝術解放的同時，思想也在解放。中世紀的異端教徒向天主教開刀，十六世紀粉碎了宗教的統一。印刷術出現之前，宗教改革是教派分裂，有了印刷術，宗教改革成為革命。沒有印刷機，異端說教只是反抗。無論是註定，還是天意，古騰堡是路德的先驅。

中世紀的太陽已經西下，哥德藝術的天才也在藝術天際隕落，建築藝術日益暗淡、褪色、消逝。印刷的書籍是建築物的蛀蟲，吮吸其血液，將其一點點吞噬。像樹木一樣，建築藝術失去枝葉，明顯地乾癟憔悴，它越來越平庸、貧瘠、低級。它沒有什麼表達的內涵，就連對先前時代藝術的回憶都沒有。人類思想拋棄了它，各門藝術也隨之離它而去，孤立的它，因為找不到藝術家，只能調動工人。普通的玻璃代替了彩繪玻璃，石匠接替了雕塑家。精華、獨特性、生命力、智慧，都不見了。它成了悲慘可憐的作坊乞丐，相互抄襲模仿。還在十六世紀時，米開朗基羅就預感到建築藝術的衰亡，想出最後一擲的手段。這位藝術巨人把萬神殿堆在帕德嫩神廟上面，蓋成羅馬的聖彼得教堂。這部舉世無雙的作品、建築史上最後的獨創，是藝術大師在即將關合的宏偉石頭書末端留下的簽名。米開朗基羅去世後，建築藝術如同幽靈般在陰影中偷生：它以聖彼得教堂為原型，加以抄襲，可笑地模仿。這種可憐的行為居然是癖好。每個世紀各有其羅馬聖彼得教堂，十七世紀有聖恩谷教堂，十八世紀有聖女熱納維耶芙教堂。每個國家也有其羅馬聖彼得教堂，倫敦、聖彼得堡、巴黎有兩三座。這是毫無意義的遺囑，是偉大的藝術垂危時刻幼稚的言語。

如果我們先不談特點鮮明的著名建築物，只考察十六至十八世紀的藝術全貌，便會發現同樣的衰敗和低落。自從弗朗索瓦二世起，建築物的藝術性逐漸退化，而加強了幾何性，像一個瘦得皮包骨的病人。建築藝術的優美線條被冰冷的幾何線條代替。建築物不再是建築，而是一個多面體。建築藝術費盡心思要掩飾這種赤身裸體的效果：比如說，羅馬式的三角楣中鑲嵌著希臘式的三角楣，或者反過來；還有萬神殿加帕德嫩神廟，總是羅馬聖彼得教堂的式樣；還有亨利四世時代以石頭鑲邊的磚樓；王宮廣場、太子廣場；另外還有路易十三時代的教堂類，背著沉重的大圓頂，好像一個又扁、又矮、又胖的駝子；還有那馬札蘭時代的建築，義大利式的劣質四邦大學；再看路易十四時期的長排宮殿，死板、冰冷、無趣，簡直就是朝臣的營房；最後再看路易十五時期的宮殿，菊苣花形和粉絲似的細條紋好像身上的疣子和黴菌，讓這座古老殘破的建築越發顯得是個賣弄風騷的贗品。從弗朗索瓦二世到路易十五，建築藝術的病症正以幾何級距遞增，藝術只剩下裹在骨頭上的一層皮。藝術在苟延殘喘。

與此同時，印刷術又怎樣呢？生命力拋棄了建築藝術，附體於印刷術。隨著建築藝術的低落，印刷術在壯大擴展。原來寄託於建築上的人類思想，從此轉移向書籍。從十六世紀起，興起發達的印刷術就與衰敗的建築藝術抗爭，力圖置它於死地。到了十七世紀，印刷術勝利地歡慶，向世界公布偉大文學世紀的來臨。到了十八世紀，在路易十四的宮廷裡長期受到寵愛的印刷術，以路德為古劍、以伏爾泰為武器，氣勢洶洶地衝鋒上陣，向古老的歐洲發起進攻，消滅了歐洲對建築藝術方式的寵信。到了十八世紀即將結束時，印刷術摧毀一切。直到十九世紀，才開始重建。

現在，我們請問，三個世紀以來，這兩種藝術到底哪一種真正代表了人類的思想活動呢？人類思想是如何被表達？哪一種不僅表現了人類對文學以及經院哲學的偏好，並且還展現了其縱向、橫向、擁抱百科萬物的特性呢？哪一種和人類這行走著的千足怪物同步發展，從不中斷，沒有斷痕呢？建築藝術還是印刷術？

當然是印刷術。我們都承認，建築藝術已經死了，永遠不存在了，被印刷書籍消滅了，它既不耐久又過於昂貴，因此被消滅。任何主教堂的造價是十億之上，可以想像，需要投資多少，才能重寫建築藝術這部書、才能在大地上密密麻麻地豎起建築物，重現昔日的鼎盛。舊日宏偉的建築物多得正如格拉陪·拉居爾菲思這個目擊者所說：「這個世界晃晃身體，脫掉舊衣，穿上一身教會的白衣裳。」

一本書很快就能印出來，價格低廉，廣為流傳！難怪人類的全部思想都沿著這條斜坡流淌。這並不是說建築藝術再也不會在其他地方造起一座美麗的豐碑，偶然出現一部傑作。在印刷術統治之下，世人時不時地還能看到一根圓柱，我想這是由全軍用繳獲的大炮熔鑄而成，它就像在建築藝術統治時期的《伊里亞德》、《羅曼斯羅》、《摩訶婆羅多》和《尼伯龍根之歌》，是由人民大眾收集諸多行吟史詩後熔煉而成的。二十世紀有可能突然出現一位天才建築家，就好比十三世紀突然出現但丁。那時，建築藝術不再是社會藝術、集體藝術、統治藝術了。人類的偉大詩篇、偉大建築、偉大作品，將不再是修建的，而是被印刷出來的。

從此，如果建築藝術再次崛起，它也不會是世界之主。它將受文學的支配，就像過去，文學受建築的支配一樣。這兩種藝術的地位將會轉換。建築藝術的時代，偉大的詩篇雖然寥寥無幾，卻有如建築般壯觀。印度的毗耶娑繁雜、奇異、難以解譯，如同一座巨塔。埃及東部的詩歌，像建築物一般，線條雄偉又平穩。古希臘的詩歌，美麗、平和、安謐。基督教歐洲的詩歌，既有天主教的威嚴，又有百姓的天真，代表了一個更新時代的富饒和繁榮的社會。《聖經》好像金字塔，《伊里亞德》好像帕德嫩神廟，荷馬好比菲狄亞斯。十三世紀，但丁成為最後一座羅曼式教堂；十六世紀，莎士比亞是最後一座哥德式大教堂。

如果我們將以上所說的加以不完整的概括，人類有兩種書、兩本紀錄、兩部遺囑，這就是印刷術和建造術——紙寫的聖經和石雕的聖經。毫無疑問，這兩部聖經在各個時代都是打開的，今天的我們在閱讀時，會懷念花崗岩可以目睹的壯麗，以及柱廊、方尖、塔碑排成的字母，從金字塔直到鐘樓，從古埃及國王凱奧甫斯直到斯特拉斯堡，這是一座座人工築成的高山和時間的長河。我們需要重溫寫在大理石書頁上的歷史。我們需要不斷地欣賞和翻閱建築藝術這部巨著，但是同時也不能否認印刷術所築成的宏偉建築物。

這座建築無比高大。不記得哪位自稱統計權威的人士曾經計算過，如果把古騰堡所印的全部書籍，一本本疊起來，可以填滿地球到月球的距離。但是我們所要說的並不是這種偉大。如果我們設法對印刷全貌加以想像，它難道不是全人類豎起的一座雄偉建築嗎？至今人類依然在不懈地添磚加瓦，讓它怪獸般的頭部直入未來的雲霧中。它是智慧的蟻巢，它是想像力的蜂窩。人類的想像力好像金色的蜜蜂，攜帶著花蜜紛紛趕來。這座建築有千百層，沿著樓梯向內部深入，到處有陰森森的科學洞穴，並且盤繞交錯。它的表面被藝術覆蓋了蔓藤花紋、玫瑰花窗和花邊裝飾。每一部作品，雖然似乎是獨立的、為所欲為的個體，其實都有自己的位置和突出點。和諧將它們連為一體。從莎士比亞的大教堂直到拜倫的清真寺，千百小鐘樓充斥著全人類思想的大都市。在它的底層，書寫著建築藝術未曾記錄的古老篇章。入口的左邊，是詩人荷馬白色大理石的古老浮雕，右邊，多種文字寫的《聖經》昂起七個頭。再遠處刻著《羅曼斯羅》這條七頭蛇，還有一些雜交怪物，比如《吠陀》和《尼伯龍根之歌》。這座奇觀的建築物並沒有竣工。龐大印刷機依然不斷地吸取社會的智慧汁液，吐出新的建築材料。全人類都站在鷹架上，每個智者都是工匠。最卑微的人也能或是堵洞或是壘石。作家雷蒂夫·德·拉·布雷東也送上一筐灰泥。每天都有人砌起新的一層。除了作家個人的原創貢獻，還有集體的一份。十八世紀送上《百科全書》，大革命送上《環球箴言報》。這是永無休止地螺旋式向上遞增的工程，同時將各種語言融合，加以不停息地運作、不知疲倦的操勞，這是全人類合作的成果，也是為了人類智慧面對未來大洪水的氾濫和蠻族再次入侵而建的避難所。這是人類第二座通天的巴別塔。

I

毫無偏見地窺視古代司法

一四八二年，出身貴族的羅貝爾·德·埃斯杜特維爾是個幸運人物，他身為騎士、貝恩領主，也是芒什省伊弗里和聖安德里兩地的男爵、國王的參事和侍衛、巴黎總督。十七年前，一四六五年十一月七日，也就是彗星[1]出現的那一年，他奉諭出任巴黎總督。這是令人羨慕的美差，與其說是官職，倒不如說獲賜了一個令人垂涎的地位。讓納·勒姆納斯說過：「這一官職統管警察，而且還享有許多司法特權。」一名紳士得到國王的委派，任期從波旁大公的私生子與路易十一的私生女聯姻開始，這在一四八二年是稀罕的事。羅貝爾·德·埃斯杜特維爾接替雅克·德·維利葉為巴黎總督的那天，讓·多維大人取代艾列·德·多艾特大人成為最高法院首席法官；讓·若戊乃·德·烏爾單取代皮埃爾·德·莫維利埃大人為法蘭西掌璽大臣；何諾·德·道爾芒取代皮埃多·畢伊，出任王宮普通案件的審查主管。然而，自從羅貝爾·德·埃斯杜特維爾擔任巴黎總督以來，多少主席、掌璽大臣和主管都在更換，他的命書上卻寫著連任。他堅守崗位，拚命抓住這個職位不放，與它熔煉為一體，居然躲過了路易十一頻繁的撤換命令。此國王疑心重，狂愛工作，愛耍弄人，以頻繁的委任和替換的鬆緊鞏固王權。除此之外，英勇的騎士先生還為自己的兒子爭取到繼承職位的權益。雅克·德·埃斯杜特維爾大人作為騎士侍從，兩年以前就看到自己的名字排在父親名字的旁邊，在巴黎政府俸祿簿冊位於首列。如此的恩寵，實在少見！當然，羅貝爾・德・埃斯杜特維爾是名優秀的戰士，曾經忠心耿耿地舉起騎士的旗幟反對公益同盟會，曾在一四××年王后光臨巴黎的那天，獻給她一隻精緻美味、用蜜餞做的公鹿。另外，他與宮廷巡檢總督隱修士特里斯丹大人結有深厚的友情。所以羅貝爾老爺的日子過得格外舒坦快活。首先，他有豐厚的官俸，然後還有司法書記室民事和刑事案件的收入、小堡的昂巴法庭民事和刑事訴訟案的收入、芒特橋和科爾貝伊橋不值一提的過橋稅，還有巴黎的糧食秤量稅、柴火捆紮稅、食鹽過秤稅，這些收入好像葡萄園裡掛著的一串串葡萄。另外還可以加上他身穿漂亮戰袍，率領馬隊在城中巡視，被穿著半紅半褐長袍的助理法官和區憲兵眾星捧月時的樂趣。今天，在諾曼第省瓦爾蒙修道院他的墓前，還可以看見他的塑像穿著這件戰袍以及戴著雕滿花飾的高頭盔。他統領十二名捕頭，小堡的門衛警，小堡法庭的兩名辦案助理，巴黎十六個區的十六個公安委員，小堡的獄吏，四名采邑執達，一百二十名騎馬巡佐，一百二十名執棒巡佐，巡夜騎士及其他的巡邏隊、巡邏分隊、巡邏檢查隊和巡邏後衛隊，難道這不是樂趣嗎？他執掌高級和初級審判權，可以下令讓人轉輪盤、上絞架、被拖走，還有憲章所規定的對至高無上的巴黎子爵領地及其所屬七個封邑的「初審司法權」，難道這不是樂趣嗎？每天羅貝爾・德・埃斯杜特維爾大人都端坐在大堡法庭裡菲利浦-奧古斯都式寬大扁平的圓拱下進行判決斷案，還有什麼比這個更美妙呢？他的太太昂布瓦絲・德・洛蕾夫人有一幢漂亮的房子，坐落在王宮附近的伽利略街。羅貝爾大人將卑微的窮鬼打發到剝皮場街的小

1 這顆彗星出現時，加利特教皇、波爾雅的叔叔，下令讓群眾祈禱。它於一八三五年再次出現。（作者註）

屋過夜後——這是一個七尺四寸寬、十一尺長、十一尺高的小屋[2]，被巴黎法官和助理法官們改為牢房——，就去太太家休息，忘記白日的操勞。

羅貝爾·德·埃斯杜特維爾大人不但享有巴黎司法和子爵的特別審判權，還可以干涉、插手、參與國王的最高審判權。沒有一位權貴不是被他送上斷頭臺的。是他，將關在聖安東巴士底監獄的德·納莫爾大人押送出來送上菜市場的絞架，他還將德·聖保羅元帥大人帶到河灘死刑架前。赴刑時不服法的元帥大喊大叫，這讓不喜歡元帥的法官大人更加歡喜。

上述這些足以反映他幸福榮耀的生活，也足以令他在精彩的巴黎總督列傳上占有顯著的一頁。這部史書介紹了烏達爾·德·維爾內夫在屠宰場街有一座府第、吉約姆·德·昂加斯特購置了大小薩瓦府、吉約姆·蒂布斯特將他在克洛潘街上的幾座房產贈給聖女熱納維耶芙教堂的修女、于格·奧比尤住在箭豬街公館，以及其他日常生活的紀錄。

雖然有這麼多理由可以舒服、快樂地生活，一四八二年一月七日，羅貝爾·德·埃斯杜特維爾老爺清晨醒來，卻心情黯淡，只想發脾氣。這種心情源於何處呢？他自己也說不清楚。難道是因為天色昏暗？還是因為蒙列里式舊皮帶勒得太緊，將他的大肚子軍事管制住了？或是因為他看見街上的幾個流浪漢，短上衣裡沒有襯衫、帽子沒有頂、身上掛著酒瓶和褡褳、四個一夥，從他的窗下走過，邊走邊嘲笑他？或是因為預感到未來的國王查理八世將在第二年從總督薪俸中扣除三百七十里弗爾十六索爾八但尼爾？讀者隨便選擇。至於我們，我們更願意認為，他心情不爽，就是因為心情不爽。

另外，這是節後的第一天，一個讓人特別煩惱的日子，尤其對負責清掃巴黎過節生成的全部垃圾糞便的長官來說，而且他還得去大堡開庭。不過，我們已經注意到，法官經常趕在出庭的那天，心情煩躁，這樣就能以國王、法律和正義的名義，找個人痛痛快快地出口氣了。

然而他還沒到，法庭就開庭了。他的民事、刑事和特別事務的幾個副判官按照公例替他開張。從八點開始，幾十個男女市民擠在大堡的昂巴法庭的一個陰暗角落裡，夾在一道結實的橡木柵欄和一堵牆壁之間。他們歡天喜地前來旁聽法官大人的副手、大堡法庭預審法官弗洛里昂·巴貝迪安大人對民事和刑事案件的胡亂審判。

在拱頂下，審判廳低矮狹窄。一張雕飾著百合花的桌子擺在大廳深處，一張橡木雕花高背椅，屬於總督，上面空空蕩蕩。左手是一張給預審法官弗洛里昂大人坐的凳子。下面坐著書記官，正在塗塗寫寫。對面是旁聽的民眾。門前和桌前站著許多衛兵，穿著鑲有白十字的紫天鵝絨短衣。市民接待室的兩名差役身穿萬聖節半藍半紅的外套，站在大廳深處桌子後面一道緊閉的小門前。一扇尖拱小窗窄窄地鑲嵌在厚牆中，慘白的陽光從窗上射進來，照亮兩張猙獰的面孔：一張是從拱頂垂下來的齜牙咧嘴的石怪，另一張是大廳深處百合叢中的法官。

請您想像總督的辦公桌後，小堡的預審法官弗洛里昂·巴貝迪安大人在兩垛卷宗中用雙肘支撐著腦袋，一隻腳踏著棕呢長袍的下襬，頭縮在白羔羊皮衣領裡，一張紅臉上皺著兩條眉毛，生氣地眨著眼睛，威風地鼓著兩團低垂至下巴的肥胖腮幫。

其實，預審法官是個聾子。對於一個預審法官來說，這是個小缺陷。弗洛里昂審判得十分恰當，

2　出自一三八三年《區域帳本》。（作者註）

從來沒人上訴。當然，作為法官，只要裝作靜聽就足夠了。而這位可敬可畏的預審法官，恰好符合公正審判的基本條件，因為他的注意力不會被任何聲音干擾。

何況聽眾席上有一個人正在嚴密監視著他的舉止言行，他就是我們的朋友、磨坊風車若讓・弗洛羅，他是巴黎街頭隨時可以碰到的行人，卻是在老師的講臺前永遠看不到的學生。

他和身旁正在做鬼臉的同伴霍班・普斯潘悄悄地議論眼前的情景：「咦，看，那是雅內敦・德・比松，新市場懶漢院的漂亮小妞！見鬼了，他居然判她罪！老傢伙！難道他沒有耳朵也沒有眼睛嗎？她戴了兩串念珠，就罰了她十五索爾四但尼爾！這有點太貴了吧。法律條款過於嚴厲[3]……那個是誰？鎖子甲匠羅班・謝夫-德-維爾！……就因為他收買了考試老師嗎？……那可是他交的入場費呀……嘿！流氓中還有兩位貴族呢！艾格萊・德・蘇安和于旦・德・馬伊，兩個騎士侍從，基督之身軀[4]啊！他們玩骰子了。什麼時候才能看到咱們的校長受審呢？罰他一百巴黎里弗爾送給國王！……巴貝迪安真是又聾又狠！……如果變成我哥哥副主教能讓我戒賭的話，我就不會白天也賭，晚上也賭，靠賭活著，賭死為止，襯衫輸光了，就用靈魂做賭注……聖母！這麼多姑娘！一個又一個，可愛的小羔羊！昂布魯瓦絲・萊居埃爾！伊莎博・拉貝葉特！貝拉德・吉霍南！上帝為證，我都認識！還是罰款！罰款！誰教你們繫著鍍金腰帶！十個巴黎索爾！賣弄風騷的結果吧！……噢！法官的臭嘴臉，又聾又蠢的傢伙！噢！弗洛里昂這個笨蛋！噢！大傻瓜巴貝迪安！看，他正在大吃大喝呢！他咬著訴訟人的肉，他咀嚼著官司，又能細嚼慢嚥，還能狼吞虎嚥。罰款、訴訟費、稅捐、費用、手續費、薪俸、損失賠償和利益、拷問費、牢房費、看守費、枷鎖費，就是他的耶誕節的糕餅和聖約翰節的小杏仁餅！看他，這隻豬！……喲，真不錯！又來一個含情脈脈的妞兒！蒂波・蒂波德，一點也不錯，就是她！……因為她來自格拉提尼街！……那個小子是誰？吉埃弗魯瓦．馬波納，弓弩騎兵。他咒罵上帝……罰款，蒂波德！罰款，吉埃弗魯瓦！兩人都罰！老聾子一定是把兩個案子搞混了！我打賭他判姑娘瀆神罪、罰那騎兵賣淫！……注意，霍班．普斯潘！他們帶什麼進來啦？怎麼這麼多巡捕！天神朱比特！全部獵犬都被放出來了，想必是打到了大獵物。一頭野豬！……真的，霍班！真是……還是一頭漂亮的！……大力神赫拉克勒斯[5]！是我們昨天的王子，我們的狂人教皇，我們的敲鐘人，我們的獨眼龍、駝子、醜臉！是凱西莫多！」

他沒有弄錯。

這正是被捆綁、被人牢牢看守的凱西莫多。一隊巡捕將他圍住，巡防騎士親自帶隊。這位騎士的盔甲前胸繡有法蘭西紋章，後背繡有巴黎的紋章。而凱西莫多，除了畸形的身體以外，沒有別的什麼值得這麼多槍弩對著他。他臉色陰沉，一聲不發，保持安靜，只有獨眼會時不時憤怒、陰沉地打量捆綁著自己的繩索。

他用同樣的目光環視四周，他的眼神如此暗淡無力，連女人見了都不害怕，只是笑著對他指指點點。

預審法官弗洛里昂大人認真翻閱著書記官遞上的指控凱西莫多的起訴書，掃了一遍後，他假裝沉思了一會兒。每次審訊時，他總是謹慎地做好準備工作，提前記住被告人的身分、姓名和犯罪事證，

3、4、5 原文為拉丁文。

想好怎樣駁斥被告人諸多可能的回答，所以無論多麼撲朔迷離的案子，他都能闡述最終的定論，並不暴露他耳聾的破綻。對他來說，案子的材料就像隻導盲犬，偶爾他會發出一些荒唐的言論，或是高深的提問，因而暴露他耳聾的小殘疾，有人會認為他高深，還有人覺得他愚蠢。無論如何，都不會有損法官光明的形象。因為一個法官，無論被人認為過於高深還是愚不可及，總比被發現原來是個聾子好得多。所以他小心謹慎地在眾人面前掩飾他的耳聾，他做得十分完美，就連自己也產生了錯覺。其實這比大家想像的要容易。駝子都會昂首挺胸，結巴喜歡高談闊論，聾子都愛小聲講話。至於他，他認為自己的耳朵只是有點不聽話。這是他在打開心扉、開誠布公的時候，向外界承認的唯一缺陷。

於是，他反覆推敲凱西莫多的案子後，將腦袋後仰，半閉著眼睛，做出一副無比威嚴、無比公正的姿態，這樣一來，此時的他既是聾子又是瞎子。沒有這兩個前提，他怎能成為出色的法官？擺著這副威風的姿態，他開始審訊。

「姓名？」

但是，從未被「法律預測」的情況發生了：一個聾子審訊另一個聾子。

因為沒有任何跡象讓凱西莫多知道法官是在向他問話，他繼續盯著法官沒有回答。因為耳聾，法官無法知道被告也耳聾，以為他像所有的被告一樣回答了他的問題，便按部就班，愚蠢地問下去：

「很好。年齡？」

凱西莫多還是沒回應。法官以為這個提問已經得到了回答，接著問：「好，你是什麼身分？」

依舊是一片沉默。此時面面相覷的聽眾開始交頭接耳，竊竊私語。

不受外界干擾的預審法官認為被告回答完第三個問題，接著說：「好，可以了。您出庭受審，因被指控：第一，深夜騷擾治安；第二，企圖侮辱一個瘋女人，犯有騷擾娼妓罪[6]；第三，與國王陛下的弓箭騎兵對抗並試圖造反。您需要解釋說明以上各點……書記官，被告剛才的口供，您全記錄在案了嗎？」

聽到這個不恰當的問題，從書記官到聽眾都哈哈大笑。這笑聲是如此的強烈、瘋狂、富有感染力，連兩個聾子都察覺到了。凱西莫多聳了下駝背，輕蔑地掉過頭，而弗洛里昂大人，也和凱西莫多一樣驚訝，認為被告說出什麼頂撞的怪話引起聽眾的哄堂大笑，又看見他在聳肩，更認為是他在搗亂，於是呵斥說：「混帳，在胡說什麼？用這種方式回答，應該判絞刑！你知道自己在跟誰講話嗎？」

他的臨場發揮並不能讓全場笑聲停止。相反，大家覺得這一呵斥如此唐突、特異，連市民接待室的捕頭也都大笑出來。這些捕頭好像撲克牌的黑桃J，都是清一色的愚蠢。只有凱西莫多嚴肅鄭重，因為不明白周圍發生了什麼事。法官大人越來越氣憤，決定用同樣的聲調接著質問，期望以此懾服被告，讓聽眾平息，對法庭肅然起敬。

「是的，作為萬惡不赦的盜賊，你對本庭出言不恭，藐視小堡的預審法官、巴黎民事警察的副司法官，他負責追究重罪、輕罪和不端行為，監督各類行業，禁止壟斷，維護道路，禁止家禽和野禽的倒賣，監督木柴以及各類木材的秤重，清理城中的垃圾以及空氣中的傳染病毒。他終日忙於公益

6 原文為拉丁文。

工作，既無報酬，也沒指望會有薪水！你可知道我是弗洛里昂・巴貝迪安、大司法長官的私人助理，也是巡察員、調查員、監督員、考察員；在司法公署、裁判所、拘留所和初審法庭等享有同等的權力！……」

一個聾子向另一個聾子訓話，怎能輕易被打斷？如果不是審判庭深處突然打開了一扇小門，總督走進來，開始盡情發揮他的口才，澎湃激昂的弗洛里昂大人不知能在什麼時候、什麼段落才結尾。看見他進來，弗洛里昂先生並沒住口，而是腳跟一轉回過身，把剛才對凱西莫多訓斥的矛鋒突然對準總督：「大人，我懇請大人以公然藐視法庭之罪嚴厲懲罰被告。」

然後，他氣喘吁吁地坐下擦汗。汗珠從他的額頭上大滴地淌下，打溼了他面前的案卷，好像他流下的眼淚。羅貝爾・德・埃斯杜特維爾大人皺著眉頭，對凱西莫多做了一個威脅警告的手勢，耳聾的他居然看明白了。

總督嚴厲地對他說：「惡棍，你幹了什麼才被送到這裡？」

可憐的傢伙以為總督質問他的姓名，便打破習慣的緘默，用嘶啞的喉音應道：「凱西莫多。」

這一回答與法官的提問非常不匹配，又惹起哄堂大笑，羅貝爾大人氣得滿臉通紅，喊道：「你連我也敢嘲弄，可惡的傢伙！」

凱西莫多以為需要向法官報告他的身分，再次回答道：「聖母院的敲鐘人。」

我們已經說了，總督今早一睜開眼睛就不高興，如此古怪的回答就是火上澆油，他接著說：「敲鐘人！敲鐘人！我讓人拉你去巴黎街頭受刑，用大捆的冬青枝把你後背當鐘敲。聽到了嗎，惡棍？」

「您大概想要知道我的年齡，我想，到今年聖馬丁節我就二十歲了。」凱西莫多說。

這也太過分了！司法長官忍無可忍。

「啊！流氓，你嘲弄總督！執仗巡捕先生，快給我把這傢伙拉到河灘廣場的恥辱柱去，鞭打後再在輪盤上轉他。起碼要一小時。他要受到應有的懲罰，上帝的腦袋。我下令，本判決將在巴黎子爵采邑的七個領地，用四名法庭指定的號手高聲宣讀。」

書記官迅速草擬判決公告。

「上帝的肚皮！這才是公正的判決！」小個頭學生、外號「磨坊」的若讓．弗洛羅在角落裡叫喊。

總督回頭，兩隻眼睛對著凱西莫多噴火，說：「我聽到這傢伙說『上帝肚皮』！書記官，再寫上『褻瀆聖靈罰款十二巴黎但尼爾，其中一半捐給聖厄斯塔舍教堂作為維修費』，我專門信奉聖人厄斯塔舍。」

幾分鐘後，判決書就寫好了。內容簡單扼要。那個年代，巴黎子爵司法廳的例行判決書還沒有被蒂波．巴伊耶院長和皇家律師羅歇．巴爾納修正。這兩位法學家從十六世紀初期起要求在判決書上闡述全部的謬論和煩瑣的法律執行程序。在此以前，直走就能到達目的地。民眾不需要在荊棘中徘徊，一眼望去就能知道道路是通向輪盤，還是絞刑架，或者是恥辱柱。總而言之，起碼大家知道自己的去處。

書記官把判決書遞給總督。總督蓋上印，隨後離去巡視其他法庭，決心今天把巴黎的所有監牢塞滿。若讓．弗洛羅和霍班．普斯潘在偷笑。凱西莫多把這一切看在眼裡，神情冷漠、詫異。

當弗洛里昂．巴貝迪安先生閱讀判決書並準備簽字的時候，書記官對犯人動了惻隱之心，想給他減點刑。他盡量湊近預審法官的耳朵，指著凱西莫多對他說：「他是聾子。」

他原本以為共同的殘疾會感動弗洛里昂大人，因而對犯人開恩。但是，我們之前已經發現，首先，弗洛里昂大人不知道別人發覺他耳聾。其次，他耳朵聾得連書記官說的話也一個字都聽不見。然而，他卻偏要裝出聽見，回答說：「啊！啊！那就不同了。我原來還不知道。既然如此，那就多示眾一個小時。」

他修改了判決書，簽了字。

對凱西莫多懷恨在心的霍班．普斯潘說：「活該！看他以後還敢欺侮人。」

II 老鼠洞

昨天，尾隨著愛絲梅拉達，我們和格蘭古瓦一起離開了河灘廣場，現在請讀者允許我們再回到這個廣場。

這是早晨十點。一切讓人感到這是節後第二天。鋪石地面上，遍地狼藉，四處是垃圾、絲帶、布條、裝飾的羽毛、火炬的滴蠟、公眾會餐的殘羹。還有不少市民在散步，用腳踢著篝火餘燼的木炭，站在柱子樓前，回想昨日鋪掛在上面的美麗幃幔，雖然今天牆上只剩下一堆釘子，仍然讓人浮想聯翩。賣蘋果酒和草麥酒的小商販，滾動著酒桶穿過人群，一些人忙碌著，走過來又走過去。店家站在店鋪門前彼此招呼著，聊著天。大家都在議論節日、使臣、科勃諾爾、狂人教皇。大家比著看誰最會敘述，笑得最大聲。正當此時，四個騎馬的差官出現了，他們分頭站在恥辱柱的四邊，不一會兒，廣場上的一大部分民眾就被他們吸引，包圍上來。這些人寧肯在無聊中，一動不動地等待，也要看一場行刑。

現在，讀者觀賞了廣場上歡躍喧嘩的場面，可以將視線轉移向碼頭西角上那座半哥德式、半羅曼式的古閣，羅蘭塔樓，就會在其正面拐角處發現一本供大眾閱讀的祈禱書，版頁插畫極為華美，頂上有擋雨的披簷，四周有防盜柵欄，但大家依然可以翻閱。這本祈禱書旁邊有個尖拱形的小窗洞，面向廣場，由兩根鐵條交叉攔住。這是一間小屋的唯一開口，它位於古閣的最底層。這間斗室沒有門，是從古閣的厚牆中開鑿而成，一絲空氣、一縷陽光從窗洞漏入屋中。斗室外是巴黎最擁擠、喧嘩的廣場，此時更是人聲鼎沸，越發襯托出斗室中平和的幽靜和悲傷的沉寂。

三百年來，這間斗室聞名全巴黎。當年，羅蘭塔樓的主人羅蘭德夫人，為了追悼在十字軍東征中陣亡的父親，在自己私宅的牆壁上讓人開鑿了一間小屋，將自己關在其中。她擁有整座塔樓，卻給自己僅僅留下這間門被堵死、無論冬夏只開著一個窗洞的小屋，其餘的空間都贈送給窮人和上帝。悲傷的小姐在這座修好的墳墓中等死，一等就是二十年，她日夜為父親的亡靈禱告，睡在塵灰裡，連當枕頭的石頭都沒有，身上穿的是一個黑麻袋，只靠慈悲的過路人放在窗洞邊的麵包和水度日，在施捨別人之後，她接受別人的施捨。臨終前，也就是被遷入另一座墳墓之前，她把這個斗室留給悲痛的女人，留給那些想為別人或是為自己不斷地祈禱，而且願意將自己活埋在極度的痛苦或是嚴酷懺悔中的母親、寡婦或女兒。與她同時代的窮人用眼淚和祝福伴隨她的葬禮，令他們遺憾的是，這位虔誠女子，因為缺少靠山和關係，沒有被封為聖女。於是有些稍微不太虔誠的人，乾脆直接禱告上帝，希望在羅馬教皇身邊沒門路的她，能在天堂中找到自己的位置。大多數人將羅蘭德夫人視為神聖，把她穿過的舊衣做成聖物。為了宣揚這位老小姐高貴的意圖，巴黎城在斗室的窗洞旁安放了一本公用的祈禱書。這樣，當過路的行人在此處止步，哪怕只是為了祈禱，就會想到給予布施，使那些繼承了羅蘭德夫人洞穴的可憐的隱修女，不會在飢餓和遺忘中默默死去。

此類墳墓在中世紀的城市中並不少見。在最熙攘的街道上、最繁華的市場中、路中央、馬蹄下、車輪下，經常會有一個地洞，一口井，一間門被堵死、圍著柵欄的小屋，其中有人在日夜祈禱，心甘情願地將生命奉獻給悲歎的永恆而深痛的悔罪。這可怕的斗室，是房屋中的墳墓、市區中的墓地。這裡面的人，是與世隔絕的未亡人，也是一盞在黑暗中燃盡最後一滴油的燈，搖曳於洞穴深處的生命餘光。他們在石匣中呼吸、說話和無休無止的禱告，他們的臉永遠地轉向了冥世，他們的眼睛只被死後的太陽照亮，他們的耳朵緊貼著墓壁，他們的靈魂禁錮在軀體中，而軀體禁錮在監牢裡。被軀體和花崗岩雙重包圍的靈魂在痛苦地呻吟，這奇怪的現象在今日能喚起世人的思考，然而在當時卻是極為平常普通。那時人的虔誠不但粗糙還缺乏理智。他們籠統地接受、敬重、崇拜、奉為神聖，必要時還可以獻上祭品，然而對痛苦從不分析，會淡淡地表露出憐憫。他們會時不時地送給悲涼的苦行者一點食物，從窗洞探頭看看他是不是還活著，既不知道他的名字，也不清楚他作為未亡人已經多少年了。如果外鄉人打聽在這個地洞裡逐漸腐爛的活骷髏是什麼人，假若是男性，鄰居就會隨便地說：是個隱修士；假若是女性：是個隱修女。

那時的人就是這樣看世界，既不是形而上學，也不誇大，更不用放大鏡，一切都憑肉眼判斷。當時還沒有發明可以觀察物質世界，或者精神世界的顯微鏡。

況且，大家對此並不稀罕，因為這類幽禁在各個城市中都能見到。巴黎城就建了很多這類致力於祈禱和懺悔的斗室，基本上都有人住在裡面。的確也是因為教士一腔熱情，不讓這地方空著，如果空了，不就意味著信徒的信仰淡化了嗎？因此當沒有人在懺悔的時候，他們便把麻瘋病人關進去。除了河灘廣場那間斗室，鷹山還有一間，聖嬰公墓的墓穴裡也有一間，另一間不清楚在什麼地方了，也許是在克利雄府邸。還有好些設立在其他地方，因所在建築已經倒塌，只能憑著道聽塗說假設了。大學城也有，就在聖女熱納維耶芙山上，一個活在中世紀的約伯，每天在一口井深處的糞堆上唱七篇懺悔詩，整整三十年，唱完了又從頭開始，夜間哼得越發高昂，洪亮的聲音穿過黑夜[1]。今天，骨董商人走進「說話的井」街時，還能隱約聽到他的歌聲呢！

我們現在只講羅蘭塔樓的小屋，可以說它從來沒有缺過隱修女。羅蘭德夫人死後，很少有空過一兩年的時候。很多女人到這裡來，哭父母、哭情人、哭過失，直到哭死為止。愛嚼舌管閒事的巴黎人，什麼都要插一手，甚至關心與他們毫不相干的事情，非說這些女人中很少有寡婦。

按當時的風俗，牆上刻著拉丁文的格言，向有知識的路人講解這間小屋的虔誠用途。門的上端刻著一句精簡的句子解釋建築物的用途，這一習俗延續到十六世紀。今天在法國，大家還可以看到在杜維爾領主府的監獄小門上寫著「還是住嘴，只能期待」[2]；在愛爾蘭的福特斯居城堡大門上方的紋章下，寫著「強大的盾牌，領導者的救星」[3]；在英格蘭，好客的科勃伯爵莊園大門上寫著「這是你的家」[4]。因為那個年代，建築物都是思想的表現。

羅蘭塔樓那間砌死的斗室沒有門，有人在窗洞上方刻下羅曼體的兩個大字：「你！祈禱。[5]」老百姓看事情的眼光沒有那麼細膩微妙，他們非要把路易大帝[6]說成是聖德尼門，而這個黑暗潮溼的洞穴便被命名為老鼠洞。雖然不如前面那個高雅，卻是更為生動的形象。

1 原文為拉丁文，出自維吉爾的《埃涅阿斯紀》，VI，六一九。
2、3、4、6 原文為拉丁文。
5 原文為拉丁文，「Tu ora」發音和法語的「Trou aux rats」（老鼠洞）相近。

III

玉米酥餅的故事

故事發生的時候，羅蘭塔樓的斗室中有人居住。讀者要想知道是誰，需要傾聽三個正派婦人的聊天內容。當我們把讀者的注意力吸引到老鼠洞時，這三個婦人沿著河，從小堡向河灘廣場走來。

其中兩個是巴黎的中產階級市民的穿著打扮。雪白的細紗遮胸衣，紅藍條紋的粗呢裙子，白色織襪、邊角上繡著彩線，高高拉在小腿上，黑底方頭的褐色皮鞋，還有她們的帽子，就是香帕尼地區婦女今天還在戴的尖角帽，裝飾著絲帶、花邊和金屬箔片，可以和俄國禁衛軍擲彈兵的帽子相媲美。這身打扮表明這兩個女子屬於富有的商人階層，她們的身分介於如今僕人稱之為女人和夫人之間。她們沒戴金戒指，也沒戴金十字架，並不是因為她們貧寒，答案顯而易見，她們害怕被罰款。她倆的同伴也差不多這麼打扮，只是裝束和氣質上讓人覺得她更像外省公證人的老婆。她的腰帶居然掛到胯上，一看就知道她很久沒來巴黎了。而且，她的遮胸衣是百褶的，鞋子上綴著綢帶蝴蝶結，裙子上是橫紋而不是豎紋，還有其他不倫不類的細節，讓有品味的人看著不舒服。

前兩位女士，正邁著巴黎女子帶領外省女子逛巴黎時的那種步履。外省女子拉著一個胖男孩，男孩手裡拿著一塊酥餅。

我們很抱歉地補充一句：因為季節寒冷，他竟把自己的舌頭當作手帕來擦鼻涕。

孩子是被拖著走的，如維吉爾所說，邁著踉踉蹌蹌的步子[1]，不時被絆倒，引起他母親大叫。其實，他只盯著手中的酥餅，並沒看路。由於某種重要的理由，他才不張口去咬，而是眷戀地看著它。這塊餅本來應該由他的母親來拿，然而卻要胖娃娃來充當永遠飢餓的國王坦塔羅斯，真有些殘忍。

此時此刻，三位婦人同時開口，聊起來了。

三人中最年輕也是最胖的一位，對外省來的女子說：「快點吧，馬伊耶太太。我真怕去晚了。剛才小堡的人說，犯人就快被帶到恥辱柱了。」

另一個巴黎女子說：「嗨！沒事的，烏達德．繆斯聶太太，您擔心什麼呀？他要在恥辱柱上待兩個小時呢。我們有大把時間。親愛的馬伊耶，您見過恥辱柱示眾嗎？」

「在蘭斯見過。」外省女子回答。

「哎呀呀，你們蘭斯的恥辱柱算什麼？不過是一個用來折磨鄉下農民的爛籠子。這裡才是大場面呢！」

馬伊耶說：「何止鄉下人！在蘭斯的床單市場，我們見過許多匪夷所思的犯人，又殺父親又殺母親！哪裡只有鄉下人！您把我們當什麼了，熱爾維絲？」

外地女子差點為她的恥辱柱的名譽生起氣來，幸虧烏達德．繆斯聶太太識趣，及時打斷了話題。

「對了，馬伊耶太太，您覺得弗蘭德使者好看嗎？蘭斯也有這麼漂亮的特使團嗎？」

馬伊耶回答：「這個我承認，只有在巴黎才能看到這麼神氣的弗蘭德人。」

烏達德問道：「御使團中有個大個子使臣是賣襪子的，您看見了嗎？」

馬伊耶答道：「看到了。他活像農神薩圖恩。」

熱爾維絲又問：「還有個大胖子，臉光溜溜的像肚皮。還有個矮個子，小眼睛，紅腫的眼皮上亂七八糟都是毛。」

「他們的馬太好看了，」烏達德說，「全身是他們國家的傳統披掛！」

「親愛的，」外省來的馬伊耶打斷她，現在輪到她擺出居高臨下的姿態，「要是您能夠在六一年，也就是十八年前，蘭斯加冕典禮上，親眼看見王子和國王隨從的馬隊，不知會說什麼呢！各種各樣的馬鞍和馬披，有鑲著黑貂皮的大馬士革呢、金絲細呢，也有鑲著白鼬皮天鵝絨，還有的綴滿金銀飾物，掛著大個頭的金銀鈴鐺！那才是浪費錢呢！還有騎在馬上的小侍從，好看極了！」

烏達德太太乾巴巴地反駁：「雖然如此，弗蘭德使臣的馬就是好看，他們昨天到市政廳參加巴黎商會總監大人的晚宴，各類珍饈都齊全，還有糖杏仁、肉桂酒、東方來的香料。」

熱爾維絲喊出來：「您說什麼呀，我的好鄰居？弗蘭德使臣他們是在小波旁宮紅衣主教大人府用晚餐的。」

「不對，在市政廳！」

「是的。在小波旁宮！」

烏達德酸溜溜地說：「就是在市政廳，斯古拉布林博士用拉丁文向他們致詞，他們聽了滿意極了。這是我那位大學指定的書店老闆的丈夫告訴我的。」

1　原文為拉丁文，出自維吉爾的《埃涅阿斯紀》，II，七二四。

熱爾維絲也激動地回答：「明明在小波旁宮！紅衣主教大人的代表送給他們的禮品有：十二瓶半升的肉桂酒，有白酒、粉酒，和淡紅的；二十四大盒里昂雙層金黃杏仁糕；二十四支大蠟燭，每支兩磅重；六桶兩百升的波納葡萄酒，白酒和粉酒兩種，這是極佳的美酒。這可是確確實實從我先生那裡聽到的，他在市民接待室做官，手下有五十人，今早他還把弗蘭德使臣和從美索不達米亞來的讓神父及特雷比宗德皇帝使臣團來做比較，他們還是先王在世時來巴黎的，耳朵上都戴著耳環。」

烏達德聽到這番炫耀的話依然不動聲色，反駁道：「他們千真萬確是在市政廳晚餐，沒人見過如此豪闊的肉菜和糖杏仁。」

「我告訴您，他們由城防警官勒．塞克服侍用餐，地點在小波旁宮，您可不要弄錯。」

「在市政廳，錯不了！」

「在小波旁宮，親愛的！還用魔幻玻璃照亮大門上雕刻的『希望』兩個字。」

「在市政廳！在市政廳！是于松．勒．瓦爾演奏笛子。」

「我告訴您，錯了！」

「我也告訴您，就是！」

「我告訴您，不是！」

胖胖的烏達德正要回嘴，眼看爭論就要變成打架揪頭髮，幸虧馬伊耶突然驚叫：「快看好多人擠在橋頭！他們正在圍觀什麼。」

熱爾維絲說：「是啊，我聽到手鼓聲了。我猜是愛絲梅拉達和她的小山羊耍把戲。快點，馬伊耶！趕緊拉著孩子快點走。您來巴黎就是看看新鮮事物的，昨日您看到弗蘭德人，今天該看看埃及少女。」

「埃及少女！」馬伊耶猛地轉身，抓著兒子的手臂，「上帝保佑！她會拐跑我的孩子！快走，厄斯塔舍！」

她沿著河岸向河灘廣場一路小跑，直到遠離了橋。她拉著孩子跑，孩子跌倒了，雙膝跪在地上，她喘著大氣停了下來。烏達德和熱爾維絲趕上來。

熱爾維絲微笑著說：「埃及少女拐走您的孩子！您真能異想天開啊。」

馬伊耶若有所思地搔著頭。

烏達德提示說：「奇怪，麻袋女對埃及女人也是這麼想的。」

馬伊耶問：「麻袋女是誰？」

烏達德回答說：「嗯！是古杜樂修女。」

馬伊耶又問：「古杜樂修女又是誰？」

「您真是從蘭斯來的，這也不知道！」烏達德回答：「就是老鼠洞的隱修女！」

馬伊耶問：「難道就是那個需要我們送餅給她的可憐女人嗎？」

烏達德點點頭。

「是啊。等等您到了河灘廣場，就可以從小窗洞看到她。她對那些敲著手鼓給人算命的埃及人，和您的看法一樣。天知道她對吉普賽人和埃及人的害怕從哪裡來的。馬伊耶，為什麼您一看到吉普賽人和埃及人就逃走呢？」

馬伊耶雙手抱著兒子的圓腦袋說：「噢！我可不想遇到帕蓋特・歌樂花的不幸。」

「啊！您趕快跟我們講吧，我的好馬伊耶。」熱爾維絲邊說邊挽起她的胳臂。

馬伊耶回答：「好啊，正因為您是巴黎人才會不知道這件事。還是我說給你們吧。用不著站在這裡講……帕蓋特．歌樂花十八歲時是個漂亮姑娘，那時我也是，也就是十八年前，如果帕蓋特不犯這個錯誤，她今天也像我一樣，是個三十六歲的母親，有些發福卻依然青春，不但有丈夫，還有兒子。但從她十四歲起，人生就只有悔恨！她是蘭斯船上吟遊詩人兼提琴手居貝托的女兒。查理七世在加冕儀式上，乘船由維爾河順流而下，從西勒里出發至繆松，聖女貞德與他同船，居貝托還在聖駕面前表演過。父親去世時，帕蓋特年紀幼小，身邊只有母親，還有個舅舅叫馬蒂厄．普拉東，是巴黎帕蘭-加蘭街上的黃銅器皿匠和鍋匠，去年剛過世。你們看，她的出身還是可以的。她母親是個不錯的女人，但是只教給帕蓋特做針線活什麼的，雖然很窮，小姑娘卻長得很高。母女倆住在蘭斯河邊名為『心痛』的街上。請注意這點，我相信這正是帕蓋特不幸的起因。六一年，也就是我們的國王——上帝保佑的路易十一——加冕的那一年，帕蓋特又活潑又漂亮，大家都叫她『唱歌的花』。可憐的姑娘！她生著一口漂亮的牙齒，沒事就笑，露給別人看。然而俗話說得好，愛笑的姑娘將來會終日哭泣；漂亮的牙齒會讓人瞎了眼睛。歌樂花正是這樣。她和母親相依為命、艱難度日。自從樂師死後，她們也就窮下來。一星期的針線活，她們賺的錢不多過六個但尼爾，根本不到兩個鷹銅錢。她父親居貝托在獨一無二的加冕典禮上，唱一支歌便能賺到十二巴黎索爾，這種日子一去不復返了。一年冬天，就是六一年的冬天，母女倆連燒火的木柴都沒有，天氣又非常寒冷，把歌樂花的臉凍得紅通通的，男人叫她帕蓋特！還有些人叫她小雛菊！於是她墮落了……厄斯塔舍，我看到你在咬酥餅！……一個星期天，她去教堂，脖子上戴著十字架金項鍊，大家一看就知道她失足了。才十四歲！你們看！

她的第一位是年輕的科蒙特伊子爵，他的莊園在蘭斯三公里外。接著是國王殿下侍騎師亨利．德．特里昂古大人；然後，又降了一級，佩劍侍衛隊長官希亞爾．德．博利翁；再往後，越來越差，國王陛下的切肉師耶里．奧貝爾戎、太子殿下的理髮師馬塞．德．弗雷皮，還有國王陛下的廚子修道士泰毋南；然後，她的情人歲數越來越大、身分越來越低下，她跟了提琴手吉約姆．拉辛、路燈長官蒂埃里．德．梅爾。可憐的『唱歌的花』，誰要她，她就跟誰。好像一塊金幣被她花光了，只剩下最後一枚但尼爾。兩位太太，我還能說些什麼呢？還是六一年，國王加冕的那年，她淪落到給流浪漢大王鋪床呢！也就是一年的時間！」

馬伊耶長歎一聲，擦掉一滴淚水。

熱爾維絲說：「這可不是什麼新鮮精彩的故事，我一點都看不出來這和埃及人、和孩子有什麼關係。」

馬伊耶接著說：「您耐心點！說到孩子，您馬上就會有一個。六六年，到這個月聖保羅節為止，已十六年了，帕蓋特生了一個女孩。不幸的女人！她高興死了。她早就盼望有個孩子。她的母親、只知道閉著眼睛裝傻的女人，已經過世。在這個世界，帕蓋特不愛什麼人，也沒有什麼人愛她。失足後五年中，她就是個可憐蟲，孤零零地無依無靠，走在街上被人罵、被人指指點點、被巡捕毆打、被流浪兒嘲笑。她終於到二十歲了，對於以賣愛為生的女子來說，這是衰老的開始。她做這種荒唐事，卻不比從前賣針線活賺得多，每增添一條皺紋，就少一枚金埃居。冬天又變得無比艱難，火爐裡難得見到木柴，食櫥裡難得放著麵包。她什麼工作也做不下去，因為出賣肉體，人就懶惰了，然而她的苦難在於，越懶惰就越想出賣肉體。這也就像聖雷米的本堂神父解釋的，為什麼這類女人比別的窮苦女人在年老時更會受盡飢餓和寒冷的折磨。」

熱爾維絲評論說：「對的，可是埃及人呢？」

「等等，熱爾維絲！」烏達德說，她更有耐心地聽著，「要是一開頭就講完了，那要結尾幹什麼呢？請接著講，馬伊耶，這朵可憐的唱歌的花兒！」

馬伊耶接著講。

「她又是傷心，又是窮苦，淚水將雙頰都洗得塌陷下去。她在恥辱、瘋狂、放棄自我的時候想到：如果這世上有某種東西或是某個人能讓她愛、也能愛她，那麼她就不會感到無比的恥辱、瘋狂和被人遺棄。這必須是個孩子，因為只有天真無邪的孩子才能做到這點。她試圖愛一個小偷後終於弄明白了自己的需要。這個小偷是唯一可能要娶她的男人，可是沒過多久，她發現這個小偷看不起她……她們這類風塵女子，都需要一個情人或者一個孩子填補心靈的飢渴，不然她們就會非常痛苦……既然找不到情人，她就轉而渴望有個孩子了。何況她始終沒有放棄上帝，於是她將心底的願望在禱告時傾訴給慈悲的上帝。上帝可憐她，便賜給她一個女兒。她的開心，我就不和你們細說了，就是一場眼淚、撫摸、親吻的狂歡。她親自給孩子餵奶，拿自己床上唯一的被子做襁褓，她不再怕寒冷和飢餓。她又變成個漂亮的姑娘，老小姐成為年輕的母親。風流的故事又找到續篇。又有人來探望『唱歌的花』，她又找到買貨的客人。她將這些墮落變成小衣衫、小軟帽、圍脖、花邊小襯衫、小絲緞帽，卻沒想過給自己再買一床被子……厄斯塔舍先生，我跟您說過請別吃那塊酥餅……小阿妮絲，這是小女孩洗禮時的教名，因為歌樂花已經很久不再使用她的姓了。小阿妮絲身上的緞帶繡花肯定比多菲內的公主還要多！尤其那雙小鞋恐怕連國王路易十一也沒有！那雙小鞋，是做過繡花女的母親一針一線縫製和刺繡的，她用的心思不亞於給聖母做一件袍子。這雙粉紅小鞋，精緻可愛、天下無雙！也就只有我的大拇指這麼長，要不是看見孩子的小腳丫脫去鞋子，很難相信那雙小腳能穿進去。這雙小腳丫又小巧，又漂亮，又粉嫩！賽過鞋面的粉緞子！烏達德，等您有了孩子，您就會知道世上沒什麼能比小手小腳更可愛的了。」

烏達德歎氣：「我當然期待了。不過，還要等安德里．繆斯聶先生願意才行。」

馬伊耶又說：「何況，帕蓋特的小孩不僅是一雙腳好看而已。我見到孩子時她才四個月，真是小可愛！她的眼睛比嘴巴還大，一頭柔軟的黑髮，還帶著鬈。等她長到十六歲，肯定是個神采飛揚的棕髮美女。一天天過去了，她母親更加瘋狂地愛她，撫摸她，親她，抓癢她，給她洗澡，打扮她，含在嘴裡怕化了！她高興得發昏，越發感謝上帝。尤其是女兒那雙玫瑰花般的漂亮小腳丫，讓她讚歎不已，欣喜若狂！她總是把嘴唇貼在小腳丫上，捨不得放開。她一會兒給孩子穿上小鞋，一會兒脫下來，越是讚不絕口，越是覺得完美無瑕，透過小腳趾頭看世界更有意思。她拉著孩子在床上蹣跚學步，居然還會心疼，她可以一輩子跪在地上，給這雙腳丫子穿鞋脫鞋，好像這是聖嬰耶穌的腳丫。」

熱爾維絲壓低聲音說：「故事倒是挺好聽，可是埃及人在哪裡呢？」

「馬上就來了！」馬伊耶回應，「這一天，蘭斯來了一群騎馬的人，他們形象特異，是一幫叫花子和流浪漢，在他們的公爵和伯爵率領下，穿越蘭斯地區。他們皮膚發黑，滿頭鬈髮，耳朵上掛著銀環。女人比男人還要醜，臉更黑，頭上也不戴帽子，上身披著破爛的短披風，其實就是掛在肩頭、粗繩織的舊被單，頭髮紮成馬尾巴形狀。蜷縮在她們腿中的孩子難看得能把猴子嚇跑。這是一群被逐出天主教門的人。他們從埃及經過波蘭來到蘭斯。聽說，教皇接受了他們的懺悔，命令他們在人間流浪七年，不許在床上睡覺，才得以贖罪。他們臭氣熏天，被稱為『悔罪者』。傳說他們原是來自阿拉伯和西班牙的撒拉遜人，所以才信奉朱比特，見到戴十字架和法冠的大主教、主教和修道院院長，有權索要十個圖爾里弗爾，這規定來自教皇的一道訓諭。這次他們宣稱受阿爾及爾國王和德意志皇帝之託，來蘭斯給眾人卜占未來。您可以猜想到，單憑這一點，便足以禁止他們進入蘭斯城。這隊人馬毫無怨言地安頓在布安納城門外、舊日的石灰坑旁，有個磨坊的小山丘上紮營。蘭斯人爭先恐後地去看他們。他們給您看手相，只揀好的告訴您，就連猶大都能是未來的教皇。不過，也有關於他們的各種流言，說他們偷孩子，扒錢包，吃人肉。理智的人對犯傻的人說：『千萬不能去！』然而自己卻悄悄過去。只能說是一陣頭腦發熱。其實，他們說的話能驚呆紅衣主教。埃及女人能在孩子的手相中看出各種異教徒和土耳其人的奇蹟符號，母親沒有一個不得意洋洋地到處炫耀，說自己的孩子將來真會是皇帝、教皇、軍官。可憐的歌樂花特別好奇，很想知道自己到底是什麼命，她漂亮的小阿妮絲會不會是未來的亞美尼亞女皇之類的。她把女兒抱去見埃及人。埃及女人對這個娃娃讚不絕口，又是用手摸她，又是用黑黑的嘴唇親她，還對她的小手叫絕。唉！讓母親尤其高興的是埃及女人對著寶寶美麗的腳丫和美麗的小鞋歡呼讚歎、手舞足蹈。寶寶還沒滿周歲，已經可以結結巴巴地吐字，傻傻地向母親笑，她胖嘟嘟、圓鼓鼓的，做出許多小天使般的可愛小動作。但是她被埃及女人嚇壞了，哇哇大哭。神算的女人預言孩子的命中有大富大貴，將會是個大美人、一個貞潔的女子、一個王后。母親熱烈地親吻她，抱著她高高興興地回到了心痛街的小閣樓，自豪地將一個王后帶回家中。第二天，她趁著孩子在她的床上睡覺──母親向來都是和孩子睡在一起──，將房門輕掩，跑到乾旱街的女鄰居那裡，將她女兒阿妮絲有一天會由英國國王和衣索比亞大公服侍著用餐，以及其他意想不到的好事講給鄰居聽。回家的時候，她在樓梯上沒有聽到嬰兒的哭聲，心想：『還好！孩子還在睡呢。』結果她發現房門開著，比她剛離開時大得多。可憐的母親，走進去，直奔床頭……孩子不見了，床上空空的，除了一隻漂亮的小鞋，孩子已經無影無蹤了。她衝出門，跑到樓下，用頭撞牆，大喊：『我的孩子！誰有我的孩子？誰抱走了我的孩子？』街上空蕩無人，她的屋子比較偏僻，沒有人能告訴她發生了什麼。她在城中翻遍大街小巷，這裡那裡，到處亂找，跑了一天。她像一頭丟了小崽子的母獸，神情恍惚，發瘋般凶猛可怕，在每家每戶的門窗上亂嗅。她喘著大氣，披著頭髮，相貌猙獰，眼睛中的火焰把淚水都燒乾了。她到處攔路人，嚷道：『我的女兒！我的女兒！我那漂亮的小寶寶！誰把我女兒還給我，我願意做他的女僕、做他的狗的女僕，要是他願意，活吃我的心也行。』她遇到了聖雷米教堂的神父，對他說：『神父先生，我可以用手指頭去刨地，把我的孩子還給我！』……烏達德，讓人撕心裂肺啊。檢察官蓬斯．拉卡勃先生是個鐵石心腸的人，我親眼看到他流下眼淚。『啊！可憐的母親！』晚上，她回到家。在她不在家的時候，有個女鄰居看到兩個埃及女人抱著一包什麼東西偷偷上了樓，關好門後又下樓來，趕緊溜走了。她倆走後，有人聽到帕蓋特房中有孩子的哭叫聲。母親高興得大笑，像長出翅膀一樣飛上樓、像炮彈一樣破門而入……恐怖的事情發生了，烏達德！她看到的並不是那可愛的阿妮絲，仁慈的上帝恩賜給她的，紅潤、嬌嫩的禮物，而是一個小妖怪，醜陋、跛腳、獨眼、畸形，在地磚上爬來爬去嚷嚷著。她連忙捂住眼睛避開這種恐怖，說：『噢！難道是巫婆把我的女兒變成了這頭可怕的畜生？』人家趕緊把小羅圈腿抱走，不然會讓她發瘋的。這一定是某個把靈魂獻給魔鬼的埃及女人生下的小鬼，大概四歲左右，說出的話不像人話，而是一些無人明白的字……歌樂花撲向那隻小鞋，她現在一無所有，這是唯一的愛的殘片。許久她站著不動，不張嘴也不喘氣，大家都以為她死了。突然她渾身開始發抖，狂吻手中的聖物，放聲大哭，彷彿她的心剛剛被戳破了。如果是我們，也一定會大哭。她說：『啊！我的小寶貝呀！我漂亮的小寶貝呀！你在哪裡？』讓人聽了肝腸寸斷。現在想起來我都有淚水。你們看，誰的孩子不是母親骨頭裡的骨髓呢？……我可憐的厄斯塔舍！你長得太帥了！你們看這孩子可乖了！昨天他對我說：『我長大了要當騎兵憲兵！』哦，我的厄斯塔舍呀！如果我把你丟了！……歌樂花突然起身，在蘭斯城一邊狂奔一邊大叫：『到埃及人的營地去！到埃及人的營地去！巡捕快燒死那群巫婆！』然而埃及人已經離開了……天黑了，沒辦法追趕他們。第二天，在離蘭斯八公里外，處於格歐和蒂魯瓦之間的灌木叢中，有人發現了篝火的殘跡，帕蓋特孩子用的幾根綢帶、很多血點和山羊糞。前夜正是週六，毫無疑問，這些埃及人在灌木叢中舉行過巫法會，和魔鬼別西卜一起分吃了小女孩，回教徒也有這種行為。聽到這可怕的消息後，歌樂花沒有哭，嘴唇顫動，像要說話，然而一句話也說不出來。第二天，她的頭髮全變成灰白色了。第三天，她就失蹤了。」

烏達德說：「唉，這真是一個令人驚悚的故事，連勃艮第人聽了也會落淚。」

「現在我知道您為什麼害怕埃及人了！」熱爾維絲補充道。

「幸虧您剛才帶著您的厄斯塔舍逃開了，」烏達德接著說，「這夥埃及人也是從波蘭來的。」

熱爾維絲說：「不對。人家說是從西班牙和加泰隆尼亞來的。」

「加泰隆尼亞？也許吧。」烏達德回答，「波蘭尼亞、加泰隆尼亞、瓦盧尼亞，我總會搞混這三個地區。但是他們肯定都是埃及人。」

「他們肯定滿嘴都長著用來吃小孩的獠牙。」熱爾維絲補充道，「我覺得愛絲梅拉達肯定也吃，而且一邊吃還一邊噘小嘴。她的小白羊就會很多鬼把戲，這裡絕對有邪道魔法。」

馬伊耶若有所思、默默無聲地走著。她還沉浸在悲慘故事引起的震撼中，這種震撼，能將人所有的心弦都一根根撥動。熱爾維絲對她說：「歌樂花有下落嗎？有沒有人知道？」

馬伊耶沒有答應。熱爾維絲搖著她的手臂，叫著她的名字，又問了一遍，馬伊耶這才從遐想中驚醒。

「歌樂花的下落嗎？」她呆呆地重複，好像剛聽到這句話。然後，她慢慢弄明白話的意思，便激動地說：「唉！沒有消息了。」

馬伊耶停頓一下，又說：

「有人說看到她傍晚的時候從弗雷相博門出了蘭斯城；也有人說她是在天亮時分從老巴澤門出城的。一個窮人在一塊菜地小市場的石十字架上摘下她的金十字架。就是六一年她失足換來的首飾，是她的第一個情人，英俊的科蒙特伊子爵送給她的禮物。帕蓋特再窮，也捨不得把它當掉，把它和生命看得一樣重要。看見被遺棄的金十字架，我們都相信她已經死了。可是旺特酒店的人說看見她赤腳走在通往巴黎的石子路上。如果是這樣的話，她就是從維爾門出的城，人家並不這麼看。換個說法也就是，我認為她確實是從維爾門出城的，就從這個門走出人世。」

熱爾維絲說：「我不明白您的意思。」

馬伊耶憂傷地微笑著：「維爾，這是一條河。」

烏達德不由得顫抖了一下：「可憐的歌樂花！投河自盡了！」

「投河自盡！」馬伊耶緊接著說。「想當初，她的父親居貝托坐著船，唱著歌，從丹格橋下漂過，有誰知道有一天，他親愛的小帕蓋特也從這橋下漂過，既沒歌聲，也沒有船隻陪伴呢？」

「還有小鞋呢？」熱爾維絲問道。

「和母親一起消失了吧。」馬伊耶回答。

「可憐的小鞋啊！」烏達德說。

胖胖的烏達德心很軟，跟著馬伊耶唉聲歎氣，原本就心滿意足了，可是熱爾維絲更為好奇，她覺得還沒有得到全部答案。

她突然問馬伊耶：「怪物呢？」

「哪隻怪物？」馬伊耶問。

「就是巫婆丟在歌樂花家中，用來換走她女兒的那個埃及小怪物！你們幹了些什麼？但願你們把他也扔到水裡淹死。」

馬伊耶回答：「不是您想的那樣。」

「怎麼！難道燒死了嗎？其實，這樣更好。一隻小妖精！」

「都不是，熱爾維絲。大主教先生關注了這個埃及孩子，為他驅邪還洗了禮，細心地將附在他身上的魔鬼趕走，然後把他送到巴黎，放在聖母院前的木床上，作為棄嬰讓人收養。」

熱爾維絲嘟囔：「這班主教，因為他們博學，做事和別人就是不一樣。您想想，烏達德，把魔鬼放到棄嬰堂！這個小怪物一定是魔鬼……唉，馬伊耶，他來到巴黎後發生了什麼？但願沒有一個好心腸的人會抱走他。」

蘭斯女人答道：「我不知道。那時我丈夫買下了貝呂公證所，離蘭斯城有八公里，我們就不再管這件事了，再說，貝呂前有塞合內兩座小山，擋住了蘭斯大教堂的鐘樓，看不到也就不打聽發生在教堂中的事了。」

聊著天，三位體面的女市民來到了河灘廣場。因為聊得熱鬧，她們路過羅蘭塔樓公用祈禱書時並沒有止步，下意識地朝恥辱柱走去。周邊圍觀的群眾數目不停地增長，大概這個如此引人注目的場面讓她們徹底忘記了在老鼠洞前逗留的打算。倒是馬伊耶手中牽著的六歲小胖子厄斯塔舍突然提醒了她們，好像他的本能告訴他，老鼠洞已經甩在身後。他問：「母親，現在可以吃酥餅了嗎？」

如果厄斯塔舍有點小心機，也就是說不是那麼嘴饞，他就會再等等，等到回到大學城，到了瓦朗斯夫人街安德里．繆斯聶先生的家裡，等到老鼠洞和玉米餅中間隔著塞納河的兩條河汊和老城的五座橋，再羞澀地提出這個問題：「母親，現在能吃酥餅了嗎？」

此時此刻，厄斯塔舍提出這個問題是很冒險的，他提醒了馬伊耶。

她一下子叫了起來：「對啦，我們把隱修女給忘了！指給我老鼠洞的方向，我要給她送餅去。」

烏達德說：「好的。這可是善事。」

這可不是厄斯塔舍的小盤算。

「這是我的酥餅呀！」他聳左肩，又聳右肩，用肩頭撞著兩邊的耳朵，表示他非常不滿，憤怒至極。

三個婦女轉身回走，快到羅蘭塔樓的時候，烏達德對另外兩個人說：「我們三個人不能同時都往洞裡看，會驚嚇到麻袋女。你兩人假裝閱讀祈禱書的贊主篇的時候，我到洞口去看看。麻袋女大概認得我。我會告訴你們什麼時候可以過來。」

她一個人走到窗洞，眼睛往裡一瞟，臉上露出悲憫的表情，快樂明朗的面容頓時變了顏色，好像她從太陽裡走到月光下。她的眼睛溼了，嘴巴抽動著，好像要哭出來。過一會兒，她將一隻手指按在嘴唇上，示意馬伊耶過來。

馬伊耶感動不已，踮起腳，輕輕地走過去，像是靠近臨終人的床頭。

兩位女士從裝有柵欄的老鼠洞窗口往裡看，既不敢動，也不敢出氣。呈現在她們眼前的景象異常淒涼。

斗室狹窄，寬度長於深度，尖拱頂，從裡面看，形狀像主教的法冠。光禿禿的石板鋪地，一個女人蹲坐在一個角落裡。她的下巴貼著雙膝，交叉的雙臂緊緊抱在胸前。她就這樣蜷縮著，一條棕色粗布麻袋罩著她，全身都是寬大的皺褶，她灰白的長髮從前面披下來，遮住臉，順著小腿蓋到腳上。第一眼看去，她只是小屋陰暗中顯露出來的怪形體，一個黑三角，從洞口透進來的陽光將她的身體切成兩半，塗上兩種反差的色調，一半昏暗，一半明亮。就像我們在夢中或是在戈雅[2]的傑作中所見到的，在黑暗和光明中飄蕩的一隻幽靈，蒼白地、靜止地、陰森森地蹲在墳頭或靠在牢房的欄杆上。她既不是女人，也不是男人，既不是活人，也不是有邊角的形體。她只是一個形象，是真實與虛幻、黑暗和光明碰撞時產生的幻覺。從她垂地的長髮中，依稀能夠分辨出一個消瘦、冷酷的身體；她的長袍下露出一隻赤腳，蜷縮著踏在堅硬冰凍的石板地上。這喪服掩蓋下若隱若現的身體，讓觀者一陣陣心寒。

這個物體，彷彿被封印在石板上，看起來既沒有動作，也沒有思想，也不呼吸。此時正是一月分，她赤身裸體，只套著一件薄薄的麻袋衫，癱倒在花崗石的地面上，在一間監牢的黑影中。她沒有火取暖，歪斜的通風口從外面迎入的是寒風，而不是太陽。她好像並不痛苦，甚至沒有感覺。好像她和監牢化作一塊石頭，成了季節中的一塊冰。她雙手合掌，兩眼發直。第一眼看到她，人家會以為是個鬼，第二眼以為是座雕塑。

然而，她青紫的嘴唇會時不時張開，機械地、麻木地顫抖著呼氣，好像是風吹來就擺動的樹葉。然而，她晦暗的眼睛流露出一種目光，難以言喻，一種深沉、陰鬱、不受外界干擾的目光，緊緊地盯著斗室中的一個角落、一個從外面看不清楚的地方。這目光彷彿將靈魂的一切傷感和悲切都投射到某種奇異的東西上了。

這就是因為她的棲身之地而被稱為隱修女、因為她的衣服而被叫作麻袋女的人。

熱爾維絲也過來，和馬伊耶、烏達德湊在一起，三個人從窗洞向裡張望。她們的頭擱住了照進監獄的弱光，然而不幸的女人依然沒有注意她們。烏達德低聲說：「別擾亂她。她正在打坐祈禱。」

馬伊耶仔細打量著這憔悴、傷殘、披頭散髮的臉。她越來越憂傷，淚水在眼圈中打轉，嘀咕：「這真是太奇怪了。」

她將頭伸過通氣孔的欄柵，終於能看到不幸的女人緊盯的角落。

當她將頭從窗洞縮回來時，她的臉上滿是淚水。

她問烏達德：「您怎麼稱呼這個女人？」

2　西班牙浪漫主義畫派畫家，代表作〈裸體的瑪哈〉、〈著衣的瑪哈〉。

烏達德說：「古杜樂修女。」

馬伊耶又說：「可是我叫她帕蓋特．歌樂花。」

她伸出指頭放在嘴前，向驚訝的烏達德示意，讓她也伸頭到窗洞裡看。

烏達德探頭看去，順著隱修女陰沉發呆的目光，她發現角落裡有一隻金絲銀線的粉紅繡花小緞鞋。

在烏達德之後，輪到熱爾維絲伸頭。三個女子，遠遠看著悲慘的母親，都落下淚來。

無論她們探頭還是哭泣，都絲毫沒有引起隱修女的注意。隱修女緊合雙掌，一聲不發，兩眼發呆。知道她身後故事的人，會覺得這隻小鞋真是讓人心碎。三個女子一直沒有開口，她們不敢作聲，連低語也不敢。這種壓抑的肅靜、這種痛苦的折磨，除了一件物品，其餘的一切都被遺忘，這種極度的失憶，讓她們覺得置身於復活節或耶誕節的祭臺前。她們在沉思、在哀悼，隨時可以跪下。她們覺得自己好像在耶穌受難日走進了教堂。

最後，熱爾維絲，三個人中最好奇，因此也是最不敏感的一個，嘗試著讓隱修女開口說話：

「教姊！古杜樂教姊！」

她叫了三遍，一次比一次聲音大。隱修女一動不動，一聲不出，也不看一眼，也不歎口氣，好像死了一般。

輪到烏達德來叫，她的聲音更柔和溫存：「教姊！聖女古杜樂教姊！」

還是沉默和無動於衷。

熱爾維絲大喊：「怪女人！大概炮聲響了都不會有反應！」

「也許她聾了。」烏達德歎氣說。

「也許瞎了。」熱爾維絲補充。

「也許死了。」馬伊耶說。

如果靈魂還沒有離開這麻木、沉睡、殘疾的軀體，至少它已經隱退或者藏到某個深淵，外部器官的感知再也傳遞不到訊息的地方。

烏達德說：「只好把這塊酥餅放在窗洞上。孩子肯定會偷走的。怎樣才能叫醒她呢？」

厄斯塔舍一直在全神貫注地看一隻大狗拖著一輛小車從他面前走過，忽然發現母親和兩個阿姨正在窗洞張望，也起了好奇心，蹬著一塊界石，踮起腳尖，把紅撲撲的胖臉貼到窗口上，大聲嚷嚷：「母親，我也要看！」

聽到這清脆、清新、清亮的童音，隱修女顫抖了一下，好像鋼彈簧般迅速地轉過頭，兩隻嶙峋的長手將擋在前額的頭髮隔開，驚訝、苦澀、絕望地盯了孩子一眼。但這目光像閃電般隨即消逝了。

「哦，我的主啊！」她突然叫了一聲，將頭藏在兩膝中。她嘶啞的聲音彷彿把胸膛都撕裂後才發出來，「請至少不要讓我看到別人的孩子！」

「您好，太太。」孩子嚴肅地說。

這個打擊可以說把隱修女完全驚醒了。她從頭到腳，全身在發抖，牙齒上下碰撞。她半抬起頭，兩肘緊緊夾住腰，雙手握著兩腳，好像要取暖：

「噢！寒冷的冬天！」

「可憐的女人，您要火嗎？」烏達德憐憫地說。

她搖搖頭拒絕了。

烏達德向她遞出一個小瓶，又說：「好吧，這是肉桂酒，可以給您暖和身體，喝吧！」

她又搖頭，呆呆地看著烏達德，說：「要水。」

烏達德勸道：「不行的，教姊，涼水不是一月分喝的。喝一口酒吧，吃口這塊我們為您做的玉米酥餅。」

她拒絕馬伊耶遞出的酥餅，說：「我要黑麵包。」

熱爾維絲也憐憫不已，脫下身上的羊毛披風，說：「拿去，這件比您身上穿的要暖。快披到您肩上！」

像酒和酥餅一樣，她也拒絕了這件披風，說：「我要麻袋。」

善良的烏達德說：「您還是收下吧。您大概聽出來昨天是節日！」

隱修女說：「我知道。我水罐裡已經兩天沒水了。」

她停住嘴，過一會兒又說：「過節的時候，大家就把我忘了。他們沒錯。我不關心世人，世人為什麼要關心我呢？炭火滅了只有冷灰相伴。」

她好像因為話說多了而疲倦，又將頭放在膝蓋上。烏達德是個簡單而善良的人，以為聽懂了她最後一句話是在抱怨天冷，就天真地回答：「原來如此，您要火嗎？」

「火！」麻袋女怪聲怪氣地說，「您能給入土十五年的小可憐也點上火嗎？」

她全身哆嗦，聲音顫抖，眼睛閃閃發光，跪著站起來。突然她伸出蒼白乾枯的手，指著正在用詫異的眼光打量她的小孩喊：「快把孩子帶走！埃及女人就要來了！」

她一頭撲倒在地，額頭撞到石板上，發出石頭撞擊石頭的響聲。三個女人以為她死了，然而過了一會兒，她蠕動起來。三個人見她用膝蓋和手肘爬行，磨蹭到小鞋所在之處。這時她們不敢看下去了，看不到她，卻能聽到接連不斷的親吻和歎息、撕心裂肺的叫聲，還有好像用頭撞牆的咚咚聲。一聲猛烈的撞擊將三個女子都嚇得跌倒，隨後她們就什麼也聽不到了。

「她把自己撞死了？」熱爾維絲說著，大膽地將頭探入窗洞。「教姊！古杜樂教姊！」

「古杜樂教姊！」烏達德跟著也喊。

熱爾維絲又說：「啊！主啊！她一動不動了！她死了嗎？古杜樂！古杜樂！」

馬伊耶一直在抽泣而說不出話來，此時努力克制住自己，說：「等等。」她探身向窗洞喊，「帕蓋特！帕蓋特．歌樂花！」

一個孩子傻傻地去吹一支他以為沒點燃的鞭炮，結果被鞭炮炸到眼睛，他此時的感覺怎麼也比不上馬伊耶突然叫出古杜樂修女真實姓名後，所受的驚嚇。

隱修女渾身顫抖，光腳站起來，撲向窗洞。她的雙眼中燃燒著怒火，把馬伊耶、烏達德、熱爾維絲以及小孩嚇得退到河岸的欄杆前。

隱修女陰森恐怖的臉出現在窗洞，貼在柵欄上。她厲聲大笑說：「噢！噢！是埃及女人在找我吧！」

就在這時，她狂亂的目光卻被恥辱柱那邊發生的情景所吸引。她厭惡地皺起額頭，將兩隻枯骨般的手伸到斗室外，彷彿在做垂死掙扎。她嘶啞地大叫：「還是你，埃及女人！是你在召喚我吧，偷小孩的賊！好吧！我咒你死！你去死！死呀！死呀！」

IV 一滴水換一滴淚

隱修女的這句話讓兩組平行進行的場景終於交匯在一起。在此之前，兩組場景在各自的舞臺上進行，一幕，我們剛剛讀到，發生在老鼠洞，另一幕，我們馬上就可以讀到，在恥辱柱架子上進行。第一幕的觀眾只有讀者剛剛認識的三位女子，後一幕的觀眾是我們之前見到的，湧入河灘廣場、圍聚在恥辱柱和絞架周圍的芸芸眾生。

早上九點，觀眾看到四名騎馬的差官分散站立到恥辱柱四角，便期待著行刑了。如果不是絞刑，起碼會是笞刑，或者是割耳，無論怎樣，總會有看頭。於是圍觀的人群急劇增多，四名差官被擠得不止一次用馬鞭抽打，用馬屁股推擋，也就是當時的人所說的「壓榨」。

這群人，早已養成了等待行刑的紀律，並不顯得著急。他們觀望著恥辱柱，以此為消遣。這個柱子是一塊大概三公尺高的簡陋立方體，中間掏空，其中有一道陡峭的石塊階梯，被恰當地叫作梯子，直通頂上的平臺和上面平放著的橡木輪盤。受刑者被跪著綁在轉盤上，雙臂反剪。柱子裡暗藏著絞盤，當它轉動起來，帶動一根木頭輪軸，因而使輪盤在水平線上轉動。無論站在廣場哪一個角落的人都可以看到不斷轉動的犯人。這就是大家所稱的「車轉罪犯」。

正如讀者所見，就娛樂性來說，河灘廣場的恥辱柱遠遠比不上菜市場的那根。它既沒有建築的藝術性，沒有建築的氣派，也沒飾有鐵十字架的屋頂，更看不到八角燈，也沒有環繞屋簷的、鑲嵌著石花和石葉的精緻小圓柱，也沒有神祕怪獸形狀的簷槽、精雕細刻的樑柱、精美絕倫的浮雕。

在這裡只能欣賞到碎石砌成的四塊臺壁、砂岩的臺頂和臺底，還有輪盤旁一個乾硬、赤裸、陰森森的石柱絞架。

對於哥德式建築藝術愛好者，這也許會讓他們失望。不過，對於中世紀這些喜歡看熱鬧的閒人，對建築物根本不感興趣，他們才不在乎恥辱柱是否美觀呢。

終於，犯人被綁在一輛小木車後端，被押送到了。他被推上平臺，被人用繩子和皮條緊緊地捆綁在恥辱柱的轉輪上，廣場上各個角落都能看到他。人群中突然爆發出一陣狂風般的噓聲，混雜著笑聲和歡呼聲。大家認出了凱西莫多。

果然是他。他用奇特的方式再次登場。昨日，在這相同的廣場上，在埃及大公、攬錢王與伽利略皇帝陪伴下，他接受了眾人的敬禮、歡呼，被推舉為愚人教皇王子殿下，今日，他居然上了恥辱柱！有一點可以確定，沒一個觀眾，包括從勝利者變為受刑人的凱西莫多，腦袋中可以把現在的情況和從前加以對比。要是格蘭古瓦和他的哲理在場就好了。

過了一會兒，國王陛下任命的號手米歇爾・努瓦雷叫大家肅靜，按照總督的裁決和指令，宣讀判決書。隨後，他帶著身穿制服盔甲的手下退到木車後面。

凱西莫多面無表情，也沒皺眉。反正任何反抗都是無用的，按照當時刑事司法的術語，他被「猛烈而堅實地捆綁」，也就是說皮條和鐵鍊很可能已經嵌入他的皮肉中。其實，這不過是監獄和酷刑的傳統罷了。今天的我們，如此文明、溫良和人道，卻依然保留著手銬、勞役和斷頭機。

凱西莫多任由他人拖拉、推扛，弄到高處後，反覆捆綁。人家從他的臉上只能看到野人或是傻子的驚訝，猜不到任何想法。大家知道他是聾子，但他現在更像個瞎子。

他被押解到輪盤上，任憑擺布，只能跪下。外衣和襯衫被剝到腰間，他也不反抗。他重新被皮條和尖扣針綁定，任人捆紮。只是他會時不時地大聲喘氣，像被綁在屠夫車上的小牛，腦袋垂掛在車外，搖擺不定。

磨坊若讓．弗洛羅對他的朋友霍班．普斯潘說（兩個學生當然追隨受刑人到了現場）：「就是頭笨豬！他還沒明白發生了什麼事呢，連一隻關在盒子裡的金龜子都不如！」

當群眾看到凱西莫多赤裸的駝背和雞胸、長著厚繭和濃毛的雙肩時，大笑不已。正當大家笑得正開心的時候，一個身穿市政制服、短粗強悍的人登上平臺，站到犯人旁邊。眾人立刻念著他的名字，他是小堡法庭指定的行刑人皮艾拉．刀特呂先生。

首先，他將一個黑色沙漏放在恥辱柱的一角。沙漏上半部裝滿的紅色細沙開始向下半部落下去。然後，他脫掉身上的雙色外衣，一根白色長皮條編成的細皮鞭從他的右手垂下，閃閃發亮。皮鞭到處是小疙瘩，鑲嵌著金屬蒺藜。他用左手漫不經心地把右臂襯衫的袖子捲至腋下。

若讓．弗洛羅將他長滿金色鬈髮的頭伸到人群的高處（為此，他爬到霍班．普斯潘的肩上），高叫著：「各位先生、各位女士，現在進行的是，嚴厲鞭打我長兄若札副主教大人的敲鐘人凱西莫多先生。他屬於東方建築藝術造型，他的脊樑是拱頂，雙腿是彎曲的圓柱！」

人群中響起一片笑聲，尤其是孩子和姑娘。

終於，行刑人跺了下腳，輪盤開始旋轉。被捆綁的凱西莫多搖晃了一下，畸形的臉上突然顯露出驚慌的神情，圍觀的群眾笑得更大聲了。

旋轉的輪盤猛地將凱西莫多的駝背送至皮艾拉先生處，皮艾拉先生揮起臂膀，細長的皮條在空氣中尖銳地嘶嘶作響，如同一條毒蛇，凶猛地襲擊可憐鬼的肩膀。

凱西莫多不由自主地試圖跳起來，好像剛從夢中醒來。他這才明白發生了什麼。他在捆綁下扭動，驚訝和疼痛使他的面部肌肉劇烈扭曲變形。但是他沒有發出任何歎氣聲。他只是將頭向後仰，向右擺，再向左擺，將頭甩來甩去，好像一頭被牛虻叮到腰間的公牛。

第二鞭緊跟著第一鞭，然後是第三鞭，再一鞭，還有一鞭，鞭子不斷地抽下。輪盤不停地旋轉，皮鞭像雨點般打下。很快血就噴出來，在駝子黝黑的肩膀上劃出無數條小溪流。細長的皮條尖叫著在空中飛舞，將血灑向人群。

凱西莫多又恢復了原先麻木的狀態，至少看起來是這樣的。他先是不吭聲，也沒有什麼大動靜地暗暗掙斷身上的捆紮。人家看到他的獨眼在發光，肌肉收緊，四肢向內縮去，皮帶和鏈條繃緊。他的掙扎十分有力，又十分絕望。然而司法部陳舊的鏈條卻十分堅固，只是發出一陣聲響而已。凱西莫多用盡全力，癱倒在地，臉上的驚異變成痛苦的沮喪。他閉起了獨眼，腦袋垂到胸前，一動不動了。

這之後，他再沒什麼反應了。不管是血在他的身上流淌如注，還是行刑官興奮地將自己的怒火全部都發洩到他的身上，鞭撻越來越狠辣，皮鞭發出比蟲子的嘶叫還要尖銳的叫聲，都不能讓他動彈一下。

小堡法庭一位穿黑衣、騎黑馬的公證人在行刑開始的時候就站在梯子旁邊，終於，他伸出烏木棒，指著沙漏。行刑人住手，輪盤停止轉動。凱西莫多的眼睛慢慢地張開。

鞭刑完畢。法定行刑人的兩名隨從前來擦洗受刑人鮮血淋淋的肩，給他塗上一種我說不清的藥膏將傷口立刻封上，並且在他背上披一塊像祭祀用的黃布。然後皮艾拉．刀特呂抖動著皮鞭，讓鮮血順著紅皮條滴落在石塊地上。

凱西莫多還沒有結束，他還要在臺上，完成弗洛里昂．巴貝迪安大人明智及時地在羅貝爾．德．埃斯杜特維爾大人的判決之上補充的一條：示眾一個小時。這正符合讓．德．居梅納所講的符合生理狀況和心理學的文字遊戲：「聾子就是荒謬。[1]」

又有人翻轉沙漏，駝子繼續被捆綁在刑臺上，直到執法完畢。

群眾，尤其是在中世紀，他們在社會上就像家中的孩子。他們處於童年的混沌狀態，道德和智力都未成年，可以用形容孩童的話來定義：這個年齡階段沒有同情心。

我們在前面已經敘述了凱西莫多如何被人憎恨，原因不止一條，這是確確實實的。在眾多觀眾中，大概沒有人不對聖母院凶惡的駝子懷有怨恨的。當他出現在恥辱柱上，大家歡呼跳躍，齊聲稱快；酷刑後，他的悲慘境地不但不令人同情，反而讓人更為幸災樂禍，越發興致勃勃地憎恨他。

按頭戴方形禮帽的法官至今沿用的行話講，公訴執行完畢，該輪到大眾群體報私仇了。這裡也像在法庭一樣，女人沸騰起來。她們每個人都對凱西莫多滿懷宿怨，有人恨他欺詐，有人討厭他醜陋，而後者是最激動的。

「呸！反耶穌的醜臉！」一個婦女說。

「騎掃把的魔鬼！」另一個婦女大喊。

第三個說：「多漂亮的悲劇臉！看你那副慘樣！今天如果是昨天的話，你還是狂人教皇！」

一個老太婆接著說：「看哪！這才是適合裝飾恥辱柱的鬼臉，什麼時候到絞刑架上做鬼臉呢？」

「該死的敲鐘人，什麼時候頂著你那口大鐘到地獄去？」

「居然讓這個魔鬼敲晚禱鐘！」

「呸！聾子！獨眼！駝子！妖怪！」

「醜得讓孕婦流產，比所有的醫師和藥劑師都靈！」

兩個學生，磨坊若讓和霍班．普斯潘，高聲地唱起一首古老民謠：

一根絞繩，

吊死罪人！

一捆木柴，

燒死獼猴！

無數的侮辱謾罵像雨點般打下來。噓聲、詛咒聲、笑聲，還有石塊，紛紛飛向刑臺。

凱西莫多雖然聾，卻看得明白，掛在眾人臉上的憤怒表情和他們的叫喊聲一樣洶湧澎湃。投過來的石塊比哄笑聲更能讓他感受到侮辱。

1　原文為拉丁文。

一開始他強挺著。然而，忍耐行刑手皮鞭的那股牛勁，卻在蚊蟲叮螫的襲擊下，逐漸僵直、削弱，以至崩潰。阿斯土利亞的公牛，對鬥牛士的挑逗無動於衷，卻能被狗和投擲的標槍給激怒。

他緩慢地用威脅的目光環視眾人。但是因為被捆綁得像粽子一樣，他的目光趕不走在傷口上貪享盛宴的蒼蠅。於是，他在捆綁中奮力掙扎，他瘋狂的扭動令破舊的輪盤在木軸上簌簌作響。看到他如此，大家越發開心地諷刺叫罵。

悲慘的他，像頭無法掙脫鎖鏈的猛獸，只能再次安靜下來，從他的胸膛深處，不時地發出一聲聲憤怒的歎息。他的臉上看不出什麼羞愧。他的日常生活遠離社會，接近自然狀態，怎知道什麼是恥辱？再說，他天生畸形，能有羞愧的感受嗎？然而，氣憤、仇恨、絕望在這張醜臉上慢慢籠罩了一層陰暗的黑雲，負荷著電流，讓巨人的獨眼迸發出千百道閃電。

不過，這張陰沉的臉突然明朗起來。一頭騾子馱著一位教士穿過人群走過來。遠遠地瞥見騾子和教士，可憐的受刑人臉色變得柔和起來。憤怒猙獰的面孔上浮現出奇特的微笑，充滿了難以描述的寬容和溫柔。當教士慢慢走近，大家清楚地看出他的微笑越來越燦爛，好像不幸的人在迎候他的救星。可是騾子走近恥辱柱、當騎騾人看清受刑人時，教士垂下眼皮，用雙足上的馬刺猛扎，轉身走掉了，彷彿擔心被可憐的魔鬼認出來，當眾招呼，提出什麼尷尬恥辱的請求。

這個教士正是唐．克洛德．弗洛羅副主教。

凱西莫多的前額又籠罩上更加黯淡的陰雲。笑容還在他的臉上徘徊了一會兒，那是辛酸、失望，又悲傷的苦笑。

時間在沙漏中流淌。他待在刑場至少有一個半小時了，石頭不斷地飛來，他衣衫襤褸，受盡屈辱嘲笑，快被石頭砸死了。

突然，他打破一直保持的沉默，在鐐銬中又一次大力掙扎，比先前還要用力，身體下的整個木架都被他晃得抖動。他用嘶啞憤恨的聲音大吼。那與其說是人的聲音，不如說是一聲狗吠，蓋過了觀眾的噓聲：「水！」

這絕望的呼救，不但沒有喚起大家的慈悲之心，反而讓刑臺周圍的巴黎良民更覺得好笑。應當說明，這些芸芸眾生集會在一起時，其殘忍和愚蠢的程度並不亞於剛才我們帶領讀者去拜見的可怕的流浪漢幫，後者不過是眾生中的最底層。不幸的受刑人周圍不但沒人同情，回應的反而只有嘲諷他口渴的聲音。不過，他當下的樣子，不但並不顯得可憐，還讓人覺得噁心恐懼。他滿臉通紅，汗流如注，翻著獨眼，舌頭垂在外面，齜牙咧嘴吐著白沫。還可以這麼說，在亂哄哄的人群中，即使有善心的男市民或者女市民，想要送一杯水給水深火熱中的可憐人，也難以辦到。恥辱柱臺階口圍著一大堆心懷偏見和不滿的人，好心人怎敢靠近呢？

過了幾分鐘，凱西莫多用絕望的目光環視人群，用更加嘶啞的嗓音喊：「喝水！」

臺下一片哄笑。

「喝這個！」霍班・普斯潘嚷嚷，向他的臉上擲去一塊陰溝裡找到的洗碗海綿，「拿去，醜聾子！你欠我一個人情！」

一個女人投擲石塊砸他的頭：「給你這個！看你還敢不敢深夜敲喪鐘，把我們都吵醒！」

「嘿，小子！」一個跛子一邊叫，一邊用力地想用拐杖勾到他，「看你還敢不敢從聖母院鐘樓頂上向我們施咒語？」

「給你一個舀水喝的碗！」一個男人用一個破罐子打他的前胸，說：「因為你走過我老婆面前，她才生了一個兩個頭的孩子！」

一個老太婆用瓦片砸他，尖叫：「我的貓居然產下一隻六隻腳的貓仔！」

凱西莫多用奄奄一息的聲音叫了第三遍：「水啊！」

這時候，他看到眾人突然閃開一條路，走來一位裝扮特異的姑娘，手中拿著一面巴斯克手鼓，一隻金犄角的小白羊形影不離地跟隨著她。

凱西莫多的獨眼點亮了。這是他昨夜企圖綁架的波希米亞少女，他模糊地意識到正因為這事件，此刻他才受刑。當然事實並非如此，而是因為他是個不幸的聾子又恰好被一個聾子審判。毫無疑問，這個姑娘也是前來報仇的，也會像其他人一樣打他。

看到她快步登上臺階，他又是氣憤又是惱火，一下子喘不過氣來，恨不得將恥辱臺壓塌，如果他的獨眼真能放電，埃及少女還沒爬上平臺就會被化成煙灰。

她默默地走近，而受刑人正在狂扭身體想要逃走。她從腰帶上解下一個皮壺，輕輕地遞到可憐人乾裂的唇邊。

只見他那隻乾涸、怒火燃燒的獨眼裡，一大滴淚珠在滾動，沿著那張絕望扭曲的醜臉，緩緩地流淌。這也許是這個倒楣的傢伙生平第一次掉眼淚。

居然，他忘了喝水。埃及少女不耐煩地噘了噘小嘴，微笑著將水壺貼在凱西莫多張開的嘴邊。

他大口喝下去。他的嗓子被口渴燒乾了。

喝完後，可憐人伸出黝黑的嘴唇，大概是想親吻剛剛援救他的美麗小手。可是，年輕的姑娘早有戒備，大概沒有忘記昨夜未遂的暴力綁架，嚇得把手縮回去，好像一個怕挨野獸咬的孩子。

可憐的聾子盯著她，目光充滿難以描述的悲傷和責備。

一個漂亮的姑娘，帶著清新、純真、嬌媚的面孔，柔弱的身材，誠心地救助一個遭遇無數不幸、奇醜無比的壞傢伙，這是一齣感人的戲，場面發生在恥辱臺上，更令人拍案叫絕。

所有的圍觀者都為之動情，一齊鼓掌歡呼：「棒啊！太棒了！」

此時此刻，隱修女正好從她的窗洞口眺望，一眼看到站在恥辱臺上的埃及少女。她惡狠狠地詛咒：「咒死你！埃及女兒！咒死你！去死吧！」

I 向小羊訴說心事的危險

轉眼間，幾個星期過去了。

正當陽春三月。雖然杜巴達思、古典修辭之祖，還沒有稱太陽為「眾多蠟燭之王」，其燦爛和歡樂卻是一成不變的。這是一個美好溫柔的春日，像其他陽光明媚的日子，全巴黎人都出了門，廣場和小街上，到處是人，像過週末一樣熱鬧非凡。在這樣光亮、溫和、寧靜的日子裡，在某個時辰非常適合觀賞聖母院的大門：那就是夕陽西下，將餘光直射到大教堂時。它的餘暉，越來越與地面平行，逐漸脫離廣場的石塊地面，沿著教堂的正面筆直升起，令其上面的浮雕在自己影子的襯托下壯觀地凸起，而中央巨大的玫瑰花窗恰似獨眼巨人的眼睛，反射著熔爐中熊熊的烈火。

此時此刻正是這個時辰。

宏偉的大教堂被夕陽染紅，教堂廣場和前庭街的夾角上有一座哥德式的豪華小樓。門廊頂端的石砌陽臺上，幾個漂亮的年輕姑娘在姿態優雅、風情萬種地說笑聊天。她們的尖帽上閃亮著珍珠，長長的面紗輕披下來，一直飄到腳跟。精緻的繡花衫封住了她們的肩膀，卻半袒露出處女豐美的胸脯，這是那個年代的時尚。她們的裙子華麗寬大，然而她們的外套更為講究，點綴著輕紗、絲綢、天鵝絨，襯托著她們雪白的小手，證明她們過著優閒而豐衣足食的生活。不難猜到，她們是富裕貴族家庭的成員。果然，她們是百合花・德・貢德洛里耶小姐，和她的女友人戴安娜・德・克里斯特伊、阿梅洛特・德・蒙特米歐爾、科倫布・德・凱耶豐丹娜，以及德・香榭弗里埃家的小女兒。這幾位名門千金，聚集在貢德洛里耶先生的遺孀家中，因為她們在等待博熱大人及夫人的接見。後者四月間來巴黎，為瑪格麗特公主挑選伴娘，率領她們以及法國代表到皮卡第地區迎接弗蘭德人送來的公主。方圓幾百里內的上等人家都在為自己的女兒圖謀這份好事。許多女孩都被父母送到小心謹慎、令人敬重的艾洛伊絲・德・貢德洛里耶夫人家中託管，她過世的丈夫曾是國王的弓弩師。她帶著獨生女兒在巴黎孀居，住在聖母院廣場邊的公府裡。

這些小姐所在的陽臺，通往一個大廳，牆上貼著印有金條紋弗蘭德黃色的皮幔。天花板上平行的橫樑上的繪金雕刻千奇百怪、琳琅滿目。幾座精雕細刻的衣櫥上閃耀著琺瑯華美的光澤。漂亮的食櫥分為兩層，頂端放著陶瓷野豬頭，代表女主人是方旗騎士的妻子或遺孀。最深處，高大壁爐從上到下雕刻著家族的徽紋，旁邊是一張紅絲絨坐墊、雕刻精美的高椅，上面端坐著貢德洛里耶夫人，她歷經的五十五個春秋標誌在她的衣著上也寫在她的臉上。

她身旁站著一位青年，神情驕傲，雖然看起來輕浮和膽大，他的漂亮容貌令所有女子為之傾倒，然而嚴肅和有閱歷的男人卻會不屑一顧地聳肩。這位年輕騎士穿著國王侍衛弓箭隊長的華麗服裝，很像格蘭古瓦道德劇中朱比特的打扮，我們在本書第一卷中有所描述，這裡就不再讓讀者辛苦地閱讀第二次。

小姐全坐著，有的在大廳裡、有的在陽臺上、有的坐在繡金邊的烏德勒支絲絨方椅上、有的坐在雕刻著人物花卉的橡木小凳上。她們正在合力刺繡一幅巨大的掛毯，每人都將其中一角放在自己的膝頭，另外還有一大塊拖在鋪著草席的地板上。

她們在竊竊私語，悄悄地笑，像所有的女孩一樣，當一位年輕男子出現在她們之中，就會神祕地說起悄悄話。這位年輕人，雖然足以喚醒女孩的虛榮心，自己卻彷彿並不在乎；當女孩都暗暗較勁，看誰能引起他的注意時，他卻專心地用麋鹿手套擦拭皮帶上的環扣。

老夫人不時低聲和他說話，他雖然彬彬有禮地回答，卻顯得呆板和勉強。艾洛伊絲夫人的微笑和微妙的小動作，以及她時不時會向女兒百合花眨眼睛，可以令人輕而易舉地猜到，此位青年已與百合花訂婚，大概距離他們婚禮的日子也不遠了。然而，軍官尷尬、冷淡，又能令人想像他心中已經感受不到愛情了。他的神情流露了他窘迫厭煩的心情，今日城防部隊的副官們就會說：「遇上這麼件討厭的苦差！」

這位熱情的貴婦，一心想著女兒，作為母親，可憐的她哪裡能想到軍官根本沒有感覺，只是不斷地輕聲提醒他，要他欣賞百合花穿針引線時的靈巧。

「侄兒，快看，」她拉著他的袖子湊近他耳邊說，「看她！她在彎腰呢！」

「是啊。」青年回答，然後又恢復了冷淡沉默的狀態。

過了一會兒，他又需要俯下身來，艾洛伊絲夫人說：「您見過比您的未婚妻還要可愛快樂的姑娘嗎？有誰的皮膚比她更白皙，頭髮比她更金黃？她的雙手難道不是靈巧精緻嗎？她的脖子，難道不像天鵝的脖子那樣優雅迷人嗎？有時我真羨慕您！身為放蕩不羈的男人好生幸福！我的百合花難道不是絕頂美貌，令您愛得發狂嗎？」

「當然！」他回答著，心裡卻想著別的。

艾洛伊絲夫人突然推推他的肩，說：「和她說兩句話吧！找她隨便聊幾句，您怎麼變得羞澀了呢？」

我們可以肯定地告訴讀者，羞澀既不是這位隊長的美德，也不是他的缺點。他還是按照要求行事了。

「親愛的表妹，」他湊近百合花說，「你們在繡什麼主題？」

「親愛的表哥，」百合花懊惱地回答，「我已經告訴過您三遍了，這是海神的洞府。」

顯而易見，百合花比她的母親更能察覺隊長冷淡和心不在焉的樣子。他只能多聊幾句，隨即又問：

「給誰繡這幅海神圖呢？」

「田園聖安東修道院。」百合花沒抬眼睛地回答。

隊長拎起掛毯的一角，又問：「親愛的表妹，那個鼓著腮幫、努力吹海螺的肥胖憲兵又是誰？」

她回答：「小海神特里通。」

百合花簡短的回答中帶著賭氣的腔調。青年立即明白需要在她耳邊輕聲說點什麼，無論什麼無聊的主題，或是殷勤地恭維都行。於是他俯下身，可是他的內心中怎麼也找不出更為溫柔親密的話語，除了這幾句：「為什麼您的母親總是穿著查理七世時代繡有徽章的長袍呢？親愛的表妹，請您告訴她，現在的人並不認為這種衣服優雅。長袍上繡的鉸鏈和月桂樹徽紋，讓她看起來就像會行走的壁爐臺。我向您發誓，今天沒有人會這樣坐在自家旌旗上。」

百合花漂亮的眼睛裡都是責備的神情，她低聲說：「您就為這個向我發誓嗎？」

好心的艾洛伊絲夫人看到他們傾身相對、竊竊私語，心中大喜，擺弄著祈禱書的扣鉤說：「動人的愛之圖！」

隊長越來越尷尬，只得又撿起掛毯的話題，大聲說：「這件作品真可愛！」

聽到這句，科倫布·德·凱耶豐丹娜，另一位白嫩皮膚的金髮美人，身穿低領藍緞長袍，羞澀地問百合花，其實心裡卻期待英俊隊長的回答：「親愛的貢德洛里耶，您見過羅舍-吉翁府的掛毯嗎？」

戴安娜·德·克里斯特伊笑著問：「是不是羅浮宮洗衣女花園所在的公府？」她生就一口漂亮的牙齒，所以沒事就笑。

「那裡還聳立著巴黎古城牆的一座巨大的舊塔樓。」阿梅洛特·德·蒙特米歇爾補充道。她長了一頭鬈曲的棕髮，年輕漂亮，總是喜歡歎氣，但就像前一位喜歡笑，誰也不知道為什麼。

艾洛伊絲夫人回答：「親愛的科倫布，莫非您在講國王查理六世時，巴克維爾大人的府邸吧？的確，那裡的豎織壁毯精美出眾。」

「查理六世！國王查理六世！」年輕的隊長玩著鬍子嘟囔，「上帝！善良的夫人怎麼總記著老骨董！」

貢德洛里耶夫人繼續說：「的確是華美絕倫的壁毯！手工令人稱讚不絕，可以說非常罕見！」

七歲小女孩貝朗日艾·德·香榭弗里埃，纖細苗條，從陽臺的三葉飾空格眺望廣場，此時突然大喊：「噢！快看，親愛的百合花教母，有個漂亮的女孩在石塊地上敲著手鼓跳舞，一大堆市民在圍觀！」

果然，大家聽到洪亮顫抖的巴斯克鼓聲。

「某個波希米亞的埃及少女吧。」百合花說。她漫不經心地扭頭向廣場望去。

「我們看看！我們看看！」

幾位女伴眉飛色舞地叫喊，都跑到陽臺邊。百合花思考著未婚夫冷淡的情緒，慢吞吞地跟上去，而這個未婚夫，驚喜地發現拘窘的聊天被意外打斷，鬆了口氣，像換崗後的士兵，滿意地回到客廳深處。過去，對美麗的百合花獻殷勤，對他來說是可愛的差使。然而久而久之，年輕的隊長心生厭倦，隨著婚期的臨近，他一天比一天更為心寒意冷。何況他的性格朝三暮四，更喜好庸俗低趣味的女人，這個還要說明嗎？雖然他出身高等貴族，卻在軍隊中沾上醉酒爛兵的習性。他喜歡泡酒館，以及之後發生的一切。齷齪地打情罵俏、軍人式調戲，容易到手的女性、輕鬆地泡妞才更適合他的口味。雖然他的出身帶給他良好的教育和禮儀，但是他年紀輕輕就隨著部隊駐紮各個地區，在軍人肩帶的磨擦下，他的貴族氣質也就與日遞減。他遵循禮規，時不時地拜訪百合花，然而在她家中倍受煎熬。首先，因為他四處留情，尋歡作樂，心中沒有剩下多少愛留給百合花；第二，被舉止呆板、循規蹈矩、小心挑剔的美人包圍的他，總是暗暗擔心自己說慣了髒話的嘴，會突然像馬一樣脫韁，噴出幾句酒館慣用語。此精彩的後果不堪設想！

最後，虛榮的他還要努力將自己精心打扮，修飾邊幅後才能瀟灑倜儻地出場。大家可以盡情想像。作者不是歷史學家。

他默默地倚著雕花壁爐框站了一會兒，也許在想事，也許什麼也沒想，這時，百合花小姐突然扭頭和他講話。可憐的姑娘雖然生氣，不過只是自衛性的賭氣。

「親愛的表哥，您不是跟我們說過，兩個月前，您在夜間巡邏的時候，從十幾名強盜手中救下一個波希米亞少女嗎？」

「好像是的，親愛的表妹。」隊長說。

她接著說：「好吧，也許現在廣場上跳舞的就是那個波希米亞女孩。您過來看看是不是她，菲比斯表哥。」

他認為這個熱情的邀請，加上親切地叫他的名字，其實是和好的暗示。菲比斯・德・沙托佩斯隊長（對，讀者在本書一開始就見到他了）緩步走上陽臺，百合花輕柔地將手扶在菲比斯的前臂上，對他說：「看，在那圈人中間跳舞的小姑娘，是不是您的波希米亞姑娘？」

菲比斯一望，說：「對，我從她的小母羊就能確定。」

「噢！非常漂亮的小母羊！」阿梅洛特合起雙掌讚歎。

「牠的犄角是真金做的嗎？」貝朗日艾問。

艾洛伊絲夫人沒有離開她的高椅，開口說：「去年，一群波希米亞女人從吉巴爾門入城，她會不會是其中一個呢？」

百合花溫柔地說：「母親大人，那城門如今改稱地獄門了。」

貢德洛里耶小姐知道母親老事新談的講話一定會讓隊長驚愕。果然，他齜牙咧嘴地嘟囔：「吉巴爾門！吉巴爾門！那是國王查理六世入城的門！」

貝朗日艾一直在四處張望，突然她的目光投向聖母院鐘樓頂層，她叫道：「教母，高處那個黑衣人是誰呀？」

姑娘都抬起眼睛。果然，北鐘樓最頂端，一個男子雙臂倚著欄杆，面朝河灘方向。這是一位教士，可以清晰地看到他的服飾，以及托著臉的雙手。他一動不動，像一尊雕像，眼睛直直地盯著廣場。

這種靜止是鶻鷹剛發現一窩麻雀時紋絲不動的觀察。

百合花回答：「這是若札副主教先生。」

凱耶豐丹娜說：「您從這裡就認出他，眼力真好！」

戴安娜．德．克里斯特伊接著說：「看，他拚命盯著跳舞的小姑娘！」

百合花說：「埃及姑娘快小心！他不喜歡埃及人。」

阿梅洛特．德．蒙特米歇爾又說：「此人如此看著她，真是討厭！她跳得這麼美，讓人眼花撩亂。」

百合花突然說：「菲比斯好表哥，既然您認識這個波希米亞小姑娘，那就招手讓她上來吧！這一定會讓大家開心的。」

年輕的女孩一起鼓掌喊：「對呀！」

菲比斯回答：「這可是一樁傻事！她肯定忘了我，而我連她的名字也不知道。不過，既然大家希望如此，各位小姐，我就試試。」他從陽臺探身出去，大喊：「小姑娘！」

此時，跳舞的她沒有敲手鼓。她順著喊聲轉過頭去，閃亮的眼睛看到菲比斯，她立刻不跳了。

「小姑娘！」隊長又喊，並勾起手指，示意她過來。

年輕的姑娘又看他一眼，頓時面紅耳赤，彷彿雙頰著了火。她將手鼓夾在腋下，撥開目瞪口呆的觀眾，向呼喚她的菲比斯所在的宅子走去。她慢慢走著，還有些踉蹌，眼睛中一片迷茫，好像禁不住毒蛇誘惑的小鳥。

過了一會兒，門上的掛毯被撩開。波希米亞少女氣喘吁吁、滿臉通紅地出現在門口。她忐忑不安，不知所措，低垂著大眼睛，不敢多走一步。

貝朗日艾鼓起掌。

跳舞的女孩站在門檻上一動不動。她的出現對這群年輕的女士製造了特殊的壓力。在此之前，她們心中都多少藏有取悅英俊軍官的欲望，在他那身華麗的軍服前搔首弄姿。從他到場的那一刻起，她們之間就開始了不動聲色的祕密爭鬥，雖然她們連對自己都不肯承認，但是她們的舉手投足和對話無一不顯示出她們的針鋒相對。不過，因為她們屬於同一種類型的美麗，她們的競爭也算是旗鼓相當，每人都有希望取勝。波希米亞少女的到來打破了這個平衡。她的美貌，十分罕見，當她出現在門口，她的光輝就照亮了全場。在這間擁擠昏暗的客廳中，牆上黑壓壓的都是壁衣、掛毯和木雕，她比在廣場上更顯得光彩耀人，好像一把火炬從白天陽光下被移到黑暗中來。高貴的小姐不由得看花了眼，每個人都覺得自己的容顏黯淡。所以她們的戰線——請允許我們用這個詞——馬上被調整，雖然她們之間一句話也沒說，畢竟她們是好朋友。女人本能的心領神會比男人用智慧陰謀串通快得多。剛剛出現的是敵人，她們感覺到了，決定建立統一戰線。一滴葡萄酒足以染紅一杯水；一個更漂亮的女人突然出現，就能給一群美女帶來懊惱的情緒，尤其只有一位男士在場。

正因為如此，波希米亞少女受到冰冷的歡迎。這群小姐把她從頭到腳打量一番，互相看了一眼，不用多說什麼，已經彼此明白。然而年輕的姑娘還在等別人開口說話，她心潮澎湃，連眼皮都不敢抬起。

隊長首先打破沉默，他用大膽狂妄的腔調說：「我的天，如此嬌媚的造物！您怎麼看，親愛的表妹？」

如果是一個比他更精明的讚美者至少會低聲說出自己的觀點，他的做法越發不能消除眾佳麗因為波希米亞少女而產生的嫉妒心。

百合花假裝溫柔，用輕蔑的口吻回答：「還不錯。」

其他幾個人在交頭接耳。

還有艾洛伊絲夫人，一心想著自己的女兒，也產生了嫉妒。她對跳舞的女孩發話：「走近點，小姑娘！」

「走近點，小姑娘！」貝朗日艾鄭重地重複了一遍，模樣十分滑稽，其實她還不及波希米亞少女的腰！

埃及姑娘向貴夫人走去。

同時，菲比斯也朝她走近幾步，滿懷激情地說：「漂亮的孩子，不知道，我是否有幸被您認出來……」

她打斷他的話，抬起無限溫柔的目光，微笑地說：「哦！當然。」

百合花議論說：「她倒是記性好。」

菲比斯又說：「是嗎？那天晚上，您飛快地溜走了。是我嚇到您了嗎？」

「噢！當然不是。」波希米亞少女回答。

這句「哦！當然」以及那句「噢！當然不是」的語調含有某種說不出的情緒讓百合花受到了傷害。在一位街頭少女的面前，隊長的舌頭終於得以解放，他接著說：「我的美女，您倒是走了，留給我一個凶狠反抗的傢伙，不但獨眼還駝背，我相信他就是副主教的敲鐘人。聽說他是一位副主教的私生子，生出來就被認證是魔鬼。他的名字很有趣，他叫四季齋、聖枝主日、狂歡節，我記不得了！反正是個亂鐘齊鳴的節日！他居然敢綁架您，好像您生來就應該許配給教堂聽差似的！真是亂來！那隻貓頭鷹為什麼找上您？說說看！」

「我不知道。」她回答。

「想想看，他竟然如此狂妄無恥！一個敲鐘人，像子爵一樣，公然掠奪姑娘！下賤的偷獵者，竟敢垂涎貴族的野味！不可思議！不過，他也付出了巨大的代價。皮艾拉．刀特呂先生是最暴力的鞭子，沒有不被他抽得死去活來的混蛋。我可以這樣說，您聽了一定很高興，敲鐘人的皮都被他抽下來了。」

這番話讓波希米亞少女回想起恥辱柱的情景，她說：「可憐人！」

隊長哈哈大笑說：「牛角尖！這憐憫就是羽毛插在豬屁股上！我願意像大肚子的教皇，如果……」

他戛然住嘴：「對不起，各位女士！我差點說錯話。」

凱耶豐丹娜說：「呸，先生！」

百合花輕聲補充道：「他還用這個尤物的語言跟她對話！」她越來越惱火，尤其是看到隊長被波希米亞少女吸引，興奮得閉不上嘴。他隨即用粗俗兵痞的方式獻媚，踏著腳跟一邊轉，一邊反覆說：「真是美人，我以靈魂發誓！」

戴安娜．德．克里斯特伊露出美麗的牙齒，說：「她的服飾真野蠻！」

這句評論對其他幾位來說，就是一道光，讓她們看清了埃及少女的弱點。既然扳不倒她的美貌，她們便糟蹋她的服裝。

蒙特米歇爾說：「這倒是說對了。小姑娘，你從哪裡學來了不戴頭巾、不穿遮胸地滿街跑呢？」

凱耶豐丹娜小姐補充一句：「裙子這麼短，丟死人了！」

百合花酸溜溜地接上：「親愛的，巡捕看到您的鍍金腰帶會把您帶走的。」

克里斯特伊微笑著露出牙齒，說：「小姑娘、小姑娘，你要是老老實實地給手臂套上袖子，就不會被太陽曬黑了。」

這真是一場值得比菲比斯更聰明的人觀看的好戲：一群漂亮的淑女吐著毒舌，憤怒地圍攻街頭女舞者。她們冷酷而優雅，將這身綴滿金屬片而貧寒的狂歡打扮，從頭到腳地議論一番。嘲笑、諷刺、侮辱，滔滔不絕。不動聲色地挖苦、傲慢的囑咐、凶惡的目光，雨點般向埃及姑娘砸去。讓人想起古羅馬的年輕貴婦用金別針戳刺漂亮女奴的乳房來取樂，或者是一群優雅的母獵兔狗，鼻翼張開，眼露凶光，圍住林中牝鹿，卻被主人的目光禁止吞吃這一獵物。

反正，這些名門閨秀面前站著的是名街頭女舞者！她們似乎完全不介意她在場，當著她的面，高聲地對她品頭論足，好像她是一件不乾淨、噁心，然而又有幾分動人的小東西。

波希米亞少女並非感覺不到劈頭蓋臉的螫刺。時不時地，她的臉頰會羞紅，她的眼睛會燃起憤怒的閃光。輕蔑的言語彷彿就掛在她的嘴邊，但並沒有說出。她鄙視地做著讀者熟悉的噘嘴，保持著緘默。她一動不動地向菲比斯投去無可奈何、憂傷而溫和的目光。這目光中還能看到幸福和柔情，好像她克制自己是因為不願意被趕走。

菲比斯笑著，因為同情，他大膽放肆地站到波希米亞少女一邊。

他用腳敲響著金馬刺，反覆說：「讓她們說吧，小姑娘！您這身打扮的確有些奇特和野蠻，不過，像您這麼有魅力的姑娘，這算什麼！」

金髮的凱耶豐丹娜苦笑著挺直天鵝似的長脖，叫道：「我的主！看來國王弓箭手遇到埃及女人的漂亮眼睛，就熱血沸騰了。」

菲比斯說：「為什麼不呢？」

隊長胡亂回答了一聲，就像隨手丟一塊石子，沒人注意它落向何方。科倫布笑起來，戴安娜、阿梅洛特也笑了，百合花笑的同時，淚水悄悄地湧上眼睛。

剛才，波希米亞少女聽到科倫布・德・凱耶豐丹娜的話，垂下眼睛，緊盯地面，此時高興自豪地抬起眼睛，又盯著菲比斯。此時此刻，她真是嬌美如花。

老貴婦目擊了這一場面，覺得受了侵犯，卻又不知道發生了什麼。

她忽然大叫：「聖母啊！什麼東西在我的腿間亂竄？哎呦！可惡的畜生！」

原來是母山羊追蹤女主人來到這裡，正準備衝向她時，兩隻犄角被貴夫人坐下後搭在地面上的一大堆裙子褶給纏住了。

牠分散了大家的注意力。波希米亞少女默默地走過去，把小羊解救出來。

貝朗日艾高興得跳起來，叫道：「哇！就是這隻金蹄子小山羊！」

波希米亞少女跪下來，將臉貼著小母羊尋求撫摸的頭，彷彿請求牠原諒剛才的不辭而別。

戴安娜傾身對著科倫布的耳朵嘀咕：「唉！上帝！我怎麼沒有想到呢？她就是馴母羊的波希米亞少女！大家叫她女巫，還說她的山羊會耍好多驚人的魔法。」

科倫布說：「好啊，那我們也拿山羊來玩一玩，叫牠造個奇蹟出來。」

戴安娜和科倫布興奮地對波希米亞少女說：「小姑娘，叫你的山羊造個奇蹟。」

女舞者回答：「我不懂你們的意思。」

「奇蹟，就是戲法、妖術。」

「我不懂。」她又輕輕撫摸著漂亮的山羊，連聲叫：「嘉莉！嘉莉！」

百合花注意到一隻刺繡的皮香囊掛在母羊的脖子上，便問埃及少女：「這是什麼東西？」

埃及少女抬起大眼睛看她，嚴肅地回答：「這是我的祕密。」

百合花心想：「我很想知道你的祕密。」

這時善良的貴婦一臉不高興地起身：「既然如此，波希米亞姑娘，你和你的母羊不準備給我們跳舞，你們還待在這裡做什麼？」

波希米亞少女沒有回答，緩慢地走向門口。她距離門越近，她的腳步越緩慢。似乎背後有塊磁石在吸引她。突然，她止步，回頭望著菲比斯，眼睛裡溼漉漉的都是淚水。

隊長喊出聲來：「主在上！不能就這樣走了。您回來，還是給我們跳一支舞吧。對了，可愛的美人，您叫什麼？」

「愛絲梅拉達。」女舞者回答道，死死地盯著他。

聽到這奇怪的名字，年輕的小姐都哈哈大笑。

戴安娜說：「哎呦，一個小姐起了這麼可怕的名字！」

阿梅洛特接著說：「您瞧瞧，明明是個巫女。」

艾洛伊絲夫人鄭重其事地說：「親愛的，你的父母肯定沒有給你這個名字洗禮吧。」

正在這個時候，沒有人注意到貝朗日艾用一小塊餅乾引著母羊跑到房間的一角。她倆立即成了好朋友。好奇的小女孩把吊在母羊脖子上的小香囊解下來，將裡面裝的東西抖落在席子上。原來是字母表，每個字母單獨寫在一片黃楊木片上。她剛剛將這些玩具平攤在席子上，就驚訝地看見母羊造了一個所謂的奇蹟：牠用金蹄子從中拉出幾個字母，然後輕輕地推向前，並且按照一種順序排列。不一會兒，母羊好像很熟練，不加猶豫地拼出一個字。貝朗日艾合掌讚歎，突然大聲說：

「百合花教母，您瞧母羊剛才幹了些什麼！」

百合花跑過去，渾身打了個寒戰。字母排列在地板上組成一個字：菲比斯。

百合花急忙問，聲音都變了：「這是山羊寫出來的？」

貝朗日艾說：「是啊，教母。」

毋庸置疑，小女孩貝朗日艾是不會寫字的。

百合花心想：「這就是祕密！」

聽到女孩的叫聲，所有人都跑過去，母親、幾位年輕的姑娘、波希米亞少女，還有軍官。

看到母羊幹的荒唐事，波希米亞少女先是羞紅了雙頰然後臉色變得蒼白，在隊長面前像罪犯一樣發抖。而隊長，又是吃驚，又是得意，微笑著注視著她。

驚呆的小姐交頭接耳地議論：「菲比斯！這是隊長的名字！」

百合花向僵直的波希米亞少女說：「您的記性真好！」

突然她哽咽起來，用美麗的雙手捂住臉，痛苦地吐出幾個字：「啊，這是個巫女！」而她的心靈深處迴響的卻是更為苦澀的聲音：「這是個情敵！」

她暈了過去。

被驚嚇的母親大喊：「我的女兒！我的女兒！滾開，地獄來的波希米亞人！」

愛絲梅拉達迅速地將那些害人的字母拾起，向嘉莉示意，找到一扇門溜了出去，而在場的人則將百合花從另一道門抬了出去。

原地只剩下菲比斯隊長，他猶豫了一會兒，不知該選哪道門，最後還是跟上波希米亞少女。

II 教士和哲學家

年輕姑娘望到的從北邊鐘樓頂探身眺望波希米亞少女舞蹈的教士，果然是克洛德・弗洛羅副主教。

讀者沒有忘記副主教在這座鐘樓頂上為自己安置的神祕斗室吧。（我不確定，是不是那間空蕩蕩、破舊無比的陋室，牆上胡亂抹著灰，還有幾幅奇醜無比的描繪主教堂正面的版畫。這一切，今天的人可以在鐘塔聳起的平臺上，透過一個人高的正方形窗洞看到。我猜測，在這間舊屋裡，蝙蝠和蜘蛛爭奪地盤、爭搶蒼蠅。）

每天，太陽西下前的一個小時，副主教從樓梯登上鐘樓，躲進這間斗室，有時整夜都關在裡面。這一天，來到斗室低矮的門前，從掛在腰間的口袋裡掏出一枚形狀複雜的小鑰匙，正將鑰匙插進鎖孔裡的時候，聽到了一陣手鼓和響板的聲音。響聲來自教堂前的廣場上。前面已經交代了，這間小屋只有一個對著主教堂背面的窗洞。克洛德・弗洛羅連忙抽回鑰匙，即刻出現在鐘樓頂，這就是幾個小姐所看到的、陰沉深思的身影。他一動不動、莊嚴肅穆地站著，沉陷在他的凝視和思考中。偌大的巴黎城鋪展在他腳下，無數建築聳立著的箭形尖頂、地平線上起伏的山丘將他環繞。塞納河在一座座橋下蜿蜒流淌，市民在街上湧動，各家煙囪裡冒出的煙以及鏈條狀的屋頂，將聖母院窒息在它們編織的網中。然而，這座城中，副主教只盯著一塊地面：聖母院廣場。在這人海中，他只凝視一個人：波希米亞少女。

很難描述他的目光，並解釋為什麼他雙目中噴射出熾熱的光芒。雖然他目不轉睛，他的眼神中充滿迷惑和躁動。他筆直僵硬，卻時不時地打顫，好像被風搖動的樹。他倚在大理石欄杆上的雙肘，比大理石還要僵硬。他帶著一絲凍僵的笑容，將臉都扭曲了。可以說克洛德·弗洛羅只有兩隻眼睛還有生命。

波希米亞少女在舞蹈，手鼓在指尖上旋轉。她跳著普羅旺斯省的薩拉幫德舞，將手鼓拋向天空。她靈活、輕盈、歡快，絲毫沒有察覺一道凶狠的目光筆直地落到她的頭頂。

她的周圍聚了一群人。一個身穿半紅半黃兩色外套的男子時不時地跑出來維持圓圈的秩序，然後回到離跳舞的女孩幾步遠的一張椅子上坐下，將母羊的頭擱在他的膝蓋上。這個男人像是波希米亞女人的伴侶。從他所在的高處，克洛德·弗洛羅無法看清他的長相。

自從發現這個陌生男人，副主教就有所分心，目光徘徊於跳舞的女孩和男人之間。他的臉色越來越差。突然他直起身，打了個寒戰，咬牙說：「這男人是誰？向來只見她單身一人！」

他鑽回曲折的拱頂下，順著螺旋形樓梯走下樓。經過鐘閣半開的門前，看到的情形讓他一怔。像百葉窗一般的石板屋簷下，凱西莫多俯著身，也從一開口處向廣場眺望。他看得入神，居然沒有發現他的養父正好路過。

他野蠻的眼睛中流露出特別的光彩，這是被什麼吸引後而發自內心的溫柔。

克洛德低聲自語：「非常奇怪！難道他也在看埃及姑娘嗎？」他接著下樓，幾分鐘後，憂心忡忡的副主教從鐘樓底層的大門走入廣場。

他混入被手鼓聲招來的觀眾中，問：「波希米亞女人到哪裡去了？」旁邊的人回答：「我不知道。她剛剛走開。我想是到對面那幢樓裡跳凡丹戈舞，有人招呼她過去。」

波希米亞少女不見了，只留下剛才被她絢爛的舞步遮掩住的阿拉伯花葉圖案的地毯。副主教看見穿著紅黃兩色外套的男子，為了也賺幾個小錢，正在踩著地毯走圈。只見他雙手叉腰，頭向後仰，滿臉通紅，脖子直伸，用牙齒咬住一張小凳，凳子上綁著鄰居借給他的一隻貓，嚇得拚命地喵喵叫。

江湖藝人汗流浹背地托著由椅子和貓咪搭成的金字塔，轉到副主教面前。副主教喊出來：「聖母啊！皮埃爾·格蘭古瓦先生，你在幹什麼？」

副主教嚴厲的聲音把可憐的傢伙嚇得失去了平衡，椅子和貓一股腦兒地砸向觀眾，頓時噓聲叫罵聲一片。

如果克洛德·弗洛羅沒有示意皮埃爾·格蘭古瓦先生（真的，就是他）趁著混亂跟他躲入教堂，出借貓的女鄰居還有周圍臉部受傷的觀眾肯定會惡狠狠地和格蘭古瓦算一筆帳。

大教堂中已經是空蕩蕩的一片昏沉。正殿兩旁的回廊被黑暗籠罩著，越來越黑的拱頂下，星星點點，幾處小禮拜堂的燈盞開始閃爍。只有教堂正面的大玫瑰窗在幾乎平行的夕陽照射下五光十色地發光，好似黑暗中斑斕璀璨的一堆鑽石，將它們絢麗的幽魂投影到正殿的最深處。

走了幾步後，唐·克洛德就倚著一根柱子，緊緊地盯著格蘭古瓦。格蘭古瓦並不懼怕這種目光，只是覺得穿小丑的服裝，卻被一個極為嚴肅正經的人撞見，非常慚愧。教士的眼神中不帶有嘲笑和諷刺。他認真而平心靜氣地盯著他。副主教先打破沉默，說：「您過來，皮埃爾先生。您需要跟我解釋一些事情。首先，為什麼，已經快有兩個月沒有見到您，而您突然身著豔服出現在大庭廣眾之中。套著半邊紅半邊黃的外衣，您倒是像個科德貝克的蘋果，到底發生了什麼？」

格蘭古瓦可憐兮兮地回答：「大人，這身打扮確實非常誇張，您看我，比頭頂葫蘆瓢的貓還狼狽。我自己也覺得這樣不好，這不是存心招來巡防官差大人逮捕我這個畢達哥拉斯派哲學家，然後棍打這外套下的肩胛骨嗎？可是您說我該如何，尊敬的老師？要怪就怪我的舊外衣，剛入冬就狠心拋棄了我，非要變成一堆破布，因為這樣，它就可以去撿破爛的筐裡休假。有什麼辦法？文明總還沒有發展到，像古代第歐根尼所主張的那樣，可以赤身裸體地行走。何況，今年風吹得異常寒冷，人類也不能在一月分成功地開始這新的歷史歷程。這件外套出現在我眼前，我就穿上了，這才放下了又老又爛的黑外衣。對我這個神祕術煉金師來說，那舊衣服四處透風，沒有什麼神祕可言。您看，所以我就像聖人熱奈斯特，穿上喜劇小丑的服裝。您說呢？太陽也會有日食，阿波羅神還在阿德墨托斯家養過豬。」

副主教說：「您的職業倒是不錯！」

「我的老師，我同意您的觀點，研究哲學、創作詩歌、吹吹爐子中的火苗，或者等待它從天上掉下來，比在廣場上頂著貓雜耍要高尚得多。剛才您質問我是不是和站在烤肉架前的驢子一樣愚蠢，您說怎麼辦呢，大人？人總要活命呀！如要放在嘴中咀嚼，最美的亞歷山大體十二行詩根本比不上布里乳酪。您知道，我曾給弗蘭德的瑪格麗特公主寫了那首著名的贊婚詩，可是政府不給我報酬，非說詩寫得不精彩，好像四個埃居金幣就可以買斷索福克勒斯的一部悲劇。我差點餓死。幸虧我的頜骨倒是結實，我對上下頜說：『你們去弄幾個需要力氣的平衡雜耍，**自己養活自己**[1]吧。』一群叫花子，現在成了我的好朋友，教授給我二十來種大力神赫拉克勒斯的絕活，如今，晚上的時候，我就可以餵給我的牙齒，白天裡它們滿頭大汗賺來的麵包了。當然，我承認[2]，這是虧待了我的才智。一個人一輩子不能只是敲手鼓和咬凳子。但是，尊敬的老師，光是活著是活不下去的，需要做事才行。」

唐·克洛德靜靜地傾聽。突然，他凹陷的眼睛中射出一道敏銳、深刻的目光，格蘭古瓦覺得這目光一直探測到他靈魂最深處。

「非常好，皮埃爾先生，但是為什麼您現在和埃及女舞者為伴呢？」

格蘭古瓦說：「向您發誓！她是我的妻子，我是她的丈夫。」

教士黑漆漆的目光一下子燃燒起來。

他憤怒地抓住格蘭古瓦的手臂，喊道：「悲慘的人，你怎能做這種事？難道你認為自己被上帝徹底遺棄，才會去接觸這個姑娘嗎？」

格蘭古瓦渾身打寒戰，回答：「以我上天堂的機會起誓，大人，我向您保證，我從來沒碰過這個姑娘，如果這就是您所擔憂的。」

教士說：「你為什麼說是丈夫和妻子呢？」

格蘭古瓦急忙簡明扼要地把奇蹟宮的遇險、摔罐子成親等讀者知道的故事講出來。還說這樁婚姻至今尚無實質結果，每天晚上波希米亞姑娘都像新婚之夜一樣敷衍他。最後他總結說：「苦澀難言啊，娶了個處女真倒楣。」

聽了敘述，副主教漸漸平息了怒氣，問：「您這是什麼意思？」

詩人回答：「一言難盡，就是一種迷信。在我們這群人中被尊為埃及大公的老無賴告訴我說，我的老婆原是個撿來的小孩，或者是個走失的小孩，反正都差不多。她在脖子上掛著一個護身符，將來可以讓她找到父母，如果她失去了貞操，護身符就會失去法力。所以我們兩個人是兄妹關係了。」

克洛德的臉色越來越晴朗，又說：「既然如此，皮埃爾先生，您認為沒有任何男人接近過這個女人嗎？」

「您覺得呢，唐．克洛德？一個男人怎能和迷信對抗呢？她心裡就放著這件事。我個人認為，波希米亞女人都特別容易弄到手，像修女一樣潔身自好的，除了她，大概沒有幾個。不過她有三支擋箭牌：埃及大公是她的保護人，大概盤算著哪天將她賣給某位混帳老爺；她的部族尊重她，好像她就是聖母；還有一把精緻可愛的匕首，向來都貼著快樂女孩身體的某個部分，儘管總督幾次下了禁令，但只要有手搭到她的腰上，那匕首立刻就出現。您看，她就是一隻驕傲自負的黃蜂！」

副主教繼續盤問格蘭古瓦。

格蘭古瓦認為，除了時不時地會噘噘嘴之外，愛絲梅拉達是一隻和平、可愛、美好的生靈。她是個天真、熱情、無辜的好心人。睡醒的時候、做夢的時候，對男女之間的區別都弄不清楚。她這個人最喜歡跳舞、熱鬧，不喜歡關在屋子裡，好像一隻蜜蜂姑娘，腳上長著透明的翅膀，飛旋著生活。她的性格是她流浪漂泊的過去造成的。格蘭古瓦打聽到年幼的她跑遍西班牙和加泰隆尼亞，一直漂泊到西西里島；他甚至推測她曾經隨著茨岡人的大篷車去過阿卡伊境內的阿爾及爾王國，而阿卡伊一側與

1、2 原文為拉丁文。

小阿爾巴尼亞和希臘接壤，另一側則瀕臨西西里海，是去君士坦丁堡的必經之路。格蘭古瓦說，阿爾及爾國王是白摩爾人的領袖，波希米亞流浪者都是他的子民。可以肯定的是，愛絲梅拉達很小的時候從匈牙利來到了法國。年輕的姑娘從路途經過的地區學會了些方言段子、歌曲和奇特的迷信，因而說起話來古怪精靈，好像她身上一半巴黎式、一半是非洲式的衣裝。她經常出入的街區民眾喜歡她的快樂、善良以及活潑的姿態，還有她的歌唱和舞蹈。她認為全城只有兩個人憎恨她，說起就心生恐懼：羅蘭塔的麻袋女，可惡的隱修女不知對埃及女人有什麼舊怨，每當可憐的跳舞女孩路過她的窗洞，都會遭她詛咒；還有個教士，每次相遇都會向她投射令人畏懼的目光和話語。副主教聽到，不禁心慌意亂，然而格蘭古瓦卻沒注意到。這位無憂無慮的詩人，才過兩個月，就把那天晚上撞見埃及姑娘和副主教時曾經出現的種種奇怪情景，統統拋在腦後了。反正，小女孩沒有什麼可擔心的，她從來不替人算命，也就免遭因為施行巫術而被告上法庭的波希米亞女人的麻煩。何況，格蘭古瓦雖然不完全是丈夫，但扮演著兄長角色。總之，這種柏拉圖式的婚姻，哲學家倒也能安心享用。她提供了住處和麵包。每天早晨，他經常和埃及姑娘一起離開乞丐的大本營，到各個街頭、十字路口，幫她收集觀眾給的小錢和銀幣；晚上，和她一起回到他倆的家，她會把自己反鎖在小單間裡，他也會甜美地入睡。他覺得這種小日子很溫馨，也能讓他夢想思考。再者，憑著靈魂和良心來說，哲學家並不是瘋狂地迷戀波希米亞少女，他覺得自己愛那隻母羊，不亞於波希米亞少女。這是一隻可愛的小動物，又溫柔、又聰明、通靈性，一隻有知識的母山羊。這類可愛的動物令人驚異，在中世紀的時候非常普遍，卻能讓牠們的主人因此被送上柴火堆。然而金蹄小山羊只會些無害的魔術。格蘭古瓦把這些把戲一一講給副主教，因為副主教顯出異常的興趣。通常，只要用不同的姿態把手鼓伸給山羊，就可以逗牠做出相應的表現。牠可是被波希米亞少女訓練出來的。在方法運用上，她真是天才，只用了兩個月工夫就教會母羊用一個個字母拼出「菲比斯」這個字來。

教士說：「菲比斯！為什麼是菲比斯？」

格蘭古瓦回答：「我不知道。也許是她覺得這個詞具有什麼神祕的魔力吧。她以為只有自己一個人時，總是低聲念叨這個詞。」

克洛德用他敏銳的目光盯著對方，又說：「您認為這僅僅是個詞，而不是一個人的名字嗎？」

詩人問：「誰的名字啊？」

教士說：「我怎麼知道？」

「大人，我想像的是，這些波希米亞人多少信奉拜火教，崇拜太陽。因此有了菲比斯（太陽）。」

「我可沒有像您想得那麼清楚，皮埃爾先生。」

「其實我真的無所謂。隨她念『菲比斯』去吧。反正，現在嘉莉愛我和愛她一樣深。」

「嘉莉是誰？」

「母山羊啊。」

副主教用手頂著下巴，看起來在思索。忽然，他猛地轉過來面對著格蘭古瓦。

「你能發誓，真的沒有碰過她？」

格蘭古瓦說：「碰過誰？小母羊嗎？」

「不是的，那個女人。」

「我的女人！我發誓絕對沒有。」

「你經常和她獨處嗎？」

「每天晚上，大約一個小時。」

唐．克洛德緊皺眉頭。

「唉！一個男人一個女人獨處一室，絕對不會想到念《主禱經》[3]。」

「我以靈魂起誓，無論我念《聖母頌》、《主禱經》，還是《相信上帝我們萬能的父》，她都不會理我，就像一隻母雞不會對教堂感興趣。」

副主教粗魯地又說一遍：「以你母親的肚皮起誓，你的指頭沒有碰過這個女人。」

「我還可以用我父親的腦袋起誓，這樣，兩人就多了一層關係。不過，我尊敬的老師，請允許我也提個問題。」

「說吧，先生。」

「這事跟您有什麼關係呀？」

副主教蒼白的臉頓時脹紅得像少女的雙頰。他沒作聲，過了一會兒，帶著尷尬的表情說：「聽著，皮埃爾．格蘭古瓦先生，據我觀察，您還沒被定罪為下地獄。我在幫助您，為您著想。但您只要觸碰那個魔鬼附身的埃及姑娘，您就會成為撒旦的奴隸。您知道，向來都是肉體讓靈魂走上邪路。要是您親近那個女人，您會倒楣！就是這樣的。」

格蘭古瓦抓抓耳朵，說：「我試過一次。新婚第一天，結果被刺了。」

「您怎能這般無恥，皮埃爾先生？」

教士的面孔脹得紫紅。

詩人微笑著說下去：「還有一次，上床前，我從她房門的鑰匙孔裡偷看，看到穿著睡裙光著腳的美女，她上床的時候，居然床榻一聲都不響。」

教士眼露凶光，大喊：「滾開，去見魔鬼吧！」

格蘭古瓦正在浮想聯翩時，教士推開他的肩膀，然後大踏步地一頭遁入教堂最黑暗的穹窿下。

3 原文為拉丁文。

III 大鐘

自從恥辱柱受刑的那個早晨之後，聖母院的街坊都發現凱西莫多敲鐘的熱情冷卻了很多。之前，無論什麼節日，他都會敲鐘。悠揚的早禱鐘、驚天動地的彌撒鐘、清脆悅耳的婚禮鐘和洗禮鐘，一聲聲鐘響，在空中飄蕩，彷彿是用五彩繽紛的聲音做成的一幅刺繡。古老的教堂，不停地共鳴和迴響，沉浸在鐘聲的歡頌中。大家總能感覺到一個任性調皮的聲音精靈，透過一張張銅嘴在高歌。如今，精靈好像死去了，大教堂陰鬱沉悶，一聲不發。節日和葬禮的時候會響起簡單的鐘聲，枯燥的撞擊而已，完成禮儀的需要，再沒有什麼特別的了。所有的教堂都有兩種響聲，管風琴聲在裡面轟響，外面飄揚的是鐘聲，現在只剩下管風琴聲。大家覺得聖母院鐘塔裡好像沒有樂師了。其實，凱西莫多沒有離開鐘塔。到底他在想什麼？難道在為恥辱柱上遭受的恥辱和絕望而抑鬱嗎？難道行刑手的鞭響一直煩擾著他的靈魂？難道這段遭遇令他悲傷不已，對一切失去了興趣，甚至冷落了大鐘嗎？還是大鐘瑪麗終於有了情敵，在聖母院敲鐘人心中失去了地位，一樣更迷人更美麗的事物代替了這口大鐘和她的十四位姊妹呢？

西元一四八二年，聖母領報節正好是三月二十五日，禮拜二。這天，空氣是那樣的清新、輕柔，凱西莫多覺得心中又升起了幾分對大鐘的眷戀。他爬上北邊的鐘樓，教堂的聽差正在把下面各個大門敞開。聖母院的門由堅硬的木板組成，包著皮革，周邊釘著鍍金的鐵釘，裝飾著精心設計的雕刻。

到達塔樓頂上最高一層，凱西莫多看著六口大鐘，傷心地搖了搖頭，彷彿有什麼奇特的事物將他和這幾口大鐘分離。然而，當他大力推動她們，感受到這串鐘在他手中搖晃，雖然聽不見，卻能看到顫動的八度音在響亮音階上躥下跳，好像鳥兒在枝頭上跳來跳去。當音樂精靈，搖動著一連串金光閃閃的顫音和琶音，撲捉到可憐的聾子，凱西莫多突然找回了幸福感，忘記了一切，心中的激情讓臉色也紅潤起來。

他走來走去，拍著手，從一根鐘索跑到另一根鐘索，又是叫，又是打手勢，好像交響樂團的指揮不斷地激勵著六位聰明伶俐的天才演奏家。

他說：「唱吧，唱吧，加布西埃！把你全部的聲音傾瀉到廣場上。今天過節！蒂博爾，可別偷懶！你怎麼慢下來。快點，加油！你生鏽了嗎，懶傢伙？對了！快點！再快點！不能讓人看見你的鐘錘！把所有人都震聾，像我一樣！對了，就這樣，蒂博爾，太棒了！吉約姆！吉約姆！你最胖，帕斯基埃最小，可是帕斯基埃最吵。我們可以打賭：長著耳朵的人都聽出來它比你聲音洪亮。真好！真棒！我的加布西埃，大聲些，再大聲些！喂！你們兩隻麻雀，蹲在上面幹什麼？我沒有看到你們出什麼聲。這些銅嘴怎麼不歌唱卻在打呵欠？好了，趕快工作了！今天是聖母領報節。看，這麼美好的陽光，也應該敲響美好的鐘曲。可憐的大胖子吉約姆！你已經喘不過氣來了啦！」

他忙來忙去，催促著幾口大鐘，於是這六口鐘一個比一個更起勁地晃蕩，擺動著它們鋥亮的臀部，像在騾夫吆喝的鞭策下拉車的一群西班牙騾子，在喧鬧聲中疾馳。

突然間，他從遮掩著鐘樓山牆的大石板瓦縫隙中向下望，看到一個打扮奇異的年輕姑娘走到廣場中停下來，將一條毯子鋪在地上，一隻小山羊便站到毯子上。她們的四周漸漸圍攏了觀眾。這個場景立即改變了凱西莫多的思緒，他對音樂的熱情突然凝固，好像正在熔化的樹脂遇到空氣就會被凍結。他停住手，轉身背對著鐘，在石板瓦遮簷後蹲了下來，緊緊地盯著跳舞的姑娘。他的目光溫存、柔和、充滿憧憬，就是我們描述過的，讓副主教啞然的目光。被他拋棄的幾口大鐘幾乎同時悄然無聲，真讓鐘樂愛好者大失所望。他們本來站在兌換橋上，起勁地傾聽著聖母院群鐘齊奏。驚訝之餘，他們只好無奈地離去，彷彿一群狗，以為人家給牠們吃骨頭，結果咬到的卻是石頭。

IV

ΑΝΑΓΚΗ

在同一個三月裡，有這麼個明媚的早晨，大概是二十九日禮拜六，聖厄斯塔舍紀念日的那天，我們的朋友、青年學生磨坊風車若讓．弗洛羅起床穿衣服的時候，發現他褲子口袋裡的錢包再也發不出金屬撞擊的聲音了。他把錢包從褲腰小口袋裡掏出來，說：「可憐的錢包！看！連一枚錢都沒了！骰子、啤酒、維納斯女神，殘忍地將你開膛！瞧，你現在又空又癟，皺巴巴的，活像魔鬼女人的胸！西塞羅先生、塞內加先生，你們寫的書，被翻閱得殘破不堪、被扔了一地，我請問你們，雖然我比造幣廠的總領、兌換橋上的猶太商人，更知道一枚刻有王冠的埃居金幣[1]值三十五個昂仁、一個昂仁價值二十五個索爾和六個巴黎但尼爾、一枚帶新月的埃居金幣值三十六個昂仁、這昂仁又值二十六個索爾和六個圖爾但尼爾，但是又怎樣呢？要是身上連壓雙六的一個小黑幣都沒有，知識對我來說有什麼用！唉！西塞羅執政官！這場霉運不是只憑委婉的修辭『雖然』[2]和『真相卻是』[3]就能扭轉的！」

他愁眉苦臉地穿衣。當他繫短靴帶時，忽然心中冒出個主意。他先是把此主意推開，然而又找

1 中世紀時，法國國王連續以減輕金埃居的分量方式進行貨幣貶值。這裡是諷刺。

回來。他的背心都穿反了，這是激烈的思想激盪的結果。最後，他把帽子狠狠地往地上一摔，大喊：

「算了！管它呢！我去見我哥哥。我會撈一場訓話，也能撈一枚金埃居。」

於是他迅速穿上鑲著皮領的外套，撿起帽子，下狠心出了門。

他順著豎琴街向老城走去。當他經過號角街時，街頭令人讚歎的烤肉叉在不停地轉動，散發出的肉香鑽入他的鼻孔，將他的嗅覺器官搔得發癢。他深情地看了一眼那家龐大的燒烤店。正是這家店，曾讓結繩教派的修士卡拉塔吉羅納發出悲愴的讚歎：「這燒烤店確實讓人驚歎！[4]」但是若讓可沒有吃早餐的錢，他長長地歎了一口氣，鑽進小堡的拱門洞裡。小堡是老城的入口，由幾座龐大的塔樓組成兩個三葉草花形的城門。

他甚至都沒有時間按照當時的習俗，路過佩里內．勒克萊克破爛的雕像前時，向他投塊石頭。此人在查理六世時代將巴黎送給了英國，這一罪行足以令他雕像的面孔被石頭砸得稀爛，渾身掛著泥巴。他在豎琴街和比西街交匯處贖罪已經有三百年，好像在一根恥辱柱上沒完沒了地示眾。

穿過小橋，走過新聖女熱納維耶芙街，磨坊若讓來到聖母院門前。此時他又猶豫不決，繞著勒格力先生的雕像踱步，焦急地連聲說：「肯定會訓導一頓，卻不能擔保會拿到金幣！」

他攔住一個剛從教堂修道院出來的僕人問：「若札的副主教大人在什麼地方？」

僕人說：「他應該在鐘樓密室裡。不過，我勸您不要去打擾他，除非您是教皇或是國王這種等級的人物派來的。」

若讓拍起手來。

「魔鬼在上！這可是一個絕好的機會，可去探祕大名鼎鼎的魔法暗室！」

他打定了主意，堅定不移地衝入小黑門，沿著通向鐘樓頂層的聖吉爾螺旋樓梯向上爬去。他自言自語地說：「我就要看到了！聖母的名義！這間小屋，我的神父哥哥把它像珠寶一樣藏起來，肯定是個稀奇古怪的地方！人家傳說他在裡面點燃地獄之火，用熊熊烈火燒煉點金石。天主在上！我視點金石為破石子！我倒是希望在他爐灶上找到一盤復活節豬油攤雞蛋！誰稀罕世界上最大的點金石。」

爬到柱廊的那層，他停下來喘大氣，把爬不盡的樓梯罵個狗血噴頭，千萬個魔鬼的詛咒跟這比起來都會遜色。然後，從如今對公眾關閉的北鐘樓小門接著攀登。走過掛鐘的閣樓，不久就看到旁邊的樓梯平臺和一扇低矮的尖拱小門，對著開在螺旋梯內壁的槍眼，正好使他窺視到門上的大鐵鎖和堅固的鐵框。今天，如果有好奇的人想要參觀這道門，可以在烏黑牆壁上辨認出刻下的此行白字：「我愛果拉麗。一八二九。于熱題。」「題」字原文就有。看到這行字，門就在旁邊了。

學生若讓說：「總算到了！大概就是這裡。」

鑰匙插在鎖孔中。門虛掩著。他輕輕地推門，將頭探入敞開的門縫裡。

繪畫大師林布蘭，被稱作繪畫史上的莎士比亞，讀者一定翻閱過他令人驚歎的畫冊吧！在無數出色的版畫中，有一幅銅版腐蝕畫，據研究，畫的是浮士德博士，令觀者驚歎。畫面上一間陰暗的斗室正中擺著一張桌子，上面都是醜陋的物品，骷髏頭、地球儀、蒸餾瓶、圓規，爬滿象形文字的羊皮書。學者站在桌前，穿著肥大的長袍，皮帽壓到眉毛處。別人只能看到他的上半身。他從寬大的座椅

2、3、4 原文為拉丁文。

上探出身子，緊握的拳頭撐在桌子上，好奇而驚恐地注視著由魔幻字母組成的巨大光圈。在牆的襯托下，光圈像太陽的光譜般在房間的陰暗中發射著光芒。這個魔幻太陽好像在顫抖，神祕的光輝灑滿灰白的密室，很恐怖也很美麗。

若讓冒險將頭探入門縫中，呈現在他眼前的景象與浮士德的密室十分接近。同樣是一間陰暗，幾乎沒有燈光的狹窄陋室，一張大座椅和一張大桌子，上面堆著圓規、蒸餾瓶，還有從天花板上吊下來的動物骨骼。地上滾著一個地球儀，還有馬頭瓶和廣口瓶，幾片金葉子在瓶中顫抖。室中還有放在塗滿奇怪圖形和文字的羊皮紙上的骷髏頭，疊得高高的手稿隨便攤開，羊皮紙的脆角邊都是翹著的，總之，各類科學研究的垃圾，都被灰塵和蜘蛛網覆蓋著。既沒有發光的字母組成的光圈，也沒有心曠神怡的博士，像凝視太陽的鷲鷹一樣注視著燃燒的幻影。

然而密室不是空蕩無人的。座椅上一位男子，俯身於桌上，他背對著若讓，若讓只看到他的肩膀和後腦勺，但是若讓毫不費力地認出這個被生活剃度後的禿頭，彷彿透過外表，大自然執意標註副主教被上帝賜予的神職。

若讓認出了他的哥哥。因為他輕輕地推開門，唐・克洛德沒有發現他的到來。好奇的學生趁機把密室從上到下仔細打量一番。剛才他沒有注意到，窗洞下、座椅的左邊，放著一個大火爐。陽光從窗洞鑽進來，穿過一張圓形的蜘蛛網，它像一個精巧的玫瑰花窗，別具風情地鑲嵌在尖拱形的窗洞中，正中一動不動地端坐著昆蟲建築師，像是織花輪盤的軸心。火爐上亂堆著各類瓶罐，粗陶小瓶、玻璃蒸餾器、裝炭的長頸瓶。若讓連一口鍋也沒找到，不由得暗暗歎氣，想道：「這套廚房用具，怎麼這麼新！」

火爐裡沒有火，而且顯得很長時間沒有生過火了。若讓看到一個玻璃面罩，被人遺忘在這堆煉金器皿中間，覆蓋著灰塵，大概是副主教煉製某種危險物品時用來遮臉的，旁邊丟著一個風箱，灰少些，平板上有銅刻的銘文：「呼吸是希望。[5]」

還有其他題銘，按照煉金師當時的風尚，都密密麻麻地題在牆上，有的是蘸著墨水寫的，有的是用金屬尖器刻上的。希伯來字母、哥德字母、希臘字母，以及羅馬字母，混在一起，銘文互相覆蓋，新的遮擋住舊的，盤根交錯，如同荊棘叢中的樹枝、混戰中的長矛。這是融匯人間全部哲學、全部夢想、全部智慧的綜合歸納，偶爾會有句銘文比其他的高明，好似長矛叢中飄揚的旗幟。大多數是字句簡短精悍的拉丁文或希臘文格言，在中世紀時都是精彩之言：「從這裡因此而生嗎」[6]、「人是他人的猛獸」[7]、「星宿，人宅，人的名字，神的名字」[8]、「偉大的書籍帶來偉大的災難」[9]、「求知的勇氣」[10]、「他可以隨意吹起風」[11]等等。有時卻是看起來沒有意義的一個詞：「飲食作息的戒律」[12]。也許是苦澀隱晦地影射修道院制度；有時是一句教士的戒律箴言，用嚴格的六韻步詩寫成：「上帝是萬能的主，世人是執行者。」[13]，還有一些從希伯來巫術書中這段那段[14]節選的字句。若讓不

5、6、7、8　原文為拉丁文。
9　原文古希臘文，出自加利馬可《殘稿》，三五九。
10、11　原文為拉丁文。
12　原文為古希臘文，出自亞里斯多德《論政治》，一三三九年。
13、14　原文為拉丁文。

太通希臘文，對此就更什麼都不明白。所有字句中都畫著星星、人形、動物圖案、三角符號，紛繁複雜，琳琅滿目，這使密室的牆壁看起來更像猴子用蘸滿墨汁的鵝毛筆塗鴉後的一張紙。

而且，整間密室顯得異常破爛、衰敗。從亂七八糟的工具就可以猜想密室的主人很久都在忙於其他工作，沒有從事他的煉金研究。

此時，密室主人正在俯身閱讀一大本有奇怪插圖的羊皮手抄書，他的思緒似乎不斷地被某種念頭騷擾。至少若讓是這麼想的，因為聽到他斷斷續續，宛若做白日夢時發出的喊聲：「對，瑪努講過，佐羅阿斯特也是這樣傳授的：火生日、日生月。火是萬物之魂。它的原子粒如同細流，源源不斷地注入人間。它們在天空中相遇就產生光，在地上交匯就產生黃金。光與黃金，原是同物，是火在物質世界中的化身。區別是一個看得見一個摸得著，一個是流態一個是固態，如同蒸汽與冰都是水。這不是夢中囈語，而是大自然的普遍規律。然而怎樣從科學中提煉出這一普通規律的祕密呢？看！光籠罩著我的手，它是金子！同樣的原子，依照法則擴散變為光，只要能按照相反的法則將它們凝聚起來就可以！怎麼做呢？有人曾設想把陽光埋在地下，阿維羅埃斯，不錯，就是阿拉伯哲學家阿維羅埃斯！阿維羅埃斯在科爾圖大清真寺古蘭聖殿左邊第一根柱子下埋藏了一道陽光，只能在打開地穴時才知道試驗的成敗，這要等八千年。」

若讓在旁邊對自己說：「活見鬼！為一枚金幣，要等這麼長時間！」

副主教繼續浮想聯翩：「其他人曾經考慮用天狼星的光加以轉變。但要得到純粹的天狼星光卻是難上加難，因為總有別的星光和它摻雜。弗拉梅爾認為，用大地之火要方便得多。弗拉梅爾！真是與生俱來的名字！弗拉梅爾，意思是火焰！對，火，鑽石隱藏在煤中、黃金隱藏在火中。但又如何提取呢？拜占庭哲學家馬吉斯特利認為，有些女人的名字如此溫柔、如此神祕，在進行提煉時要念著這些名字。看看瑪努怎麼說：『女人受尊敬的時候，諸神快樂愉悅；女人受歧視的時候，祈禱上帝也是徒勞。女人的嘴永遠純潔，是流水，是一線陽光。女人的名字應該是美好的、溫柔的、充滿想像力、結尾在長母音上，讀出來有賜福字句的韻律。』是啊，先哲說得對。馬利亞、索菲亞、愛絲梅拉……該下地獄的！總是想著這個！」

他猛地合上書。

他的手撫過額頭，似乎要將糾纏著他的想法趕走。然後他從桌上拿起一枚釘子和一把小鐵錘，錘柄上畫著一些奇特的符咒文字。

他苦笑著喃喃自語：「近期來，我的試驗全部以失敗告終！固執的念頭占據著我，像三葉草烙鐵燙傷我的大腦。我連古羅馬科學家卡西奧多魯斯的祕密也沒發現，他的燈不用燈芯、不用油就能燃燒。不過是件簡單的事情！」

「破玩意！」若讓暗自說。

教士接著念著：「居然一種卑微的想法就能夠讓一個男人變為懦夫和瘋子！唉！珂絡德．百合耐爾取笑我吧，她沒能將尼古拉．弗拉梅爾從他追求的偉大事業中誘入歧途！唉！我手裡拿的是澤西埃雷的魔錘！這位讓人畏懼的猶太教大法師，當他在密室深處，用這把錘子敲打這根鐵釘時，每敲一下，哪怕敵人遠在千里，也會立即陷入泥土，被汙泥吞噬。就連法蘭西國王，在一個晚上無意中碰撞了魔法師的大門，就陷入巴黎街道的石塊中，直到膝蓋。這事僅僅發生在三個世紀前……看！我手持他的錘子和釘子，它們在我手中並不比刀工手中的木尺更有威力……然而，最重要的是找回澤西埃雷敲打釘子的時候所念的咒語。」

若讓心想：「一堆廢話！」

副主教揚聲說：「好，試試吧！如果成功，釘子頭上會冒出藍火星……埃芒—埃鐺！埃芒—埃鐺！……錯了，精靈西日艾尼！西日艾尼！讓這根釘子給所有叫菲比斯的人挖墳坑吧！……該詛咒的！還是，總是，永遠是這個念頭！」

他氣憤地扔掉鐵錘，伏在桌上，癱坐在椅子上，以至於他被高大的椅背擋住，若讓一時看不到他，只見他放在書上的一隻緊握痙攣的拳頭。過了許久，突然，唐．克洛德站起來，拿起一支圓規，靜靜地在牆上刻下大寫的希臘字母：

ΑΝΑΓΚΗ

若讓心想：「我哥哥瘋了！把它寫成拉丁文 Fafum[15]，豈不更好！不是每個人都懂希臘文的。」

副主教坐回座椅上，雙手抱頭，好像高燒病人將自己滾燙而沉重的前額放入雙掌中。

學生驚異地觀察著哥哥。若讓是個簡單開放的人，只能領會世界的自然法則。對於他，強烈的情感只是為所欲為的愛好。每天早晨，他都能找到發洩情緒的新樂子，因而他的感情湖泊總是乾涸的。他自然無法想像情感的海浪一旦被攔住，就會變成澎湃洶湧的驚濤駭浪，然後就會積累、膨脹、氾濫，接著會讓人鑽心的疼痛，讓人在心中默默地哭泣、無奈地掙扎，直到衝垮堤岸，摧毀海道。克洛德．弗洛羅的外表嚴厲冰冷，他的高尚情操好像陡峭高聳的雪山，其實卻是欺騙若讓的假像。快樂活潑的學生，怎能猜想到白雪覆蓋的埃特納火山中竟藏有沸騰、猛烈、深沉的岩漿。

我們不知道在他的腦袋中是否突然產生這一意識。無論他是如何地輕浮隨意，還是明白自己看到了不應該知道的事、偷窺了哥哥靈魂深處的祕密，所以不能讓克洛德覺察到他。他看到副主教又恢復先前發呆的狀態，就悄悄地縮回頭，故意在門外踏了幾步，好像剛到的人故意在通報。

副主教在密室中高喊：「請進！我等著您呢。鑰匙也是故意留在門上。請進，雅克先生。」

學生壯著膽子走進去。這類客人走入這種地方，令副主教十分尷尬，他在座椅上打了個哆嗦。

「啊！是您，若讓？」

學生的臉紅撲撲的，他厚著臉皮，嬉皮笑臉地回答：「反正是同一個字母開頭的名字。」

唐．克洛德又板起臉。

「您來這裡做什麼？」

學生盡力做出一副規矩、可憐又謙卑的模樣，還一邊無辜地用雙手轉動著摘下的帽子，說：「我的兄長，我來向您求……」

「求什麼？」

「一些急需的道德教誨……」

若讓不敢大聲補充說「還有一點我更急需的錢」，所以這後半句並沒有公布出來。

副主教冷冷地說：「先生，我對您非常不滿意。」

學生深歎口氣：「是啊！」

15 拉丁文，「命運」的意思。

唐・克洛德的座椅轉了四分之一圈，他盯著若讓：「見到您可真高興！」

這是可怕的開場白，若讓準備挨一頓痛斥。

「若讓，每天都有人來向我告你的狀。為什麼你和某位年輕的阿爾貝勒・德・拉蒙尚子爵打架，用棍子痛打他一頓？」

「噢！」若讓說，「沒什麼大事！他不過是國王的侍從，故意騎著馬在泥裡跑，濺了學生們一身泥，還敢洋洋得意。」

副主教又說：「你把名為馬伊埃・法爾熱樂的長袍撕破了，又是為什麼？訴狀上寫著：『長袍被撕破。』[16]」

「噢，呸！是件破爛的蒙泰居小斗篷！」

「訴狀上明明寫的是長袍[17]，而不是小斗篷[18]，你究竟懂不懂拉丁文？」

若讓不回答了。

神父搖著頭又說：「唉！這就是現代人的學習成果和文化水準！拉丁語幾乎聽不到、敘利亞語無人懂、希臘語叫人如此討厭，甚至連最博學的人看到希臘字都會跳過不念，還說：『這是希臘字，不用念。』[19]」

學生毅然抬起頭：「我的哥哥先生，我用最標準的法語把對面牆上的希臘字解釋給您聽，可以嗎？」

「哪個字？」

「ΑΝΑΓΚΗ。」

副主教蠟黃的雙頰上泛起淡淡的紅暈，好像火山口的煙霧揭示了祕密的火山運動。然而學生沒怎麼覺察到。

長兄費力地結巴說：「好，若讓，這字是什麼意思？」

「命運。」

唐·克洛德的臉色蒼白，而學生卻漫不經心地接著說：「下面這個希臘字，同一個人刻上去的，意思是『心懷汙濁』。您看人家還是懂希臘文的。」

副主教保持沉默。這一堂希臘文課使他浮想聯翩。年輕的若讓，像從小被寵壞的孩子一樣會察言觀色，覺得這是提出請求的好時機，便拿出最溫柔的聲音開始他的祈求：「我親愛的哥哥，我正義地教訓了一些壞小子，狠狠地跟他們吵幾句，給他們幾記耳光，難道您真的因此恨我，為了這群毛頭小子[20]，給我如此嚴厲的臉色看嗎？您看，克洛德好哥哥，我也會拉丁文。」

但是他這套虛情假意的討好，並沒有像之前那樣對嚴格的哥哥產生什麼效果。地獄的守門犬克伯羅斯沒有去咬蜜糕，副主教前額緊皺，絲毫沒有舒展半分。

副主教冷冷地問：「您到底想要說什麼？」

若讓英勇地回答：「好，其實！是這樣的。我需要錢。」

聽到這厚著臉皮的坦白，副主教換了表情，流露出父親準備耐心教導兒子的姿態。

16、17、18、19、20 原文為拉丁文。

「您知道，若讓先生，我們在蒂爾夏普的采邑，如果將年貢和二十一所房子的租金總算，每年共得三十九里弗爾十一塊索爾六塊但尼爾巴黎幣。比巴克雷兄弟的時候多了一倍，但這並不多。」

若讓坦然地說：「我需要錢。」

「您知道宗教裁判官將我們的二十一所房子判決屬於主教采邑，要贖回隸屬關係，就要向主教大人賠償兩枚鍍金的銀馬克，價值六個巴黎里弗爾。然而，這兩枚馬克，我還沒有湊到。您是知道的。」

若讓重複第三遍：「我知道我需要錢。」

「您要錢幹什麼？」

聽到這個問題，若讓的眼中閃過一線希望的曙光。他又裝出溫順的樣子，討好地說：「是啊，親愛的克洛德哥哥，我向您要錢完全不是要做壞事。並不是要用您的錢到酒館裡招搖，也不是要騎著身披金絲錦緞的馬，帶著僕人，漫步在巴黎街頭。不是的，我的兄長，這是為了行善。」

克洛德驚訝地問：「什麼善事？」

「我有兩個朋友想給一個新生嬰兒置辦衣服和襁褓。母親是入了聖母升天會的可憐寡婦。這是一件善事，需要三個弗羅林，我也想出一份。」

「你的兩個朋友名字？」

「皮埃爾．拉索默爾[21]和巴蒂斯特．克羅克瓦松[22]。」

副主教說：「哼！這兩個名字和行善十分般配，和把大炮架在教堂主壇上差不多。」

顯然，若讓挑錯了兩個朋友的名字，只是發現得太遲了。

克洛德接著判斷：「再者，新生嬰兒穿著用品要花三個弗羅林？還要送給聖母升天會一位寡婦的小孩？從何時起，聖母升天會的寡婦生養裹著襁褓的孩子呢？」

若讓的話再一次打破冰冷的寂靜：「嗯，對啦！我需要錢是為了今天晚上到愛情谷去探訪伊莎博．拉傑麗，這樣可以嗎？」

教士罵道：「悲哀的淫賊！」

若讓接道：「心懷汙濁。[23]」

學生也許故意諷刺，借用了密室牆上書寫的這個希臘字，居然對教士產生了特殊的功效。他咬著嘴唇，滿臉通紅，對若讓說：「您快滾開，我在等人。」

學生試圖再努力一把：「克洛德哥哥，請至少給我一個小錢買東西吃吧。」

「格拉田教令學得怎樣了？」唐．克洛德問。

「我的筆記本丟了。」

「拉丁人文學科念到哪裡了？」

「有人偷了我的賀拉斯的書。」

「亞里斯多德學得怎樣了？」

21 拉索默爾，在法語中意為「行刑手」。
22 克羅克瓦松，在法語意為「騙子」。
23 原文為古希臘文。

「哎呦！哥哥，是哪位教堂神父說過，任何時代的邪教都起源於亞里斯多德的形而上學？愚蠢的亞里斯多德！我才不願意他的形而上學干擾我的宗教信仰。」

副主教接著說：「年輕人，國王最後一次進城時，有一個名為菲利浦．德．果敏的貴族侍衛，在他的馬披上繡著他信奉的格言，我勸您好好參考：不勞動者沒飯吃。[24]」

學生半天不說話，眼睛盯著地板，手指頭摳著耳朵，臉上帶著慍色。猛然間，他像白鶺鴒一樣迅速地轉頭對克洛德啼叫：「這麼說，好哥哥，您連去麵包店買塊麵包乾的一個巴黎索爾都不給我嗎？」

「不勞動者沒飯吃。」

若讓聽了副主教冷酷的回答，用雙手捂住臉，好像女人放聲大哭，絕望地叫：「Oτοτοτοτοτοῖ！」

克洛德聽到這個突發奇來的怪叫十分驚訝，問：「這是什麼意思，先生？」

學生聽到克洛德的問話，用拳頭使勁揉了揉眼睛，看起來眼淚汪汪的，抬頭無恥地望著哥哥，回答：「噢，這個呀！這是希臘語呀！是悲劇大師埃斯庫羅斯的一句抑揚格詩，恰好表達了我的悲痛。」

說到這兒，他忍不住哈哈大笑。他像個小丑一樣，笑得那麼誇張，副主教也情不自禁地露出一絲微笑。其實這都是克洛德的錯。過去，他為什麼嬌慣這孩子呢？

看到這絲微笑，若讓又壯起膽說：「啊！克洛德好哥哥，我的布靴底已經磨破了，沒有比這雙張嘴吐舌的短靴，更能讓世上的悲劇演員表演悲慘境地的了。」

副主教趕緊恢復了原先嚴厲的神情：「新靴子會讓人給您送去，但是錢沒有。」

若讓低三下四地哀求：「哥哥，給我一分小錢吧！我一定會背誦格拉田教令，一定好好信奉上帝，我將來一定是品學兼優的畢達哥拉斯。求求您，給我一分錢吧！您看，飢餓的大嘴正對著我，比韃靼人或者修道士的鼻眼還要黑、臭、深，難道您要看著我被飢餓吞噬嗎？」

唐．克洛德搖動著他雙眉緊皺的頭：「不勞動者……」

若讓不等他說完：「算了，見鬼吧！我要快樂地活下去！我要泡酒館，打群架，摔酒罈，玩女人！」

說完，他把帽子往牆上一扔，緊緊捏手指，像響板一樣作響。

副主教沉著臉，看著他：「若讓，您缺少靈魂。」

「如果真的是這樣，用伊比鳩魯的話說，我莫名其妙地缺少了不知什麼玩意形成的東西。」

「若讓，您需要思考如何改正才行。」

學生一會兒看著哥哥，一會兒看著火爐上的蒸餾瓶，喊道：「唉，這兒的一切想法和瓶子，都這麼奇怪！」

「若讓，您站在一條下坡路上，您到底要滑到哪兒去？」

若讓回答：「滑向酒館。」

「酒館後面就是恥辱柱。」

「這不過是一個普通的燈籠罷了，但是，也許就是打著這個燈籠，第歐根尼就找到了他要找的人。」

24　原文為拉丁文。

「恥辱柱後面是絞刑架。」

「絞刑架是一架天平，一頭掛著一個人，一頭掛著整個大地。那個人很了不起。」

「絞刑架後面是地獄。」

「不過是一團大火罷了。」

「若讓、若讓，故事的尾聲很可怕。」

「開場夠好就行。」

突然樓梯上傳來腳步聲。

副主教把手指按在嘴上：「不許出聲！是雅克大人。」

他又低聲補充一句：「聽著，若讓，您馬上要看到和聽到的，絕對不能傳出去。快藏到火爐下面去，不許吭聲。」

學生爬到火爐下蜷縮起來，想出了個絕招：「這樣吧，克洛德哥哥，給我一個弗羅林，我就閉嘴。」

「不要出聲！我向您發誓。」

「放到我的手裡才行。」

「拿去！」一氣之下，副主教把錢包投給他。

若讓又鑽回火爐底下。此時，房門被推開了。

V　兩名黑衣人

進來的人一身黑袍，面色沉重。當然，我們的朋友若讓，把自己藏在一個可以什麼都看得見、什麼都聽得見的地方，第一眼看到的是來人的衣著和神情都十分悲切。然而，他的臉上卻帶著幾分溫柔，貓咪或法官一樣的虛情假意的溫柔。他年近六十，一雙大手，滿頭灰髮，滿臉皺紋，花白的眉毛下，眼睛用力地眨著，下唇垂著。若讓一看，來人不過是個醫生或是法官類的人物，沒什麼了不起，何況他的鼻子和嘴巴有段距離，證明是個蠢物。若讓蜷縮回他的洞中。如此狼狽地等待如此無趣的人完事，也不知何時能結束，真令他絕望。

面對來訪的人物，副主教居然沒有起身，只是做了個手勢，招呼他坐在門邊的小板凳上。他沉默了許久，好像繼續先前的思索，然後才用保護者的口吻說：「您好，雅克大人。」

黑衣人回答：「早，大師！」

一個稱呼雅克大人，另一個直接稱呼大師，兩種稱呼雖然都是同一個字眼「MAITRE」，可是含義區別卻大有學問，就像殿下與閣下、主人與僕人的區別，大師是老師，大人卻是學徒。

副主教又沉默了一會兒，雅克大人也不敢說話，然後副主教才說：「那麼，您成功了嗎？」

那人帶著悲傷的笑容回答：「唉！我的老師！我不停地鼓風，到處都是灰，卻沒有一粒金子飛出來。」

唐·克洛德不耐煩地做了個手勢：「我不是說這件事，雅克·沙爾莫呂大師，是您起訴的巫師、審計院的大廚，您叫他馬克·塞內納的。他有沒有招供他的魔法？回答您的問題了嗎？」

雅克大人還是憂傷地微笑著回答：「唉，沒有。我們的努力沒取得任何令人欣慰的成果。這個人是一塊石頭，我猜送他去豬市煮死之前，他什麼都不會招的。其實，為了得到實情，我們什麼都嘗試過了。現在他已經全身脫臼、四肢殘廢了。我們用了各類方法，正如喜劇家老普勞圖斯所說：『他不怕尖刺、燒紅的刀、十字架、枷鎖、繩子、鎖鏈、監獄、頸枷、腳鐐。[1]』什麼效果也沒有。此人真可怕，我對他無計可施。」

「在他的住處有沒有搜到什麼新罪證？」

「這個倒有的。」雅克大人答道，伸手掏著腰間的口袋，「就是這張羊皮紙。上面寫了沒人看懂的字，就連刑事律師菲利浦·勒利埃先生，在承辦布魯塞爾康代斯坦街猶太人案件時學了希伯來文，也被難倒了。」

雅克大人鋪開羊皮紙。

副主教說：「讓我看看。」

他看了一眼紙就喊：「雅克大人，純粹是巫術！埃芒—埃鐺！這是半狗半女人的吸血鬼赴巫魔會時喊的口令。為自己、同自己、在自己中！這是將魔鬼再鎖入地獄的口令。哈克噺、巴克噺、馬克噺！這是醫學術語，治狂犬咬傷的咒語。雅克大人！您是國王的宗教法庭檢察官，這張羊皮紙十分凶惡。」

「我們還要拷問此人。」

雅克大人在腰間口袋中又掏了掏：「還有這個。也是在馬克·塞內納家中發現的。」

這是個罐子，樣式與唐·克洛德火爐上放的罐子相同。副主教說：「哦，這是煉金用的坩鍋。」

雅克大人羞澀地傻笑說：「跟您老實講，我曾在火爐上試了試，但是也沒有比我自己的那個更有成就。」

副主教仔細觀察這個罐子：「這坩鍋上刻著什麼東西？噢吃！噢吃！這是驅趕跳蚤的咒語！馬克·塞內納真是無知至極！我告訴您，此物煉不出真金！夏天時收到您的櫃子裡吧，沒什麼用。」

國王代訴人說：「既然我們算錯了，剛才我上來之前，研究了教堂的大門。尊敬的大人真的認為，靠著主宮醫院那側的門象徵著打開的物理書，聖母院底層的七尊裸體塑像中，腳後跟上長著翅膀的是墨丘利神嗎？」

教士回答：「對的。這是奧古斯丁·尼福說的。此位義大利博士養了一個大鬍子魔鬼，什麼都告訴他。好吧，我們該下樓了，我指點著給您解釋。」

沙爾莫呂一躬到地：「謝謝，我的大人。對啦，我差點忘了！請問什麼時候您希望我把那個小巫女抓起來？」

「哪個巫女？」

1 原文為拉丁文，出自普勞圖斯的喜劇《阿斯娜莉婭》，五四九—五〇。

「就是不顧教廷禁令，每天到廣場上跳舞的波希米亞女子，大人知道的。她有一隻魔鬼附體的母山羊，長著魔鬼的一對犄角，能認字、能寫字，算術能力可與畢卡特媲美。這隻山羊能讓全部波希米亞人被判決絞刑。案子已經成立了，馬上能辦案。我的天，這個女舞者真是個美人兒，一雙漂亮的黑眼睛就是兩顆埃及寶石！咱們什麼時候動手呢？」

副主教臉色變得煞白。

他結結巴巴地努力吐詞：「我到時候就會告訴您。」然後竭盡全力地說：「您只管馬克．塞內納就行。」

沙爾莫呂微笑著說：「請您安心。我馬上叫人把他綁回皮床上。但是，這個人是魔鬼，連行刑人皮艾拉．刀特呂本人都累壞了，他的手比我的還大。正如好普勞圖斯所說：『光著身子戴著鐐銬，倒吊一秤，就有百鎊重。[2]』絞盤拷問！我們沒有更好的辦法。他肯定受不了。」

唐．克洛德看起來想著一件令他憂鬱的事。他轉頭對沙爾莫呂說：「皮艾拉大人、雅克大人，我的意思是，只管您的馬克．塞內納就行！」

「是的，是的，唐．克洛德。可憐的人！他會像穆莫樂一樣受煎熬。虧他想得出，參加巫魔大會！身為審計院的大廚，他應該知道查理曼皇帝的法令，半狗半女人的吸血鬼和狼人都判死刑[3]！……還有，那個女孩子，大家叫她愛絲梅拉達什麼的……我只等您一聲令下……啊！過一會兒從門道下經過，請您講講教堂入口處園丁浮雕是什麼意思。是播種人嗎？……嘿！大人，您在想什麼呢？」

唐．克洛德想著心事，已經不聽對方說的話。沙爾莫呂順著克洛德的視線望去，發現他呆呆地盯著織在窗洞上的一張大蜘蛛網。正在這時，一隻不知好歹的蒼蠅，愣頭愣腦地撲向三月的陽光，撞上蜘蛛網，被緊緊粘住。蜘蛛網一顫動，大蜘蛛從網中央的大本營爬出來，撲向蒼蠅，用兩隻前觸角將蒼蠅折成兩段，又將噁心的刺管扎進蒼蠅的腦袋裡亂吸一氣。國王檢察官情不自禁地說：「可憐的蒼蠅！」伸出手來救牠。副主教一看，好像從夢中驚醒，神經質地猛抓住他的手臂，喊：「雅克大人，讓命運決定吧！」

檢察官驚愕地轉頭，他的手臂好像被鐵鉗夾住了。教士的眼睛呆呆地閃著光，直勾勾地盯著令人毛骨悚然的蒼蠅和蜘蛛。

教士的聲音彷彿來自腑臟，他繼續說：「嗯！是的，牠們象徵著萬物。蒼蠅剛剛出生，快樂地飛舞，尋找春天、新鮮的空氣和自由。噢！是的，她撞到了致命的玫瑰花網，蜘蛛衝出來，醜陋的蜘蛛！可憐的女孩！註定早死的可憐蒼蠅！雅克大人，不要干涉！這就是命運！唉！克洛德，你就是蜘蛛，克洛德，你也是蒼蠅！你飛向科學、飛向光明、飛向太陽，只想飛向新鮮的空氣、永恆的光明和真理。然而當你撲向光芒四射的窗洞，以為可以通往另一個光明、智慧和科學的世界時，瞎眼的蒼蠅、荒唐的博士，你竟然沒有發現命運在光明和你之間掛了一層細細的蜘蛛網。你一片熱情地撲上去，可憐的瘋子，現在你拚命掙扎，頭破了，翅膀被折斷，夾死在命運的鐵鉗中！……雅克大人！雅克大人！別碰蜘蛛！」

2　原文為拉丁文，出自普勞圖斯的喜劇《阿斯娜莉婭》，三〇一。

3　原文為拉丁文。

沙爾莫呂不明白他在說什麼，看著他說：「我向您保證，我絕對不碰。但是，請您放開我的手臂，大師，求求您！您的手就像一把鐵鉗。」

副主教並沒有聽他說什麼，盯著窗洞繼續說：「噢！傻子！你以為用你的小蠅子翅膀，撕破可怕的蜘蛛網，就可以飛至光明之國。唉！前面還有一扇玻璃窗、一個透明的障礙物、一堵比黃銅更堅硬的水晶牆，將哲學和真理隔離，你又怎能跨越？唉，真理的虛幻！無數哲人從遙遠的地方飛來卻只有碰壁！無數體系，亂哄哄的一群蒼蠅，撞向永恆的玻璃窗！」

他閉嘴了。最後這些思考，不知不覺讓他從自己聯想到科學，便又冷靜下來。最後，雅克·沙爾莫呂的提問讓他完全回到現實中來：「是啊，我的老師，什麼時候您能幫我提煉出金子呢？我還是煉不出來。」

副主教苦笑著搖搖頭：「雅克大人，請您讀讀米歇爾·普呂斯寫的《關於能源與魔鬼法術的對話》。我們的行為並不是完全無辜的。」

沙爾莫呂說：「小聲點，大人！我當然知道。不過，畢竟我只是國王的宗教檢察官，年俸三十個圖爾埃居金幣，不稍微煉些金怎麼活呢？咱們不張揚就好。」

突然，爐底下一陣咀嚼聲傳到沙爾莫呂的耳朵裡，他嚇了一跳。

他問：「這是什麼？」

原來，躲在爐下的學生又是難受又是無聊，居然摸索到一塊乾麵包和一角發黴的乳酪。他什麼也顧不了，把這些東西當作安慰和早餐大吃起來。他飢餓難忍，咀嚼聲也就特別大聲，而且每一口都細嚼慢嚥，好好品味，當然喚起檢察官的警覺。

副主教大聲說：「是我的貓，正在下面啃老鼠。」

這個解釋讓沙爾莫呂放下心來。

他卑微地笑著說：「是啊，大師，偉大的哲學家都會養寵物。您記得古羅馬國王塞爾維烏斯說：『守護的精靈無處不在。[4]』」

可是，唐·克洛德擔心若讓會再弄點什麼新的惡作劇，趕緊提醒可敬的弟子他們還有門道上的幾個浮雕要一起探討，於是兩人走出密室。學生大大地鬆了口氣。他正擔心下巴頂著膝蓋，會壓出個坑來。

4　原文為拉丁文。

VI 公開咒罵七聲的後果

「讚美主啊！」若讓從洞裡爬出來叫嚷道，「兩隻貓頭鷹總算走了。噢吃！噢吃！哈克嘶、巴克嘶、馬克嘶！跳蚤！瘋狗！魔鬼！他們兩個聊的東西真是煩人！在我的腦袋裡像敲鐘一樣噹噹作響。還有，乳酪是發黴的！唉！趕緊帶著大哥的錢包下樓去，所有的錢幣換酒喝去。」

他溫柔地向寶貝錢包的深處投去讚美的目光，扯平衣服，擦了擦短布靴，撣了撣沾滿爐灰的破袖子，哼著歌，踮著腳轉了一圈，檢查斗室一番，看看還有什麼可以拿走，從火爐上撿起幾顆好像是護身符的彩色玻璃珠，想當作珠寶送給伊莎博．拉傑麗，然後才推開門。哥哥最終於心不忍，沒有將他鎖在門內。而他想最後留下一個惡作劇，也沒有鎖門就走了。他蹦蹦跳跳地沿著螺旋樓梯向下走，像隻小鳥。

黑漆漆的樓梯上，他的手肘碰到了什麼。那傢伙哼哼唧唧地退到旁邊。他猜想這一定是凱西莫多，覺得十分好笑。他一邊笑，一邊下樓，肋骨都笑痛了，到了廣場，還是笑個沒完。

回到地面上，他跺跺腳，說：「嗚呼！可愛可敬的巴黎石塊路啊！遭詛咒的樓梯，雅各天梯上的天使也會爬得氣喘吁吁！我怎麼會想要鑽進石頭螺旋樓梯，一直爬到雲端，只是為了吃一口長了鬍鬚的乳酪，然後從一個小窗洞窺視一下四處是鐘樓的巴黎城！」

他走了幾步，發現兩隻貓頭鷹，也就是唐．克洛德和雅克．沙爾莫呂正在觀賞大門上的一座雕像。他踮著腳尖走到他們身後，聽見副主教悄聲對沙爾莫呂說：「這是巴黎吉約姆請人用一塊天青石雕刻約伯的塑像，另外鑲上金邊。約伯也是點金石的象徵，就是說必須經歷考驗和酷刑才能變得神奇完美。雷蒙．呂勒說：『經過特殊處理後，靈魂才能被拯救。[1]』」

若讓自語說：「我才無所謂呢，反正我拿到了錢包。」

突然，他的身後響起了一串洪亮的叫罵聲：「上帝的血！上帝的肚皮！假天主！天主的肉體！別西卜的肚臍！教皇的名義！魔鬼犄角！天打雷劈！」

若讓叫出聲：「我打賭，一定是我的朋友菲比斯隊長！」

副主教正向國王的檢察官解釋說一隻龍的浮雕，它的尾巴伸入浴池，浴池中升起一縷青煙和一個國王腦袋的幻象。菲比斯這個名字讓他不寒而慄，立刻住嘴，也不管會讓沙爾莫呂如何大吃一驚，他轉過身去，看到他的弟弟若讓站在貢德洛里耶家門口，和一位身材高大的軍官講話。

此人正是菲比斯．德．沙托佩斯隊長先生。他靠著未婚妻家的牆角，正像異教徒一樣在咒罵。

若讓握起他的手說：「哎喲，是您呀，菲比斯隊長！您罵得真不錯呀。」

隊長回答：「天打雷劈的魔鬼犄角！」

學生回道：「您才長魔鬼犄角，天打雷劈！親愛的隊長，什麼事讓您忍不住要說出這麼多美言呢？」

---

1 原文為拉丁文。

菲比斯擺擺手說：「很抱歉，若讓，我的好夥伴。我正在狂罵發洩，狂奔的馬真是拉不住。我剛離開一群假正經的女人，一出門就覺得胸口悶，塞的都是罵人的髒話，要是不吐出來，我就會憋死，肚皮和雷劈的！」

學生問：「您和我去喝兩杯？」

這句提議讓隊長平靜了下來。

「我倒是滿想的，可是身上沒錢。」

「我倒是有錢！」

「真的？拿出來看看？」

若讓，光明磊落、乾脆俐落地將錢包展現在隊長的眼前。正好，副主教把驚訝的沙爾莫呂拋在一邊，溜到他們身後幾步開外站著，監視兩人，而他們卻全神貫注地看著錢包，沒有注意到副主教。

菲比斯叫起來：「若讓，一個錢包掉在您的衣袋中，就是月亮映在水桶中，看得見、摸不著，不過是個倒影。上天，我們打賭吧，裡面都是石頭！」

若讓冷冷地回答：「看，這就是讓錢包沉甸甸的石頭！」

他不多說話，把錢包往旁邊的界石上倒扣，宛若一個準備拯救帝國的羅馬人。

菲比斯嘟噥著：「真正的天主！盾幣、大銀幣、小銀幣、每兩個折合一個的圖爾銅幣、巴黎但尼爾，還有真正的鷹銅錢！讓人眼睛都看花了！」

若讓保持著高貴矜持的姿態。幾個小錢滾到泥裡，興致勃勃的隊長彎下身去撿。若讓連忙阻止他說：「算了，菲比斯．德．沙托佩斯隊長！」

菲比斯數好了錢，嚴肅地轉頭對若讓說：「您數了嗎，若讓，一共是二十三個巴黎索爾！昨夜莫非您到割嘴街搶了誰？」

若讓將他一頭金色的鬈髮向後一甩，瞇著眼睛輕蔑地說：「人家可有個當副主教的傻哥哥！」

菲比斯叫起來：「上帝的犄角！你好尊貴！」

若讓說：「走，喝酒去。」

菲比斯問：「哪裡？夏娃的蘋果嗎？」

「不，隊長。還是去『老科學』，拆開念就是『老太婆鋸壺把』，這是個字謎[2]，我喜歡。」

「什麼破字謎，若讓！夏娃的蘋果家的酒好，大門邊還有個朝南的葡萄架，讓人喝得舒服。」

「沒問題，就找夏娃和她的蘋果去吧！」學生邊說邊挽起菲比斯的手臂，「順便提一句，親愛的隊長，您剛才說割嘴街，這用詞可不對。現在的人可不這麼野蠻了，給它改名為割喉街。」

兩個朋友向夏娃蘋果小館走去。當然，不用說，他們先撿起了錢，還有副主教在他們身後盯梢。

副主教尾隨著他們，心情沉重而慌亂。是他與格蘭古瓦談話後，這個該詛咒的、一直在他的腦海裡盤旋的菲比斯嗎？他也不清楚，但是，這個人也叫菲比斯。這神奇的名字足以使副主教躡手躡腳地跟隨著前面那一對無憂無慮的狐朋狗友。他心神不定地偷聽他們的談話、觀察他們的舉動，什麼也不

---

2 法文中，「老科學」（La Vielle Science）拆開念，和「老太婆鋸壺地」（Une vieille qui scie une anse）讀音相似。

想放過。何況，偷聽他們的聊天，十分容易。他們大聲說話，根本不在乎過路人聽見他們的小祕密。他們一路聊決鬥、姑娘、酒桶，和各類瘋狂的功績。

一條街的拐彎處，從旁邊的岔路口傳來巴斯克手鼓的響聲。唐·克洛德聽見軍官對學生說：「天打雷劈！快溜走。」

「什麼事，菲比斯？」

「我怕被波希米亞小妞發現。」

「哪個波希米亞小妞？」

「牽母羊的小妞。」

「愛絲梅拉達？」

「正是她，若讓。我總是忘記她的鬼名字。快走，她能認出我。我可不想讓這個小妞在街上攔住我。」

「您認識她，菲比斯？」

聽到此處，副主教看見菲比斯得意地一笑，俯身湊近若讓的耳朵，輕輕地說了幾句。然後菲比斯哈哈大笑，勝利地晃著頭。

若讓說：「真的？」

菲比斯說：「用我的靈魂起誓！」

「今夜嗎？」

「今夜。」

「您覺得她一定會來?」

「您瘋了嗎,若讓?這種事有什麼可懷疑的?」

「菲比斯隊長,您是個幸福的軍人啊!」

談話一字不漏地傳到副主教的耳中,氣得他咬牙切齒,渾身顫抖。因此他停下腳步,扶著一塊界石,好像個醉漢,然後跟上兩個快樂的酒棍。

等到追上他們,話題已經換了。他只聽見兩人高唱一首古老的歌謠:

小方格街的孩子,
像小牛犢被絞死。

VII 教士幽靈

大名鼎鼎的小酒館「夏娃的蘋果」坐落在大學城內，位於圓墊街和首席律師街拐角處，是一間處於一樓的大廳，寬敞而低矮，一根黃色的木柱支撐著拱頂的中央。酒館裡到處都擺著桌子，閃亮的錫酒壺懸掛在牆上，酒徒和妓女比比皆是，臨街是一排玻璃窗，門旁一排葡萄架，門上方掛著一塊鐵皮，上面有彩繪的一顆蘋果和一個女人。鐵皮被雨淋過，已經生鏽，因為插在一根鐵釬上，起風時它就轉動。它既是朝街的風標，也是酒店的招牌。

夜幕降臨，路口漆黑一片。酒館裡燭火通明，遠遠看去，好像黑暗中一家打鐵鋪子。推杯換盞聲、大吃大喝聲、叫罵聲、吵架聲，透過被打破的窗戶傳出來。大廳中散發的熱氣遇到店面的玻璃窗變成哈氣，模糊不清的面孔透過這層薄霧在密密麻麻地晃動，時不時會傳出響亮的哄笑聲。忙碌的行人走過熱鬧的窗前，並沒有轉頭張望。只有衣衫襤褸的流浪孩子偶爾會冒出來，踮起腳，頭伸到窗臺上，對著酒館裡喊幾聲當年流行叫罵醉鬼的順口溜：「醉鬼、醉鬼、醉鬼，淹死醉鬼！」

嘈雜的酒館門前，有一個人不停地踱步，他時不時地向裡面張望，像一個不能遠離崗位的哨兵。他的披風遮到鼻子。這件披風是剛剛從「夏娃的蘋果」旁邊的舊衣店買來的，當然是為了遮擋三月晚間的寒氣，也許還為了掩飾身上的衣裝。隔段時間，此人就會停下腳步，站在鉛絲網擋住的渾濁玻璃窗前，跺著腳傾聽、張望。

酒館的門終於大開，好像他就是在等這個時刻。兩個酒徒走出來。門內透出的光將他倆快樂的臉映得紅通通的。穿著披風的人溜進街對面的門廊下鬼鬼祟祟地監視他們。

其中一個酒徒說：「魔鬼犄角，天打雷劈！快七點鐘了，馬上就是我的約會。」

他的同伴已經喝得舌頭大了，接道：「我跟您說，我不住在惡語街，小人才住在惡語街[1]。我住在讓-白麵包街……我住在讓-白麵包街[2]……您要是說反了，您頭上長出的角會比獨角獸還高。誰都知道騎一次大狗熊就不會再害怕，可是您這麼在乎吃什麼的嘴臉，就像主宮醫院的聖雅克像一樣。」

另一個人說：「若讓、朋友，您喝醉了。」

他的同伴踉蹌地走著，說：「隨您說，菲比斯，有證據證明柏拉圖的側臉看起來像隻獵犬。」

讀者肯定已經認出隊長和學生、我們英勇的朋友了吧。躲在暗處窺視他倆的人，似乎也認出了他們。他小心翼翼地尾隨著他們，只見學生拉著隊長，東倒西歪地亂走。隊長酒量更好些，還保持著頭腦清醒。穿披風的人側耳傾聽，將下述珍貴的訊息都一字不落地聽到耳中。

「烏鴉！能不能直著向前走，學生先生！您知道，我要離開您了。七點了。我要去和一個女人約會。」

「您別管我！我看見星星和煙火。您怎麼像唐普瑪爾丹城堡一樣，笑死人了！」

1 原文為拉丁文，出自蒙田的《隨筆》III，十三，"Indigne qui habite parmi les mauvaises paroles"。
2 原文為拉丁文。

「用我祖母的疣子起誓，若讓，您這是堅持要胡說八道……對啦，若讓，您真的一分錢沒剩下嗎？」

「校董大人，沒錯，小屠宰場、小屠宰場[3]。」

「若讓，我的好朋友若讓！您知道我約了那個小妞在聖米歇爾橋頭見面，我只能帶她去法魯黛爾、橋上娼婦的住處，需要點開房的錢。這個長著白鬍子的老娼婦不給賒帳的。若讓，做件好事！難道我們喝了神父一整袋的錢嗎？難道一分小錢也不剩了嗎？」

「知道自己曾經痛快地度過了一生，是餐桌上的最佳配料。」

「肚皮和腸子！別胡扯了！告訴我，魔鬼若讓，您有沒有剩錢？拿來，上帝，不然我就要搜您了，無論您是患痲瘋病的約伯，還是長疥瘡的凱撒！」

「先生，加利亞什街一頭通到玻璃坊街，另一頭是織布坊街。」

「對，是的，我的好朋友若讓、我可憐的小夥伴，加利亞什街，好的，非常好。可是，上天為證，醒一醒。我只要一個巴黎索爾，就可以換來七個鐘頭。」

「住嘴，不要唱輪舞曲，聽這段：

當老鼠吃起貓，
阿哈斯領主就是王；
當寬廣溫暖的大海，
在聖約翰節結冰，
大家將看到阿哈斯人，

從冰上走出家門。」

「哼，好吧，你這偽基督學生，被你媽的腸子勒死！」

菲比斯大喊，粗暴地用力推開酒醉的學生，後者撲到牆上，隨後順著牆軟綿綿地癱在菲利浦-奧古斯都的石塊路上。菲比斯心中還裝有一點酒徒之間難兄難弟的憐憫之情，用腳滾動著若讓，把他送到「窮人的枕頭」——這是上天專給窮人預備的，巴黎每塊界石旁都有一堆，富人稱之為垃圾堆——上靠著。隊長將若讓的頭枕在圓白菜根堆成的斜坡上，若讓立即用燦爛的男低音打起鼾來。隊長卻沒有忘記他們之間的宿怨，對著熟睡的可憐神學士說：「活該魔鬼的大車路過時把你抓走！」

他走遠了。

披風人一直尾隨著他，走過來站在橫臥街頭的學生面前，似乎心中充滿猶豫，最後深深地歎口氣，追隨著隊長也離去了。

我們也像他們，離開在美麗安詳的星光下酣睡的若讓，請讀者和我們一起也去追蹤另外兩個人吧。

走入聖安德列拱廊街時，菲比斯隊長發現有人跟著他。偶爾回頭，就能看到一個人影在身後面貼著牆前行。他止步，人影也止步；他走路，人影也走路。他一點都沒有害怕，心想：「嗨！反正我沒錢。」

他在奧頓學院前停了一會兒。他在這所學院開始所謂的學習。如今的他仍然保留著昔日惡作劇的

3　原文為拉丁文。

習性，每次從這座學府前經過，總會羞辱一下門廊右手邊豎立的皮埃爾・貝爾特朗紅衣主教的雕像，就像賀拉斯的諷刺詩〈我曾經是段無花果樹乾〉[4]中普里阿普斯所抱怨的那種羞辱。他是如此地賣力，以至於雕像的題詞「高盧人主教」[5]幾乎看不見了。這時，他又習慣性地立在雕像前，街上空空蕩蕩。當他仰著鼻子，優閒自得地繫褲帶時，他看到黑影向他走來，腳步非常緩慢，以至於他辨認出黑影披著大衣戴著帽子。走近他後，黑影停下來，像貝爾特朗紅衣主教的塑像一樣一動不動地站著，然而黑影中兩隻眼睛死死地盯著菲比斯，發出如同夜間時分貓咪的瞳孔射出來的奇異光芒。

隊長勇敢無畏，手中握著長劍，是不會在乎一個小賊的。然而，這尊行走的塑像、這個如同石雕般的人，卻讓他不寒而慄。他突然想起來社會上傳說著半夜時分，一個教士幽靈會在巴黎街頭遊蕩，還有很多他折磨路人的故事。他先是驚呆了幾分鐘，最後強迫自己大笑起來，打破了沉默。

「先生，如果正如我猜測，您是個賊，您對我下手就像鷺鷥啄核桃。我是個破落家族的兒子，親愛的朋友，還是找點別的做吧。這所學院的小禮拜堂裡倒是有個木頭十字架，上面到處裝飾著銀器。」

黑影的手從披風中伸出來，鷹爪般地重重抓住菲比斯的手臂，同時黑影說起話來：「菲比斯・德・沙托佩斯隊長！」

菲比斯說：「見鬼！您怎麼知道我的名字！」

披風人又用從墓穴中發出的聲音說：「我不僅知道您的名字，還知道今晚您有個幽會。」

驚呆的菲比斯回答：「是的。」

「七點。」

「還有一刻鐘。」

「法魯黛爾家。」

「正是。

「聖米歇爾橋上的妓女。」

「像經文所說，聖米歇爾大天使。」

幽魂嘟囔著：「瀆神者！和女人幽會嗎？」

「我懺悔。」

「她的名字……」

菲比斯逐漸地恢復了先前無所謂的姿態，輕快地回答：「愛絲梅拉達。」

聽到這個名字，黑影的鐵爪狠狠地搖晃菲比斯的手臂。

「菲比斯．德．沙托佩斯隊長，你說謊！」

菲比斯的臉脹得通紅，用力向後躍去，猛地掙脫了手臂上的鐵鉗。他手按著劍把，氣勢洶洶地看著對方。然而，面對著他的憤怒，披風人依然陰沉沉地紋絲不動。無論何人看到這個場面都會恐慌：這簡直就是唐璜與石像的生死搏鬥。

隊長大喊：「基督和撒旦！沒人敢對沙托佩斯家的人說這句話！你敢再說一遍！」

4　原文為拉丁文，出自賀拉斯的《諷刺詩》I，八，一。

5　原文為拉丁文。

黑影冷冷地說：「你撒謊！」

隊長咬牙切齒，頓時忘了教士幽魂半夜顯靈，還有各類迷信，他只看到一個侮辱了他的男人。他氣到結結巴巴地說：「啊，好啊！」他拔出劍來，憤怒得渾身直發抖，斷斷續續地說：「來吧！馬上！呸！快拔劍！快拔劍！血灑石塊路！」

對方卻一動不動，看到隊長擺開準備將自己劈開的姿勢，便帶著苦澀說：「菲比斯隊長，您忘了約會。」

像菲比斯這類容易衝動的人，他們的狂躁就好像滾開的奶油湯，一滴冷水就能讓他們停止沸騰。這句簡單的話讓隊長立即放下手中閃亮的長劍。

披風人又說：「隊長，明天、後天、一個月後、十年後，您都可以找我割斷您的咽喉。但是，您還是先去約會吧。」

菲比斯好像給自己找到了一個投降的藉口，說：「可不是？兩種約會都讓人欣喜，去決鬥或者是去見姑娘。這兩個我都有了，沒有理由為了前一個錯過後一個。」

他把劍插回劍鞘。

陌生人又說：「約會去吧！」

菲比斯不好意思地說：「先生，您這樣懂禮節，我非常感謝。當然，從明天起，我們什麼時候都可以把亞當老頭傳給我們的肢體剁碎。感謝您讓我再舒服地享受一刻鐘。本來我打算把您迅速地撂倒在陰溝，然後去見美人。在這種時刻，讓女人等會兒還是更有派頭。您看起來也是懂得享樂的男人，這場決鬥延後到明天進行更為妥當。我去約會了，您記得是七點鐘。」

說到這裡，菲比斯抓抓耳朵：「糟了！上帝的犄角！我忘了！我身上沒有一分錢，怎麼付閣樓的租金。老婆子要人先付房錢。她不會讓我賒的。」

「這個夠付了吧。」

菲比斯感到陌生人冰涼的手塞了一枚大錢幣在自己的手中。他忍不住拿上錢，並且握住這隻手。他激動地喊：「上帝啊！您真是個上帝的好孩子！」

此人說：「有一個條件：您需要證明我錯了，您對了。您要把我藏在角落裡，讓我看到這個女人是不是您稱呼的那位。」

菲比斯回答：「無所謂哦。如果咱們要聖瑪爾特房間，您就可以藏在旁邊的狗窩裡隨便看。」

黑影說：「那就走吧。」

隊長說：「向您效勞！不知道您是不是魔鬼殿下本人。不過，今晚咱倆就是好朋友。明天，連錢帶劍，我和您算總帳！」

他們兩人加快步伐趕路。幾分鐘後，河水流淌的聲音告知他們已經走到聖米歇爾橋上，當年橋上到處蓋著房子。菲比斯對同伴說：「我先把您送進屋，然後再去找美人，她在小堡門邊等著我。」同伴一聲不發。自從兩人並肩同行，他就不再說話。菲比斯在一扇矮門前止步，狠狠敲兩下。門縫中出現一道光。

喊聲是從沒剩多少牙齒的嘴中發出的：「誰啊？」

隊長對答：「上帝身體！上帝腦袋！上帝肚皮！」

門即刻打開了。來客見到一個老女人手提一盞破油燈，人和燈都在顫抖。老太婆弓著腰，一身破衣服，裹著塊頭巾，不停地搖擺著頭，一對小眼睛深陷，頭上、手上、臉上、脖子上，四處爬滿皺紋；嘴巴萎縮到牙齦下方，周圍長著一撮撮白毛，她看起來像一隻長著鬍鬚的老貓。

她的房間和她自己一樣破舊：白灰牆，天花板上是黑椽條，一座被拆下來的壁爐，每個角落都掛著蜘蛛網；屋中擺著一堆搖搖晃晃的桌子和板凳，一個髒兮兮的小孩在玩爐灰；小屋的深處豎著樓梯，更確切地說，一架木頭梯子，直指天花板上一個翻板活門。

走進這座洞穴，菲比斯神祕的同伴就把披風直拉到眼睛下。菲比斯一邊像撒拉遜人一樣咒罵，一邊像尊敬的詩人雷尼埃所說，讓太陽在一枚埃居金幣上發光[6]。

他說：「聖瑪爾特房間。」

老女人對他像貴族老爺一樣接待，趕緊將金埃居塞進一個抽屜裡。這枚金幣就是披著黑大衣的人給菲比斯的。趁著老太婆轉身，蓬頭垢面的小男孩停止在爐灰裡玩耍，機靈地湊近抽屜，從中掏出金幣，並放回一片從木柴上扯下的枯葉。

老女人向兩位被她稱為老爺的人做個手勢，讓他們跟著她爬上木梯。上了樓，她把燈放在一口木箱上。是常客的菲比斯，打開一道小門，門後是一間小黑屋，對同伴說：「請進，親愛的。」

披風人二話沒說就走進去。門在他的身後關閉。他聽見菲比斯從外面把門鎖上，和老女人一起下了梯子。燈光也消失了。

6 出自雷尼埃的《諷刺詩》，XI，二十四。

VIII 臨河窗戶的用途

克洛德．弗洛羅（我們料定讀者比菲比斯更為機敏，早就從歷險中發現教士幽魂其實就是副主教）在被菲比斯反鎖的黑屋裡摸索了一陣。這是蓋房子的時候，有些建築師會在屋頂與主牆的連結處留下的一個牆角。這狗窩，正如菲比斯所稱，縱剖面呈三角形，沒有窗戶也沒有窗洞，屋頂傾斜著，令人無法直立。克洛德只好在灰塵和被他踩碎的泥土中蜷縮起來。他的頭顱發燙，用雙手在身邊亂摸，無意間在地上抓到一塊碎玻璃片，抓起來貼在腦門，覺得涼絲絲的舒服些。

此時此刻，副主教陰險的靈魂在思考什麼，只有他和上帝才知道。

在他的內心中，他究竟怎樣按照上帝賜予的運數來排列愛絲梅拉達、菲比斯、雅克．沙爾莫呂、被他寵愛又被他拋棄在汙泥中的弟弟、他的副主教衣袍、一旦在法魯黛爾家被發現而受到玷汙的名聲，還有所見所聞、這夜的奇遇，我無法敘述。只有一點是肯定的，這些想法在他頭腦中攪和成恐怖的一團。

他等了有一刻鐘，彷彿老去了一個世紀。突然，聽到木梯一陣作響。有人在上樓。梯口翻板被推開，透入一絲亮光。小黑屋的門滿是蟲蛀，上面裂開一道寬縫，他把臉貼上去，就能看到隔壁房間發生的情景。貓頭老女人先從活門中鑽上來，手裡拿著燈，然後是菲比斯，一邊還整理著小鬍子，最後第三個人，優雅的身材、美麗的面容，是愛絲梅拉達。克洛德看到她像女神一樣從地下升起來，渾身顫抖，眼前一片模糊，心臟劇烈地跳動，一切都圍著他轉動作響，他什麼也看不見聽不見了。

等他醒過來，小屋裡只有菲比斯和愛絲梅拉達，兩人坐在木箱上，挨著燈。燈光照亮兩張年輕的面孔和破屋深處一張寒酸的床鋪，這情形讓副主教看得格外怵目驚心。

簡陋的床鋪邊有一扇窗，窗上的玻璃像被雨點砸過的蜘蛛網一樣破爛，開裂的網眼透出一角天空，以及遠處，斜臥在柔軟雲間的明月。

年輕姑娘羞紅著臉，不知所措，胸口在突突地狂跳。她垂著修長的睫毛，在緋紅的臉頰畫了兩道陰影。然而，她不敢抬頭看的年輕軍官卻是神氣活現，魅力四射。她下意識地，又呆傻又可愛地用手指尖在木箱上亂畫著，她緊緊地盯著自己的手指。副主教看不見她的腳，小山羊蹲坐在上面。

隊長打扮得風流倜儻，衣領和袖口上都綴著金穗子，在當年這是非常講究的。

唐·克洛德的血湧上太陽穴，他的耳朵嗡嗡轟響，需要竭盡全力才能聽清楚他們的對話。

談情說愛其實很無聊，不過是不斷地重複「我愛你」。對於毫無關係的旁聽者來說，如果沒有什麼點綴，這句歌詞其實非常平淡無味。然而對於克洛德並不是毫無關係。

「啊！」少女低著眼睛說，「別看不起我，菲比斯大人。我知道這樣做很不好。」

軍官居高臨下而又溫文爾雅地大獻殷勤：「看不起您，漂亮的孩子，上帝呀！怎麼會呢？」

「可是我還是跟您來了。」

「說到此處，我的美人，咱們還沒有達成一致。我不該看不起您，該恨您啊。」

少女驚恐地望著他：「恨我！我做了什麼？」

「因為我在苦苦地哀求您。」

她說：「唉！如果破了我的願，我就再也找不到我的父母……護身符就會失去靈性……不過，真是這麼重要嗎？現在我還需要父親母親嗎？」

她一邊說，一邊用兩隻黑漆漆的大眼睛盯著隊長。眼中充滿喜悅和柔情。

菲比斯叫喊：「鬼才明白您的意思！」

愛絲梅拉達沉默了一會兒，一滴淚珠從眼中落下，嘴裡吐出深深的一聲歎息，說：「噢！大人，我愛您。」

少女的身上散發著純真的芬芳、貞潔的魅力，在她身旁，菲比斯反倒感到不自然。然而這句話語頓時壯了他的膽。他猛地用雙手摟住埃及少女的細腰，激動地說：「您愛我！」他一直在等待這個時機。

教士看著，用手指尖試了試藏在胸前的匕首是否尖銳。

波希米亞少女柔情地拉開隊長抱緊她腰身的雙手，又說：「菲比斯，您善良、慷慨、英俊。您救了我，我是個迷失在波希米亞的可憐孩子。很久以前我曾夢見有個軍官救我。就是您，在沒認識您之前我就夢見您了，我的菲比斯。我夢中的軍官也穿著一身漂亮的軍服，相貌堂堂，戴著劍。您叫菲比斯，這是個美好的名字，我喜歡您的名字、喜歡您的劍。把您的劍抽出來，我想看看。」

「真是小孩子！」隊長說，微笑著拔出劍來。

埃及少女看看劍柄、劍身，細細打量著劍柄上刻著的數字，好奇的神情十分可愛，她深情地吻著劍說：「您是屬於勇士的劍，我愛我的隊長。」

菲比斯又趁機在她美麗修長的脖子上輕吻，少女抬起頭，臉羞得像櫻桃一樣。教士在自己黑暗的角落中咬牙切齒。

埃及少女接著說：「菲比斯，請您聽我說。您走幾步，讓我看看您高大的身材，聽聽您馬刺的聲音。您好帥啊！」

隊長為了讓她高興，站起身來，帶著滿意的微笑責備她說：「您真是孩子氣十足！……對啦，小親親，您見過我穿軍禮服嗎？」

她回答說：「可惜沒有。」

「那才是帥呢！」

菲比斯走過來坐在她身邊，比剛才離她近了許多。

「聽我說，親愛的……」

埃及少女伸出纖纖小手，輕輕地拍拍菲比斯的嘴，帶著天真、癡迷、優雅而活潑的神情說：「不要，不要，我不要聽您的。您愛我嗎？我要您告訴我您是不是愛我？」

菲比斯半跪下大喊：「我愛不愛你？我的天使！我的身體、我的血液、我的靈魂，我的一切都屬於你，為你服務。我愛你，我只愛過你一人。」

隊長已經很多次，在很多相同的場合，反覆重複這句宣言，因而，他一口氣、一字不落地又說了出來，居然沒有忘一個字。聽到這個充滿激情的表白，埃及少女抬頭望著骯髒的天花板，好像天堂就在那裡，眼中充滿天使的幸福。她喃喃說：「噢！要能選擇這個時刻死去就好了。」

這個時刻給了菲比斯再次偷吻她的機會，悲慘的副主教躲在角落裡備受煎熬。

熱戀的隊長驚叫起來：「死去！您說什麼呀，美麗的天使！現在正應該活在當下！不然，朱比特就是一個放蕩的笨蛋！如此甜蜜的開始就要死去！牛犄角，開玩笑吧！……您錯了，親愛的，西米拉……愛絲梅娜何達……抱歉，您有個如此奇怪的撒拉遜人名，我總是繞不過來。好像一叢荊棘，總是攔住我。」

可憐的女孩說：「天啊！我以為這個名字很獨特很好聽！既然您不喜歡，我想改名叫高冬。」「啊！怎能為這點小事流淚，我的女神！不過是個名字，我會習慣的。等我牢牢記住了，它自己就會蹦出來……聽我說，親愛的西米拉，我愛您愛得發狂，我真的愛您，簡直就是奇蹟。有個女孩會被氣死的……」

女孩嫉妒，打斷他：「是誰？」

菲比斯說：「這和我倆沒關係。您愛我嗎？」

她歎息：「啊！」

「好吧！不用多說。您會知道我有多麼愛您。如果我不能讓您成為世上最幸福的女人，大鬼內普圖努斯用鋼叉把我帶走。我們會有個漂亮的小房子，我的弓箭隊會在您的窗下列隊而過。他們騎著馬，長矛手、短銃手、長銃手的氣派壓過米農隊長的弓箭隊。我會帶您去呂利穀倉看巴黎大閱兵，精彩得無與倫比：八萬副盔甲，三萬套白鞍具、戰衣、胸甲，六十七行業的彩旗；最高法院、審計院、將軍司庫、鑄幣助理處的旌旗。總而言之，魔鬼出行時用的裝備！我還要帶您去王宮看獅子，非常凶猛的野獸。女人都喜歡這些。」

少女沉浸在美好的憧憬中，聽著他的聲音浮想聯翩，根本不在乎他說什麼。

隊長接著說：「啊！您將得到幸福！」同時，他輕輕解開埃及少女的皮帶。

她警覺地問：「您在做什麼？」這種做法讓她一下子驚醒了。

菲比斯回答：「沒做什麼。我的意思是您以後和我在一起，一定要脫掉這身奇異的街頭服飾。」

「當我和你在一起的那一天，我的菲比斯！」少女柔情地說。

她又沉默地陷入深思了。

她的溫柔讓隊長越發大膽，摟住她的腰，她沒有抗拒，接著他躡手躡腳地解開可憐少女的上衣，猛然用力，將她的遮胸衣掀開。喘不過氣的教士看見了波希米亞少女赤裸的美肩從薄紗中滑出來，渾圓、微棕色，好像明月從天邊薄霧中升起。

女孩似乎沒有知覺，任憑菲比斯擺布。放肆的隊長眼裡閃著光。

突然，她轉向菲比斯，充滿愛意地說：「菲比斯，你要把你的宗教傳授給我。」

隊長大笑起來，叫道：「我的宗教！把我的宗教傳授給您！犄角和雷劈！我的宗教對您有什麼用？」

她說：「為了我們能夠結婚。」

隊長臉上流露出驚訝、輕視、毫不在意、放蕩不羈的表情。

他說：「啊！呸！為什麼結婚？」

波希米亞少女臉色變得蒼白，悲傷地低下頭。

菲比斯又甜蜜地說：「美麗的愛人，怎麼會想到這種傻事？結婚算什麼！如果我們不去教士的店鋪念拉丁文，就不能相親相愛嗎？」

菲比斯一邊用最柔和的聲音念著，一邊慢慢地貼上埃及少女，他的手又溜回原來的崗位，摟著女孩纖細柔軟的腰，輕輕撫摸，他的眼睛越來越發光。這一切表明菲比斯先生達到了這種時刻：連神之父朱比特也會幹出蠢事，而好心的詩人荷馬不得不召來雲朵替他遮羞。

這一切都被唐・克洛德看到。門是用桶板做的，已經腐朽的板子之間都是寬縫，怎能遮擋他老鷹般的目光。這個棕皮膚、寬肩膀的教士，一直遵循著修道院禁欲條令，此刻瞥見深夜中男女親熱的情景，頓時渾身發抖，熱血沸騰。一位青春美妙的女孩，衣衫不整地委身於狂熱的青年，讓教士覺得熔化的鉛水灌入他的血管中，使他的身體產生了奇特的變化。他嫉妒著迷的目光鑽入女孩每一顆被解開的別針下。如果有人，此時此刻，看到這個不幸者貼在布滿蛀蟲洞小門上的臉，會覺得這是一頭關在籠子裡的猛虎，垂涎一隻正在被豺狼吞吃的羚羊。他的瞳孔亮得像穿過門縫的燭光。

突然，菲比斯迅速地扯掉埃及少女的遮胸衣。可憐的女孩滿臉蒼白，正在思索什麼，此時被驚醒，猛然從軍官的懷中掙脫，逃到一邊，看到自己裸露的胸和肩，羞得面紅耳赤，說不出話來。她伸出兩隻美臂交叉在胸前，遮住乳房。如果她的臉沒有這麼通紅，看她這樣無言地靜靜站立，倒像是一尊貞操少女的雕像。她的眼睛低垂著。

隊長這一動作讓她掛在脖子上的神祕護身符暴露出來。他問：「這是什麼？」並且以此為藉口，又湊近被他嚇跑的美人。

她高聲回答：「別碰它！這是我的保護神，它會引導我找回家人，如果我能保存我的尊嚴。啊，隊長先生，放開我吧！我的母親！我可憐的母親！我的母親！你在哪裡？快來救我！求求您，菲比斯先生！請您還我遮胸衣！」

菲比斯後退一步，冷冷地說：「小姐！原來您並不愛我。」

可憐兮兮的女孩摟住隊長的脖子，硬讓他在自己身旁坐下，大聲說：「我不愛你，菲比斯！你說什麼？壞蛋！為了撕裂我的心嗎？啊！你來吧。占有我吧，占有我的一切！你想怎麼樣就怎麼樣！我是你的。還在乎什麼護身符！還有我的母親！我愛你，你就是我的母親！菲比斯、我心愛的菲比斯，你看著我嗎？是我，你看著我。就是你沒有拒絕的小姑娘，她在這裡，她在祈求你。我的生命、我的靈魂、我的肉體、我整個的人，所有的一切屬於您，我的隊長。唉，好吧，我們可以不結婚，既然你覺得無趣。再說，我是誰，我？從陰溝裡爬出來的貧窮女孩，然而你，我的菲比斯，你是貴族。太美好的奢想了！女舞者嫁給軍官！剛才我瘋了。不，菲比斯，不，我會是你的情婦，供你消遣、供你享樂，什麼時候都可以，我就是你的。我生出來就是這種被汙辱、被蔑視、受糟蹋的女人，這又有何妨？只要被愛，我就是世上最自豪最快樂的女人。等到我老了變醜了，菲比斯，當我不再吸引您的時候，請允許我服侍你。別的女人會給您繡綬帶，而我，作為女僕，我會照料您的生活。允許我給您擦亮馬刺，刷洗您的披甲，撣掉馬靴上的灰塵。菲比斯，您會同情我、允許我的，是吧？在此之前，占有我吧！拿去，菲比斯，這一切屬於你，只要你愛我！我們埃及女人，只需要這些：空氣和愛情！」

她說著，用雙臂緊摟軍官的脖子，從下往上祈求地望著他，眼中含著淚，嘴上卻掛著燦爛的微笑。她嬌嫩的前胸磨擦著軍官的粗呢制服以及上面粗硬的刺繡。她半裸的身體在軍官的大腿上扭動。隊長看醉了，將他火熱的雙唇貼在非洲少女漂亮的肩膀上。而女孩，向後仰著，緊盯著天花板，這一吻令她從頭到腳都顫抖。

突然間，她看到菲比斯的頭頂上方出現另外一個腦袋，一張灰白、鐵青、猙獰的臉，發射著來自地獄的目光。這張臉旁邊有隻拿著匕首的手。這是教士的臉和手。他打破門衝了上來。菲比斯沒看到他。少女被恐怖的鬼影驚呆了，血液凍成冰，嗓子裡發不出聲音，好像一隻白鴿抬頭發現一隻老鷹瞪圓眼睛，正在盯著鴿窩。

她一聲也喊不出來。她看到匕首向下刺入菲比斯的身體，然後血淋淋地拔出來。

「見鬼了！」隊長大叫一聲，倒了下去。

她昏了過去。

當她的眼睛合上，意識正在飄散時，她覺得自己的嘴唇被火烙了一下，好像是一支比劊子手燒紅的烙鐵更燙人的吻。

等她甦醒過來，發現自己已被巡夜的士兵包圍，渾身是血的隊長正在被抬出去，沒有任何教士的蹤跡。房間深處，對著塞納河的窗戶敞開著，有人撿到一件大概是屬於軍官的披風。她聽到周圍的人在議論：「女巫謀殺了隊長。」

I 變成枯葉的金幣

格蘭古瓦和整個奇蹟宮都在擔心。一個多月了，沒有人知道愛絲梅拉達在哪裡，埃及大公還有他的同夥都深感焦慮，小母羊也無影無蹤，這更讓格蘭古瓦痛苦難忍。那天晚上，埃及少女沒回來，從此以後，她們的蹤跡都石沉大海。幾個愛捉弄人的混混告訴格蘭古瓦，那天晚上，在聖米歇爾橋附近看到她和一個軍官走了。可是這位波希米亞風俗的丈夫是個不輕信他人的哲學家，他比其他人更清楚他的老婆是多麼純潔無瑕。護身符的咒語加上埃及女孩本身的純潔德行令她的貞操堅不可破，何況他用數學的方式計算過這種貞德對第二性的抵抗力。所以在這方面他非常安心。

他弄不明白為什麼老婆會失蹤，愁苦萬分。如果他可以再瘦下去，他一定會瘦沒了。他對一切都失去了興趣，甚至覺得文學無味，就連他打算賺了錢就去印刷的巨作《論規則與不規則的修辭》都被拋在一邊。

一天，傷感的他走過小塔刑庭前，看到一群人站在司法宮的一扇大門前。

他問走出來的一位年輕人：「發生了什麼？」

年輕人回答：「先生，我不知道，人家傳言要審判一個謀殺騎兵的女人。而且好像此案還跟巫術有關係，主教和宗教法庭審判官都過問此事。我的長兄是若札副主教，成天審查巫術。其實我有話要跟他說，居然擠不過人群，到不了他跟前，真是讓我煩惱，我正需要錢呢。」

格蘭古瓦說：「先生，我很願意借錢給您，可是我的口袋破穿了洞，還不是被金幣戳穿的。唉……」

他不敢告訴年輕人自己認識那位副主教哥哥。自從兩人在教堂裡談心後，他再沒有回去找教士，這種忽略讓他很過意不去。

學生離開後，格蘭古瓦就跟隨著人群走上通向主法庭的階梯。他認為，一般來說，法官愚蠢得讓人發笑，此時此刻，沒有比刑事案的審判更能讓他忘記傷心了。他夾在摩肩接踵的人群中，大家都悄然無聲。他在司法宮曲折陰暗的通道中無聊地慢慢磨蹭向前，好像穿過這座古老建築物的彎曲的腸子，終於鑽入一扇矮門，個頭魁梧的他，從攢動的一片人頭上一眼望過去，環視法庭。

這間法庭寬闊而昏暗，所以顯得更加寬闊。天快黑了，一線蒼白的夕陽從尖拱長窗射入，沒有照到拱頂就消散而去。拱頂是一組精雕細刻後的大樑，彷彿是張開的網，捕獲著幾百張在黑暗中蠕動的面孔。星星點點地，幾張桌子上的蠟燭在燃燒，照亮了埋在卷宗紙堆中的書記官的頭頂。聽眾占領了法庭前部，左右兩側有身披長袍的人坐在桌案後；法庭深處的高臺上端坐著幾排審判官，陰沉的臉上毫無表情，最後一排的人則被黑暗吞噬。法庭牆上裝飾著無數百合花圖形浮雕。可以隱約看見巨大的耶穌像懸掛在審判官的頭頂上方。四處樹立著槍戟，燭光映得刀刃閃閃發光。

格蘭古瓦問身旁的人：「先生，那邊排列而坐的一群人，好像開主教會議的大主教，都是什麼人呀？」

身旁的人回答：「先生，右邊是大法庭的審判參事，左邊是調查參事。右邊大人都穿黑袍，左邊老爺都穿紅袍。」

「坐在他們上頭，滿臉是汗的紅袍胖子是誰呀？」格蘭古瓦問。

「是庭長。」

「他身後坐著的幾隻綿羊呢？」格蘭古瓦繼續問。我們已經說過，他不喜歡司法部門，可能是因為他在司法宮遭受了戲劇性的挫折後，一直懷恨在心吧。

「是國王檢察官那些老爺。」

「他前面的那隻野豬呢？」

「最高法院審判庭書記官先生。」

「右手那隻鱷魚呢？」

「國王特別律師菲利浦・勒利埃大人。」

「左手的黑色肥貓呢？」

「雅克・沙爾莫呂老爺，國王宗教法庭檢察官和宗教法庭的審判官諸位先生。」

格蘭古瓦說：「真是的，先生，這一大堆體面的人要幹什麼？」

「他們要開審。」

「審判誰？我沒有看到被告。」

「是個女人，先生。您看不見她，她背對著我們，而且被很多人擋住了。瞧，她就在那簇長槍旁。」

「這個女人是誰？您知道她的名字嗎？」格蘭古瓦問。

「不知道，先生，我才剛到。我只是猜測案子涉及到巫術，因為宗教審判官也在場。」

我們的哲學家說：「好吧！咱們等下就能看到這群披著法袍的人生吃人肉了。這類戲已經上演過很多次了。」

他身邊的人說：「先生，您不覺得雅克．沙爾莫呂先生看起來很溫和嗎？」

格蘭古瓦回答：「嗯！我是不會相信鼻翼狹窄、嘴唇細薄之人有什麼溫和的秉性。」

此時此刻，四周的人都要求兩個聊天的人閉上嘴。大家正在聽一個重要證人出庭。

「各位大人……」

法庭中央站著一個老太婆，臉深陷在衣服中，看起來像一堆行走的破布條。她說：「各位大人，事情就像我叫法魯黛爾一樣真實。我住在聖米歇爾橋頭四十年，按時繳地租、捐稅和貢金，分文不差，對門是河上游塔森-卡雅爾洗染鋪……各位大人！現在我是可憐的老太婆，從前我曾是漂亮的姑娘……這段時間，我聽別人說：『法魯黛爾，您紡線可別太晚，魔鬼喜歡用它的犄角來梳理老太婆紡錘上的紗線。去年教士幽靈在聖殿那邊出現，如今在老城遊蕩，這是真的。法魯黛爾，當心他來砸您的門！……』某天晚上，我正在紡線，有人砸門。我問是誰。來人叫罵。我打開門。兩個男人走進來。一個黑衣人和一個英俊的軍官。黑衣人除了兩隻像火炭一樣燃燒的眼睛，全身都被披風和帽子遮住。他們對我說：『要聖瑪爾特的房間。』各位大人，這是我的一間樓上房，最乾淨的。他們給了我一枚金埃居。我把錢塞進抽屜，對自己說：『明天可以到格洛赫耶剝皮鋪去買牛百葉吃。』我們上了樓，到了樓上的房間，趁我轉身的時候，黑衣人不見了，讓我大吃一驚。軍官，風度翩翩像個貴族老爺，跟我下了樓，隨後出了門。我又紡了四分之一坨紗線，他領著一個年輕漂亮的姑娘來了。要是好好地梳過頭，這姑娘就是個玩具娃娃，像太陽一樣耀眼。她牽著一隻公山羊，好大一隻，白的還是黑的，我記不清了。我當時就開始盤算。這個姑娘，我倒不介意，可是公山羊！……我不喜歡這類畜生，長著鬍子和犄角，好像人，讓我聯想到星期六群魔聚會。但是，我沒有開口。我拿了一枚金幣。我做得對，不是嗎？法官大人？我領姑娘和軍官隊長上樓，然後留他倆單獨相處，也就是說和公山羊在一起。我下了樓，繼續紡線……應該告訴你們，我的房子是兩層的，和橋上別的小房一樣，背向河，樓下和樓上的窗戶都朝向水……我正在紡紗，不知為什麼，公山羊讓我想起教士幽靈，還有，那個漂亮的姑娘打扮得實在有些古怪……突然，我聽到樓上發出慘叫，有個東西倒在地上，還有人打開窗戶。我衝到樓下窗前，看到一團黑東西墜入水中。是個穿成教士模樣的鬼魂。那晚月光明亮，我看得特別清楚，他游向老城。我嚇得發抖，趕緊喊巡邏隊。巡邏隊的先生到了，各個都醉醺醺的，也不問緣由，先痛快地把我揍了一頓。我跟他們解釋，一起爬上樓，我們看到了什麼？我那可憐的小房間到處是血，隊長橫躺在地板上，脖子上插著匕首，姑娘在一旁裝死過去，山羊嚇得亂跳。我說：『慘了，兩個禮拜的時間是不夠洗地板的，還要用力摳地板縫，太可怕了。』……軍官被抬走了，可憐的年輕人！還有那個姑娘，上衣都是敞開的……等等，還有，最糟糕的是，第二天我要拿金幣去買牛百葉，卻發現放錢的地方只有一片枯樹葉。」

老太婆住嘴了，毛骨悚然的聽眾席中響起低低的耳語聲。格蘭古瓦身旁的人說：「鬼魂、公山羊，還真是巫術做法。」有人補充說：「還有這片枯葉！」第三個人說：「毫無疑問，這是女巫和教士幽靈勾結成夥，打劫軍官。」

連格蘭古瓦都覺得這一切可怕又真實。

庭長大人威嚴地說：「婦人法魯黛爾，您有其他要向本庭陳述的嗎？」

老太婆回答：「沒了，大人。只有一點，報告中說我住的房子破破舊舊歪歪扭扭，臭氣熏天，這十分誇張。橋上的房屋是不好看，因為住家太多，可是肉鋪的老闆仍然住在橋上，他們都是有錢人，還和乾淨漂亮的女人結婚。」

這時，格蘭古瓦認為像鱷魚的法官站起來：「安靜！我提醒諸位先生不要忘記在被告身上找到了一把匕首。婦人法魯黛爾，魔鬼把一片枯葉變成金幣交給您，您帶來了嗎？」

她回答：「大人，帶來了，我又找到了，就是這片。」

一名傳令官把枯葉傳遞給鱷魚。鱷魚嚴肅陰鬱地點點頭，又將枯葉轉交給庭長，庭長再傳給國王宗教法庭檢察官。這樣，枯葉在法庭上轉了一圈。雅克．沙爾莫呂說：「這是一片白樺葉。是巫術的新證據。」

一名審判參事發言：「證人，兩名男子同時到達您家。黑衣人，您先看到他消失了，然後穿著教士的衣服在塞納河游水，另一名是軍官。這兩人中是哪一個給您這枚金幣的？」

老太婆想了一會兒，說：「是軍官。」

頓時全場譁然。

格蘭古瓦心想：「啊！這可推翻了我先前的判斷。」

國王的特別律師菲利浦．勒利埃先生再次介入：「我提醒諸位先生，遇刺軍官在病床前筆錄的訴訟詞中宣稱，看到黑衣人上前與他搭訕，他曾經模糊地想過該黑衣人非常可能是教士幽靈，並補充說，幽靈著急地催促他和被告去幽會；據隊長描述，他當時沒帶錢，幽靈給了他一枚金埃居，軍官就是將這枚金埃居付給法魯黛爾。所以金埃居就是來自地獄的錢。」

這個結論性的客觀考察似乎消除了聽眾、包括格蘭古瓦在內的質疑。

國王律師邊坐下邊說：「諸位先生都有證詞案卷，可以翻閱菲比斯．德．沙托佩斯隊長的訴書。」

這個名字讓被告站起來。她的頭在人群之上。格蘭古瓦驚恐萬分地認出愛絲梅拉達。

她的臉色蒼白；平時束成漂亮的辮子、綴飾著金箔片的頭髮此時亂糟糟地垂著；她的嘴唇呈青紫色，深陷的雙眼令人心寒，令人歎息。

「菲比斯！」她茫然地說，「他在哪裡？各位大人！求求你們告訴我他還活著，然後再殺了我吧！」

庭長回應：「閉嘴，女人，這和我們無關。」

她用兩隻消瘦的秀手合十，可以聽到她的鐐銬順著長裙簌簌作響：「啊！慈悲啊！告訴我他還活著。」

國王律師生硬地說：「好吧！他快咽氣了，現在您高興了吧？」

可憐人癱在被告席的板凳上，發不出聲音，流不出眼淚，臉色煞白如同蠟人。

庭長俯下身子，對站在他腳下一位戴金帽、穿黑袍、脖子上掛著金鏈、手執笞杖的人說：「傳令官，帶上第二個被告！」

所有的目光轉向一道小門。格蘭古瓦的心怦怦亂跳，門開了，從裡面走出一隻金角和金蹄的漂亮小山羊。這隻風采宜人的畜生在門檻上停了一下，伸長脖子，好像牠站在懸崖邊上，正在觀望著遼闊的天際。忽然，牠找到波希米亞少女，縱身一躍，跳過一張桌子和一位書記官的頭，兩下就蹦到她的雙膝旁，隨後優雅地蜷縮到女主人的腳盤上，期待她的一句話或她的輕撫。然而被告還是一動不動，可憐的嘉莉居然連一個眼神都沒有得到。

法魯黛爾老婆子說：「哎呀，這不是我見過的可惡的畜生嗎？我怎樣都能認出她們兩個！」

雅克．沙爾莫呂插話：「有請諸位大人，我們現在開始審訊母羊吧。」

千真萬確，母山羊是第二名被告。那個年代，起訴動物施行巫術的情況非常普遍。比如說一四六六年總督府帳簿就有審判吉萊-蘇拉爾和他的母豬的奇怪紀錄，他們兩個因為過失而在科培伊被處決，沒有少計任何花費：挖坑養母豬的開支，從莫桑港運來五百捆木材的開支，死因的最後一餐的餐費——是犯人友善地和劊子手分享的三品脫葡萄酒及其麵包，甚至看管加飼養母豬共十一天的開支，即每天八個巴黎但尼爾。有時，還有比審訊畜生更為離奇的事：查理曼大帝和寬厚的路易國王曾經下令嚴懲敢於膽大包天在空氣中現身的幽靈。

此時，宗教法庭檢察官叫喊：「附身於這隻母羊的魔鬼，居然拒絕被驅逐出竅，如有繼續施展魔法，膽敢恐嚇法庭，我們現在警告它，我們將被迫對其判決絞刑或火刑。」

格蘭古瓦嚇出一身冷汗。沙爾莫呂從一張桌子上拿起波希米亞少女的巴斯克手鼓，用一種手勢將它展現給小母羊，問牠：「幾點啦？」

母羊用聰慧的目光望著他，抬起金色的小蹄子，敲了七下。當時正好是七點鐘，群眾恐慌得譁然。

格蘭古瓦看不下去了，高聲叫喊：「她害了自己還不知道！大家能看到她不知道自己幹了什麼。」

傳令官尖聲喝斥：「大廳盡頭的平民肅靜！」

雅克．沙爾莫呂用不同的手法擺弄手鼓，誘導母羊表演了另外幾套把戲，比如日期、年月等這些讀者已經目擊過的遊戲。然而，在法庭上，司法宮的穹窿下，同樣的觀眾，在大街小巷中不止一次為嘉莉天真的小把戲叫好，此時此刻，卻被公審造成的幻覺嚇得堅信母山羊就是魔鬼。

更為要命的是，國王檢察官把山羊脖子上的小皮囊解下，將其中的活動字母倒在地面，大家看見母羊從混亂的字母中，用小蹄子挑出這個致命的名字：菲比斯。於是，隊長被巫術迫害一事得到了無可爭辯的論證。而嬌豔的波希米亞少女、無數次用她優美的舞姿吸引了眾多行人，頃刻變成了窮凶極惡的女巫。

她紋絲不動，好像死過去。無論嘉莉怎樣優雅地蹦跳、檢察官怎樣恫嚇、聽眾怎樣低聲咒罵，她都沒有反應。

為了讓她甦醒，一個差役狠狠地推她，庭長也嚴厲地提高嗓門喊道：「年輕女子、波希米亞族人，慣施巫術。您與魔鬼附身、和本案相關的母山羊串通，於今年三月二十九日夜間，借助地獄魔法力，透過巫術和符咒，圖謀刺殺了國王弓箭隊隊長菲比斯．德．沙托佩斯，您還執意否認嗎？」

年輕姑娘用手捂住臉喊道：「太可怕了，我的菲比斯！唉！這真是地獄！」

庭長冷冷地問：「您執意否認？」

她站了起來，眼睛裡閃著怒火，咆哮著：「是的，我否認！」

庭長緊緊追問：「您又如何解釋被指控的罪狀呢？」

她的聲音已經是斷斷續續：「我說過了。我不知道。是一個教士。我不認識的教士，總是跟著我的惡魔教士！」

法官接上：「就是它，就是教士幽靈。」

「各位大人在上！可憐可憐我吧！我只是個可憐的姑娘……」

法官補充：「埃及姑娘！」

雅克．沙爾莫呂先生和藹地發言：「鑒於被告悲傷地堅持否認，我請求法庭動用『提問』的方式。」

庭長說：「允許。」

不幸的姑娘渾身發抖。在持槊士兵的喝令下，她還是站起來，邁出堅定的步伐，走在沙爾莫呂和宗教法庭的教士身後，夾在兩排長戟當中。一扇邊門突然打開，等她走進去又立即關閉。愁苦的格蘭古瓦覺得那是一張血盆大口，一下子吞吃了她。

她剛剛消失在門後，大家就聽到一陣悲傷的咩咩聲。小母羊在哭泣。

審判中止。有名參事提醒說各位法官都已經累了，如要等待審判結束，時間實在過長。庭長回應說：「法官就該恪盡職守。」

一名老法官說：「令人討厭的狐狸精，偏偏在晚飯的時候讓人向她提問，人家還空著肚子呢。」

II 變成枯葉的金幣（續）

在猙獰的執法人員包圍下，愛絲梅拉達穿過司法宮漫長的迴廊，幾次上樓又下樓。樓道中陰森昏暗，即使是白天也點著燈。最後，她被差役推入一個陰森森的房間。房間呈圓形，位處一座高塔的底層。直到今天，舊巴黎城被新巴黎城覆蓋，而這些粗壯的塔樓依然直指雲端。這間墓穴沒有窗戶，除了被堅固的鐵門封住的一個低矮入口，也沒有別的開口。但是裡面卻是亮堂堂的。厚實的牆壁上挖出一個爐膛，爐中的柴火，紅通通地照亮洞穴，讓在角落裡燃燒的一支蠟燭顯得暗淡無光。用來關閉爐口的鐵柵懸起著，倒映在漆黑的牆壁上，火紅的通風口處鐵柵欄的下端好像一排烏黑、尖銳、間隙巨大的牙齒，而整個爐膛看起來就像傳說中口吐烈火的龍頭。藉著爐口噴綻出的火光，女囚辨別出房間中擺著各種恐怖的器具，但看不出其中的用途。房間正中橫吊著一張皮床，幾乎貼近地面，上面掛著一根環扣皮帶，皮帶的另一頭繫在一個大銅環上，而銅環則被拱頂中心上一頭石雕怪物咬在嘴中。火爐裡塞滿老虎鉗、夾鉗、犁鏵，亂七八糟地被火燒得通紅。爐膛中的血光照亮房間中一堆讓人毛骨悚然的東西。

這個野蠻的去處被簡單地稱為提問室。

被法庭指定、宣過誓的行刑人皮艾拉・刀特呂正在皮床上百無聊賴地坐著。他的兩名助手是兩個方臉的侏儒，腰繫皮圍裙，下身圍著粗布條，正在撥弄火炭上的那堆鐵器。

可憐的姑娘白白鼓足了勇氣，踏入這個房間，她就被嚇得魂飛魄散。

司法宮的差役站在一側，宗教法庭的教士排在另一側。一個書記官、一套文具和一張桌子，位處一角。

雅克．沙爾莫呂老爺面帶祥和的微笑走近埃及少女，問：「親愛的孩子，您堅持否認嗎？」

她用細微至幾乎聽不到的聲音回答：「是的。」

沙爾莫呂又說：「事已至此，我們只能不情願地下狠心，對您進行更嚴格的提問。請您坐到那張床上去。皮艾拉，給小姐讓位，去關上門。」

皮艾拉低聲咆哮，站起來。

他嘟囔著：「關上門，我點的火就會滅。」

沙爾莫呂又說：「好吧，親愛的，就開著門吧。」

然而愛絲梅拉達依然站著。這張不知有多少不幸的人慘遭折磨的皮床讓她毛骨悚然。冰冷的恐懼注入她的身體直到骨髓。她呆在那兒，驚慌失措。在沙爾莫呂的示意下，兩個嘍囉抓住她，將她推到床上坐下。他們並沒有弄疼她，但是，就在此二人還有皮床觸碰她的那一瞬間，她覺得全身的血液都倒流入心臟了。她呆呆地環視房間，彷彿所有形態奇異的刑具都活動起來，包圍著她，向她走來，爬到她身上咬她、掐她。如果說她見到的各種工具是昆蟲和鳥類，那麼這些刑具就是蜈蚣、蜘蛛和蝙蝠。

沙爾莫呂問：「醫生在哪裡？」

「這裡。」一名黑袍人回答。她原先並沒有注意到這個人。

她打了個寒戰。

宗教法庭檢察官用安慰的口氣又說：「小姐，第三次問您，您否認對您的所有指控嗎？」

這次，她說不出話來，只點了一下頭。

雅克．沙爾莫呂說：「您還要堅持？我深深地感到絕望，我必須執行我的法權。」

皮艾拉忽然問：「檢察官先生，咱們從哪處開始？」

沙爾莫呂皺著眉，猶豫片刻，曖昧的表情彷彿是詩人在苦苦尋找一個韻腳。

他終於說：「從鐵靴開始。」

墜入深淵的姑娘覺得自己徹底被上帝和世人拋棄，腦袋垂在胸前，好像喪失支撐力，變成毫無生氣的物件。

行刑人和醫生一起走近她。同時，兩個嘍囉就在他們猙獰的兵器堆中翻騰。

可怕的鐵具相互撞擊，發出陣陣響聲，不幸的女孩全身發抖，如同一隻被通了電的死青蛙。她的喃喃聲細微得無人知曉：「呵，我的菲比斯呀！」接著又一動不動，好像一尊無聲的大理石像。這種場景能感動任何法官以外的觀眾。彷彿是個淪陷的可憐靈魂，在地獄血紅的門洞前被撒旦質問，即將承受鋸子、轉輪和拷問架這堆恐怖刑具，還有劊子手和鐵鉗暴力魔掌的，居然是個溫柔、潔白、脆弱的生靈！這麼微小可憐的穀粒卻被人間司法交給酷刑的磨盤研成粉末！

皮艾拉．刀特呂的兩個助手伸出爬滿厚繭的粗手，粗暴地扒去她的鞋襪，露出一雙秀腿和纖細的美腳，它們曾在巴黎街頭以其可愛嬌柔的姿態吸引無數行人！

「真可惜！」行刑官打量著如此細膩優雅的肢體，不由得嘟噥出來。如果副主教當時在場，一定會回憶起他說過的蜘蛛與蒼蠅的寓言。悲慘的姑娘透過眼前升起的霧看到鐵靴被抬過來；不一會兒，她看到自己的腳被塞入鐵器，消失在殘忍的刑具之中。這時，極端的恐懼反而變成她的力量。「快拿掉！」她狂喊出來。她披頭散髮地站起來：「饒命呀！」

她從床上向外縱身一躍，想要撲倒在國王檢察官的腳下，可是腿被橡木和鐵塊合成的重塊夾住，她癱倒在鐵靴上，比翅膀上壓著鉛塊的小蜜蜂還顯得支離破碎。

在沙爾莫呂的示意下，嘍囉把她推回皮床，一雙肥大的手用從拱頂垂下來的皮帶捆住她的細腰。

沙爾莫呂仍然是雷打不動的溫和口吻：「最後一次，您承認所控的犯罪行為嗎？」

「我是清白的！」

「那麼，小姐，您如何解釋對您的指控罪狀呢？」

「唉！大人！我不知道。」

「您要否認？」

「什麼都不知道！」

「動手！」沙爾莫呂對皮艾拉說。

皮艾拉扭動重杆的把手，鐵靴隨即收緊，可憐的姑娘慘叫一聲，這聲音是任何人類語言都沒有對應的詞彙的。

「停！」沙爾莫呂對皮艾拉說，問埃及少女：「招供嗎？」

悲慘的女孩大叫：「全招！我招！我招！慈悲呀！」

之前她沒有正確地估量自己面對提問的魄力。可憐的孩子，向來都過著快樂、甜蜜、美好的日子，第一陣痛苦就把她制伏了。

國王檢察官提示說：「出於人道，我不得不告訴您，如果招供，您就只有等死了。」

「我希望去死。」她說。

她奄奄一息地癱回皮床上，身子像斷成兩截，任憑扣在胸間的皮條懸吊著她。

皮艾拉先生將她扶正，說：「來，美人兒，坐好了。您那樣子，就像掛在勃艮第老爺脖子上的金綿羊。」

雅克．沙爾莫呂抬高嗓門說：「書記官，書寫。……波希米亞年輕女子，您承認常和惡鬼、假面鬼、女魔鬼一起參加地獄盛宴、群魔會和施虐嗎？回答！」

「承認。」她回答道。她的聲音低得能被她的呼吸蓋過。

「您承認見過別西卜召集群魔會時，讓雲端出現的、只有巫師才能看見的公山羊嗎？」

「承認。」

「您招認並懺悔曾經供奉波福梅的頭像、聖殿騎士團無恥信奉的偶像嗎？」

「招認。」

「您招認頻繁地與本案牽連的、變成山羊的魔鬼來往嗎？」

「招認。」

「最後，您承認並懺悔，曾在今年三月二十九日夜裡在魔鬼和俗稱教士幽靈的鬼魂幫助下，殘害並且暗殺了名為菲比斯．德．沙托佩斯的隊長嗎？」

聽到這個名字，她無神的大眼睛向檢察官望去，機械地、沒有抽搐也沒有顫抖地回答：「是的。」顯然，她已經完全被擊垮了。

「寫下，書記官。」沙爾莫呂說，然後又對行刑官：「給女囚犯鬆綁，將她帶回法庭。」

女犯人被脫下靴後，宗教法庭檢察官打量一下她那隻疼痛麻木的腳，說：「沒事了！沒弄壞。您叫得及時。您還能跳舞，美人！」

接著，他轉向宗教法庭的同夥說：「正義得到伸張！這讓人鬆口氣，各位先生！這位小姐是我們的見證，我們剛才的執法，真是和善寬鬆得不行。」

III 變成枯葉的金幣（續完）

當滿臉蒼白的她瘸著腿走入法庭，人群中低聲掀起了一陣快樂的讚歎。對聽眾來說，是他們的等待終於看到答覆，是劇院裡，第二場幕間休息結束，帷幕升起，結局就要開演時的興奮。對法官來說，是可以吃晚飯的希望。小山羊高興得咩咩叫，想要衝向女主人，可是牠被綁在長凳上。

黑夜已經來臨。法庭上並沒有添加蠟燭，光線昏暗得連牆壁也照不到。在黑夜的籠罩下，所有的物件彷彿都被薄霧環繞。這兒那兒會模糊地露出一張法官毫無表情的臉。人群的正對面，長形的法庭深處，一個朦朧的白點出現在陰暗的背景上。那就是被告。

當沙爾莫呂意氣風發地回到檢察官席上時，她也一瘸一拐地摸索到自己的位置。沙爾莫呂坐下後立即起立，有分寸地帶著勝利的驕傲說：「被告全部供認。」

庭長說：「波希米亞女子，您承認犯有施巫術、賣淫、謀殺菲比斯・德・沙托佩斯隊長等罪行嗎？」

她的心一陣絞痛。可以聽到她在黑暗中抽噎。

她微弱地回答：「你們的指控我全招認，不過，快殺了我吧！」

庭長說：「國王宗教法庭檢察官先生，本庭傾聽您的公訴。」

沙爾莫呂老爺攤開一本可怕的紀錄本，揮著手，神采飛揚，用公訴的高昂語調宣讀一篇拉丁文的說教文。講述案件的證據都是抄襲西塞羅式的名句，還穿插著他最崇拜的喜劇作家普勞圖斯的名句摘引。非常抱歉，這篇曠世奇文，我們在這裡就不與讀者共賞了。演講者讀得出神入化，還沒有念完前言，他的額頭上就冒出汗，眼珠也凸出來了。

突然，一個長句沒結束，他就霍然停頓，平日那溫和甚至愚蠢的眼神變得凶狠異常。「各位先生！」他大喊（現在因為拋開了紀錄本，他用法語講話），「撒旦一直在本案幕後操作，他就在現場旁聽，並扮鬼臉嘲弄本庭的尊嚴。看！」

說著，他用手指著小山羊。小山羊看到沙爾莫呂比手畫腳，以為應該學著比畫，一屁股坐下，舉起前腿，伸著長鬍鬚的羊頭，竭盡全力地摹仿國王宗教法庭檢察官的悲壯姿態。大家大概還記得，這是嘉莉最可愛的小才能。這個突發事件、這個最後的「證據」，造成了巨大的影響。有人把母羊的四蹄綁住，國王檢察官這才重新開始他的精彩演說。

這是非常冗長的一段，不過長篇大論的結語卻令人叫絕。以下就是最後一句，並伴隨著沙爾莫呂先生嘶啞的聲音和氣喘吁吁的揮手：

「因此，各位先生，女魔頭押解在場，她的罪行公布於世，犯罪動機明確，茲以擁有無汙點的老城島上大小司法權的神聖巴黎聖母院的名義，鑒於在席諸位要求，特此請求判處：

一、繳付部分賠償費。

二、在聖母院大教堂前懺悔。

三、判決巫女及其山羊在俗稱河灘廣場上或者在突出於塞納河中臨近國王花園的島的盡頭正法。[1]

他扣上檢察官的帽子，重新就座。

格蘭古瓦深感遺憾，歎氣說：「唉！多麼低劣的拉丁語！[2]」

被告旁邊一名黑袍人起立。這是她的辯護律師。法官都餓著肚子，因此開始低聲嘀咕。

庭長說：「律師，簡短些。」

律師回答：「庭長先生，既然被告已經供出罪行，我只向諸位說一句話。撒利克法典的一項條款說：『如果一個女魔鬼吞吃了一個男人，而且她供認不諱，將處以八千但尼爾罰款，合兩百金索爾。』請法庭判處我的當事人上交罰款。」

國王特別律師說：「該條款已廢除。」

辯護律師反駁：「我否認！[3]」

一位參事說：「舉手表決。罪證確鑿，天色已晚。」

判官當場表決，沒有離開法庭。庭長低聲向他們提問是否判死刑，急著吃飯的法官脫帽表決。觀眾能看到昏暗中他們一個接一個摘下頭上的帽子。可憐的被告看似在觀望，其實她的眼前一片渾濁，什麼也看不見。

隨即書記官持筆記錄，然後將一張長長的羊皮紙交給庭長。

可憐的女孩聽到人群晃動、矛戟碰擊，一個冰冷的聲音在迴響：「波希米亞女子，您將在我們的國王陛下選定的日子，於中午，由囚車押解到聖母院大門前，只穿內衣，打赤腳，脖子上套著繩子，手執重量為兩法斤[4]的大蠟燭，在那裡當眾懺悔，從那裡再押至河灘廣場，由本城絞刑架吊起並絞死；您的母山羊同等對待；您將交給宗教法庭三個金獅幣，作為您犯下並招認的咒語、巫術、賣淫、謀殺菲比斯·德·沙托佩斯隊長先生等罪行的罰款。但願上帝召回您的靈魂！」

「啊！一場夢！」她喃喃自語，感到幾隻粗糙的大手將她拖走了。

1、2、3 原文為拉丁文。

4「法斤」，這裡原文是用重量單位「里弗爾」，中世紀時，「里弗爾」的重量在法國各地區都有所不同，大約三八〇克到五五二克之間。

IV 進入此處，放棄一切希望！[1]

在中世紀，如果一座建築物是完整的，它的地下部分應該與地面部分有相同的體積，除非像聖母院這種類型是建造在木樁之上的，宮殿、城堡、教堂都有雙層地基。可以說在光輝燦爛、日夜迴響著管風琴聲和鐘聲的主教堂中堂下，還建有一座地下主教堂，那裡低矮、黑暗、神祕，什麼都看不到也聽不見，有些教堂地下就是一座巨大的墓穴。宮殿和城堡下會有監獄，有時也是墓穴，有時兩者並存。這些堅固的建築物，我們在前面曾經敘述了它們的形成以及構造，不僅具有多層地基，而且盤根交錯於地下，延伸成房間、長廊和階梯，和地面建築一樣。所以教堂、宮殿、城堡都半埋在土中。建築物的地窖也是一座建築，向下走的而不是往上爬的，地下樓層是地上樓層的延伸，好像森林和山巒以及在清澈湖水中的倒映。

聖安東的城堡、巴黎司法宮、羅浮宮，這些建築物的地下都是監獄。監獄的樓層直通地底，越往下越狹窄陰暗，恐怖的氣氛逐級遞增。詩人但丁在這裡能找到他描寫的地獄。通常，漏斗形的牢房排列到地牢深處，直至處於瓶底的地牢，在那裡，但丁會安置撒旦，而當時的社會用來關押死囚。當一個命運悲慘的人被埋入其中，他就要與陽光、空氣、生活訣別，放棄一切希望[2]，只有上絞刑架或火刑臺時，他才能出來。也有犯人就在這間地牢裡逐漸腐爛，人間的司法竟然把這稱為「遺忘」。死囚會感受到他與世人，相隔著壓在頭頂上的大石塊和獄卒、相隔著整座監獄。龐大牢固的城堡就是一把複雜的大鎖，將他囚禁在活人的世界之外。

被判處絞刑的愛絲梅拉達就被放入一間此類的瓶底中，這間屬於小塔城堡的地牢，是國王聖路易讓人挖掘的「遺忘室」，讓她頭上頂著一座龐大的司法宮，想必是擔心她越獄。而她只是隻連小石子都推不動的可憐蒼蠅！

上帝和社會的確都對她不公平，摧毀這樣一位嬌弱的女子，完全不需要如此奢華的厄運和酷刑！她被世人活埋了，迷失在黑暗中，四周只有牆壁。目睹過昔日她在陽光下歡笑和跳舞的人，見她當下的狀態，定會戰慄不已。她像黑夜一樣寂靜，像死亡一般冰冷，秀髮中不再有清風吹拂，耳邊不再迴響人語，眼睛不再倒映白日的光芒。她被沉重的枷鎖壓成兩截，蹲在一簇稻草上，身邊放著一個水罐和一塊麵包，身下是地牢滲水匯成的水窪。她一動不動，幾乎不再呼吸，甚至感受不到疼痛。菲比斯、太陽、中午、新鮮的空氣、巴黎的街道、在喝彩聲中旋轉的舞蹈、和軍官纏綿不休地講著情話，然後出現了教士、老鴇、匕首、血泊、酷刑、絞刑架，所有這一切還在她的腦海中浮現，時而是歡樂的、金光籠罩的幻象，時而是形象扭曲的噩夢。其實，這是一種悲慘而無奈的掙扎，被無邊的黑暗吞噬，或者是一支遙遠的樂曲，在地面上演奏的音樂，而它的聲音怎能傳給墜入深淵的不幸者的耳

1　原文為古義大利文。但丁，《神曲・地獄篇》，III，九。這是刻在地獄之門上的橫幅。

2　原文為拉丁文。

中呢？

自從她被關在這裡，她就既沒有睡著也沒有醒著。被厄運纏身的她關在如此的地牢裡，再也無法辨別清醒和睡夢、夢幻和現實、白天和黑夜。在她心裡，一切都混淆了、破碎了，在她的大腦中漂浮四散。她失去了感覺，什麼都不明白，也不能思考，只能恍惚不清。她就這樣沉淪在虛無中。她麻木、冰冷、僵硬，甚至連頭頂某處一扇活門打開了兩三次也不在意，反正沒有一絲光線射進來，只有一隻手探入，扔來一塊黑麵包乾。然而定時巡查的獄卒卻是她和人間唯一的紐帶。她的耳朵，習慣性地聽著拱頂發霉的石板縫中沁出的水珠規律地滴落下來，傻傻地聽著水滴砸入身旁水窪，發出一個個聲響。

這水滴墜落到水窪中，是她周邊唯一的動靜，時間的鐘聲，是地面唯一傳遞給她的聲響。一團漆黑的爛泥坑裡，她也能時不時地感覺到一個冰涼的東西從腳上或手上爬過，不禁打個寒戰。

到這裡多久了？她不知道，只記得有人在某處對某人宣判了死刑，接著，就被拖到此處，然後，就在黑夜和寂靜中醒來，渾身冰涼。她用手支撐著身體，匍匐摸索，腳踝被鐐銬的鐵環劃破，鎖鏈簌簌作響。她發現四周是厚牆，身下有一塊大石板、一灘水、一把稻草，既沒有燈，也沒有通風孔。於是，坐在這捆稻草上，有時，為了換姿勢，也會坐到牢房裡一道階梯的最底一級上。

有段時間，她試著數水珠以及它們攜帶的黑色分秒。然而一個病態的大腦怎能堅持如此苦悶的工作？數一會兒就中斷了，又陷入呆傻。

某天，白天或者夜裡（因為白天與黑夜在此墓穴中是相同的色彩），她頭頂上傳來比平時送麵包和水罐的看守開門的聲音要大的動靜。她抬起頭，看到一線微紅的光亮穿過地牢拱頂上的活門縫照進來。與此同時，沉重的鐵門叫喊了一聲，生鏽的合頁呻吟著，活門翻轉。她看到一個燈籠、一隻手、兩個男人的下半身。因為門非常低矮，她看不到他們的頭。燈光刺痛了她，她閉上眼睛。

等她睜開眼睛，門關著，燈放在一級臺階上，一個男人站在她面前。他穿著拖到腳的黑色教袍，黑風帽遮著臉，什麼部位都不暴露，沒有面孔，沒有手，就是一塊直立的黑色裹屍布，而屍布裡有什麼在動彈。她盯著幽靈看了一會兒，兩人都不出聲，好像是對峙的兩座雕塑。地牢裡彷彿只有兩樣活物：由於空氣潮溼而爆裂的燈芯，還有從牢頂砸下來的水珠。滴水單調的淅瀝聲打亂燈芯不規律的爆裂聲。水珠落到水窪中，倒映在油汙水面的彩色燈光也在一圈圈地閃爍。

最後是女囚終於打破了沉默：「您是誰？」

「一個神父。」

這個詞、這種口吻、這個嗓音，讓她打了個寒戰。

教士低沉地、一字一字地吐出：「您準備好了嗎？」

「準備什麼？」

「去死。」

她說：「哦！很快吧？」

「明天。」

她高高興興揚起的頭又垂回胸前，低聲說：「還要等那麼久！今天不能麻煩他們嗎？」

教士沉默一會兒，問：「您很難受嗎？」

她回答：「我很冷。」

她的牙齒上下打寒戰，雙手抱住腳，這是不幸的人受凍時常做的動作，我們在羅蘭塔樓目睹過隱修女做出同樣的姿態。

教士能從風帽下偷偷打量地牢。

「沒有燈！沒有火！泡在水裡！令人髮指。」

她一直沒有明白自己為什麼這麼不幸：「是啊，白天屬於所有的人，為什麼我只有黑夜？」

教士又沉默片刻，問：「您知道自己為什麼在這裡嗎？」

「本來我知道。」她用瘦削的手指按著眉頭，好像要幫助自己找回記憶，「現在我不知道了。」

隨即，她像小孩一樣哭起來：「我想離開這裡，先生。我又冷又害怕，還有畜生在我身上爬來爬去。」

「好吧，跟我走。」

教士說著就扶起她。可憐的姑娘本來已經渾身冰涼，然而她還是感覺到這隻手的寒冷。

「噢！這是死神冰涼的手。」她低聲說，然後問道：「您到底是誰？」

教士掀起風帽。她一看，正是長久以來跟蹤她的那張陰暗的臉，也是在法魯黛爾家中，她親愛的菲比斯頭頂上升起的那張鬼臉。她最後一次見到這雙炙熱的眼睛，還是在一把尖刀旁。

這個給她帶來災難的幽靈，每次出現，都將她從一個厄運推向另一個厄運，直至遭受最殘酷的折磨。幽靈再次露面，令她從麻木狀態中驚醒。籠罩她記憶的濃霧突然四分五裂，她的悲慘遭遇，從深夜法魯黛爾家中開始，直到在小塔刑事法庭被審判的每一個細節，不再像先前模糊不清，而是清晰、刺眼、尖銳、生動、可怕地展現在她眼前。這些差不多被遺忘的情節，幾乎被過度的傷痛磨滅，而這張陰森的面孔又讓它們重生，就好像用隱形墨水無形地寫在白紙上的字，一靠近火就顯露出來。她覺得自己心頭的各類創傷一起被撕開，淌著血。

「啊呀！」她發出一聲驚叫，雙手捂著眼睛，情不自禁渾身亂抖：「是那個教士！」

隨後她洩氣地放下手臂，坐回原地，垂下頭盯著地面，仍然在發抖。

教士如同一隻在高空盤旋的老鷹，緊緊死盯躲在麥田中的小雲雀。長久以來，老鷹默默地、持續地縮小牠的包圍圈，倏然閃電般衝向獵物，用利爪撲捉住喘息的雲雀。

她低聲重複著：「趕緊結束吧！趕緊結束吧！給我最後一擊！」

她驚恐地將頭縮在雙肩中，彷彿一隻羔羊等待屠夫致命的一棒。

他終於開口：「難道您厭惡我？」

她並不回答。

「難道您厭惡我？」他又問一遍。

她的雙唇抽搐，好像在微笑。

她說：「是啊！這是劊子手在捉弄死刑犯。幾個月來，他跟蹤我、恐嚇我，讓我膽戰心驚！上帝啊，沒有他的時候，我是多麼地幸福！是他將我推下深淵。噢，上天！是他殺了人！是他殺了我的菲比斯！」

她嗚咽著抬頭望著教士：「呵！罪惡之徒！你是誰？我對你做了什麼，你如此恨我！唉，你到底為什麼如此對我？」

「我愛你！」教士喊。

她突然停止哭泣，呆呆地看著他。他跪了下來，目光像火焰般將她包圍。

「你聽見了嗎？我愛你！」他又叫。

不幸的人打著寒戰說：「這也是愛？」

他又說：「這愛讓我下地獄。」

被各自沉重的心情所壓迫，兩人都沉默了一段時間，他是瘋狂的，她是癡傻的。

教士終於找回了異常的平靜，說：「聽著，你現在就會知道一切了。我要告訴你一個在此之前對自己都不敢講的故事，一個即便是深夜時分，黑暗籠罩，上帝看不見我們的時候，我審視內心也講不出口的故事。聽我說，女孩，在認識你之前，我很幸福。」

「我也同樣！」她輕歎一聲。

「別打斷我……以前的我很幸福，至少我是這麼認為。我心底純潔，靈魂被清澈的光芒照亮。沒有人比我更自豪地昂著頭。教士都向我請教如何禁欲，博士則向我求教經學。是的，學術是我的一切，也是我的姊妹，有個姊妹我就滿足了。隨著年齡的遞增，我產生了其他的念頭。不止一次，看見女人走過，我的身體突然興奮。男人的性欲和血性，我以為在狂熱的青春期時代就將其斬斷了，不料這種力量不止一次地與我的誓言抗爭，牽動把我拴在教堂冰冷石祭臺上的鐵鍊。斷食、祈禱、鑽研，還有修道院的禁欲，使靈魂重新成為肉體的主人。從此，我回避女人。只要打開書本，我頭腦中的烏煙瘴氣便在光輝的學術面前消散。只要幾分鐘，我就能感到人間的沉重離我而去，在永恆真理平和的光輝中，我找回了平靜、感恩、安逸的心緒。直到此時，魔鬼用來向我進攻的只是教堂裡、大街上、草坪上女人朦朧的身影，很少能在夢中再次見到，我總能輕鬆地戰勝魔鬼。唉，勝利並沒有持續多久，這是上帝的過錯，因為他沒有賦予人和魔鬼相同的本領……聽著，有一天……」

說到這裡，教士停下來。女囚聽到深深的幾聲歎息從他的胸膛中艱難升起，好似連他的心臟都被揪了出來。

他接著說：「有一天，我靠在小房間的窗臺上，讀什麼書來著？唉！這一切在我腦海中龍捲風般……我正在看書。窗戶面朝一個廣場，一陣手鼓聲和音樂聲擾亂了我的思考，我氣憤地向廣場望去。我的所見，其他人也能看到，然而那景象並不是凡人所能欣賞的。那時是正午，大大的太陽，石塊鑲嵌的廣場中央，一個靈物在舞蹈。她是那麼的美麗，連上帝都會在聖母和她之間選擇她做自己的母親，如果他決定投胎入世的時候，她也在人間，上帝一定願意從她的身體中出生。她的眼睛漆黑，燦爛無比，她的黑髮映著陽光，好像穿插著一簇簇閃閃發光的金絲。她跳躍的雙腳好像飛快旋轉的輪軸，在速度中消失。她的頭上纏繞著油黑的辮子，上面點綴的金屬片在太陽下閃亮跳躍，彷彿是頭上用星斗做成的王冠。她裙子上的飾片發著藍光，還射出千萬道閃光，像是夏夜的星空。她的兩隻手臂，柔軟、褐色，是纏繞細腰的兩條絲巾，一會兒合攏一會兒打開。她的身材美得令人驚訝。噢，她光彩悅人的面孔，在陽光裡居然也明亮耀眼！……唉！女孩！就是你！……我驚呆了，陶醉了，著迷了，不由自主地望著你，直到突然我顫抖了一下，意識到自己已經被厄運俘虜。」

教士感到窒息，停頓一下接著說：「我知道自己正在墜入深淵，就竭盡全力想抓住什麼，停止墜落。我想起撒旦曾經給我設下的重重障礙。眼前這個造物，超俗的美麗，一定來自天堂或者地獄，肯定不是用人間的一撮泥巴捏塑出來、被一縷靈光照亮的普通女子。她是天使！黑暗的使者，攜帶著烈火而不是光明。當我在思索，我看到你身邊的一隻山羊、一隻群魔會的畜生，正笑嘻嘻地望著我。在中午的太陽照映下，牠的犄角好似在燃燒。於是我窺視到魔鬼設下的陷阱，越發相信你是從地獄而來，是來引誘我墮落的，我深信不疑。」

說到此，教士直視女囚，冷冷地說：「現在我還是這麼想……然而慢慢的，魔法發揮功效，隨著你的舞姿在我腦海中盤旋，神祕的法術也漸漸施展它的威力。原本應該警覺的靈魂開始惺忪入睡，好像在雪中即將凍死的人，我愉悅地體驗著死亡來臨的幸福。突然，你開始歌唱。我還能怎樣，悲慘的人？你的歌聲比你的舞蹈更引人入勝。我想逃走，根本不行。我就像被釘在那裡，在地裡生了根，又像大理石地板上升到我的膝蓋，讓我不能動彈，只能聽到底。我的雙腳冰涼，我的頭陣陣發燙。終於，也許因為你可憐我了，停止了歌唱，你消失了。令人眼花的舞姿、令人失魂的樂曲，逐漸在我眼中和耳中褪去，我僵直無力地癱倒在窗前，好像傾倒的石像。晚禱的鐘聲叫醒我，我站起來逃走了。但是心中卻像是什麼跌倒了再也站不起來，有什麼事發生了，讓我永遠無法逃避。」

他再次停頓，接著說：「是啊，從那天起，我變成了一個陌生的男人。用原來的方法進行自我治療，修道院、聖壇、工作、書籍都沒有用。狂人呵！當你帶著裝滿愛戀的腦袋絕望地敲擊它的大門，科學的殿堂變得如此冷清。你可知道，小姑娘，從此以後，當我拿起書來，讀到的是什麼呢？是你，你的身影，你突然在我眼前出現的那個光輝瞬間。但是這個影像不是原有的色彩，它變得黯淡、陰森、漆黑，就好像注視了太陽後眼前升起的黑環。

「我怎麼也無法擺脫你，你的歌聲在我的腦海中迴響，你的雙足在我的祈禱書上舞蹈，夜夢中，我能感覺到你的形體在我的肉體上滑過。我渴望再見到你、觸摸你、知道你是誰，看你是不是還是我心中的那個完美的形象，也許現實會粉碎我的癡夢。總之，我希望新印象能抹去舊印象，因為第一次見到你的情形令我痛苦不堪。我尋找你，我又見到你。不幸的是，當我見到你兩次，我就想見到你一千次，恨不得永遠見到你。怎能在通向地獄的斜坡上止步呢？我再也不是自己的主人。魔鬼將捆住我翅膀的線拴到你的腳踝上，我也像你一樣，成了流浪人。我在街頭的門廊下等候你，在拐角處偷看你，在我的鐘樓頂眺望你。每個晚上，我都覺得自己更迷惑、更絕望、無可挽救地更入魔。

「我打聽到你是什麼人，埃及人、波希米亞人、茨岡人、吉普賽人。這不是巫術，是什麼？聽著，我曾經希望法庭能幫助我擺脫魔法。有個女巫對義大利聖者阿斯特的布呂諾行了巫術，他令女巫在火刑中燒死後他才得以解脫。我知道這個案子，也想試試這類醫法。首先，我設法禁止你走上聖母院前的廣場，希望你不要回來，我就能忘記你。然而你並不在意，還是來。然後，我想綁架你。那夜，我們兩個人試著抓你，剛剛抓到，不料討厭的軍官突然出現，救出你來。這是你的災難，也是我和那人災難的開端。最後，不知道還能做什麼，也不知道會發生什麼，我向宗教法庭告發了你，以為這樣做，就會像阿斯特的布呂諾一樣病癒。我也模糊地渴望透過審判得到你，在牢房抓住你、占有你，你終於無處可逃，你已經很長時間占有我的靈魂，這次輪到我占有你的肉體。人做惡事，就做到底，怎能半途而廢？惡的極端是狂熱的愉悅。教士和女巫在牢房的稻草墊上結合享樂！

「於是我告發了你。也就在這個時期，每次相遇，你都被我嚇到。我策畫的陰謀、準備的風暴，從我的身上散發出來，像電閃雷鳴般地令你畏懼。其實，我還在猶豫。這個計畫過於恐怖，讓我自己也有些退縮。

「原本我可以放棄這個計畫，醜惡的思想也會在我頭腦中乾枯而結不出果實。我原以為是我能夠決定繼續或者避免訴訟，然而，所有罪惡的思想卻在衍變中化成事實。我自認為掌控全盤的時候，命運居然掌控著我。唉!唉呀!是命運捕捉到你,將你推向我在角落裡設計打造的恐怖機器!……聽我說,就快講完了。

「有一天,……還是出太陽的一天,我面前走過一個男人,他笑著說出你的名字,眼睛裡都是齷齪的淫蕩。該下地獄的!我跟上他。你知道後來發生的。」

他閉上嘴。

女孩只吐出一句話:「呵,我的菲比斯!」

教士凶狠地抓住她的手臂說:「不要說名字!不要提起這個名字!啊!悲慘的我們,是被這個名字毀滅!或者說,我們每個人都是離奇的命運遊戲的犧牲品!……你痛苦,對吧?你冷,被黑夜變成盲人、被牢房包圍,但是你的心靈深處還有一絲光,儘管是孩童般的,對玩弄你感情的那個沒心沒肺的男人還在迷戀!然而對於我,牢房就在心中,我心中是嚴冬、是寒冰、是絕望,黑暗占據了我的靈魂。你知道我遭受了怎樣的折磨?我參與了對你的審判,我就身在宗教審判官的席位上。是的,教士風帽遮掩下,藏著一個被打入地獄、渾身顫抖的罪人。你被帶進來的時候,我在場;你被審訊的時候,我也在場……在狼窩之中!……我的罪行、我的絞刑架卻投影在你的前額。每次證人出庭、每條罪狀陳列、每場辯訴,我都在場;我可以數出你在苦難路上邁出的每一步;當那隻凶殘的禽獸……我也在場。啊,我沒有預料到酷刑!……聽我說,我隨著你走入苦刑室,看到你被扒去衣衫,行刑官無恥的手亂摸你半裸的身體。我看到你的腳,這隻我願意用一個帝國換得一吻然後去死的腳、這隻踩在我頭上也能讓我愜意的腳,被塞入恐怖的鐵靴中,一隻將活人的肢體變成血泥的靴啊!悲慘吶!我一邊目睹這情景,一邊用藏在教袍下的一把匕首劃自己的胸膛。當你慘叫一聲,我也將匕首插入我的肉中；如果你發出第二聲慘叫，它就會刺入我的心窩！你看，我相信傷口還流著血。」

他掀開教士的長袍。果然他的胸膛好像被老虎的利爪抓過，側肋有一道長長的傷口，還沒有止血。

女囚嚇得後退。

教士說：「啊！女孩，可憐我吧！你深感不幸。但是！但是！你還不知道什麼是真正的不幸。唉，愛一個女人！身為教士！被人憎恨！用靈魂的全部瘋狂愛她，為了她的一絲微笑，可以獻出鮮血、肝膽、名譽、靈魂的拯救、不朽和永生、今生和死後；為了自己不是國王、天才、皇帝、大天使、神靈而深感遺憾，因為不能成為她腳下更偉大的奴隸。整日整夜夢想著擁抱她，卻看到她迷戀上士兵的軍裝！而自己能獻給她的只是一件骯髒的教袍，讓她畏懼、讓她厭惡！帶著嫉妒的怒火，目睹她向愚蠢可悲的假勇士打開自己的寶藏，揮霍自己的愛和美麗！看到她令我灼熱的身材、她柔軟的乳房、她的肉體，在另一人的親吻下顫動紅潤！啊，上天！愛她的腳、她的肩膀、她的手臂，狂想她藍色的血管、她褐色的皮膚，直至整夜在房間的石板地上翻滾不眠，所有夢想中的愛撫最後變成了酷刑，用盡千方百計，居然讓她上了皮床！唉！這就是被地獄之火燒紅的鐵鉗夾住的滋味。唉！夾在板中被鋸成兩半的人，還有被四馬分屍的人都比我幸運……你怎麼知道漫漫長夜中，血液在沸騰、心臟跳得快破裂、頭痛得爆炸、用牙齒咬住雙手的感覺呢？捆在燒紅的烤架上，被凶惡的行刑手無休止地在火上轉動，遭受愛、嫉妒、絕望的烘烤！女孩，請您放了我！給我個喘氣的時間！請在火炭上撒點灰！我懇求你，擦去我額頭上的汗珠吧！孩子！請你用一隻手折磨我，用另一隻手安撫我吧！可憐我吧，女孩，可憐我吧！」

教士倒在石塊地上的積水裡，用頭撞擊臺階的石角。年輕的姑娘在傾聽、在觀望。

他終於閉嘴，筋疲力竭地喘氣。她又低聲歎息：「啊，我的菲比斯！」

教士跪著爬向她，大喊：「我懇求你，如果你有顆心，就不要拒絕我！啊！我愛你！我是如此的卑賤！每當你說出這個名字，不幸的人，就好像你用牙齒細細咀嚼我的心臟！慈悲啊！如果你來自地獄，我就隨你回到地獄。該做的我都已經做了，你去的地獄將是我的天堂，在你和上帝之間，我更願意看到你！唉，說實話吧！你不要我嗎？如果一個女人拒絕這種愛，連群山都被震撼。哎！只要你同意！……啊！我們將成為幸福的一對！我們越獄……我幫你越獄……我們逃到另一個地方，一個陽光更明亮、樹木更蔥鬱、天空更蔚藍的地方。沉浸在戀愛中的我們，將靈魂注入對方的軀體，只有取不盡的愛情美酒才能舒緩無法治癒的情愛飢渴！」

她淒厲的狂笑打斷了他：「您看，我的神父！您的手指甲上沾著血！」

教士呆住了，一動不動地盯著自己的手。

最後，他用一種特別溫柔的腔調說：「對，是的！請你侮辱我、嘲笑我、讓我痛苦吧！但是你起來，快起來！我們抓緊時間。我告訴你了，你知道，明天就意味著河灘上的絞架，隨時都可以行刑。太可怕了！看著你走向這輛囚車！噢！慈悲啊！我發現原來我是如此愛你！跟我走吧。等我救了你，你可以慢慢愛上我。你也可以恨我，多長時間都行。但是快來！明天！明天！就是絞架！就是你的死刑！啊！快逃吧！原諒我吧！」

他抓著她的手臂，驚慌失措，想要拖走她。

她呆呆盯著他：「我的菲比斯呢？」

「唉！」教士鬆開她的手臂，「您居然沒有同情之心！」

其實，
他是教堂的靈魂。

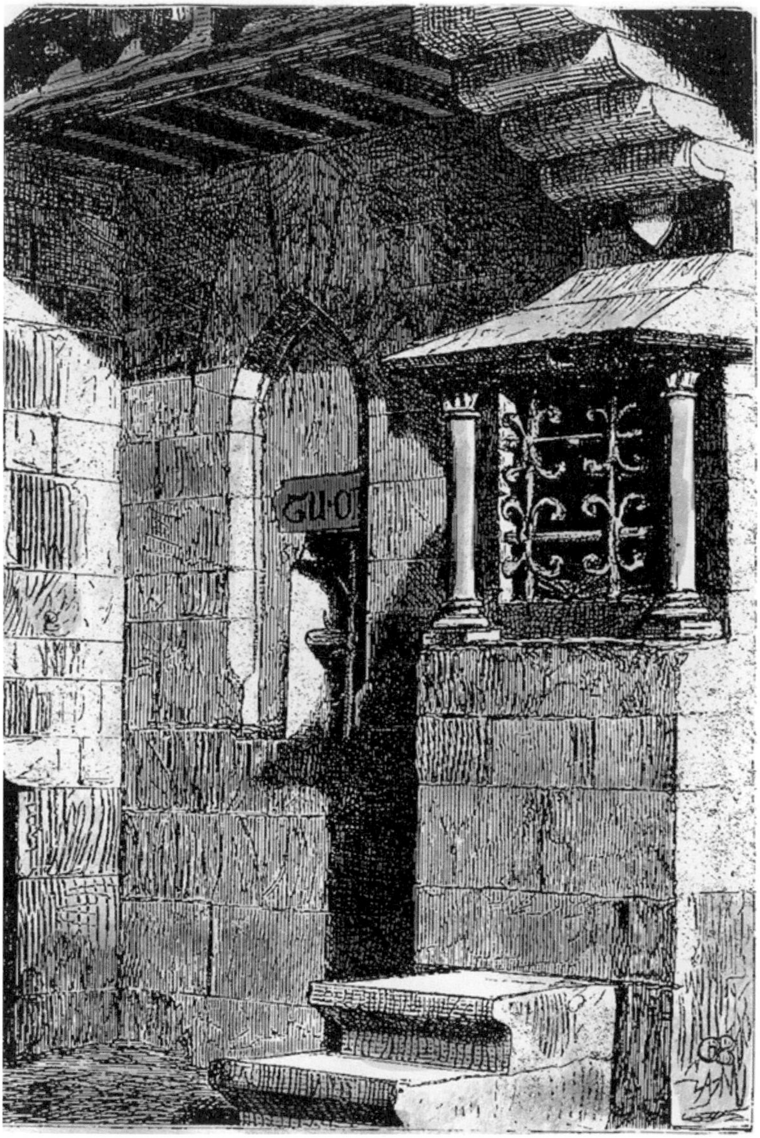

無理由的愛最強大。

聖母院不僅成了孕育他的卵、餵養他的巢，
還是他的故鄉、他的宇宙。

全是虛無，虛無！
人體是一片黑暗，星宿也是一片黑暗！

我仍在爬行；地洞裡的石子擦破了我的臉和雙膝。

我不是在思考，而是能隱約地看到！

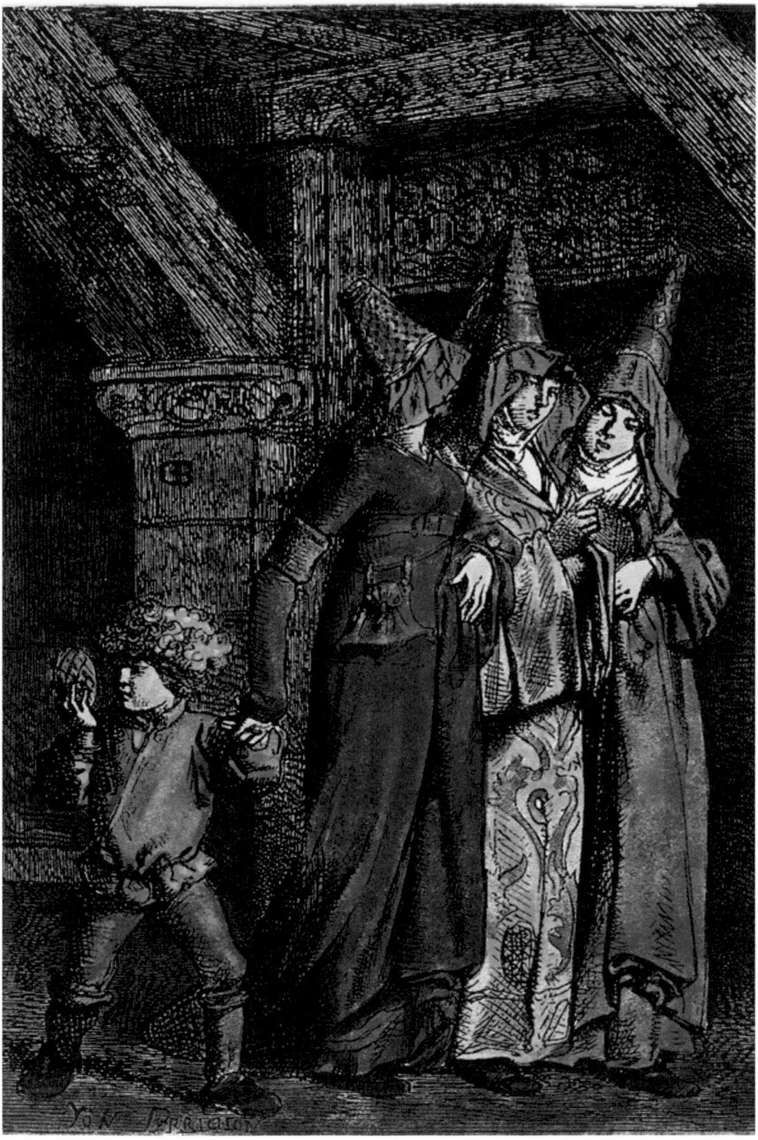

她們這類風塵女子，
都需要一個情人或者一個孩子填補心靈的飢渴。

她現在一無所有，
這是唯一的愛的殘片。

如果這世上有某種東西或是某個人能讓她愛、也能愛她，
那麼她就不會感到無比的恥辱、瘋狂和被人遺棄。

女人本能的心領神會比男人用智慧陰謀串通快得多。

一個更漂亮的女人突然出現，
就能給一群美女帶來懊惱的情緒，
尤其只有一位男士在場。

盲目的愛情最頑強。
當沒有愛的理由的時候，
它卻堅不可摧。

這是我的祕密。

時而他是個瘋子，
時而他就是個傻子。

藝術在苟延殘喘。

有多少火星就有多少世界。

情感的海浪一旦被攔住，
就會變成澎湃洶湧的驚濤駭浪。

你竟然沒有發現命運在光明和你之間掛了一層細細的蜘蛛網。

「這字是什麼意思？」
——「命運。」

兩種約會都讓人欣喜，
去決鬥或者是去見姑娘。

在這種時刻，
讓女人等會兒還是更有派頭。

這是一種悲慘而無奈的掙扎，
被無邊的黑暗吞噬。

聽我說，女孩，
在認識你之前，我很幸福。

上帝的十字架，
難道你聾了嗎？

她終於到二十歲了，
對於以賣愛為生的女子來說，這是衰老的開始。

她冷冷地重複：「菲比斯呢？」

教士大喊：「死了！」

她還是紋絲不動，冷冷地說：「死了！但您卻讓我活下去？」

他並不聽她說什麼，彷彿在自言自語：「可不是，他一定會死。刀尖插得很深。感覺我的刀尖已經刺到心臟！噢，這匕首就是我自己！」

年輕姑娘像瘋狂的母老虎般撲向他，用超出常人的力量將他推倒在石階上：「滾開，惡魔！滾開，殺人犯！讓我去死！讓我們兩人的鮮血在你的前額永久地烙下汙痕！你想要我，教士！休想！絕不可能！沒有什麼能將你我結合，甚至地獄也不行。滾開，我詛咒你！永不再見！」

教士摔倒在石階上。他無言地將雙腳從長袍中解放出來，撿起燈籠，慢慢地拾級而上，走向鐵門。他打開門，走出去。

突然，女孩看到他的頭再次出現，滿臉猙獰，他用憤怒、絕望、嘶啞的聲音喊：「我告訴你，他已經死了！」

她向前撲在地上。

地牢裡沒有任何聲息，黑暗中只有水滴墜落到水坑中的歎息。

V 母親

母親看到寶寶的小鞋子，心中升起喜悅，我相信世界上沒有比這種喜悅更美好的了。尤其是在禮拜日、節日、洗禮日穿的小鞋，連鞋底都繡滿花，為一名不曾走路的小寶寶縫製的。這隻鞋，如此的精緻小巧，根本不能走路，母親見到它就像見到自己的小孩。她對著它微笑、親吻它，和它說話。她在想，生活中怎能有如此纖小的腳丫丫。即使孩子不在，這隻漂亮的小鞋也能讓她又看到溫柔脆弱的小傢伙。她相信看到了女兒，也真的見到了她，一個完整、活蹦亂跳，又快樂無比的小人兒，擺動著精巧的手、晃著圓滾滾的頭，開合著純潔的嘴唇，安逸地眨著眼睛，眼白反射著藍光。如果在冬季，她就在這裡，在地毯上匍匐，還吃力地攀登板凳，母親提心吊膽，生怕她離火太近。如果是夏季，她就爬到院子裡，在花園中拔石塊縫裡的青草，天真地觀望大狗、大馬，也不害怕，還擺弄貝殼、小花。園丁會念叨她把沙子撒在花壇裡，把土拋在林蔭路上。她的身邊，一切都在歡笑、閃爍、遊戲，和她一樣，連清風和陽光也爭先在她蓬鬆的鬈髮中嬉戲。小鞋讓母親看到這一切，讓她的心，像蠟遇到火一樣，融化了。

然而，丟了孩子後，小鞋上凝聚的各種歡樂、迷人、溫馨的情景變成千百種令人毛骨悚然的圖像。漂亮的繡花鞋成為刑具，無休止地割絞母親的心。還是最深沉、最敏感的那根心弦在顫動，不是被天使輕撫，而是被魔鬼撥彈。

一天早晨，五月的太陽在深藍色的天空升起，畫家卡羅法洛就喜歡將耶穌下十字架的情景畫在這種藍色背景上。羅蘭塔的隱修女聽到河灘廣場的車輪聲、馬嘶聲和鐵具撞擊的聲音。她清醒了些，把頭髮纏在耳朵上堵住耳洞，然後跪著繼續膜拜她奉養了十五年的沒有生命的小物件。這隻小鞋，我們已經講了，對她來說就是整個宇宙。她將自己的思想關閉在其中，等到死才會釋放出來。面對這隻可愛的粉緞子鞋玩具，她多少次苦澀地咒罵上天，聲淚俱下地傾吐怨氣和嗚咽的祈禱。這一切，只有羅蘭塔樓陰森的密室知道。在如此甜蜜精緻的紀念物前，沒有任何人比她表露出更強烈的絕望。

那天早晨，她心中的痛苦比往日更迅猛地迸發，樓外就能聽到她高聲單調的歎息，令人心生憐憫。

她說：「噢，我的女兒！我的女兒！我可憐的，親愛的寶寶啊！我再也見不到你。一切都已經消散！我總覺得就發生在昨天！我的上帝，我的上帝啊，您這麼快就將她召回，不如當初不把她賜給我。難道您不知道孩子是母親肚子上的肉，丟失孩子的母親就不再信上帝？……啊！不幸的我，為什麼那天出門！……主啊！主啊！難道您沒有看見我抱著她，快快樂樂地在爐旁烤火，還有她歡笑著吃我的奶，還有我舉著她，讓她的小腳丫從我的胸口一直踏到我的嘴唇？啊，如果您看到了，我的上帝啊，您會憐憫我的歡樂，也不會奪走我心中唯一剩下的愛！難道我是如此卑微的造物，萬能的主，以至於您看也不看我一眼就將我處決嗎？……唉，唉，小鞋在這裡，腳丫丫呢？還有其他呢？孩子到哪裡去了？我的女兒，我的女兒呀！他們把你怎麼了？主，請把她還給我。十五年來，我磨穿膝蓋跪著祈求您，上帝呀，難道不夠嗎？把她還給我吧，一天，一個鐘頭，哪怕一分鐘，就一分鐘，主啊！然後再永遠地放棄我，將我拋給魔鬼！唉！如果我知道在哪裡能找到您的衣袍的一角，我會雙手緊緊地抓住，您一定要把孩子還給我！主啊，這裡是她漂亮的小鞋，難道您沒有同情心嗎？您怎能判處一位可憐的母親經歷十五年的煎熬呢？慈悲的聖母！天上慈悲的聖母！我的小耶穌娃娃，被人從我這裡搶走、偷走，他們在灌木叢中吃了她，喝了她的血，咀嚼了她的骨頭！慈悲的聖母，可憐可憐我吧！我的女兒！我要我的女兒！如果她已經到了天堂，與我有何關係？我不要您的天使，我只要我的孩子！我是一頭母獅，需要我的小獅子……噢，主啊！如果您扣下我的孩子，我要在地上打滾，要用額頭撞碎石頭，我自願下地獄，我詛咒您！您看，我的雙臂被自己咬得傷痕累累，主啊！難道慈悲的上帝不憐憫我嗎！……呵！只要找到我的女兒，只要她像太陽一樣溫暖我，哪怕您只給我鹽和黑麵包！唉！上帝我主，我只是一個低劣的賤民，可是我的女兒讓我變得虔誠。因為愛她，我開始遵守教規，她的微笑打開了天堂之門，我在縫隙中看到了您……呵！我要能再一次將這隻小鞋套在那隻漂亮的粉紅小肉腳丫上，只要一次，一次就夠了，慈悲的聖母啊，然後我讚美著您坦然死去！……啊！十五年過去了！她長大了！……不幸的孩子呀！什麼，我再也見不到她了，更不能在天堂相見！因為我去不了天堂。唉，太可怕了！只剩下她的鞋，就是這些！」

不幸的女人撲向這隻鞋，多年來令她絕望、令她欣慰的小鞋，她的全身心都在撕裂、哽咽，就好像悲劇發生的第一天。

她的五臟六腑像第一天那樣在抽噎聲中撕碎了。因為對一個失去孩子的母親來說，任何一天都是第一天。這種痛苦不會衰老。雖然喪服會變得破舊褪色，心中卻永遠只有黑夜。

這時，斗室前飄過孩子們清脆快樂的說話聲。每次看到孩子的身影或是聽到他們的聲音，可憐的母親就急忙鑽到墳墓中最陰暗的角落去，為了聽不到這些聲音，恨不得將頭塞進石頭中。這次卻相反，她猛地直起身來，飢渴地側耳傾聽。一個小男孩說：「今天要絞死一個埃及女人。」

我們曾經見到蜘蛛藉著蛛網的顫動突然撲向蒼蠅，隱修女突然跳到窗洞口，大家知道，就是正對著河灘廣場的窗洞口。果然，終年聳立的絞刑架旁豎起一架梯子，執行絞刑的劊子手正在修理被雨水鏽掉的鏈條，四周圍了些人。

歡樂的孩子們走遠了。麻袋女四處張望，想和過路人打聽，她發現她的斗室邊有一個教士在裝模作樣地閱讀公用祈禱書，可是他對鐵網柵欄下的祈禱文並不在意，倒是時不時地向絞刑架投去陰森而凶猛的目光。她認出若札副主教大人，一位聖人。

她問：「我的神父，誰上絞架呀？」

教士看她一眼，沒有回答；她又問了一遍，他才說：「我不知道。」

隱修女又說：「剛才路過的孩子說是個埃及女人。」

「我相信他們說得對。」教士說。

帕蓋特．歌樂花像鬣狗一樣嘻嘻笑起來。

副主教說：「教姊，看來您十分痛恨埃及女人？」

隱修女大叫起來：「我恨她們？她們是半狗半人的妖魔，偷孩子的犯賊！她們吞吃了我的寶貝女兒、我的孩子、我的獨生女！我再也沒有心了，她們吃掉了我的心！」

她的樣子非常恐怖。教士冷冷地注視她。

她又說：「其中有一個我特別憎恨，我詛咒過她。是個年輕姑娘，如果她的母親沒有吃掉我的女兒——她們的年齡相同。每次這條年輕的毒蛇路過我的斗室，我的血就向上湧！」

教士像墓地中的一尊雕像，冰冷地說：「好吧！教姊，高興吧。就是這個人，您將看到她被絞死。」

他將頭垂到胸前，慢慢走遠了。

隱修女快樂地扭動手臂，大喊：「我早就向她預言過，她會受絞刑的！謝謝您，教兄！」

她披頭散髮地在窗洞柵欄下徘徊，眼中噴著火，肩膀時不時地撞牆，好像一隻關在籠子裡飢餓無比的母狼，知道吃肉的時候到了。

VI 三種不同的人心

其實，菲比斯沒有死。這類男人生命力極為頑強，國王特別律師菲利浦・勒利埃先生對可憐的愛絲梅拉達說「他快咽氣了」，其實是胡說或者開了個玩笑；副主教對女囚犯說「他已經死了」，其實他什麼都不知道，而是猜測、希望，因而深信不疑他已經死了。他怎能將關於情敵的好消息告訴自己熱戀的女人呢？任何處在他位置的男人都會這樣做。

這並不意味著菲比斯的傷勢不重，而是副主教過度吹噓自己的力量。巡邏士兵立即將他送至藥師診所，藥師著實擔心了一個星期，還用拉丁文通知了他。最終青春戰勝了死亡。儘管有醫學的診斷和預測，生活還是和醫生玩了個惡作劇，硬讓病人活過來，這是經常發生的。當他還躺在藥師的破床上半死不活的時候，他就遭到菲利浦・勒利埃以及宗教法庭調查官的初審，讓他非常厭惡。某天早晨，感覺好些了，他就把金馬刺留給藥師，抵了醫藥費後趕緊溜走了。這並沒有破壞案子的成立和審判。當時的司法並不在乎一個刑事案件是否具有明晰完整的罪狀，只需要將被告絞死，達到目的就可以。況且，法官掌握著愛絲梅拉達的不少罪證。他們認為菲比斯死了，也就不追究他去了哪裡。

至於菲比斯，他也沒有大逃亡，不過回歸了兵團，駐紮在離巴黎幾驛站路的法蘭西島的格-昂-比利。

反正他認為為該案出庭作證不是一樁好事，而大概會是一個可笑的角色。其實，他根本沒有弄明白到底發生了什麼。和所有不過是一介武夫的軍人一樣，他不信上帝，卻又迷信。每當他思考這樁奇遇的時候，他會對母山羊產生質疑，還有他和愛絲梅拉達奇特的相識，以及身為埃及女子，此人向他示愛的古怪方式，最後還有教士幽靈。當他回憶起這段豔遇，依稀看到更多的是妖術而不是愛情。她大概就是個女巫，或許是魔鬼。終究這是一部喜劇——或用當時的方式來描述——，一部很不好看的聖蹟劇，由他扮演一個非常笨拙的角色，用以被人痛打和嘲笑的丑角。隊長為此而尷尬，他感到的恥辱正如我們的詩人拉封丹精彩的描繪：「羞愧得像一隻被母雞捉住的狐狸。」

另外，他也希望此事件不被傳出去。既然不出庭，他的名字就只會被念出來，不會迴響在小塔法庭之外。在這一點上，他猜對了。當時還沒有《法庭公報》，何況，巴黎的各類大小法庭每週都有開庭審判，宣布煮死造偽幣者、絞死女巫，或者焚燒異教徒。市民也習慣在各個街口，看到封建政權的司法女神戴米斯捲起袖子、露出手臂，在絞刑架、梯子和恥辱柱上忙碌，大家對此可以視而不見、聽而不聞。當時的上流社會不關心誰是從街頭走過的受刑者，只有平民百姓會認為這是一場粗俗的盛宴。行刑是公共場合時常發生的事件，好像隨處可看到烤肉店燃燒的烤鍋，或是屠夫在割肉剝皮。只是劊子手比屠夫穿的衣服顏色深一些罷了。

很快，菲比斯就不再去想魔女愛絲梅拉達，或者如他所稱呼，西米拉，還有波希米亞少女或者教士幽靈刺來的匕首，甚至審判結果。當他的心在這方面讓出了空位，百合花的身影回歸到原來的位置。菲比斯隊長的心，和當時的物理學一樣，不喜歡「真空」這個概念。

況且他在格-昂-比利過著無聊乏味的日子。村子裡住著些釘馬蹄的鐵匠和滿手是繭的放牛女人。一條半法里長的大路兩邊，點綴著破房子和茅屋，好像一條尾巴。

百合花算是他在埃及姑娘前的一段風流史。一個漂亮的姑娘，一份誘人的嫁妝。因此，一天早晨，他看到自己恢復健康，並斷定時隔兩個月，波希米亞女人的案子已經解決並且被大眾遺忘了，這位深情款款的騎手便急匆匆地策馬揚鞭，來到了貢德洛里耶公府門前。

看到聖母院大門前廣場上很多人正在聚集，他沒有在意。心想大概因為是五月，大家要舉行個巡列儀式，紀念某位聖靈降臨或是過個小節日。他將馬拴到門廊下的鐵環上，興沖沖地拾級而上，去找漂亮的未婚妻。

只有她和她的母親。

百合花的心頭一直被女巫、山羊、可惡的字母袋，還有消失了很久的菲比斯留下的陰影所籠罩。然而，當她看到隊長走進門，發現他容光煥發，一身新軍服，配著閃亮的綬帶，帶著含情脈脈的神情，快樂得臉都羞紅了。高貴的小姐也比從前更為嬌媚。美麗的金髮編成精緻的髮辮。身穿天藍色的長裙，與白皙的皮膚相互增輝，這是科倫布教給她的臭美打扮。她被愛情煎熬過的目光使她更具有一種特殊的魅力。

從見識了格-昂-比利的醜八怪村姑以來，菲比斯就沒有見過什麼美色，此時百合花深深地吸引了他。我們的軍官格外熱情，大獻殷勤，兩人頓時和好如初。貢德洛里耶夫人，還是慈母般地端坐在高椅上，也忘了責備他。以至於百合花，她的指責漸漸變成了柔情的呢喃。

姑娘臨窗而坐，還在繡「海神的洞府」，隊長扶著她的椅背。她低聲溫存地嗔怪他：「你好壞，整整兩個月了，你去哪裡了？」

菲比斯被這個問題難住，回答說：「我向您發誓，您這麼美，就連大主教都會被吸引。」

她不由得微笑起來。

「好了，好了，先生。拋開我的美，回答我。懇請您回答！」

「哦，是這樣的，親愛的表妹，我被部隊召回駐防了。」

「在哪裡？請您說。為什麼您沒有來向我道別？」

「在格-昂-比利。」

第一個問題幫助他避開了第二個問題，這令菲比斯很高興。

「但這個地方很近，先生，為什麼一次也不來看我？」

對此，菲比斯真的被問倒了。

「因為，有任務，況且，可愛的表妹，我生了一場病。」

她吃驚地重複：「病！」

「是的，受了傷。」

「受了傷！」

可憐的女孩神色大變。

菲比斯漫不經心地說：「咳！您不用擔心。沒什麼。就是和人吵架，挨了一劍，跟您沒有什麼關係。」

百合花的美麗眼睛中含著淚水，她抬起頭，大聲說：「跟我沒有關係？哎！您說的和心裡想的不一樣吧。為什麼挨一劍？我什麼都想知道。」

「好吧！親愛的美人兒。您知道嗎，我和馬埃．費狄有過一段口角。他是駐紮聖傑曼－昂－萊的中尉，我們相互割了幾寸的皮肉，這就是故事的全部。」

說謊的隊長知道一場決鬥會讓男人在女人眼中顯得更為高大。果然，百合花望著他，又是擔心，又是讚歎，又是興奮。不過，她還是不放心。

她說：「但願您痊癒了，我的菲比斯！我不認識您的馬埃．費狄，他一定是個壞人。為什麼爭吵呢？」

在此，菲比斯，沒有創造性的想像力，一時想不出如何繼續他的精彩敘述。

「咳！我怎麼清楚？……一點小事，一匹馬，一句說錯的話！」

為了轉換話題，他提高嗓門說：「美麗的表妹，教堂廣場上為什麼這麼吵鬧？」

他走到窗前：「啊！我的上帝，美麗的表妹，廣場上來了很多人！」

百合花說：「我不知道，聽說有個女巫今天早上在教堂前當眾請罪後上絞刑臺。」

隊長以為愛絲梅拉達的案子早就了結，所以聽了百合花的話，並沒有在意。不過，他還是問了一兩句。

「這個女巫叫什麼？」

她回答：「不知道。」

「人家說她幹了什麼？」

這一次，她聳了聳白皙的肩膀：「我不知道。」

母親說：「唉！我主耶穌！現在到處都是巫師，我想大家把他們燒死時，連名字都不知道。誰能知道天上每朵雲的名字？反正，我們能安心就好。仁慈的上帝掌握生死簿。」

說到這裡，尊貴的夫人站起身走向窗口。她說：「主啊！菲比斯，您說得對。看，好多平民都湧過來了。上帝保佑！連屋頂上都爬著人……您知道嗎，菲比斯，這讓我回想起我年輕的時候。國王查理七世入城時，人也是這麼多……不記得是哪一年……我跟你們講這些事，你們聽起來覺得老舊，而對我依然充滿青春的氣息……呵，那時到處都是穿戴漂亮的人，連聖安東門的突堞口上都擠著人。國王在前、王后在後，共騎一匹馬。緊接著是那些王子殿下。貴族老爺都騎馬，貴婦坐在他們的馬臀上。我還記得大家哄笑起來，因為看到矮個子阿馬尼翁·德·加爾蘭德的身邊，走著身材魁梧的騎士馬特法隆大人。他殺死了一大堆英國人。法蘭西所有貴族都參加了遊行，打著紅豔豔的小旗。有矛頭三角旗，還有戰旗，我都說不清了。卡朗大人舉著三角旗，讓·德·夏多莫朗打著戰旗，庫西大人也是戰旗，從頭到腳的絢麗僅次於波旁公爵！……唉！昨天發生的，今天卻蕩然無存，這是多麼令人傷感！」

小情侶並沒有在傾聽可敬的母親說的話。菲比斯轉回來，又倚在未婚妻的椅背上，占據了這個愜意的崗位。他放蕩的目光正好可以滲透百合花領飾的各個開口處。這遮胸衣的領口敞開得恰到好處，讓他看到諸多美妙，又讓他聯想其他的美妙。菲比斯被這綢緞般的皮膚看花了眼睛，心想：「還是白皮膚女人更好。」

兩人都默默無言。姑娘時不時朝他抬起喜悅溫柔的眼睛，一縷春天的陽光將他們的頭髮纏繞在一起。

百合花忽然低聲說：「菲比斯，三個月後我們就要舉行婚禮了。向我發誓，除了我，您從來沒有愛過其他女人。」

「我向您發誓，美麗的天使！」菲比斯回答。他充滿激情的目光配合著真誠的語調，讓百合花深信不疑，大概這時候，連他自己也信以為真。

慈祥的母親看到這對未婚男女如此情意綿綿，就走出房間忙一些家務瑣事去了。喜歡探險的菲比斯隊長發現這個單獨相處的機會後，頓時覺得勇氣倍增，腦袋中生出奇怪的念頭。百合花愛他，他是她的未婚夫，只有她一人與他相守，之前他對她的垂涎又甦醒了，雖然味道並不新鮮，卻很濃厚。總之，割點自己田中的青麥子吃，不能算犯罪。不清楚他是否正在盤算這些事，毫無疑問的是，突然，百合花被他的眼神驚嚇到，她環顧四周，發現母親不見了。

她羞紅了臉，驚慌失措地說：「我的上帝！好熱！」

菲比斯回答：「是啊，我猜快到中午了。太陽真煩人，還是放下窗簾。」

可憐的姑娘大聲說：「不，不要了，我更需要呼吸空氣。」

如同嗅到獵犬群的母鹿，她站起身，跑向窗戶，打開後衝上陽臺。

菲比斯，一陣氣惱，只能跟過去。

讀者知道，這個陽臺面向聖母院的廣場。此時，廣場上呈現出奇特悲慘的情景，讓羞澀的百合花突然從一種恐懼轉入另一種恐懼。

附近所有街道都不斷有人湧來，擠滿了廣場。假如沒有二百二十名手執長槍的巡佐和火銃手組成的厚厚人牆，前庭四周齊肘高的矮牆根本無法阻擋人群。多虧了這圈槍戟，前庭才空空無人。入口處由披掛著主教徽章的持戟步兵把守，主教堂的幾座大門緊緊關閉，與廣場周邊無數敞開的窗口形成鮮明的對照，連山牆上的小窗也打開著，其中人頭攢動，好像兵火庫中成堆疊成的炮彈。

遠遠看去，人群是灰色、骯髒、黯淡的，大家期待的好戲顯然能召喚群眾心中的邪惡，並加以挖掘。令人作嘔的喧嘩聲從蠟黃帽子以及一撮撮髒臭頭髮下面升起。人群中，笑聲高過叫聲，女人比男人多。

時不時的，有些人酸溜溜地高聲說話，刺破了沸騰的人聲。

「喂！馬伊埃．巴厘弗何！就在這裡絞死她嗎？」

「傻瓜！這邊是公眾認罪，只穿著內衣！慈悲的上帝會將拉丁文噴到她臉上去！每次都是在這裡，中午開始。如果你是想看絞刑，還是去河灘廣場。」

「這邊看完我就過去。」

「哎呦，真的嗎，布剛特麗太太？您說她拒絕了懺悔師嗎？」

「聽說是哦，貝歇妮太太。」

「您快看，女異教徒！」

「先生，這是習俗，司法宮的典吏必須將被判決的犯人交給行刑機構。如果是普通人，就交給巴黎總督；如果是教士，就交給主教法庭。」

「謝謝您，先生。」

百合花心想：「啊！我的上帝！多麼可憐的人！」

這個想法令她俯視人群的目光也充滿了悲傷。隊長只顧著她，才不理會腳下衣衫襤褸的民眾，從身後將她的腰帶弄皺，她微笑著回頭，乞求說：「求您了，放開我，菲比斯！母親如果出來，就會看到您的手。」

此時，聖母院的大鐘緩慢地敲響了十二點，人群中爆發出欣慰的歡聲。第十二下鐘聲的回音剛落，像是吹過了一陣風，人頭在起伏攢動。窗戶和房頂上傳來一片喧鬧：「她來了！」

百合花用手掩住眼睛。

菲比斯對她說：「可愛的女孩，您想回房間嗎？」

「不想。」她回答。剛才被嚇得緊閉的眼睛，又好奇地睜開。

一匹健壯的諾曼第大馬，拉著一輛雙輪囚車，被身穿繡有白色十字的紫色制服的騎兵簇擁，從牛市聖彼得教堂街進入廣場。巡邏隊的士兵在人群中用鞭子大力為他們開出一條路。囚車旁是幾位司法官和警察官，都穿著黑制服，笨拙地騎著馬。雅克．沙爾莫呂大人威風凜凜地走在他們最前面。

被死亡籠罩的囚車上坐著一個姑娘，雙臂反剪，身旁沒有神父。她身穿一件內衣，烏黑的長髮（當時的風俗是上絞架前才將頭髮剪去）散亂地披在胸前和半裸的肩臂上。

透過波浪似的，比烏鴉羽毛還要油亮的頭髮，可以看到一根灰色粗繩，扭曲著纏繞女孩脆弱的鎖骨，套在她漂亮的脖子上，彷彿爬在鮮花上的一隻蚯蚓。繩索下，一個綴有綠色玻璃珠子的小護身符在閃亮。之所以沒有被摘下，大概是因為對赴死犯人的要求，沒有什麼可以拒絕。位處高窗上的觀眾可以盡情望到囚車最裡頭，看到她盡力將赤裸的雙腿藏到身子下，彷彿出於女性最後的本能。她腳邊有一隻被捆綁的小山羊。女囚用牙齒咬住敞開的內衫。可以說，在她最後的苦難中，她依然因為幾乎赤身裸體出現在眾人面前而痛苦不已。可惜！居然將一顆靦腆羞恥的心靈展示在如此眾多的騷動面前！

百合花揚聲對隊長說：「耶穌啊！您快看，好表哥！是那個帶山羊的波希米亞卑鄙女人！」

她一邊說，一邊轉身向菲比斯。他臉色蒼白，雙眼緊盯著囚車。

他結結巴巴地說：「哪個帶山羊的波希米亞女人？」

百合花接道：「怎麼！難道您不記得了……」

菲比斯打斷她：「我不明白您想說什麼。」

他邁出一步，想回屋。然而百合花，之前對這個埃及女人的嫉妒心突然又復發了，她用懷疑而審查的目光看了他一眼，突然恍惚記起聽人說過，在這個女巫案中還有個隊長。

她對菲比斯說：「您怎麼了？好像這個女人令您焦慮不安。」

菲比斯訕笑：「我？沒有不安啊！哈哈！」

她強硬地接道：「那好，您待著。咱們一起看完。」

晦氣的隊長被迫滯留。讓他鬆口氣的是，女犯人的目光一直注視著囚車的底板。真的就是愛絲梅拉達。雖然遭受了最極致的恥辱和折磨，她還是很漂亮。烏黑的大眼睛因為瘦削的面頰而顯得更大。灰白的側面純潔、絕美。她還是從前的模樣，正如畫家馬薩奇奧的聖母像和拉斐爾筆下的聖母像那般相似——只是更虛弱、更修長、更瘦削。

她整個人沒有一處不在顫抖。她被驚愕和絕望徹底擊垮，除了還有一絲羞恥之心，其他的她都不在乎了。身體隨著囚車在石子路上顛簸，好像死了或是破碎的物體。目光混沌癡呆，大家可以看到她的眼珠邊掛了滴眼淚，卻不滴落，像是結了冰。

然而，陰森恐怖的騎兵隊卻在歡呼聲中穿過了姿態各異的人群。但是，作為誠實的歷史記錄者，我們不得不說，看到她那麼美麗，卻深受折磨，許多人動了惻隱之心，即便是狠心腸的人。

囚車進入前庭。

囚車在聖母院中央大門前停下。押解的隊伍分成兩列排開。人群頓時安靜下來。在一片莊嚴又令人生畏的肅穆中，大門的鉸鏈發出短笛般的刺耳聲響，兩扇門扉自動打開了。於是大家一直望到教堂昏暗陰森的深處，遠遠地，幾支蠟燭在主祭壇上閃爍。教堂內死氣沉沉，掛著黑紗，在明晃晃的廣場上好似齜牙咧嘴張開的洞口。教堂盡頭，半圓形後殿的陰影中，隱約可以看到一個巨大的銀十字架，掛在一條從穹頂垂到地面的黑帷幕上。教堂中空無一人；卻可以依稀望到遠處唱詩班的座席上，幾個神父的腦袋在晃動。隨著大門敞開，教堂中傳出深沉、洪亮，而聲調平淡的歌聲，彷彿在向死囚頭上拋去陰鬱的聖詩碎片：

我不在乎四面八方反對我的人。
起來，主啊！救救我吧，上帝！
救救我吧，上帝！水淹至我的胸口，
我已經走入深水中，一個大浪砸來。

與合唱同時，主祭壇的臺階上響起了獨唱，這是悲傷的獻歌：

那聽我話又信差我來者的就有永生，不至於定罪，是已經出死入生了。[1]

這是隱藏在黑暗中的一群老頭，遠遠地為一個美麗、青春、充滿活力的生靈歌唱，雖然她被春天溫暖的空氣輕撫、明媚的陽光照亮，可是人家為她唱的是亡靈彌撒。

群眾虔誠地靜聽。

不幸的女孩呆呆的，她的目光和思想都被教堂的黑暗所吸引。她的嘴唇毫無血色，時不時地翕動，好像在祈禱。當劊子手的助手走近她，扶她走下囚車時，他聽見她低聲念著：「菲比斯。」她被鬆了綁，小羊也被解開繩索，被勒令從囚車下來。小羊找回自由，高興地咩咩叫。人家讓她光著腳，從粗糙的石塊上走到教堂大門的石階下。她脖子上掛的粗繩索拖在身後，好像尾隨她的一條蛇。

教堂的合唱停止，一個高大的金十字架和一排蠟燭出現在黑暗中。大家聽見身著彩色制服的瑞士雇傭兵的槍戟一陣作響，隨後，長長的一隊穿著無袖長袍的神父和披法衣的副祭師，唱著讚美詩，出現在她和觀眾的面前，鄭重地走向犯人。她的目光停在隊伍前面、十字架後的教士身上。她打了個寒噤，低聲說：「啊！又是他！教士！」

果然是副主教。他的左手是副領唱人，右手是執指揮棒的領唱人。副主教向前走，頭後仰，睜大眼睛，高唱著：

我從陰間的深處呼求，你就俯聽我的聲音。

你將我投下深淵，就是海的深處。大水環繞我。[2]

當他披著繡著黑十字架的銀色長披肩，出現在高大的尖拱形大門廊外，光天化日之下，他的臉色居然如此煞白，人群中不止一人認為他是跪在唱詩間墓石上的一名大理石主教塑像，現在走出來迎接將死的女人，帶她回墳墓去。

她也同樣煞白，僵直如塑像，幾乎沒有感覺到有人把一支燃燒的黃色特大蠟燭塞入她手中，也沒聽見書記官尖聲宣讀死囚的悔罪書。當人家要她回答「阿門」，她就回答「阿門」。當她看到教士示意讓看守離開、獨自走向她的時候，她才找回一點生命力。

她覺得血液在頭腦中沸騰，雖然靈魂已經冰冷麻木，然而最後的一分憤怒又被點燃。

副主教緩慢走近。在如此的危急關頭，他打量她半裸的身體，眼中依然閃爍著情欲、嫉妒和愛慕混合的淫光。他高聲問：「年輕女子，您是否要懇請上帝寬恕您的錯誤和罪惡呢？」

他俯身湊近她的耳邊（觀眾認為他是在傾聽女孩最後的懺悔），補充一句：「你要我嗎？我還能救你！」

她盯著他說：「滾開，魔鬼！不然我告發你。」

他獰獰地微笑著：「沒人相信你。你的罪行一定，再鬧也無用！趕快回答！你要我嗎？」

「你把我的菲比斯怎麼了？」

1　原文為拉丁文，出自《新約聖經．約翰福音》，V，二十四。

2　原文為拉丁文，出自《舊約聖經．約拿書》，II，三—四。

教士說：「他死了。」

正說此話之時，厄運纏身的副主教無意中抬起頭，發現廣場對面，貢德洛里耶府的陽臺上，隊長站在百合花的身邊。他搖晃了一下，揉了揉眼睛，又看去。他低聲詛咒著，整個面孔都扭曲了。

他咬牙切齒地說：「好吧！去死吧，你，任何人都不會得到你。」

他抬起手放在埃及姑娘的頭頂，用發喪的聲調說：「去吧，靈魂，願上帝憐憫你！[3]」

這是用來結束這類淒慘儀式的慣用語，也是通常教士准許劊子手動手的暗號。

周圍的群眾跪下。

站在大門尖拱門廊下的眾教士說：「主啊，請寬恕我。[4]」

「主啊，請寬恕我。[5]」群眾跟著低聲說。他們的聲音波浪般在廣場蕩漾。

副主教說：「阿門。」

他轉身背對女囚，腦袋又垂在胸前，雙手合十，回到教士的行列中，再過一會兒，大家看到他、十字架、蠟燭和披肩，一同消失在教堂迷濛的拱頂下。他洪亮的聲音逐漸被合唱所淹沒，他們在唱這句絕望的詩：

主，你的波浪洪濤，都漫過我身！[6]

教堂瑞士雇傭兵手中的矛戟鐵柄時不時地相互碰擊，在中殿的廊柱下逐漸減弱消失，好像鐘錘敲響了女犯的喪鐘。

然而聖母院的三個門仍然敞開著，可以看到教堂裡，陰森森的，沒有燭光、沒有聲音，死氣沉沉，空蕩無人。

女犯仍留在原處，一動不動地等待。一名執棒差役不得不跑去找沙爾莫呂大人。在這個期間，他一直研究大門上的浮雕，畫面內容是亞伯拉罕獻祭。但也有人說此浮雕象徵了煉金過程，也就是說天使即太陽、柴火象徵火焰、亞伯拉罕暗指實驗者。

旁人好不容易才打斷他的深思遐想。最後，他轉過身，向兩名黃衣人——劊子手的嘍囉示意，兩人走近埃及姑娘，捆起她的雙手。

不幸的少女，重登死亡囚車，準備走向生命的終點站之時，也許心中突然想起了生命中令人傷感的遺憾。她抬起布滿血絲而乾澀的眼睛望望天空、望望太陽，還有那把天空裁成四邊形和三角形的白雲，然後低頭平視大地、人群、房屋……突然，正當一名黃衣人捆綁她的手臂時，她發出驚人的大叫，更確切地說是一聲歡呼。在對面陽臺上、廣場的拐角處，她發現了他，她的朋友、她的主、菲比斯、她生命中另一個奇蹟。

法官撒謊！教士撒謊！肯定是他，她毫無疑問，他就在那兒，英俊瀟灑，生龍活虎，身穿鮮豔的軍服，頭上插著翎毛，腰上佩著劍！

3、4、5 原文為拉丁文。

6 原文為拉丁文，出自《舊約聖經．約拿書》，II，四。

「菲比斯！」她大叫，「我的菲比斯！」

她想向他伸出為愛情和幸福顫抖的雙臂，可是被捆綁住了。此時，她看到隊長皺起眉頭，一個漂亮的少女倚偎著他，嘴唇輕蔑地翕動，用氣憤的眼光盯著他。菲比斯說了一句她聽不見的話，兩人迅速消失在陽臺玻璃窗門後，窗門關閉了。

她發瘋般地大聲呼喊：「菲比斯！難道你也相信嗎？」

她心中升起了一個想法，令她毛骨悚然。她記起自己是因為謀殺菲比斯·德·沙托佩斯隊長而被判死刑的。

什麼都可以忍受，可是這最後的打擊太突然。她癱倒在地，不動了。

沙爾莫呂說：「去，抬她上囚車，趕緊解決！」

沒人注意到門廊的尖拱頂上方、林立著歷代國王塑像的柱廊裡，一位稀奇古怪的觀眾一直在屏息觀望。他長長地抻著脖子，相貌如此醜陋，如果不是半紫半紅的衣著打扮，人家會把他當作六百年來，趴在教堂上方，將簷槽中的雨水吐出來的石頭怪獸。自從中午十二點整，這位旁觀者就聚精會神，一絲不漏地將一切都看在眼裡。沒有任何人發現，儀式剛開始，他就在柱廊的一根柱子上結結實實地繫了一根打結的粗繩，繩子的另一頭搭拉到石階上。處理好後，他便安靜地觀看，有烏鶇從眼前飛過，他還會吹兩聲口哨。

突然，就在劊子手的兩個嘍囉準備執行沙爾莫呂無情的命令時，他邁過柱廊的欄杆，用雙手雙腳和膝蓋抓緊繩子，從教堂正面滑下，像一滴順著玻璃窗淌下的雨水。他飛奔向兩個嘍囉，敏捷地像從屋簷上跳下的貓，舉起兩隻大拳頭將他們打翻在地，用一隻手抓住埃及少女，好似小孩拎起個玩具娃娃，向前縱身一躍就跨入教堂，將女孩舉過頭頂，用驚天動地的聲音大喊：「避難！」

這一切如此迅速，如果是發生在夏夜，也就是一道閃電的速度。

「避難！避難！」大家跟著他喊。看到千萬隻手在鼓掌，凱西莫多的獨眼射出快樂、自豪的光芒。

這場變動喚醒了女犯。她抬起眼皮，望見凱西莫多，又趕緊閉上，好像被她的救命恩人驚嚇到了。

沙爾莫呂愣住了，幾位劊子手、他們的隨從，都愣住了。進入了聖母院的聖地，犯人不再受處罰。主教堂是上帝設置的避難所，人間的司法無權逾越它的門檻。

凱西莫多在大門廊下站定，一雙大腳踩在教堂石板地面上，比沉重的羅曼式石柱更堅固，亂髮叢生的大腦袋陷在雙肩之間，像獅子一樣，只有鬣髮，沒有脖子。他長滿硬繭的大手中，女孩在微微抖動，就像一條白色的床單。他小心翼翼地托著她，生怕將她捏碎，或是使她像花一樣枯萎。他認為這是一件嬌脆、精美、珍貴的物品，為別人的臂膀而不是為他這樣的人製成的。他不敢碰她，甚至不敢對她呼氣。突然，他將她摟入懷中，緊貼著自己的雞胸，彷彿這是屬於他的寶貝、他的財富，而他是這個女孩的母親。他垂下獨眼，用溫柔、痛苦、憐憫的目光打量她，又猛然抬起頭來，眼中發射出怒火。於是女性觀眾中，有的哭，有的笑，群眾高興地跺腳，因為此時此刻，凱西莫多成為美好的象徵。

他是美的，凱西莫多，一個孤兒，一個被撿來的野孩子、被遺棄的人，此刻體會到自己的公平和強大。他與驅逐他的社會正面交鋒，有力地干涉他們的決定，拒絕人間的司法裁判，將犧牲品從中奪出，讓想吃人的老虎咀嚼空氣。職員、法官、劊子手，以及國王的權力，此時被一個殘廢人藉上帝的力量擊敗。

一個醜陋不堪的人保護一個不幸至極的人，一個死刑犯居然被凱西莫多救下，這是一件多麼感人的事。這是人世間和社會上兩個最悲慘之人的相遇和互相幫助。

勝利過後幾分鐘，突然，凱西莫多攜帶著他的包袱鑽進教堂。崇拜這精彩一幕的群眾，瞪大眼睛在陰暗的中殿搜索他，為他如此飛快地遠離歡呼聲感到遺憾。這時，他在排列法國國王塑像的柱廊盡頭出現，狂奔過柱廊，一邊高舉著他的勝利品，一邊大喊著：「避難！」群眾中再一次爆發出熱烈的掌聲。他跑完了整個柱廊，又鑽回教堂。過了一會兒，又出現在高臺上，依然抓著埃及姑娘，瘋狂地邊跑邊喊：「避難！」觀眾再一次用掌聲回報。最後，他在鐘樓的塔頂上第三次出現，彷彿驕傲地向全城人展示他救下的人。他的喊聲驚天動地，直沖雲端，大家很少聽到，而他自己從未聽到過，他狂熱地說了三遍：「避難！避難！避難！」

「好啊！太棒了！」這邊人群在高呼。響亮的歡呼聲傳至河對岸，驚呆了河灘廣場上的人，還有在死死盯著絞刑臺、正在等待的隱修女。

第九卷

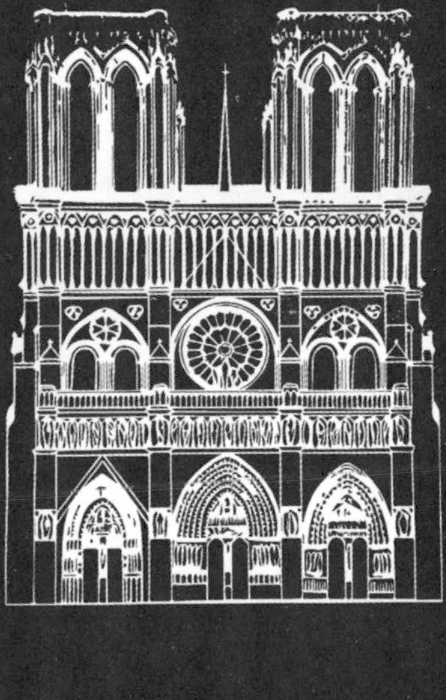

I 狂熱

副主教做成的死結套住了埃及姑娘，也套住了他自己。然而當他的養子猛然將命運的死結斬斷時，副主教已經離開聖母院。一回到聖器室，他就扯掉罩袍、披肩和襟帶，一股腦扔給驚呆的教堂執事，從隱修院的暗門溜走，吩咐河灘地的一條小船擺渡他到塞納河的左岸，一頭鑽進大學城上坡的街道。他不知道去哪裡，每步都遇到三五成群的男女，這群人快樂地加快步伐，向聖米歇爾橋走去，希望還能趕上女巫的絞刑。他臉色蒼白，昏昏沉沉，比在白天被孩子放飛、追趕的夜鳥更慌亂，更盲目，更瘋狂。他不知道自己在什麼地方，想什麼，是否在夢遊。他一會兒走，一會兒跑，胡亂地在小街中穿梭，不擇道路，只想逃離河灘廣場，然而總是恍惚覺得可怕的廣場就在他身後。

他順著聖女熱納維耶芙山崗往前走，最後從聖維克多門逃出了城。只要他一回頭能看到大學城的塔樓城牆和城郊稀少的房屋，他就繼續往前逃。當高低不平的地面終於令醜陋的巴黎徹底消失在視線中時、當他相信離城有一百多法里時才停步，來到了草場、來到荒野，覺得可以喘息了。

可怕的想法一股腦湧上心頭。他清晰地看到自己的靈魂，不寒而慄。他想到毀滅了自己，又被他毀滅的可憐女子。驚慌地回望命運如何讓他們兩人歷經不同的道路，直到它們無情地交匯並且摧毀對方。想到當年瘋狂地發誓要永遠服侍上帝，想到了貞操、科學、信仰、品德不過是虛榮心而已，想到上帝的無用。他興奮地陷入邪惡的想法中，陷得愈深就愈發看到撒旦的笑容在自己心中綻放。

在自己的靈魂深處，他發現大自然為情愛設置了一片廣闊的天地，想到這裡，他更為苦澀地笑了，心靈中的仇恨及惡毒都被他攪動。他用醫生檢查病人式的冷靜診斷，發現這仇恨、這惡毒原來是未圓滿的愛，這種愛，是男人一切德行的動力，在一個教士的心中卻變成犯罪的起因。何況，像他這種身心的男人一旦做了教士就變成惡魔，他猙獰地笑起來。突然，他的臉上又失去血色。他的熱戀置人於死地，他的愛充滿腐蝕性、毒性，只有憎恨和冷酷。「愛」將一個人送上絞刑臺、另一個人送下地獄：她被判了死刑，而等待他的是地獄的酷刑。

接著，想到菲比斯還活著，他又笑起來。畢竟，隊長還活著，而且輕鬆愉快，軍服比以前更鮮亮，還帶著新情人觀看絞死舊情人。所有他希望去死的人都活著，而他唯一不憎恨的埃及少女卻沒能逃脫他的意願。想到這裡，不由得一陣冷笑。

從隊長又想到芸芸眾生，他感到一種出奇的嫉妒。平民，全城的平民都看到他愛的女人只穿著內衣的裸體。他用力扭著自己的手臂，想到躲在暗處的他，只要隱約看到這個女人的形體時，就能感到幸福的陶醉，而她穿得像要與人歡度良宵，在正午時分、光天化日之下，被展現給民眾。愛情的神祕被辱沒、玷汙、暴露、蹂躪。可以想像，多少醜陋的目光在沒有繫好的內衣上下梭巡；這個美麗的女孩、這百合花般的處女、一杯他只敢戰慄著湊上嘴唇的貞潔美釀，被變成了公共飯盆。巴黎最爛的賤民、小偷、乞丐、僕役都前來品嘗無恥、汙穢、淫亂的歡快。想到這些，他悲憤地痛哭起來。

轉而他想起來在世間能夠擁有的幸福：如果她不是波希米亞人，他也不是教士，更沒有菲比斯這個人，假如她也愛著他，他就可能過著平靜而充滿愛戀的日子。此時此刻，這片土地上就有成雙成對的人在橘樹下、溪水邊，面對夕陽，仰望星光閃爍的天空，相互傾訴著說不完的情話。只要上帝同意，他們兩個也是受賜福的一對。想到這裡，他的心中升起了柔情和悲哀。

啊！是她！就是她！一個趕不走的固執念頭，不斷地折磨他，噬咬他的大腦，撕裂他的五臟六腑。對於自己的行為，他不後悔、不懺悔，如果需要，還會這樣做。寧可將她推向劊子手，也不能讓她倒向隊長的懷抱。他備受折磨，痛苦難忍，大力揪下一把頭髮，看看是不是已經白了。

時而，他想起，也許此時此刻，清晨看到的可怕繩索正在無情地收縮，勒住她脆弱優雅的長頸。這個想法讓他渾身每一個毛孔都冒出汗來。

時而，他邪惡地嘲弄自己，回憶初見時的愛絲梅拉達，活潑、快樂、無憂無慮、花枝招展，和諧地打鼓跳舞，好像插著翅膀的精靈。再想到最後一次見到的愛絲梅拉達，身穿內衣，脖子上套著繩索，赤著腳，緩緩地爬上絞刑架的梯子。前後畫面的對比讓他不由得發出一聲野獸般的叫喊。

絕望，如同狂風，震動、壓彎、粉碎了他的靈魂，將他心中的一切都連根拔起。環顧大自然，他的腳下，幾隻母雞在灌木叢中翻騰啄食，斑斕的金龜子在陽光下飛舞；頭頂上，幾朵灰白飽滿的雲在藍天上漂浮；天邊，維克多修道院灰石板鐘樓高聳入雲，戈波山崗的磨坊主人吹著口哨眺望自家轉動著的風車。寧靜的生活呈現出不同的面貌，在他的周邊有秩序、有規律地轉動。這一切深深刺痛了他。

他逃開了。

他在田野裡狂奔，一直到傍晚。他要逃離大自然、逃離生活，逃避自己、逃避人類、逃避上帝、逃避一切。這場逃亡持續了一天。有時他面朝下，撲倒在地，用指甲將麥苗從地裡摳出來。有時在某個荒村的街上停下來，糾纏他的念頭讓他如此痛苦，他用雙手抓住腦袋，企圖把它從肩膀上揪出來，摔到地上去。

太陽即將落山的時候，他再次審視自己，發現自己快瘋了。自從放棄拯救埃及姑娘的希望和願望，他的心中就掀起了狂風暴雨，從此再沒有完整的想法和站得住的思想。他的理智已經垮掉，幾乎被摧毀，腦海中只有兩個清晰的影像：愛絲梅拉達和絞刑架。然後就是漆黑一片。這兩個相關的影像結合成可怕的一對，他越是用殘餘的注意力觀察它們，它們越是成長蛻變。一個逐漸完美，妙不可言，光彩耀眼，另一個則越來越陰森恐怖；最後，愛絲梅拉達好像一顆明星，絞刑架則是一隻乾枯的巨臂。

令人讚歎的是，即便被折磨得如此痛苦，他居然沒有想到去死。這就是他可憐的本性，死死抓著生命。也許他真的看到了死後的地獄。

天色越來越暗，本能隱約地暗示他要回去。他以為已經遠離巴黎，可是仔細辨認一下方向之後，才發現自己只不過是沿著大學城的城牆繞了一圈。聖敘爾皮斯教堂的尖塔和聖傑曼德佩修道院的三個高尖塔聳立在右邊的天際。他朝這個方向走去。聽到聖傑曼修道院的武裝衛兵沿著雉堞壕溝周邊喊：「什麼人？」他就轉身走入修道院的磨坊與鎮上麻瘋院夾著的小路，不一會兒就來到學生草坪旁。這片草坪以學生在此處日夜喧嘩嬉鬧而著名。它是聖傑曼修道院教士的蛇怪，因為神學院的學生總能搞出新麻煩[1]。副主教擔心碰到熟人，其實他害怕看到人臉，無論是誰。他剛躲避了大學城和聖傑曼小

1 原文為拉丁文。

鎮，想盡量晚點出現在大街上。他沿著學生草坪往前，走入一條把草坪和新醫院分開的無人小路，來到了塞納河邊。唐·克洛德找到一個船夫，給了幾個巴黎但尼爾，船夫就逆流而上，將他擺渡到城島的盡頭，他在狹長的荒灘上下了船。讀者已經在這塊地方見到格蘭古瓦做白日夢，這個半島是王家花園的延伸，與牛渡小島平行。

小船單調的蕩漾和潺潺的水聲讓痛苦的克洛德昏昏欲睡。船夫離去後，他傻傻地佇立在河灘上向前眺望。什麼也看不清楚，只有晃動膨脹的光影組成的各種怪像。很多人精神上受到痛苦打擊後，加上極端疲勞，就會有這種反應。

太陽已經沉到納斯爾塔後。正是黃昏時分，天空是蒼白的，河水也是白茫茫一片。他眺望塞納河的左岸，在兩片白色之間，投下一大塊黑影，越遠越狹窄，像一支黑箭射入天邊的暮靄中。岸上密密麻麻排列著房屋，夾在淺色的天空與河面中，陰暗的輪廓越發顯得陰森。星星點點，有的窗戶開始閃爍，遠看是燃燒著煤的小洞。天空與河水如同兩床白幔，而左岸好像一座漆黑龐大的方尖塔，躺在其中，越近越寬大，給唐·克洛德造成特殊的視覺效果。好像一個人面朝天地躺在斯特拉斯堡大教堂的鐘樓下，看著教堂龐大的尖頂鑽入渾濁的暮靄中。不過，這裡，克洛德站著，方尖塔躺著。河水倒映著天空，帶著黑影流過他的腳下，好似一片深淵。巨大的岬角也像教堂的尖頂般大膽地刺入，給人留下同樣奇特而更加深沉的印象，彷彿那就是斯特拉斯堡鐘樓。不過斯特拉斯堡鐘樓高達兩法里，是一座空前絕世的宏偉建築，可以和巴別塔媲美。樓頂的煙囪、高牆的雉堞、房頂的人字牆、奧古斯都修道院的尖塔，這些突出的地方就是巨型方尖塔般黑影的缺口，雕塑的齒形邊緣，紛繁雜亂，千奇百怪，越發讓人產生幻覺。

克洛德正好在幻覺中，用他那雙活人的眼睛看到的是地獄的鐘樓。這可怕的高塔上閃閃爍爍的燈光，好像是地獄大火爐中千百個門廊；左岸的人聲喧鬧好似地獄裡傳來的喘息和號叫。他嚇壞了，雙手捂住耳朵不去聽，轉過身去不再看，大步逃離了驚悚的景象。

然而景象就在他心中。

他回到大街上，店鋪門前的燈光照耀著摩肩接踵的路人，讓他覺得是一群在永恆中穿梭往來的幽靈。他的耳朵在不停地鳴叫。奇怪的幻象騷擾著思緒。他看不到房屋、石階、大車，也看不到男人和女人，而是一堆模糊不清、互相混淆的物體。箍桶街的拐角是一個雜貨鋪，按照一貫的傳統，房檐下掛著許多白鐵環，鐵環上繫著一圈圈木製的蠟燭，像快板一樣在風中作響，在他看來就是鷹山刑場的骷髏架在黑夜中碰撞。

他低聲歎息：「唉，夜風吹得它們相互撞擊，將鐵鍊聲和白骨聲混在一起！或許她也在那裡，是其中的一員！」

他昏昏沉沉地不知道到哪裡去。走了幾步，發現自己在聖米歇爾橋上。一間小屋底層的窗口亮著燈。他走上前去，透過一塊玻璃破碎的窗戶，他看到一間骯髒的客廳，這一切模模糊糊地喚醒他的記憶。客廳裡，微弱的燈光照亮一位金髮的年輕人，笑逐顏開地親著一個穿著袒露、濃妝豔抹的姑娘。燈下還有一個老婦人在紡紗，用發顫的聲音哼著小曲。年輕人有時候停下說笑，老婦人的歌聲便乘機飄入教士的耳朵。歌聲含糊，歌詞令人作嘔：

河灘，哼哼吧，河灘，快淌喲！

紡呀，紡呀，我的紡錘，
給劊子手紡繩索，
他在監獄空地裡吹著口哨。
河灘，哼哼吧，河灘，快淌喲！
一根漂亮的麻繩！
從伊西到凡弗勒不種小麥種大麻。
小偷沒有偷漂亮的大麻繩。
河灘，快淌喲，河灘，哼哼吧！
為了看風流女人吊上骯髒的絞架，
窗戶就是大家的眼睛。
河灘，快淌喲，河灘，哼哼吧！

年輕人笑著撫摸懷中的女人。老太婆就是法魯黛爾，女人則是一名妓女，年輕人，正是他的弟弟若讓。

克洛德看下去，這一幕真像他看過的一幕。

他看見若讓走到客廳深處的窗口，打開窗戶，看了一眼遠處萬家燈火的碼頭，聽見他關上窗戶說：「靈魂擔保！天都黑透了，大家點上了蠟燭，慈悲的上帝亮起了星星。」

若讓又回到妓女身邊，抓起桌上的一個酒瓶砸碎，大聲說：「已經空瓶了，牛犄角！我也沒錢了！伊莎博，親愛的，只要朱比特神把你這對白乳房變成一對黑酒瓶，我就能白天黑夜吮吸波納葡萄酒！」

這個漂亮的玩笑讓妓女笑起來，若讓走出門。

為了不被弟弟面對面撞上，認出來，唐．克洛德只能撲倒在地。幸好街道昏暗，弟弟已經醉了。不過，他還是看到副主教趴在石街的汙泥中。

「喔！喔！這兒也有個今天快活過的傢伙呀。」

他用腳踹了踹屏住呼吸的唐．克洛德。

若讓說：「醉死過去了，咳，他灌滿了，酒桶上摔下來的一條螞蟥。還是個禿頭。」

他彎腰一看，又說：「一個老頭！幸福的老頭[2]！」

唐．克洛德聽到他說：「看來都一樣，理性是個好玩意，我的副主教哥哥挺不錯的，又有學問又有錢。」

他走遠了。

副主教爬起來，一口氣跑向聖母院。他看見黑暗中聖母院的兩座巨大鐘樓聳立在房屋之上。當他喘著大氣來到教堂前面的廣場上時，卻倒退了幾步，不敢直視眼前陰森森的建築物，低聲自言自語：「唉，那件事真的發生了嗎，就在今天、就在上午？」

2 原文為拉丁文，出自維吉爾的《牧歌集》，I，四十六，五十一。

他瞟了一眼教堂。教堂的正面一片黑暗。後面的天空繁星閃耀。一彎月亮，從天邊升起，正掛在靠右邊的鐘樓頂上，好像一隻明亮發光的鳥在被剪成梅花狀黑影的欄杆上鳥瞰廣場。

修道院已經關門了。但是副主教身上總是掛著他的實驗室所在的鐘樓鑰匙。他開了門，鑽進教堂。

教堂裡像洞穴一樣黑暗沉靜。他看到四周投下來的大塊陰影，發現早晨懺悔儀式上掛的黑紗還沒有撤。龐大的銀十字架在黑暗深處發光，上面密密地布滿細小的光點，像是墳墓長夜中的銀河。唱詩班後的長玻璃窗在黑幔頂端露出尖拱的上部，一道月光穿過上面的彩繪玻璃，呈現出渾濁的色調，介於藍、白、紫之間，正是死人臉上的顏色。副主教望著唱詩班四周蒼白的拱頂尖，以為是墮入地獄的那些主教的帽子。他閉上眼睛，再睜開的時候，還以為是一圈蒼白的臉盯著他看。

他在教堂中跑來跑去，覺得教堂開始搖動、起伏、有了生命。每根大柱子都變成粗壯的腿，用巨型石足拍擊地面。龐大的教堂變成了一頭雄偉的大象，柱子就是象腿，喘著大氣在走動，兩座鐘樓就是它的長鼻，黑幔是它的裝飾。

他的昏熱或是瘋狂已經發展得如此病態，在不幸的他看來，整個外界不過是看得見、摸得著的世界末日的恐怖開端。

過了一會兒，他覺得好些了。鑽入側廳時，他看見一排柱子後閃著一點紅光，便飛快地向這顆星星奔去。原來是給鐵欄中聖母院公用祈禱書日夜照明的一盞小燈。他迫不及待地撲向祈禱書，期待從中找到一絲慰藉或是鼓勵。祈禱書剛好打開在約伯那段，他目不轉睛地讀起來：「有靈從我面前經過，我聽到細微的呼吸，我身上的毫毛直立。[3]」

他讀了這段陰森森的話，感覺像一個瞎子被自己撿到的棍子戳中了，頓時雙膝無力，癱倒在石地上。想起白天死去的女人，覺得腦子裡到處冒著駭人的濃煙，頭顱變成地獄中的一根煙囪。

很久很久，他就這麼躺著，無思想、無奈何，任由魔鬼擺弄。最後，精神恢復了些，便想上鐘樓，躲到他忠實的凱西莫多身邊。他站起來，但還是心存餘悸，便拿起照亮祈禱書的燈。這是瀆神的行為，但他已經顧不上了。

他手中拿著燈，慢慢地從樓梯登上鐘樓，心中有說不出的畏懼。深夜裡，從一個窗口到另一個窗口，神祕的燈光一直漂浮到鐘樓頂，如果讓廣場上稀少的行人看到的話，他們會受到驚嚇的。

突然臉上添了一絲涼意，他發現自己已經爬到頂層的柱廊門口。空氣冰冷，天空負載著大量的雲朵，白色的邊緣互相滲透，邊角也破碎了，彷彿冬天河中解凍的冰塊。一彎明月沉浸其中，好似被空中的冰塊包圍的一艘天船。

他低下頭，從連接兩座鐘樓的柱廊柵欄後向遠處眺望。輕煙迷霧中，巴黎城擁擠的尖屋頂密密麻麻地簇擁，像是夏夜平靜的海面上數不清的波紋。

月亮微弱的光芒將天空和大地蒙上一層灰。

此時此刻，教堂的鐘敲起輕微、嘶啞的子夜鐘聲。教士想到中午時分，也是十二下鐘聲。

他低聲自語：「唉！現在她應該已經冰冷了！」

突然，一陣風把他的燈吹滅，差不多同時，他瞥見鐘樓對面拐角處，一個影子、一團白色、一個

3 出自《舊約聖經．約伯記》，IV，十二，十五。

女人。他打了個寒噤。女人身旁跟著一隻小山羊，隨著最後的幾聲鐘響咩咩叫。

他壯起膽望去。是她。

她的面色雪白，憂鬱悲傷。頭髮和上午一樣在肩上散開，然而脖子上沒有繩子，手也沒有捆綁。她自由了。她死了。

她穿著白衣衫，頭上戴著一塊白面紗。

她一邊慢慢地向他走來，一邊眺望天空，精靈小山羊跟著她。他覺得渾身僵硬沉重得像塊大石頭，根本逃不動。她向前走多少步，他就後退多少步。就這樣，他後退到樓梯口黑暗的拱頂下。想到她可能也飄進來，他渾身冰涼。假若她真進來，他一定會嚇死。

她真的在樓梯口停留片刻，朝黑暗處看了一會兒，好像並沒有看見教士，然後就走過去了。他覺得她比活著的時候更為高大，透過她的白衣衫，可以看到月亮。

他聽到她在呼吸。

等她走遠，他趕緊下樓，腳步慢得和見到的幽靈一樣，覺得自己也是一個幽靈。他魂不守舍，毛髮倒豎，手中還提著熄滅的燈。走下螺旋式的樓梯時，清晰地聽見一個聲音笑著重複：

「有靈從我面前經過，我聽到細微的呼吸，我身上的毫毛直立。」

II 駝背獨眼跛腳

直到路易十二時期，法國每一個中世紀城市都有避難所。這些避難所，在一座法規繁重、刑律野蠻的城市中，就好像洪水中的島嶼，矗立在人間司法之上，任何罪犯踏入這種地方都能得救。城裡城外，避難處與刑場數目相當。濫用赦免和苦刑，這是兩種不良現象企圖相互糾正的結果。國王宮殿、王室公府，尤其是教堂，都有庇護的權利。如果一個城市需要增添人口，城市就會被宣布成為避難地。一四六七年路易十一就給予巴黎避難的特權。

一旦跨入避難地，罪犯就被神赦免，但是，他不能走出去，跨出聖地一步，他就會重新跌落深淵。絞架、轉輪、吊杆包圍著避難處，窺視著獵物，是一隻隻圍著船舶轉圈的鯊魚。大家常見到一些白了頭的難民住在隱修院中、宮殿階梯上、修道院的菜園裡、教堂的門廊下。如此看來，避難所也是監獄。有時，一道來自最高法院的判決可以鄭重地推翻避難，准許將犯人交還給劊子手。不過，這類情況很少見。最高法院畏懼主教，所以，當這兩種身穿長袍的人發生摩擦，司法袍總是鬥不過教袍。然而，比如巴黎劊子手小讓被人蓄意謀殺的案子，還有埃梅里·盧梭謀殺讓·瓦萊的案子，司法就跳過教會，強行執行判決。不過，如果沒有最高法院的判決，使用武力闖入避難地抓人就是引火上身。世人都知道法國元帥羅貝爾·德·克雷爾蒙和香帕尼的元帥讓·德·沙隆的死因。雖然只涉及到佩漢・馬克，貨幣兌換所的夥計、一個卑微的殺人犯，但是因為兩位元帥打破了聖梅里教堂的大門，所以換得如此下場。

當時的傳統非常尊重避難所，連動物都能受到其保護。據艾莫安講述，一頭被國王達戈貝爾追趕的公鹿，藏入聖德尼的墳墓旁，追捕的獵犬群立刻停步，只在旁邊狂吠。

教堂通常都有一間為避難者準備的小屋。一四〇七年，尼古拉・弗拉梅爾請人在屠宰場聖雅克教堂的拱頂上給他們建了一個房間，共花費四里弗爾六索爾十六巴黎但尼爾。

在巴黎聖母院，這間小屋建在扶垛拱頂下側的閣樓上，對著隱修院，就是今天塔樓看門人的老婆種花的地方，將這個花園與巴比倫空中花園相比，就如同將萵苣比作棕櫚樹、女門房比作巴比倫王后塞米拉米斯。

凱西莫多在兩座塔樓和幾層柱廊上得意瘋狂地跑了一陣後，就將愛絲梅拉達放在這間小屋裡。當他狂奔的時候，少女處於半睡半醒的狀態，沒有什麼感知，只覺得有什麼人帶她遠離大地，升上天空，飄浮飛翔。時不時地，她的耳邊響起凱西莫多的笑聲和叫聲。當她半睜開眼睛，朦朦朧朧地見到巴黎城成千上萬的屋頂覆蓋著石板或瓦片，如同紅藍斑斕的鑲嵌畫，懸掛在凱西莫多快樂嚇人的面孔後，她又合上眼皮，以為自己死了，在昏迷的時候被人處決，而主宰她命運的畸形魔鬼又抓到她，將她帶走。她沒有勇氣看他，也不掙扎反抗。

披頭散髮的敲鐘人喘著大氣將她安頓在避難屋中，她感到他的粗手輕輕地鬆開蹂躪她雙臂的繩索。她好似在黑夜中觸礁的輪船上驚醒的旅客，受到震撼，猛地清醒了，之前的一幕幕浮上心頭。她看到自己在聖母院，回想起自己被人從劊子手的掌心中搶下，菲比斯還活著，他已經不愛她了。這兩個回憶，後面一個的陰影籠罩著前面一個，一齊湧上可憐女囚心中。她轉向站在面前、令人畏懼的凱西莫多，問他：「你為何救我？」

他誠惶誠恐地看她，好像試圖猜測她說些什麼。她又問了一遍。他悲傷地看了她一眼，逃開了。她驚訝地留在原地。

一會兒後，他拿來一個包裹，扔到她腳下。一些好心的婦女給她準備了衣服，放置在教堂門前。她低頭看自己，發現幾乎沒穿衣服，頓時羞紅了臉。她的生命在甦醒。

凱西莫多似乎也被這種貞潔的羞愧感染，用大手遮住獨眼，走了出去，不過，這次動作緩慢。

她迅速穿上衣服。有一件白裙子，還有一塊白面紗，是主宮醫院實習護士的衣服。

她剛穿好衣服，凱西莫多就走回來了。一隻手挽著籃子，另一隻手夾著一塊床墊。籃子裝了一瓶酒、麵包和一些吃的。他把籃子放在地上，說：「您吃。」將床墊鋪在石板地上，說：「您睡。」

敲鐘人拿來的是他自己的晚飯和被褥。

埃及姑娘抬起感激的眼睛看著他，可是一句話也說不出來。可憐的魔鬼實在是太嚇人了，她打了個寒顫，低下頭。

於是他對她說：「我嚇到您了。我很醜，不是嗎？別看我，聽我說就行……白天，您待在這裡；晚上，您可以在教堂裡走走。無論白天黑夜都不要走出教堂。不然您就死定了。他們會殺了您，我也會死。」

她很感動，抬頭想回答他。他已經消失了。她獨自一人，想著這個惡魔般醜人獨特的說話方式，他的聲音沙啞卻很溫和。

她打量這間小屋，大約六法尺平方，有一個小窗洞，一扇門開在石板屋頂略微傾斜的坡面。幾個吐雨水的怪獸似乎從屋簷上探下頭，透過窗洞偷看她。在她的屋簷盡頭，能看到數不清的煙囪，吐著巴黎城家家戶戶的炊煙。對於埃及少女、這個被撿來的孩子、被處了死刑的犯人、沒有家也沒有祖國的可憐人，這是一片黯然的景觀。

她想到自己孤獨無靠，心中一陣陣難過悲哀。突然，一個長著鬍鬚的毛絨絨小腦袋頂著她的手掌和膝蓋，嚇得她抖了一下（此時任何事都能嚇到她）。原來是不幸的小羊、伶巧的嘉莉，在凱西莫多驅散沙爾莫呂的行刑隊時跟著她也逃了出來。小羊在她腳下轉來蹭去已經一個多小時，居然沒能讓主人看牠一眼。埃及姑娘狂吻牠，說：「啊！嘉莉，我怎麼忘了你！你卻還惦記著我！唉！你倒不是負心人！」此時，好像有一隻無形的手將她心中的大石頭拿開，長時間被堵住的眼淚流淌出來。隨著眼淚不斷地向外湧，她覺得心中最辛酸、最苦澀的痛苦被沖走了。

天黑了，黑夜是如此的美麗，月亮如此的溫柔。她沿著環繞教堂的柱廊上走了一圈。從所處的高處往下眺望，大地一片寧靜，她感到一絲欣慰。

III 聾子

第二天早上，醒來後發現自己居然睡著了，這讓她十分驚訝。她已經很久不清楚什麼是睡眠了。快樂的朝陽透過窗洞射進來，落在她的臉上。發現陽光的同時，在窗洞上看到一個駭人的東西、凱西莫多的臉。她不由自主地合上眼，不過，透過玫瑰色的眼皮，她覺得總能看到獨眼缺牙的鬼臉。正當她兩眼緊閉的時候，她聽到一個沙啞的嗓音柔和地說：「別害怕，我是您的朋友。您睡覺的時候我看看您。這不會傷害您的，是吧？您閉眼睛的時候我在這裡，沒關係吧？現在我走了。好了，我在牆後面，您可以睜開眼睛。」

比這幾句話更打動人的是話語的腔調。埃及姑娘被他感動，睜開眼睛，果然他不在窗口，便走了過去，看見可憐的駝背蜷縮在牆角，一副痛苦無奈的樣子。她盡力忘記對他的厭惡，輕柔地說：「過來吧。」看著埃及少女的唇形，凱西莫多以為她想趕走他，於是站起來，瘸著腿，低頭慢慢走出去，甚至不敢用充滿失望的目光抬眼看少女。她喊道：「過來啊！」他繼續往前走。她衝出小屋，跑向他，抓住他的手臂。凱西莫多被她碰到，渾身一陣顫抖。他抬起祈求的目光看她，發現她將自己拉回身邊，臉上露出快樂溫柔的表情。她想讓他進屋，但是他堅持留在外面，說：「不要，不要，貓頭鷹不進雲雀的巢。」

於是她優雅大方地蹲在床墊上，小羊在她的腳旁睡去。兩人一動不動地，沉默地打量對方。他看到的是無比的美麗，她看到的是無比的醜陋，每次看凱西莫多，她都能在他身上發現更多的畸形。她的目光慢慢從彎曲的膝蓋移到駝背，從駝背轉到獨眼，她不明白世上怎麼可能有如此不成形的人。然而這些殘廢的部位讓她感到憂傷和溫柔，她開始接受了。

他先打破沉默：「您喊我回來嗎？」

她點頭說：「對。」

他看明白點頭的意思，猶豫了一下，說：「唉，我，我是聾子。」

波希米亞少女帶著善意的憐憫歎道：「太可憐了！」

他苦澀地微笑著：「您不覺得缺了這個，就不是我了，是嗎？對，我是聾子。我就是這麼個人。很倒楣，對嗎？而您，這麼美麗！」

不幸之人的語調說明他對自己的不幸有著刻骨銘心的感受。她聽了後，一句也答不出來，何況他也聽不見。

他接著說下去：「以前我並不像現在這樣覺得自己很醜。和您相比，我非常同情自己，一隻無比不幸的怪物！您覺得我是不是更像禽獸？……您是一道陽光、一滴露珠、鳥兒唱的歌！……而我，我是駭人的傢伙，不是人，也不是野獸，比石頭更堅硬、更怪異、更是被人踩在腳下的醜八怪！」

他哈哈大笑，這是世上最令人心碎的笑聲。他繼續說：「是的，我是聾子。您可以打手勢比畫著和我說話。我有一個主人，他就這樣和我講話。然後，我會學著從您的嘴唇和眼神中讀到您的意思。」

她微笑著說：「好吧！告訴我您為什麼救我。」

他專心地看著她講話。

他回答說：「我懂了。您問我為什麼救您。您忘了一天夜裡，有個惡人企圖綁架您，第二天，您卻登上恥辱柱幫助了這個惡人。我今生今世也報答不完，您送上的一滴水、一點憐憫！您忘記了這個惡人，而他，他記著您。」

她傾聽著，深深地被感動。一滴眼淚在敲鐘人的眼中轉動，卻沒有流下來，他驕傲地忍下這滴淚。當他確定眼淚不會流出來時，繼續說：「您聽好，我們這裡有非常高的塔樓，人要是掉下去，沒落到地面就死了。當您希望我從那裡跳下去時，不用說出來，只要使個眼色。」

他站起來。雖然波希米亞少女身處絕境，但這個古怪的人仍讓她同情。她打手勢請他留下來。

他說：「不用，不用了。我不能在這裡過久。只要您看我，我就不自在。您沒有背對我，是因為憐憫我。我要去一個我能看到您而您看不到我的地方。這樣會好些。」

他從口袋裡掏出一隻金屬哨子，說：「拿去，當您需要我、想找我、不厭惡我的時候，您就吹它，我能聽見。」

他把哨子放在地上，逃走了。

IV 陶土和水晶

愛絲梅拉達心中的波瀾在漸漸地平息。過度痛苦和過度歡樂一樣，是一場猛烈而短暫的風暴。人不會長時間地停滯在一種感情極限上。被痛苦折磨後，麻木的波希米亞少女只覺得一切都非常不可思議。

找回了安全感，她的心中又升起了希望。她雖然飄在社會之外、生活之外，但是她隱約地覺得也許能夠重返原來的世界。她就像一個死人手中拿著開啟墳墓大門的鑰匙。

她覺得一直在糾纏她的可怕人物都在遠去。醜惡的幽靈、皮艾拉・刀特呂、雅克・沙爾莫呂，甚至是教士，所有的人都在她的思想中淡化。

何況，菲比斯還活著，千真萬確，因為她看到了他。菲比斯的生命是她的全部。一連串滅頂之災摧毀了她的身心，然而她發現心靈中還有一樣屹立的東西、一絲感受，那就是她對隊長的愛。因為愛像一棵樹，自生自長，深深扎根於心靈。當心靈變成荒漠，樹木依然蔥鬱。

難以解釋的是，盲目的愛情最頑強。當沒有愛的理由的時候，它卻堅不可摧。無理由的愛最強大。

當然，愛絲梅拉達想到隊長，心中充滿苦澀。和別人一樣，他錯誤地相信那個天大的謊言，認為願意為他捨棄上千次生命的女孩捅了他一刀，毫無疑問，這很可怕。其實，不能過於責怪他：她不是承認了自己的「罪行」嗎？柔弱的女人不是向酷刑屈服了嗎？如果錯了，只能怪她自己。她應該讓人拔去手指甲，也不說那些話。總之，如果她能再見到菲比斯，只要一分鐘，說上一句話、獻上一個眼神，就能讓他醒悟、使他回心。她對此堅信不疑。還有很多細節讓她糊塗。公眾請罪的時候為什麼恰巧菲比斯在場，和他在一起的年輕女人是誰？肯定是他的妹妹。雖然這個解釋不理性，卻非常令她滿意。因為她需要相信菲比斯仍然愛她，只愛她一個人。他不是向她發過誓嗎？如此純潔天真的女孩，還需要別的許諾嗎？再說整個事件的種種表面現象都證明她不是無辜的，怎能定他有罪呢？於是，她等待著，期待著。

何況這座宏偉教堂挽救了她的生命，從四面八方圍繞著她、保護著她，是最有效的止痛劑。建築莊重的輪廓，周邊各類物件的宗教色彩，可以說，從巨石的每個毛孔中散發的虔誠和肅穆不知不覺地在治癒著她。建築物發出各類威嚴而安撫的聲音，令這個生病的靈魂昏昏欲睡。主祭神父單調的歌聲；信徒給教士的應答，時而含糊、時而響亮；彩繪玻璃窗和諧的顫動；管風琴聲響起，如同吹起百支小號；三口大鐘轟鳴時，如同蜂巢一樣嗡嗡作響；這龐大的交響樂，氣勢磅礴地從人群升上鐘樓，再從鐘樓降到人群，麻痹了她的記憶、她的想像、她的痛苦。大鐘尤其能安撫她，這些巨大的樂器將她捲入它們的磁場。

每日升起的朝陽發現她一天比一天心情更平和、臉色更紅潤、呼吸更舒暢。隨著傷口逐漸癒合，她的面容恢復了優雅迷人的魅力，不過更沉靜、更內向。她過去的性格也恢復了，她找回一些先前的歡快、噘嘴的嬌態、對小山羊的寵愛、唱歌的習慣，尤其是羞澀的自尊心。早晨，她會躲在房間的角落裡穿衣服，生怕旁邊閣樓上的人透過窗洞看到她。

埃及少女在思念菲比斯的時候，偶爾會想到凱西莫多。這是她與人類、與活著的人之間唯一的關聯、唯一的紐帶、唯一的往來。可憐的女孩！她比凱西莫多更與世隔絕！她不明白為什麼命運送來一位如此古怪的朋友，常常恨自己的感恩之心不能將他美化，她依然看不慣可憐的敲鐘人。他長得太醜了！

她沒有拾起他扔到地上的哨子。一開始，這並不阻礙凱西莫多時不時地出現，給她送來食物籃子或水罐。她盡可能不因為厭惡而轉過臉去，然而他總能覺察到這種姿態，悲傷地離開。

一次，她正在撫摸嘉莉，他突然出現了。他呆呆地望著漂亮的小母羊依偎著美麗的埃及少女，最後，搖著他畸形的大腦袋說：「還有點人的模樣才是我的不幸。我真希望自己完全是頭畜生，就像這隻山羊。」

她詫異地看著他。

他讀懂了她的目光，回答說：「唉！我知道你的心思。」然後走開了。

還有一次，他出現在小屋門前（他從來不走進屋子）。愛絲梅拉達正在唱一支古老的西班牙小曲。她並不知道歌詞的意思，但是因為小時候，波希米亞女人總是哼著這支曲子搖著她入睡，歌的旋律便刻在她的腦海中。她正在哼歌時，看到突然出現的醜臉，便不由自主地嚇了一跳，閉嘴不唱了。不幸的敲鐘人在門檻上跪下，合攏兩隻變形的大手，帶著懇求的表情痛苦地說：「唉！求求您，繼續唱，不要趕我。」她不願意讓他難過，顫顫抖抖地繼續唱歌。漸漸地，她的恐懼消失了，她也隨著憂傷緩慢的歌曲黯然銷魂。他依然跪著，雙手合十，像是祈禱，屏住呼吸，目不轉睛地盯著波希米亞少女明亮的眼睛，好似能從她的眼神中聽出歌曲。

還有一次，他神情笨拙而羞澀地來見她，費力說出來：「我有話想要說。」她打手勢說自己正在傾聽。他歎口氣，嘴唇微微張開，似乎要開口說話，然而又看了看她，搖頭否認，手搭在頭上，退出屋去。埃及少女驚訝無比。

牆上裝飾著粗糙低劣的浮雕人像，他特別喜愛其中的一個，好像經常和他兄弟般地相互對視。有次，埃及少女聽到他對它說：「唉！真希望我和你一樣是塊石頭！」

一天清晨，愛絲梅拉達走到樓頂邊緣，從圓形聖約翰教堂傾斜的樓頂上方俯視小廣場。凱西莫多也在，就在她身後。他站在一個地方，盡可能讓少女看不到他。突然，波希米亞少女一陣顫抖，一滴淚珠和一線快樂的光芒同時在她眼中點亮。她跪在樓頂邊緣，焦慮地伸出雙手，向廣場大喊：「菲比斯！來呀！來呀！聽我說一個字，我只說一個字，以天為證！菲比斯！菲比斯！」

她的聲音、她的容顏、她的手勢，她就像一個海上遇難的人，看到遠方陽光下、海平線上，駛過一艘漂亮的大船，瘋狂地向它求救。她的模樣令人心碎。

凱西莫多探身看廣場，發現被癡迷而柔情的祈求對象原來是個年輕人、一個隊長、一位佩戴著閃亮的劍和飾物的英俊騎手。他的馬蹦跳著從廣場盡頭走過，他舉起羽冠向一位在陽臺上微笑著的美女致敬。軍官沒有聽到不幸人的呼喚。距離太遠了。

然而，可憐的聾子卻聽見了。他的胸膛鼓起，吐出一聲深深的歎息。他轉過身，硬將心中全部的淚水吞下去。他兩隻痙攣的拳頭揮向腦袋，當他抽回手，每隻掌心中都有一把紅棕色的頭髮。

埃及少女沒有注意到他，他咬牙低聲說：「該死啊！這就是她需要的——漂亮的外表！」

她還跪在地上，異常激動地揮手大叫：「喂！他下馬了！……他要走入那棟樓！……菲比斯！……

他聽不見我！……菲比斯！這女人為什麼這麼壞，在我喊他的時候和他講話！……菲比斯！菲比斯！」

聾子看著她，他明白了這場默劇。可憐的敲鐘人眼中盛滿淚水，卻沒有一滴流下。突然，他輕拽她的袖口。她轉過身。他裝得十分鎮靜，對她說：「要我幫您去叫他來嗎？」

她高興得尖叫：「哦！去！快去！跑著去！快點！就是這個隊長！就是他！帶他來見我！我會愛你的！」

她抱著他的腿，吻他的膝蓋。他一陣心痛，情不自禁地搖搖頭。

他小聲說：「我帶他來您這裡。」

隨後，他扭過頭，強忍哽咽，大步衝下樓梯。

等他到了廣場，只見到拴在貢德洛里耶公府大門旁的馬，隊長剛進了屋。

他舉頭向教堂頂望去。愛絲梅拉達在原地保持著同樣的姿勢。他傷心地朝她點頭，然後背靠貢德洛里耶家族門廊下的一塊界石，決心等待隊長出來。

這天，貢德洛里耶府正在舉行婚前盛宴。凱西莫多看到許多人走進門，卻不見一個人出來。時不時，他向教堂頂望一眼。埃及少女也是一動不動地等待。一個馬夫走出來解開轡繩，將馬拉入府邸中的馬廄去了。

一整天就這麼過去，凱西莫多靠著界樁，愛絲梅拉達跪在教堂頂上。毫無疑問，菲比斯一直在百合花的腳邊。

夜晚終於來臨了。一個沒有月亮的夜晚，漆黑的夜晚。凱西莫多努力盯著愛絲梅拉達，她漸漸變成黃昏的一點白，然後，不見了，一切都消失了，只有黑夜。

凱西莫多看到貢德洛里耶府宅的窗戶從上到下亮起燈，廣場上其他的窗子也一個接一個地點亮。他整晚守著崗哨，又看著這些窗子一個接一個的熄滅。隊長沒出門。當最後的行人都回了家，當遠處的樓房窗戶也都熄了燈，凱西莫多獨自在黑暗中等候。當時的聖母院小廣場還沒有照明。

雖然子夜已過，貢德洛里耶府上下依然燈火通明。凱西莫多在原地不動，緊盯著五彩繽紛的玻璃花窗上的舞影綽綽、人來人往。如果他不是聾子，他就能在巴黎沉睡後，隨著城市的喧聲逐漸平靜，越來越清晰地聽到貢德洛里耶府中傳出舞會的笑聲和音樂。

凌晨一點時分，客人告辭離開，被黑暗包圍的凱西莫多看著他們從被火把映得亮堂堂的門廊中走出，其中沒有隊長。

他心中充滿悲傷。有時，和閒著無聊的人一樣，他抬頭向天空望去。天上鋪著大片的黑雲，沉重、破裂、坑坑巴巴的，好像從星光衣架上掛下來的幾條皺紗吊床，或是結在天穹的蜘蛛網。

正在這時，他發現頭頂石頭欄杆圍繞的陽臺上，一扇落地窗神祕地打開。精緻的玻璃窗門吐出兩個人，一男一女，然後悄悄地關上。凱西莫多費了一番工夫才認出男人是英俊的隊長，女人是早晨在這個陽臺上歡迎軍官的小姐。廣場一片昏暗。窗門關上後，猩紅色的雙層窗簾又垂下來，沒有屋中的任何燈光照到陽臺上。

我們的聾子聽不見年輕男人和女人所講的話。但是他能看到他們沉浸在情話的溫柔中。年輕的姑娘允許軍官用手臂攬住她的腰，卻輕輕地推開了他的吻。

凱西莫多從下面偷看到這可愛的場景。他苦澀地望著原本不應該被人看到的幸福和美好。可憐的魔鬼並不是沒有人性，他的背脊雖然歪曲得厲害，他也能有衝動。想著上帝給他安排了一個悲慘的命運，女人、愛情、肉體從他眼皮下閃過，他只能看著別人陶醉。然而當他想到，如果埃及少女看見此情景該有多麼難過，他心中一陣痛苦和氣憤。不過，夜晚漆黑一片，即便愛絲梅拉達還是紋絲不動（他對此深信不疑），但距離很遠，什麼也看不到。大概只有他能辨別清楚陽臺上的情侶，想到這點，他平靜許多。

此時，這對情侶似乎越發充滿激情地交談。年輕的貴族小姐好像在請求軍官不要再強迫她做什麼。凱西莫多只能看見她合著美手，眼中含著淚卻微笑著，仰頭望著星空，而隊長則狂熱地低頭盯著她。

就在女孩開始放棄掙扎的時候，幸好，陽臺的窗門突然打開了，出現了一位上年紀的婦人。美人好似十分難堪，軍官則非常惱怒，三人都進屋了。

過了一會兒，門廊下一聲馬嘶，英俊瀟灑的軍官裹著夜行的斗篷，從凱西莫多面前走過。敲鐘人等他轉過街角，像猴子一樣跑步跟上他，一邊叫：「嘿！隊長！」

隊長勒住馬。

他看到黑影中有一個人歪歪扭扭、一瘸一拐地向他跑來，自言自語說：「一個無賴找我做什麼？」

此時，凱西莫多已經跑到他身邊，大膽地挽住馬韁繩：「跟我來，隊長，這邊有人要跟您講話。」

菲比斯嘟囔著：「魔鬼犄角，我好像在哪兒見過這隻蓬頭垢面的醜鳥……喂，先生，你放下我的韁繩。」

聾子回答說：「隊長，您不問我誰找您？」

菲比斯不耐煩地又說：「我告訴你放開我的馬。你這傢伙吊在馬籠頭上幹什麼？把我的馬當成絞架嗎？」

凱西莫多並沒有鬆開手，反而拉著馬往回走。他還沒弄明白隊長為什麼會拒絕，趕緊告訴他：「您來一趟，隊長，一個女人在等您。」

他努力又補充說：「一個愛您的女人。」

隊長喊：「如此少見的混蛋！難道我要去見每個愛我還有自稱愛我的女人嗎？……要是她跟你長得一樣、一副貓頭鷹臉呢？告訴打發你來的女人說我要結婚了，讓她去見鬼吧！」

凱西莫多以為一個詞就能扭轉他的疑慮，大聲說：「聽我說，老爺大人，是埃及姑娘，您知道的！」

這個詞的確讓菲比斯嚇了一跳，但並不像聾子所期望的。大家還記得，在凱西莫多從沙爾莫呂手下救出女囚前，風流倜儻的軍官就和百合花進屋去了。從此以後，每次到貢德洛里耶府上做客，他都小心翼翼地避免提到這個女人，因為她只能給他帶來難堪的回憶。至於百合花，根本不想告訴他埃及少女還活著。菲比斯以為可憐的西米拉已經死了一兩個月了。更何況，隊長想到茫茫黑夜中出現這麼一位奇醜無比的使者，說起話來像鬼一樣陰森森的，而且子夜已過，街道上荒無人煙，和教士幽靈來找他那天晚上一樣，就連他的馬都看著凱西莫多直打響鼻。

隊長害怕地大叫：「埃及女人！難道你是從墳墓來的？」

他的手抓住短劍的手柄。

聾子奮力拉著馬，說：「快點，快點，這邊走！」

菲比斯猛力用皮靴朝他的胸口踹了一大腳。

凱西莫多眼中噴出怒火，做了個向前撲的動作，又繃直身體說：「唉，有人愛您，您是多麼幸福！」

他狠狠地說出「有人」這兩個字，然後鬆開轡繩：「你滾開！」

菲比斯咒罵著，雙腿一夾，凱西莫多看著他消失在街頭的薄霧中。

可憐的聾子低聲說：「啊，居然拒絕！」

回到聖母院，點上燈，登上塔樓，正像他想像的，埃及少女還在原地。

遠遠的，她一看到他就跑過來，悲傷地合起漂亮的雙手，大聲說：「一個人？」

凱西莫多冷冷地說：「我沒找到他。」

她衝動地又說：「你應該整夜等！」

他看見她生氣的打手勢，明白她的責備。

他低下頭：「下次我會盯得更緊。」

她喊：「滾開！」

他離開了。

她對他非常不滿意。他寧可遭受譴責也不願傷她的心，願意將全部的痛苦留給自己。

自從這天起，埃及少女再也見不到他。他不再來她這間小屋。最多她會在一座鐘樓頂上發現敲鐘人在憂傷地注視自己。她一看到他，他就消失了。

其實可憐的駝背不來看她，她並不難過，心中反而感激他不來。不過，凱西莫多也沒抱有什麼幻想。

雖然她看不到他，但是能感到身邊有個善良的精靈。一隻無形的手每天在她睡覺時送來新食物。某天清晨，她發現窗上多了一個鳥籠。屋簷上有一尊令她毛骨悚然的塑像，她曾經在凱西莫多面前不止一次提起這件事。某天早晨（因為所有奇怪的事都在夜晚發生），塑像消失了。有人將它打碎，而且爬到雕像上的人一定冒了生命危險！

有幾個晚上，她聽到藏在鐘樓屋簷下的人，哼著一支憂傷奇怪的歌，好像是送給她的催眠曲，由沒有韻律的句子堆成，好像聾子寫的：

看人不要看臉，
姑娘，看看人的心，
俊美的青年通常是壞心腸，
有人心中留不住愛。
姑娘啊，松柏不好看，
不像白楊漂亮，
冬天它枝葉茂密。
唉！何苦說出來！
不美的就不該出生，
美女只愛美男，

四月不回頭看一月。
美就是完美，
美就是萬能，
美沒有瑕疵。
烏鴉白天飛，
貓頭鷹黑夜飛，
天鵝白天黑夜都能飛翔。

一早，醒來時，她發現窗臺上放了兩個插著鮮花的花瓶。一個是水晶瓶，非常漂亮、非常剔透，卻有裂痕。瓶中的水都漏掉了，插在裡面的花也多有凋零。另一個是陶土罐，粗劣普通，但是水沒有漏，花朵依然新鮮豔麗。

我不知道她是不是故意的，愛絲梅拉達拿出凋謝的花束，一整天都將它貼在胸前。

那天，她沒有聽到鐘樓上傳出歌聲。

她對此並不特別在意。成天撫摸嘉莉，監視著貢德洛里耶公府的大門，低聲和牠聊菲比斯，撕了麵包餵燕子。

從此，她再也看不到凱西莫多，也聽不到他的聲音。可憐的敲鐘人好像離開了教堂。然而，一天深夜，她正想著英俊的隊長，睡不著覺，聽到小屋旁一聲歎息，嚇得她連忙起身。月光下，畸形的一堆橫在她的門前，那是凱西莫多睡在一塊石頭上。

V 紅門鑰匙

其實，社會上的各種流言已經讓副主教得知埃及少女被人神奇地拯救了。當他得到這個訊息時，他心中的感受無法形容。原本他強迫自己接受了愛絲梅拉達的死，但因為摸到了痛苦的極限，他反倒平靜下來了。人類的心靈（唐．克洛德對此頗有研究）只能裝下一定體積的絕望，好像浸滿水的海綿，任憑海水流過，卻不再吸收一滴水了。

愛絲梅拉達已死，海綿盛滿水，人世間對唐．克洛德來說再沒有什麼可期待。然而感覺她還活著，還有菲比斯，沉重的生存、對愛的質疑，又重新開始折磨他，令他顫抖。克洛德對這一切已經疲倦了。

得知此事後，他把自己關在修道院的寢室，既不出席教士會議，也不參加宗教禮拜。他對所有的人都閉門不開，甚至包括主教在內。他閉關了幾個星期。大家以為他病了。

他真的病了。

為什麼這樣囚禁自己？這個不幸的人到底是在怎樣的思緒中苦苦掙扎？是和自己狂熱的迷戀進行最後的抗爭？還是在策畫害死她，也同時毀滅自己呢？

一次，他的若讓、他親愛的弟弟、被他寵壞的孩子，來敲門，又是懇求，又是咒罵，報上自己的名字不下十次。克洛德始終沒有開門。

幾天以來，他的臉終日貼在玻璃窗上。從修道院的這扇窗，他可以看到愛絲梅拉達的小屋，看到她常常和山羊在一起，時不時地也有凱西莫多加入。他注意到醜陋的聾子對埃及少女百般呵護，言聽計從，小心翼翼地服侍著她。因為記性好，而且記憶是折磨嫉妒之人的苦刑，他還記得那天晚上敲鐘人眺望跳舞少女的特別目光。他想不透到底為什麼凱西莫多營救了她。無數次，他從遠處窺視到波希米亞少女和聾子碰面打著手勢的默劇，被狂愛衝昏頭的他總能從其中品味出柔情。他並不信任變幻無常的女人。這次，他朦朧地感到心中居然萌發出意想不到的嫉妒，讓他臉紅羞愧。

「隊長還有點道理，可是這一隻！」想到這裡，他就氣憤恐慌。

他的夜晚是最難熬的。自從知道埃及少女還活著，整整一天糾纏著他的鬼魂和墳墓的冰冷幻覺就突然消失了，肉體又重新給他各種刺激。他在床上翻轉扭動，想著淺棕色皮膚的女孩近在眼前。

每到夜晚，他瘋狂地想像埃及少女的各種姿態，直到熱血沸騰。他看見她倒在被捅了一刀的隊長身上，閉著眼睛，美麗的前胸袒露著，沾滿菲比斯的鮮血，就在這令人心曠神怡的時刻，副主教在她毫無血色的唇上印下一個吻，不幸的姑娘在半死的狀態下肯定也能感到它的滾燙。他回想起野蠻行刑者的粗手扯去她的衣服，暴露出她的小腳，將腳塞入布滿螺絲釘的鐵靴，沒過她纖細渾圓的小腿，直到她柔軟白嫩的膝蓋。他又看見象牙白的膝蓋留在刀特呂的可怕刑具外面。他想起最後一天看到年輕的姑娘只穿著內衫，絞索套在脖子上，裸著肩、裸著腳、幾乎全裸。這些銷魂的影像讓他握緊拳頭，從頭到腳打寒戰。

一天夜裡，這些影像如此殘酷地折磨這位處男教士，令他的血液翻滾沸騰，他猛地咬住枕頭，跳下床，內衣外披上白色教袍，提著燈，半裸著，眼中冒著火，恐慌地衝出小屋。

從修道院通往教堂有一扇紅門，他知道鑰匙在哪裡。而且他總是帶著鐘樓樓梯的鑰匙，這個大家都知道。

VI 紅門鑰匙（續）

這天晚上，愛絲梅拉達在小屋裡睡著了，深深的熟睡，忘記了一切，只有希望和美好。她已經睡了一會兒，和往日一樣，夢中見到菲比斯。她似乎聽到身邊的聲音。因為總是擔憂，睡眠十分淺，像鳥兒一樣，一絲動靜就驚醒。她睜開眼睛，深夜一片漆黑，可是她發現窗洞上貼著一張盯著她看的臉，被一盞燈照亮。當臉察覺自己被愛絲梅拉達看到，吹滅了燈。然而女孩還是認出來，嚇得她合上眼皮，擠出一絲聲音：「噢！教士！」

她所經歷過的一切災難，閃電般又回來了。她倒在床上，頓時渾身冰涼。

過了一會兒，她覺得自己的身體接觸到令人毛骨悚然的一個東西，她猛地驚醒，氣憤地坐起身。是教士鑽到她身邊，將她摟在懷中。

她想叫喊，卻喊不出來。

她又是憤怒又是驚恐，用微弱的聲音顫抖地說：「滾開，魔鬼！滾開！殺人犯！」

「饒了我！饒了我吧！」教士低聲說，將嘴唇貼到她的肩上。

她雙手抓住他的禿頭上剩餘的頭髮，奮力推開他的親吻，好像要避開蛇咬。

不幸的人喃喃說：「饒了我吧！你瞭解我對你的愛嗎？是烈火，是融化的鉛，是插在我心頭的千把刀！」

他用超人的力量抓住她的雙臂。

她驚恐萬分地說：「放開我，不然我要啐你的臉！」

他鬆開手：「你侮辱我、打我，怎麼惡毒都行！你想怎樣就怎樣！但是可憐我吧，愛愛我！」

於是她像發怒的小孩用力打他。她張開美麗的小手去拍他的臉：「滾開，魔鬼！」

「愛我！愛我！同情我吧！」可憐的教士叫著倒在她身上，用愛撫來回答她的拍打。

突然，她感覺他的力量壓過了自己。

他咬牙說：「現在就要了結！」

在他的懷中，她被嚇壞了，雖然還在掙扎，卻像已經被軋碎了一般。

她感覺到一隻手在她身上陶醉地亂摸著。她使出全身力氣狂叫：「救命！救人吶！吸血鬼！吸血鬼！」

沒有人出現。只有嘉莉醒了，急得咩咩亂叫。

教士氣喘吁吁地說：「給我住嘴！」

埃及少女爬在地上掙扎著搏鬥，她的手碰到一個冰涼的金屬物件、凱西莫多留下的哨子。希望給了她力量，她一把抓住它，拿到嘴邊，用盡最後的力氣猛吹，哨子發出高昂、刺耳，而尖銳的聲音。

教士說：「這是什麼？」

幾乎同時，他發現自己被一隻強壯的臂膀抓起來。小屋裡黑漆漆的，看不清楚誰抓著他，只聽見此人憤怒地咬著牙。黑暗中浮動著一線微光，正好讓他看到自己頭上閃著一把鋒利的短刀。

教士覺得那是凱西莫多的形狀。他猜不到別人，只有他。教士想起剛才溜進來時，被橫在門前的一個大包絆了腳，而且來人一句話都沒有，只能相信是他。他抱住舉著短刀的手臂喊：「凱西莫多！」

在緊急關頭，他忘了凱西莫多是個聾子。

一眨眼的工夫，教士就摔在地上，一隻鐵鉛般的膝蓋頂住他的胸口。從這扭曲的膝蓋骨形狀，他確認是凱西莫多。怎麼辦呢？該怎麼讓凱西莫多認出他？在黑暗中，聾子也成了瞎子。

他毫無生路。女孩像一隻憤怒的母老虎，不會救他。短刀逼近他的頭，他必死無疑。殺手似乎突然猶豫片刻，他壓低聲音說：「血不能灑在她身上！」

果然真是凱西莫多的聲音。

教士發現有隻大手抓住他的腳，將他拖出小屋，大概就要在門口殺死他。幸虧月亮剛剛升起不久。當他們出了小屋門，蒼白的月光照亮教士的臉。凱西莫多看到他的正面，不由得顫抖了一下，放開教士，向後倒退。

埃及少女走出小屋的門檻，驚奇地發現這兩個人調換了角色：此時卻是教士在威脅，凱西莫多在哀求。

教士氣憤地打著手勢譴責聾子，凶狠地揮手要他走開。

聾子低下頭，然後跪在埃及少女的門前，用沉痛而無可奈何的口吻說：「大人，請先殺了我，然後隨您的便！」

他一邊說，一邊將短刀獻給教士。狂怒的教士怒撲上去，但女孩搶先一步，奪下凱西莫多手上的刀，瘋狂地笑著對教士說：「來吧！魔鬼。」

她高舉著刀，教士不知如何是好。她真的會砍下來。她大喊：「你再不敢靠近了，懦夫！」接著，她殘酷地看著他，非常清楚這句話如同千百支火鉗刺入教士的心臟：「啊！菲比斯並沒有死！」

教士將凱西莫多踹倒在地，氣得發抖，鑽回樓梯的拱頂下。

他走後，凱西莫多拾起挽救了埃及少女的哨子，交還給她，說：「它鏽了。」然後走開了。

她又是獨自一人。

少女被這場暴力嚇壞了，筋疲力盡地倒在床上，放聲哭泣。未來又黯淡下來。

這邊教士摸索著，找回他的房間。

這種事也發生了。唐·克洛德嫉妒凱西莫多！

他思索著對自己反覆警告說：「誰都不能得到她！」

第十卷

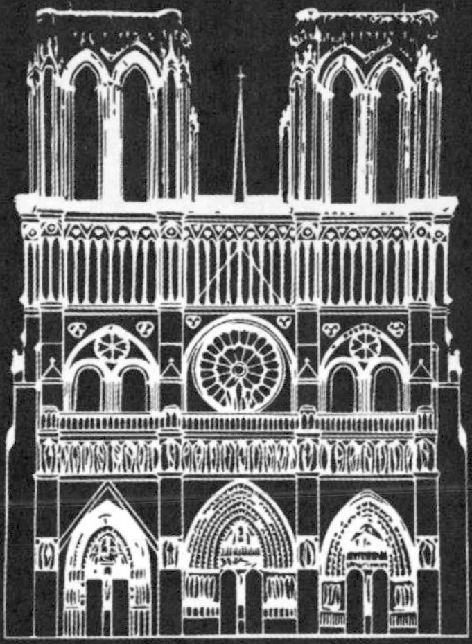

I 貝爾納丹街頭，格蘭古瓦的諸多好辦法

自從皮埃爾．格蘭古瓦看到整個事件的急轉突變，知道這齣人間喜劇的眾主角肯定會有繩索、絞架以及其他麻煩等著他們，他就不想被牽連進去。他依然留在流浪漢幫中，認為他們是巴黎城中最好的夥伴，而這幫無賴流氓倒是一直關注著埃及少女。他覺得這點很容易理解，因為這夥人和她一樣，除了沙爾莫呂和刀特呂之外，沒有其他出路，並不像他一樣能乘著神馬貝佳索斯，展開雙翅，遨遊於幻想的天際。從他們的談話中，他得知自己摔罐成親的妻子跑到巴黎聖母院避難，這正中他下懷。他甚至連探望她的願望都沒有。有時他會懷念小母羊，也就這些了。何況，白天的時候，為了活命，他還要賣力氣耍把戲，到了晚上，他需要刻苦地編寫一部訴狀，控告巴黎主教，因為被主教的磨坊風車濺了一身水，他的怒氣至今猶存。他還在撰寫一部對路阿雍及圖爾內大主教波德里．勒戶熱的作品《論石頭雕刻》[1]的評論，因為此書令他狂熱地迷戀上建築藝術，這一愛好從此在他心中替代了煉金術。其實這是思想自然發展的結果，因為煉金術和土木工程緊密相連。格蘭古瓦從熱衷於一種神祕的內核轉移到熱衷於這種神祕的外形。

一天，他在聖傑曼婁塞華教堂旁、一座被稱作主教法庭的公府拐角處停下，這座公府與另一座叫作國王法庭的公府相對。主教法庭中有一座十四世紀建成的精緻的小禮拜堂，前部面對街道。格蘭古

瓦虔誠地研究它外部的雕塑。好像一名藝術家，看世界無處不是藝術，藝術中才有世界。他正在自私地、專心地享受這至高無上的時刻，突然，有隻手沉沉地落在他肩上。他轉身一看，是他的老朋友、昔日的老師，副主教先生。

他愣住了。很久沒有見到副主教，而唐．克洛德是那種既嚴肅又有激情的人，碰到他，這一位懷疑派哲學家總是有些不知所措。

副主教沉默片刻，格蘭古瓦趁機上下打量他。他發現唐．克洛德變化很大，像冬天的陽光一樣蒼白，眼睛深凹，幾乎白了頭。最後教士打破沉默，平靜而冷淡地說：「皮埃爾先生，身體可好？」

格蘭古瓦回答：「我的身體？呵呵！到處有些小問題，整體上還好。我在任何事上都不過分。您知道嗎？老師，神醫希波克拉提斯說過，健康的祕訣在於：飲食、睡眠、愛情，都有節制。[2]」

副主教緊盯著格蘭古瓦又說：「看來您是沒有煩惱吧，皮埃爾先生？」

「是啊，沒有啊。」

「您現在忙什麼呢？」

「老師，您看到了。我正在研究石頭的刻法，查看這幅浮雕。」

教士的嘴角一邊向上提升，露出一絲苦澀的微笑：「您喜歡這個？」

「進了天堂一般！」格蘭古瓦大聲回答。

1、2 原文為拉丁文。

他探身指著浮雕，儼若解說員，對正在發生的現象陶醉地解釋：「譬如，您不覺得這組變形圖的淺浮雕的刀法十分巧妙、可愛和細膩嗎？您再看看這根圓柱，在哪裡還能找到比撫摸過它柱頭飾葉更柔和、更精緻的刻刀呢？這邊是讓．馬伊文的三個圓浮雕。雖然不是此位偉大天才的傑作，起碼人物面部表情天真、柔和，姿態歡快，衣裙飄揚，再加上有些小小的不完美，說不出的美妙，每個塑像都姿態萬千，可以說過於活潑……難道您覺得這不夠有趣嗎？」

教士說：「哦，當然。」

詩人熱情洋溢、滔滔不絕地說：「如果您看到小教堂的內部就好了！四處都是雕像，好像捲心菜般排列。後殿的風格極為虔誠特殊，在別處是看不到的！」

唐．克洛德打斷他：「看來您過得非常幸福？」

格蘭古瓦激情回答：「說實話，是的！以前，我愛過幾個女人，後來愛上幾隻動物。現在，我愛石頭。石頭和動物、女人一樣吸引我，而且沒有邪惡。」

教士用手遮住額頭，這是他的習慣動作，說：「真是這樣！」

格蘭古瓦說：「您看，每個人都有自己的樂趣！」

他挽起教士的手臂，教士隨著他。他讓教士走進主教法庭小塔的樓梯下。

「這才叫樓梯！我每次看到它，都深感幸福。這是巴黎城最簡潔、最罕見的階梯。每個階梯的下部分都是斜著鑿入。它的優美和簡潔在每個寬一尺左右的石階上體現，這種相接、相嵌、相套、相連、相契，嚴絲合縫地咬合，真是動人！」

「您沒有別的期待了嗎？」

「是啊。」

「您沒有什麼後悔嗎？」

「既不後悔，也不期待。我已經計畫好了怎麼活著。」

克洛德說：「人為的秩序總會被天意擾亂。」

格蘭古瓦回答：「我是懷疑派哲學家，我總能找到事物的平衡點。」

「您怎麼謀生？」

「我會給人寫點史詩和悲劇。然而最能賺點錢的，是老師您見過的功夫，在我的牙齒上疊椅子金字塔。」

「身為哲學家，操這個行當未免太低級。」

格蘭古瓦說：「這也算平衡。一個人如果找到自己的哲學思想，生活中到處都可以運用這個思想。」

「我知道。」副主教回答。

一陣沉默後，教士又說：「您還是很貧苦吧？」

「很貧窮，卻不苦悶。」

此時，遠處傳來馬蹄聲。兩個聊天的人看到街頭出現一支國王近衛弓箭隊，舉著長矛，領頭的是一位軍官。隊伍光鮮奪目，在石塊路上轟轟烈烈地走著。

格蘭古瓦對副主教說：「您很在意這位軍官！」

「我想我認識他。」

「您知道他的名字？」

克洛德說：「我記得他叫菲比斯・德・沙托佩斯。」

「菲比斯！一個稀奇的名字！有個菲比斯是伏瓦斯的伯爵。我記得有個姑娘只喜歡菲比斯。」

教士說：「您跟我來，我和您說幾句話。」

自從隊伍走過，副主教雖然態度冰冷卻露出幾分不安。他往前走，格蘭古瓦緊跟著他，因為一向服從慣了。所有人，遇到這個強勢人物，都會這樣。他倆一言不發，走到空空蕩蕩的貝爾納丹小街，唐・克洛德才停步。

格蘭古瓦問他：「老師，您想對我說什麼呢？」

深思熟慮後的副主教回答：「您不覺得剛才看到的騎兵，他們都穿著比您和我還漂亮的衣服嗎？」

格蘭古瓦搖頭。

「咳，我更喜歡自己身上半黃半紅的外套。他們身上的鋼鐵鱗片走起路來震天動地，發出的聲響好像地震時的河邊廢鐵街！」

「格蘭古瓦，所以您從來沒有羨慕這些披盔帶甲的英俊青年？」

「羨慕他們什麼，副主教大人？他們的力氣、他們的盔甲，還是他們的軍紀？哲學雖然衣衫襤褸，卻很獨立。我更樂意做蒼蠅的頭，也不願意去做獅子的尾巴。」

教士聯想著說：「想法倒是不錯。不過一身漂亮的軍服就是漂亮。」

格蘭古瓦看他在思考，便溜走去觀看旁邊一幢府邸的大門。他拍著手回來：「副主教大人，如果您不是只顧著戰士的漂亮軍裝，我請您一起觀賞這座大門。我一直都認為歐比里先生家的大門舉世無雙。」

副主教說：「皮埃爾．格蘭古瓦，您的埃及小舞者怎麼樣了？」

「那個愛絲梅拉達嗎？您的話題轉得真快。」

「她不是您的妻子嗎？」

「當然，摔罐成親，婚期四年。」

格蘭古瓦盯著副主教，半開玩笑地補充一句：「對了，您還在惦記這件事？」

「您呢，您不去想了？」

「不怎麼想……我太忙了！我的上帝，那隻小羊真是太漂亮了！」

「這位波希米亞女子不是救您一命嗎？」

「天吶，真是這樣。」

「對呀，她怎麼樣了？您和她怎麼樣了？」

「怎麼說呢？我想他們已經絞死她了。」

「真的？」

「我不清楚。我看到他們要絞死人，就走開了。」

「您就知道這些？」

「對了，且慢。人家告訴我她進了聖母院避難，她在一個安全的地方，我滿高興的。我沒能弄明白小羊是不是也一起逃走了。我只知道這些。」

唐．克洛德一直壓低嗓子說話，他的聲音深沉、吐字緩慢，這時突然洪亮無比：「我來告訴您更多的消息吧。她是躲進了聖母院。可是三天之後，法庭會去那裡抓人，她就會在河灘廣場受絞刑。是最高法院的判決。」

格蘭古瓦說：「這下可慘了。」

一時間，教士又變回冰冷鎮靜的模樣。

詩人又說：「哪隻惡作劇的魔鬼居然上訴請求恢復執行原令？難道就不能讓最高法院在一邊清靜一會兒嗎？一個可憐的女孩，寄居聖母院的飛扶壁下、燕子窩旁，難道礙到什麼人了嗎？」

副主教回答：「世上有很多魔鬼。」

格蘭古瓦評論說：「無聊透頂的魔鬼。」

副主教停頓了一陣，又說：「她不是救了您一命嗎？」

「是啊，在我那群狐朋狗友流浪漢的駐地，我差點被絞死。我真的死了，今天他們就後悔了。」

「難道您就不想幫幫她？」

「我當然願意，唐．克洛德。但是萬一被這件煩人的案子纏上身怎麼辦呢？」

「怕什麼！」

「呃！怕什麼！您真有善心，老師！我已經開始創作兩部巨著了。」

教士手拍前額。雖然表面上非常安靜，但是某些突然的小動作依然能表露出他內心的糾結。

「怎麼做才能拯救她呢？」

格蘭古瓦也敲額頭。

「我的老師，您聽我說。我有想像力，可以幫您想辦法……我們請求國王特赦？」

「求路易十一特赦？」

「怎麼不行？」

「那是到老虎身上取骨頭！」

格蘭古瓦開始設想別的辦法。

「哎呀！找到了！……如果您同意，我可以向接生婆提出請求，宣稱女孩懷孕了。」

這句話讓教士的眼睛深處發出閃光。

「懷孕！壞蛋！你知道什麼？」

格蘭古瓦被他的表情嚇著了，趕緊說：「呃！不是我！我們是名副其實的門外婚[3]。我是個門外人。可是也許最後能獲判緩刑。」

「荒唐！卑鄙！你住嘴！」

格蘭古瓦嘀咕說：「您可不能生氣。得以緩刑對大家都沒有壞處，還能讓接生婆賺上四十巴黎但尼爾，她們都是窮女人。」

教士並不聽他說話。

他低聲說：「然而，一定要讓她從那裡出來。最高法院的判決三天內執行！要不是這個凱西莫多，怎麼會有這個判決？女人的嗜好令人作嘔。」

3　原文為拉丁文。

他提高聲音說：「皮埃爾先生，我仔細想過，只有一個讓她活命的辦法。」

「什麼？我覺得沒有了。」

「聽著，皮埃爾先生，您沒有忘記您欠了她一條命，我就直接說出我的主意。教堂日夜有人監守。被看到走進去的人才能從裡面出來。您可以走進去，到了以後，我帶您去見她。您和她對換衣裳。她套上您的上衣，您穿上她的裙子。」

哲學家點評：「進行到這裡都很好，然後呢？」

「然後？她穿著您的衣衫出教堂；您穿著她的衣衫留在其中。也許人家會絞死您，然而她卻活了。」

格蘭古瓦嚴肅地撓著耳朵。

他說：「好吧！我自己肯定想不出來這個主意。」

冷不防聽到唐．克洛德的提議，詩人開朗愉快的臉頓時陰沉下來，好像義大利喜悅的天空突然刮起一陣狂風，將烏雲甩在太陽上。

「嘿，格蘭古瓦，您覺得怎樣？」

「老師，我認為，不是人家也許會絞死我，是人家肯定會絞死我。」

「這跟我們沒關係。」

「瘟疫啊！」格蘭古瓦說。

「她救了你的命，你需要還這筆債。」

「還有別的債務，我也是還不了！」

「皮埃爾先生，這筆債一定要還。」

副主教的語氣不容他人反駁。

詩人尷尬地說：「聽我說，唐．克洛德，如果您堅持這個主意，您就錯了。我不明白，為什麼我要替別人被絞死。」

「這麼說，您非常留戀生命了？」

「啊！上千種理由！」

「什麼理由，您說說？」

「什麼理由？空氣、天空、早晨、夜晚、月光、流氓無賴、我的好友、和娼婦打情罵俏、研究巴黎美麗的建築、撰寫三部書——其中一部是控訴主教和他的磨坊，多得說不清！希臘哲學家阿納薩克哥拉斯說他來到世上就是為了欣賞太陽。何況，非常幸運，我每天從早到晚和一個天才在一起，他就是我自己，多麼舒服呀。」

副主教不滿地罵：「這種腦袋當響鈴正好！好，你說，你所描繪的美好生活，是被誰拯救了的？你呼吸這空氣、眺望這天空，還有能讓你雲雀般的小腦袋快樂地裝滿空話和瘋話，是誰給你的呢？如果沒有她，你會在哪裡？她給了你生命，你卻要她死？這個造物，美麗、溫柔、可親，有了她，世界才有光明，比上帝還神聖，她去死！可是你，一半是哲人一半是瘋子，根本沒有成型，只是會走也會思考的植物罷了。你偷竊了她的生命繼續存活，和中午點起的蠟燭一樣無所用處？唉，一點點同情心，格蘭古瓦！輪到你慷慨救難了。她已經做到了。」

教士慷慨激昂。格蘭古瓦先是猶猶豫豫地聽著，然後被打動了，最後做出一副悲愴的怪相，他灰白的臉好像是肚子正在絞痛的嬰兒。

他擦去一滴淚說：「您的悲愴震撼人心。好，我會考慮的！……您的主意真是可笑。」

他停下來又說：「其實，誰知道呢？也許他們不會絞死我。大家不一定會跟訂婚的人結婚。當他們在這間小屋裡發現我，打扮得如此荒唐，穿著裙子戴著頭巾，很可能哈哈大笑起來……而且，如果他們絞死我，嗨，掛在繩子上，不過是一死，死就是死，和別的死一樣，或者更確切地說，它不同於別的死。這樣的死很適合終生徘徊不定的智者。這種死，不倫不類、無法定義，像真正懷疑派的思想，打著懷疑和猶豫的火印，懸掛在天地之間，只有質疑沒有回答。這是哲學家之死，也許是我的命。死了就跟活著一樣，真是太棒了！」

教士打斷他：「就這麼定了？」

格蘭古瓦充滿激情地繼續說：「到底死是什麼？一個艱難的時刻、一道關卡，從沒什麼到什麼都沒有！有人曾問希臘哲學家塞西達斯，是否願意死，他回答：『為什麼不願意？只有我死後，才能見到偉人，哲學家中的畢達哥拉斯、歷史學家中的赫卡塔埃烏斯、詩人中的荷馬、音樂家中的奧林普斯。』」

副主教向他伸出手：「說定了？明天您過來。」

這個動作讓格蘭古瓦頓時清醒了。

「啊，天吶！不行！」他的口氣好像剛剛睡醒，「被絞死！太荒唐。我不要。」

「那麼再見！」

副主教又咬牙補上一句：「我還會找你的！」

格蘭古瓦心想：「我不要這個魔鬼般的人再找我。」

他追上唐．克洛德：「哎呦，副主教大人，老朋友之間可別生怨氣。您關心這個女孩、我的妻子，我覺得這是好事。您想出了一條計謀，能將她從聖母院中救出，然而您用的招數讓我格蘭古瓦非常尷尬。……如果我再想出一條妙計……我告訴您，我突然有了靈感、非常燦爛的靈感……如果我有個既能讓她脫離虎口，又避免繩子套到我的脖子上去的法子，您覺得怎樣？您會不會滿意？還是您一定要我被絞死才高興呢？」

教士煩躁地解開教袍扣子：「你怎麼滔滔不絕！你有什麼辦法？」

格蘭古瓦用食指按著鼻子，思索著自言自語說：「對了，這樣的，流浪漢都挺勇猛……整個埃及部落都喜歡她……只要一句話，他們就能造反……太簡單容易了，舉手之勞……趁著混亂，輕鬆地把她搶出來……明晚就動手……他們求之不得。」

教士搖著他：「怎麼做法！快說。」

格蘭古瓦嚴肅地轉身對他說：「快放手！您看到了，我正在創作。」

他又沉思了一下。然後拍手讚美自己的深思熟慮：「太完美了！保證成功！」

克洛德氣憤地又說：「什麼辦法！」

格蘭古瓦喜形於色。

「您湊近點，我小聲告訴您。這是一個很棒的反陰謀策略，能讓我們大家都脫身。嘿嘿，這回您得承認我不是笨蛋吧。」

他突然又說：「哎，還有，小山羊和女孩在一起嗎？」

「對。見鬼啊！」

「是不是他們也要絞死牠？」

「這和我有什麼關係？」

「是的，他們把牠也絞死。上個月他們就吊死了一頭母豬。劊子手高興，他可以吃肉，絞死我漂亮的嘉莉！可憐的小羊！」

唐．克洛德大喊：「該詛咒的！你就是劊子手。壞蛋，你究竟想出救援方法了嗎？難道要動用產鉗才能將你的計謀拉出來嗎？」

「我的老師，非常完美的！您聽著。」

格蘭古瓦湊近副主教的耳朵，一邊低聲敘述，一邊膽戰心驚地四處回顧。街道的兩頭，空空蕩蕩，沒有一個人。他講完後，唐．克洛德抓著他的手，冷冷地說：「好的。明天見。」

格蘭古瓦重複：「明天見。」

副主教從街的一頭走開，他則從反方向離去，小聲自語說：「這件事真令人驕傲。皮埃爾．格蘭古瓦先生，加油！不能因為自己是個不起眼的人，就辦不得大事。比冬[4]能肩扛一頭大公牛；鶺鴒、黃鶯、石鵬還能飛越大海呢。」

4 希臘神話人物。

II
您去搶劫吧

回到修道院，副主教發現弟弟若讓站在單人居室門口。為了消除等待的沉悶，他用一塊炭在牆上畫了哥哥的剪影，加了一個特大的鼻子。

唐·克洛德瞥了一眼弟弟。他正沉浸在別的心事中。這個小無賴歡天喜地的面孔，曾經多少次掃去教士臉上的陰霾，此刻卻無法驅散他糜爛、發臭、墮落的靈魂之上日益籠罩的濃霧。

若讓小心翼翼地說：「親愛的兄長，我來看您了。」

副主教沒有正眼看他：「怎麼了？」

若讓又虛情假意地說：「哥哥，您對我那麼好，給我最苦口婆心的教導，我當然要回來找您。」

「然後？」

「哎呀！我的兄長，您說得太對了。您曾經告訴我：『若讓！若讓！如今是師教不嚴、學生散漫。[1]若讓，您要老實些；若讓，用功些；若讓，沒有正當理由、不經老師批准，不能在校外過夜。不許打皮卡第人[2]；在教室的麥秸上不能像一頭目不識丁的驢子。若讓，老師的處罰要恭敬地接受。若讓，你每晚都要去禮拜，在那裡唱首讚美歌，然後讀段經文，做個禱告，獻給光榮偉大的聖母馬利亞。唉！這些都是極佳的建議。」

「還有什麼？」

「我的兄長，您眼前是犯了大錯的罪犯、一個可憐的浪子、一個負罪累累的人！親愛的哥哥，我把您的忠告當作稻草和糞土踩在腳下，果然受到懲罰，仁慈的上帝是如此的公正。我手裡還有錢的時候，我就吃喝玩樂，瘋狂地尋歡。噢！從正面看，放蕩是如此銷魂，從背後看去，卻是如此醜陋噁心。現在我沒有一分錢，賣了桌布、襯衫、毛巾，遊戲人生結束了！漂亮的蠟燭熄滅後，只有醜陋的油脂燭芯熏我的鼻子。姑娘都嘲諷我。沒有酒我只能喝水。我被悔恨和債主糾纏著。」

副主教說：「最後呢？」

「唉！最親愛的哥哥，我想回歸正常人的生活，過更好的日子。我心懷悔恨來看您。我要苦行，我要懺悔，用拳頭捶打自己的胸膛！您期待我能成為學士，有朝一日成為道合希學院的副訓導員，您是對的。現在我感覺有承擔這個職務的天分了。但我沒有墨水了，得再去買，沒有羽毛筆了，得再去買，我沒有紙、沒有書了，都要再買。我真的需要一點點錢。呵，兄長啊，我來見您，心懷悔恨。」

「就這些嗎？」

學生說：「對，給點錢。」

「我沒有。」

於是學生深沉又決斷地說：「好，我的哥哥，我非常抱歉地告訴您，有人給我找到很不錯的差事讓我考慮。您不願給我錢，對吧？不給？……既然如此，我就去當搶劫犯罪的流浪漢。」

他一邊吐出這凶惡的字眼，一邊做出阿雅克斯[3]的堅定神情，準備迎接哥哥的怒吼。

副主教冷冷地對他說：「您去搶劫吧。」

若讓向他深深地鞠了一躬，吹著口哨走下修道院的樓梯。

修道院的院子裡，正當他從哥哥的窗下走過時，忽然聽到這扇窗子被打開，抬頭看到副主教嚴峻的面孔出現在窗中。

唐·克洛德喊：「滾開見鬼吧！這是你最後一次從這裡拿到錢。」

教士將錢包投向若讓，在學生的前額上砸了個包。若讓氣憤又歡喜地走開了，好像一隻被人用帶著骨髓的大骨頭打跑的狗。

1、2 原文為拉丁文。

3 荷馬史詩《伊里亞德》中的將領。

III 歡樂萬歲

讀者大概還沒有忘，奇蹟宮的一部分依靠著老城廓，城牆上有一部分塔樓在這個年代就開始破爛不堪了，其中一座被流浪漢改用為娛樂場。酒館安置在底層，其餘的設在上面。這座塔樓是流浪窩中最熱鬧、最汙穢的地方，像一個醜陋的蜂窩，日夜發出嗡嗡的聲響。夜間，當大多數流氓無賴都入睡了，廣場上各個小屋土牆上不再有點燈的窗，當這些住滿盜賊、妓女、偷來的孩子或是私生子的小房子不再發出動靜，世人就能透過喧鬧聲找到快樂的塔樓，紅通通的燈光從它的通風孔、窗洞、牆壁的裂痕，可以說，從它全身的毛孔中散發出來。

地下室就是酒館。入了一道矮門後，要沿著一道像古亞歷山大詩體一樣直溜溜的階梯向下。酒館門上畫的幾枚新鑄的索爾幣和幾隻被殺死的雞的塗鴉算是招牌，下面寫著一句戲言：死者的敲鐘人。

這天晚上，巴黎所有鐘樓敲起夜宵禁的鐘聲後，此時，如果巡邏隊的警察受令進入驚心動魄的奇蹟宮，就會發現流浪漢聚集的小酒館比往日更喧嘩，他們的酒喝得比往常多，咒罵也更凶。外面的廣場上，大家分組聚集在一起低聲講話，好像正在進行一個重大的陰謀，時不時能看到蹲著的流浪漢，在街石上霍霍地磨著凶猛的刀。

然而在小酒館裡，飲酒和賭博遊戲卻讓流浪漢忽略了今晚在奇蹟宮進行的事情，很難從喝酒人的聊天中猜測即將發生什麼。他們倒是比往常更高興，只見他們每人的雙腿之間都有武器在閃光，斧頭、鐮刀、一把長劍，或是一支舊火槍的槍托。

圓形的大廳非常寬敞，可是桌子擺得如此緊密，喝酒的人如此之多，酒館中所容納的女人、男人、長凳、裝啤酒的陶罐、正在喝酒的、正在打盹的、正在賭博的、殘廢的、不殘廢的，看起來像一堆堆牡蠣，在一種特殊的和諧中凹凸排列。桌子上點了幾支蠟塊，其實好像歌劇院禮廳中的分枝吊燈一樣真正照亮小酒館的，是壁爐的爐火。因為地下室異常潮溼，所以終年點著火，就是盛夏，也從不熄滅。壁爐碩大，配有雕花的爐臺，四處立著鐵爐架和炊事用具。爐膛裡燒著木柴和泥煤塊，吐著熊熊火焰。這類爐火，在鄉村的夜晚，將鮮紅的倒影投射到對面的牆上，勾勒出煉鐵爐的黑影。爐灰中，鄭重其事地蹲著一條大狗，盯著炭火上轉動的一根鐵釬烤肉串。

一眼看去，裡面一片混亂。然而我們依然能夠在這亂糟糟的一堆人中分辨三組主要人物，緊緊圍繞著讀者已經見過的三個人。其中一人，一身古怪的打扮，點綴具有東方色彩的金箔，他就是埃及和波希米亞大公，馬蒂亞斯・漢加迪・斯皮卡底。這個傢伙坐在桌面上，盤著腿，豎著一隻手指，正在向四周目瞪口呆的人高聲傳授他的黑白魔法。

另一堆人嚴嚴實實地包圍著我們的老朋友，英勇的攬錢王。克洛潘・圖耶福全副武裝、臉色嚴肅，壓低聲音正在分配搶來的一大桶武器。打破的木桶中倒出一堆砍刀、長劍、頭盔、鎖子甲、胸甲、鐵槍、弓弩、箭頭、旋轉箭，好像從象徵豐收的牛角中倒出來的蘋果和葡萄。大家從武器堆中隨便挑，有的挑頭盔，有的挑劍，有的拿十字柄的短劍。孩子也在披掛，甚至一些斷腿的殘廢人也戴著護胸、披著盔甲，像金龜子一般在酒鬼的大腿之間爬來爬去。

最後第三組是聽眾，人最多，聲音最大，最為快活，分布在桌子板凳之間。他們中有個人，從頭盔直至馬刺，全副甲冑，說話聲像笛子一樣高昂。此人正在發表言論，破口大罵。他的身體埋在盔甲中，只能看見一隻大膽無恥的紅鼻頭，向上翹起，一撮金色的鬈髮，以及粉紅的嘴唇和放肆的眼睛。他繫著插滿匕首和短刀的腰帶，長劍掛在腰間，左手抓著一副生鏽的弓弩，一隻大體積的酒罐擺在面前，右邊還靠著一位衣領大開的胖姑娘。他身邊的人都笑著叫罵、暢飲。

除此之外，還有二十多個規模小些的群體。男女服務生頂著酒罐，跑來跑去。這邊有蹲著玩彈球的、下三子棋的、擲骰子的、玩小母牛的、對套圈圈著迷的。那邊有人在吵架，對面有人在接吻。我們大概能想像這一場景，還有搖擺不定的火光，將人頭攢動的怪影放大後投向酒館的牆上。

至於吵鬧之聲，簡直就是身處於連續敲響的大鐘裡。各種聊天此起彼伏，在館子的兩頭相互呼應，斷斷續續，還有一口大炸鍋中的油脂如雨點般不停地劈啪作響。

酒館深處，一片喧鬧中，壁爐內側的長椅上坐著一位哲學家，雙腳踏著爐灰，雙目盯著柴火，正在遐想。他就是皮埃爾．格蘭古瓦。

克洛潘．圖耶福向他的隱話國子民下令：「咱們都快點，抓緊時間收拾，趕緊武裝完畢！一個鐘頭後就出發！」

有個姑娘唱著：

晚安，我的父親和我的母親！

最後離開的人要把火熄滅。

兩個玩牌的人在吵架。臉喝得最紅的那位朝對方伸出拳頭，喊著：「丁鉤！我要在你身上打出梅花來，你就可以代替密斯提格力[1]在國王的牌局中做梅花鉤。」

還有一個人，從他的重鼻音可以聽得出來是諾曼第人，大聲嚷嚷：「哎呦！這邊大夥擠得像卡約維樂城的聖人像一樣。」

埃及大公尖聲對聽眾說：「孩子們，法國女巫赴群魔會的時候，不騎掃帚、不塗油脂，也不用坐騎，只念幾句神奇的咒語就行。義大利女巫會招公山羊在門口等著她。可是她們出門都得從煙囪裡爬出去。」

從頭到腳全副武裝的年輕人在講話。他的喊聲蓋過全場的嘈雜。「棒啊！棒！今天我第一次舉起武器。流浪漢！我當上了流浪漢，基督的肚子！給我酒喝！……各位朋友，我是磨坊的若讓．弗洛羅，還是紳士。我堅信，就算上帝是警察，他也會變成大盜。各位弟兄，咱們要出征作戰啦。咱們英勇無比。包圍教堂，砸開大門，救出小美女，讓她脫離法官和教士的魔掌。砸爛修道院，到主教府燒死主教，連鎮長喝口湯的工夫都不用，咱們就能辦成事。咱們為正義而戰，洗劫聖母院。咱們要吊死凱西莫多。你們認識凱西莫多嗎，各位小姐？聖靈降臨節的時候，你們看到他趴在大鐘上直喘大氣

1　紙牌中梅花鉤的名字。

嗎？聖父的犄角！美景啊！活生生是一隻魔鬼騎在一張血盆大口上……各位朋友，聽我說，我的心是流浪人的心，靈魂是隱話幫的靈魂，生來就是乞丐。我曾經有錢，財產被我吃光了。我母親想讓我當軍官，我父親讓我當副祭司，姑媽要我當審判顧問，奶奶要我當國王首席公證師，姑奶奶覺得穿短袍子的財政官更合適。我卻讓自己成了流浪漢。我把此事告訴我老爹，他對我劈頭蓋臉一頓咒罵。我告訴了我老娘，老太太放聲大哭，口水流得像這火中的木柴。歡樂萬歲！我是真正的比塞特人！親愛的老闆娘，換一瓶酒！我還能付得起。別給我上敘海樂酒了，它讓我的嗓子很悲傷。牛犄角！我還不如喝下一個竹籃呢！」

亂哄哄的人群大笑鼓掌。學生看到身邊越來越喧鬧，叫喊起來：「啊！如此美妙的聲響！群情高昂，人聲鼎沸！[2]」

然後他高唱起來，目光迷離，自我陶醉，好像修道士在做晚禱：

如此的頌歌！
如此的樂器！
如此的歌曲！
如此的韻律永遠迴蕩！
甜美的樂器奏著頌歌，
這是天使的音律，
讚美啊，

頌歌的頌歌！[3]

他不唱了，說：「見鬼，老闆娘，上晚餐啊。」

人群中突然一片沉靜，聽到埃及大公尖著嗓子正在告訴波希米亞人：「黃鼠狼叫安杜伊，狐狸叫藍腳或是森林快跑者，狼是灰腳或金腳，熊是老頭或老爺爺……矮腳鬼的帽子能讓人隱形，讓隱形的東西現形……給癩蛤蟆洗禮，必須先給牠包上紅色或黑色天鵝絨，脖子上戴個鈴鐺、腳上繫個鈴鐺。教父抓牠的腦袋，教母抓著屁股……魔鬼西德拉加蘇姆能讓年輕姑娘光著身子跳舞。」

若讓打斷他說：「彌撒起誓！我願意做魔鬼西德拉加蘇姆。」

與此同時，酒館的另一頭，流浪人低聲講話，接著全副武裝。

一個波希米亞人說：「可憐的愛絲梅拉達！她是咱們的妹妹……必須救出她。」

一個猶太人模樣的假貨販子問：「她還在聖母院嗎？」

「當然，上帝！」

假貨販子叫嚷：「太好了！各位夥伴，打到聖母院去！正好，聖徒弗何奧樂和弗胡京的小禮拜堂裡放著兩尊雕像，一尊是聖約翰-巴蒂斯特，另一尊是聖安東尼，都是純金的，總共重十七金馬克十六艾斯特林，鍍金的銀底座重十七馬克五盎司。我知道這些。我是金銀匠。」

2、3 原文為拉丁文。

若讓的晚飯端上來了。他靠著身旁姑娘的前胸，大聲說：「以聖弗爾特．德．呂克，也就是平時稱作高格呂聖人的名義起誓，我現在無比幸福。我面前是個沒鬍子的笨蛋，正盯著我，好像他是大公爵。左邊還有個傢伙，一口長牙，遮住了下巴。我像圍攻蓬圖瓦茲的吉艾元帥，身體右邊靠著女人的乳頭……穆罕默德的肚子！夥伴，你像個賣網球的小販，居然過來坐在我旁邊！我是貴族，朋友，商人和貴族水火不容。走開……嗨喲，你們！別打架呀！怎麼，巴蒂斯，吃笨鵝的，你敢拿漂亮的鼻子對付這個蠢貨的大拳頭！笨蛋！**不是所有人都有一隻鼻子**[4]……咬耳朵的雅克琳娜，你是我的女神！可惜你是個禿頭……噢！我叫若讓．弗洛羅，我哥哥是副主教。讓鬼抓他去吧！我跟您說的都是真的。我哥哥答應分給我天堂中的半套住房，為了做流浪漢，我高高興興地放棄了。『**天堂房產的一半**』[5]，我引用原話。我在蒂爾夏普街有塊采邑，女人都愛我，這是真的，就像聖埃洛瓦是出眾的金銀匠，還有巴黎這個花花世界的五大行業是：製革、鞣革、綬帶製作、錢包商人，和苦工，也像聖洛朗是被燃蛋殼的火燒死的一樣。各位夥伴，我向你們發誓：

假如我說謊，
一年內只喝辣椒湯！

「勾魂的美人，月光晴朗，你從通風孔處看看外面，清風在揉皺雲彩！和我揉皺你的遮胸衣一樣！……姑娘，給孩子擦把鼻涕，剪掉燭花。基督穆罕默德！我在吃什麼！朱比特神！喂喂！女人！你家的小娼婦頭上沒頭髮呀，都長在你的炒雞蛋裡。女人！我只喜歡禿頭的炒雞蛋。讓魔鬼弄塌你的鼻子！……這豪華餐廳是魔鬼別西卜開的吧，娼婦怎麼用餐叉梳頭！」

他一把將盤子摔在石頭地上，聲嘶力竭地高唱：

以上帝的血起誓，
我沒信仰，不守法，
沒有灶臺，沒有房子，
沒有國王，
沒有上帝。

這時，克洛潘．圖耶福發完了盔甲兵器。向腳踩著柴架、浮想聯翩的格蘭古瓦走去，攬錢王說：「皮埃爾，朋友，你在想哪個魔鬼？」

格蘭古瓦轉向他，憂鬱地微笑：「我喜歡火，親愛的大人，並不是因為火會溫暖我們的雙足或是燒煮我們喝的湯，這一平庸的道理，而是因為它會迸出的火星。有時，我會連續幾個小時觀看火星。在漆黑的爐膛中一閃一閃的星星讓我有千百種新發現。有多少火星就有多少世界。」

流浪王說：「我要是知道你在說什麼，天打雷劈！你知道現在幾點了嗎？」

4、5 原文為拉丁文。

格蘭古瓦回答：「我不知道。」

克洛潘湊近埃及大公：「朋友，馬蒂亞斯，咱們這個的時間不怎麼好。聽說國王路易十一到了巴黎。」

老波希米亞人說：「那就更要把我們的姊妹從獸掌中救出。」

攬錢王說：「馬蒂亞斯，你這話夠有種。而且，咱們快點動手，不怕教堂的防守。修道士都是些兔子膽，咱們人多。明天最高法院的人來抓人就會撲個空！教皇的腸肚！我不願意讓人絞死漂亮的小姑娘。」

克洛潘走出小酒館。

大家聽到若讓嘶啞的聲音在叫喊：「我大口喝酒，我大口吃飯，我醉了，我是萬神之王朱比特！……嘿！屠夫皮埃爾，你再這樣看我，我就用手指把你鼻頭上的土都彈下來！」

這邊，格蘭古瓦從冥想中醒來，打量著身旁狂熱沸騰的情景，咬牙低聲自語：「淫蕩的酒水，喧嘩的醉人[6]。嗯！我不喝酒是對的，聖勃魯瓦曾說過這句精彩的話：『酒也能讓智者迷魂。[7]』」

正當此時，克洛潘走回來，雷鳴般地大喊：「午夜十二點！」

這句話就像命令休息的部隊立即上馬，在一片武器和鐵器的碰撞聲中，所有流浪漢，男男女女、大人小孩，一窩蜂地衝出小酒館。

月亮被雲彩遮上。奇蹟宮裡黑漆漆的，沒有一點燈光，然而卻不是空曠無人。四處能聽到男人女人低聲說話。隨著他們嘈雜的聲音，各式各樣的武器在黑夜中閃亮。克洛潘登上一塊大石：「隱話人，集合！埃及人，集合！伽利略人，集合！」

黑暗中一陣騷動。亂哄哄的一大隊人好像終於排成行。幾分鐘後，攬錢王又大聲發令：「現在穿越巴黎，不許說話！口令是：小火苗在遊蕩！到了聖母院才點火把！出發！」

十分鐘後，長長的一隊人，黑壓壓地、安安靜靜地穿過龐大的菜市場區蜿蜒曲折的小街，直向兌換橋走去。巡夜的騎兵嚇得趕緊避開。

6、7 原文為拉丁文。

IV 幫倒忙的朋友

這天夜裡，凱西莫多沒去睡覺。他剛剛最後一次巡視了教堂。當他關閉教堂幾扇大門的時候，並沒有發現副主教從他身邊走過。副主教用氣憤的眼光看著凱西莫多仔細地插上粗大無比的鐵杆門栓，並緊緊鎖住。幾扇大門像牆一般堅固。唐·克洛德顯得比平日更為滿懷心事。

他自從經歷愛絲梅拉達小屋的遭遇後，成天虐待凱西莫多。但是無論怎樣粗暴對待他、打他，忠心耿耿的敲鐘人依然耐心對他逆來順受。只要是副主教做的，辱罵、威脅、拳頭，他都能忍受，既不會低聲抱怨更不會發出呻吟。他只會不安地注視著副主教爬上鐘樓樓梯。然而，副主教卻決定不再出現在埃及少女的面前。

回到這天夜晚，凱西莫多看了一眼可憐的雅克麗娜、瑪麗、蒂博爾這幾口被拋棄的大鐘後，爬上北邊鐘樓頂，把不透風的手提燈擱在屋簷水槽上，眺望巴黎城。我們已經交代過，這一夜天地一片黑暗。在那個年代，巴黎還沒有路燈，遠看是呈現一團團模糊的黑塊，時不時地會被塞納河慘白的曲線切割。凱西莫多只看到遠遠的聖安東門方向，一座建築物模糊的黑影聳立在諸多屋頂之上，其中有扇窗戶亮著燈。那邊有個人在守夜。

敲鐘人的獨目的目光在夜霧籠罩的天際遊蕩，他的心中充滿難以描繪的不安。這幾天來他一直監視著，總能看到一些面貌凶狠的人在教堂周邊遊蕩，盯著少女的避難場所。他心裡猜想是不是有人在策畫謀害不幸的逃亡女子。他以為群眾恨她和憎惡他一樣，可能會發生什麼大事，所以在鐘樓頂守望，正如拉伯雷所說：在夢境中做夢，他一會兒看看女孩的小屋，一會兒眺望巴黎，小心翼翼地觀望周邊動靜，像一隻警覺的看門狗。

大自然彷彿是為了補償他的醜陋和其他殘疾的肢體，讓他的獨眼天生十分敏銳。他正在細細觀望大巴黎城，忽然發現老皮貨沿河街有些異常，似乎有動靜。蒼白的河光中，堤岸欄杆的黑色剪影不像其他堤岸處，是一根平靜筆直的黑線。遠看去，這輪廓像河水的波浪，又像前進隊伍的人頭。

他覺得奇怪，更加注意。這組波浪似乎向老城方向移動。只是沒有一點燈火。波浪在堤岸運動了一陣子，然後流淌進了老城島，最後停止了，堤岸的輪廓又復原為筆直靜止。

正當凱西莫多百思不得其解，波浪出現在了教堂前庭街。這條街垂直地穿過老城，延伸到聖母院正面。雖然夜色迷茫，他還是認出一隊人湧出這條街，在廣場上呼啦散開。雖然在黑暗中看不清，卻能發現是黑壓壓的一大群人。

午夜時分這種場面能將人嚇得魂飛膽破。最特別的是，這支隊伍四處尋找最黑的地方藏起來，並且盡量保持安靜。當然，一些聲響，比如零星發出的腳步聲，大概是能傳出來的。不過，這聲響是不會被我們的聾子聽見的。這一大群人，他既看不清楚，更聽不見，卻在他的腳下不停地蠕動，讓他覺得彷彿是一隊隊無聲息、又摸不著的死人，在夜霧中時隱時現。他覺得是裹著一堆人的濃霧朝他飄來，其中鬼影幢幢。

他心中又有些擔心，猜測是有人來蓄意傷害埃及少女。他隱隱地感到一場危機迫在眉睫。在這緊要關頭，他只能自作主張。沒人會料到這個不健全的大腦居然能夠快速策畫出方案。是否叫醒埃及少女？幫她逃離？從哪裡逃呢？街道已經布滿人，教堂後面是塞納河。沒有小船！無路可逃！只有一個辦法，就是戰死在聖母院大門檻，至少抵抗到救兵出現，如果真能有人出手相救，還是不去打擾愛絲梅拉達的睡眠。如果不幸的人兒註定要去死，何必過早讓她醒來？他下了這個結論，便更為冷靜地觀望敵人的動靜。

看起來教堂廣場的人數每時每刻都在增多。凱西莫多推測他們一定沒有發出任何聲音，因為街旁和廣場四周居民的窗戶都緊閉著。突然，冒起一支火光，轉眼間，七八支火把在眾人頭頂上點燃，在黑暗中搖曳著火焰。凱西莫多終於清楚地看到教堂廣場被一群衣衫襤褸的男女淹沒，他們手執長鐮、梭鏢、柴刀、方槊，千百把尖刃發著寒光，到處有人舉著油黑的鐵叉，好像是在一張張醜惡的頭上長出的犄角。他模糊地認出這群民眾，似乎夾雜著幾個月前擁護他為狂人教皇的諸多面孔。一個男人一手舉火把，一手執砍刀，爬上一塊界石，好像對人群講話。同時，這支奇怪的軍隊變了幾次隊形，似乎正在教堂四周布下陣。凱西莫多拿起燈走下樓梯，上了兩座鐘樓之間的平臺，更近些觀察對方，尋找防禦的方法。

在聖母院雄偉的大門前，克洛潘．圖耶福果然給他的隊伍分派好任務。雖然他預料不會有什麼抵抗，但是身為小心謹慎的統帥，他要求隊伍保持一定的秩序，以防巡邏隊或者兩百二十人的夜巡隊突然襲擊。因此，他將隊伍排列成形，從高處和遠處看，可以算是艾克諾馬戰役的羅馬人三角陣、亞歷山大大帝的豬頭陣或是古斯塔夫-阿道爾夫著名的楔形陣。這個三角形以廣場盡頭為底邊，正好攔住教堂前庭街；一個邊對著主宮醫院，另一邊對著牛市聖彼得街。克洛潘．圖耶福、埃及大公、我們的朋友若讓以及最膽大的那些流浪漢都站在三角形的頂端。

在中世紀的城市裡，流浪漢蓄意攻打聖母院這類舉動，並不是特例。今日所稱的警察當時還未存在。一個人口密集的城市，尤其是各個國家的首都，並不被中央政權監督，這是封建制度強加給大城鎮的奇特建構。每個城市是無數領主政權的聚集，分割成形狀各異、大小不同的領地，因而產生了無數支相互制約相互抗衡的治安隊伍，也就是說根本沒有警察管制。比如說在巴黎，除了一百四十一位有管轄權的領主，還有二十五位具有司法和管轄權的有權者，從擁有一百〇五條街的巴黎大主教到擁有四條街的草場聖母院院長。所有的這些司法主權僅在名義上承認國王的君主權，而領主都徵收路捐，占地為王。路易十一是個不會累的工匠，大面積地拆毀封建制度的高樓。為了鞏固王權，黎希留[1]和路易十四繼續這個工程，直到米拉波[2]才以人民利益的名義將它徹底摧毀。國王路易十一曾經苦心策畫，試圖撕裂覆蓋巴黎城的封建領主關係網，過頭地頒下兩三道全面的管制條令。一四六五年，他下令，居民入夜後要用蠟燭照亮窗戶，並把狗關起來，違者絞刑。同一年，又下令入夜後用鐵鍊封鎖街道，嚴禁攜帶匕首或攻擊性武器上街。可是，很快的，所有這些實驗性的城管立法都不再被執行。市民不在乎夜風吹滅他們窗臺上的蠟燭，也不理會他們的狗是否還在遊蕩；鐵鍊只有在被圍城的時候才會拉起來；禁止攜帶凶器也沒有什麼成效，只是將割嘴街改名為割喉街，這倒是一個卓越的

1　一五八五—一六四二，法國紅衣主教，國王路易十三的宰相，著名政治家。

2　一七四九—一七九一，法國大革命時期著名政治家。

成就。封建司法機構古老的鷹架還屹立著。在城市中，區域裁判權和領主裁判權交叉重疊，各自為政，相互擾亂，相互影響。巡邏隊、巡邏小分隊、衛隊如同荊棘密布，然而強盜、小偷、暴徒依然持武器四處橫行。所以在如此混亂的社會，賤民成幫結夥在人口稠密的街區明目張膽地洗劫一座宮殿、公府、民宅，並不罕見。大多數情況下，除非殃及自身利益，鄰居不會插手這類事。無論有沒有巡邏隊介入，他們對火槍聲不聽不聞，只會關閉百葉窗，堵住家門，坐等打劫完畢。第二天，巴黎城中的居民就會說，諸如：「昨天夜裡，艾蒂安納·巴爾貝特家被撬門了。」「克雷爾蒙元帥被抓走了。」等等……因此除了羅浮宮、王宮、巴士底宮、小塔宮這類王室宮殿，就連小波旁宮、桑斯公府、安古萊姆王府等，圍牆上都築有雉堞，大門上設有突堞。由於教堂是聖地，還有些安全性。也有一些教堂裝有防禦裝備，聖母院除外。聖傑曼德佩修道院，如同男爵公府，築著雉堞，造臼炮的銅比用於鑄鐘的還多。一六一〇年時還可以看到它的堡壘，今天只剩下教堂了。

再回到巴黎聖母院吧。

排兵布陣已經完畢。克洛潘的傳令居然在一片安靜中得以精確地執行。流浪幫紀律嚴明，值得讚歎。尊貴的首領登上廣場的矮牆，面對聖母院，高揮著火把。火焰被風吹得晃動，時不時地被自己的濃煙籠罩，聖母院被映得通紅，正面也隨著火把時顯時隱。他大聲喊，嗓門嘶啞而粗魯：

「巴黎主教、最高法院參事、路易·德·波蒙，你聽著！我是克洛潘·圖耶福、攬錢王、丐幫幫主、隱話國王子、狂人幫主教，我告訴你：我們的姊妹，被錯誤地定罪為施行妖術，躲進了你的教堂，你必須給她庇護，可是你卻同意最高法院把她從你的教堂重新逮出來。如果上帝和流浪漢不存在，她明天就會在河灘廣場被絞死。所以主教，我們來找你算帳。如果你的教堂是神聖的，我們的姊妹也神聖。如果我們的姊妹不神聖，你的教堂也不神聖。如果你還想拯救你的教堂，我們現在命令你把姑娘還給我們。否則我們把人搶走，還要洗劫教堂。這倒是對我們更有利。我現在立旗發誓。上帝保佑你，巴黎主教！」

可惜凱西莫多聽不見這威風凜凜、野蠻粗獷的喊話。一個流浪漢將手中的幡旗獻給克洛潘，攬錢王莊嚴地將它插在兩塊鋪路石塊縫隙中。其實就是一杆長柄叉齒，上面插著一塊滴血的爛肉。

大旗豎起，攬錢王轉回身，環視他的大軍。這是烏泱泱一大群惡漢，目光炯炯，手中長矛閃閃發光。他停頓片刻，大喊一聲：「孩子們，衝啊！好漢們，捲起袖子幹吧！」

三十個大漢應聲出列。他們膀大腰圓，好像個個都是鎖匠，肩上扛著大錘、鐵鉗和撬杆，直奔教堂正門，拾階而上。人家能看見他們在尖穹門廊下蹲下，用鐵鉗和杆子猛撬門。一群流浪漢尾隨而上，有幫忙的、有觀望的。霎時，大門前的十一級臺階被擠得水泄不通。

然而大門紋絲沒開。

只聽有人說：「見鬼了！怎麼這麼堅實頑固！」

另一個說：「就是一個老傢伙，軟骨都變硬了。」

克洛潘說：「各位夥伴，加油！我拿腦袋賭一隻拖鞋：沒等教堂執事醒過來，你們就能打開大門，搶出姑娘，再把主祭壇扒個乾淨。加油！我覺得大鎖鬆動了。」

突然，一聲恐怖的轟響從他的身後發出，打斷了他。他回頭一看，原來是一根巨大的樑柱從天而降，在教堂的臺階上將十幾個流浪漢砸扁，又從石板地上彈起來，像炮彈般轟鳴，壓斷了乞丐群中一些人的腿，眾人嚇得驚呼救命，四處逃散。一眨眼的工夫，前庭圍牆內就沒人了。撬鎖的那幾個大漢雖然被門上的拱頂保護，卻放棄了大門，連克洛潘本人也和教堂拉開距離。

若讓大喊：「我撿了條命！我感到有陣風，牛的頭！可是屠夫皮埃爾被屠殺了！」

很難描述落在強盜頭上的大樑所引起的驚愕和恐慌。幾分鐘過後，他們還在呆呆地站著，眼睛盯著空氣。這根木頭，比兩萬名近衛弓箭手更叫他們不知所措。埃及大公嘟噥：「撒旦！這一定有妖法！」

紅臉安德里說：「是月亮朝我們投了根柴火。」

酒狂弗朗索瓦接著說：「如此說來，月亮是聖母的密友！」

克洛潘大吼：「千萬個教皇！你們都是笨蛋！」

但是他也無法解釋巨樑墜落的起因。

他們根本看不清教堂的正面，火把也照不到它的頂部。沉重的大樑橫在前庭，只聽見一開始被擊中後，肚子在石階上被壓成兩段的不幸者的呻吟。

攬錢王鎮定下來，終於找到一個解釋，讓所有人聽了都覺得有理：「上帝的大嘴！是修道士他們在抵抗嗎？趕緊搶劫！搶劫！」

「搶劫！搶劫！」亂哄哄的人群發出憤怒的歡呼。同時火槍、火炮全都射向教堂正面。

這段轟炸聲驚醒了鄰近安逸的居民。幾扇窗戶打開了，窗口上出現了戴睡帽的頭和持蠟燭的手。

「向窗戶開槍！」克洛潘大叫。窗戶立刻都緊閉了，可憐的市民只瞥了一眼這火點爍爍、驚天動地的場面，就趕緊回屋去，到老婆身邊擦冷汗，研究著聖母院廣場上是不是在舉行群魔夜會，或像六四年被勃艮第人圍攻。於是，丈夫擔心搶劫，老婆想著強姦，個個都嚇得發抖。

「搶劫！」隱話人重複著，可是誰也不敢上前。他們看看教堂，又看看巨樑。巨樑紋絲不動，教堂也依然沒有任何動靜，然而卻有什麼東西讓流浪漢毛骨悚然。

圖耶福大叫：「動手吧，各位好漢！強行攻門！」

沒人走上一步。

克洛潘說：「扯鬍子瀉肚子的！這幫男人連根椽子也怕！」

一個老硬漢對他說：「老大，不是木椽讓人頭痛，是大門，被鐵條封得死死的，鐵鉗根本不行。」

克洛潘問：「你們到底需要什麼破門？」

「呃，得要根攻城杵。」

攬錢王英勇地跑到大木樑前，踏上一隻腳，大喊：「這裡正好有一根。是修道士他們送給你們的。」說罷，他嘲諷地向教堂施禮：「謝謝修道士！」

他勇猛蠻橫的姿態解除了木樑的魔力，流浪漢又鼓起勇氣。不一會兒，兩百隻粗壯的臂膀將沉重的大樑像一根羽毛一樣抬起來，猛地向大家試圖撬開的大門撞去。流浪漢中為數不多的火把在廣場上閃閃爍爍，照著大漢抬著大樑衝向教堂，讓人以為是一頭千足怪獸埋頭撲向一個石頭巨人。

被木樑撞擊，半金屬的教堂大門像面大鼓一樣作響，卻沒有裂開。整座教堂顫抖起來，能聽到建築物內部的各個深處都在轟鳴。

與此同時，從教堂正面的高處落下一場石頭雨，砸向進攻的漢子。若讓大喊：「見鬼！難道是兩座鐘樓把它們的欄杆抖下來，砸在我們的頭上嗎？」

但是大夥正在勁頭上，攬錢王以身作則，因為對手以為是主教在抵抗。左右兩邊不斷地落下石頭，將腦袋砸開花，眾人更加瘋狂地進攻大門。

更令人驚歎的是，石頭一個接一個從天而降，很密集。隱話者都能同時感覺到兩塊石頭，一塊在腿上、一塊在頭上，很少人沒有挨砸，已經有一大片死者和傷者流著血殘喘著橫臥攻門人腳下。攻門人紅了眼，後浪推前浪般，舉著大樑繼續砸門，像鐘錘敲鐘般，一聲聲地擊撞。隨著大門的怒吼，石頭如雨點般砸下來。

讀者大概意料不到，這令流浪人怒火沖天的抵禦居然來自凱西莫多！

世間的巧合居然幫了這個勇敢的聾子，因而釀成大禍。

當時凱西莫多下樓來到兩座鐘樓之間的平臺，腦袋中一片混沌。他從平臺高處看到密密麻麻的流浪漢擁擠著排隊向教堂猛衝，發瘋地在柱廊上來回狂奔了幾分鐘，祈求魔鬼或者上帝救出埃及少女。他先想爬上南鐘樓敲響警鐘，可是又想等他將大鐘搖擺出聲，等到大鐘瑪麗的洪亮嗓門喊出第一聲，教堂的大門不會已經被攻破十次了嗎？這正是那些硬漢手持撬鎖的工具衝向大門的時候。怎麼辦？

他突然記起來，白天的時候，泥水匠一直在修葺南鐘樓的牆、樑架和樓頂。這給他頭腦中帶來一線光明。牆是石頭，樓頂是皮鉛，樑架是木頭。這組令人歎為觀止的樑架，密集紛繁，被人稱作森林。

凱西莫多跑向這座塔樓。果然塔樓下面的房間裡堆著各種建築材料：一堆堆礫石、一捲捲鉛皮、一捆捆板條、已經鋸好的粗桁條、一攤攤灰渣，儼然一個彈藥充足的武器庫。

時間不多了。他的腳下，一群人揮動鐵鉗和錘子正在奮力撬門。危急之時，凱西莫多倍生力量，舉起一根木樑，最長最沉的，將它推出一個窗洞，然後到鐘樓外抓住，將它沿著平臺欄杆的邊角推動後，猛然鬆手，讓它墜入深淵。巨大的樑柱從一百六十法尺的高空落下，擦著牆，砸碎了塑像，在空中打轉，如同風車的一葉，穿過空氣。最後，它碰到地面，一片悲慘的叫聲，烏黑的大樑在石板塊上彈起，好像一條躍動的蛇。

凱西莫多看到巨樑墜落後，流浪漢四散逃開，好像被小孩子吹氣揚起的灰。趁著他們慌亂，正在迷信地打量著從天而降的大錘子，用亂箭和散彈破壞門廊上石塑聖人的眼睛時，凱西莫多在投大樑的欄杆邊無聲息地堆起灰渣、石頭、礫石，還有泥瓦工的工具袋。

因此，當敵人開始撞門的時候，礫石如同冰雹般砸下，讓他們以為教堂即將崩塌在他們頭頂上。此時誰要碰到凱西莫多都會被他嚇一跳。他除了在圍欄上放置了投擲物，在平臺上也堆起石頭。一旦放在欄杆邊緣的石頭被用完，他就立即到平臺上的一堆中去取。於是他不停地彎腰、直身、再彎腰、再直身，奔波忙碌。他小鬼般的大腦袋伸出欄杆，丟下一塊大石頭，緊跟著又有一塊，還有一塊。他的獨眼時不時地看著一塊大石墜落，當它充分地演示殺傷力後，他就來一句：「嗯！」

然而丐幫沒有失去勇氣。上百人抬著橡木攻城杵，他們的力量再加上大樑本身的重量，讓厚厚的大門連續二十多次抖動。門的鑲板開裂後，門上的雕紋成了飛揚的碎片。每一次撞擊時，門樞就在螺釘上跳起一次。門板掉下來，鐵筋中的木頭也被撞成碎末。對於凱西莫多這邊，幸運的是，大門中鐵骨比木頭多。

他都能感覺到大門在搖搖欲墜。雖然聽不見，攻城杵每撞擊一次，教堂的五臟六腑和地下的洞穴都在迴響。從高處他看見憤怒的流浪漢挑釁地對著教堂昏暗的正面揮拳頭，他真羨慕從頭上飛走的一群貓頭鷹，恨不得埃及少女和自己也能長出翅膀。

石頭雨並不能擊退流浪漢。

他正急得團團轉，突然看到在他出手砸隱話幫的欄杆下面，有兩條石頭雨槽，槽口直通教堂大門的上方，內管通到石塊地上。他心生一計，跑到敲鐘人住的角落中拿來一捆柴火，又在柴火上放上很多捆板條和鉛皮捲，這是剛才沒用完的彈藥。他把這堆柴火放在兩道雨槽的入口上，用燈籠點燃了火。

在這段時間，石頭沒有墜落，流浪漢也不再抬頭看天。盜賊氣喘吁吁地，好像一群獵犬將野豬逼入洞穴，哄鬧著擠在教堂大門前。雖然大門被攻城杵撞變了形，卻仍然屹立。流浪漢興奮地等待那致命的一擊，將大門開膛破肚。他們推擠著聚集在大門口，準備在打開大門的瞬間，第一個衝入富麗堂皇的教堂，直奔三個世紀以來在此處累積的財富。他們貪婪地叫喊著，相互提醒不要忘記教堂裡有漂亮的銀十字架、華美的錦緞教衣、璀璨的鍍金墓碑、唱詩班座席上各類貴重寶物，還有令人眼花撩亂的節日用品，耶誕節富麗堂皇的燭臺、復活節明晃晃的金太陽——舉行這些盛大的慶典時，神父會在祭壇上堆滿聖骨盒、燭臺、聖禮盒、聖體盒、聖體櫃，給祭壇鋪蓋上一層黃金和鑽石的表面。當然，在這令人心曠神怡的時刻，無論是小偷還是假殘廢者、流氓還是假燒傷者，心中盤算的都是怎樣洗劫聖母院而不是如何搭救埃及少女。我們甚至認為他們中大多數人用營救愛絲梅拉達作為藉口——如果小偷真的需要一個藉口去偷搶。

眾人再次圍繞起攻城杵。他們屏住呼吸，拉緊肌肉，正要使出渾身的力氣對著教堂大門來個最後了結。突然，人群中發出一聲嚎叫，比剛才被木樑砸得頭破血流當場擊斃的叫聲還要慘痛。沒叫的、還活命的人睜大眼睛呆呆地看著。兩道熔化的鉛水從教堂高處洶湧而下，澆在最稠密的人堆頭上。沸騰的金屬從天而降，落地之處，在人群裡挖了兩個冒煙的黑洞，好像雪地中澆上開水，人海立刻就退潮了。可以看到被燒焦的人在垂死掙扎，不停地慘叫。這兩道瀑布旁，還飛濺著可怕的雨滴灑向攻城人，像是帶著火苗的釘子，鑽入他們的頭頂。這是一把沉重的火，攜帶著無數霰粒，射向這群可憐鬼。

慘叫聲撕心裂肺。不論是膽大的流氓還是膽小的無賴，都將大樑扔在屍體上，四處逃散。教堂前庭第二次變得空空蕩蕩。

所有的眼睛都盯著教堂的上方，大家看到了一片奇特的景觀。中央玫瑰花窗上，最後一層柱廊的頂端，兩座鐘樓之間燒起了熊熊烈火，被風吹動，火焰瘋狂地舞動，火星旋轉著騰空而起，濃煙中不時飄著碎片。大火的底端，被燒得通紅的梅花形石欄杆的下面，兩隻漏雨魔怪的巨口，不斷地噴出熾熱的雨火。教堂昏暗的正面襯托著銀色的瀑布，快落到地面時，分散噴射，好像是從噴壺的千百個細孔中倒出來的水。烈焰之上就是兩座龐大的鐘樓，一座黑色，一座紅色，昏暗的剪影清晰地印在夜空，顯得更加高聳。鐘樓上無數鬼怪和惡龍的雕塑越發陰森猙獰，被焦慮不安的火光照得活動起來。蛇怪像是在笑，蹲在簷槽口的小鬼在狂吠，蠑螈在吹火，怪龍在濃煙中打噴嚏。在這群被火焰和喧嘩驚醒的石頭怪物中，一隻像圍著燭臺打轉的蝙蝠，在柴堆烈焰前走來走去。

如果這座古怪的燈塔驚醒了遠處比塞特小山的樵夫，他看見聖母院兩座鐘樓的巨大黑影在山中灌木叢上面擺動，一定會嚇得魂飛魄散。

流浪漢被嚇得閉上了嘴。一片寂靜中，聽到關在修道院裡的教士在報警，他們比著火的馬廄中的馬還要驚慌失措。臨街的窗戶打開又趕緊關上，四周的房屋和主宮醫院裡傳出各種騷動。風吹著火焰也在作響，垂死掙扎的人在呻吟，鉛液滴答在石塊地上，不斷地發出劈啪的聲音。

流浪漢的頭頭都退到貢德洛里耶公府的門廊下共商對策。埃及大公坐在界石上，迷信地眺望柴火堆如噩夢般在兩百尺的高空中閃耀。克洛潘．圖耶福憤憤地咬著自己的大拳頭，低聲說：「衝不進去啊！」

老波希米亞人馬蒂亞斯．漢加迪．斯皮卡底嘀咕著：「就是一座有巫術的老教堂！」

一名乞丐，曾經服兵役，一頭灰白髮，經常扮演受過重傷的老兵，說：「教皇的鬍子！教堂溝簷流出的鉛水，比加斯貢地區的萊克杜爾城的突堞射出的子彈還厲害。」

埃及大公喊起來：「你們看到了魔鬼在火堆前走來走去嗎？」

克洛潘說：「上天為證，是該死的敲鐘人，凱西莫多。」

波希米亞人搖頭說：「我告訴你們，是大侯爵、主管城堡防禦的魔鬼、塞博納克的鬼魂。他長著獅子頭，身子是個全副武裝的士兵，有時會騎上一匹奇醜無比的馬。他把人變成建造高樓的石頭，統帥著五十個軍團。就是他，我認出來了。他有時穿著一件漂亮的土耳其式樣金花長袍。」

克洛潘問：「星形廣場的貝爾維尼呢？」

一個女流浪人回答：「死了。」

紅臉安德里傻笑說：「聖母院給主宮醫院找一堆事做。」

攬錢王跺腳喊：「難道沒有攻破這扇門的辦法？」

埃及大公悲傷地指著遠處。兩條鉛水瀑布不斷地劃過教堂黑色的正面，好像兩隻閃磷光的長紡錘。他歎口氣說：「大家見過這類能防守的教堂。四十年前，君士坦丁堡的聖索菲亞教堂，圓拱頂就是它的腦袋，它搖搖頭，就連續三次把穆罕默德的新月旗摔到地上。它是巴黎吉約姆建造的，此人可是個大巫師。」

克洛潘說：「難道咱們要像大街上的奴僕一樣可憐兮兮地逃走嗎？難道把咱們的姊妹丟在這兒，明天讓披著人皮的狼抓走絞死嗎？」

另一位我們不知名的流浪漢補充說：「別忘了聖器室裡，還有幾大車黃金！」

圖耶福喊：「穆罕默德的鬍子！」

那個流浪漢又說：「咱們再試試。」

馬蒂亞斯．漢加迪點頭說：「咱們別從大門進，必須找到巫婆盔甲上的弱點，一個洞口、一條暗道、水管交接口什麼的。」

克洛潘說：「誰去？我回去看看……還有，渾身鐵皮的小學者若讓在哪兒呢？」

有人回答：「他肯定是死了。沒再聽到他的笑聲。」

攬錢王皺起眉頭：「算了吧。他那身鐵皮下有顆勇敢的心……皮埃爾．格蘭古瓦先生呢？」

紅臉安德里說：「克洛潘大帥，大家剛走到兌換橋，他就溜走了。」

克洛潘跺腳說：「上帝的大嘴！他鼓動我們衝鋒，自己卻在半路就跑了！……吹牛皮的膽小鬼，用拖鞋當頭盔！」

紅臉安德里觀察著教堂前庭街，喊出來：「克洛潘大帥，瞧，小學者來了。」

克洛潘說：「感謝冥王普路托！見鬼，他身後拖個什麼玩意？」

果然是若讓。他身披沉重的盔甲，勇猛地拖著一架長梯，好像一隻螞蟻拖著比自己長二十倍的草葉，竭盡全力、氣喘吁吁地在石塊地上跑著。

學生大喊：「勝利萬歲！讚美上帝！這是聖朗德里碼頭卸貨工的梯子。」

克洛潘走近他：「上帝的角，孩子，你拿這個梯子幹什麼！」

若讓上氣不接下氣地回答：「終於拿到了。我知道它在哪兒……就在校尉府邸的庫棚下……那裡住了個我認識的姑娘，她覺得我像丘比特一樣好看……為了梯子，我找了她，弄到梯子。帕斯克-穆罕默德！……可憐的姑娘穿著內衣給我開的門。」

克洛潘說：「好的。但這梯子有什麼用？」

若讓用狡猾精明的神情打量著他，將手指捏得像響板一樣。此時此刻正是他的輝煌時刻。他頭上戴的頭盔，是十五世紀時期裝飾過度、用盔頂稀奇古怪的飾物恐嚇敵人的那種，他這頂豎著十個鐵尖嘴，這樣一來，若讓可以和荷馬史詩中涅斯托爾的戰艦爭奪「裝有十根長刺」的稱號。

「我要做什麼，偉大的攬錢王？您沒有看到那邊三扇大門上方，站著一排傻瓜的塑像嗎？」

「是的，怎麼了？」

「那是法蘭西歷代國王的柱廊。」

克洛潘說：「和我有什麼關係？」

「別急！這條柱廊盡頭有一扇門，每天都只閂著門，我用這架梯子爬上去後就能進入教堂。」

「孩子，我先上去。」

「不行，夥伴，梯子是我的。跟我來，您第二個上。」

克洛潘粗魯地說：「鬼王別西卜掐死你！我怎麼能落在別人後面？」

「好吧，克洛潘，你去找個梯子！」

若讓拖著梯子跑過廣場，大喊：「孩子們，看我的！」

轉眼間，梯子豎起來，靠住底層長廊的欄杆，就在側門上端。流浪漢鼓掌歡呼，在梯子下面你推我擠準備爬上去。若讓當然要使用他的優先權，第一個踏上去。這是一個比較長的距離。今天，法蘭西國王柱廊距離地面大概六十法尺。當時的十一級臺階更增添了高度。若讓被身上沉重的盔甲壓著，一隻手抓著梯子，一隻手端著弩，緩慢攀爬。爬到梯子中央，他惆悵地打量一下石階上橫七豎八的隱話者屍體，說：「唉！這麼一堆屍體，和《伊里亞德》第五章唱的一樣！」他接著爬。流浪漢跟著他，每個梯級上都站著人。在陰影中，這一隊穿著盔甲的背影扭曲著向上延伸，像是一條大蛇，張著鋼鐵鱗片，沿著教堂豎立。若讓就是蛇頭，吹著口哨，也是幻影的一部分。

學生終於抓住柱廊的陽臺。在一片流浪人的喝彩聲中，他敏捷地跨過去，占領了堡壘，高興地大叫。突然間他驚訝得閉住了嘴，一動不敢動。原來凱西莫多藏在黑暗中一座國王雕像身後，他的獨眼在閃爍。

第二位攻城人還沒能跳入長廊，勇猛的駝子就衝向梯子頂端，二話不說，兩隻有力的大手抓住梯子的頂頭，將梯子舉起，從牆上拽下。周邊響起一片焦慮的喊聲。他將從上到下爬滿流浪漢的折疊長梯抖動了幾下，突然，用超人的力量將這一串人推向廣場。這一瞬間，即便最果敢的人也嚇得突突心跳。梯子向後，先是直直地豎著，似乎徘徊不定，隨即搖晃幾下，猛地畫了一個半徑為八十法尺的半圓，滿載著強盜砸向石塊地，比鐵索斷了後下降的吊橋還要快。一開始紛紛揚揚的咒罵聲變成全場鴉雀無聲。幾個殘廢的受難者從死人堆中爬出來。

攻城者勝利的歡呼轉為痛苦和憤怒的騷動。凱西莫多兩肘撐著欄杆上，無動於衷地看著，像一位長髮披肩的老國王憑窗眺望。

若讓．弗洛羅陷入了危機。長廊裡，他獨自一人面對凶狠的敲鐘人，他的同伴都在八十尺高的牆腳下。趁著凱西莫多玩弄梯子，學生衝向那扇他以為打開的暗門。判斷錯誤。聾子走進長廊時回身把門鎖住了。若讓躲到一座國王塑像的後面，不敢出氣，恐慌地盯著魔鬼駝子，就像一個向動物園看守人的妻子求愛的男人，晚上赴幽會時翻錯了牆，突然撞上了一隻白熊。

一開始，聾子沒有注意他。然而他還是回了頭，站直身子。他瞥見了學生。

若讓做好被痛打的準備，然而聾子紋絲不動，只是轉過身子打量著學生。

若讓說：「嘿！嘿！你為什麼用憂鬱的獨眼看著我？」

年輕的傢伙一邊這麼說，一邊暗暗地上了弩。

他大喊：「凱西莫多！我把你的外號改了，以後大家叫你瞎子。」

箭飛出去。羽箭尖叫著扎入駝子的左臂。凱西莫多面不改色，如同法拉蒙國王的石像被劃了一道。他的手一把抓住箭杆，把箭從手臂上拔出，平靜地在自己的巨型膝蓋折斷，然後丟在地上，更確切地說，他把兩段投到地上。雖然如此，若讓卻來不及射第二次。箭一斷，凱西莫多就激烈地喘息著，像一隻蚱蜢跳向學生。學生的盔甲猛地撞到牆上，被壓扁了。

這時，黑暗中浮動著火把的光亮，大家隱約目擊到恐怖的情景。

凱西莫多的左手抓著若讓的兩隻手臂。若讓知道自己完了，根本不掙扎反抗。聾子一聲不吭地伸出右手，陰沉沉地、慢吞吞地將學生的全身盔甲一片片地摘下來，劍、匕首、頭盔、護胸甲、臂鎧，好像一隻猴子剝核桃。凱西莫多把學生披的鐵殼，一塊塊地丟在他腳下。

當學生看到自己被解除武裝、脫掉衣服後，是一雙巨掌中弱小赤裸的玩物，就不想再和聾子講話。他大膽無賴地朝著聾子的臉一邊笑一邊唱起來。這個十六歲的孩子，不知道什麼是憂傷和恐懼，唱的是當時流行的一首歌：

漂漂亮亮的

康布萊城，

被馬拉梵劫洗一空……

他沒能唱完這支歌。大家看到凱西莫多站到長廊的圍欄上，只用一隻手倒提著學生的雙腳，把他像投石一樣在深淵的上空甩了幾圈。然後他們聽到一個聲響，骨製的盒子撞在牆上破碎的聲音，接著看見一件東西落下，才下墜三分之一的距離，就掛在建築物的一個凸角上。若讓已經是身體彎曲、腰部折斷、腦袋開花的屍體了。

流浪人群中升起恐怖的驚叫。

克洛潘大喊：「報仇啊！」

眾人齊聲回答：「搶劫！衝啊！衝啊！」

人群中爆發出奇特的吼聲，混雜著不同的語言、方言、口音。可憐學生的慘死點燃了這群人的狂怒。一個駝子居然能如此長時間地將他們在教堂門前打退，他們惱羞成怒，找來很多梯子，增添了火把。幾分鐘後，凱西莫多驚恐地看到可怕的人群像螞蟻一樣從各個角落向上攀登，對聖母院發起進攻。沒有找到梯子的就用打了結的繩索，沒有繩索的就抓著塑像的突出處攀援，後面的人抓著前面的人的破爛衣衫。這是由無數張扭曲的面孔組成的大浪，沒有任何辦法阻止這樣的漲潮。野蠻的面孔因為憤怒而發著光，髒兮兮的腦門流淌著汗水，眼睛像燈火。這些怪臉、這群醜陋的形體，都向凱西莫多爬去。好像是其他教會調動了他們的蛇髮女妖、猛犬、山精、魔鬼，啟動了噩夢般的雕像，派它們前來攻打聖母院，在聖母院正面豎立的石雕鬼怪之外，又增添了一堆活蹦亂跳的夜叉。

廣場上的火把如夜空的明星。在此之前隱沒在黑暗中的混亂，突然被火光照亮。教堂廣場的一片光明直射天空。高處平臺上燃燒的烈火一直在燃燒，從城市的遠處就能看到。兩座鐘樓將其龐大的影子投向巴黎的屋頂上，在明亮中畫出兩道陰暗的豁口。城市開始躁動，遠方響起了警鐘。流浪漢在怒吼、喘大氣、叫罵、攀援，而凱西莫多根本不能抵抗如此數量的敵人，只能為埃及少女擔憂。一張張狂虐扭曲的面孔離他的柱廊越來越近，他只能祈求奇蹟降臨，絕望地扭著雙臂，伸向上天。

V　法蘭西路易先生的祈禱室

讀者或許還沒有忘記，當凱西莫多從鐘樓頂上查看巴黎城，在發現深夜行軍的流浪漢之前，曾經在昏暗之中找到一點閃爍的燈光：它位處聖安東門附近一座高大而漆黑的建築物頂層，像是掛在玻璃窗上的一顆星星。

這座建築物是巴士底。這顆星，就是路易十一的燭光。

果然國王路易十一到巴黎已經兩天了。他預定第三天啟程去他的蒙蒂勒斯·萊斯·圖爾的城堡。他很少光臨偉大的巴黎城，每次都只是匆忙的逗留，覺得在巴黎的時候，身邊的絞架、陷阱和蘇格蘭弓手都不夠用。

這天晚上他下榻巴士底城堡。他一點都不喜歡他在羅浮宮內五突阿斯[1]平方的大臥室，房間中有刻著十二隻巨獸和十三位先知的大壁爐，還有那張十二尺長、十一尺寬的大床。他認為處身這種宏偉之中，人會墮落沉淪。這個充滿市民氣息的國王，更喜歡巴士底的小房間和小床。何況巴士底比起羅

1　一突阿斯等於一·九五公尺。

浮宮堅固許多。

在這座著名的國家監獄裡，國王為自己留下的小房間其實還是很寬敞的，位於城堡主塔的最高層。這是一間圓形的居室，牆上懸掛著油亮的麥秸席子，天花板橫樑上裝飾著鍍金的錫片百合花，橫樑之間塗著鮮豔的色彩。牆上鑲著華麗的細木護壁板，板面點綴著白色錫製的小玫瑰花，歡快地塗著雄黃和靛青混漆的綠色。

房間只開一扇長拱窗，被銅絲網和鐵欄杆圍著。華麗的彩繪玻璃，繪有國王和王后的紋章，每塊都價值二十二個索爾，卻使房間顯得昏暗。

這裡只有一個入口，是一扇很現代的門，扁圓拱形，門內掛著壁毯，門外則是愛爾蘭式木門廊，精緻小巧，裝飾著奇怪的雕刻。一百五十年的老房子裡還存有這種建構。索瓦爾曾絕望地說：「雖然這種門廊不太美觀，妨礙進出，我們的老人家卻不願意丟掉，不管別人怎麼想，依然保留著。」

在這個房間裡，凡是能在普通住宅看到的家具都沒有：沒有長凳，沒有臺案，沒有軟凳，沒有箱狀的矮凳，也沒有值四索爾一張的漂亮柱腳凳。只能看到一張華美的折疊扶手椅，木頭漆成紅色，繪著玫瑰花案，椅面是朱紅色羊皮的，墜著長絲流蘇，扎著無數金釘子。這張椅子的孤獨表明只有一人有權在房間裡坐下。椅子旁邊、靠近窗戶的地方，一張桌子鋪著繡有飛鳥的織毯。桌上放了個墨跡斑斑的墨水瓶、幾張羊皮紙、幾支鵝毛筆，還有一個精雕細刻的高腳銀盃。再遠處是一個炭盆，一張裝飾著圓頭金釘的猩紅絲絨跪凳。最深處是一張簡樸的床，鋪著黃色和淺紅色相間的錦緞，沒有金屬飾片，也沒有金銀線花邊，只有普通的流蘇。這張床，路易十一曾在上面熟睡過也度過許多不眠之夜，兩百年前，當時的人還可以在一位最高行政法官家中看到它。在《希魯斯》中以阿里希迪和道德化身出現的皮魯老夫人就在那裡見過。

這裡就是大家稱為法蘭西路易先生的祈禱室。當我們把讀者帶入這間祈禱室的時候，這裡面一片昏暗。宵禁的鐘聲在一個鐘頭之前已經敲響過，天黑了，放在桌子上的只有一支搖擺不定的蠟燭，照亮分散在房間中的五個人。

燭光首先照到的是位貴族，衣著富麗堂皇，穿著緊身褲和銀色條紋的大紅半長上衣，上面是繪有黑色圖案的金線呢半截袖外套。這套光鮮的服裝，映著燭光，彷佛每條褶痕都倒映著火焰。此人的胸前用鮮豔彩線繡著他的紋章：人字斜紋頂端有隻奔跑的梅花鹿。盾形紋章右邊是橄欖枝，左邊是隻鹿角。他的腰間佩戴一把富麗堂皇的短劍，鍍金的銀刀柄鏤刻成山狀，柄端是一頂伯爵冠。他高昂著頭，氣勢洶洶，神情驕傲。第一眼望去，臉上寫著傲慢，第二眼，就會發現其中隱藏著奸詐。

他沒有戴帽子，手中拿著一卷文書，站在扶手椅後面。椅子上坐著一個穿著不講究的人，不美觀地弓著身子，一隻腿搭在另一隻腿上，手肘撐在桌面。大家可以想像，在如此奢侈的科孚羊皮椅上，垂著兩隻向外翻的膝蓋，兩條瘦得可憐的大腿穿著黑色羊毛褲，上半身裹絲絨大衣，上面套了皮衣，皮毛稀疏得露了皮。此人頭頂著油膩膩的低劣黑呢子帽，帽子四周裝飾著一圈小鉛人，還有一頂髒兮兮、罩住頭髮的圓帽襯。這就是我們所能看到的坐著的人。他的腦袋垂在胸口，別人看不到他被陰影遮蓋的臉，只能瞥見他的鼻尖，上面落著一絲光線，猜想是隻長鼻子。從他皺紋縱橫、骨瘦如豺的手來判斷，這是位老人。他就是路易十一。

在他們身後，拉開了距離，站著兩個衣著為弗蘭德款式的人，他們低聲交談，並沒有完全被陰影吞噬。那天觀看了格蘭古瓦奇蹟劇的人就會認出他們，這是弗蘭德代表團的兩個重要使臣：聰慧狡詐的根特市享俸祿者吉約姆．漢姆，以及頗得人心的襪商雅克．科勃諾爾。大家記得這兩個人都參與了路易十一的密謀政治。

最後，居室盡頭、入口處，一名四肢粗短的壯漢佇立在黑暗中，他一動不動，像一尊塑像，身披盔甲，套著繡著徽章的外套。他的眼睛突出，四方臉被一張大嘴劈開，看不到腦門，頭髮直直地壓著耳朵，好像半圈擋風板，看起來像條狗又像隻虎。

大家都脫了帽子，國王例外。

國王身後的貴族老爺正在念一篇冗長的記事單，國王彷彿在專心傾聽。兩位弗蘭德人在竊竊私語。

科勃諾爾嘀咕說：「上帝的十字架！我站不住了，這裡沒有椅子嗎？」

漢姆小心翼翼地微笑一下，用搖頭致以答覆。

科勃諾爾為強迫自己低聲說話深感不幸，說：「上帝的十字架！我真想盤腿坐到地上去，像在我店裡坐著賣襪子那樣。」

「您千萬不能衝動，雅克大人！」

「唉！吉約姆先生！難道這裡只能用腳站著嗎？」

漢姆回答說：「用雙膝跪著也行。」

此時，國王開口講話。他們便不作聲了。

「傭人制服五十索爾，王室神父的大袍十二里弗爾！就這麼把金子成噸地撒出去！您發瘋了嗎，奧利維埃？」

說著，老人抬起頭。他脖子上掛著聖米歇爾騎士團的項鍊，上面的金貝殼在閃亮，蠟燭照著他枯瘦鬱悶的側臉。他一把將文書從身後人的手中奪下。

他凹陷的眼睛讀著紀錄，大聲說：「您就是想讓我們[2]傾家蕩產！這都是什麼？難道我們真的需要這種豪宅嗎？禮拜堂的兩個神父，每人每月十個里弗爾，還有禮拜堂的一名神職人員一百索爾！一名內寢侍每年九十里弗爾！四名廚子，每人每年一百二十里弗爾！一名燒烤師，一名湯羹師，一名調汁師，一名大廚，一名酒水總管，兩名搬運工，每人每月十里弗爾！兩名廚房打雜工每人八里弗爾！一名馬夫配上兩名助手，每月二十四里弗爾！一名遞信員，一名糕點師，一名麵包師，兩名車夫，每人每年六十里弗爾！還有馬掌鐵匠一百二十里弗爾！還有財務總管，每年一千二百里弗爾，財務審計五百里弗爾！……我還能說什麼？就是胡來。王室工人的開支就是對法蘭西的掠奪。羅浮宮的財富你們就這麼付之一炬！不久的將來，我們就得變賣金銀餐具。等到明年，假如上帝和聖母還允許我們都活著（說到這裡，他舉起頭上的帽子），我們只能用錫壺喝草茶了。」

說到此，他看了一眼桌上閃光的銀盃，咳嗽一聲，繼續說：「奧利維埃大人，我們貴為國王和皇帝的王爵，統治著廣闊的土地，不應該滋養宮廷中的奢華習性，因為這類火焰會蔓延到外省……所以，奧利維埃大人，你聽我這句話。我們的開支逐年遞增，這令我們十分不滿。你看，上帝為證！七九年之前，沒有超過三萬六千里弗爾。八〇年時，是四萬三千六百一十九里弗爾……數字都記在我的腦子裡……八一年時，六萬六千六百八十里弗爾。至於今年，用我的身體健康打賭，將達到八萬里弗

2 法蘭西國王稱「我」為「我們」，這是謙虛的語態。

爾！四年中翻了一倍！匪夷所思！」

他停住，用力喘口氣，然後又激動地說：「我的身邊都是吃我喝我的人，我瘦了他們卻養肥了！你們成天從我的毛孔中吮吸金幣！」

眾人都默默無語。這是一種只能任由它燒完的怒火。他繼續說：「正如法蘭西全體領主用拉丁文書寫的請願書中說，我們必須重新規畫由他們負擔的沉重的王冠！當然是負擔！壓迫人的負擔！啊，諸位大人！你們說如果沒有切肉侍從，也沒有品酒侍從[3]，我們就不能被稱作國王！我們倒是要你們看看，上帝為證，我們到底是不是國王！」

說到這兒，他露出霸氣的微笑，火氣也消了些，他轉向兩個弗蘭德人：

「您看見了，吉約姆夥伴？麵包總管、品酒總管、內寢總監、宮廷總管大臣，都不如一個傭人有用……您記住這個，科勃諾爾夥伴……他們根本就是無用的。他們如此無能地環繞著國王，就像環繞著王宮大鐘的四位福音聖徒，這鐘剛被菲利浦．皮里耶翻修過。四尊雕像全都是鍍金的，根本不指時，時針運動和它們毫無關係。」

他思考了一會兒，點點他衰老的頭，補充說：「哎呀！以聖母的名義，我不是菲利浦．皮里耶，我不會給大臣重新鍍金。我贊成愛德華國王的觀點：營救百姓，殺死貴族……接下去，奧利維埃。」

他指名的那人從國王手中接過卷宗，大聲地朗讀：

「……向巴黎總督府持印官亞當．特農支付製作以及篆刻新印章費用十二巴黎里弗爾，因為此部門印章年久破殘，不能再使用。

「向吉約姆．富賴爾支付四里弗爾四個巴黎索爾，補償他在今年的一月、二月和三月哺育飼養小塔宮內兩所鴿舍白鴿的辛苦，並為此提供七塞斯提大麥。

「支付結繩派教士四個巴黎索爾，因為他為一個罪犯做了懺悔。」

國王無言地傾聽，時不時咳嗽一聲後，把酒杯端到自己嘴邊，滿面痛苦地喝一口。

「今年中，奉司法宮之令，在巴黎街頭吹喇叭，公告曉諭，共五十六次……帳目仍在結算中。

「在巴黎和其他地區尋找埋藏在地下大家傳說的寶藏，什麼也沒有找到……四十五巴黎里弗爾。」

「為了挖一枚銅板，埋了一個金幣！」國王說。

「……在小塔宮放鐵籠的地方安裝了六塊白玻璃板，共付十三索爾……奉國王旨令，在鬼怪節製作並呈交給國王四枚王室盾形徽章並包在玫瑰花環中，六個里弗爾……國王的舊上衣換兩隻新袖子，二十索爾……擦拭國王的長靴、鞋油一盒，十五但尼爾……為國王的黑豬崽新建豬舍一座，三十巴黎里弗爾……在聖彼得教堂旁圈養獅子所用的隔牆、地板和蓋板，二十二里弗爾。」

路易十一說：「看，多麼富貴的畜生！沒辦法！這是王者的輝煌。我喜歡一頭紅髮的大雄獅，非常溫順……吉約姆先生，您見到牠了嗎？……君王就要養這類奇幻的動物。我們君王，就要以獅子代替養狗，讓老虎代替貓。動物之王才能配得上人中之王。在信奉朱比特的異教時期，百姓獻給神堂的是百頭牛和百隻羊，而帝王賞賜的是百頭獅子和百隻老鷹。這真是又瀟灑又野蠻。法蘭西王的寶座向來就是被這種咆哮環繞。其實，世人總有一天會給我個公正的評價。我比歷代先王花錢少，我也沒有

3　原文為拉丁文。

養太多獅子、熊、大象和豹子……好了，奧利維埃先生。我們只是給我們的弗蘭德朋友講講。」

吉約姆．漢姆深鞠一躬，而科勃諾爾一副粗魯莽撞的表情，好像陛下說起的熊。國王沒有在意。他的嘴唇在杯裡呷了一口，將他喝的又吐出來，說：「呸！可惡的草茶！」朗讀者繼續念：「有個步行搶匪在剝皮場小房已經關了六個月，一直等著處理……他的伙食是六里弗爾四索爾。」

國王打斷他：「這是怎麼回事？養活個該絞刑的傢伙！上天啊！我不會再給一分錢的餐費，奧利維埃，您去和德．埃斯杜特維爾先生商量好，今晚就趕緊舉辦情郎與絞架的婚禮吧……接著說。」

奧利維埃在步行搶匪一條上用大拇指做了個記號，然後接下去念。

「付給巴黎司法最高等行刑官亨利埃．庫贊六十巴黎索爾，其人奉巴黎高等司法官先生命令，購買了一把寬葉大刀，特用來斬首被司法判處該刑的違法者，另補充有刀鞘及一切配件，同時也將處決路易．德．盧森堡大人時開裂缺口的舊刀修復還原，也就是明確地……」

國王打斷他：「好了，這筆錢我大力批准。這類的開銷我從不算帳，也從未後悔過……繼續。」

「付新打製的大囚籠一個……」

國王雙手抓住椅子的扶手，說：「嘿！我早知道不是白來巴士底一趟的……且慢，奧利維埃先生。我要親自去看囚籠。等我看的時候，您給我念它的造價……弗蘭德諸位先生，你們也來看看。一件新奇的玩意。」

說著，他就站起來，扶著奧利維埃先生的前臂，示意立在門前啞巴似的人走在前面，又示意兩個弗蘭德人跟在後面，走出了房間。

居室門口，渾身是鐵甲，佩戴兵器的幾名武士和舉著火把的幾名瘦侍從加入國王的隊伍。他們走在昏暗的主塔內部，穿過長廊，下了階梯。巴士底的總監走在隊首，命令每道關卡都在弓著腰、一邊走一邊咳嗽的老國王面前打開。

每過一道門，大家都需要低下頭，除了佝僂的老人。「嗯！」他說，他的牙齒掉光了，一邊說一邊漏風，「我們已經做好入陵墓的準備了，人人都得彎腰過這道矮門。」

最後一道關卡上掛了好幾道大鎖，花了一刻鐘才打開。過了這扇門，他們進入一間高大寬敞的拱形大廳，幾支火炬發出微光，可以分辨出一個結實的大立方體，由生鐵和木頭打造而成，裡面是空的。這就是用來拘禁國家要犯的著名囚籠之一，這些囚籠都被命名為「國王的小姑娘」。籠子側壁上開了兩三個小窗，窗上嚴密地圍著粗大的鐵欄杆，遮擋了玻璃。門是一塊平滑的大石頭，和墓門相同。這門只為進去的人打開，與墳墓不同的是，裡面裝的死人還活著。

國王繞著小建築物踱步，細心地檢查，奧利維埃先生跟在他後面，大聲地念著紀錄：「重新製造一個大籠子，粗大的格柵、框架、承樑，長九尺，寬八尺，頂板到底板高七尺，用粗大的鐵螺栓鉚合。該籠子放在聖安東城堡其中一塔樓的房間裡。奉國王命令，將原先殘破的囚籠關押的犯人轉入新籠。該新籠共使用九十六根橫樑，五十二根豎柵，十根三突阿斯長的承樑。十九名木匠在巴士底內庭中砍斷、加工、切割木料，共用二十天……」

國王用拳頭敲敲囚籠外框，說：「很結實的橡樹心。」

奧利維埃繼續：「……二百二十根粗大的鐵螺釘嵌入該囚籠，每根九尺或八尺長，其餘長度中等，另外固定鐵釘的螺帽、墊片和壓板，共用鐵三千七百三十五法斤；另外有八根大鉚釘用來固定該囚籠，並有鐵抓和鐵釘共重三百二十八法斤，不包括囚籠幾扇窗戶鐵柵、門上的諸多鐵杆等等……」

國王說：「這麼多鐵為了關押一個輕如鴻毛的生命。」

「……共計三百一十七里弗爾五索爾七但尼爾。」

國王叫道：「帕斯克-上帝！」。

路易十一剛吐出自己最喜歡的咒罵，囚籠裡的人就彷彿醒過來，能聽到沉甸甸的鐵鍊摩擦底板，還有像從墳墓中傳出來的微弱呻吟：「陛下！陛下！開恩吶！」

卻看不到誰在講話。

路易十一重複：「三百一十七里弗爾五索爾七但尼爾！」

囚籠裡傳出的哀嚎令全場的人不寒而慄，包括奧利維埃先生自己。只有國王一人好像完全沒聽見，命令奧利維埃先生繼續朗讀，而自己繼續不動聲色地打量囚籠。

「……除此之外，支付泥瓦工一名，此人鑿了幾個洞並裝置窗柵。囚籠過於沉重，房間的地板難以承受，因而需要加固地板，共付二十七里弗爾十四巴黎索爾。」

聲音又開始呻吟：「慈悲啊！陛下！我向您發誓，是昂熱的紅衣主教先生背叛了您，不是我。」

國王說：「這個泥瓦匠要價太狠！接著讀，奧利維埃。」

「……支付木匠製作窗戶、床、打洞的馬桶等等，共二十里弗爾兩個巴黎索爾。」

聲音在繼續迴響：「啊！陛下！您聽不見我嗎？我抗議，我沒有給德・紀延大人寫告密信，是讓・巴律紅衣主教先生。」

國王說：「木匠這麼貴！……還有嗎？」

「沒有，陛下……支付玻璃工安裝房間玻璃四十六索爾八個巴黎但尼爾。」

「赦免吧，陛下！他們把我的全部財產都分給那些審判法官，我的餐具給了德．杜爾西先生，我的藏書給了皮埃爾．多里奧勒先生，我的壁毯給了盧西永總督，難道還不夠懲罰嗎？我是無辜的。我被關在一個鐵籠裡，發著抖，已經過了十四年。開恩吧，陛下！您在天堂會得到報答的。」

國王說：「奧利維埃先生，共計多少錢？」

「三百六十七里弗爾八個索爾三個巴黎但尼爾！」

「聖母啊！」國王嚷起來，「貴死人的一個囚籠！」

他從奧利維埃先生手中奪過帳本，扳著手指計算起來，一會兒查看帳務，一會兒打量囚籠。此時此刻，在場的人聽到囚犯在哭泣。一片昏暗中，哭聲越發淒厲，他們面面相覷，個個臉色煞白。

「十四年！陛下！從一四六九年四月計起，整整十四年！以上帝聖母的名義，陛下，請聽我說！這些年來，您一直享受著太陽的照耀，而我，體弱多病，難道不能再見到白天嗎？慈悲啊，陛下！請您大發慈悲之心。寬容是君王的美德，寬容斬斷憤怒的激流。陛下，難道您認為，每個君王在臨終之時都會因為沒有原諒任何錯誤而感到異常滿足嗎？況且，陛下，我並沒有背叛陛下，是昂熱的主教先生。沉重的鐵鍊拴著我的腳，還掛著個大鐵球，沉重得毫無道理。啊！陛下，可憐我吧！」

國王搖頭說：「奧利維埃，我看到每桶灰泥報價二十索爾，實際只值十二索爾。您把帳單修改一下。」

他轉身背對著大籠，準備踱步出房間。悲慘的囚犯，發覺火把和聲音在遠去，判斷國王正在離開。他絕望地大叫：「陛下！陛下！」

房門又緊緊閉上。囚犯什麼也看不見，什麼也聽不見了，只有看門人用沙啞的聲音哼出的歌在他耳邊迴蕩：

讓．巴律先生，
再見不到，
他的主教區；
德．凡爾登先生，
什麼也沒留下，
兩個都完蛋。

國王無言地登上臺階回到他的祈禱室，其他人尾隨在後面，被囚犯最後的呻吟嚇得心驚膽戰。突然，陛下轉身問巴士底總監：「順便問一句，囚籠裡是關了個人嗎？」

總監被這個問題驚呆了，回答說：「上帝啊，是的，陛下！」

「哪一位？」

「凡爾登的主教先生。」

國王當然比誰都明白，但他喜歡裝模作樣。

他做出一副天真無辜的模樣，好像第一次想到這件事，說：「吉約姆．德．阿亨庫何，紅衣大主教讓．巴律先生的好朋友。一個挺好的主教！」

說著，祈禱室的門打開，讀者在本章初始見到的五個人走了進去，門又關上了。每人回到各自原來的位置，擺出剛才的姿態，繼續低聲聊天。

國王出門的時候，幾封緊急信放到他的桌面上。他趕緊打開閱讀，示意奧利維埃先生，拿起羽毛筆，並沒告訴他急件的內容，就開始低聲口授回信。奧利維埃大概是國王身邊的親信大臣，很不舒服地跪在桌前揮筆寫字。

吉約姆．漢姆遠遠觀察著。

國王的話音如此微弱，兩位弗蘭德人一點兒也聽不清他說的話，只能捕捉到一些毫無意義的片言隻語，比如說：……透過發展商業維持富饒地區的繁榮，在貧瘠地區推廣手工作坊……向英國領主展示我們的四臺大炮：倫敦、布阿拉邦、布萊斯鎮、聖奧美爾……大炮的使用強化了今日的戰爭……致我們朋友德．博萊須爾先生……沒有貢賦，怎能豢養軍隊，等等。

一次，他提高了聲音：「帕斯克-上帝！西西里國王先生居然像法蘭西國王一樣用黃火漆密封信件，我們真不應該允許他這麼做。就連我那驕傲自負的勃艮第表弟當年的紋章也不用紅底。保證望族的威嚴就要維護其特權。記下這句話，奧利維埃教友。」

又一次，他說：「哎呦！口氣這麼強硬！我們做皇帝的兄弟向我們索求什麼呢？」

他瀏覽信函，時不時地發出感歎：「雖然，德意志的偉大和強盛令人難以置信……但是我們可沒忘記這句老話：最美的伯爵領地是弗蘭德，最美的公國是米蘭，最美的王國是法蘭西……不是嗎，弗蘭德兩位先生？」

這一次，科勃諾爾和吉約姆．漢姆同時深鞠一躬。襪商的愛國心弦被撥動了。

最後一封信讓路易十一皺起眉頭，大聲說：「這是怎麼回事？對我們在皮卡第駐軍的控告和嘲弄！奧利維埃，急速去信給德．胡奧特元帥先生……說軍紀鬆弛，近衛兵、貴族子弟、自由弓手、瑞士雇傭軍無節制地欺辱平民百姓……一群武士不但搶劫農民，還用棍子、鞭子逼著他們到城裡索取酒、魚、香料，以及其他貴重物品……國王陛下已經得到消息……我們要保護貧民，讓其不受欺辱、偷竊和洗劫……以聖母的名義，這是我們的意志！……另外，任何音樂師、理髮師還有部隊小兵都不准穿天鵝絨和綢緞、戴金戒指，打扮得像個王爵……上帝最痛恨虛榮之心……我們雖然出身貴族，卻能穿十六索爾一巴黎碼的粗呢上衣……這群粗俗的隨軍僕役先生，也可以降低標準……致我們的朋友德．胡奧特先生……就這些。」

他高聲口授此信，語氣堅定，節奏鮮明。他剛念完，房門就突然打開，出現一個人。他慌張地衝進房間大喊：「陛下！陛下！巴黎發生了民眾暴亂。」

路易十一沉重的面孔猛地僵硬起來。不過，他的感情表露如閃電般轉瞬即逝。他找回冷靜，嚴酷而平靜地說：「雅克教友，您怎麼突然闖進來！」

雅克教友喘著大氣又說：「陛下！陛下！造反了！」

國王猛地起身，粗暴地抓住他的手臂，斜眼看著兩位弗蘭德人，憤怒地對著雅克耳語，聲音低得只讓他一個人聽見：「住嘴，不然就小聲點！」

新來的人聽明白了，便低聲述說了一段可怕的情景。國王平靜地聽著。旁邊的吉約姆．漢姆示意科勃諾爾注意新來者的面容和衣衫打扮：毛皮風帽、短披風[4]、黑絨長袍，這表明他是審計院院長。

此人剛向國王作了些解釋，路易十一就哈哈大笑，大聲說出來：「其實！高易可節教友，大聲說出來吧！您為什麼要小聲說話？聖母知道的，我們沒有什麼可以向弗蘭德好友隱瞞的。」

「可是，陛下……」

「大聲講！」

高易可節教友驚詫得一句話都說不出來。

國王繼續說：「接著說，先生……我們可愛的巴黎城發生了一場平民騷動？」

「對，陛下。」

「您說，他們的騷動是抗議司法宮法官邑主嗎？」

教友結結巴巴地回答，被國王突然的思想變化弄得莫名其妙：「好像是的。」

路易十一又說：「巡邏隊在什麼地方遇到暴亂民眾？」

「從流浪漢大本營通往兌換橋的路上，我也親眼看到了，因為陛下要召見我。我聽見很多人大喊：『打倒司法宮法官邑主！』」

「他們和法官有什麼仇？」

雅克教友說：「嗯！法官邑主是他們的領主。」

「還真是！」

「是的，陛下。他們是奇蹟宮裡的一夥流氓無賴，是法官領地的子民。長久以來對他怨氣沖天，

4　原文為拉丁文。

不承認他的審判權和路政權。」

「哈哈，是的。」國王說。

雖然他竭力掩飾，卻還是流露出滿意的微笑。

雅克教友繼續說：「他們幾次上訴最高法院，聲稱他們只服從兩個主人：陛下和他們的上帝。他們的上帝，我猜想是魔鬼。」

「嘿！嘿！」國王說。

他搓著雙手，偷笑著，臉上容光煥發。儘管他時不時地抑制自己，還是掩飾不住喜悅。大家不明白為什麼，包括奧利維埃先生。國王半天不作聲，旁人能發現他在高興地思索。

他忽然問：「他們人多嗎？」

雅克教友回答：「當然了，陛下。」

「多少人？」

「至少六千人。」

國王情不自禁地說：「好吧！」

他又補充說：「持有武器嗎？」

「長鐮、長矛、火槍、十字鎬。各種暴力武器。」

國王好像一點兒都不在乎這種氣勢。雅克教友自認為有必要補充一句：「若是陛下不立即出兵營救法官邑主，他就完了。」

國王做出鄭重的表情說：「派兵。是的。當然要派兵。法官邑主是我們的朋友。六千人！一群不要命的無賴。如此膽大包天倒是令人叫絕，我們也極為憤怒。但是今夜我們周邊的兵不多……明早還來得及。」

雅克教友又大聲說：「要就現在，陛下！不然司法宮會被搶劫起碼二十次，法官邑主府邸被洗劫，法官邑主被處死。為了上帝，陛下！請在明天早上之前派兵。」

國王直直地盯著他，說：「我告訴您了，明天早上。」

他的目光是不容人反駁的。

沉默了一段時間後，路易十一再次提高聲音：「我的教友雅克，您知道這個道理嗎？過去……」

他糾正了自己：「現在司法宮的封建管轄範圍有多大？」

「陛下，屬於司法宮法官邑主的領地從布廠街到草市街，還有聖米歐爾廣場和俗稱為風口隔牆的地方，坐落在草場聖母院教堂旁（在此路易十一舉起了他的帽子），一共十三座府邸，再加上奇蹟宮，還有被稱作『郊區』的麻瘋病院，直到聖雅克門。在這些不同的地方，他既是路政官，又是高級、中級、初級司法官，全權領主。」

國王用右手搔左耳說：「嗯！這在我城中算是好大塊地盤！哎呀！法官邑主先生居然是這片地的國王……曾經是……」

這一次他沒有再自我糾正。他思索了一陣，彷彿自言自語地繼續說：「不錯啊！法官邑主先生！您曾經吃了我們好一大塊巴黎啊！」

突然，他大發雷霆，說：「帕斯克-上帝！在我們的土地上，這群自稱路政官、司法官、領主和主子都是什麼人？到處可以收過路費、主持公道，在各個十字路口都安置他們的劊子手？就像希臘人，看到多少泉水就以為有多少神，還像波斯人數出多少星星就以為有多少神，法國人看到多少絞首架就知道有多少君主！上帝啊！這是罪孽。這種混亂令我厭惡。我想知道：是不是上帝特別在巴黎安置了國王後還加上一個路政官，在最高法院之外增添了其他司法，除了我們之外還有別的皇帝統治帝國？用我的靈魂起誓！正如天堂裡只住著一個上帝，法蘭西只有一個國王，只有一個領主、一個法官、一個斷頭人，這一天什麼時候到來？」

他抬了抬帽子，邊思考著邊繼續講，神情和語氣如同一名獵手在激怒他的獵犬，準備放牠們捕獵：「好吧！我的子民！非常勇敢！推翻假領主！快動手！衝啊！衝啊！洗劫他們，絞死他們，讓他們粉身碎骨……嘿！各位大人，你們不是想當國王嗎？上吧！各位子民！上吧！」

說到這兒，他突然停住，咬著嘴唇，好像要把溜走了的主意再找回來。

然後用犀利的眼神上下打量著身邊的五個人，兩隻手取下帽子，拿到眼前，對它說：「嘿！你要是知道我的腦袋裡裝著什麼，我就把你燒掉。」

隨後，他不安地、小心翼翼地向四周望了望，好像一隻準備偷偷溜回巢的狐狸，說：「算了！我們還是會營救司法官先生。不巧的是此時此刻我們沒有足夠的士兵來對付這麼多百姓。怎麼也要等到明天。明天，恢復老城秩序，只要被抓到，統統絞死。」

高易可節教友說：「還有，陛下！剛才在慌亂中我忘了此事，巡邏隊逮捕了兩個落在最後的反民。陛下要是想見見他們，他們就在此處。」

國王喊起來：「當然我想見！怎麼！帕斯克-上帝！這樣的事你也能忘！……你，奧利維埃！快跑，把他們帶來。」

奧利維埃先生出門而去，過了一會兒，帶進來被近衛弓箭手押解的兩個犯人。第一個長著一張傻裡傻氣的大臉龐，醉醺醺的，不知所措。他一身破衣衫，屈著膝蓋，瘸著腿走過來。第二個面色異常蒼白，還帶著微笑，是讀者的熟人。

國王無言地打量了他們一下，突然問第一個人：「你叫什麼名字？」

「日耶伏瓦．潘斯布何德。」

「你的職業？」

「流浪漢。」

「你為什麼參加這次受詛咒的暴動？」

流浪漢看著國王，傻呵呵地搖晃著雙臂。他的這個腦袋中裝的智力大概和被熄燭罩扣住的燭光一樣多。

他說：「我不知道。別人去我就去。」

「你們不是明目張膽地去攻打和洗劫你們的領主司法宮法官邑主大人嗎？」

「我只知道大夥要去什麼人家取個什麼東西。就這些。」

一名士兵把從流浪漢身上奪下的砍刀呈現給國王。

國王問：「你認識這件武器嗎？」

「認識，我的砍枝刀，我是種葡萄的農民。」

「你承認此人是你的同夥？」路易十一指著另一名俘虜補充說。

「不，我不認識。」

國王說：「夠了！」

他抬手示意給剛才我們已經給讀者介紹過的，站在門旁、紋絲不動、一聲不發的人，說：「特里斯丹教友，這個人送給您。」

隱修士特里斯丹鞠了一躬，低聲下令讓兩名弓箭手把可憐的流浪漢帶走。

國王已經走近第二名俘虜面前，此人嚇得出了一身大汗。

「你的名字？」

「陛下，皮埃爾·格蘭古瓦。」

「職業？」

「哲學家，陛下。」

「壞蛋，你怎敢前去攻打我們的朋友司法宮法官先生，對這次民眾動亂，你有什麼可說的？」

「陛下，我並不在其中。」

「嘿嘿！混帳，難道巡邏隊不是在這群壞蛋中抓到你的嗎？」

「不是的，陛下，其中有誤會。這也是命中註定。我是悲劇作家。陛下，我懇求陛下聽我傾訴。我是詩人，我們這行職業的人憂鬱的時候就會深夜在街頭漫步。今晚我正好路過事發地點，完全是個天大的巧合。我被錯抓來。我和這場民眾風暴毫無關係。乞求陛下，您看，這個流浪漢並不認識我……」

國王抿了一口草茶，說：「閉嘴！你講話讓我們頭痛。」

隱修士特里斯丹上前指著格蘭古瓦說：「陛下，要不要把這一隻也一塊絞死？」

這是他吐出的第一句話。

國王漫不經心地回答：「嗯！我覺得沒有什麼不可行。」

格蘭古瓦說：「我覺得這樣一定不可行。」

此時此刻，我們這位哲學家的臉比橄欖還要青。他看到國王一臉的冷漠和不耐煩，知道只能用非常悲壯感人的詞語來挽救自己。他衝到路易十一的腳下，絕望地揮手比畫著，喊：「陛下！請陛下聽我一言！陛下！您完全沒有必要對我這個微不足道的小人動用神的雷劈。上帝的威猛閃電不是用來劈斬一顆生菜的。陛下！您是賢明偉大的一國之君，請您憐憫一個誠實的人。他這類人如果能煽動暴亂的話，冰塊也能摩擦出火花！無比慈愛的陛下，寬厚是雄獅和國王的美德；可惜，過分嚴厲只會讓智慧之人離去；寒慄的北風不能讓行人脫下身上的大衣，而是太陽的照耀逐漸溫暖人的身體，才使人換上襯衫。陛下啊，您是太陽！我的君王、我的領主，我向您提出抗議，我不是流浪漢的同夥、小偷，不是放蕩歹徒。造反和搶劫怎能跟隨著阿波羅？我當然沒有投身於造反動亂的風雲中。我是殿下忠誠的子民。正如因為在意妻子的名譽，而起了嫉妒之心的丈夫，也如因為深愛父親而心懷仇恨的兒子，一個優良的子民，為了陛下的榮譽、為了王室，必須死心塌地、嘔心瀝血、無惡不作。除此以外，其他任何熱情都是惘然的瘋狂。陛下，這就是我的愛國情、我的座右銘。因此，請您不要因為我衣衫襤褸就斷定我是動亂分子、是打劫強盜。如果陛下赦免我，我會從早到晚祈求上帝保佑陛下以謝聖恩，雙膝磨破也萬所不辭。呵！的確，我不是大富大貴之人，甚至還有些小窮困，然而我並不因此就自暴自棄。貧窮不是我的錯。每個人都知道可觀的財富不能從文學中獲取，最博學的讀書人在冬天並不能燒起取暖的柴火。只有詭計多端的人才能搶得麥穗，將麥秸留給做學問的人。起碼有四十句美妙的諺語描繪哲學家滿是破洞的外套。

「噢！陛下！只有原諒的金光才能照亮偉大靈魂的深處。原諒高舉火炬，走在前面，指引著一切其他道德。沒有它，世人只能瞎著眼睛尋找上帝。仁慈和原諒是姊妹，它們讓君王博得人民的愛戴，因而是君王最有威力的近衛兵。陛下光芒四射，有如耀眼的太陽，人間多活一個窮人，對您又有何妨礙，何況他是一位可憐無辜的哲人，錢包空空，肚囊空空，正在苦難的黑暗中掙扎？

「況且，陛下，我是文人！庇護文人的美德是偉大君主王冠上的一顆明珠。大力神赫拉克勒斯沒有輕視詩神繆斯引路人的頭銜。匈牙利王馬蒂亞·科爾文寵愛讓·德·蒙羅亞爾這一數學天才。難道還能蔭護文學而絞死文人嗎？如果亞歷山大下令絞死亞里斯多德，這會是他終生的汙點！這汙點可不是貼在英雄面孔上的一顆假痣，令他光彩四射，而是一個惡性腫瘤，將他徹底毀容。陛下！我寫了一部非常優美的祝婚詩，獻給弗蘭德公主和賢明的王太子。這不可能是煽動暴亂之人的作品。陛下您看，我不是偽劣文人，我努力做學問，頗有口才。陛下赦免我吧！這樣，您做了件令聖母欣喜的功德之事啊。我向您發誓，想到被絞死，我就嚇得心驚肉跳。」

悲傷的格蘭古瓦一邊發表著演說，一邊吻著國王的拖鞋。吉約姆·漢姆低聲對科勃諾爾說：「幸虧他趴在地上。國王都像克里特島的天神朱比特，耳朵只長在腳上。」

襪商並不理會克里特島的天神朱比特，他望著格蘭古瓦，誇張地微笑說：「啊！真是這樣！我以為是大臣雨果奈求我饒命呢。」

格蘭古瓦總算閉了嘴，他上氣不接下氣，戰戰兢兢地抬起頭望著國王。國王用指甲摳掉他緊身褲膝部被沾上的一個汙點，然後端起高腳杯抿口草茶。自始至終，一言不發，他的沉默對格蘭古瓦來說就是酷刑。終於，國王看了看他，說：「真是吵人心煩的傢伙。」

隨後轉向隱修士特里斯丹，說：「也罷！放了他！」

格蘭古瓦一屁股坐在地上，又是欣喜又是害怕。

特里斯丹從牙縫裡擠出一句：「釋放！陛下難道不想讓我們將他在籠子裡放些時間？」

路易十一聽了就生氣：「教友，你以為我們花了三百六十七里弗爾八索爾三但尼爾打造的籠子是為了裝麻雀的嗎？……立即給我放了這條淫棍（路易十一特別喜歡這個詞，還有『帕斯克-上帝』，都是屬於他的趣味用語），趕緊給我轟出去！」

格蘭古瓦大聲喊：「終於……一位偉大的君王！」

他唯恐國王改變主意，衝向門口，特里斯丹非常不情願地給他開了門。兵士押解他出門，狠狠地用拳頭推擠著他，這一切，作為真正的斯多噶派哲學家，格蘭古瓦都默默接受了。

自從傳出有人暴亂反對司法宮法官邑主後，時刻可以感受到國王的好心情。這次罕見的寬容不是一個可以輕視的跡象。隱修士特里斯丹還站在原處，一臉憤懣，好像一隻惡犬，看到了骨頭沒能咬一口。

國王心曠神怡地用手指在座椅扶手上打起了奧德梅爾橋進行曲的節拍。這是位隱藏得很深的君王。不過，他更擅長隱瞞痛苦，遠遠超過遮掩喜悅。有時，當他喜上心頭，會做出過分的舉動。諸如：莽漢查理的死訊傳來時，他立刻許願給圖爾的聖馬丁教堂捐贈銀圍欄；當他得知自己成為國王時，居然忘了傳詔舉辦父親的葬禮。

雅克·高易可節突然大聲說：「對了！陛下！陛下病急，召我來檢查，現在怎麼樣了？」

國王說：「噢！我當然非常不舒服，我的教友。我的耳朵在尖鳴；還有支火耙子一直在刨我的胸口。」

高易可節抓住國王的手，給他把脈，神態像行家一樣。

漢姆低聲說：「科勃諾爾，您看！夾在高易可節和特里斯丹之間，這兩個人就是他的朝廷。醫生用來治療自己的疾病，劊子手用來解除他人的威脅。」

高易可節按著國王的脈，逐漸做出一副警覺的神情。路易十一惴惴不安地看著他，眼看著高易可節沉下臉來。這位老實人沒有別的謀生之計，只有國王的疾病。他需要好好發揮一番。

他終於小聲念著：「唉！唉！病入膏肓了，可不是嗎？」

國王擔心地問：「是嗎？」

醫生繼續說：「脈跳過快，氣虛，帶雜音，不規則。[5]」

「帕斯克-上帝！」

「三天之內就有病危的可能！」

國王驚叫：「聖母！怎麼用藥，教友？」

「我正在思考，陛下。」

他讓路易十一伸出舌頭，搖搖頭，做出一副苦相，就在這裝模作樣的時刻，他突然說：「上帝，陛下！我必須稟告您，一個主教收益權正空缺著，我有個侄子。」

國王回答：「把我的這份收益給你侄子，雅克教友。你可得治好我胸口上的這把火。」

醫生又說：「王上如此慷慨寬容，一定不會拒絕資助我在聖安德列-德-阿爾赫街上建造的府邸。」

國王說：「哦！」

醫生緊追不捨：「我的錢快花光了。要是房子沒有屋頂，可就遺憾萬分了。這不是為了房子，它不過是個結構簡單的市民住宅，而是為了保護讓．富爾波的畫，那些畫掛在護壁板上真是令人心曠神怡。有一幅是女神戴安娜在空中飛翔，她是如此的美豔、柔情、嬌弱，姿態如此純真，頭髮盤得那麼精緻，頭上戴著月牙王冠，胴體白皙，任何人好奇地多看幾眼都會被她誘惑。還有穀神色列斯，也是楚楚動人的女神，坐在幾束麥穗上，頭戴綴滿婆羅門參和其他花朵的麥穗花冠。沒有人能有比她更愛戀的眼神、更圓潤的雙腿、更高貴的神態、更漂亮多褶的長裙了。這是畫筆所能表現出來的最無辜、最完美的美女之一。」

路易十一咬牙切齒：「劊子手！你到底想要什麼？」

「我這些油畫需要個屋頂啊，陛下，雖然不是重金，但我已經沒錢了。」

「你的屋頂，要多少錢？」

「這個……一個銅屋頂，略加裝飾和鍍金，最多二千里弗爾。」

國王大叫：「噢！殺人犯！他從我嘴裡拔的不是牙，是鑽石！」

高易可節說：「我的屋頂您准許了？」

5 原文為拉丁文。

「好吧！見鬼去！但你先要治好我的病！」

雅克．高易可節深鞠一躬，說：「陛下，服用消散劑就能救命。我們會在您腰部敷上用蠟膏、亞美尼亞黏土、蛋白、油和醋調製成的大藥膏。陛下繼續喝您的草茶，聖王的要求就能實現。」

一支發光的蠟燭不會僅僅招來一隻小飛蟲。奧利維埃先生看到國王大施恩惠，覺得時機可趁，也湊上前說：「陛下……」

路易十一說：「還有什麼事？」

「陛下您知道西蒙．拉丹大人的死訊嗎？」

「那又怎樣？」

「他生前是王上的財務司法參事。」

「那又怎樣？」

「陛下，他的職位還空著。」

說到這裡，傲慢的表情從奧利維埃先生驕橫的面孔上消失了，變成一副卑微的模樣。所有的朝臣只會這一種變臉。國王正面狠狠地盯了他一眼，冷冷地說：「我知道了。」

國王又說：「奧利維埃先生，德．布西扣元帥說過：『到大海裡去打魚，到國王身邊得到賞賜。』我看您會同意布西扣先生的道理。現在您聽著。我們的記性很好。六八年，我們命您當了內侍；六九年，您被任命為聖克魯橋行宮總管，薪俸一百里弗爾圖爾幣（您卻想要巴黎幣）；七三年十一月，我們寫信給熱若爾，封您為萬森納森林的總管，替換了騎士侍從吉爾貝．阿克爾；七五年，封您為當魯弗萊-雷-聖-克魯森林護林法官，代替了雅克．勒．梅爾；七八年，頒發雙重綠漆密封書信，賜給您和您的妻子聖傑曼學堂附近的商人廣場，年利價值十巴黎里弗爾；七九年，我們又命您為富納爾森林護林官，擠走了可憐的讓．戴茲，然後，您成了羅舍城堡的總監，其後，聖康丹的總督，然後，默朗橋的衛隊長，因此您從此自稱伯爵。在節日裡，任何一名理髮匠給人刮鬍子必須交罰金五索爾，其中您拿走三索爾，我們得到的是您剩下的。您原來的姓是勒莫外[6]，我們好心地准許您換了，因為它過於適合您；七四年，我們不顧貴族的反對，賜給您色彩斑斕的紋章，您掛在胸前時像一隻開屏的孔雀。帕斯克-上帝呀，難道您還不知足？難道您撈的魚還不夠多、不夠出奇的豐盛嗎？難道您不擔心再打上一條鮭魚，就會沉船嗎？教友，虛榮心將毀掉您。虛榮心的後面緊跟著的就是破產和恥辱。好好思考一下，閉上您的嘴。」

國王嚴厲地說了這番話，奧利維埃先生惱羞成怒，又露出傲慢的神情。他大聲嘀咕著：「好吧，明擺著今天陛下生病，好處都賞給醫生。」

路易十一倒是沒有因為這句無禮的話而生氣，和顏悅色地又說：「您看，我忘了，還任命過您作為我的特使，駐在根特市瑪格麗特夫人宮廷。」國王轉過來面對兩位弗蘭德人，補充說：「是的，兩位先生，此人當過使臣。」隨後又轉向奧利維埃說：「嘿，教友！咱們別生氣了，我們都是老朋友。現在夜已深，我們也完成了工作。給我刮臉吧。」

讀者大概沒有等到現在就已經認出奧利維埃先生就是喜劇裡的理髮師費加洛，由於上天戲劇性地

6「勒莫外」（Le Mauvais）在法語中意為「壞人」，他之後改為「勒丹」。

安排，讓他在路易十一漫長而血腥的喜劇中扮演了這個角色。在此，我們不會對這個獨特的人物加以分析和描寫。國王的理髮師有三個名字：宮裡的人客氣地稱他為公鹿[7]奧利維埃；群眾稱他為魔鬼奧利維埃，他自己真正的名字卻是壞人奧利維埃。

壞人奧利維埃一動也不動，正在生國王的氣，而且斜著眼睛睨著雅克．高易可節，牙縫裡嘟囔說：「好！好的！醫生！」

路易十一出奇的溫和慈祥，又說：「是的，醫生。醫生比你更有信譽。道理很簡單。我們的全身都攥在他手裡，而你只抓著我們的下巴。好啦，可憐的理髮師，以後還有機會。如果我像希爾佩立克國王喜歡用一隻手捋著長鬚，你還能說什麼？撈到什麼好處？……好了，教友，幹點正經事吧，給我刮臉，趕緊去拿你的工具。」

奧利維埃看到國王只想著取笑，怎麼都不生氣，只好埋怨著奉命去拿工具了。

國王站起來，走近窗口，突然興奮地推開窗戶，拍著手說：「哎呀，真的！看老城的上方映著紅光！真是司法宮在燃燒。肯定是那裡。啊！我親愛的民眾！你們終於助我一臂之力，推倒領主制度！」然後他轉向弗蘭德人說：「兩位先生，這邊看，難道不是火光映紅的嗎？」

兩個根特人走上前去。

「絕對是起火了。」吉約姆．漢姆說。

科勃諾爾突然兩眼發光，補充說：「噢！這讓我想起了火燒德．亨貝庫爾領主府的情形，那邊一定爆發了動亂。」

路易十一的眼光似乎和襪商一樣閃耀著喜悅：「您這麼覺得嗎，科勃諾爾先生？難以抗拒，不是嗎？」

「上帝的十字架！陛下！陛下要是去硬碰，肯定會折兵失馬的。」

國王回答：「噢！如果是我，就不同了，如果我決心出兵！……」

襪商大膽對答說：「如果這場暴動是像我猜想的那種，陛下的意願也是沒用的，陛下！」

路易十一說：「教友，我的兩支近衛軍，再加上一臺蛇形炮同時轟炸，就是再多的亂民也會被鎮壓下去。」

襪商不理會吉約姆．漢姆的各種暗號，看樣子橫下一條心要與國王頂撞到底。

「陛下，近衛瑞士軍也出身賤民。勃艮第公爵大人是位偉大的貴族老爺，根本看不上這幫賤民。陛下，在格朗松戰役中，他以聖喬治名義大罵，高喊：『炮手們！向這群流氓開火！』但是司法官夏爾納查塔爾高舉大棒，帶著群眾，衝向英勇的公爵。光鮮漂亮的勃艮第士兵和皮厚得像水牛一樣的農民一碰撞，就像一塊被大石頭砸到的花玻璃，立即成了碎片。

「許多騎士都被賤民弄死了。人家發現勃艮第最大的領主，沙多-居雍老爺和他的灰色駿馬，死在沼澤地中的小草地上。」

國王又說：「朋友，您講的是一場戰役。這裡只是一場騷動。等我皺起眉頭，這些就可以收場了。」

科勃諾爾不動聲色地反駁說：「這當然可能，陛下。如果是這樣，是因為屬於人民的時刻還沒有

7　在法語中，「勒丹」（Le Daim）意為「公鹿」。

到來。」

吉約姆．漢姆認為需要他介入了：「科勃諾爾先生，和您講話的是一位強大的國君。」

襪商嚴肅地回答：「我知道。」

國王說：「漢姆先生、我的朋友，讓他隨便說。我欣賞敢直言的人。我的父親查理七世常抱怨說忠言病危了，而我卻以為忠言早就死了，連懺悔師都沒找到。科勃諾爾先生讓我發現自己想錯了。」

於是，路易十一親切地將手搭在科勃諾爾的肩頭：「您說到哪裡了，雅克先生……？」

「我說，陛下，您也許是對的，因為在您的國家，屬於人民的時刻還沒有到來。」

路易十一深邃地盯著他。

「先生，這一時刻何時來臨呢？」

「您會聽到它的鐘聲。」

「請問是哪裡的鐘聲？」

科勃諾爾始終保持著鎮靜和粗魯，請國王靠近窗口，說：「陛下，聽我說！這裡有座主塔、一口大鐘、數尊大炮，很多市民和士兵。一天，當警鐘被敲響，炮聲開始迴響，主塔倒塌下來，市民和士兵叫喊著互相殘殺，時刻就到來了。」

路易十一黑下臉，思索著。他沉默了一會兒，然後用手親切地拍打著主塔的厚牆，彷彿撫摸著愛馬的臀部，他說：「噢！當然不會！我可愛的巴士底，你是不會輕易倒塌的，對吧？」

他猛然轉向膽大包天的弗蘭德人：「雅克先生，您見過暴動嗎？」

襪商回答：「我還策畫過呢。」

國王問：「您是怎麼策畫暴動的？」

科勃諾爾回答：「嗯！這並不很難。有上百種辦法。首先，需要城裡人心生怨氣。這並不罕見。然後要看居民的性格。根特市的居民容易騷亂。他們總是喜歡君王的兒子，而不喜歡君王本人。然後，假設一天早上，有人踏進我的店裡對我說：『科勃諾爾老爹，發生了這個、發生了那個、弗蘭德公主想保全她的大臣、總督要雙倍的糧食秤量稅，等等諸如此類。我放下手頭的工作，走出襪店，來到大街上，大聲喊：『打劫去！』。街頭四處都有破木桶，我站上去，想到什麼就大聲說出來，把心裡話都倒出來。陛下，只要是個老百姓，心中總有些話要吐出來。於是大家都圍過來，齊聲高喊，敲起警鐘，搶了士兵的武器來武裝民眾，集市上的人也來會合，大家就動手！只要領地上還有領主、城市裡有市民、鄉下有農民，這種事就會發生。」

國王問：「你們是造誰的反呢？反對你們的法官邑主？還是反對你們的領主呢？」

「有時候是法官。看情況而定。時不時地也會起義反對大公。」

路易十一走回去坐下，微笑著說：「嗯，這裡他們還只是反對法官邑主！」

此時，公鹿奧利維埃返回了，身後跟著兩名年輕侍從，拿著國王的梳洗用具。可是讓路易十一驚訝的是，他身後還有巴黎總督和一名巡邏騎士，兩人好像十分緊張。記仇的理髮師也帶著慌張的神情，心中卻暗暗高興。他趕緊稟報：「陛下，懇請您原諒我給您帶來一個不幸的消息。」

國王立即轉身，他的座椅腿把地板都刮破了，問道：「什麼事？」

公鹿奧利維埃一臉殺氣，像個準備打出重重一拳的人。他說：「陛下，暴動的群眾並沒有向司法宮法官邑主衝去。」

「那麼他們衝向誰呢？」

「向您，陛下。」

老國王站起來，筆直得像個年輕人：「你解釋一下，奧利維埃！你解釋一下！當心你的腦袋，我的教友。我以聖洛的十字架起誓，要是你此時此刻矇騙我們，砍斷德·盧森堡大人脖子的那把劍還不至於破殘得連你的頭都鋸不下來。」

這誓言極為嚇人。路易十一的一生中只有兩次以聖洛十字架起誓。

奧利維埃張嘴回答：「陛下……」

國王粗暴地打斷了他：「跪下！特里斯丹，看住此人！」

奧利維埃跪下來，冷冷地說：「陛下，一名女巫被您的最高法院判了死刑。她躲進聖母院。民眾想用武力將她搶走。總督先生和巡邏騎士先生從暴亂地點來，可以揭穿我，如果我說的不是真的。民眾圍攻的是聖母院。」

國王氣得面色煞白，發著抖。他低聲說：「可不是！聖母啊！他們到聖母的大教堂圍攻我仁慈的聖母！……起身，奧利維埃。你說得對。我賜給你西蒙·拉丹的空缺。你說對了……群眾在攻擊我。女巫被教堂庇護，而教堂被我庇護。我原來以為他們是造法官邑主的反！居然是反我！」

於是，憤怒一下子讓他變得年輕，大踏步地走來走去。他再也笑不出來，一副可怕的神情，就像變成豺狼的狐狸。他氣得話也說不出來，雙唇顫抖著，緊握著消瘦的拳頭。突然，他抬起頭，深凹的眼睛好似兩盞燈，像吹響號角般大聲說：「你出手吧，特里斯丹！你來對付這群無賴！去吧，特里斯丹，我的朋友！殺人吧！殺吧！」

怒火爆發之後，他又坐下來，又壓住怒氣，鎮靜專注地說：「特里斯丹，在這巴士底裡，我們有吉夫子爵的五十名長矛手，抵得上三百匹戰馬，您帶上他們。還有沙托佩斯隊長率領的近衛弓箭手，您也帶上。您是巡檢總督，還有您手下的全部兵馬。在聖波爾宮有太子新衛隊的四十名弓箭手，您也帶上。您率領這些人馬，火速奔向聖母院！……哼，巴黎賤民先生，你們居然與法蘭西王室、與聖潔的聖母、與國家和平做對！……統統殺掉，特里斯丹！統統殺掉！如果有活口也是因為要被送往鷹山處決。」

特里斯丹鞠躬：「明白了，陛下！」

他停了一下，又問：「我怎麼處置女巫？」

這個問題讓國王陷入沉思。

他說：「嗯！女巫！……德．埃斯杜特維爾先生，民眾想要幹什麼來著？」

巴黎總督回答：「陛下，我猜想，百姓之所以把她從聖母院避難所抓出來，是覺得她不能不受懲罰，想把她絞死。」

國王似乎深深地做了一番思考，然後對隱修士特里斯丹說：「好吧，我的教友，殺光反民，絞死女巫。」

漢姆小聲對科勃諾爾說：「有意思，懲罰請願的民眾，按民眾的意願行事。」

特里斯丹回答：「我明白了，陛下。如果女巫還躲在聖母院裡，是不是到避難所去逮捕她呢？」

國王搔搔耳朵說：「帕斯克-上帝，避難所！但是務必絞死這個女人。」

講到此處，他突然有了個主意，衝到椅子跟前跪下，摘下帽子放在座椅上，虔誠地看著帽子上的一個鉛製護身符，合起雙掌說：「啊！巴黎聖母，我美麗的女護者，原諒我吧，我只會破例一次。女犯定要受到懲罰。我向您保證，純潔的聖母、敬愛的女主，這是個女巫，配不上您仁慈的愛護。您知道，聖母，為了上帝的光輝和國家的利益，很多虔敬萬分的君主都侵犯了教堂的特權。英國的主教聖雨格，曾經特許愛德華國王進入教堂逮捕一名巫師。我的先師，法蘭西聖路易也是因為這個原因才侵犯了聖人保羅的教堂；耶路撒冷國王之子阿爾封斯先生，還同樣對待過聖墓教堂。請您這次原諒我，巴黎的聖母，下次我再不敢了，我要為您豎起一尊美麗的銀像，和去年獻給聖埃庫伊聖母院的那尊一樣。就這麼決定了。」

他畫了個十字，起身後戴上帽子，然後對特里斯丹說：「教友，快快了結，帶上德．沙托佩斯先生。您命人敲響警鐘，鎮壓這群老百姓，絞死女巫。說完了。我要求逮捕和行刑由您親自執行，然後給我彙報……來，奧利維埃，今夜我不睡。給我刮臉吧。」

隱修士特里斯丹鞠了一躬，走出去。國王舉手示意漢姆和科勃諾爾退下：「上帝保佑你們，我的兩位弗蘭德好友。你們去休息一會兒。黑夜快要退去，黎明就要照亮我們了。」

兩人告辭，由巴士底的衛隊隊長帶路，回到他們的睡房。科勃諾爾對吉約姆說：「嗯！真看不慣這位咳嗽的國王！我見過酒鬼勃艮第查理公爵，他不像生病的路易十一這麼凶殘。」

漢姆回答：「雅克先生，因為喝酒的國王不如喝草茶的君王心狠手毒！」

VI 小火苗在遊蕩

出了巴士底，格蘭古瓦撒腿沿著聖安東街狂奔，像一匹脫韁的馬。來到了博都瓦耶門，他直奔廣場中央的石頭十字架，他好像依稀在黑暗中識別出一位身披黑衣，頭戴黑風帽的男人面孔。此人正坐在十字架下臺階上。

格蘭古瓦說：「老師，是您嗎？」

黑衣人站起來：「死亡般的煎熬！您讓我心急如焚。格蘭古瓦，聖日爾韋鐘樓上的人剛剛報時凌晨一點半。」

格蘭古瓦回答：「唉！這不能怪我，都是巡邏隊和國王的錯。我剛剛撿了一條命！又差點被絞死。這真是命中註定。」

黑衣人說：「你什麼都差一點。咱們快點。你知道口令嗎？」

「老師，您想想，我見到了國王。我剛從他那裡出來。他穿著絲絨緊身褲。這可是場奇遇。」

「嗨，一堆廢話！我才不在乎你的奇遇。你知道流浪漢的口令嗎？」

「我知道。放心。小火苗在遊蕩。」

「好。不然我們肯定進不了教堂。流浪漢把守著各條街道。幸虧他們似乎遇到了抵抗力量。或許我們趕到時還來得及。」

「是啊，老師。我們怎麼進入聖母院？」

「我有鐘樓門的鑰匙。」

「咱們怎麼出來？」

「修道院後面有一個小門直通灘地，然後就是河。我帶著門鑰匙。早晨的時候，我把一艘船泊在那裡。」

格蘭古瓦叨念著：「我居然沒有被絞死！」

他的同夥說：「好了，我們快走！」

兩人大步向老城奔去。

VII 沙托佩斯的援兵！

讀者大概還記得我們離開凱西莫多的時候，他深陷危急之中。這個勇敢的聾子，四面八方被圍攻，雖然不失勇氣，更不考慮自己的安全，卻喪失了營救埃及少女的希望。他在柱廊上一陣亂跑。聖母院即將被流浪漢攻陷。忽然間，一陣驚天動地的馬蹄聲從鄰街傳來。火把組成一條長龍，一大隊騎兵，手持長矛，快馬加鞭，暴風雨般衝到廣場上，大呼著：「法蘭西！法蘭西！砍殺賤民！沙托佩斯來援救！兵團來了！兵團來了！」

流浪漢大吃一驚，趕緊轉身。

凱西莫多雖然聽不見，卻能看到出鞘的劍、火把和長矛的鐵頭，以及騎兵隊。他認出身先士卒的菲比斯隊長，也看到流浪漢亂成一團。有人驚慌失措，最勇敢的也慌了手腳。這意想不到的援兵讓他又找回力氣，把已經跨入柱廊的第一批入侵者一個個扔出教堂。

果然是國王的軍隊趕到了。

流浪漢奮勇殺敵，背水一戰。他們的側面有從牛市聖彼得教堂街的來兵，尾部是教堂前庭街湧出的援兵，被夾擊後，他們只能退回聖母院前，攻打聖母院，而那裡有凱西莫多的防禦。他們既要進攻，又遭到圍攻，他們正處於後來著名的都靈包圍戰的特殊境地——一六四〇年，亨利・達合庫爾伯爵正在進攻薩瓦的托馬斯親王的城，卻又被德．勒加奈侯爵圍堵，正像他的墓誌銘所說：圍攻都靈時遭到圍攻[1]。

這場混戰慘不忍睹。就像馬太神父所說，是場狗和狼的對咬。國王的近衛騎兵，包括菲比斯．德．沙托佩斯隊長，勇猛向前，絲毫沒有憐憫之心，不能用長劍捅死的，就用刀砍。手持劣質武器的流浪漢瘋了一樣地狂咬。男人、女人、孩子紛紛撲向馬背、馬胸，用牙齒和指甲緊緊抓住，像貓一樣掛在上面。有的掄起火把猛擊弓箭手的臉，還有人將鐵鉤扎入騎兵的脖子，猛往下拽，掉下馬的立刻被他們撕成碎片。

大家可以看到一名流浪漢拿著一把閃亮的長鐮，一直在砍馬腿，令人毛骨悚然。他哼著歌還帶著鼻音，不停地將長鐮掄出去又收回來。每次出擊，他的四周就是一圈砍斷的馬腿。他專找騎兵密集的地方鑽進去，冷靜地前進，像正在收割小麥的農民一樣搖晃頭，均勻地大口喘氣。他就是克洛潘．圖耶福。一支火繩槍將他擊斃在地。

這時，廣場邊的窗戶又打開了。鄰居聽到國王派兵的喊殺聲，也參與進來。樓房上的各層都對著流浪漢開槍。教堂廣場上瀰漫著厚厚的硝煙，被火銃射出的道道火光穿破。大家可以依稀看到聖母院的正面和年久失修的主宮醫院。一些臉色蒼白的病人從醫院屋頂窗洞向外張望。

終於，流浪漢潰敗下來。他們筋疲力盡，沒有良好的武器，被援兵的突然出現所驚嚇，再加上從諸多窗口射來了子彈，和國王衛兵的猛攻，這些都打擊了流浪漢的戰鬥之心。他們在進攻隊伍中找到一個突破口，四處逃散，在教堂廣場上留下密密麻麻的屍體。

凱西莫多一直都在奮勇作戰。當他看到流浪漢戰敗，雙膝跪地，向天伸出手，他欣喜若狂地奔跑，像小鳥一樣快速飛到他至死也要捍衛的小房間。此刻他只有一個想法，就是跪倒在他第二次營救的少女腳下。

當他衝進小屋，卻發現裡面空空蕩蕩的，沒有人。

1 原文為拉丁文。

第十一卷

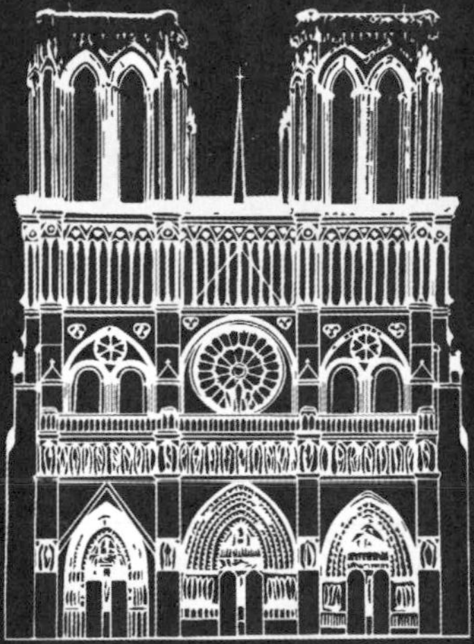

I 小繡花鞋

流浪漢對教堂發起進攻時，愛絲梅拉達正在熟睡。

不久後，聖母院四周的喧囂，還有小山羊咩咩的叫聲，將她從睡夢中喚醒。她坐起來傾聽，四處張望。她被火光和吵鬧聲嚇了一跳，衝出房間去看發生了什麼。她看到廣場上人影晃動，在深夜中發起進攻，這些人彷彿一大群青蛙在黑暗中隱約跳躍，還帶著沙啞的叫聲，紅色的火把飛來飛去，穿梭交叉，好像是夜間在沼澤地上出沒的鬼火，這一場景讓她覺得是群魔會的鬼魂和教堂上的石雕怪物之間發生的一場神祕戰爭。她自幼被波希米亞部族灌輸了各類迷信，所以以為看到了夜間出沒的鬼怪，嚇得跑回小房間，藏在角落裡，希望破床榻給自己一個不是如此可怕的噩夢。

最初的恐懼消失後，她發現喧鬧聲不斷地擴大，再加上別的一些跡象，她漸漸地明白四周爬上來的不是鬼而是人。此時，她雖然沒有增添新的恐懼，卻有了別種害怕的理由。她猜想可能是民眾叛亂，要把她從避難所抓走。想到她又要去死，再一次失去對未來和菲比斯的憧憬，再聯想到自己的弱小，沒有任何逃跑的可能，沒有任何人可以依靠，被世人遺棄、孤立，這千百種想法折磨著她。她跪在地上，頭放在床上，雙手合十舉過頭頂。雖然她是埃及少女、異教徒、崇拜偶像，在焦慮中，她顫抖著，嗚咽著祈求基督教仁慈的上帝饒她一命，並向庇護她的聖母祈禱。就連一個沒有信仰的人，在生命中的某些時刻，也會信奉他所在的教堂的宗教。

很久，她就這樣趴著，大概顫抖勝於祈禱，越來越近的嘈雜聲令她不寒而慄。她不明白為什麼會有暴動，也不知道民眾在策畫什麼、做什麼、有什麼目的，卻能預感到一個極為可怕的結局。

就在她焦慮萬分的時候，她聽到身邊有腳步聲，回頭一看，兩個男人。其中一人提著燈籠，剛跨入屋門。她發出微弱的驚叫。

她聽到一個熟悉的聲音說：「別怕，是我。」

她問：「誰？您是？」

「皮埃爾·格蘭古瓦。」

名字讓她放下心來。她抬眼看去，認出了詩人。但是他的身邊，沉默地站著一個從頭到腳被遮住的黑影，讓她倒吸口涼氣。

格蘭古瓦責怪地說：「嘿！嘉莉倒是在您之前認出我！」

果真，小母羊沒有等格蘭古瓦報上姓名，他剛進屋，小羊就甜蜜地在他的膝蓋處蹭來蹭去，愛撫地擦了他一腿白羊毛，因為正是牠的換毛季節。格蘭古瓦也撫摸著牠。

埃及少女低聲問：「誰和您在一起？」

格蘭古瓦回答：「放心。是我的朋友。」

哲學家把燈籠放在地上，蹲在石板地上，熱情地摟住嘉莉大聲說：「噢！一隻迷人的小傢伙，如此的乾淨，而且小巧玲瓏。機靈、心細，像個語法學家般識字。來，來，嘉莉，你沒有忘記你可愛的戲法吧？雅克·沙爾莫呂先生怎麼比畫來著？」

沒等他說完，黑衣人就走近他，狠狠地推了他的肩膀。格蘭古瓦站起來：「可不是，我忘了咱們沒有多少時間……老師，但這不是您對人粗暴的理由……我親愛的美人，您和嘉莉都有生命危險。他們要把您抓走。我們是您的朋友，是來救您的。跟我們走。」

她激動地大喊：「真的嗎？」

「是啊，真的，快來！」

她結結巴巴說：「我當然願意。但是為什麼您的朋友不說話？」

「噢！他的父母都是異想天開的人，弄得他天生不愛說話。」

她只能接受這個回答。格蘭古瓦拉著她的手，他的同伴提起燈籠，走在前面。恐懼讓女孩昏了頭，任憑他們把自己帶走。小母羊蹦蹦跳跳地跟在後面，特別高興與格蘭古瓦重逢，時不時地把小犄角頂到他兩腿間，使得他跌跌撞撞地前進。

這位哲學家幾次差點絆倒，他說：「這就是人生！讓我們跌倒的人，往往是我們最好的朋友！」

他們快速地下了鐘樓，穿過教堂。

教堂空蕩蕩，四處是黑暗，然而鼎沸的人聲在迴蕩，形成駭人的對比。他們從紅門進入修道院的中庭。修道士早就逃離修道院，躲入主教府，正在一起禱告。庭院中空空無人，只有幾個被嚇壞的僕人躲在黑暗的角落裡。他們向通往灘地的庭院小門走去。黑衣人用身上的鑰匙打開門。讀者知道灘地是一條長舌狀的河灘，靠著老城的一側有圍牆，在聖母院的背後形成老城島的最東端，歸聖母院教務會所管。他們看到這塊圈地空蕩無人，而且嘈雜聲也有所減弱。流浪漢攻教堂的響聲傳到這裡居然變得模糊，不再那麼震耳欲聾。一陣清風順流而下，吹得灘地盡頭的一株孤樹簌簌作響，這葉子搖動的聲音讓人聽了更舒服些。然而他們的周邊還是危機重重。主教府和教堂之間距離很近，可以看到主教府中一片混亂。燈火從一個窗口滑到另一個窗口，是主教府龐大黑影上的一條條光痕，好像剛剛被燒完的紙，火星依然在深色的灰燼中奇異地飛濺。鄰近處是聖母院兩座高大的鐘樓。從背後望去，它們聳立在長方形的中堂之上，黑色的剪影倒映在教堂廣場上紅色的火光中，如同希臘神話中獨眼巨人的火爐裡兩支巨大的柴火架。

整個巴黎看起來就是在黑暗和光亮中徘徊搖曳的輪廓，好像林布蘭畫中的背景。

手中提著燈籠的人走到灘地盡頭，那邊，臨著水，有一排被蟲蛀爛的木樁，上面釘著木條，被一株矮葡萄的細藤蔓纏掛，好像一隻手張開的指頭。在這後面的黑影中，隱藏著一隻小船。此人向格蘭古瓦和他的女伴打手勢，命令他們上船。小山羊緊跟著，此人斷後。然後他割斷纜繩，用根長長的篙杆將船撐離河岸後，抓住雙槳，在船頭坐下，用盡全力向河中央划去。在這段地方，塞納河水急，他盡了全力才遠離老城島尖處。

格蘭古瓦上船後第一件事就是摟著小羊，將牠安置在自己的膝上，坐到船尾。而少女，看著陌生人就有說不清的不安和擔心，也坐過來，緊靠著詩人。

當我們的哲學家感到船開始行駛，便拍起手，吻著嘉莉的兩個犄角間的頭頂，說：「啊！我們四個終於得救了。」

他又做出深沉的思想家模樣，補充說：「偉大事業的幸福結局要嘛取決於運氣，要嘛取決於計謀。」

船，緩慢地漂向右岸。少女暗中打量著陌生人，心裡有說不出的恐懼。他早已小心翼翼地將啞燈的燈光遮住。黑暗中，只見他坐在船頭，好像一個幽靈，一直低垂著風帽，像是戴著一副面具。每次划槳的時候，他揚起雙臂，寬大的黑袖子便落下來，好像蝙蝠的兩隻大翅膀。何況，他還沒有說過一句話、發出過一聲。船上只響著船槳前後運動的聲音，還有小船弄皺河水時的潺湲。

格蘭古瓦忽然大聲說：「以我的靈魂起誓！我們像貓頭鷹一樣輕爽快樂！卻像畢達哥拉斯的信徒和小魚一樣沉默！帕斯克-上帝！朋友們，我真希望有人和我聊天……對於一個人來說，另一個人講的話就是音樂——此話不是我講的，是亞歷山大城的狄迪莫斯說的，真是句至理名言！……當然，亞歷山大城的狄迪莫斯不是個平庸的哲學家。說點什麼，我求您了，漂亮的小美人！……對了，您從前總喜歡噘小嘴，您現在還這樣嗎？我親愛的朋友，您知道嗎？最高法院對任何一處庇護所都有司法權，您藏在聖母院的小屋中其實很危險。唉！小蜂鳥居然在鱷魚的大嘴裡築了巢……老師，您看，月亮又露出來了……希望沒有人發現我們！……咱們營救小姐是值得讚美的行為，但是，要是他們抓到我們，我們就會被國王下令吊死。唉！人的作為有兩個極端，他們處死我卻尊你為王，讚美凱撒的人就會責罵叛變失敗的喀提林。對不對，老師？您如何思考這一哲理？我呢，我的哲學思想來自我的直覺和天性，好像蜜蜂會使用幾何學[1]！……咦，沒有人回答我。你們兩位怎麼如此沮喪！我只能自言自語。這在悲劇中稱為獨白……帕斯克-上帝！……我告訴你們，我剛剛見到國王路易十一，我從他那裡學來這句罵人的話……真是的，帕斯克-上帝！他們在老城那邊的人還在大喊大叫……這是個又凶狠又可惡的老國王，全身裹著裘皮。他一直欠著我撰寫祝婚詩的酬金，今晚還想下令把我絞死，這不是明明要阻止我討債嗎？……對待有功之士，他還是個吝嗇鬼。他應該好好讀讀科隆城薩爾維安的《討伐吝嗇》的四冊書。其實，對待文人，他不過是個心胸狹窄、野蠻殘酷的暴君。他就是放在人民頭上的一塊吸金海綿。他的斂財氣都在脾臟裡，身體其他部分越消瘦，它就越膨脹。當然，世人對時勢的抱怨就成了對國君的控訴。在這位所謂寬大虔誠的君主統治下，絞架上被吊死的人壓彎了腰，斷頭臺上流著發臭的血，監牢裡都是囚犯，像快撐破的肚皮。這位國王用一隻手索取錢財，另一隻手索取性命，他是鹽稅夫人和絞刑臺老爺的檢察官。大人物被剝奪了尊嚴，小人物不斷地被殘害。他是貪得無厭的君主，我不喜歡這樣的主宰。您說呢，我的老師？」

黑衣人任由多嘴的詩人沒完沒了地胡說八道，他還在和激流搏鬥。這道激流，將老城的尖端和我們今天叫作聖路易島的聖母島盡頭隔開。

格蘭古瓦突然又說：「對啦，老師！剛才咱們從瘋狂的流浪漢群中穿過教堂廣場的時候，您老人家有沒有注意到，您家的聾子正在列代國王柱廊上猛力砸一個小調皮鬼的腦袋？太可憐了。我的眼睛不太好，沒認出他來。您知道是誰嗎？」

陌生人沒有做出任何回答，然而他突然停止划水，兩隻手像是骨折般地掉了下來，他的頭低垂到胸。愛絲梅拉達聽到他抽搐般地歎氣，不由得一陣顫抖。她聽過這種歎息。

小船失去舵手，一時間隨波逐流。黑衣人又直起身子，抓起雙槳，重新逆流而上。他轉過聖母島的尖岬，駛向草料港的碼頭。

格蘭古瓦說：「喂！那裡就是巴荷博公府。您看，老師，這片漆黑的屋頂造型真是奇特。就在這

1 原文為拉丁文。

片棉絮般髒兮兮的低雲下，月亮扁得就像被打破的雞蛋中流出的雞蛋黃……這是一座漂亮的府邸，裡面有座小禮拜堂，其中的小拱頂裝飾著無數精美的雕刻，上面聳立著一座玲瓏精緻的鐘樓。裡面還有一個大花園，有一座池塘、一座大鳥籠、一道回聲廊、一個木槌球場、一座迷宮、一棟猛獸房，還有樹木成蔭的小路，能讓愛神維納斯都喜歡。還有一棵風流樹，因為一位出名的公主和一位高尚倜儻的法蘭西陸軍統帥曾在這裡偷情……唉，我們這些可憐的哲學家，如果一位大統帥是羅浮宮的花園，我們就是園中一株捲心菜和一根小蘿蔔。但是，其實，這又算什麼？對於大人物和我們這類小人物，人生有好有壞，痛苦與歡樂同行，長短短句式伴隨短長長句式……我的老師，我給您講講巴荷博公府的故事、一個悲慘的結局。那是一三一九年，菲利浦五世統治時期，他是在位時間最長的法蘭西國王。這個故事的道德寓意是肉體的欲望是邪惡致命的。無論鄰人的妻子多麼貌美，讓我們蠢蠢欲動，也不能拚命盯著她。所有的性關係都源於放蕩的想法，通姦是對別人性生活的好奇！……噢，聽，那邊很吵鬧！」

果然，聖母院的四周越發喧嘩。他們側耳傾聽，可以清楚地辨別出勝利的歡呼聲。突然，上百支火把照亮士兵的頭盔，分流到教堂的各個層面，鐘樓上、柱廊上、飛簷下。這些火把似乎正在搜什麼。過一會兒，遙遠的喧鬧聲清晰地傳到逃亡者的耳中：「埃及女人！女巫！處死埃及女人！」

不幸的少女將頭埋在雙手中，而陌生人瘋狂地向岸邊划去。我們的哲學家思考著，緊緊摟著小山羊，輕輕地避開波希米亞少女身旁，而她卻更努力貼近他，好像他是她最後的避難所。

顯然，格蘭古瓦被困惑所折磨，猶豫不定。他想，根據現行法律，如果小母羊再次被捕，就會被絞死，那將是多麼巨大的遺憾，可憐的嘉莉！現在他有兩個依賴他的逃犯，這太過分了，而他的同伴卻只想著救出埃及少女。激烈的鬥爭在他的思想中進行著，好像《伊里亞德》中的朱比特一樣。他在埃及姑娘和小山羊之間左右不定，看了這個又看那個，眼中含著淚水，在牙縫中嘟囔著：「我不能將你們倆同時都救出去。」

終於，小船一陣晃動，他們知道船正在靠岸。恐怖的喧鬧還在老城中迴蕩。陌生人站起來，走向埃及姑娘，想要扶住她的手臂讓她下船。她推開他，拉著格蘭古瓦的袖子不放，而格蘭古瓦只顧著小山羊，幾乎將她推開。於是她一個人跳下船，心慌意亂，不知道要幹什麼、要去哪裡。她呆呆地站著，望著流水。當她略微清醒時，發現碼頭上只有自己和陌生人。似乎在下船之後，格蘭古瓦立即帶著小山羊溜到水上穀倉街上那堆房屋中去了。

可憐的埃及少女看到只剩下自己和黑衣人，不由得打了個寒戰。她想說話，叫喊、呼喚格蘭古瓦，但舌頭在嘴裡一動不動，一聲都發不出來。

忽然間，她覺得陌生人將手搭在她的手上。這是一隻冰冷有力的手。她頓時牙齒打戰，臉色變得比照亮她的月光還要慘白。男人一言不發，抓著她的手，大步走向河灘廣場。這一時刻，她模糊地感覺到命運不可抗拒的力量正在吸引著她，再也沒有自衛的能力，只好被他拖著走。他在大步走，而她小跑跟著。碼頭沿坡而上，然而她覺得自己卻是在沿坡滑下。

她四處張望，沒有一個行人。碼頭空曠無人。她聽不到聲音，也看不到人，只有在塞納河分叉對面的老城中，火光沖天、人影綽綽、陣陣喧鬧，還能聽到她的名字和要處死她的喊聲。除此之外，在她的周邊，巴黎城是一塊塊黑影。

陌生人依然沉默地拉著她快步前行。她居然認不出來自己現在身處何地。經過一扇亮燈的窗口，她猛地使出全身的力氣挺直身子大喊：「救命！」

一位市民正好在窗口，他打開窗戶，穿著睡衣提著燈出現了。他呆呆地向河岸眺望，嘟囔些話，她卻聽不到，市民又關上百葉窗。她最後的一線希望也熄滅了。

黑衣人還是一個字不吐，死死抓住她的手，又開始快步前行。她不再抵抗，徹底放棄，只有跟上他。時不時地，她找回些力氣。她在凹凸不平的石塊路上跑得氣喘吁吁，斷斷續續地問：「您是誰？您是誰？」陌生人並不理會。

他們沿著河岸快走，來到一個很大的廣場。月亮露出頭來，照亮了河灘廣場，能見到中央矗立著一個黑色的十字架。她認出了絞刑臺，知道自己在什麼地方。

男子止步，轉過身，掀起風帽。

她驚呆了，結結巴巴地說：「啊！我已經猜到還是他！」

還是教士。他彷彿是自己的幽靈。這是因為在月光籠罩之下，在蒼白的光線中看到的任何事物都如幽靈一般。

「聽我說。」他說。

她許久沒有聽到這個陰沉沉的聲音，嚇得渾身發抖。他急促地喘息著講話，說明他內心深處正在劇烈交戰：「聽我說，我們到了，我有話對你說。這裡就是河灘廣場，我們行程的終點。命運把我們交給對方。我要對你的生死做出判決，你也要判決我的靈魂。這裡是個廣場，還有黑夜，其餘的什麼也看不見。好好地聽我說，我要說……首先，不要和我提起你的菲比斯。」他一邊說，一邊拉上她走來走去，好像一刻都不能停下來。「不要在我面前說他。知道嗎？只要你說出這個名字，我就不知道自己會有什麼反應，肯定是無法控制的。」

說完這句話，他好像找回了自己的身體重心，止步不動了。然而從他的言語中還是能聽出他內心的劇烈掙扎。他的聲音越來越小。

「不要這樣轉過頭。聽我說，這事很嚴肅。首先，我告訴你發生了什麼……聽了你就笑不出來了，我向你發誓……剛才我說到哪裡？告訴我吧！噢！最高法院做出判決，重新送你上絞架。是我把你從他們的手中搶下來的，但是他們四處追捕你，看！」

他向老城伸出手臂。果然，大面積搜查好像正在繼續，吵鬧聲越來越近。河灘廣場對面、校尉府的塔樓處，明晃晃的都是燈光，人聲沸沸揚揚。河對岸，許多士兵高舉著火把邊跑邊喊：「埃及女人！埃及女人在哪？處死她！處死她！」

「你看，他們正在搜索你，我沒有欺騙你。我愛你……你不要開口，不要說話，如果你想說你恨我，我已經下定決心不要再聽這些……是我剛才救你出來，讓我把話說完……我可以挽救你的生命，為此也做了準備。現在輪到你決定是否願意。如果你願意，我就能辦到。」

他猛地住口，又說：「不對，我不是要說這件事。」

他沒有鬆開手，拉著她跑起來。他直直奔向絞刑臺，指著它說：「它和我之間你要做出選擇。」

她使勁掙脫他的手，倒在絞刑架下，吻著死亡的立柱。她美麗的面孔半轉，從肩上看著教士，她的姿態好像十字架下的聖母。教士一動也不動，還是舉手指著絞刑架，像雕像般保持著手勢。

最後，埃及少女對他說：「我對您的厭惡遠遠超過它。」

教士慢慢地垂下手，悲痛萬分地看著地面的石塊，低聲說：「唉，如果這些石頭能說話，它們肯定說：看這是一個多麼不幸的男人。」

他接著講下去。女孩跪在絞刑架前，被散開的長髮掩埋，任他繼續說，不去打斷他。他此時語調充滿柔情的哀愁，和他臉上刻薄高傲的神情形成痛苦的對照。

「我愛您。啊！千真萬確！我的心被烈火焚燒著，從外面卻看不出來！唉，年輕的女孩，日日夜夜，是啊，日日夜夜的煎熬，難道不能換取您一絲憐憫嗎？這是朝思暮想的愛，我告訴您，這是強加於我的酷刑……唉，我非常痛苦，我可憐的女孩……這愛值得換取您的同情，我向您發誓。您看，我輕輕地對您說話，我真希望您不再厭惡我……說實在的，一個男人愛一個女人，這不是他的錯！……啊！我的上帝！……怎麼！難道您永遠不會原諒我嗎？您會一直憎恨我！那就什麼都結束了！正因為您這樣，我才會變成惡人。您看，我都厭惡我自己！……您連看都不看我一眼！您大概在想別的事，而我顫抖著站在您面前跟您講我們兩人一起或是永生或是下地獄！……尤其不要提起軍官！看！我真想撲在您的雙膝上！看！我當然不會去吻您的腳，您肯定不同意，而是去吻您腳踩的土地！唉！我真想像孩子一樣大哭，從我的胸膛裡掏出的不是言語，而是我的五臟六腑，以此向您表達我愛您。這一切卻沒有用啊！……可是您靈魂中只能看到溫柔和寬容；您的柔情讓您光輝四射，您是如此的多情、善良、仁慈、美好。唉！可是您只對我一人狠心！噢！這是怎樣的厄運！」

他用手捂住臉。少女聽到他的哭聲。這是第一次。他站立著，抽泣得渾身發抖，顯得比跪在地下苦苦哀求更為卑賤。他就這樣哭了一段時間。

他流了一陣眼淚後，繼續說：「算了！我想不起來要說什麼。其實我準備了很多話要向您傾訴。現在如此關鍵時刻，我卻在發抖戰慄，全都忘了！我知道這是崇高輝煌的時刻，我反倒連話都說不

人類的心靈只能裝下一定體積的絕望，好像浸滿水的海綿，
任憑海水流過，卻不再吸收一滴水了。

「愛」將一個人送上絞刑臺，另一個人送下地獄：
她被判了死刑，而等待他的是地獄的酷刑。

過度痛苦和過度歡樂一樣，
是一場猛烈而短暫的風暴。

您去搶劫吧。

歡樂萬歲。

我們卻將夕陽當作黎明的曙光。

如果起了煙，就會有人說有火。

當一個命運悲慘的人被埋入其中，
他就要與陽光、空氣、生活訣別，放棄一切希望。

他的心中燃燒著怒火也充滿了恐懼。

這門只為進去的人打開，
與墳墓不同的是，
裡面裝的死人還活著。

時間是盲目地破壞，
世人是愚昧地毀壞。

他的熱戀置人於死地，
他的愛充滿腐蝕性、毒性，
只有憎恨和冷酷。

因為愛像一棵樹，
自生自長，
深深扎根於心靈。

就是一個沒有信仰的人，
在生命中的某些時刻，
也會信奉他所在的教堂的宗教。

她的眼睛裡沒有淚水，
卻有兩團火。

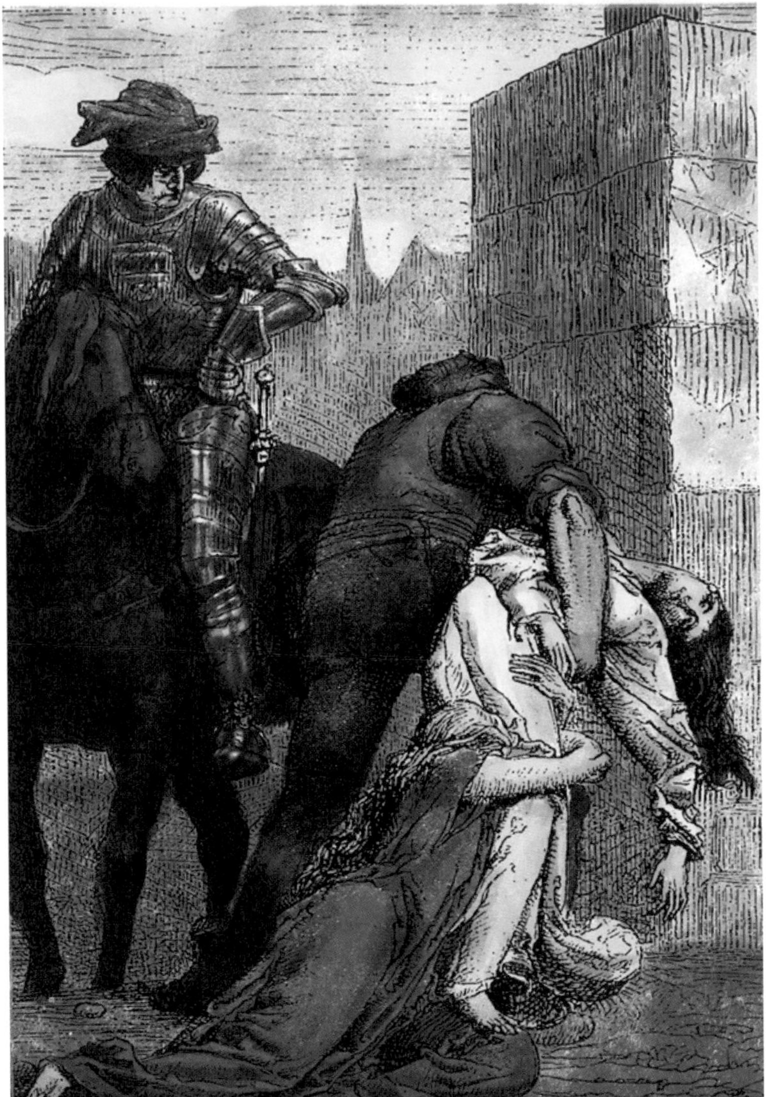

女人的雙手有時也會有超人的力量！

清。啊！如果您不可憐我，也不同情您自己，我會馬上跌倒在石塊地上。千萬不要將我們兩人都判處死刑。希望您知道我有多麼愛您、心是怎樣的心！噢！我背叛了所有的道德準則！我在絕望中墮落！身為學士，我侮辱學術；身為貴族，我毀害了家族的名譽；身為教士，我卻把彌撒書當作肉欲的枕頭，往上帝臉上吐痰！我為了你做出這一切，巫女，為了能夠走入你的地獄。而你並不接受下地獄的罪人！噢！我什麼都說出來了！還有很多，還有更可怕的，更可怕的啊！」

說到最後幾句話時，他神情恍惚，語無倫次。他沉默片刻，又自言自語似地大聲說：「該隱[2]，你對你弟弟做了什麼？」

他一陣沉默，又說：「我做了些什麼，我的主啊？我找到了他，我教育他、餵養他、愛護他、崇拜他，但我卻害了他。是啊，主，剛才就在我的眼前，他被人砸碎了頭，就在您的房子上、石簷邊。這都怪我，因為這個女人，都因為她……」

他的眼神迷茫。他的聲音越來越小，他下意識地重複了幾遍，好像大鐘延綿不斷的餘音：「都怪她……都怪她……」

漸漸地他的舌頭再也吐不出什麼清晰的詞，嘴唇卻還在翕動。忽然，他像垮下來一樣，癱在地上，腦袋夾在雙膝中，不動彈了。

女孩把腳輕輕地從他身下抽了出來，一下子驚醒了他。他緩緩地用手摸索自己深陷的雙頰，驚訝

2 聖經人物，因為嫉妒，殺死了自己的弟弟。

地觀察著他被打溼的手指，低聲說：「什麼？我哭了！」

他猛地轉向埃及少女，臉上帶著無法描述的焦慮：「唉！您居然冷漠地看著我哭泣！孩子！這些眼淚是火山的熔漿，你知道嗎？對自己仇恨之人沒有任何憐憫？當真是這樣的嗎？你見到我死去時，你會開心地笑起來。噢！我不願見你死去！一個字！一句寬恕的話！不用你說愛我，只要你告訴我你願意，這就夠了，我就會挽救你。不然……噢！分分秒秒都在飛逝，我願意奉獻出我最神聖的一切，請求你，請你不要等我重新變成石頭人，和等待你的絞架一樣！別忘了，我手中握著我們兩人的命運。如果我發瘋了，悲慘的事情就會發生，我會選擇放手，而我們腳下是無底的深淵！可憐的人，我會和你一起墮下，直到永遠！請你說出一句好心的話語，一個字！就一個字！」

她張開嘴準備回答。他滿懷崇敬感激之心，跪倒在她面前，期望她被打動後，終於能吐出動聽的話。她對他說：「你是殺人犯！」

教士瘋狂地抱住她，發出駭人的笑聲。

他說：「是的！我是殺人犯！我一定會得到你。既然你不讓我做你的奴隸，那麼我就是你的主人。我有個小窩，我會拖你到那裡。你會跟著我走，你只能跟著我走，不然，我就送回你。要嘛去死，美麗的人兒，要嘛你是我的！委身於教士！委身於叛教者！委身於殺人犯！就從今晚開始，聽見了嗎？走吧！高興起來！來！來，吻我，瘋女人！不是墳場就是我的床！」

他的眼中閃著憤怒和淫惡的光。他貪婪的嘴唇揉紅了少女的脖子。她在他的懷中拚命掙扎。他口吐白沫，吻遍她的全身。

她大喊：「不要咬我，惡魔！啊！可憎得令人作嘔！放開我！我要大把大把地揪下你難看的灰髮，然後擲到你臉上！」

他的臉紅了，繼而發白，他鬆開她，陰沉沉地打量著她。她以為自己勝利了，又說：「我告訴你，我是菲比斯的女人，我愛的是菲比斯，菲比斯才是英俊的男人！你，教士，又老又醜！滾開！」

他凶惡地咆哮，好像一個不幸的人被燒紅的鐵打上烙印。他咬牙切齒地說：「去死吧！」她看到他猙獰的目光，想逃開。他抓到她，搖晃她，將她推到地上，然後抓著她的一雙秀手，拖著她，在石塊路面上大踏步地走向街道拐角的羅蘭塔。

到達之後，他轉過身：「最後一次，你願不願意跟我？」

她用力回答：「不願意！」

於是他大喊：「古杜樂！古杜樂！埃及女人就在這裡！你報仇吧！」

突然，姑娘感到手肘被抓住。她看到牆上的窗洞中伸出一隻骨瘦如豺的手，像鐵手般把她抓住。

教士說：「你抓緊！這是逃出來的埃及女人。別鬆手。我去找巡防隊。你會看到她被絞死的。」

牆的另一端響起一陣發自喉嚨深處的笑聲，回答了這充滿血腥的話語。「哈！哈！哈！哈！」埃及少女看到教士向聖母橋的方向跑遠了，那邊能聽到陣陣馬蹄聲。

女孩認出了凶惡的隱修女，嚇得大口喘氣，拚命掙扎。她扭轉身體，絕望地打挺，垂死掙扎。可是那個女人用不可思議的力量扣住她。

瘦得只剩下骨頭的手指掐著她的手臂，進到肉裡，並且合攏，好像這隻手長在她的手臂上。這不僅僅是一根鎖鏈、一道枷鎖、一個鐵環，還是從牆上伸出來的一條有思想有生命的大鉗。

女孩用盡力氣，癱在牆上。此時此刻，死亡的恐懼籠罩了她。她聯想到人生的美麗、青春的美好、天空的色彩、大自然的活潑多姿，還有愛情和菲比斯。她想到所有她即將失去的和等待她的，想到告發她的教士、即將出現的劊子手，還有聳立在不遠處的絞刑架。恐怖逐漸在她身體中蔓延，一直擴散到髮根。她聽見隱修女陰森森的笑聲，低聲對她說：「哈！哈！哈！你要被絞死了！」

氣息奄奄的她轉向窗洞，透過鐵柵欄，看到麻袋女猛獸般的臉。她幾乎失去知覺地說：「我在哪裡得罪過您？」

隱修女並不回答。她用嘲諷、憤怒的腔調哼哼唧唧地唱：「埃及人的女兒！埃及人的女兒！埃及人的女兒！」

可憐的愛絲梅拉達垂下一頭亂髮的腦袋，覺得抓住她的不是活人。

彷彿過了很長時間，埃及少女的提問才傳入她的大腦。突然，隱修女開口大聲說：「你在哪裡得罪過我？是嗎？……啊，你在哪裡得罪過我，埃及女人！好，你聽著……我曾有個孩子、一個孩子，我告訴你！……一個漂亮的小女孩！……」

她在黑暗中狂吻著什麼，胡亂地接著說：「……我的阿妮絲。唉，你看，埃及女人，有人奪走了我的孩子，偷走了她，吃了她。這是你幹的。」

少女像小羔羊一樣回答說：「唉，可能我還沒有出生！」

隱修女又說：「噢！是的！你已經出生了。你和他們在一起。活著，她和你一樣大！肯定的！……我在這裡住了十五年，我痛苦了十五年，祈禱了十五年，這十五年來，我天天以頭撞牆。我告訴你是那些埃及女人把她偷走的，你聽到了嗎？她們用牙齒咀嚼了她。你有顆心嗎？想想一個活潑可愛的孩子，還在吃著奶，香甜地睡覺。多麼天真無邪！……唉！這樣的寶貝，他們從我手中偷走了，殺死了她。慈悲的上帝看到了！……今天輪到我來吃埃及女人了……噢！如果不是鐵柵欄擋著我，我會咬死你。我的頭太大了！……可憐的小傢伙！在熟睡的時候被搶走！如果她們動手時弄醒了她，她大哭大喊也沒有用，我不在家啊！……噢！埃及女人，你們吃了我的孩子！來看你們孩子的下場吧！」

她哈哈大笑起來，也許在狠狠地磨牙——在這張憤怒的臉上，這兩種表情沒有什麼區別。天空開始泛亮，慘澹的曙光隱約照亮了她們。廣場上，絞刑架越來越清晰。另一頭，可憐的女犯好像聽到從聖母橋方向傳來騎兵的馬蹄聲。

她嚇得魂飛天外，頭髮蓬亂、渾身顫抖地跪下，雙手合十大叫：「夫人！夫人，可憐可憐我吧。他們來了。我沒有對您做過任何壞事。難道您希望看見我就這麼慘死在您的眼前嗎？我知道您是好人。這太可怕了。放我走吧。鬆開手！求求您了！我不願意就這麼去死！」

隱修女說：「把我的孩子還給我！」

「慈悲啊！慈悲啊！」

「把孩子還給我！」

「放開我，看在上帝的面上！」

「把孩子還給我！」

這一次，女孩力氣已盡，癱倒在牆上，她的目光一片黯淡，好像已經被扔到了死人坑。

她結結巴巴地說：「唉！您在尋找您的孩子，我在尋找我的父母。」

古杜樂繼續說：「把我的小阿妮絲還給我！你不知道她在哪裡？你就去死！……我告訴你。從前我是個妓女，有過一個孩子，她們搶走了我的孩子……都是埃及女人幹的。你明白了吧，你一定要死。當你的埃及母親來找你，我會告訴她：『孩子母親，你看絞刑架。』……不想死，就交出我的孩子。……你知道我的女兒在哪裡嗎？看，我拿給你。這是她的小花鞋，我唯一找到的物品。你知道另一隻在哪裡嗎？你要是知道，告訴我，哪怕是世界的另一頭，我也會跪著用雙膝爬去。」

她一邊說，一邊用另一隻手將小繡花鞋遞到窗外，伸給埃及少女看。天光漸亮，鞋的形狀和顏色都能看清楚。

埃及少女顫慄著說：「您讓我看看小鞋。上帝！上帝啊！」說話的同時，她用還能活動的手，奮力打開掛在脖子上裝飾著綠玻璃片的小香囊。

「住手！住手。」古杜樂嘟囔著，「掏什麼魔鬼護身符！」

突然，她閉了嘴，渾身發起抖來，用發自肺腑的聲音喊了一聲：「我的女兒！」

原來埃及少女從小香囊裡掏出一隻絕對相同的小鞋。小鞋上還縫著一小塊羊皮紙，上面寫著讖語：

> 另一隻小鞋重新出現的時候，
> 你將投入母親的懷抱。

比閃電還要快，隱修女已經比較了兩隻小花鞋，讀了羊皮紙上的字，將她充滿天堂喜悅的臉緊貼到窗洞的鐵柵欄上，喊：「我的女兒！我的女兒啊！」

埃及少女回應：「我的母親！」

這情形，無法用言語描繪。

牆和鐵柵欄矗立在她們兩人之間。「啊！牆！」隱修女大叫，「啊！看得見她卻不能親吻她！你的手！你的手！」

少女把手臂伸進窗洞，隱修女撲向這隻手，將嘴唇貼上去就不動了，陶醉在這個長吻中，哭泣使她的腰間一起一伏，除此之外，她沒有別的活著的跡象。在黑暗中，她一聲不發，淚如雨下。可憐的母親，十五年來的苦悶在心底一滴滴流淌，集成了黑洞洞不見底的深井，現在她把這潭井水全部倒在這隻親愛的手上。

她猛地直起身，一言不發，把披在臉上的白髮向兩邊一撩，然後用雙手使勁搖晃窗洞上的鐵柵欄，比母獅還狂躁。鐵柵欄沒有讓步。於是她從屋子的角落裡拿來一塊平時做枕頭的大石塊，凶猛地砸過去。一根鐵條綻放出無數火花，折斷了。砸第二下的時候，攔在窗洞上年代久遠的十字鐵柵欄就崩塌了。最後她用手把剩餘的生鏽鐵條折斷拉開。女人的雙手有時也會有超人的力量！

不到一分鐘，她清理出一條通道，伸手抓住女兒的腰，將她拖入斗室中。她低聲說：「來！讓我把你從苦難中撈出！」

當她的女兒爬入斗室，她輕輕地把女兒放下，然後又抱起她，摟在懷中，彷彿她還是她的小阿妮絲。她又是陶醉，又是歡喜，瘋狂地唱著、喊著，狂吻著女兒，對她說話，一會兒大笑，一會兒大哭，這一切都在狂熱中同時進行。

她說：「我的女兒！我的女兒啊！我找到了女兒！她在這兒。慈悲的上帝把她送還給我。哈哈，所有的人！你們快來！有沒有人看到我找回女兒了？我主耶穌，她真是太漂亮了！好心的上帝，您讓我等了她十五年，就為了送給我一個大美人……埃及女人並沒有吃她！這是誰說的來著？我的小寶寶！我的小寶寶！親親我！埃及女人都是好心人！我喜歡埃及女人啊……果然是你。難怪你每次路過這裡，我的心就亂跳。我還以為是仇恨！原諒我，我的阿妮絲，原諒我！你以為我是壞人，不是嗎？我愛你……你脖子上的小黑痣還有嗎？我看看。還有。噢！你好美啊！小姐，是我傳給您這雙大眼睛的。親親我，我愛你！現在我根本不在乎別的母親都有自己的孩子，我不理她們。她們可以來看。這是我的孩子，看看她的脖子、她的眼睛、她的秀髮、她的手。這麼漂亮的姑娘，你們哪裡找得到！噢！我告訴你們她會有很多追求者。為了她，我哭了十五年。我的美貌都離開了，長到她身上了。親親我！」

她用甜蜜的腔調，叨叨不停地胡言亂語。她不斷地拉扯可憐少女的衣服，讓她羞紅了臉；用手撫摸她絲綢一般的軟髮，吻她的腳、膝蓋、前額、眼睛，女兒的全身各處都讓她陶醉。女孩任由她擺布，不時帶著無限溫情，低聲反覆說：「我的母親。」

「你看，我的小女兒，」隱修女一邊吻著她一邊說，「你看，我會好好愛你。我們離開這裡。我們將會非常幸福。我繼承了點小遺產，就在我們的家鄉蘭斯。你知道蘭斯嗎？啊！不會的，你不知道，那時你還是嬰兒！你知道嗎，四個月的時候，你好漂亮！好奇的人遠從七法里以外的艾佩奈跑來看你的小腳丫！我們有一塊自己的田地、一座房子。我把你抱到我的床上哄睡。我的上帝！我的上帝！誰能相信？我找到了我的女兒！」

激動了一會兒，少女終於有了講話的力氣：「噢！我的母親！埃及女人告訴過我。我們中有個善良的埃及奶奶，去年去世了，向來都是她像奶媽一樣照顧我。是她把這個小香囊掛在我的脖子上。她總是對我說：『小傢伙，好好看著這件首飾。這可是寶貝！它能讓你找回你的母親。你脖子上戴著你的母親。』她的預言實現了，這個埃及女人！」

麻袋女又緊緊地擁抱女兒。

「來，讓我親親你！你說得好有愛心。等我們回到家鄉，就給教堂中的聖嬰雕塑穿上這雙小花鞋。這一切我們都要感謝善良的聖母。我的上帝！你的聲音是這麼動聽！你剛才對我說話的時候，就好像唱了一支歌！啊！上帝，我的主！我找到了我的孩子！誰能相信如此離奇的故事？人的生命真是頑強啊！我居然沒有高興死啊！」

接著，她拍著雙手，又笑又叫：「我們就要開始幸福生活啦！」

這時，從聖母橋傳來兵器的撞擊聲和奔馳的馬蹄聲，似乎越來越逼近河岸，在斗室中迴響。埃及少女驚慌失措，撲入麻袋女的懷抱。

「救救我！救救我！母親！他們來了！」

隱修女頓時臉色慘白。

「噢，上天！你在說什麼？我剛才忘了！有人追捕你，你幹了什麼？」

不幸的孩子回答說：「我不知道，但是我被判處了死刑。」

「死刑！」古杜樂彷彿被雷擊中，差點跌倒。她盯著女兒的眼睛眨也不眨，緩緩地又說：「死刑！」

少女慌亂地回答：「是的，母親。他們要處決我。他們來抓我了。絞刑架在等著我！救救我！救救我吧！他們來了！救救我！」

一時間，隱修女一動不動，好像化成了石頭。然後她懷疑地搖搖頭，突然放聲大笑，是她以前那種恐怖的怪笑：「嘿！嘿！不對！你在講一個噩夢吧。啊！是啊！我失去了她整整十五年，然後我找到了她，卻只有一分鐘！現在她是個美人，現在她長大了，和我說著話、愛著我，他們卻來從我這裡奪走她，他們要吃了她，就在我這個母親眼前！啊！不行！這種事是不可能的。善良的上帝不允許這樣。」

馬隊似乎停了下來，遠處傳出個聲音說：「是這裡，特里斯丹先生！神父說我們能在老鼠洞看到她。」

馬聲又響起來。

隱修女直起身來，絕望地大叫：「逃！快逃！我的孩子！我想起來了。你說得對。要你去死！太可怕了！見鬼了！快跑！」

她從窗洞探出頭，迅速縮回來：「待在這裡！」她緊緊地抓住半死的埃及少女的手，聲音低沉、簡短、陰森森的：「別出聲！到處都是士兵，你不能出去。天很亮了。」

她的眼睛裡沒有淚水，卻有兩團火。她不說話，在斗室裡大步走來走去，時不時地停下來，揪下自己灰白的頭髮，用牙齒撕爛。

突然，她說：「他們來了。我和他們講話。你藏到這個角落去。他們看不到你。我告訴他們你逃走了，我鬆了手，就這樣！」

她將懷中抱著的女兒，放到斗室的一角，這個地方從外面看不到。她讓女兒蹲好，精心地擺弄她，不讓她的手腳越出黑影，還將她的黑頭髮放下來，披散在白裙子上，把她遮蓋得嚴嚴密密的，還在她的前面放上一個水罐和大石塊，這是隱修女的全部家當，好像這個水罐和這塊石頭就能遮擋她。一番折騰後，她安下心來，跪下祈禱。天剛剛大亮，老鼠洞裡還有許多黑暗的角落。

此時此刻，教士地獄般的聲音從斗室不遠處傳來：「在這邊，菲比斯·德·沙托佩斯隊長！」

聽到這個名字、這個聲音，趴在角落裡的愛絲梅拉達動彈了一下。

古杜樂說：「不要動！」

她的話音剛落，一陣人聲、馬聲、刀劍聲在斗室不遠處停止。母親猛地站起來，站到窗洞前，用身體擋住它。她看到一大群全副武裝的步兵和騎兵，在河灘廣場排開。他們的指揮官下了馬，向她走過來。此人相貌凶狠，他說：「老太婆，我們正在追捕一個女巫，要絞死她。聽人說她被你扣下了。」

可憐的母親竭盡全力裝出一副若無其事的樣子，回答說：「我不太明白您說什麼。」

此人又說：「上帝的腦袋！魂不守舍的副主教唱了什麼彌撒？他在哪裡？」

一個小兵說：「大人，他不見了。」

指揮官又說：「這個……瘋老太婆，別騙我，一個女巫被交給你看管。你幹了些什麼？」

隱修女不想全然否認，因為這樣反而引起懷疑，她用誠實而粗暴的口氣回答：「要是您說的是剛才別人硬塞到我手中的高個子小姑娘，我告訴您，她咬了我，我只能鬆手。就是這樣，別打擾我。」

指揮官做出失望的表情。

他又說：「你別騙我，老幽靈！我是隱修士特里斯丹，我是國王的朋友。隱修士特里斯丹，你聽到了嗎？」

他環視周圍的河灘廣場，又補充說：「在這裡，這是個響亮的名字。」

古杜樂開始找回希望，回答說：「即便你是隱修士撒旦，我沒有別的能告訴您，我也不怕您。」

特里斯丹說：「上帝腦袋！你這個詭辯的老婆子！啊！小巫女逃走了！她向哪裡跑？」

古杜樂輕鬆地回答：「她去了羊街，我記得。」

特里斯丹轉過頭，揮手命令他的人馬準備重新上路。隱修女鬆了口氣。

忽然一名弓箭手說：「大人，您問問老仙女，她窗洞上的鐵欄杆怎麼被拆壞了？」

這個問題讓可憐的母親又心生焦慮，然而她沒有失去理智，結結巴巴地說：「一直就這樣。」

弓箭手又說：「胡說！昨天鐵欄杆還是個漂亮的黑十字架形，讓人膜拜。」

特里斯丹斜眼打量著隱修女：「我看這老婆子有些慌張。」

不幸的女人知道一切都取決於她是否能夠保持鎮定，雖然她無比地恐懼，她還是笑起來。母親都有這種力量。

她說：「胡說！這傢伙醉了。一年多前，有輛拉石頭的大車，屁股撞到窗洞上，把欄杆撞了個稀巴爛。我還把駕車的大罵一頓！」

另一名弓箭手說：「真是這樣，當時我在場。」

世界上到處都有什麼都見過的人。弓箭手出人意料的作證讓隱修女恢復了戰鬥力。對於她，這場審訊讓她如履薄冰。

然而，她註定要被希望和危機交替折磨一段時間了。

第一名弓箭手又發話了：「如果是輛大車幹的，鐵條應該被撞到裡面去，可是這些斷鐵條卻是推向外的。」

特里斯丹對士兵說：「嘿！嘿！你倒是有點小堡的調查官專員的頭腦。老太婆，回答他！」

她被逼得無奈，帶著哭腔叫起來：「我的上帝！我發誓，大人，就是大車撞斷了鐵柵欄。您聽到了，這個人也看到了。何況這和你們的埃及女人又有什麼關係？」

特里斯丹哼了一聲：「嗯！」

被巡檢總督表揚過的弓箭手又說：「魔鬼！鐵棍的斷痕是嶄新的！」

特里斯丹點頭。隱修女嚇白了臉。

「您說，被大車撞了多久了？」

「一個月，也許十五天，大人。我不記得了。」

弓箭手指出：「開始她說一年以前。」

巡檢總督說：「這是個疑點。」

她嚇得渾身發抖，緊貼著窗洞口，生怕他們起疑心後探頭入窗洞檢查斗室，她大聲說：「大人！我發誓柵欄是大車撞塌的。我以天堂各位聖天使的名義向您起誓。如果不是大車的話，我就下地獄永不翻身，我就背離上帝！」

特里斯丹用宗教審判官的目光盯著她說：「你的誓言倒是滿腔熱情啊。」

可憐的女人覺得越來越沒自信了，她已經開始露出各種馬腳，而且她心驚膽戰地發現自己全都沒有說對。

正在此時，一名士兵喊著跑來：「大人，老仙女騙了我們。女巫沒從羊街逃走。封街的鐵鍊整夜都緊拉著，鐵鍊的看守沒看到任何人過路。」

特里斯丹的臉色越來越陰暗，他問隱修女：「對此你有什麼話說？」

她竭力克服這個新生的枝節：「大人，我不知道啊，我弄錯了吧。我想她是過河了。」

巡檢總督說：「就是對岸。老城裡到處搜捕她，沒有什麼原因能解釋她又回到老城區。你騙人，老傢伙！」

第一名士兵說：「再說了，河的兩岸都沒有船。」

隱修女絲毫不讓步，立即反駁：「她能游過去。」

士兵說：「女人也會游泳嗎？」

特里斯丹大怒：「上帝的腦袋！你說謊！老東西，你說謊！我真想放了女巫，把你吊死。大概一刻鐘的刑審就能把真話從你嗓子裡揪出來。走！跟我們走！」

這句話讓她欣喜若狂：「您想怎樣就怎樣，大人。動手吧！快動手吧！受刑，我願意。帶我走吧。快點，快點！咱們趕快走。」

她心想：「趁著這個機會，我的女兒就能逃跑了。」

巡檢總督說：「該死-上帝！居然想要品嘗拷問架的味道！我真搞不懂這個瘋婆子。」

一名頭髮灰白的老巡邏兵從隊伍中站出來，對巡檢總督說：「她就是個瘋子，大人！如果她放了埃及女人，肯定不是她的問題，因為她不喜歡埃及女人。我已經在這裡巡邏十五年。每天晚上都能聽到她沒完沒了地對波希米亞女人罵個不停。如果我沒弄錯，我們追捕的就是馴小山羊的跳舞小妞，而瘋婆子最恨的就是這個埃及女人。」

古杜樂努力吐出一句：「最恨的就是她！」

其他巡邏隊員也都站出來向巡檢總督作證說老兵沒說錯。隱修士特里斯丹看到不能從隱修女口中問出東西，又氣又急，轉身背對著她。隱修女滿心恐怖和焦慮，看著他慢慢地走向自己的馬，他咬牙切齒地說：「走吧，出發！我們繼續追捕！不把埃及女人吊死，我睡不著覺！」

然而他還是磨蹭了一會兒才上馬，好像獵狗嗅到了獵物的藏身之處，帶著警覺的神情又仔細地打量了廣場，心中並不想離開。這段時間裡，古杜樂的心跳得快死了。最後他搖搖頭，翻身上馬。古杜樂緊揪起的胸膛才透了一口氣。自從他們出現之後，她一直不敢向女兒的方向看去，此時看了她一眼，輕聲說：「得救了！」

在此期間，可憐的女孩一直藏在自己的角落裡，不敢出氣也不敢動彈，覺得死亡就站在她面前。古杜樂和特里斯丹的對話，句句都傳到她的耳中，

母親每次的絕望她都能感受得到。一根細繩將她懸掛在深淵之上，她聽到它不斷地發出斷裂聲，無數次她以為繩子就要斷了，終於又能夠正常呼吸，感到腳安穩地踩著大地。突然，她聽到一個聲音向國王的巡檢總督說：「牛犄角！巡檢總督先生，絞死女巫不關我的事，我是軍人。既然平定了亂民，您看，我就可以回部隊去了，他們正等著隊長呢。您自己把事情做完吧。」

這正是菲比斯・德・沙托佩斯的聲音。她的內心波瀾激蕩，無法描述。他在這裡，她的朋友、保護者、靠山、心靈的避難聖地、她的菲比斯！她一躍而起，在母親攔住她之前，她已經喊著衝到窗洞口：「菲比斯！救救我，我的菲比斯！」

菲比斯已經離開了。他策馬疾馳，剛剛在刀剪街拐角處消失了。可是特里斯丹還沒有出發。

隱修女吼叫著撲向女兒，拚命把她往後拉，指甲都掐到女兒的脖子裡了。一隻保護虎崽的母老虎不會注意這些細節。但還是遲了，特里斯丹看到了。

他哈哈大笑，露出上下兩排牙齒，好像一隻張著大嘴的狼：「嘿嘿！一個老鼠洞裡藏著兩隻老鼠！」

弓箭手說：「剛才我就覺得有鬼。」

特里斯丹拍他的肩說：「你是一隻好貓！」

他又補充說：「亨利艾·庫贊在哪裡？」

一個衣著和模樣都不像是士兵的人應聲走出隊伍。他穿著一件半邊灰色半邊褐色的衣服，頭髮貼著腦袋，套著皮袖子，大手上拿著一捆繩索。此人總是追隨在特里斯丹左右，而特里斯丹永遠跟著路易十一。

隱修士特里斯丹說：「朋友，我推斷我們追捕的女巫就在那邊。你把她給我絞死，你帶梯子了嗎？」

「柱子樓的倉庫裡有架梯子。」此人回答。

他指著石柱絞刑架問：「就在那個刑臺辦事嗎？」

「對。」

「哈哈，好！」此人大笑起來，聲音比巡檢總督還要凶惡殘忍，「咱們不用走路就到了。」

特里斯丹說：「抓緊時間！辦完事你再笑！」

自從特里斯丹發現了她的女兒，隱修女就失去了全部的希望，她一句話也沒說。她把嚇得半死的埃及少女推到洞穴的一角，站在窗洞口，兩隻手扒著窗臺角，好像一對野獸的利爪。她巍然矗立，如同猛獸，勇敢瘋狂地注視著所有的士兵。當亨利艾・庫贊靠近斗室，她立刻滿面猙獰，他倒退幾步。

他回到巡檢總督面前說：「大人，要抓哪一個？」

「年輕的。」

「太好了。因為這個老的看上去不好惹。」

巡邏隊老兵說：「就是會馴山羊的可憐小舞者！」

亨利艾・庫贊又走近窗洞。母親的目光讓他垂下眼睛，小心翼翼地說：「夫人……」

她氣沖沖地打斷他，聲音低沉：「你想要什麼？」

他說：「我不是抓您，是另外那個。」

「哪一個？」

「年輕的！」

她拚命搖頭大喊：「沒人！裡面沒人！沒人！」

劊子手又說：「當然有個人！您心裡清楚。您讓我抓那個年輕的。我不想傷害您！」

她怪笑起來：「呵呵！你不想傷害我！」

「夫人，把她交給我。這是總督大人的命令。」

她瘋瘋癲癲地重複著：「裡面沒人！」

劊子手反駁：「我告訴您還有一個！我們都看到了，你們是兩個人。」

隱修女齜牙咧嘴地笑：「最好過來看看！把頭從窗洞口伸進來！」

劊子手瞥見了這個母親的指甲，怎敢輕舉妄動？

特里斯丹剛剛下令讓人把老鼠洞團團圍住，而自己騎著馬站在絞架旁。他高喊：「動作快點！」

亨利艾非常尷尬地再次回到巡檢總督腳下。他將繩索放在地上，笨手笨腳地在手中把自己的帽子轉來轉去。

他問：「大人，從哪裡進去？」

「從門。」

「沒有門。」

「從窗戶。」

「窗戶太窄了。」

特里斯丹氣沖沖地說：「把它打開！你不是帶著鎬嗎？」

伏在洞穴中的母親警惕地注視著他們。她沒有別的希望了，也不知道自己還能幹什麼，但是她不想讓人奪去她的女兒。

亨利艾．庫贊從柱子樓的倉庫裡拿來行絞刑時所用的工具箱，還從棚子裡拿來一架雙層長梯，直接把它靠在絞刑架上。巡檢總督手下五六個人帶著鶴嘴尖鎬和撬杆。特里斯丹和他們一起走近窗洞。

巡檢總督嚴厲地說：「老東西，老老實實地把年輕女子交給我們！」

她看著他，好像聽不懂這是什麼意思。

特里斯丹又說：「上帝腦袋！這是國王的親令，你為什麼阻攔我們絞死這個女巫？」

悲慘的女人野蠻地狂笑起來。

「我為什麼？她是我的女兒！」

她這句話的腔調，就連亨利艾．庫贊聽後也打了個寒噤。

巡檢總督又說：「我也很難過，但要滿足國王的意願。」

她的狂笑越發讓人毛骨悚然。她大喊：「你的國王，和我有什麼關係！我告訴你這是我的女兒！」

特里斯丹說：「砸牆！」

想在牆上開一個足夠大的口子，只要把窗洞下的一塊基石挖出來。母親聽見尖鎬和撬杆挖鑿她的堡壘，氣急敗壞地大聲吼叫。然後，她急速地在小屋裡團團亂轉，這是長期關在籠子裡的猛獸的習慣動作。她什麼都不再說，雙眼中燃燒著怒火。士兵都嚇得不寒而慄。

忽然，她笑著用雙手抓起自己的大石塊，向挖牆的人砸去。因為她的手在發抖，大石塊沒有砸到人，卻滾向特里斯丹的馬蹄旁。她氣得用力咬牙。

此時，雖然太陽還沒有升高，天已經亮了，柱子樓上，破舊蟲蛀的幾根煙囪都披了上一層賞心悅目的玫瑰色輕紗。此刻的大都市巴黎，正是早起的居民在屋頂上高高興興地打開天窗的時刻。河灘廣場上，出現了幾個村民，還有幾個騎著毛驢去菜市場的水果販子，他們穿過廣場，驚訝地看著一堆士兵包圍著老鼠洞，止步片刻就走開了。

隱修女在女兒前面坐下來，用自己的身體遮擋著她。她的目光呆滯，她的孩子再也不動彈了，只聽到她低聲念著：「菲比斯！菲比斯！」隨著牆漸漸地被鑿破，母親不由自主地慢慢後退，漸漸地將女兒擠得緊貼著牆。像哨兵一樣，隱修女目不轉睛地盯著大石頭。突然，她看到大石頭鬆動了，聽到特里斯丹督促士兵加快速度。一分鐘前她還筋疲力盡地癱倒在地，這時，她振作起精神，大喊大叫。時而她說話的聲音像鋸子聲般刺耳，時而她結結巴巴，語無倫次，好像所有能想像到的詛咒都湧上她的嘴唇，同時噴發出來。

「喂！喂！喂！多麼令人作嘔！你們是強盜！你們真想從我手中硬搶走我的女兒嗎？我告訴你們，她是我的女兒！噢，膽小鬼！噢，劊子手的奴才！卑鄙下賤的殺人犯！救命！救命！救火啦！難道他們就想這麼奪走我的女兒嗎？仁慈的上帝在哪裡啊？」

然後，她像一頭匍匐著的豹子，目光猙獰，毛髮倒豎，嘴旁都是白沫，對著特里斯丹怒吼：「走近些來抓我的女兒吧！難道你不明白一個女人告訴你這是她的女兒嗎？你知不知道有個孩子意味著什麼？嘿！你這頭豺狼，難道你從來沒有跟你的母狼同穴睡過？難道你們沒有生出狼崽嗎？如果你有幾個崽子，當你聽到牠們嗥叫，難道不覺得撕心裂肺嗎！」

特里斯丹說：「把這塊石頭取出來，它已經脫離了。」

幾根撬杆抬起了沉重的基石。剛才已經交代了，這是母親的最後防禦。她撲了上去，想把它拉回來，她的指甲在石頭上劃出白道。然而石頭非常沉重，被六個男人向外撬去，漸漸離開她的手，順著鐵鍬杆緩慢地滑到地上。

母親看到入口被打通了，只能趴在洞口，用自己的身體堵住豁口，雙臂扭曲，用頭頂著石板地，已經喊得嘶啞的嗓子幾乎發不出聲音，她大叫：「救命啊！著火啦！著火啦！」

特里斯丹還是不動聲色：「現在把姑娘抓來！」

母親用凶狠的目光威脅著士兵，嚇得他們只想後退，不願向前。

巡檢總督又說：「快點！上！亨利艾．庫贊，你進去！」

沒人向前一步。

巡檢總督大罵：「基督腦袋！這就是我的兵？害怕一個女人！」

亨利艾說：「大人，您稱她是女人？」

另一個說：「她滿頭披著獅鬣！」

特里斯丹又說：「快點，洞口夠大。三個人打頭進去，後面的跟上，就像向蓬圖瓦茲的突破口衝鋒一樣。趕快完事，該死─穆罕默德！誰先後退，我就把他剁成兩段！」

士兵被巡檢總督和母親夾在中間威脅，猶豫一陣，終於選擇進攻老鼠洞。

隱修女見此，突然跪立起來，將臉上的頭髮撥開，然後兩隻受傷的瘦手垂落在大腿上。她的淚滴大顆大顆地湧出，順著臉上的皺紋流下，好像激流沖刷著河床。她一邊流淚，一邊講話，她是如此卑微，哽咽、輕聲地祈求，令特里斯丹四周連人肉都能吃的老兵聽了也覺得心如刀絞，眼睛潤溼。

「各位大人！各位巡捕先生，我只說一句！我一定要給你們講這個故事。這是我的女兒，你們看到了嗎？是我很早以前在襁褓中丟失的小寶寶！你們聽我說。這是個故事啊。你們知道嗎，我曾經認識很多巡捕先生。過去很多小男孩向我扔石頭，因為我是個風塵女子，而巡捕先生都對我很好。你們懂吧？當你們知道故事的緣由後，你們會把我的孩子留下的！我是個悲慘的賣笑女子。是波希米亞女人偷走了我的娃娃。我把她的一隻小鞋珍藏了十五年。看，就是這隻。那時她的腳就這麼小巧。在蘭斯！住在心痛街的歌樂花！你們年輕的時候可能聽說過我，那是段美好的日子，每天都興高采烈。你們會可憐我的，大人不是嗎？波希米亞女人偷走了我的寶寶，把她隱藏了十五年。我以為她死了。

我的朋友，你們看，我以為她死了！我在這裡待了十五年，就是這個洞穴，冬天沒有取暖的火。這是怎樣的磨難！身邊只有一隻可憐的小鞋！我終日哭泣，最後慈悲的上帝聽到我的喊聲。就在昨晚，他把女兒送還給我。這是上帝慈悲的奇蹟！我的女兒沒死。我堅信你們不會把她抓走。如果是我的話，讓你們帶走我毫無怨言。但她是個十六歲的女孩！請你們准許她再次見到太陽吧。她傷害了你們嗎？一點都沒有。我也沒有。你們知道，我只有她一個人，我已經老了，這是聖母賜給我的祝福。何況，你們都是好人吶！你們原來不知道她是我的女兒，現在你們清楚了。噢！我愛她！威嚴在上的巡檢總督老爺，我情願在肚子上被捅個洞，也不願意看到她的手指擦破皮！您一看就是位好心的貴族領主！我告訴您的話，是不是把故事的緣由講明白了，不是嗎？噢，大人，您也有母親！您是司令，請您手下留情吧！大家看，我跪著祈求大家，就好像向耶穌基督祈禱！各位大人，我不會打擾別人，我是蘭斯人，我的舅舅馬蒂厄．普拉東遺留給我一塊土地。我不是討飯的乞丐。我什麼也不要，就要我的孩子。啊！我要孩子留在我身邊！仁慈的上帝、命運之主，將孩子還給我是有理由的。國王！您說起國王！殺了我的女兒，難道他會很享受嗎？再說，國王是好人！這是我的女兒！我的女兒，我的！她不是國王的女兒！也不是您的！我會離開這裡！我們會離開這裡！其實，就是兩個過路的女人，一個是母親，另一個是女兒罷了。放她們過去吧！請你們給我們放行！我們是蘭斯人。噢！你們都是善良的好心人，各位巡捕先生！我愛你們每個人。你們不會抓走我心愛的女兒，這不可能發生！這不可能，不是嗎？我的孩子！我的孩子！」

在這裡，我們就不試著描述她的手勢、聲調、淚如雨下的訴說、合十扭曲的雙手，還有讓人心酸的笑容、盛滿淚水的眼神，以及她的呻吟、歎息、愁苦的悲鳴，語無倫次、斷斷續續的胡言亂語。當她閉嘴的時候，特里斯丹眉頭緊皺，就像猛虎在遮蓋眼中轉動的淚珠。然而他克制了軟弱，直截了當地說：「國王的意願。」

然後，他俯身湊近亨利艾·庫贊的耳朵低聲說：「趕快解決！」也許這位凶猛的巡檢總督認為劊子手也會下不了決心。

劊子手和巡邏兵進入斗室。母親沒有任何抵抗的動作，她向女兒爬去，撲上去將她壓在身下。埃及少女看到士兵逼近，死亡的恐懼讓她活過來。

她用難以描述的聲音淒厲地慘叫：「我的母親！我的母親！他們到了！保護我呀！」

母親已經幾乎說不出話來：「噢，我的寶貝！我會保護你的！」

她將女兒緊緊抱住，狂吻她的全身。她們就癱在地上，母親伏在女兒身上，真是令人憐憫的一幕。

少女漂亮的肩膀下，亨利艾·庫贊伸手把她攔腰一抓。當她碰到這隻手，哎呀了一聲，暈過去。劊子手的眼淚滴滴答答地落在她身上。他想要抱走她，試圖把母親推開。可是母親的雙手緊緊環繞女兒的腰，抱得如此用力，根本不能將她們分開。於是亨利艾·庫贊把女孩拖出了斗室，母親掛在女兒身後。母親也是緊閉著眼睛。

太陽正在升起。廣場上已聚集了一群人，從遠處觀望劊子手拖著兩人走向絞刑架。這是巡檢總督特里斯丹執行極刑的特點，他絕對不讓看熱鬧的閒人走近。

周邊房屋的窗戶內沒有站著人。只有在遠處聖母院俯臨河灘的鐘樓頂上，可以望見晨曦中兩個人黑色的剪影。他們似乎向這邊眺望。

亨利艾·庫贊拖著腳下的兩個人，在絞刑架的長梯旁停下來，他也不敢換氣，因為同情她們，就怕手軟。他把絞索套在女孩那美麗動人的脖頸上。可憐的孩子觸碰到令人毛骨悚然的麻繩，睜開眼睛，看到上方絞架伸著枯柴般的石頭雙臂，顫抖了一下，撕心裂肺地叫起來：「不要！不要！我不要！」

母親的頭深深地埋藏在女兒的衣褶裡，一句話都不說，只看見她渾身都在發抖，能聽見她更加拚命地親吻自己的孩子。劊子手趁機卸下母親緊緊環繞在死刑犯腰間的雙臂。也許母親已經筋疲力盡，也許因為她徹底絕望，並沒有反抗。接著劊子手把年輕的少女扛在肩上。嬌美的人兒，身子優雅地折斷，垂在劊子手巨大的頭上，他一腳踏著長梯，準備攀登。

此時此刻，蹲在石地上的母親睜大眼睛，不聲不響地站了起來，滿面猙獰，像一頭追捕獵物的猛獸，縱身一躍，閃電般撲向劊子手，一口咬住他的手。劊子手疼得狂吼。士兵都跑上來，費勁地把他流血的手從母親的牙齒中抽出來。由始至終，她沒有發出任何聲音。士兵粗暴地推開她。只見她垂著腦袋沉重地摔到石塊地上。再次拉起她的時候，又癱倒在地。

原來她已經死了。

劊子手並沒有放下女孩，又開始攀爬梯子。

II

美麗的白衣少女[1]（但丁）

凱西莫多發現小屋中空空蕩蕩，沒有埃及少女，就在他為她的生命安全而戰的時候，她卻被人劫走了。他先是雙手拚命扯著自己的頭髮，驚慌痛苦地用力跺腳，然後在教堂四處狂奔，尋找他的波希米亞少女。他對著每個牆角亂喊一氣，到處播撒他的紅頭髮。正當此時，國王的弓箭手勝利地踏入聖母院，也在搜捕埃及少女。凱西莫多趕緊幫助他們，可憐的聾子，並沒有猜到他們會置她於死地。他只以為流浪漢才是埃及少女的敵人。他親自帶領隱修士特里斯丹到所有可以藏身的角落搜查，為他打開各道密門、祭壇的夾層和聖器室的暗室。如果不幸的女孩還躲在教堂裡，他一定會將她找出來交給士兵。

從不輕易放棄的特里斯丹，因為什麼也沒找到而灰心洩氣的時候，凱西莫多還在繼續尋找。他從上到下，從東到西，十遍、一百遍地搜索教堂，一會兒爬樓梯，一會兒衝下來，一邊跑一邊喊，一邊怪叫，四處亂嗅、翻騰、尋找蛛絲馬跡。他瘋狂絕望地把頭伸入每個凹洞裡，用火炬照亮每一寸穹

1 原文為古義大利語，源於但丁的詩歌。

拱。就連一隻失去母獸的公獸，也不會像他這樣失魂落魄地哀嚎。當最後認定她不在教堂裡、有人在他的眼皮下將她偷走了，他才慢慢地從樓梯返回鐘樓。在他營救她的那天，他是如此的興奮、滿懷勝利的喜悅，沿著這道樓梯向上奔跑，而如今，也是這個地點，他垂著頭，發不出聲音，沒有眼淚，喘不上氣。教堂又空無一人，死一般的沉寂。弓箭手早就從教堂撤出，到老城追捕女巫去了。先前這偌大的聖母院還被人圍攻，喧鬧聲震天動地，現在剩下凱西莫多一個人。他走向避難屋，在他的保護下，埃及少女曾在那裡香甜地睡過幾個星期。

走近的時候，他心想也許又能在屋子裡看到她。從低處屋頂下的柱廊拐角，他就能看到那間狹小的屋子，以及它小小的窗戶和門，掛在飛扶壁下，好像樹枝下的一個鳥窩。可憐的人一陣心跳，靠著一根柱子才沒跌倒。他覺得她已經回來了，一個善良的小精靈送她回來。這間小屋子是這麼寧靜、這麼安全、這麼可愛，她怎能不在其中？他不敢再邁出一步，害怕自己的期待被打破，在心中對自己說：「是啊，也許她正在睡覺，也許她在祈禱。別去打擾她。」

最終他鼓起勇氣，踮起腳尖走上前，他先看了一眼，然後走進去。空的！小屋依然是空蕩蕩的。不幸的聾子緩慢地轉了一圈，掀起床，察看下面，好像她會藏在床墊與石板之間。他搖搖頭，發起呆來。忽然，他憤怒地踩滅火炬，沒有話語，沒有歎息，用頭猛地撞擊牆，暈倒在石板上。

當他醒過來，又撲向床，在床墊上滾動，狂熱地親吻少女睡過、還存有體溫的地方，然後躺在那裡一動不動好像快死去了。不一會兒，他又起身，渾身流汗，喘著大氣，用頭瘋狂、規律地撞牆，好像大鐘的鐘錘，更好像決心要在牆上撞破腦袋。最後，他再次筋疲力盡地癱在地上。他用膝蓋爬出小屋，面帶驚訝的神情，在門口對面蹲下來。

他不再動彈，在那裡待了一個多小時，雙目死死地盯著空房、比一位坐在空搖籃和盛著死嬰棺材之間的母親還要萬念皆空、表情陰鬱。他保持緘默，每隔一段時間，一段哽咽就會晃動他的身體。然而這哽咽沒有眼淚，好像夏天沒有雷聲的閃電。

在這悲痛欲絕、半昏迷半清醒的狀態中，他苦苦思索，誰能神不知鬼不覺地掠走埃及少女。他想到了副主教。他記起只有唐·克洛德一人擁有通往小房間樓梯門的鑰匙，還記起副主教幾次在夜裡試圖傷害埃及少女。第一次是凱西莫多幫了他，第二次他阻止了惡行。他還回想出許多細節，很快就確定是副主教掠走了他的埃及少女。然而他對教士的尊重、感恩、忠心、依戀是如此深深地扎根在心中，即便此時此刻，嫉妒和絕望的利爪都不能將其撕碎。

他認為這一定是副主教做的。如果是別人，無論何人，凱西莫多一定會熱血沸騰地將他置於死地。然而，因為是克洛德·弗洛羅，這只能給可憐的聾子增添了新的一層痛苦。

早晨的曙光照亮了飛扶壁。正當凱西莫多想著教士的時候，他看見聖母院最高層、半圓形後殿上外部欄杆的拐角處出現一個人，正向他走來。他認出了副主教。

克洛德沉重緩慢地走著，並不目視前方。他走向北鐘樓，臉卻轉向另一側，望著塞納河右岸。他高高地抻著頭，好像努力讓自己的視線越過屋頂。貓頭鷹就有這種斜視的姿態：牠飛向一處的時候會看另一邊。就這樣，教士從凱西莫多頭頂上面走過並沒有看到他。

他突然現身，把聾子驚得一動不敢動。聾子看見他鑽入北鐘樓的樓梯門中去了，讀者知道，從這座鐘樓上可以望到現今的市政廳，也就是當年的河灘廣場。凱西莫多爬起來，尾隨著副主教。

凱西莫多登上去鐘樓的樓梯，沒有別的想法，只想知道為什麼教士要上樓。再說，他，凱西莫多，可憐的敲鐘人，不知道自己該怎麼做、該說什麼、到底想要什麼。他的心中燃燒著怒火也充滿了恐懼。在他心底，副主教和埃及少女正在互相抗爭。

到了鐘樓頂，他先謹慎地觀察了教士的位置，然後才從樓梯的陰影中走出來，上了平臺。教士背朝著他。鐘樓平臺的四周環繞著四道鏤空的石雕欄杆，教士俯身面朝聖母橋的那道，向城中眺望。凱西莫多躡手躡腳地走到他身後，想看看他正在瞧什麼。教士的注意力完全被別處吸引，居然沒有聽到聾子的走路聲。

此時的巴黎正是迷人的季節，而沐浴在夏日黎明中的巴黎城，尤其是從聖母院的鐘樓頂望去，顯得格外清新嫵媚。這一天，大概是七月裡的一天。天空一片寧靜。幾顆還閃爍的星星稀疏地在熄滅，然而有一顆，掛在東方最蒼白的天邊，還在閃耀。太陽正要升起。巴黎開始甦醒了。一片無比清晰的白光勾畫出巴黎東部密密麻麻、高低不平的萬家屋頂。聖母院兩座鐘樓的龐大陰影，從一個屋頂轉移到另一個屋頂、從城市的一端滑向另一端。有些街區已經傳出說話聲和各種嘈雜：這邊鐘聲響起，那邊傳來鐵錘的敲打聲，還有大車上路時亂糟糟的喧鬧，都交織在一起。屋宇組成的平面上，幾道炊煙在嫋嫋騰空，好像在一片巨大的硫磺地質縫中冒出來的煙。塞納河水流經各個橋拱和小島尖頭時，泛起層層銀色的波瀾，倒映著天空。城市周邊，向城牆外望去，在迷濛濛的晨霧中，隱約可以看到一片似乎無邊際的平原上，起伏著幾座山崗優雅的曲線。各式各樣的嘈雜在這座似醒非醒的城市上空飄散。晨風從山崗籠罩的霧靄中扯下幾片白色的雲，將它們推上天空，向東吹去。

教堂廣場上，幾個提著牛奶罐的女人驚訝地打量著聖母院殘破的大門以及凝固在砂石縫中的兩道鉛水。這是前夜暴亂唯一殘留的痕跡。凱西莫多在兩座鐘樓之間點燃的篝火早已熄滅。特里斯丹已經讓人清掃了廣場，把死屍投入塞納河。路易十一這種類型的國王，非常注重在大屠殺後迅速清洗現場。

鐘樓欄杆的外部，也就是正好在教士腳下，伸出一個造型奇特的石雕滴水槽，這在哥德式建築物上非常普遍。這水槽的一條裂縫中生出兩株嬌小的紫羅蘭，正在綻開。在清風的撫摸下，它們搖搖擺擺，憨態可掬，好像兩個人兒在相互敬禮問候。鐘樓上方、天空遙遠的高處，傳來小鳥的叫聲。

然而，這些，教士既聽不到也看不到。他屬於這類人，對於他們，清晨、小鳥、花朵完全不存在。他被多姿多彩的大千世界環繞，卻專心地眺望著一個地點。

凱西莫多心急如焚，想問他對埃及少女做了什麼。然而此刻，副主教彷彿游離在世界之外。很明顯，他正處於生命中最受折磨的時刻，就是大地裂開了，他也不會察覺。他一動不動，沒有聲音，雙目死死盯著一個方向。然而他這種沉默和安靜卻令人不寒而慄，就連野蠻的敲鐘人也打了個寒戰，不敢打擾。幸虧還有另一種向他諮詢的方法：順著副主教的視線放眼望去，不幸的聾子便看到了河灘廣場。

於是凱西莫多也看到了教士所看到的。一架長梯已經靠在常年佇立的絞刑架上。廣場上有一些民眾，更多的是士兵。一名大漢拖著一個白色的東西在地面行走，後面還掛了一個黑色的東西。此人在絞刑架下止步。

此時，遠處發生了什麼，凱西莫多沒有看清楚。並不是因為他的獨眼失去了敏銳的目光，而是一大堆士兵的圍擋讓他無法辨認清楚。何況太陽在這個時候正好探出頭，霞光從地平線上噴發，巴黎城中的一切尖頂、尖塔、煙囪、山牆頂都像在熊熊燃燒。

大漢開始登梯。凱西莫多再次觀望，終於看清楚了。那人肩上扛著一個女人、一個白衣少女，少女的脖子上勒著繩套。凱西莫多認出來了。

就是她！

遠處，大漢爬到長梯的頂端，調整了繩套。這邊，為了看得更清楚，教士爬到欄杆上跪下來。

猛然間，大漢的腳後跟推開梯子，已經窒息好久的凱西莫多看到不幸的女孩掛在絞索的一端，在離地面兩突阿斯的高空搖盪著，而男人蹲著，雙腳踩在她的肩上。絞索轉了幾圈，凱西莫多望見埃及少女全身都在可怕地抽搐。這邊教士伸著脖子，瞪大眼睛，欣賞著這駭人的組合：劊子手和少女、蜘蛛和蒼蠅。

當最恐怖的瞬間發生時，教士冷冰冰的臉上露出魔鬼般的微笑，只有當一個人喪失了人性的時候才能發出這種笑。凱西莫多聽不見笑聲，卻看得到。敲鐘人在副主教背後倒退幾步，忽然，狂暴地衝向他，用兩隻大手猛地一推教士的後背，唐．克洛德被推下了他正在俯視的深淵。

教士大喊：「天吶！」

他摔了下去。

他墜落到距離腳下不遠處的滴水槽上，絕望地用雙手抱住這塊石頭，當他張開嘴想再喊一聲的時候，看到頭頂上方，從欄杆內探出凱西莫多的面孔，帶著復仇的猙獰。

於是他不再開口。

他的腳下是深淵，兩百多尺深，淵底是石塊地面。

身處絕境，副主教卻沒有呻吟，也沒有說話，只是使出超乎自己意料的力氣，在滴水槽上扭動身體，想要爬上去。但是他的手在花崗石上直打滑，雙腳在變黑的石牆上劃出道道痕跡，卻踩不到支撐點。上過聖母院鐘樓的人都知道，頂層欄杆的下方有個突出的石雕，而可憐的副主教在突出點上垂死掙扎。他面對的牆壁不是垂直的，而是在他身體下方向外傾斜。

只要凱西莫多出手，就能讓他脫離深淵，但是他根本不看教士。他眺望河灘、絞刑架、埃及少女。聾子雙肘撐著欄杆，站在副主教剛才所在的地方，眼睛根本離不開他在這個世界上唯一的擁有。像一個被雷劈過的人，默默地、紋絲不動地佇立著。在此之前，他的獨眼只掉過一滴眼淚，此時的淚水卻流成河。

在此期間，副主教一直喘著大氣，禿頭上滲出大滴的汗珠，摳石頭的手指甲冒出血，膝蓋被石牆蹭破。

隨著身體的扭動，他能聽見掛在水槽上的教袍在撕破扯裂。更不幸的是，從水槽的末端伸出的一根鉛管，被他的體重壓迫，逐漸彎曲。副主教感到鉛管緩慢下沉，悲切地想到，待到教袍撕斷，或是雙手疲憊不堪，或是鉛管折斷，自己就會墜地。想到這裡，恐懼噬咬他的五臟六腑。好幾次，他茫然地打量著身體下方十法尺多的地方，有個被幾處雕刻偶然組成的小平臺，他痛苦絕望的靈魂向上天乞求，讓他活著落到這兩尺見方的平臺上，在那裡待上一百年也情願。還有一次，他看了看腳下的深淵和廣場，嚇得頭髮豎起來，趕緊閉上眼睛抬起頭。

這兩人的緘默都令人毛骨悚然。凱西莫多足下幾法尺處，副主教在恐怖中奄奄一息；凱西莫多在眺望河灘廣場，他在哭泣。

副主教發現自己每一次掙扎都只能讓僅存的支撐杆更加脆弱、搖搖欲折，於是不再做任何動作。

他懸吊在水槽上，不敢正常呼吸，也不再動彈，只有肚子還在痙攣般地起伏，就像一個人在夢中覺得自己正在墜落。他的眼睛病態、驚恐地睜大。漸漸地，力氣用盡了，手指沿著水槽滑動，雙臂越來越軟弱無力而身體越來越沉重。支撐他的鉛管，弧度越來越大，隨時隨刻都可能對著深淵再傾斜一個角度。

他向下看去，嚇人的是，圓頂的聖約翰教堂小得像一張對折的紙牌。他又向鐘樓上冷漠的塑像望去，細細地打量每一尊。他們像他一樣置身於深淵上空，然而並不膽怯也不對他流露絲毫憐憫。他的身旁都是石頭：近在眼前的是張著大口的石頭怪物；腳下、最深遠處，是鋪著大石塊的廣場；他的頭頂上，是哭泣的凱西莫多。

廣場上，聚集了一些好奇的過路人，他們圍了幾個圈子，正在優閒地猜想這瘋子是誰、怎麼用如此異想天開的方式取樂。他們說話的聲音升騰到他耳邊，尖細還帶著顫音：「他會摔斷脖子的！」

凱西莫多還在痛哭。

副主教又憤怒又恐懼，終於明白無論做什麼都是徒勞。然而他還是用盡全部殘留的力量做最後一次掙扎。在水槽上他收緊身體，雙膝推牆，雙手緊摳石頭中的縫隙，居然向上挺直了大概一法尺。可是這番折騰讓支撐他的鉛管猛地彎下去，教袍被撕開了。他感覺到身體一下子失去了支撐，只有僵硬無力的雙手還能摳著什麼。倒楣的人閉上眼睛，手鬆開水槽，從空中墜落。

凱西莫多看著他墜落。

從如此高空的地方掉下來，很少是直線下降。副主教在空氣中下墜，先是頭朝下，雙臂攤開，然後在空中打轉。風將他吹向一座房子的屋頂，然而撞上去的時候還沒有死，不幸的傢伙只是斷了骨頭。敲鐘人看到他企圖用手指甲抓住山牆，但是牆面傾斜的坡度太大，何況他再也沒有什麼力氣。他像一塊脫落的瓦片，在屋頂上快速地滑落，摔到石板地面時反彈了起來。然後，就躺在那裡不動彈了。

凱西莫多再次抬起獨眼眺望埃及少女。遠處，她懸掛在絞架上，白色衣衫的下面，她的身體還在做死亡時輕微的搐動。接著，他俯視橫屍於鐘樓腳下的副主教，已經沒有了人形。他的一聲哽咽鼓起了凹陷的胸脯：「噢！我唯一愛過的！」

III 菲比斯的婚禮

當天晚上，主教的司法官員將副主教血肉模糊的屍體從教堂廣場的石板地上抬走時，發現在聖母院裡已經找不到凱西莫多。

這段奇怪的事故沸沸揚揚地傳開了。沒有人懷疑，遵循兩人的協議，魔鬼化身的凱西莫多在指定的日子帶走了巫師克洛德。大家推斷凱西莫多捕獲克洛德的靈魂時，需要先摔碎他的身體，就像猴子為了吃核桃，先敲碎核桃殼一樣。

正因為如此，副主教沒有被安葬在聖地。

第二年，一四八三年的八月，路易十一駕崩。

至於皮埃爾·格蘭古瓦，他終於救出了小山羊，也在悲劇領域中成功了。聽說他在嘗試了星象學、哲學、建築、煉金術等等邪門歪道後，又重返悲劇，因為悲劇是最瘋狂的行當，這就是他所稱呼的一個悲劇性的結局。他在戲劇領域的輝煌，在一四八三年的王室流水帳上有過這樣的紀錄：「教皇特使大人蒞臨巴黎時，讓·馬爾尚以及木匠兼劇作者皮埃爾·格蘭古瓦，製作並且創作了於巴黎小堡公演的聖蹟劇、選擇了演員，並按照劇情需要，訂製了舞臺服裝、搭起了鷹架和戲臺。特此，一百里弗爾。」

菲比斯·德·沙托佩斯得到了一個悲劇性的結局：他結婚了。

IV 凱西莫多的婚禮

我們在上文曾經講過，副主教和埃及女郎死亡的那天，凱西莫多就從聖母院中失蹤了。的確，從此再也沒有人見過他，也沒有人知道他去了哪裡。

愛絲梅拉達被處以極刑後的晚上，收屍的官差將她的屍體從絞刑臺上摘下來，然後依照常規，送入鷹山地窖。

正如索瓦爾所言：「鷹山是王國中最古老、最壯觀的絞刑臺」。在聖殿區和聖馬丁區兩個城郊之間，距離巴黎城垣大約一百六十突阿斯處，離庫爾第耶小村一箭之遙的地方，一座小山崗不動聲色地緩緩隆起，但是方圓幾里之外都能看到。小山崗的頂端佇立著一座古怪的建築物，很像凱爾特人的石碑圈——那裡也舉行過殺人祭祀儀式。

可以想像一下，石灰高臺上豎起一座高大建築物，呈平行六面體狀，高十五尺、寬三十尺、長四十尺，配有一道門、一排外欄杆、一個平臺，上面聳立著十六根粗糙的巨石柱，每根高三十尺，以柱廊的形式環繞著它們的平臺。這些柱子被頂端結實的橫樑連接，橫樑上間斷性地懸吊著鐵鍊，每串鐵鍊上都吊著骷髏架。在周邊的平原上，豎著一個石頭十字架和兩個較小的絞刑臺，好像是從大樹主根生出來的兩株小樹。在這組建築的上空，永遠有烏鴉在盤旋。

這就是鷹山。

到了十五世紀末，初建於一三二八年的恐怖絞刑臺已經破爛不堪，橫樑被蛀蟲咬得密密麻麻都是洞，鐵鍊生著鏽，柱子上覆蓋著大片的黴點。方石砌成的牆底座上的接縫裂開，無人涉足的平臺長滿雜草。建築物將其毛骨悚然的剪影投向天空，到了晚上更為驚悚：黯淡的月色照亮白色頭顱骨。鎖鏈和骷髏被深夜的寒風吹響，在黑暗處搖擺不定。因為這座絞刑臺，周邊的地區都染上陰森森的色彩。

醜陋建築物的石基平臺下是空心的，裡面建有一個寬敞高大的地窖，被一道破爛的鐵柵欄封著。大家將鷹山鐵鍊上解下來的遺骸，還有巴黎其他常備絞刑臺上不幸處死的犯人屍體都扔到這裡。這座地下萬人坑裡，無數屍首、無數罪惡都一起腐爛化為塵埃。世間的不少偉人、還有更多清白無辜的人，也前仆後繼地將自己的骨骸送到此地。從第一位在鷹山遇害的昂格朗．德．馬利尼[1]，到最後一名被處決的德．高利尼[2]海軍元帥，都是正直無辜的人。

至於凱西莫多的神祕失蹤，我們後來追查到的蛛絲馬跡只有以下這些。

在故事尾聲發生的一連串事件結束後，大約又過了兩年或一年半，有人來到鷹山地穴尋找公鹿奧利維埃的屍體。兩天前他被絞死後，查理八世特准將他移葬於聖洛朗，換批體面些的死人做鄰居。人家在形態醜陋的殘骸中發現兩具骷髏，其中一具怪異地擁抱著另一具。一具是名女性，還掛著白色衣裙的殘片，可以看到脖子上掛著一串念珠樹果子穿製的項鍊，上面繫著飾有綠玻璃片的絲綢小荷包，敞開著，裡面是空的。這幾件東西一文不值，所以劊子手才沒有拿走。另一具骷髏，緊緊地擁摟著這一具的，是名男性。人家注意到他的脊椎彎曲，頭顱縮在兩個肩胛中，一條腿骨比另一條短。他的頸椎上看不到斷裂的痕跡，顯然他沒有被吊死。這具屍骨的所有者大概來到這裡後就死在這裡。人家試圖將他和懷中擁抱的骨骸分離的時候，他化為塵土。

1 一二六〇—一三一五，菲利浦四世的財務大臣。

2 一五一九—一五七二，因為是新教徒領袖而被處決。

原版附言Ⅰ

《鐘樓怪人——一四八二》手稿的扉頁上，可以讀到以下的作者註釋：

我於一八三〇年七月二十五日開始創作《鐘樓怪人——一四八二》的開篇三、四頁。七月革命打斷了我。然後，我親愛的阿黛爾來到世上（上帝保佑她！）。九月一日，我重新開始寫《鐘樓怪人——一四八二》，這部作品於一八三一年一月十五日完成。

在手稿中，第一章〈大禮廳〉是這樣開始的：

「距今天，一八三〇年七月二十五日，三百四十八年六個月十九天……」

「一八三〇年七月二十五日」這幾個字被刪掉了。

九月一日這個日期，在「如果我們這些生活在一八三〇年的人……」的前面可以看到。

最後一頁的底下，可以讀到：一八三一年一月十五日，晚上六點½。

原版附言II

《鐘樓怪人——一四八二》的手稿幾乎沒有修改的痕跡，只有幾個章節的命名有所改動，值得讓讀者瞭解：

章節〈玉米酥餅的故事〉，原名為〈妓女的孩子〉。

章節〈教士和哲學家〉，原名為〈婚後的哲學家〉。

章節〈小繡花鞋〉，原名為〈小羊得救了〉。

鐘樓怪人 / 維克多 . 雨果著；山颯譯 . -- 初版 . -- 臺北市：時報文化出版企業股份有限公司 , 2021.01
656 面；14.8×21 公分 . --（愛經典；47）
譯自：Notre-dame de Paris.
ISBN 978-957-13-8525-9（精裝）

876.57　　109021332

本書根據 1832 年法文 Eugène Renduel 版經典底本譯出

作家榜经典文库®

ISBN 978-957-13-8525-9
Printed in Taiwan

愛經典 0 0 4 7

鐘樓怪人

作者—維克多・雨果｜譯者—山颯｜編輯總監—蘇清霖｜編輯—邱淑鈴｜企畫經理—何靜婷｜美術設計—FE設計｜內頁繪圖—Gustave Brion｜校對—邱淑鈴、蕭淑芳｜董事長—趙政岷｜出版者—時報文化出版企業股份有限公司　108019 台北市和平西路三段二四〇號四樓　發行專線—（〇二）二三〇六—六八四二　讀者服務專線—〇八〇〇—二三一—七〇五、（〇二）二三〇四—七一〇三　讀者服務傳真—（〇二）二三〇四—六八五八　郵撥—一九三四四七二四時報文化出版公司　信箱—10899 台北華江橋郵局第 99 信箱　時報悅讀網—http://www.readingtimes.com.tw｜電子郵件信箱—new@readingtimes.com.tw｜法律顧問—理律法律事務所　陳長文律師、李念祖律師｜印刷—盈昌印刷有限公司｜初版一刷—二〇二一年一月十五日｜定價—新台幣五九九元｜（缺頁或破損的書，請寄回更換）

時報文化出版公司成立於一九七五年，並於一九九九年股票上櫃公開發行，於二〇〇八年脫離中時集團非屬旺中，以「尊重智慧與創意的文化事業」為信念。